外教社新编外国文学史丛书

U0783615

刘海平 王守仁 主编

# 新编美国文学史 第三卷

# Literary History of the United States *Volume 3*

（1914——1945）

◎ 杨金才 主撰

上海外语教育出版社
外教社 SHANGHAI FOREIGN LANGUAGE EDUCATION PRESS

图书在版编目（CIP）数据

新编美国文学史．第三卷/ 杨金才主撰．
—上海：上海外语教育出版社，2018（2022重印）
（外教社新编外国文学史丛书）
ISBN 978-7-5446-5186-8
Ⅰ.①新… Ⅱ.①杨… Ⅲ.①文学史—美国
Ⅳ.①I712.09
中国版本图书馆CIP数据核字（2018）第037424号

出版发行：上海外语教育出版社
（上海外国语大学内） 邮编：200083
电　　话：021-65425300（总机）
电子邮箱：bookinfo@sflep.com.cn
网　　址：http://www.sflep.com
责任编辑：梁晓莉

印　　刷：苏州市古得堡数码印刷有限公司
开　　本：710×1000 1/16 印张 40.25 字数 741千字
版　　次：2019 年 3月第 1版 2022 年 3月第 2次印刷

书　　号：ISBN 978-7-5446-5186-8 / I
定　　价：108.00 元
本版图书如有印装质量问题，可向本社调换
质量服务热线：4008-213-263 电子邮箱：editorial@sflep.com

庞德（左一）与詹姆斯·乔伊斯（右一）等人在巴黎文学沙龙的合影

步入中年的T. S. 艾略特。

罗伯特·弗罗斯特（左）与华来士·史蒂文斯（右）

玛丽安娜·莫尔（前左一）与缪瑞尔·洛克塞（前右一）等诗人一起合影留念。

庞德定居巴黎后在莎士比亚书店的留影。

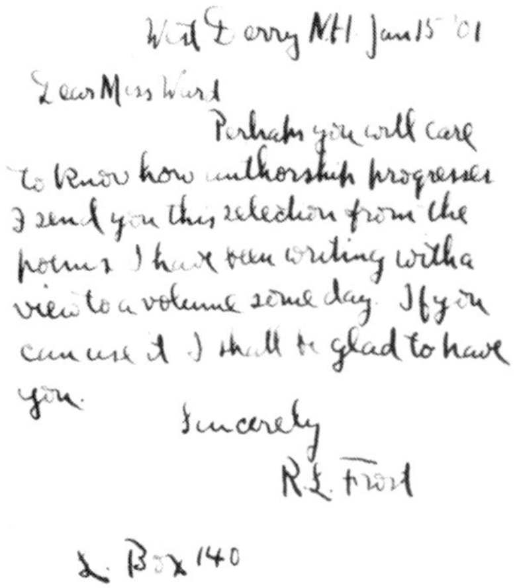

West Derry N.H. Jan 15 '01

Dear Miss Ward

Perhaps you will care
to know how authorship progresses
I send you this selection from the
poems I have been writing with a
view to a volume some day. If you
can use it I shall be glad to have
you.

Sincerely

R.L. Frost

L. Box 140

罗伯特·弗罗斯特的书信手稿

诗人 W.C.威廉斯

诗人E.E.肯明斯

小说家狄琼纳·巴尼斯

斯泰因在引吭高歌。

桑德堡在他75岁生日晚宴上尽情地演奏

小说家舍伍德·安德森

小说家威拉·凯瑟

小说家辛克莱·刘易斯

辛克莱·刘易斯小说《大街》的封面

海明威在秘鲁海滩垂钓后与大马林鱼的合影

海明威与第二任妻子在游艇上的留影。

菲茨杰拉德一家在巴黎的生活写照。

赛珍珠

1925 年福克纳刚到巴黎时踌躇满志的情形。

赛珍珠书的封面

小说家凯瑟琳·安·波特

钱德勒与比利·怀尔德在派拉蒙电影制作室（左为钱德勒）

凯瑟琳 · 安 · 波特与艾伦 · 泰特短暂的情缘。

斯坦贝克的《人鼠之间》剧照

小说家约翰 · 斯坦贝克

苏珊·格拉斯佩尔

作家埃德加 · 斯诺

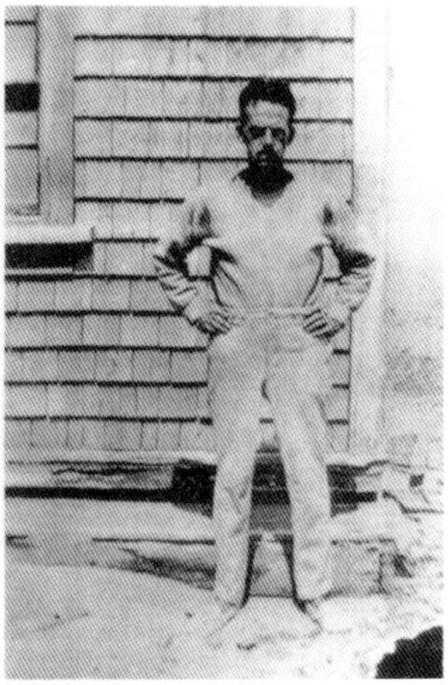
尤金 · 奥尼尔在普罗温斯敦的留影。

奥尼尔的“大道别墅”　（刘海平摄）

丽莲 · 海尔曼晚年的写照。

剧作家桑顿 · 怀尔德

作家艾 · 史沫特莱

小说家约翰 · 多斯 · 帕索斯

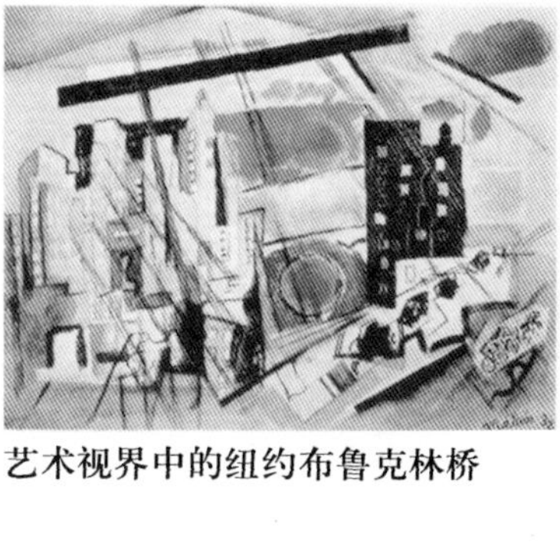
艺术视界中的纽约布鲁克林桥

纽约哈莱姆街景

哈莱姆文艺复兴时期刊物《危机》封面

佐拉·尼尔赫斯顿

黑人作家兰斯顿·休斯

批评家兼作家门肯

理查德·赖特在墨西哥的留影

小说家 N.威斯特

# 总　序

《新编美国文学史》是国家社会科学基金资助的"九五"规划重点项目，1996年立项。根据项目设计，我们对美国文学从早期到20世纪末的历史进行了一次新的全面审视，于2000年至2002年间先后完成全书四卷的编写，并由上海外语教育出版社正式出版发行。现在，上海外语教育出版社计划将此书改版重排，并列入该社新的更大出版项目"外教社新编外国文学史丛书"。这也正好给了我们编者一个机会，对出版近20年的《新编美国文学史》做些少量但是必要的补充、[①]修改和格式上的统一。

## 一

文学史是关于文学发生、发展和嬗变的历史叙事，它以文学创作实践为基础。但一个国家的文学史不只是单纯的文学叙事，还是一种国家叙事：一方面勾勒这个国家文学发展和演变的轨迹，总结其文学成就与经验，另一方面也描绘这个国家的整体文学形象。

美国独立战争后不久，著名辞典编纂家、爱国者韦伯斯特(Noah Webster)提出美国在文学上也应寻求独立。[②] 1829年奈普(Samuel L. Knapp)发表了第一部美国文学史《美国文学讲稿集》，在书中他批评美国学者重复外国人关于根本不存在美国文学的说法，提出美国应该编写自己的文学史。[③] 但事实上，当时绝大多数文人对自己国家的文学创作信心不足。人们普遍认为，美国花了七年才取得政治自主，要在文学上赢得相应地位，至少得有几百年时间的积累。尽管1888年至1890年间出版了十一卷大型丛书《美国文库》[④]，但它仍然反映了这种自信不足的心理。文库中收集的作品似乎印证了美国文学只是"英国文学的一个分支"的说法，因为入选的几乎全是那些深受英国文学传统

---

① 例如一些作家、作品、流派或理论有了新的评价和解读等。

② 韦伯斯特称："美国必须像在政治上获得独立一样，在文学上也要谋求自主，它的艺术必须像它的武器一样，也要闻名于世。"转引自 Richard Ruland and Malcolm Bradbury, *From Puritanism to Postmodernism: A History of American Literature* (London & New York: Routledge, 1991), p. 3.

③ William Trent, et al., eds., Preface, *The Cambridge History of American Literature* (New York: Cambridge University Press, 1917), p. iii.

④ E. C. Stedman and E. M. Hutchinson, eds., *Library of American Literature* (New York: C. L. Webster, 1888—1890).

影响的新英格兰地区的作家,如欧文、库柏、朗费罗、洛厄尔等,而其他那些带有强烈本土风格的作家,不是被拒之门外,便是给予极少篇幅,轻描淡写,略带而过。

由特伦特(William Trent)等四人主编、1917年出版的《剑桥美国文学史》(共四卷,1921年出齐)是历史上第一部由多人合作编写的美国文学史。它篇幅之大足见美国文学已经达到相当规模与水平。尽管书中收入了更多的作家,但该书的序言却仍把要求美国文学独立的主张称之为"国民骄傲的诱惑"。它强调英美两地的文学虽远隔大洋,却"同出一源","使用同样的语言,信奉同样的宗教",都是在"斯宾塞、莎士比亚、弥尔顿"等文学大师熏陶下创作出来的作品。①

然而,与此同时,美国文学自主意识得到进一步增强。批评家布鲁克斯(Van Wyck Brooks)②在1918年严肃指出,美国文学的历史在一般人们头脑中只是"没有生命、缺乏价值的过去"。他呼吁人们去"发现",甚至"创造"一个"有意义的美国文学传统"。③ 在之后整个20世纪二三十年代,不少美国批评家和文学史家沿着这个思路,自觉地重新研究、评价自己的文学历史。从1920年开始,美国和加拿大语言和文学界最高学术团体"现代语言协会"才承认"确有美国文学这回事"。④ 1928年又出版了福斯特(Norman Foerster)主编的具有重要意义的论文集《重新解释美国文学》,书中提出滋生早期美国文学的文化既不源起于殖民地本土,也不属于欧洲,而是一个相当发达的文化经"移植"到北美新土壤后产生的一个新的文化。该书还强调西部拓疆运动在美国文学发展中的重要作用。这些论述都在理论上为创建独立的美国文学史铺平了道路。⑤

在这被重新构建的美国文学传统中,原先的一流作家大多被降为二三流作家,原来因为"美国味"太重而未被足够重视的作家如麦尔维尔、爱默生、惠特曼、坡、霍桑、梭罗等则被升格成了挑梁大家。第二次世界大战结束后由斯皮勒(Robert E. Spiller)主编出版的二卷本《美利坚合众国文学史》(1948),不

---

① Trent, et al., eds., Preface, *The Cambridge History of American Literature*, p. vii. 柏科维奇(Sacvan Bercovitch)在1994年新编的 *The Cambridge History of American Literature* 中称这部老文学史"向人们介绍了英国文学的一个新的分支"。("Introduction")

② 早在1915年布鲁克斯在 *America's Coming of Age* 一书中已经批评了美国文学创作中的"绅士派传统",并呼吁寻找一个可为新文学提供"可以使用的传统"。见 Robert Spiller, *Milestones in American Literary History* (Westport: Greenwood Press, 1977), p. 42。

③ Van Wyck Brooks, *Letters and Leadership* (New York: B. W. Hucbsch, 1918), p. 64.

④ Spiller, ed. *Milestones in American Literary History*, p. 15.

⑤ Norman Foerster, ed. *The Reinterpretation of American Literature: Some Contributions Toward the Understanding of Its Historical Development* (New York: Harcourt. 1928). 转引自 Milestones in American Literary History, pp. 15-16。

但“权威性地”叙述了美国文学的发展脉络，确定了经典作家的名单和书目，而且真正把美国文学“建成了一门新的学术研究领域”[①]。

此后曾有多种美国文学史问世，其中包括埃利奥特（Emory Elliott）主编的《哥伦比亚美国文学史》（1988，中文版 1994）[②]，彼得·康（Peter Conn）的《插图版美国文学史》（1989）[③]等等。当然，迄今为止美国文学修史工程规模最大的当推哈佛大学柏柯维奇（Sacvan Bercovitch）教授主持编写的新版《剑桥美国文学史》，皇皇巨著，共八卷，于 20 世纪末出齐。[④] 20 世纪美国文学史的多产反映了美国文学创作的繁荣，也是美国作为一个独立、成熟的国家文化心态的自我表现。

## 二

20 世纪随着美国文学史编写的兴盛，有关文学史理论的研究也不断深入。涉足文学史论的既有文学史家，也有文学批评家。斯皮勒曾经指出：“每一代人至少应当编写一部美国文学史，因为，每一代人都理应用自己的观点去阐释过去。”[⑤]这是因为任何一部文学史，都必然体现一种文学史观。

文学史，顾名思义，是要在文学与历史这两个相当不同的领域中周旋。文学中的大部分作品依靠文字虚构生活，开展想象，较少受时间和空间的制约；历史则需凭据史料，在具体的时间和空间范围内或间歇中穿针引线。写文学史应该在文学与历史之间更强调哪一方，对此一向都有争议。这也正是美国文学史论发展演变的一个焦点问题。

1917 年的第一部《剑桥美国文学史》强调文学作品对生活的写照，“序言”称这部文学史“与其说完全是一部纯文学的历史，还不如说是对文学作品所反映的美国人民生活的一种概述”。[⑥] 四五十年代美国“新批评”鼎盛时期，韦勒克（René Wellek）和沃伦（Austin Warren）曾在他们合著的《文学原理》（1949）一书中辟专章论述文学史理论与方法。他们从形式主义批评立场出

---

① Sacvan Bercovitch, ed. Introduction, *Cambridge History of American Literature*, Vol. 1 (New York: Cambridge University Press, 1994), p. 1.

② Emory Elliott, ed. *Columbia Literary History of the United States* (New York: Columbia University Press, 1988)；《哥伦比亚美国文学史》朱通伯等译，四川辞书出版社，1994 年。

③ Peter Conn, *Literature in America: An Illustrated History* (New York: Cambridge University Press, 1989).

④ 这部八卷本新版《剑桥美国文学史》已在 2005—2010 年间全部译成中文，由中央编译出版社出版发行。

⑤ Robert Spiller, Preface, *Literary History of the United States* (New York: Macmillan, 1948), p. 7.

⑥ Trent, Preface, *The Cambridge History of American Literature*, p. iii.

发，突出文学史与历史的本质区别，认为文学是一种艺术，文学史必须是关于这种艺术的历史，并把“强调文学作为艺术的历史”[①]视为医治过分扩大文学史内涵的一帖“必要的解药”。[②] 1952 年，韦勒克又在现代语言协会发表《现代语言与文学研究的目的、方法与材料》的报告中指出，“对于文学史我们只能两者取一：要么把它看作是历史的一个分支，尤其看作是文化历史，把文学作品当作是历史文献和历史见证；要么把文学史看作是艺术史，把文学作品当作艺术丰碑来开展研究。”但他同时认为这两者并不一定互相排斥，一个好的文学史家必定是一个好的文学评论家。[③]

《美利坚合众国文学史》主编斯皮勒在 1963 年发表的现代语言协会新的《现代语言与文学的研究目的和方法》报告则反对这种折中立场。[④] 他认为，文学史是个独立的学术领域，文学史必须明显具有文学性，“文学史研究的是文学，因此它只能用文学的而不是其他的语言来写作”。[⑤]

然而，从 20 世纪 60 年代中后期起，欧美文学批评理论发生了深刻而又激烈的变化。结构主义、读者反应批评、新精神分析、解构主义、女性主义、新历史主义、后殖民主义、文化批评等理论从不同的新视角审视文学，在文学批评的观念和方法上引起一场革命，也给文学史论的发展带来理论上的不断突破，使人们对文学史实的客观性、典律的权威性、文学传统的构建、弱势文学的地位、跨学科研究等问题不断有新的认识。后现代主义和文化批评理论的发展对文学史的编写和研究影响不小。

原先认为文学史应该是文学与历史的有机结合，既有对文学作品艺术性的赏析，又有对作品之外种种关系剖析的文学史观在美国似乎已经过时，在文学与历史之间，文学史的编写越来越偏向历史，美国的文学史家们大多已不愿在作品的文学艺术性上多花费时间，而是把研究重心转向了文化历史的研究。现代语言协会 1981 年发表的权威性的《现代语言与文学研究入门》报告中，更把“文学史”这个传统提法改成了“历史研究”(Historical Scholarship)。该报告认为改动学名是为了表明当代史学家们从事的领域要比斯皮勒为“文学史”所标明的领域宽广得多，与其他历史研究对象的界限应该加以模糊。[⑥] 在这里，文学显然被挤到了后座。但 1992 年发表经过大大扩充了的《现代语言与

---

① René Wellek and Austin Warren, *Literary Theory* (New York: Penguine, 1949), p. 268.

② 同上，p. 269。

③ René Wellek, *Literary History*. 见 *PMLA* 67, October, 1952, p. 20。

④ Lawrence Lipking, "A Trout in the Milk," *The Uses of Literary History*, ed. Marshall Brown (Durham: Duke University Press, 1995), p. 23.

⑤ Spiller, "Literary History," *The Aims and Methods of Scholarship in Modern Languages and Literatures*, ed. James Thorpe (New York: MLA, 1963), p. 45.

⑥ Barbara Kiefer Lewalski, "Historical Scholarship," *Introduction to Scholarship in Modern Languages and Literatures*, ed. Joseph Gibaldi (New York: MLA, 1981), p. 53.

文学研究入门》报告[①]，还认为1981年的报告只是改了文学史的名称，实际上仍然过于突出文学，而新的历史研究应该把以往被贬为背景材料的社会与文化资料都作为自己的直接研究对象，因为在福柯之后，“一切都是文本，都是平等的”。[②] 文学史显然已被重新定义。现在“文学史”的含义似乎只指由在语言文学系工作的学者所写的历史。人们更为关心的是文化而不是“艺术”，对于许多美国文学史家来说，“文学艺术”只有作为文化的例证存在才有意义。

在后现代主义理论的影响下，多人合作的文学史中原先强调观点一致、线性发展的传统文学史写作模式受到了严重的挑战。针对以斯皮勒主编的《美利坚合众国文学史》为代表的传统编写原则，埃利奥特在《哥伦比亚美国文学史》“前言”中写道：“历史学家不是真理的昭示者，而是故事的讲述者。”[③]这部文学史揭示“美国的文学历史不是一个故事，而是很多个不同的故事”。[④] 他又说：“在两次世界大战结束之际，许多学者对美国的民族属性有着统一的看法，而这种统一性在今天已不复存在。由于这个缘故，我们尽可能地把那些使当今学术界变得生机勃勃的各种各样的观点都呈献在读者面前。”[⑤]

柏克维奇等在新版《剑桥美国文学史》中，对包括《哥伦比亚美国文学史》在内的以往所有美国文学史的编写模式提出了挑战。该书扩大或重新界定了文学史的疆域。该书“序言”认为它的“权威”并不来自统一而在于区别，它存在于“各个不同但却相关的知识群体的作用之中”，在于这部书集结了各个研究领域的专家权威在不同但又相关的问题上发表各自的看法。因此，这部历史“不是一部美国文学的历史而是多部美国文学历史的组合”。它的明显特点“既是各种相对观点的共存，更是各种文本和超文本用互相修正但并不对抗的方式发生关联”。[⑥] “序言”还认为美国文学的多样性、复杂性要求采用一种“多重声音描述的策略”，“角度的多样性与所利用的文学和历史材料的巨大丰富性相对应”。[⑦] 该文学史第二卷的一位撰稿人埃拉克(Jonathan Arac)完稿后发表了题为《什么是文学史》的论文。他认为《哥伦比亚美国文学史》尽管说是“后现代”，但它仍然采用了跟第一部《剑桥美国文学史》和《美利坚合众国文学史》一样的传统写作模式：每章20页，每个章节都以某个题材或作家名作为标

---

① Annabel Patterson, "Historical Scholarship," *Introduction to Scholarship in Modern Langauges and Literatures*, ed. Joseph Gibaldi, 2nd edition (New York: MLA, 1992), p. 183, 186.

② Marshall Brown, ed. *The Uses of Literary History* (Durham: Duke University Press, 1995), p. 3.

③ Elliott, ed. General Introduction, *Columbia Literary History of the United States*, p. 17.

④ 同上，p. 21。

⑤ 同上，pp. 11 - 12。

⑥ Bercovitch, ed. Introduction, *The Cambridge History of American Literature* Vol. 1, p. 23.

⑦ 同上，p. 5。

题。新版《剑桥美国文学史》则有意打破这种模式。埃拉克撰写的那个章节长达172页,并用“叙事形式”一词作为他这一章的标题。①

## 三

参加编写我们这部《新编美国文学史》的同仁们自然十分关注美国学者的这场论争。但我们感到,无法也没有必要去完全遵循美国文学史界这些新理论来展开我们对美国文学历史的叙述。我们用中文编写《新编美国文学史》,有着我们自己不同的读者对象,有着我们自己的国情和自己的文学史论背景。另外,我们在申请项目时就明确了自己的编写宗旨和目的:《新编美国文学史》力求“完整表现美国文学的历史全貌,深入研究不同时期主要的流派、作家与作品,总结美国文学走向世界,成为一种独立的、具有强大生命力的民族文学的成功经验”。② 鉴于我国一般读者对美国文学阅读不多,《新编美国文学史》需要对重要文学作品作一定的介绍。《新编美国文学史》坚持史论结合的原则,强调在深入研究的基础上,对文学现象进行实事求是的评析,提出自己的观点和看法。

与此同时,我们也十分重视吸收美国同行在长期论争中所取得的并适合我们需要的认识和做法,例如对撰写文学史是构建文学传统,经典作家的名单和书目常随时代而变化,妇女文学、少数族裔文学等弱势文学的地位,文学理论的变化发展带来的变化,一部由多人合作编写的多卷本文学史,很难也无须用一种理论或观点统一全书,应允许不同编者在一定程度上保持不同观点等等,以丰富我们自己编写的美国文学史。

在世界主要国家的文学中,美国文学无疑最年轻。在19世纪20年代前,大多数欧洲文人,也包括一些美国的文史学者,都认为“根本没有‘美国文学’这回事”。美国文学迟至20世纪20年代才在美国本土被当作一门独立学科,大学才开始招收该方向的研究生,组建专业学会并筹办专业刊物,也才有了被较广泛认可的作家和称得上经典的作品,研究成果数量逐步上升。

有趣的是,如此年轻的美国文学,却在20世纪30年代和70年代,多次引起有着数千年文学和文化传统的中国文学、文化与教育界人士的高度关注。其原因一定不少,但有一点也许尤为突出,即美国文学的“现代性”品质。哈佛大学伯克维奇教授在2005年为他主编的《剑桥美国文学史》的中文译本,专门

---

① Jonathan Arac, “What Is the History of Literature,” *The Uses of Literary History*, ed. Marshall Brown (Durham: Duke University Press, 1995), p. 26.

② 引自国家社科“九五”规划重点项目“新编美国文学史”项目申请书。

写了致中国读者的序。在序言中,他对美国文学的属性和内涵做了相当明确和重要的界定。他说"美国文学也许是世界上最年轻的文学传统",但美国文学是"现代世界所诞生的第一个国家"的文学。"尽管早在欧洲人来此定居数千年前,美洲印第安人或称美洲本土居民就生活于此,但他们只有口头而无书面的文学。""我们现在理解的美国文学传统,是指用英文写成的作品。这个文学传统开始于16世纪末17世纪初,那些给美洲带来原始资本主义生活方式的英国殖民者所写的叙事文、布道文、日记和诗歌。[①] 它繁荣于19世纪环大西洋工业资本主义取得胜利的时期,并且继续以一个企业自由、市场开放的西方强国的文学存在于我们的时代。"他还说,"就它表述现代性的种种状态而言,美国文学是世界上历史最悠久、内容最复杂的现代民族文学。"美国文学"是关于个人主义与事业进取心、扩张与探索的文学,是关于种族冲突与帝国征服、大规模移民与种族关系紧张的文学,是关于资产阶级家庭生活和个人自由与社会限制不断斗争的文学,是从探求自然和'自然人'的关系转向探讨异化、歧视、城市化、地区冲突及种族暴力等问题的文学。它们受到民主美学理想的鼓舞,是跟欧洲旧世界所谓'精英主义'相对的'普通人'和'普通事'的美学。"[②]

"现代性",有时也称作"现代化",是人类社会近代史上的一件大事。所有国家或民族都或早或迟,或多或少,主动或被动进入人类社会的现代化进程。我国清朝政府在两次鸦片战争中失败,被迫在19世纪60年代起推行"中学为体,西学为用"、"师夷之长技以制夷"的洋务运动。结果被实施"明治维新"、建立新政治体制、推行工业化和全民教育的邻国日本,以甲午战争和《马关条约》抢走了我国领土并拿走巨额赔款,终结了我国第一次现代化进程。

1927年至1937年间,民国政府大规模推动经济、文化和教育的现代化。知识界和民众对国家和民族的现代化抱有强烈愿望。上海出现了不少名称带有"现代"字样的刊物。1932年5月,上海现代书局创刊发行了《现代》文学月刊。1934年10月第五卷第六期《现代》杂志,隆重推出了有数百页之厚的"现代美国文学专号",作为系统介绍西方国家现代文学系列中的第一期[③]。此专号集合了我国翻译、文学研究界20余位专家名人,相当全面地翻译、评介了美国现代小说、戏剧、诗歌、文艺理论与文学思潮。专号编者在《导言》中目光敏锐地指出,"现在的美国是在供给着到20世纪还可能发展出一个独立的民族

① 印第安口头文学是否美国文学源起,学界看法不一,本书也不强求观点一致。

② 《剑桥美国文学史》中文版第七卷《序》。中央编译出版社2005.1。本序中此出处中文引文译自英文原稿。

③ 书局计划在美国专号之后出版法国、苏联、英国的文学专号,后因倒闭没能出版其他国家的文学专号。

文学来的例子”,正在“独立创造中的中国新文学”不但能从中获得“新鼓励”,而且应该学习美国现代文学的“创造”和“自由”的精神。[①] 据统计,20 世纪 30 年代中国翻译介绍的美国文学作品每年有二三十部,40 年代的中后期每年达四五十部之多。[②]

1949 年 10 月 1 日,中华人民共和国正式成立。新中国在经历了一些探索中的失误后,进入了具有划时代意义的新时期。1978 年 3 月 18 日,来自全国各地 6000 名代表出席在北京人民大会堂举行的史无前例的全国科学大会,邓小平在大会上作报告,阐明了党和国家倡导科学、尊重人才、发展教育的国策。1978 年 12 月中共中央召开了具有重大历史意义的十一届三中全会,决定实行对内改革、对外开放,工作重心从阶级斗争转向经济建设。国家正式步入了社会主义现代化建设的新时期。这些新政策大大调动了我国广大知识分子的积极性,文化、教育、出版等各界人士欢欣鼓舞。

1978 年底,中国社会科学院在广州召开外国文学规划会议。山东大学校长吴富恒教授在美国文学小组讨论会上提出成立全国美国文学研究会的动议,立即得到南京大学陈嘉、北京大学杨周翰、复旦大学杨岂深、中山大学戴镏龄、社科院外文所董衡巽和袁可嘉等著名教授学者的积极响应。经充分酝酿、积极筹备,全国美国文学研究会于 1979 年 8 月 22 日至 9 月 2 日在山东烟台举行成立大会暨学术研讨会。全国美国文学研究会(简称“美文会”),英文名称“China Association for the Study of American Literature”,首字母缩略 CASAL,是我国第一个正式成立的外国文学研究会,属国家一级学会。[③] 研究会当时决定建设两个美国文学研究资料中心,分别设在山东大学“现代美国文学研究室”和南京大学“欧美文化研究室”内。山大研究室还出版会刊《美国文学研究》,由北大、南大、复旦、山大轮流组稿编辑,由山东文艺出版社以“丛刊”形式公开发行。这是当时全国唯一反映美国文学研究及动态的刊物,内容新、信息量大,很受欢迎。

随着国家改革开放和现代化建设国策的深入发展,刊登美国文学艺术翻译作品与研究文章的刊物相继问世。1978 年《外国文艺》创刊,1979 年《译林》杂志面世,1980 年《当代外国文学》和《外国文学》创刊,1981 年《国外文学》面世,《外国文学评论》也在 1987 年创办。这些外国文学作品与评论以及理论研究的期刊在短短数年间同时涌现,美国文学是它们刊登的主要内容。大学开始重视学术研究,纷纷恢复或创办大学学报,不少还成立了大学出版社。所有

① 《导言》,《现代》第五卷第六期 1934 年 10 月。

② 王建开,《五四以来我国英美文学作品译介史》,上海外语教育出版社,2003 年。

③ 我国有两个研究外国文学的一级学会,另一是驻会中国社科院外文所的“中国外国文学学会”,下属有除美国文学外的其他国别文学学会。

这些都大大拓展了我国美国文学研究者的成果发表和出版的途径，有力促进了美国文学研究在中国的发展。

全国美国文学研究会的专业职责是“团结并组织美国文学工作者，开展美国文学作品、理论以及历史的研究工作和翻译工作”(章程第一章)。在推动我国的美国文学与文化研究中，美文会做出了不懈努力，并取得了一定成绩。1995 年时任美文会常务副会长刘海平、秘书长王守仁代表拟定的课题组其他成员一起申报了国家社科基金“九五”规划重点项目“新编美国文学史”，于 1996 年获批准立项。课题组其他成员包括张子清，张冲，朱刚，杨金才，赵文书，何宁等。因此《新编美国文学史》是美文会驻所单位的一个集体成果。

## 四

《新编美国文学史》全书四卷，在时间上分别涵盖美国文学发展的四个阶段，即起始至 1860 年，1860 年至 1914 年，1914 年至 1945 年，1945 年至 20 世纪末。这样分期，是基于两方面的考虑。一是参照具有划时代意义的美国和世界重大历史事件如南北战争、第一次世界大战、第二次世界大战，将其作为确定分界线的重要依据；二是美国文学自身大体也相应地经历了四个发展阶段，每个阶段具有鲜明特征：美国文学的起始与形成；美国现实主义与自然主义文学的繁荣；美国现代文学的诞生与发展；美国文学的多元格局。当然，我们这样分期主要为了便于编写，并不意味着对美国文学进行泾渭分明的历史分割。事实上，文学创作大多并不与重大历史事件直接有关或以此为界，作家的创作生涯常常是跨越时期的，多数文学流派在新的历史阶段也会继续绵延。

自改革开放以来，我国在美国文学史的编写和研究方面成绩斐然，取得不少具体成果。由中国社会科学院外国文学研究所董衡巽等五位专家合著的《美国文学简史》(1978，1986，2003)是填补空白之作。该书汇聚了我国前辈学者数十年积累的认识和学术成果，代表了一个时期我国对美国文学研究的水平。与此同时，《美国现代小说家论》(董衡巽等，1987)、《美国当代小说家论》(钱满素等，1987)、《美国小说史纲》(毛信德，1988)等专著的出版体现出我国学者对美国文学史研究的广泛兴趣。

进入 90 年代后，我国学者继续关注美国文学史，新作迭出，如《现代美国小说史》(王长荣，1992)、《当代美国戏剧》(汪义群，1992)、《美国戏剧史》(郭继德，1993)、《20 世纪美国诗歌史》(张子清，1995)、《美国文学史》(上册)(常耀信，1998)、《20 世纪美国文学史》(杨仁敬，1999)等。这些学者在美国文学史领域进行的重要探索为我们写好《新编美国文学史》提供了宝贵经验。

《新编美国文学史》一个重要特征无疑是一个"新"字,这首先体现在材料新。随着改革开放的深入和对外交流的扩大,我们对美国文学资料掌握情况有了显著改善。生活在网络世界,获取信息之方便迅捷,是过去任何时代无可比拟的。为高质量完成本课题,南京大学外语学院为四位分卷主编提供机会去美国访学一年或更长时间,收集第一手资料,与美国文学史家与学者开展面对面交流。① 因此《新编美国文学史》相当一大部分的编写是在美国完成的,使过去撰写美国文学史使用资料不足而产生的问题得到较好的解决。从第一卷的印第安传统文学到第四卷的 20 世纪 90 年代文学,各章节采用的材料力求丰富、新颖。

"新"还体现在编写的视角新。作为由中国学者撰写的新编美国文学史,我们力求从中国人视角对美国文学做出较为深刻的评述。因此,中美两国文学的互动、交流与影响是本书的一个重要关注。美国学者撰写的文学史很少会描述美国文学在中国的接受过程,对于中国哲学及文化思想对美国作家的影响有时也会语焉不详。《新编美国文学史》对此给予足够的重视。爱默生与儒家学说的关系,惠特曼对中国文学的影响,庞德对中国古典诗词的模仿和翻译,艾略特诗歌在中国的传播和对中国诗人的影响,道家思想在奥尼尔戏剧创作中的反映以及他的戏剧对中国话剧的影响,诺贝尔文学奖得主赛珍珠与中国文化的关系和对重塑中国人在西方的形象的贡献等等,在我们这部文学史中都有较为详细的记载和论述。中美文化的撞击和融会构成华裔文学的重要主题,对华裔文学诞生、发展、演变的历史过程进行专门研究也是本书的一个特色。

美国历来重视文学批评,又是"新批评"等一大批现当代批评理论的故乡。早在 19 世纪三四十年代,坡、库柏与爱默生就开始了文学批评实践,他们的诗歌小说理论奠定了美国文学批评的基础。20 世纪被称为批评的世纪,特别是进入 60 年代以来,文学批评理论高度繁荣。文学批评现已作为一门新的学科领域被学术界普遍接受,并成为一种独立自觉的文学体裁,进入大学文学课程。展现美国文学批评发展史,对主要批评流派作较为系统的介绍与评析,是《新编美国文学史》的又一项重要内容。

国家社会科学基金于 1996 年 5 月正式批准《新编美国文学史》立项。董衡巽先生自始至终关心和支持该课题研究,并就如何完成项目提出了宝贵的指导性意见。《新编美国文学史》同时还得到了美国柏克维奇教授和埃利奥特教授的指导。本书顾问、剑桥大学出版社《插图版美国文学史》的作者宾夕法

① 项目组成员或是哈佛燕京学者、富布莱特学者,或在美短期任教开展研究和学术交流。

尼亚大学彼得·康教授为本书提供了许多珍贵的照片和插图，我们谨在此一并表示衷心的谢意。

《新编美国文学史》的局限和不足之处在所难免，敬请读者批评指正。

刘海平　王守仁

2018年3月12日修订

# 目 录

# Table of Contents

# 概　论

## 两次世界大战之间的美国文学（1914—1945）

美国文学经过19世纪中后期的“文艺复兴”之后迅速走上了民族文学的发展道路，并且一直保持了良好的发展态势，不断推陈出新。时至20世纪初，它已发展成为世界文学不可忽视的一支生力军，开始逐渐影响世界文坛。

19世纪后半叶曾一度占据主导地位的浪漫主义和理想主义在整个美国文学发展进程中已经衰弱并逐步让位于以反映社会现实为宗旨的现实主义文学。90年代出现的自然主义文学现象又把美国文学推向了一个新的发展阶段。在自然主义文学思潮鼓动下，一些作家开始直接描写过去一直被掩盖、被压抑的生活，给整个文学创作带来了崭新的图景。他们描写遗传的、生物的和社会的生活条件和因素，描绘潜隐在意识和潜意识背后的结构本能。在他们的创作中，出现了新的主题、新的群体和新的生活区域。这时，以人世情怀为特征的美国现实主义文学与注重人的遗传和环境等因素的自然主义文学交相辉映，并在世纪之交绽放异彩。1900年德莱塞推出了《嘉莉妹妹》，把一个典型的自然世界展现在读者面前。该书对美国城市中两极分化和普遍的非道德现象作了翔实而生动的描写。这部作品与诺里斯的《章鱼》等敢向传统势力叫板，显露了新的时代精神的光芒。这类作品突破了维多利亚时代式、豪威尔斯式的雅传统，开启了一种开诚坦白、直言无畏和充满生活激情的创作风格。与此同时，老一代作家如马克·吐温、詹姆斯等在世纪之交仍旧新作迭出。后者创作的《鸽翼》《专使》和《金碗》等作品对叙述角度的变革和心理分析使其在20世纪再度蜚声世界文坛。

自20世纪开始，美国文学进入了一个新的发展时代。在国际性的“现代主义”(modernism)文艺运动影响下，各种文学样式纷纷登场，出现了意象派、立体派、旋涡派和达达主义等多种流派并立的局面。早在1914年第一次世界大战爆发前，美国文学的现代主义运动就已起步。首先进行现代主义文学试验的是在诗歌领域。芝加哥一时成为诗歌运动的中心。以桑德堡为代表的“芝加哥诗派”打破了传统格律诗的规则，采用散文体写作。他的《芝加哥诗集》是这一诗派的主要代表作之一。这部诗集夹杂着西部俚语、移民和城市居民的土语，习惯于直陈，并运用象征主义的笔触，对美国现代派诗人产生了一定的影响。其他中西部诗人还有林赛和克兰等。他们的作品同样运用充满活力的口语和俚语，对美国民族文学口语风格的发展作出了卓越的贡献。1912年，著名芝加哥女诗人门罗为推广和发展美国现代派诗歌创办了《诗刊》

(*Poetry*)。门罗的这一举动得到了以庞德为首的一批年轻诗人的大力支持。他经常在上面发表诗作。1913年，庞德在《诗刊》上发表了他的意象派宣言，明确提出了诗歌创作的主张。以庞德为首的意象派诗人强调诗歌语言的凝练与意象的鲜明。他们抛弃传统的节奏、韵律，改用自由诗体进行创作，为美国诗歌的发展开辟了道路。弗罗斯特又是一位美国现代主义诗歌运动的杰出人物。他以新英格兰为背景，用普通人的语言创作了一首首描写乡间普通人民和日常生活的诗篇。这些诗歌朴素中寓于深意，大都从自然景色、凡人俗事开始，以深刻的哲理思想结束。他的主要诗集有《少年的心愿》《波士顿之北》《山间洼地》《新罕布什尔》和《西流溪》等。无论意象派诗人还是新英格兰诗人都在不同程度上厌恶19世纪浪漫主义的诗风，注重都市或城乡现代人的感受，使诗歌从内容到形式都发生巨大的变化。正是在这样一种诗歌多元化进程中又出现了创作上的重视觉倾向。肯明斯首当其冲，在诗歌创作中大量使用小写字母，并对某些词汇作奇特的排列以谋取一种独特的审美效果。另一位诗人威廉斯在强调诗歌视觉效果的同时更注重从日常生活中选取创作题材。他既摒弃诗歌传统，又反对艾略特过分夸饰的文风，开创了"客体派"(Objectivism)诗风。至此，美国现代主义诗歌出现了两条不同的诗歌路线，即以艾略特为首并以新批评作为后盾，排斥现代派中其他流派的诗歌路线和沿着庞德、威廉斯和H. D.[①]等发展而来的坚持反对精英意识，努力追求具有美国特色诗歌创作的道路。

现代主义文学作品由于其不同的品位而不能为广大读者所接受。这就对读者提出了明确要求。为了鼓励更多的读者积极参与，现代主义作家不惜自助出版刊物，传播他们的文学思想和培养文坛新秀。先后出现了《诗刊》、《小评论》(*The Little Review*)、《七种艺术》(*The Seven Arts*)、《边疆》(*The Frontier*)和《逃逸者》(*The Fugitive*)等刊物，为现代派作家摇旗呐喊，并提供了发表园地。不过，美国文学在向现代主义文学转变时也是经历了一个错综复杂的过程：各文学流派之间既有斗争又有融合。可以说，美国现代主义文学是在引进和吸收欧洲现代派艺术和继承与发扬美国本土文学精神的基础上发展起来，是外来文化与本土文化、新潮派与传统派交互作用、碰撞而成的宁馨儿。

就在欧洲现代派文学、艺术思潮纷纷流入美国的第一次世界大战前后，美国文坛上还出现了现实主义、自然主义和乡土文学等各种流派蓬勃发展的趋势。这时还涌现出一批出色的女作家。其中比较著名的有华顿、格拉斯哥

---

① H. D. 是美国女诗人希尔达·杜丽特尔(Hilda Doolittle)的别名。人们习惯于称她H. D.，故本书沿用此习。

(Ellen Glasgow, 1874—1945)①和凯瑟等。她们基本上都坚持现实主义创作传统,都关注社会转型时期传统道德、价值观念受到冲击的阵痛,并以细腻的笔触和细致的观察描写了当时的社会境况。她们的优秀创作为世纪初美国文坛筑起了一道别致的风景线。华顿的《欢乐之家》和《纯真时代》既讽刺暴发户的庸俗和私利,又批判上流社会狭隘的文化和传统的道德观念。她后来创作的《暗礁》(*Reef*, 1912)和《国家的习俗》等小说都是通过悲剧故事和主人公的失意来揭示一个被剥夺了个性的社会里人们普遍经受的异化和孤独感。她文笔细腻,其创作注重表现人与人之间的关系和描写人物的心理活动等。格拉斯哥反映南方贵族文化的没落和庄园主的败落。她的小说《荒芜的土地》(*Barren Ground*, 1925)和《浪漫主义喜剧演员》(*The Romantic Comedians*, 1926)等都是针对人们如何在物质利益高于一切的世界里继续坚持精神人格的守望。格拉斯哥以反映南方生活现实为己任,并坚持现实主义的创作手法,写出了一代南方新女性和正在经受变革的美国南方社会秩序。对此,罗伯特·斯皮勒(Robert E. Spiller)曾经给予高度评价:"格拉斯哥凭一种灵活的文体能够深入分析悲剧的产生或进行喜剧性地冷嘲热讽。她能通过自我剖析去解释那些改变了她所处社会价值观念的变迁。"②凯瑟则更胜一筹。她把创作视线从外部的客观世界(转型时期美国中西部社会)转向内部的精神世界(遭受商业文化冲击的失落感或精神失常)。因而,她的作品更加贴近生活、更加富有时代气息,主要作品有《哦,拓荒者们》(*O Pioneers!*, 1913)、《我的安东尼亚》(*My Antonia*, 1918)、《教授的住宅》和《死神迎接大主教》(*Death Comes for the Archbishop*, 1927)等。凯瑟崇尚自然,从道德的角度鞭策现实社会,并在小说中表达了现代文明的冷漠和无情。她是在充满失望、毁灭、嘲讽和愤怒的20年代文学交响曲中升起的一种独特的旋律,并在众星争辉的现代派文坛上书写了一曲动人的篇章。

第一次世界大战期间,美国文坛不仅涌现了一批新潮作家而且出现了流派林立的格局。他们在与欧洲现代艺术的直接交锋中受到不同程度的艺术感染。战争使整个西方世界陷于一片血与火之中。随着美国民众普遍的反战呼声的到来,美国总统威尔逊在权衡国家利益之后便于1917年正式对德国宣战。为了响应"为和平而战"和"结束一切战争的战争"的号召,不少美国青年远离祖国,奔赴欧洲战场。参加战争的这批美国青年在战场上看到的是血腥的杀戮与死亡。他们感到上当受骗。然而战争在给人带来灾难的同时却刺激

① 格拉斯哥是世纪之交走红美国文坛的南方小说家。她的创作具有明显的自然主义倾向。主要代表作还有《弗吉尼亚》(*Virginia*, 1913)和《我们这一辈子》(*In This Our Life*, 1941)等。

② Robert E. Spiller, *The Cycle of American Literature: An Essay in Historical Criticism* (New York: The Free Press, 1967), p. 165.

了美国的军事工业。美国的钢铁工业和汽车工业在战时和战后均得到迅速发展。物质和经济的繁荣使战后的美国充斥着一股享乐主义和物欲主义。20年代作家所表现的迷惘和失望情绪是对传统思想的否定与抨击。在尼采宣布"上帝已经死了"这样一种发聋振聩的语声中,传统的信念动摇了,人与人之间的关系也发生了根本的变化。这使一代新人摆脱传统的羁绊,纷纷另辟蹊径形成了一个喧闹的、富有刺激的"爵士时代"(the Jazz Age)。战后美国政府实施的孤立主义政策使得相当一部分美国人重新关注国家利益和个人利益。因此,一战期间宣传的、蛊惑人心的"爱国主义""国际和平"和"献身精神"都被视作虚假的字眼。许多从战场上归来的青年作家感到了理想的破灭。他们渐渐变得玩世不恭、愤世嫉俗。在他们的创作中流露出一种迷惘、失望和精神的挫折感。这些作家对战后的美国社会、政治和道德感到失望。他们中许多人自我放逐到当时的世界文化艺术中心——法国巴黎,聚集在旅居那里的美国女作家斯泰因的文学沙龙里。他们中大多数人都以严谨、冷峻的态度来探究人生,追求艺术的完美。他们并没有消沉,而是竭力抨击时弊,揭露战争的虚伪,弘扬人的价值。正是由于他们的不懈努力,美国文学在20年代呈现出一派辉煌的景象。20年代崛起的各种新潮文学与传统文学分庭抗礼,并在创作实践中逐步形成各自的理论体系和艺术风格。

与诗歌、小说相比,美国的戏剧起步较晚,发展也比较缓慢。但在20世纪初它已开始跃跃欲试。在欧洲戏剧的影响下,美国的戏剧运动也蓬勃兴起,涌现了一批剧社。最著名的有1915年在纽约成立的"华盛顿广场剧社"(1919年改名为剧院协会),1915年成立的"普罗文斯敦剧社"和1931年由剧院协会成员组建的"同仁剧社"等。小剧场运动的兴起和奥尼尔剧作的问世是美国现代戏剧崛起的标志。以他为首的戏剧革新派大胆试验,用不同的手法进行创作。他们所运用的表现主义手法直接推动了第二次世界大战以后兴起的荒诞派戏剧。

在诗歌与戏剧走向现代化的进程中,美国小说一直保持了持续、稳定的发展趋势。时至第一次世界大战前,美国小说早已在和欧洲各种现代派艺术思潮的激烈碰撞中发展了自己的现代主义小说。以安德森为代表的小说家们大都致力于寻求能够反映社会分崩离析和道德沦丧的手法技巧,因而在形式上常常出现不完整的片断和不连贯性。故事往往在突兀中开始,发展进程也没有一定的逻辑性可言。故事的结局也不会向读者提供或暗示任何解决问题的方式。此外,作品的叙述角度、声音和语气也都是在不断变换中呈现的。在具体描述时,作家们又强调通过对话和行动来表现人物的个性和内心世界。他们采用文献记录式,利用大量的细节,力求情景、场面和对话富有科学的准确性和完美性,并且通过细节烘托气氛,表现作者意图。

20世纪20年代对美国作家影响最大的是身居海外的斯泰因。她是最早将意识的流动性与柏格森的时间概念运用到创作中去的作家之一。她借鉴与吸收电影以画面表现景象的手法,对传统的小说技巧进行大胆的改革。她创作的《三个女人的一生》以重复基本相同而略有不同的句子和文字来表现中心思想。作品通过三个女人的日常生活展现了她们纯朴的心灵和充满了幻灭感的精神面貌。她的创作思想和实践对安德森以及第一次世界大战后崛起的年轻作家产生很大的影响。

世界大战使敏感的文学青年感到迷惘、困惑甚至悲观。他们曾经亲临欧洲战场,也接触过欧洲古老的文明和20世纪初出现的各种先锋派艺术。由于不能接受战后美国社会日益物质化、文化日趋浅薄的现实,他们来到了欧洲并长期定居巴黎从事文学创作,因而被称作"迷惘一代"的作家。其中代表人物有菲茨杰拉德和海明威等。前者虽然没有参加过战争,却是典型的"迷惘一代"的作家。他的代表作《了不起的盖茨比》生动描写了"美国梦"的迷惑性与空虚,真实地再现了爵士时代人们醉生梦死的精神生活和"一切战争都打完了和一切对人的信念都动摇了"的绝望心理。后者创作的《太阳照样升起》也是"迷惘一代"的代表作,反映大战后在欧洲彷徨游荡的美国青年绝望和幻灭的情绪。作品通过主人公杰克·巴恩斯参战、受伤、精神空虚、行迹放荡和爱情失败为主线书写了自己"模糊的、非直接的"反战倾向。他的另一部小说《永别了,武器》也是表现战争如何粉碎人们的理想和生活目的这一主题。20年代是美国继"文艺复兴"以来出现的又一次文学繁荣。

这种悲观的幻灭感在另外一些作家身上表现为对小城镇中产阶级狭隘、自私、闭塞心理的抨击。刘易斯是其中的佼佼者。他以写作描写外省乡绅生活的《大街》而蜚声文坛。他在1922年创作的《巴比特》再次刻画了美国中产阶级狭隘的心态。1930年他成为第一个获得诺贝尔文学奖的美国作家。之后,奥尼尔和赛珍珠分别于1936年和1938年摘取了这一世界文学桂冠。安德森也是"迷惘一代"的一位颇有成就的小说家。他深受斯泰因的影响,抛弃以情节为主的传统格局,强调刻画人物的内心世界。他以描写小城镇生活,表现普通人的彷徨和苦闷而著称。代表作《俄亥俄州瓦恩斯堡镇》(*Winesburg, Ohio*, 1919)生动地再现了一群美国畸人形象。

1929年,纽约股票市场崩溃和随即出现的经济大萧条给普通百姓带来了苦难。破产、失业、饥饿和自杀随处可见。尽管罗斯福总统计划通过政府与大企业财团之间的合作来恢复经济和缓解劳资矛盾,但这种自上而下的政策进展缓慢。因此,一些旨在平均社会财富的政策口号只能是一种乌托邦式的幻想。许多具有社会良知和正义感的作家开始以批判的态度来审视美国的社会和政治制度。这个时期的作家一改20年代哀伤绮丽的文风,将笔触从个人的哀愁转向人人关心的社会问题。他们一扫弥漫整个 20 年代的失望和迷茫的情绪,致力于揭露社会的不公平与黑暗,出现了以"左翼"文学为主流的文学现象,其中最典型的作家有多斯·帕索斯和斯坦贝克。前者创作的三部曲《美国》:《42 纬度》《一九一九年》和《赚大钱》展示的就是一幅"现代美国"的图景,被誉为"一部伟大的民族史诗"。作品打破了传统叙述方式,穿插了许多"新闻短片"、"照相机镜头"和"人物传略"等,用极不寻常的句法和语言习惯表现意识流,以强调体验的片断性和支离破碎性。后者对美国资本主义经济制度进行了不同程度的抨击。他的《愤怒的葡萄》描写经济大萧条时期以乔为代表的大批农民破产后向加利福尼亚逃亡的经历。小说使他成为一名敏感的社会小说家。因之,他于 1962 年摘取了诺贝尔文学奖的桂冠,被称为一位用现实主义和富有想象的创作表现出富于同情的、幽默的、具有敏锐观察力的小说家。

这个时期美国南方作家开始联合起来并发起创办了《评论员》(*The Reviewer*)、《两面派》(*The Double Dealer*)和《逃逸者》等刊物。他们对文艺思想和评论各抒己见。30 年代创办的《南方评论》(*The Southern Review*)和《肯庸评论》(*Kenyon Review*)等杂志对"新批评派"文艺理论的形成起过很大的作用。不过创作成就最大的还是福克纳。他创作的《喧哗与骚动》等作品以独特的视角关注现代人的命运,表现出他对南方大家族的兴衰、黑奴制的后果、种族矛盾以及敏感现代人与社会的冲突的深切感受。

在白人文学发展的同时,移民少数族裔文学异军突起,并取得了较大的进展。随着移民文学的兴起,美国文学舞台上不仅涌现了一批犹太作家,而且还出现了黑人文学蓬勃发展的态势。犹太作家大都从犹太移民自身的经历出发描写他们在"美国化"(Americanization)进程中的切身感受和他们对命运的追忆与反思。他们是戈尔德、刘易索恩、罗思、奥德茨和威斯特等作家。与之交相辉映的是一群黑人作家。20 年代后期到 30 年代初,居住在纽约哈莱姆贫民区的黑人作家以大量的作品表现黑人的悲惨生活,形成"哈莱姆文艺复兴"。这场黑人文学、文化运动几乎涉及自第一次世界大战至经济大萧条时期非裔美国黑人政治、文化和日常生活的各个方面。① 休斯是最著名、最有成就的作家之一。他的诗歌采用爵士音乐的节奏和韵律,热情奔放。除了写诗以外,休斯还创作小说和戏剧,用幽默、揶揄的手法描写黑人眼中的白人,对他们的虚伪行径进行讽刺和挖苦。同时代黑人女作家赫斯顿鹤立鸡群,成为"哈莱姆文艺复兴"时期杰出的女作家之一。"哈莱姆文艺复兴"是新一代黑人文学正式登上美国文坛的标志。这批黑人作家企图为黑人创造一种新的价值观念,在

---

① Cary D. Wintz, "Series Introduction" to *Remembering the Harlem Renaissance*, Vol. 5 of *The Harlem Renaissance 1920—1940*, edited by Cary D. Wintz (New York & London: Garland Publishing, Inc., 1996), p. vii.

创作上，摒弃了美国南方语言改用黑人语言进行创作，刻意塑造工业社会进程中的新黑人形象。30 年代的经济危机妨碍了“哈莱姆文艺复兴”运动的发展。但以赖特为首的一群黑人作家仍然发表了很多战斗性很强的抗议文学。他的《土生子》等作品对黑人民族心理作了深入的揭示，大大拓宽了黑人文学的人物心理描写。

两次世界大战之间，文艺批评开始在美国文坛起着主导作用。一些知名杂志如《国家》(*The Nation*)、《新共和》(*The New Republic*)、《日晷》(*The Dial*)和《七种艺术》等都致力于文艺批评。所有这些出版物虽然都有各自的办刊宗旨和喜好，但汇成了一股强大的学术潮流，足以影响几代人的思想。这种影响效果远非任何一家刊物所能办到的。它们是传达思想，开展学术争鸣的摇篮，向人们提供一系列有关社会、政治的不同论述，留下极其宝贵的精神财富。第一次世界大战前后兴起的自由主义批评一改 19 世纪豪威尔斯倡导的温雅的批评传统，为现代文学批评开辟了一条新路。其代表人物有布鲁克斯和门肯等。与之相对的“新人文主义”批评在当时也保持了一定的渗透力。经济大萧条时期逐步形成的“左翼文学批评”对美国“左翼文学”的发展起到了推动作用。不过，影响最大的是“新批评”派。该派认为文学是艺术，主张对作品本身进行细读，并提出了一系列理论原则和批评术语，大大推动了美国的文学批评和文学研究。第二次世界大战后，“新批评”在美国进入了一个鼎盛期，并在相当长的一个时期里几乎垄断了整个批评界。

# 第一章

# 美国现代诗歌的开端与发展

美国诗歌在19世纪末20世纪初基本上处于沉寂时期。随着两位划时代的诗坛巨擘迪金森和惠特曼的相继去世,美国诗坛被一些模仿英国浪漫主义末流诗歌的"风雅派"(The Genteel Tradition)所垄断。他们是一些歌颂大自然、爱情和生活,但又脱离现实生活、拘泥于传统艺术形式和从古典著作和神话中寻找意象的、符合当时一般读者审美趣味的流行诗人或杂志诗人,主要代表人物有麦迪逊·考温(Madison Cawein, 1865—1914)、珀西·麦凯(Percy MacKaye, 1875—1956)、约瑟芬·普雷斯顿·皮博迪(Josephine Preston Peabody,1874—1922)、埃德温·马卡姆(Edwin Markham, 1852—1940)和克林顿·斯科拉德(Clinton Scollard, 1860—1932)等。美国诗歌的这种不景气局面持续了相当长的一个时期,好在同时代诗人中还有像林赛、蒂斯代尔(Sara Teasdale, 1884—1933)、米莱(Edna St. Vincent Millay, 1892—1950)、威廉·罗斯·贝内特(William Rose Benet, 1886—1950)和阿瑟·戴维森·菲克(Arthur Davison Ficke, 1883—1945)这样的诗人还比较倾向于对诗歌意象和表现形式进行革新。他们把新鲜的生活气息带进了美国诗歌。可以说,是他们的诗歌革新举措和1912年门罗创办的《诗刊》共同触发了一场新诗运动,从而结束了美国诗歌的沉寂期。从此,一大批新诗人纷纷登上美国诗坛,开创了美国现代诗歌的传统。

作为当时最主要的发表园地之一,《诗刊》在门罗的倡导下抛弃了一切成见,注重提携新人,推出流派以促进新诗的发展。《诗刊》一时成了介绍不知名诗人的作品、促进诗歌运动的重要媒介,也为美国诗歌培养了一批诗歌新秀,开创了美国现代诗歌传统,迎来了一场蓬勃发展的新诗运动。随着新诗运动影响的进一步拓展,美国诗坛上出现了传统派、意象派、芝加哥诗派和现代派并行交错的繁杂局面。

但是,美国现代诗歌的发展进程中也有曲折,前后经历一场旷日持久的新旧之争。如果将美国现代派诗歌与坚持传统的"风雅派"诗歌相比较就会发现,新诗与旧诗是两种迥异的诗歌美学。在这场论争中,写新诗的诗人们的审美趣味基本相近,而且一致对付占领诗坛统治地位的"风雅派"。因为发行量大的一些杂志为了投合受传统诗歌熏陶的广大读者的口味(文学传统的稳固性和延续性)而发表"风雅派"诗歌,不发表或少发表有实验性质的新诗。写新诗的现代派诗人一般通过各种小杂志来影响读者的审美观点,并以此冲击"风雅派”诗人的垄断地位。然而当新诗渐渐占上风的时候，现代派诗人之间因风格各异、诗学观点千差万别而产生新的矛盾，新的冲突。只要仔细观察一下美国现代派(包括后现代派)诗歌史的发展过程，就不难发现美国现代诗歌领域内存在着两条异常鲜明的诗歌创作路线：一条是艾略特—兰色姆—泰特路线；另一条是庞德—威廉斯—H. D. 路线。前者强调博学，重视欧洲文化传统，后者注意建立具有美国本土特色的诗歌。庞德有时介于两条路线之间，因为他的《诗章》之博学实在无与伦比，而且他在帮助 T. S. 艾略特建立诗风方面还起了决定性作用。

所谓新诗与旧诗之争，虽然在自由诗体的问题上曾经出现过激烈的论战，但它决不意味着两个敌对的阵营，壁垒分明，文攻武卫，因为传统的稳固性和延续性使任何人也摆脱不了传统。任何有成就的作家都不仅仅是传统的一部分，而且还帮助延长和创造传统。早在 1919 年，艾略特就对传统与个人的关系作了辩证的阐述。他在其名篇《传统与个人天才》(Tradition and the Individual Talent)里说得好：“没有任何诗人，任何艺术的艺术家在他单独的时候有完整的意义。他的意义在于别人对他的评价，即对他与死去的诗人和艺术家的关系的评价。你不能把他独立出来进行评价；你必须把他置于死人之中进行对照和比较。我的意思是把它当作美学原则，而不仅仅把它当作历史和文学批评。”①

继承是事物发展的一个方面，但要发展就必须破除某些不符合当前社会现实的旧观念、旧事物，这是事物发展的另一个方面，而在破旧立新的过程中，新事物、新观念必然要受到旧事物、旧观念的抵制和反对。这种普遍的、简单的辩证关系当然也存在于 20 世纪初美国新诗与旧诗的争论之中。英美现代诗歌史专家戴维·珀金斯(David Perkins)在他的专著《现代诗歌史》(*A History of Modern Poetry: From the 1890s to the High Modernist Mode*, 1976)中说：“‘风雅派’显然占上风，但反对派的诗歌运动很强大。如果前者垄断名誉地位，后者则引起更多的兴趣和希望。”②争夺读者是新诗与旧诗对抗的主要形式。在这场争夺战中，旧诗坚持以全国有影响的各大杂志为阵地宣传自己的诗学主张，而新诗则致力于开辟一个个小阵地(小杂志)，以其“有趣和希望”扩大势力，占领山头。

我们把新诗与旧诗的实践及理论作对照和比较的时候，便会发现两者的诗美学是何等的迥异！随着时代的进步，科技和工业的发展，新的理论思潮层

---

① T. S. Eliot, *Selected Essays* (New York: Harcourt, Brace & World, Inc., 1960), pp. 4-5.

② David Perkins, *A History of Modern Poetry: From the 1890s to the High Modernist Mode* (Cambridge & London: The Belknap Press, 1976), p. 101.

出不穷。达尔文主义、弗洛伊德的精神分析学、马克思主义、尼采哲学和弗雷泽(J. G. Frazer，1854—1941)的人类学等理论的推广大大扩大了人们的视野和思维空间，使他们看到和感到自己置身在一个崭新的社会现实里，这势必拓展了诗人们的写作题材。“风雅派”诗歌中的大自然的风光变成了新诗中的新兴城市的人文景观；“风雅派”诗歌中的浪漫主义爱情变成了新诗中的性爱；“风雅派”诗歌中的爱国主义变成了新诗中的政治腐败；“风雅派”诗歌中的高尚情操、优雅举止变成了新诗中伴随资本主义发展带给人们的各种恶德和恶习；“风雅派”诗歌中的夜莺和玫瑰变成了新诗中喧嚣的飞机和汽车……总之，新的现实社会为诗人们准备了许多有待开垦的处女地，许多吸引新读者的情景和意象。“风雅派”诗人们所钟情的美、浪漫、神秘和崇高的事业以及温情、魅力和奇异等都被现代派诗人抛弃了。“风雅派”诗人们所陶醉的表现个人感情和沉思的抒情诗也为现代派诗人们所鄙视。一般地说，新诗的题材是反浪漫的。

然而，写新诗的现代派诗人们之间千差万别，破除旧诗学和创立新诗学的程度不一。有些现代派诗人虽然选取了非浪漫或反浪漫的题材，但感情是陈旧的浪漫主义的。在这一方面，林赛是典型的代表，而罗宾逊、弗罗斯特、蒂斯代尔等人的诗歌里多少都留有浪漫主义或“风雅派”诗歌的痕迹(甚至后来的后现代派中最激进的诗人金斯堡也难免浪漫主义)。由此可见，旧诗让位于新诗，不是一朝一夕可以取得的，而是经历了一个漫长的过程。艾略特和庞德在破旧立新方面已经做得比较彻底，无愧于他们作为现代派诗歌大师的美名。

在这段被称为文艺复兴的大写新诗的历史时期，美国诗歌最大的收获之一是艺术形式上的百花齐放：象征派、印象派、未来派、超现实主义诗、日本俳句(Haiku)、五行诗、多音散文诗、散文诗、新吟游诗和跳跃幅度大而诗行破碎的自由诗等……它们不但构成了新诗的新范式，而且提供了新诗的多样化的新方法，表现了新诗的创造性和活力，从而把新诗提高到了空前的地位。新诗的贡献在于它在风格上作了许多革命性变化，这种变化的成果依然被后现代派诗人所接受、所使用，尤其它那经济、具体、通俗口语、悖论的艺术手段依然被当代诗人所运用。以 T. S. 艾略特和庞德为首的现代派诗人所创造的断续性作诗法(fragmentation)虽然不是这段历史时期新诗的主要特色，[①]但影响深远，几乎成了后来艾略特树立的现代派诗歌的主心骨，至今仍为当代诗人们采用。它之所以有生命力，主要在于它能反映无序的现代社会所造成的无序的

---

① 这种作诗法就是打破语法、句法和逻辑联系的支离破碎的结构。虽然这一倾向不是这个历史时期新诗的主要特色。这对当时写新诗的许多其他诗人来说太不合规范。例如，罗宾逊、弗罗斯特和马斯特斯等诗人一直坚持写跳跃性不大、思想感情前后连贯的诗行。它们同“风雅派”诗歌的诗行没有原则的差别。

心理状态。

新诗另一个突出的成果是把自由诗体作为主要的艺术形式确立了下来,虽然它并非现代派诗人的独创。早在古希腊的挽歌体诗人、英国诗人弥尔顿(John Milton, 1608—1674)、布莱克(William Blake, 1757—1827)、华兹华斯(William Wordsworth, 1770—1850)、柯尔律治(Samuel Taylor Coleridge, 1772—1834)以及惠特曼和迪金森等等都写过自由诗。欧美家喻户晓的用古英语写的史诗《贝奥武甫》(*Beowulf*, 700)在某种程度上也是自由诗。当然起初的自由诗依然注重音步,只是诗行开始有长短的变化,押韵也不严格,有了较大程度的松动。早期的自由诗是针对整齐划一的方盒子似的格律诗而言的,它被少数诗人所运用,不成气候。自由诗像浪潮般席卷美国诗坛的时候是在20世纪头十几年的新诗时期。

写新诗的美国诗人比同时代的英国诗人更加积极地普及自由诗。究其原因有两个:首先,这批美国新诗人想跟上时代的步伐,那种方块块的、音步与押韵严格的传统诗无法表达他们的新生活、新思想和新感情。威廉斯高度重视自由诗,认为新体诗是紧跟当今世界步伐的。写自由诗的诗人们坚信,固定的模式盛不下现代人充沛的思想感情,因为每一个感情状态或冲动都需要用和它相适应的形式去表达。如果用传统的固定形式去表达,势必削足适履,不是以形式伤害原意,就是造成感情的虚伪。传统诗人津津乐道的亦吟亦咏的音乐性在才能小的二流或三流诗人的诗里显得矫揉造作,苍白无力。当然不是说传统的艺术形式的使用价值已经穷尽了,许多优秀现代派诗人能写出传统形式的好诗就是证明。庞德刚到伦敦时曾写过一首形式极严而极难写的传统六行诗,使举座皆惊。但现代派诗人主要是写自由诗,传统诗体只偶尔为之。试想倘若以粗犷著称的桑德堡丢弃了自由体,他就不成为桑德堡了!他怎么能用音步和韵脚严格的传统形式去表现如火如荼的芝加哥城市生活呢?怎能充分表现一望无垠的西部大草原呢?更不用说艾略特写不出以断续诗法为主的《荒原》了。

其次,这些新诗人认为,传统诗体学是英国的产物,为了建立独具美国特色的诗体学,就必须摆脱传统诗体学,况且那种强调抑扬格或扬抑格音步并不适合美国语言。宣扬美国资本主义民主、自由和平等的现代派诗人需要一种直接表达的范式,从过去的一小撮文人的象牙之塔里走出来,与广大的群众直接交流思想感情。在这方面,吟游诗人桑德堡似乎有更迫切的需要。

像任何新生的事物会遭到保守派或传统派的反对一样,自由体诗在当时也遭到了反对和抵制。理由很多,主要的理由是说它像散文,失去了诗味和诗的形式,因此不成其为诗。这个问题在当今差不多解决了,不管是诗人、编辑、评论家还是读者都不会提出疑义,可是在当时这是一个严重的问题,保守派振振有词地对此加以大批特批。尤其意象派诗人写诗时根本不考虑音步，完全违背了传统的审美期待，使得传统派有把柄可抓。艾米·洛厄尔不买账，她利用报纸和报告会，大力宣传意象派诗和自由诗的优越性。双方公开论战的结果反而助长了自由诗在读者中的诱惑力，促使更多的本来有传统美学趣味的读者怀着好奇的心理去读自由诗，于是愈来愈多的诗人去尝试这种新的艺术形式。在推广自由诗方面，洛厄尔功不可没。

自由体是新诗战胜旧诗最主要的表现形式，所谓自由是针对旧诗严格的艺术形式而言。而自由诗本身的形式存在着很大的差别。强调视觉艺术效果的意象派诗人一般都抛弃英语诗的基本表现形式——音步，为后来的具体诗、视觉诗的发展铺设道路。强调听觉艺术效果的诗人则注重由节奏产生的音乐性。而在强调听觉艺术效果的诗人之中又可分为两种：一种是惠特曼式的一泻千里。以惠特曼为榜样的诗人完全记录创作时澎湃的激情，并不涉及传统的音步。但他们的诗读起来依然具有音乐性。桑德堡和后来的金斯堡等是继承惠特曼的杰出代表；另一种是以艾略特和庞德为代表建立起来的自由体。他们特别注重由节奏产生的音乐性，无论是《荒原》还是《诗章》，尤其开头的一些诗行抑扬顿挫，音乐效果如同淙淙的泉水般悦耳，堪称这方面的典范。接受艾略特和庞德审美观点的自由体诗人追求形式的完美，勤于雕琢文字，句斟字酌。艾略特和庞德精通法文，受到了法国自由体诗人如兰波(Arthur Rimbaud，1854—1891)、拉弗格(Jules Laforgue，1860—1887)、亨利·德·雷尼埃(Henri de Regnier，1864—1936)等人的影响。

不过，自由诗的发展并不一帆风顺，它也经过了大起大落。在20世纪最初的十几年的新诗发展期间，它出足了风头，使传统诗变得灰溜溜的。自由诗的创造性，部分原因是它如饥似渴地吸收了小说尤其是当时富有试验精神的小说技巧，例如罗宾逊和马斯特斯的叙事诗吸收了小说的表现手法；艾略特和庞德吸收了詹姆斯·乔伊斯小说的技巧、现代派的绘画和雕塑的技法以及黑人的爵士乐和布鲁斯乐(蓝调)的艺术形式，它从严格的传统诗的桎梏中解放了出来。可是它不久又走到了它的反面。当它被许多平庸的诗人一窝蜂地使用时，便变得过度散文化，变得像白开水般平淡无奇，比小说的句子还松散，尤其当运用无音步的自由体写的意象派诗失去魅力的时候，自由诗就不那么吃香了。再加上艾略特的《荒原》虽然是自由体，但主要采用了音步，读起来朗朗上口，使读者的注意力从无音步的自由诗转移到有音步的自由诗上去了。鉴于自由诗被那些无才华的小诗人搞得太自由，糟蹋得太厉害，庞德是多面手，他在起初提出意象派诗时并不以音步要求其他的意象派诗人。可是当他发现不少二流诗人滥用自由诗时，他提出了重视形式的必要性。后来他又与艾略特一起主张，自由诗的创作必须以音步为主，具有音乐性，这为写形式主义的诗定了基调。史蒂文斯、穆尔、克兰、新批评派的兰色姆和泰特以及后来的魏尔伯和奥登都倾向回避写太开放型的自由诗,提倡形式主义诗歌。从20年代晚期到40年代晚期,自由诗被冷落了。直至50年代,自由诗才开始复苏,进入第二个繁荣期。期间兴起的"哈莱姆文艺复兴"运动也在美国诗歌史上书写了独特的篇章。

## 第一节
## 门罗与昂特迈耶

哈丽特·门罗(Harriet Monroe,1860—1936)是美国19世纪末20世纪初一位著名的杂志编辑。她主编的《诗刊》杂志有力地推动了美国当时的新诗运动,帮助造就了一批现代派诗人。同时,门罗自己也是一位诗人和剧作家,在当时的文学界交游广泛。庞德和H. D.等人都与她有交往。她一生热爱文学创作,为美国文学的发展作出了杰出的贡献。

门罗出生于美国芝加哥市一个富有的家庭。她的父亲亨利·斯坦顿·米歇尔(Henry Stanton Mitchell)是该市一位有名望的律师,收入可观,有一定财力。门罗早期受到了很好的启蒙教育。但不幸的是,1871年的芝加哥大火吞噬了米歇尔家大部分的财产,从此,家境败落。后来,门罗在华盛顿的一家修道院里学习。父母不和谐的婚姻生活和修道院的隐世气氛共同塑造了日后门罗郁郁寡欢的性格。

1879年,门罗加入了"芝加哥妇女文学俱乐部"(Chicago Women's Literary Club),并与作家尤金·菲尔德(Eugene Field)、玛格丽特·沙利文(Margaret Sullivan)建立了深厚的友谊。自80年代起,门罗又开始与作家史蒂文森(R. L. Stevenson)通信,谈论写作并开始尝试创作。她为许多刊物如《芝加哥论坛》(*Chicago Tribune*)等撰写音乐、艺术和文学评论,以此谋生。这些工作使得门罗广泛接触当时的文学和艺术作品,发展了一定的艺术鉴赏力。1890年,门罗到欧洲旅游,回国后被《芝加哥论坛》解雇。这对她打击很大,大病一场,一度精神崩溃。1891年,重新振作起来的门罗自费出版了诗集《瓦来里亚》(*Valeria*),并在次年的芝加哥世界博览会上朗诵了诗作《哥伦比亚颂歌》(Columbia Ode),首次成为公众人物。《纽约世界报》(*New York World*)未经她同意就刊登了这首诗,门罗对其起诉,最后得到5 000美元的赔偿,这笔钱使门罗日后进行广泛游历成为可能。这段时期,门罗出版过一本传记，一本题为《文学妇女和高等教育》(*Literary Women and Higher Education*，1905)的小册子以及诗剧集《短暂的表演》(*The Passing Show*，1903)，并在一些杂志上发表了几首长诗如《季节之舞》(The Dance of the Seasons，1908)、《旅馆》(The Hotel，1909)、《汽轮机》(Turbine，1910)等，但这些作品没有引起评论界的关注。1910 年，门罗利用版权案中所获的赔偿开始了一次为期八个月的旅行。

门罗计划在这次旅行中参观从伦敦到北京的博物馆。在伦敦街头的一个书店里，门罗偶尔发现了两本当时旅居欧洲的美国诗人庞德的诗集，她对书中的现代主义诗歌感到新奇，并开始改变自己的诗学观。后来，她见到了庞德、H. D. 和艾略特等作家。和他们的交流更使她看到维多利亚诗歌传统的弊病，看到新诗运动的活力和前途。但同时，门罗也有感于当时诗歌所受的冷遇，以及现代诗人进行诗歌创新的艰难。1911 年，门罗开始四处奔走，筹集资金，打算创办一本诗歌杂志。在她的努力之下，1912 年 9 月，《诗刊：一本诗文杂志》(*Poetry: A Magazine of Verse*)创刊了。

作为当时现代主义诗歌的主要舞台，《诗刊》杂志为 20 世纪美国诗歌的发展立下了汗马功劳。这是一本具有开拓性的杂志，成为意象派和自由体诗辩论的主要论坛。在 1912 年 9 月的创刊号中，门罗声称："我们应特别关注具有现代意义的作品，但同时，我们也乐于接受高水平的古典主题的作品。"她还引用了她所崇拜的诗人惠特曼的一句名言"要有伟大的诗人必须要有伟大的读者"作为该杂志的箴言，直至她去世。从创刊起，《诗刊》开始刊登弗罗斯特、H. D. 及艾略特等现代派诗人的作品，成为现代诗歌运动的一面旗帜。

门罗在担任《诗刊》杂志编辑的 24 年(1912—1936)中，一直坚持写作，几乎给每一期供稿。同时，她和许多作家如庞德等联系密切，也经常写一些评论文章。她的两本诗集《你和我》(*You and I*)、《诗选》(*Chosen Poems*)分别在 1914 年和 1935 年出版；1917 年，她和爱丽丝・考宾・亨德逊(Alice Corbin Henderson)合编了一本《新诗选》(*The New Poetry: An Anthology*)。1933 年，她又和莫顿・赞贝尔(Morton Zabel)合编了一本《情绪诗集》(*A Book of Poems for Every Mood*)。

1936 年，已经 76 岁高龄的门罗作为美国代表，前往阿根廷布宜诺斯艾利斯出席国际笔会(Pen Congress)的会议。回来的途中，在阿基伯雷患脑溢血，不幸逝世。1938 年，她的自传《一个诗人的一生》(*A Poet's Life*)出版。门罗曾为新诗的持续发展设法建立了艺术庇护制度，并且设立了一系列奖项。著名诗人肯明斯、罗伯特・洛厄尔(Robert Lowell，1917—1977)、穆尔、史蒂文斯和伊沃尔・温特斯(Yvor Winters，1900—1968)都先后得过《诗刊》颁发的诗歌奖。在她死后，芝加哥大学根据她的遗嘱设立了"哈丽特・门罗诗歌奖"

(HM Poetry Award),鼓励年轻的诗人写作。

门罗和中国还有一段缘分。20世纪初,门罗的住在芝加哥的姐姐和姐夫卡尔霍恩夫妇被派往中国当公使,为门罗在20世纪初和30年代访华创造了有利条件。中国的文化、中国的建筑艺术、中国古代的艺术品给她留下了深刻的印象,这多少影响了她的《诗刊》的编辑方针,使写中国题材的诗容易在《诗刊》上发表。弗莱彻对此有感觉,感到他的《蓝色交响乐》因为有对中国艺术的反响而使她爽快地接受了。同样,她乐意刊载并高度夸奖林赛的《中国夜莺》。史蒂文斯在欣赏中国艺术上和门罗有相同的审美趣味(并托去中国访问的门罗购买中国的艺术品)而使门罗对史蒂文斯大加赞赏,虽然她主要的旨趣是扶植中西部林赛、马斯特斯和桑德堡这类新诗人而不是高度的现代派诗人。在她的编辑部里,她有兴趣同诗人们切磋中国古典诗艺。她同样有兴趣创作中国题材的诗。①

门罗是一位杰出的女性。尽管也有人如后现代诗人雷克斯罗思(Kenneth Rexroth,1905—1982)对门罗颇有微词,认为她是"一位做作的很土气的女强人,美学趣味很怪",但门罗对美国现代诗歌的发展所做的贡献是不可替代的。

比门罗年轻25岁的路易斯·昂特迈耶(Louis Untermeyer, 1885—1977)在促进美国现代派诗歌发展上也起了摇旗呐喊的作用。当门罗与爱丽丝·考宾·亨德逊合编的《新诗集》的影响逐渐减小的时候,昂特迈耶主编了两本深受读者欢迎的选集:《现代美国诗歌》(*Modern American Poetry*)和《现代英国诗歌》(*Modern British Poetry*),两本诗选后来不断有修改版面世。成千上万,甚至数百万读者对英美现代派诗歌的了解都是通过阅读这两本书获得的。这也许是一种共识:任何文选都不可避免地反映编选者的喜好和偏见。昂特迈耶的《现代美国诗歌》当然也不能例外,他在前言里就指出:"每一个编者被迫陷入爱好、偏见和作为个人爱好的直觉的大杂烩之中,他很少能回避他个人的气质和训练带来的种种局限。"②因此,我们对他偏爱弗罗斯特和桑德堡而冷淡庞德和史蒂文斯就不觉得奇怪了。不过,总的来说,他对美国现代派诗歌的介绍是客观而公平的。尽管他有许多诗人朋友,但他没有因为私人友谊而开后门,把他们塞进这本诗选里,他因此在前言里作了公开的道歉,这恰恰反映了一个正直艺术家的良心。这本诗选有一个特色:编者除了为每个所选的诗人写简介及对其作品作评价外,还以精练的文字勾勒了美国现代文学发展的轨迹,纲举目张,脉络分明。他对每个诗人的介绍生动活泼,便于读者接受。

---

① 引自张子清:《二十世纪美国诗歌史》,长春:吉林教育出版社,1995年,第46页。

② Louis Untermeyer, "Introduction" to *Modern American Poetry*, edited by Louis Untermeyer (New York: Harcourt, Brace & World Inc, 1958), p. iii.

昂特迈耶生在纽约。他富于浪漫色彩的诗篇收在《长期争斗：诗选》(*Long Feud: Selected Poems*, 1962)里，它是由两本诗集《烤海兽》(*Roast Leviathan*, 1962)和《燃烧的灌木丛》(*Burning Bush*, 1928)合并而成。他的诗读起来流畅、轻松、敏捷，富于现代气息。但他和门罗一样，其诗歌在当时是新鲜的，但如今被读者忘记了。他留在读者印象中的是他的《现代美国诗歌》。他的两本自传《从另一个世界来》(*From Another World*, 1939)和《往事》(*Bygones*, 1965)为了解美国现代派诗发展的进程提供了许多宝贵的史实。他的《罗伯特·弗罗斯特致路易斯·昂特迈耶的书信集》(*The Letters of Robert Frost to Louis Untermeyer*, 1963)是一份研究弗罗斯特的珍贵资料。

## 第二节
## 桑德堡的诗歌创作

卡尔·桑德堡(Carl Sandburg, 1878—1967)是一个地地道道的中西部诗人，他一生的大部分时间都是在中西部度过的，主要在伊利诺伊和密歇根州。他像惠特曼那样，以粗犷的歌喉，豪迈的气势，宽阔的胸怀，使保守文人瞠目，令广大读者惊叹。1914年，《诗刊》刊登了他的力作《芝加哥》以及其他八首诗。他那亢奋的情绪，爆炸性的语言，确实使长期习惯于风雅派诗歌传统的读者发聋振聩。诗人把新兴的芝加哥描写为汗流浃背、精神抖擞的劳动者，把它说成是：

> 供应世界猪肉的屠夫，
> 工具匠，囤积小麦的搬运工，
> 条条铁路的指挥，运输货物的管理人，
> 乱哄哄，闹嚷嚷，一片沸腾，
> 啊，这双肩宽阔的城市……

早在发表《芝加哥》诗篇以前，桑德堡已经是饱经生活风霜，社会阅历丰富，在政治活动与文学活动中得到锻炼的壮年人了。诗人生在伊利诺伊州盖尔斯伯格一个贫困的瑞典移民家庭，从小受阿尔吉尔德州长和W.J.布莱恩等人的民主改革思想的熏陶。念了八年中小学，不得不离校谋生，从事各种苦活：送牛奶、当木工、漆工、铅管工、药剂师、湖上劈冰块、街上卖水果、剧院拉布景、农场打临工等等。18 岁开始同一批游民爬火车,游历全国,沿途以打短工糊口,甚至为此坐过班房。他是一个地地道道的社会下层青年。1898 年,在西班牙与美国战争中服兵役时间不长,复员后入龙巴德学院学习。大学期间,深受他的导师赖特教授的民主思想的影响。在赖特教授的指导下,与几个志同道合的同学一起研读吉卜林、屠格涅夫、马克·吐温等作家的作品,并且怀着极大的兴趣讨论马克思的《资本论》。作为世界产业工会和社会民主党干部,他积极为该党做宣传工作和底层组织工作。1910 年至 1912 年期间任社会民主党人密尔澳基市长私人秘书。同几家报刊联系密切,先后为他们当记者、做编辑,为劳苦大众宣传争取伤残失业保险、养老金、最低工资额、八小时工作制等等合理要求。在赖特教授的帮助下,出版了几本较著名的小册子:《狂喜》(*In Reckless Ecstasy*, 1904)、《玫瑰脂》(*The Paint of a Rose*, 1905)和《拾零》(*Incidentals*, 1905)。作者在这些小册子里表达他对普通人民的关心,也反映了他的群众出英雄的朴素唯物主义观点。因此,桑德堡一开始就不是庞德、艾略特或史蒂文斯这一类型的诗人。他在《狂喜》中声称:

> 我为这里的普通男女感到自豪,他们遭到挫折,感到不幸,然而为了爱,为了笑,为了渡过难关而生活着。我满心喜悦,放眼鲜花、草原、树木、青草、流水、大海、天空和云彩。

桑德堡的一生及其近千首诗构成的六本诗集都贯穿了这一基本信念。《芝加哥诗抄》(*Chicago Poems*, 1916)是一本以两年前发表在《诗刊》而引起强烈反响的短诗《芝加哥》为标题的诗集,其中大部分均是诗人洛厄尔所称赞的"这个时期最有独创性的作品之一"。诗集里没有一首诗表明诗人对中上层资产阶级的好感或同情,恰恰相反,诗人站在劳苦大众的立场,直接或间接地对剥削者和压迫者进行无情的揭露,有力的鞭挞,如《拾洋葱的日子》(Onion Days)、《福地》(Grace Land)和《致一个当代的胡言乱语者》(To a Contemporary Bunkshooter)等诗都反映了诗人这方面的鲜明的阶级立场。同时,诗人对劳动人民的艰苦生活寄予无限的同情,并歌颂他们对幸福生活的向往,如《杰克》(Jack)、《迈格》(Mag)、《玛米》(Mamie)、《劳动姑娘》(Working Girls)和《幸福》(Happiness)等诗里描写的社会底层人的命运与诗人同时代的小说家德莱塞笔下小人物的命运似乎如出一辙,都在不同程度上暴露了美国城市生活的严酷现实。

诗人的笔触是多方面的,一面描写城市,描写工业区,描写那里的贫富不均;一面赞颂新兴城市充满活力,富于朝气,如《芝加哥》(Chicago)和《摩天大楼》(Skyscraper)等诗篇。诗人不但像大汉那样粗着脖子大叫大嚷,调门豪放,而且有时又心平气和，歌声清越而风格婉约，如《雾与火》(Fogs and Fires)和《诗札》(Handfuls)等，其中以《雾》(Fog)最为典型：

白雾走来了
迈着小猫的步伐。它坐下来眺望
城市和海港，
它蹲着一声不响
然后又迈步向前。

昂特迈耶对《芝加哥诗抄》给予了高度的评价。他说，《芝加哥诗抄》充满了骚动与激情，作者抗议的呼喊是粗粝狂野的，语言也不雅致，不适于通常的诗歌，但他的贬低者们忘记了桑德堡的粗野是为了谴责粗野、残暴；在他粗野的外表里面，他是所有在世的诗人中最有柔情的一个诗人。他认为，如果弗罗斯特是智性化的贵族，那么桑德堡便是富有感情的民主党人。他还认为，美国俗语从来没有像在《芝加哥诗抄》里那样地取得艺术的效果，桑德堡使用俚语和他的前辈诗人们使用古语一样游刃有余。[①] 可是在《芝加哥诗抄》刚发表时，桑德堡遭到许多批评家的抨击，说他是词语上的无政府主义者，不知道散文与诗歌的区别，语言粗鲁鄙俗，是对英语的践踏等等，不一而足。这就是为什么昂特迈耶特别提醒桑德堡的贬低者们注意桑德堡使用粗俗语言是他的长处而不是缺点的原因。

如果说《芝加哥诗抄》表明桑德堡是芝加哥诗人，在《剥玉米苞壳的人》(*Cornhuskers*, 1918)里，他却成了大草原的歌手了。或许诗人这时已届不惑之年，思想趋于成熟，除了少数诗篇外，一般格调不如以前那样粗犷雄壮，那样语出惊人，而沉湎于他童年所熟悉的环境。广漠的空间，飞逝的时间，四季的变化，以及死逸等等，常为诗人所关注和吟咏。比较明显的一个现象是，诗人往往着意于秋景，秋的形象，如《秋烟即景三则》(Three Pieces on the Smoke of Autumn)、《怀秋》(Localities)、《秋时》(Falltime)和《秋态》(Autumn Movement)等等，给读者惘然若失、一去不复返的压抑感和忧郁感。他的一首较为著名的短诗《冰凉的坟墓》(Cool Tombs)则更反映了诗人消极的一面。他的这种消极面在《芝加哥诗抄》里有所流露，在《剥玉米苞壳的人》里则显得颇为突出。不过他对美国中西部草原也常流露出由衷的喜悦，如在《大草原》(Prairie)、《草原流水夜景》(Prairie Waters by Night)、《四兄弟》(The Four

① Louis Untermeyer, ed. *Modern American Poetry* (New York: Harcourt, Brace & World Inc, 1958), p. 197.

Brothers)和《玉米笑》(Laughing Corn)等诗里反映了诗人怡然自得的情趣,甚至对未来充满希望。

《剥玉米苞壳的人》收了近 100 首诗,分四个诗组,首篇《大草原》,约 140 行,是桑德堡的名诗之一,也是诗集中最有气魄的一首抒情诗。桑德堡时而从诗人眼光,时而从大草原角度,时而以诗人与大草原合而为一的身份,叙述或赞颂大草原的过去和现在的风光,对未来充满无限的信心:

我越过千年与人握手。
我对他说:老兄,长话短说,千年不过
是短暂的瞬间。

诗人在诗的结尾唱道:

我讲的是新城市和新人民,
我对你说过去是一桶灰烬。
我对你说昨天是停息的风,
是已西坠的太阳。
我对你说世上别无他有,
只有一大洋的明天,
一天空的明天。
我是剥玉米苞壳的兄弟,
他们在傍晚说:
明天是一天。

不难看出,诗人概括了美国中西部拓荒者的时代情绪和社会心理:对未来寄托希望,努力开发,艰苦创业。有批评家认为桑德堡着眼于现在,不着重过去,对未来没明确的目标。但是正视现实有何不好?在资本主义上升时期的美国,作为一个关心人民疾苦的诗人,他把希望只寄托在社会改革上,寄托在罗斯福总统的新政上。他当时力所能及的奋斗目标只能如此,不可能超越美国社会民主党的纲领。

该集里的诗篇良莠不齐,评论界对它的反映也不如对《芝加哥诗抄》那样热烈。尽管如此,它仍不失为他的最佳诗作之一。《烟与钢》(*Smoke and Steel*, 1920)问世时,尽管评论界对此褒贬不一,桑德堡已经是一个登上大学讲台朗诵自己的诗作的名诗人,美国文学界的头面人物。

这本诗集的内容结构及表现手法与前几部大同小异;用小标题分成 10 组

诗;对贫富不均的现象颇为关切;对民歌尤其黑人歌曲感到浓厚的兴趣;通篇既有《芝加哥》的雄浑,也有《雾》的闲逸。标题诗《烟与钢》是该集最长也最重要的一首诗,它反映了诗人的历史观。在诗人看来,人类文明同物质进步分不开,而物质进步需要付出包括生命在内的代价:

幸运的月儿去了又来,来了又去,
五个工人却在通红钢水锅里游泳。
他们的骨头已糅进了钢的面包里:
被铸成一只只螺管和铁钻
以及搅动海水的涡轮。
在无线电台的发射网里去找他们的骨头吧,
他们的灵魂,像镜里全副武装的士兵,藏在钢铁里。

钢铁工人死于沸腾的钢水里,谁是罪魁祸首呢?他们的答案是:资本主义美国。

其中的一个工人说:"我爱我的工作,钢铁公司对我很好,美国是一个了不起的国家。"

另一个工人说:"天哪,我的骨头痛;钢铁公司是一个撒谎者;这是一个地地道道的自由国家。"

诗人在提出个人牺牲与社会进步密不可分的哲理问题时也不忽视抨击资本主义经济积累的残酷性。桑德堡在摆脱田园牧歌式的浪漫吟唱时,对美国工业社会的剖析深刻,鞭挞有力。从标题诗《烟与钢》来看,诗人似乎从大草原的题材又转到城市,其实大部分仍描写草原风光以及他的生活感受。

《大峡谷石壁夕照》(*Slabs of Sunburnt West*, 1922)的标题诗《大峡谷石壁夕照》是诗人乘火车经过亚利桑那州北部的大峡谷上的观感。诗人描写美国远西部的诗仅此一篇。诗人关注的仍是芝加哥、华盛顿和大草原。标题诗不如诗集中一首长诗《风城》(The Windy City)精彩。诗人在《风城》里从各方面描述风城芝加哥的历史和风貌,歌颂使该城兴起的工人,仍保持诗人豪放的风格。批评界对此评价不高,连一贯支持他的门罗也认为此集结构松懈,连贯性不强。这时诗坛风向变了,艾略特的大作《荒原》在同年问世,使桑德堡诗歌相形之下退居次要地位。不过诗集里有几首不失为好诗,例如《夜色中的华盛顿纪念碑》(Washington Monument by Night)和《启蒙教育》(Primer Lesson)等都富有新意。

同《芝加哥诗抄》相比,《剥玉米苞壳的人》《烟与钢》和《大峡谷石壁夕照》总的来说在立意上或技巧上没有多少新探索、新发明,只是更多地反映普通人民的生活和愿望,而在《早上好,美国》(*Good Morning*, *America*, 1928)里,诗人的注意力有了变化,对人描写逐渐少了,对地点的描写却逐渐多了。

1928 年,桑德堡在哈佛大学获美国大学联谊会诗人荣誉,他在那里朗诵了长诗《早上好,美国》的标题诗。这是对新兴的美国的一曲赞歌,它已变成现在美国电视台每天大早最爱用的口头禅。诗人满怀喜悦地把美国比成是新生的婴儿,一如他在《大草原》里憧憬明天,在这首诗里他又把希望寄托在美好的早晨:

早上好,美国。
不论是谁,是哪一个,是什么人——诸位,
早上好。
早上好,让我们都互道真名实姓。
大人物,小人物,任何人物,早上好。
早上好,泥里的虫,空中的鹰,努力向天顶爬高的人。

诗人在这短短的几行里,把握了美国朝气蓬勃的进取精神,而且诗人进一步唱道:

你已吻别了一个世纪,一小本无价的来宾签名簿。
你将要吻别 10 个世纪,20 个世纪。啊!
你将有这么多的来宾签名簿!

诗人的视野这时似乎从芝加哥,从大草原,扩大到全美国了。令人注目的是,诗人在该集的开头,别开生面地为诗歌下了 38 则定义。如同古往今来不少名诗人界定诗歌一样,桑德堡根据自己的体验,不管精当与否,他尝试了对诗歌发表自己的见解。这本诗集的重心在描写自然风貌和生活中的点滴感受,仅从几组标题诗《春草》《玉米生长带》《山谷雾》《雨风》《夏日苦思》和《林中月》等可窥见全貌。评论家对此评论不一,有的认为桑德堡仍停留在 1914 年的水平上,甚至变得更少活力,有的认为他有惠特曼式的罗列、重复和情绪变动,令人恼火。喜欢桑德堡的广大读者,包括一些评论家,对这本诗集仍感满意。总的来看,诗人田园闲适的一面逐渐变强了,变浓了,他对生活进行了更多的思考,甚而有时显得踌躇不决。

人民,尤其普通大众,一直是桑德堡吟咏的主题。早在《芝加哥诗抄》里,他就大声唱道：

我是人民，是民众，是百姓，是群众。
可知道世上一切伟业都通过我完成？
我是工人，发明家，世界衣食的创造者。
我是历史见证人。拿破仑们，林肯们，都是我生养。

桑德堡像林赛一样，喜欢用一把吉他为听众弹唱，即使在他成名以后，他常在他的朗诵之后，以弹唱民歌助兴，因此受到广大听众的热烈欢迎。1927年，出版了他搜集的民间歌曲《美国歌囊》(*American Songbag*)(1950年又出版了《新美国歌囊》)。他的单首长诗集《人民，行》(*The People, Yes*, 1936)是他热衷于民间文艺的产物。这是他最长的一首诗，107节，长达100多页。他搜集了大量的民间传说、格言、谚语(甚至包括中国的一些谚语)、奇谈、逸事、口头禅，并夹以人物素描和诗人的评论和感叹。读者可以从中听到几百个美国人的谈话，由此了解他们的为人、他们的理想、智慧、偏见、迷信思想、幽默感以及乐观主义精神。

该诗字里行间跃动着诗人对人民的无比热爱，也反映了他不系统的朴素唯物主义观点，例如："从人民那儿各国才有军队，是人民供给军队吃饭、穿衣和武器"；"一次世界大战人民付出了代价，二次世界大战——三次——将付出什么样的代价"；"富人拥有土地，穷人只有白水"；"两个律师之间的农民是两只猫之间的鱼"和"'任何民族的持久文化'，另一个历史学家大胆说，'依赖于普通百姓及其思想和才能'"等等，这些同情人民和赞颂人民的思想，在诗里常以不同的形式出现。确实只有少数段落富于诗意，多数地方显得拉杂拖沓，但对我们认识美国社会，了解美国人民，是一部不可多得的好作品。千百万人失业或半失业，人民情绪普遍低落，是桑德堡站出来为人民说话，以诗歌激励人民，同为艺术而艺术的诗人形成了鲜明的对比。

桑德堡的《诗歌全集》(*Complete Poems*, 1950; revised edition, 1970)收进了上述的六部诗集和《新章节》(*New Sections*)。《新章节》里的一部分是未收进上述六部诗集的旧作，一部分是新作。1950年出版的《诗歌全集》次年使他第二次获普利策奖。他首次获普利策奖的作品是六卷本《林肯传》(*Abraham Lincoln: The Prairie Years*, 2 Vols., 1926; *Abraham Lincoln: The War Years*, 4 Vols., 1939)。他为此成了这段美国史的权威，以至于1940年竟有人提名他当总统候选人。由此可见这本传记的影响。

自从惠特曼去世以后，朗费罗式的风雅派诗歌在美国仍占上风，是桑德堡浑涵汪茫的气派，给美国诗歌注入了新鲜血液，为它带来新的活力。同林赛和马斯特斯相比,他几乎完全冲破了风雅派诗歌传统的羁绊,亮出了20世纪头10年美国新诗的风格。在艾略特以前的美国著名现代派诗人之中,桑德堡是走在前列的先锋之一。

桑德堡熟谙惠特曼,从年轻时代起就研究惠特曼的诗歌,常常作关于他的报告,因此他深受惠特曼的影响,但他比惠特曼的政治色彩更浓。他似乎把工人阶级运动,甚至社会主义,看作是美国新时期的理想。他的感奋出于对人民,尤其对被压迫者、被剥削者的同情与热爱。在他心目中,普通人民占据了主要位置。正因为如此,他对人民的热情和养成的普通百姓的作风常使学术气味浓的评论家感到不快。所以,他的诗歌的最大特色是具有鲜明的人民性,这不但表现在他感情的自然流露上,而且他还自觉地把它提到理论的高度。在他的《诗歌全集》的《序言》里,桑德堡接受了爱尔兰作家辛格(J. M. Synge, 1871—1909)关于诗歌与普通人民密切相关的观点,表现他对人民的感情:"……人们对普通人的生活一旦失去诗情,写不出表现普通事物的诗,那么,他们阳春白雪的诗歌便会失去活力,一如对建造普通商店失去兴致,便会停止建筑美的教堂。"[①]桑德堡诗歌的另一特色是龙腾虎跃,热情奔放。他像惠特曼一样,爱用并列和重复的修辞手法,把一系列事物和联想并列在一起,从而产生一种情绪,一种效果。对于音步或音韵之类的技巧他是从不在意的。他一旦突破传统的框框,排解他不吐不快的感情,从他笔端流泻出来的便是一串串连续不断的句子或短语,具有流畅的散文节奏,读起来大有长河滔滔之势。在人物,尤其人物内心的刻画上,桑德堡诚然缺少细部的描绘,不如罗宾逊那样细致入微,这多少影响了诗中形象的实感和深度,但他以特有的力度取胜,对社会不平的抗议嘹亮动人。

桑德堡最娴于把从前不登大雅之堂的劳苦大众及其粗俗的语言,以及工厂、街道、地铁和摩天大楼等枯燥无味的景物化为诗料,再变成有声有色的诗行。这是他诗歌的又一特色。众所周知,弗罗斯特的诗歌透露了新英格兰农村的新鲜气息,而桑德堡却让我们听到了中西部城市生活的喧闹和沸腾。

桑德堡的诗歌还有一个特色是捕捉美国中西部大草原的风光,形象地描绘那里的日月鸟兽、树木花草、烟霭雾霾,揭示诗人对时空和人生的思虑和反省。他的诗有时未免玄妙,但不令人郁闷,基调闲适、柔和、率直。他的长篇气魄雄伟,短章则小巧玲珑,同意象派诗歌往往很相像,虽然他声称与意象派无缘。他承认自己受了日本俳句的影响。桑德堡在《诗歌全集》的前言里,提到他所喜爱的莎士比亚和惠特曼的同时,也提到中国唐代大诗人李白。桑德堡

---

① 参见 Carl Sandburg, *The Complete Poems of Carl Sandburg* (New York: Harcourt Brace Jovanovich, 1950)一书的《序言》。

关于月亮的几首短诗使我们不禁想起了李白的《静夜思》，桑德堡也喜爱中国的文化，有意识地在诗里直接引用了一些中国的成语。

桑德堡一开始就成了评论界有争议的一位诗人，因为他的诗有不少的缺点。归纳起来有以下几点：桑德堡直陈有余，含蓄不足；失于松散，拉杂，啰唆，锤炼不足，倾泻无度；平淡之处不少，且缺乏诗意；有时太溺于情感，以致矫情。威廉斯认为他忽视了技巧，洛厄尔担心他宣传味过浓，一贯妒忌心重的弗罗斯特说他是“骗子”。他是一位多产的诗人，但由于过于直白而留给批评家可考证的东西也许不多。

桑德堡确实有这样那样的缺点，而且不少评论家对他的评价不高，然而他无疑是一位受人民欢迎的诗人，且不说他是一位伟大的林肯传记作家。同弗罗斯特一样，他是一位誉满全国的长寿诗人，也是一个体现美国气质、具有美国风味和气派的美国诗人。他虽然大学肄业，12 个大学都授予他文学博士。在他 75 岁生日那天，他的家乡伊利诺伊州州长宣布该日为“卡尔·桑德堡日”。1959 年美国国会在“林肯日”邀请桑德堡去两院联席会议上发表了演说。1964 年，美国总统约翰逊给他颁发总统自由勋章，瑞典国王也曾给他授勋。不少的美国学校以他的名字命名。1954 年海明威在荣获诺贝尔文学奖时说，是桑德堡而不是他应获此殊荣。

## 第三节
## 林赛与克兰

维切尔·林赛(Vachel Lindsay，1879—1931)是现代美国诗歌史上有意识吸收民歌和爵士音乐并使诗歌具有美国特色的第一代中西部诗人之一。任何读者，只要朗诵林赛的诗歌，就会在他的眼前出现一个用诗歌换面包、无钱宿旅馆的乞丐，一个滑稽而虔诚的青年会救世军歌手，一个手舞足蹈、时而放歌、时而默诵、完全沉湎于信念与理想中的现代吟游诗人。这位奇特的诗人生在伊利诺伊州斯普林菲尔德。父亲从医，笃信上帝，母亲热爱艺术。父亲的福音派观点和母亲要他当画家的劝导对他的世界观的形成起了很大影响。他先后在希兰姆学院、芝加哥艺术学院和纽约艺术学院攻读，毕业后，他的兴趣转向诗歌。所到之处，他总以别开生面的诗篇，抑扬顿挫的朗诵，精彩的表演，吸引了大批的狂喜的普通听众。他像中国的江湖郎中一样，在朗读之后，向他的听众廉价出售他的诗歌小册子《换面包的诗章》(*Rhymes to Be Traded for*

*Bread*, 1912)。他也像布道士一样,常为基督教青年和伊利诺伊州禁酒会进行演讲。这期间,他在诗坛默默无闻,但他具有坚强的信念和顽强的意志,在诗歌创作道路上摸索着,奋斗着。他就是维切尔·林赛。

《威廉·布思将军进天堂》(General William Booth Enters into Heaven, 1913)是林赛的成名作。他这位天真的梦想家把现实里不能实现的理想,寄托于天国,寄托于上帝。他狂热地构筑他神异的理想世界,讴歌英国救世军创始人布思扶厄救困的业绩。全诗分两部分,共七段,借用《羔羊之血》的调子吟唱,并用大鼓、班卓琴、笛和手鼓等乐器伴奏。他在吟游期间,常在基督教青年会寓所借宿,痛感自己也是威廉·布思所同情的被社会抛弃的"渣滓",因此在赞美这位瞎子圣人时倾注了自己全部的热爱。在他的心目中,布思是一位救苦救难的活耶稣,因为布思收容了连警察、医生、牧师和慈善工作者都不肯帮助的人,并组织他们在救世军里受训,以此感化他们。在信仰基督教的林赛看来,行善的布思进天堂是天经地义的事。这首诗发表以后,林赛名噪一时,使他有机会到各地大中学校巡回朗诵,备受青年听众的欢迎。

次年,《刚果河》(The Congo, 1914)和《圣菲路》(The Santa Fe Trail, 1914)两诗面世,也取得了成功,从此林赛以现代吟游诗人的形象亮相步入诗坛。《刚果河》的副标题是"对黑人种族的研究",全诗150多行,分三部分:他们基本的野蛮性;他们难以压抑的乐观情绪;他们的宗教希望。诗人没去过非洲,而是在一次牧师的布道中受到启发时写成这首诗。林赛从白人殖民主义者的角度看待黑人,把去非洲的白人传教士说成是拓荒的天使,例如第三部分的几行诗明显地流露了白人是黑人救世主的殖民者感情:

> 沿着那条长河,放眼千里,
> 是藤蔓缠绕的一排排被砍伐的树,
> 拓荒的天使们开辟了道路,
> 为了建立刚果天堂,为了孩子们的幸福,
> 为了神圣的柱头,为了圣洁的宇宙。

诗人忘记了白人奴役非洲黑人血淋淋的历史,而歌颂什么白人传教士!林赛当然不是有意识的殖民主义辩护士,但至少他是政治上的糊涂虫。由于该诗生动地描写了黑人充满活力的生活和传说,而且富有爵士乐节奏,林赛因而被称为"爵士乐诗人"和"美国第一个摇滚乐诗人"。《圣菲路》是林赛对现代化的礼赞,凡在美国高速公路驾驶过车的人,不会不叹服诗人绘声绘色的高超本领。他把公路上来来往往的汽车的飞速动态以及人在车里的感觉简直写活了。

诗集《中国夜莺及其他诗歌》(*The Chinese Nightingale and Other Poems*, 1917)也颇受读者欢迎。标题诗《中国夜莺》想象力丰富,诗人通过时间倒流的手法,用现实生活中从上海来美国的一个姓张的熨烫衣服工人作引子,引出孔子生前某个朝代的美丽公主主动地和熨衣工——从前的一位驸马交谈,回忆她与他美好的爱情生活。诗中的中国夜莺是神像手上的一只灰色小鸟,它成了漫长历史的见证人。诗人通过公主之口,赞叹中国古老的文明:

当全世界的人从人和牛的
头颅里畅饮血浆的时候,
当全世界的人还在用石剑石棍时,
我们在中国的香料树下品茗,
聆听海湾里波浪的低吟。
而这只灰色的鸟,在爱情的初春。
胸脯和翅膀闪着青铜的光辉。
他的歌声迷醉了整个世纪。
你可记得,多少世纪之后,
到了我们出生的那个时代?
可记得,你那时是皇位的继承人,
那时世界是中国人的领土,
我们是汉人子孙的骄傲?
我们抄录深奥的典籍,雕镂玉器,
我们在桑树下织蓝色的丝绸……

林赛没有到过中国,他对中国的知识,是他间接地从他的在中国当传教团医生的姐姐和姐夫那儿得到的。他写《中国夜莺》的时间是1914年5月至10月,那时他的父母正在中国同女儿女婿团聚。在《诗刊》发表这首诗前,林赛写信要求门罗加一小段这方面的注解,以示他对中国的了解。

弗莱彻对林赛本来很反感,但在《刚果河》和《中国夜莺》发表之后,他对林赛十分赞赏,说:"我认识到这位诗人应当获得美国广大听众正给他的喝彩。他成功地把通俗的美国题材、生动的节奏和戏剧的表演结合起来,使他成为美国诗人中主要的民间艺术家。"[①]当然对林赛不无微词的批评家也不少,如罗伊·哈维·皮尔斯(Roy Harvey Pearce)认为林赛和桑德堡在诗里排除了智

① John Gould Fletcher, *Life Is My Song* (New York & Toronto: Farrar & Rinehart, 1937), p. 281.

性,充其量不过是心血来潮的诗人:时而温柔,时而愤怒,时而粗鲁,并批评说:“如果他们成了人民的诗人,是因为他们记录了人民的情绪,却没有提高或改变人民的情绪。”①这是用新批评派的审美标准对中西部诗人提出的苛求,从这里也可看出,中西部诗人无论过去或现在一般都与艾略特和新批评派的诗歌创作路线相距甚远。现代派诗歌的风格千差万别,中西部诗歌只是其中的一种。

林赛深受英国散文家、批评家、社会改革家约翰·罗斯金(John Ruskin, 1819—1900)和诗人、批评家、画家、社会主义者威廉·莫理斯(William Morris, 1834—1896)的社会理论的影响,主张在美国建立最民主、最美好、最神圣的家庭和乡镇,坚持贯彻独立宣言和林肯的“民治、民有、民享”的思想,并且灌输福音派的基督教主义,培养青年成为虔诚的科技与文艺人才。他心目中的正面人物是一个大杂烩,林肯、安德鲁·杰克逊、伊利诺伊州州长阿尔提吉尔德、民主党领袖布莱恩、约翰·布朗、惠特曼、马克·吐温、欧·亨利以及一些电影明星等等。他企图用这些人的思想和事迹教化大众,以便建立一个光明的社会:人人情操高尚,笃信上帝,追求美和光明。总之,他的信条是:“宗教、平等和美”。这显然是美丽的“美国梦”。他真是太真诚,真诚得过于天真,雷克斯罗思在他的《试金集》(*Assays*, 1962)里对此一针见血地批评说:“维切尔·林赛无可救药的天真,比《大街》里的卡罗尔·肯尼柯特还要天真。”在严酷的现实面前,林赛像卡罗尔一样,他的美丽的梦想被摔得粉碎。然而,审视他的全部创作活动,我们又不难发现他走的是与人民大众结合的创作道路。他主张先普及后提高,吸收群众的养料,在内容重于形式的前提下,借用一切可借用的艺术技巧。他把富于表演性的诗歌朗诵称为“高级杂耍”,因此他特别注意自己的表演技巧。他把朗诵表演分为三分之二说,三分之一唱,兼收并蓄马戏团音乐、黑人圣歌、流行歌曲、民族和铜管乐。凡观赏他朗诵的观众无不被迷到如痴如醉的地步,他尤其深受年轻听众的欢迎。

除了上述几首优秀的长诗外,他的一些单篇《被忘怀的雄鹰》(The Eagle That Is Forgotten, 1913)、《林肯夜半踱步》(Abraham Lincoln Walks at Midnight, 1914)、《布莱恩,布莱恩,布莱恩,布莱恩》(Bryan, Bryan, Bryan, Bryan, 1919)和《工厂玻璃窗被砸碎》(Factory Windows Are Broken, 1923)也为广大读者所喜爱。无可否认,林赛的作品质量参差不齐,不少次品,几乎把他的佳作掩盖了,这在1923年出版、1925年修订的《诗合集》(*Collected Poems*)里表现得尤为明显。他的大部分诗作仍沿用传统的艺术形式,但使他

① Roy Harvey Pearce, *The Continuity of American Poetry* (Princeton: Princeton University, 1961), p. 271.

成名的诗篇明显摆脱了风雅派诗风。林赛在气质上有惠特曼豪放的一面，在一定程度上反映了社会底层人民的民主要求，不过他的诗往往蒙上了浓厚的宗教色彩，使人感到既严肃又滑稽。

林赛的创作旺盛时期是1914—1920年，此后便走下坡路了。他是一个才华卓著的诗人，可惜把精力消耗在表演性朗诵和布道式宣传上了。他也许一方面迫于生计，维持1925年才建立起来的家庭生活；另一方面他坚信自己的做法是正确的，致使他很少有时间和精力进一步提高创作质量。使他感到痛苦的是，当时一般听众要求于他的不是诗歌，而是他的娱乐性朗诵，这就决定了他的悲剧：向风雅派诗歌传统挑战的同时不为主流派诗人如T. S. 艾略特等所容。加上他患有从不告人的癫痫病，林赛终于在1931年含恨服毒自杀。这是他个人的悲剧，也是时代的悲剧。雷克斯罗思作了初步的统计，从20世纪初到60年代初在够得上入选集等级的美国诗人之中，自杀者有30个之多。自杀似乎成了诗人脱离凡俗的通病，而这些自杀者绝大多数并非是不信教者、怪人或生活放荡者，而是"美国梦"的破灭者。对西方人自杀有研究的诗歌评论家阿尔瓦雷斯（A. Alvarez）在其专著《残酷的上帝》（*The Savage God: A Study of Suicide*, 1970）里指出："自杀充满了西方文化，如同难以洗掉的染色。"由此可见，林赛轻生在西方不算是个别的悲剧。他早年的恋人蒂斯代尔在两年之后，用和他同样的方式，追随了他。

话也得说回来，同在文学上取得辉煌成就的艾略特或庞德相比，林赛不能不算是文学上的失败者。我们如今究竟怎样评价林赛及其类似者呢？卡里·纳尔逊（Cary Nelson）作了一个比较客观的回答，他说：

> 当文学在其广阔的历史和整个的美国社会史之中增添一些内容时，现代诗歌上的一些著名的失败例子和功成名就的例子变得同样有趣，一些几乎被遗忘的诗人又变得确实令人激动。事实上，我们现在不必把艺术上的失败仅仅看作是个人的悲剧或个人性格的弱点，而开始把它视为文化上的驱动，是决断网络中冒险决定的结果。这样，对于我们理解文化而言，林赛致力于公众完全参与的民主诗歌所注定失败的幻想和T. S. 艾略特在《荒原》里决定性地把采用现代主义表现手法是同等重要的。①

作家的成败既是偶然（难得的机遇），又是必然（时代潮流与个人气质），林赛和T. S. 艾略特在这方面为我们提供了绝好的例证。

---

① Cary Nelson, "The Diversity of American Poetry" in Emory Elliot et al., eds., *Columbia Literary History of the United States* (New York: Columbia University Press, 1988), p. 915.

哈特·克兰(Hart Crane, 1899—1932)也是一位颇有才华但比较激进的诗人,早年追随艾略特,后又受到惠特曼和桑德堡的影响。如果把20世纪美国诗坛比做星空的话,克兰便是一颗短暂地闪现耀眼光辉的流星。他生前出版的不过是两部薄薄的诗集,但他却在美国现代派诗歌史上写下了重要的一页。他资质聪颖,自学成才。他在诗歌道路上发展的趋势,使当时的威廉斯不得不感到他也是一位不可小视的竞争对手。

克兰生于中西部俄亥俄州小镇沃伦的一个糖果商家庭,从小经历了父母双方吵架、分居、和解、离婚、再结婚、再吵翻的悲剧。他九岁时便依靠外祖母生活。父亲很固执,和他在感情上疏远,使他不得不站在母亲一边。然而,母亲生性歇斯底里,最终使他带着憎恶的心情脱离了她。母亲每次旅行必带他作伴,而且常常把他带到家庭纠纷之中,导致了他学业荒疏,无法使他获得足够的学分进大学。他17岁时离开家,独立谋生,先后在船坞、杂货店、仓库、广告公司和出版社干过活。他一直处于经济拮据、生活不定的境地,辗转于克利夫兰、纽约、阿克伦、华盛顿等地之间,直至1923年最后定居纽约。扭曲的家庭生活和扭曲的社会环境使克兰沉湎于酒精和欲望,而某些偶然的机遇促使他对诗歌产生了浓厚的兴趣,幸运地挽救了他濒于泯灭的文学天才。

由于他父亲偶然的介绍,克兰在少年时代结识了诗人威廉·沃恩·穆迪(William Vaughn Moody, 1869—1910)的遗孀。通过她,克兰对文学界的情况开始有所了解,并且认识了一些新作家和接触了一些小杂志。他在家攻读柏拉图、尼采、英国诗人兼评论家斯温伯恩、英国作家及诗人奥斯卡·王尔德(Oscar Wilde, 1854—1900)和早期的叶芝(William Butler Yeats, 1865—1939)的著作。他14岁开始练习写作,17岁发表第一首诗和第一篇散文。

20世纪20年代前后,美国文学杂志纷纷破土而出。《诗刊》《小评论》《自我中心者》《异教徒》《土地》《现代学派》《现代派》等等成了克兰自学的教科书。通过阅读杂志,他很快崇拜起庞德和T. S. 艾略特来了。他们的诗歌实践和理论教会了他诗艺,养成了他的美学趣味。像他们一样,他如饥似渴地阅读16世纪伊丽莎白时代诗人和17世纪玄学派诗人的作品,尤其对16世纪英国戏剧家兼诗人马洛(Christopher Marlowe, 1564—1593)、17世纪英国诗人约翰·多恩和英国戏剧家韦伯斯特(John Webster, 1580—1625)感兴趣。这使他从1922年起从自由诗诗人转变成格律诗诗人。在他的诗里常常出现伊丽莎白时代的词汇,例如"O"(啊)、"Thou"(汝)、" thy"(你的)等等,与20世纪对新事物的描写很不相称,因此使他的艺术形式看起来未免陈旧。但这不是克兰的缺点,因为庞德和T. S. 艾略特在自己的诗里也在很大程度上借用传统诗歌的形式。这是一部分现代派诗歌的一个有趣的现象:现代派诗人用现代人的感情表现社会的新事物,然而表现的形式却趋于保守。这些现代派诗人爱用旧瓶装新酒。又像T. S. 艾略特一样，克兰还受到法国象征派诗人，尤其是兰波的影响。无论在诗艺上还是生活作风上，克兰似乎与这位短命的风流诗人相同。克兰赞赏兰波通过系统地混淆所有的感觉而成了先知。克兰在这里所指的感觉混淆就是我们通常所说的通感。可惜克兰却以为酗酒、大声放留声机和纵欲是获得通感的最好途径，而这正是他的致命伤，最后导致他思想混乱，才智枯竭，走上自杀的道路。

克兰在他短短的一生中结交了对他文学事业有帮助的画家、作家、诗人和评论家。他同画家卡尔·希密特常常讨论绘画和诗歌，包括自己的诗歌，逐渐发展了自己的美学理论。他1918年当《异教徒》杂志无报酬的助理编辑时，批评家戈勒姆·芒森同他的友谊和对他的支持在他早期创作生涯中起了重要作用。在安德森、布鲁克斯、沃尔多·弗兰克（Waldo Frank，1889—1967）的推荐下，他涉猎了文化批评领域，而在芒森的指引下，他又研讨波德莱尔、陀思妥耶夫斯基和普鲁斯特等欧洲作家的作品。他虽然没有上大学，但为诗歌创作在文化修养上打下了深厚的基础。他在1921年的一封信中披露说："我确实兴高采烈地浏览了爱伦·坡、莎士比亚、济慈、雪莱、柯尔律治、约翰·多恩、约翰·韦伯斯特、马洛、波德莱尔、拉弗格、但丁、李白和其他许多作家。"泰特不但一度为他慷慨地提供住房，而且慷慨地为他的诗集《白色建筑群》（*White Buildings*，1926）作序。肯明斯和琼·图默（Jean Toomer，1894—1967）也同克兰建立了友谊。克兰除酗酒和纵欲之外，凭他天生的才华和诚恳、可爱和体谅人的品质，很快结交了一批文朋诗友，因而使他熟悉了当时的文学潮流和新出现的作家。

同他短促的生命一样，他的创作见习期不长，大约五年时间（1916—1920）。他这时写自由诗，主要受斯温伯恩、早期叶芝、王尔德和道森的诗风影响。到1922年，克兰的风格基本上建立起来了：气势磅礴，形式端庄，讲究韵律，多重象征，简练含蓄。在美国诗人中，他和T. S. 艾略特几乎是同时首先使现代化城市的意象同强烈的智性和情感在诗中得到有机的结合。在随后的五六年时间里（1922—1927），他的创作力最为旺盛，奠定他诗人地位的绝大多数优秀诗篇都是这个时期问世的。他在生前只发表了两部重要诗集：《白色建筑群》和《桥》（*The Bridge*，1930）。

《白色建筑群》的标题系指晨光中的纽约摩天大楼，出自本集中的一首诗《宣叙调》（Recitative）的第四节：

定睛看那风如何对着情欲旋转
抖动的脑之圆盘。再看
猿脸似的黑暗退走时，

白色建筑群渐渐回答明天。

标题是该诗集的中心主题,点明分裂的自我("抖动的脑之圆盘")与分裂的世界的关系,并点明不仅在精神上从黑暗走向白天的艰苦努力,而且从毁坏的状态走向已恢复的和谐与统一体的艰难尝试。本集一共28首诗,除一首赞颂美国或机器时代以外,都是关于对理想的追求以及通过受苦受难对理想的探测,关于艺术家与听众或观众的沟通以及爱情描写。常为各种文集和诗集收录的短章有《耶稣的泪》(Lachrymae Christi)、《占有物》(Possessions)、《恬静的河流》(Repose of Rivers)、《外婆的情书》(My Grandmother's Love Letter)、《黑人手鼓》(Black Tambourine)、《卓别林式》(Chaplinesque)、《航行》(Passage)和《在麦尔维尔墓旁》(At Melville's Tomb)等诗篇。一般来说,克兰的短诗比较晦涩难懂,连泰特和门罗对他的一些诗也感到费解。穆尔担任《日晷》代理主编时常常退他的稿,有时采用时却要删削和重写,而哈丽特在采用他的诗篇时也要他或修改或作些文字解释。不过,该诗集的组诗因为反复出现同一意象或与意象有联系的关联物而比较明白易懂,例如《为浮士德和海伦结婚而作》(For the Marriage of Faustus and Helen)和为一般读者喜爱的《航海》(Voyages)等诗作。

《为浮士德和海伦结婚而作》由三组诗构成,是克兰的名篇之一。在歌德的《浮士德》第二部分,浮士德与海伦结婚,象征现代精神与古代精神的结合。克兰取其意,在这首诗里想体现美国现代技术文明和传统的美的思想相结合。诗人把希腊神话中引起特洛伊战争的美女置于现代化大都市的环境里,这里有高耸入云的大楼、欢闹的爵士乐和飞越蓝天的飞机。克兰想以他的第一首长诗在融会现在与过去方面同乔伊斯的《尤利西斯》和T. S. 艾略特的《荒原》相比试。用他的话说,这是"所谓传统的经验和我们今天沸腾的、混乱的世界上许多不同的现象之间的一座桥"。他在给友人的一封信中进一步说明道:"几乎富有当代意义的每个象征与暗示或陈明'古代'的关联物相衬。海伦象征绝对的美感,浮士德象征我自己,也象征一切时代有诗意和想象力的人。"不过,他的浮士德——海伦的象征意义有限,并未超过诗的题目。

《航海》是《白色建筑群》的压卷篇,一共有长短不等的六组诗。这是诗人直率地以他与水手埃米尔·奥普弗尔之间的同性恋为题的抒情诗。诗人通过和超过肉体的爱,在超越的梦幻里达到诗的理想境界。这首诗巧在从水手联想到大海,于是把海的意象、性的结合和柏拉图式对理想的追求有机地融为一体。在诗里诗人透露了他的发现、爱、色欲的满足感和失落感,通过寻求爱与诗的和谐同一性克服他的失落感。在诗里,空间和时间得到了超越,爱和诗的梦幻得到了统一。诗的开头便生动地突出了海的意象,预示大海在诗人的尘世生活中的重要作用，并清醒地意识到“大海的底是残酷的”。诗里的大海含有双重意义，既是爱情又是死亡。六年之后，他果真从墨西哥回国途中跳进亲爱而又残酷的海底，实现了他诗的预言。像他其他的诗一样，这首诗结构紧凑，但缺乏通常的逻辑，例如第二组诗的第二和第三节：

看看这大海吧，她的乐曲按照
银色乐谱配着雪白的乐句，
她的法庭主宰一切的恐惧，
根据她举止的好或坏，扰乱
一切，除了情人双手的虔诚。

前进，当圣萨尔瓦多海岸外的钟声
向着海上橘黄色的星光致意的时候，
在她潮水的这些长着一品红的草地里，
岛屿间响起柔板的节拍，哦，我的浪子，
作完她暗中根据心绪作的忏悔。

其中“岛屿间响起柔板的节拍”这一行如果不经作者本人解释，谁也不会想到是船在岛屿间缓缓行驶，而会误以为在岛上有什么乐器在演奏。诸如此类的诗句，不仅在这首诗，而且在其他的诗里不时地出现，即使他同时代熟悉他的诗人和评论家也无法解释，但很少人因为它存在一些难解的句子而否认它是一首好诗。他同时代的诗人和朋友温特斯称赞《航海》的第二节为“过去200年以来最有力和最完美的诗篇之一”。论技巧，《航海》可算上乘，但我们不能不注意到它严重的缺陷是思想颓废。克兰往往在诗中表现纵欲和纵乐的激情，也许是失意的生活从反面刺激了他。

克兰在1923年就开始创作《桥》，该诗以其对社会的关心、对巴罗克艺术风格和超现实梦幻意象的沉迷以及对现代机器怀有未来主义式的迷恋而闻名于世。他在同年2月给他的批评家朋友芒森的信中提到他写作《桥》的计划时说：“它很粗略地根据直觉综述‘美国’。历史，事实，地理位置等都被转化为几乎独立于题材的抽象形式。‘我们的民族’的最初冲动力将被引向桥的顶点汇集。桥是我们富有建设性的未来象征，是我们的独特本性，其中也包括了我们科学的希望和未来的成就。”诗人想把桥当作美国的神话。1925年底，克兰向艺术庇护人、银行家奥托·卡恩透露他的写作计划和窘迫的经济状况，从他那里得到了2 000美元的贷款。他借住在泰特的乡村租屋里，写作进展不快。他因怪僻的脾气得罪了泰特夫妇，不得不于次年4月离开美国到古巴的派恩斯岛去。那里有他外祖母的一座种植园。他这时的创作进展较快,写了《桥》里的四组诗,并修改了开篇诗《致布鲁克林桥》。10月底回到纽约。此后他的创作进展愈来愈不顺利,益发使他酗酒和纵欲,进而被失眠和噩梦所困扰,直至精神崩溃。为了完成《桥》的创作,他从城市逃避到乡下,从纽约逃避到好莱坞、巴黎和夏格林福尔斯。到1929年秋,《桥》才完卷。

《桥》除了开篇诗外,分八组诗:

Ⅰ.《福哉马利亚》。描写的是哥伦布第一次航海归来时的独白。在作者的笔下,哥伦布似乎成了诗人航海家,中国成了理想中的人间天堂。

Ⅱ.《波瓦坦的女儿》。这是诗人自己在各种不同的心境下的讲话。他在城市里苏醒后回忆自己的童年和瑞普·凡·温克尔的故事,接着又想起一些流浪汉及其流浪的地方,想起向西部大草原拓荒的年代,最后在想象中看到弗吉尼亚州印第安人头领波瓦坦的女儿波卡红达斯是地上的女神,并看到在生与死中跳舞的头人马库基塔。波卡红达斯成了美国的化身,成了带着梦想、希望、自由与幸福的处女地。

Ⅲ.《短胸衣》。标题出自苏格兰一种威士忌酒商标和美国当年做茶叶生意时的一种快帆船的名字。诗人在这里用超现实主义的手法描写了巴拿马运河和纽约鲍厄里大街形形色色的生活景象,给读者的印象是一场眼花缭乱的噩梦。

Ⅳ.《哈特拉斯岬》。这是对美国历史的描述;现代人盲目利用古老土地上的天然资源制造机器,却没有意识到他们的行为所包含的"神秘"意义。在这组诗里出现了两个象征性人物及其事迹:1. 莱特兄弟首次成功地驾驶了飞机。飞机代表人类的力量和爱冒险的抱负,可是在都市的商业世界里,它成了侵略和破坏的工具。2. 惠特曼在路上、长岛的岸滩和曼哈顿的街上哀悼南北战争中的死者。

Ⅴ.《三支歌》。它描写了现代世界对爱的三种歪曲。

Ⅵ.《贵格山》。标题取自纽约州的一个游览疗养胜地名,靠近波林,原来是贵格派教友会的聚会所。从1925年至1930年,克兰不时来此居住。诗人在这节诗里扫视了美国传统在好莱坞这一类时髦的地方的堕落。

Ⅶ.《地道》。诗中的地道系指东河底下从曼哈顿到布鲁克林的一段地铁。像T.S.艾略特在《烧毁了的诺顿》的第三节描写自己乘伦敦地铁进入黑暗王国的体验一样,克兰把他在这里乘地铁的体验象征性地描写为穿越现代化社会的底层地狱。当他下降到最低点时,诗人感到完全绝望,仿佛到了死域;当火车逐渐向高处行驶时,诗人感到正从黑暗上升到光明,象征人类的新生与复活。诗人从地狱里不断看到他所居住的人间地狱。

Ⅷ.《阿特兰蒂斯》。标题取自古代大西洋中沉入海底的一个传说中的城市名，柏拉图首先提到此城市。诗人在此想象他的歌与《桥》里幻想中的化身水乳交融，赞颂神圣的事物和跨越大海与历史时代的美学融为一体，并揭示他的探索只能是不完全的，但他最终的乐观思想并未因美国社会生活中的腐败现象和西方人所存在的种种问题而消失。他创作该诗的初衷就是要对T. S. 艾略特在《荒原》里对西方文明所表现的消极悲观的思想进行反拨，主张用积极乐观的态度对待现代化的大都市和现代文明。

克兰是以史诗的规模和气势来写《桥》的，但这不是荷马式的传统史诗。《桥》的组诗之间没有可叙述的连贯情节，而是用看到曙光时的那种惊喜、生气勃勃和希望等复杂感情引起心理和精神变化的种种状态建构全篇。如果要找出一个影影绰绰的情节，那就是诗中的主人公早晨醒来，穿过布鲁克林大桥，在纽约市漫游之后，在晚上乘坐东河底下的地铁回家。诗人企图通过文学的片断、历史和传统的美国创造一个神话，因而在诗里出现了哥伦布、瑞普·凡·温克尔、莱特兄弟、惠特曼、爱伦·坡、狄金森和舞蹈家伊莎多拉·邓肯。在这首诗里，你还可以看到印第安人、流浪汉和水手，看到地下的火车，天上的飞机战，听到汽笛声声，火车轰鸣，自动电唱机放出来的音乐和人民的谈话，总之，这一切让你感到现代文明的脉搏，如同诗人在开篇诗《致布鲁克林桥》所吟诵的那样：

啊，激情铸成的竖琴和祭坛，
单靠辛苦怎能调准你的和弦！
先知所预言的可怕的门槛，
流浪者的祈祷，情人的哭喊——

汽车灯光又掠过你快速的
不间断的语言，星星纯洁的叹息，
珠连起你的道路——凝结永恒，
我们看到了夜被你的手臂托起。

克兰认为现代诗人必须“吸收机器”，因此在《桥》里，诗人把机器时代的科技象征——桥同波卡红达斯的舞蹈、惠特曼式扫视的美国全景、乘坐货车的流浪汉和乘地铁的纽约人联系起来了，使现代的科技成果与浪漫主义的梦幻融会在一起。如上所说，克兰想以此反拨《荒原》阴郁的悲观情调。

《桥》像《航行》一样，反复出现的另一个主题是色欲的畸变和补偿。克兰像惠特曼一样，希望美国荒野本身激发我们自身的自然属性，一种伊甸园式简朴而美丽的情爱。在艺术形式上，诗人娴熟地运用了无韵诗、自由诗、爵士乐节奏和布鲁士乐的艺术形式。诗组之间的人称逐渐变化,从第一人称的独白到第三人称的描述,再到第二人称的对话。如果把《桥》同《荒原》比较一下,克兰显然吸收了 T. S. 艾略特的表现手法,对此,他曾不止一次地在给他的友人信中承认过。

《桥》的发表,在当时的评论界引起了褒贬不一的评论。有的认为他对现代美国没有保持乐观的看法,有的认为诗的结构人工痕迹太露,而且很松散。他的朋友艾伦·泰特索性认为这是一部败作,因为他认为克兰在诗里没有表达出客观的思想和公认的价值观,还不如选择描写美国历史上的一个时期或一个事件插曲来得好些。但随着时间的推移,随着现代派长诗的问世,上述批评的理由逐渐失去了站得住脚的力量。不过,《桥》写得不平衡,良莠不齐,一般公认最精彩的部分是《致布鲁克林桥》、《波瓦坦的女儿》(特别是其中的《海港黎明》《凡温克尔》《河》和《跳舞》)、《短胸衣》、《三支歌》和《地道》。写得较差的诗组是《哈特拉斯岬》、《贵格山》和《波瓦坦的女儿》中的《印第安纳》。这些败笔是在他酗酒和精神快要崩溃的情况下造成的,他急于要在 1929 年完稿。

1931 年,克兰得了一笔古根海姆奖金,在墨西哥用来创作有关西班牙在 16 世纪侵略墨西哥的史诗《征服者》(*The Conquistadors*),但他感到自己已经江郎才尽,无法继续发展。他误以为他去世前两个月作的最后一首佳篇《破钟楼》(The Broken Tower)证明他创作力业已衰退,因此感到绝望。社会、家庭和他自己造成的心理失调过早地扑灭了天才的火花。再加上他获得的那笔古根海姆奖金已经花完,无法继续申请。他不得不乘船回国,在途中跳海自尽。他没有也没有来得及系统地完成他的诗作,他写了不少阐述性的信,它们现在却成了我们了解他创作思想的宝贵文献。

克兰天禀聪颖,但同时又是梦幻式的好高骛远者。他的情感浓烈,一泻千里,以致使他觉得日常用语不足以充分表达他的内心世界和远大抱负。他于是煞费苦心地借用古代和外国的历史文化、文学典故以及当代的科技术语或辞藻,把它们压缩在诗行里,使他的诗具有更多的象征意义,但有时使得他的词句负载太多,多得到了读者无法理喻的地步。另外,他有意打破通常讲话的逻辑,让联想意义(有时只有他本人了解的联想,例如上述的"岛屿间响起柔板的节拍")充溢在他选择的词语里。他之所以这样做,是因为他不想停留在通常发语方式的层面上,而是想要深入到心灵深处。他让读者透过他主观联想和情感反响编织的屏幕窥视客观世界,这就是读者感到他诗歌晦涩的主要所在。在这一点上,他有点像中国唐朝诗人李贺。克兰在诗坛上是天马行空,独来独往,没有拉帮结派,他生前的读者群是少数有高度文化修养的精英,而不是普通读者,尽管在他的时代,他是真正追求民主、歌颂民主的少数优秀诗人之一，是从惠特曼到金斯堡的过渡桥梁。当美国诗风逐渐从 T. S. 艾略特转向简朴、明晰的自由诗时，克兰的声音显得更孤单了，虽然他还拥有当代作家知音，例如他对早期的夏皮罗以及黑山派诗人查尔斯·奥尔森(Charles Olson，1910—1970)和罗伯特·克里利(Robert Creeley，1926—2005)依然具有很大吸引力。克兰幸运的是，他的《桥》已作为《荒原》《四首四重奏》《诗章》《帕特森》《莫克西莫斯诗抄》和《梦歌》的比肩之作载入史册。

## 第四节
## 南方"逃逸者"诗歌

20 世纪 20 年代和 30 年代出现了所谓的南方文艺复兴，它的浓郁气息，给美国文苑增添了异香。"逃逸者"诗人如兰色姆、泰特、唐纳德·戴维森(Donald Davidson，1893—1968)和沃伦等是这一流派的杰出代表。他们的成就仅次于意象派诗歌。

南方文学像西部或东部文学一样，在一次大战后逐渐兴盛起来。南方文学杂志如雨后春笋破土而出，单 1921 年一年之间，三种杂志《两面派》《评论员》和《抒情诗》(*The Lyric*)问世，次年《逃逸者》创刊，30 年代诞生的《肯庸评论》和《南方评论》无论当时还是现在都促进了南方文学的发展。文学协会如"南卡罗来纳诗歌协会"在奖掖文学新生力量方面发挥了积极的作用。

在这期间，福克纳、安·波特、托马斯·沃尔夫(Thomas Wolfe，1900—1938)[①]、弗莱彻、兰色姆、泰特、沃伦、卡罗琳·戈登(Caroline Gordon，1895—1981)等一批有才华的南方作家相继涌现到文坛上，逐渐受到国内外文学界的重视。从个人的成就来说，独自耕耘在"约克纳帕塔法县"土地上的福克纳收获丰富；从集团来看，以田纳西州纳什维尔市范德比尔特大学为基地的一批"逃逸者"诗人独树一帜，在美国文坛上造成了一定声势。

早在一次大战前，纳什维尔市的一个 30 岁出头、自学成才的青年赫尔施(1885—1962)虽然不是范德比尔大学的教师，却以他渊博的学识，吸引了该校的一批师生，使他们常常在他家聚会，展开热烈而有趣的哲学讨论。赫尔施住在姐夫家。姐夫是富商，钦佩他的学问，积极支持，有时也热心参加他组织的

① 美国南方作家，著有《天使，望家乡》(*Look Homeward, Angel: A Story of the Buried Life*, 1929)和《你不能再回家》(*You Can't Go Home Again*, 1940)等小说。

学术活动。第一次世界大战一度中断了他们的活动,大战后又恢复了。聚会的人数曾经到达16个,由于各种原因,经常参与者大约是七八人或十来人不等。他们每两周聚会一次,每次都由赫尔施主持。往往讨论到深夜时,赫尔施的姐姐热情招待夜宵。一次大战后,这个快乐的文艺沙龙的兴趣由哲学逐渐转向文学,尤其是诗歌。每次聚会,大家各带自己的诗作,分发与会者。作者首先朗读,接着相互品评,切磋诗艺。

他们起初常常高谈阔论,大谈中世纪和伊丽莎白时代的文学、文艺复兴时期的意大利文学、19世纪的法国文学或东方文化。他们都以世界主义作家自居,一种有别于庞德和T. S. 艾略特的世界主义作家,因为他们的创作目标和主调在他们了解庞德和T. S. 艾略特之前就确定下来了。虽然他们反对南北战争前后的南方作家的激情,无意充当旧南方文学领域里的末代骑士,虽然他们注意到国际(特别是欧洲)文学的新潮流,但他们开头并未意识到他们的成长根植于南方文化传统,一个对秩序井然、有善良意向、风俗淳厚的社会的回忆或向往的文化传统,因而他们的生活方式或思想方式无形中打上了南方文化的烙印。他们对这个社会环境并不感到格格不入,因而不像当时纽约、巴黎或伦敦那里的先锋派艺术家那样迫切地求助于未来,求助于新的生活方式和新的诗艺。他们没有一次大战以后"迷惘一代"的作家那种失落感,那种虚无主义。他们在那儿似乎缺乏其他现代派作家用以探索和描写人类现况的现代化资源:弗洛伊德心理学、新的天文学、新的物理学、先进的技术和机器、视觉和听觉艺术的新成就。他们似乎在南方还没有发觉现代化城市已堕落成地狱的可怕情景,那种T. S. 艾略特在《荒原》里所描写的一次大战后伦敦的地狱情景。他们之中不少人在反对陈词滥调的同时都喜欢向布莱克、济慈、丁尼生、前拉斐尔派诗人和斯温伯恩(A. C. Swinburne, 1837—1909)等人借鉴。

总的来说,他们既有守旧的一面,也有革新的一面。19世纪60年代南方在内战中的失败导致南方作家走向两个极端:一部分作家向往南方过去的所谓黄金时代,所谓最甜蜜、最纯洁、最美好的文明;一部分作家企图像北方那样通过工业化建立美好的南方。两种不同的态度,从19世纪70年代至20世纪初,在南方文学中表现得很明显,即使在一次大战后依然存在。在这些作家的作品里充斥着地方色彩,罗曼蒂克的词汇,无病呻吟的情调。以兰色姆为首的"逃逸者"诗人对此现状感到不满,认为要创作出富于特色的作品,单从形式上探索是不够的,需要从政治、哲学、经济等更大的范围里去考察和研究,对美国不同区域里文化、地理和经济上的差异进行科学的富有创造性的探讨。"逃逸者"诗人们在起初只专注于艺术形式的改革和知识的探求,对社会和经济情况却不在意,相反南方的那种偏见、感情、价值观,从无意识到有意识逐渐在这个圈子里形成。他们逐渐意识到要维护南方传统,反对北方的工业资本主义。

在赫尔施的建议下，他们克服重重困难，于 1922 年 4 月 12 日创办了诗歌杂志《逃逸者》。史蒂文森(Alec B. Stevenson)根据赫尔施前不久写的一首诗，半开玩笑地给该诗刊题了这个名字。艾伦·泰特发觉这个别开生面的杂志名称将会引起广泛的注意和好奇。他认为，在赫尔施心目中，逃逸者是诗人、彷徨者、流浪的犹太人、被遗弃者、带着奥秘的智慧漫游世界的人。《逃逸者》是一份小杂志，但一开始就把 T. S. 艾略特和庞德的现代派盛期(High Modernism)诗风带进了南方的诗歌。《逃逸者》的撰稿者比当时的其他各地的任何流派更坚定地引导美国现代派诗歌方向。"逃逸者"诗人的初衷是站在现代派的立场上，反对浪漫主义滥施感情的诗风。他们既反对旧俗套，也反对新俗套，但并不排斥吸收传统文化中的精华。戴维森给哈里斯(Corra A. Harris)写信谈到《逃逸者》杂志名称的含义时说："如果该杂志名称有什么含义的话，也许是编辑们怀有过分的新旧俗套的情绪，我想大家对此会同意的。他们希望在自己的作品里关心和借鉴质地最高的现代诗，同时不废弃过去的好东西。"这份杂志在南方读者的心目中颇为激进，而对外地读者来说却相当保守。

《逃逸者》编辑部开始时大约有 13 个成员，轮流写编者按语或社论，集体讨论稿件，通过投票决定取舍。在第一、二期，"逃逸者"诗人们用笔名发表，他们通过寻找资助设立诗歌奖，在全国报刊登载广告，在文学界造成影响。它虽是一本同仁杂志，大部分稿件来自内部，但并不排斥外稿。当时已有名气的克兰、昂特迈耶、弗莱彻、威特·宾纳等诗人都寄去自己的佳作。《逃逸者》上发表的诗作得到了当时国内很多报刊的好评，唯有《诗刊》主编门罗态度颇为冷淡。编辑们的评论标准不一，戴维森、威廉·弗赖尔森(William Frierson)、威廉·埃利奥特(William Yandell Elliot)和斯坦利·约翰逊(Stanley Johnson)等人囿于传统，偏于保守，而泰特却很激进，推崇 T. S. 艾略特为代表的现代派诗歌，因此有时编辑按语或社论的口径不一致。他们各有不同的社会经历和美学趣味，习惯于相互争论和批评，但都认真创作，渴望得到全体的认可。他们当然也有一些维持他们团结的共同的美学标准和哲学观点，如反对旧南方诗歌的滥情，鉴于北方现代化所带来的祸害而反对一些南方人想建立工业化和都市化的新南方的企图。因此，这是一个松散而有活力的自由团体。

在这个团体中，兰色姆威望最高，由于他一方面是他们的老师，另一方面他的诗歌较大家技高一筹，见解精辟，在同事中有举足轻重的影响。戴维森在《逃逸者》诗人中有一定威信，诗也写得出色，然而他的保守思想阻止了他在创作道路上的进一步现代化。泰特像兰色姆一样，善于言谈，善于从理论的高度总结大家意见，成了《逃逸者》诗刊运转的支点。沃伦脱颖而出，深受兰色姆和泰特等人的器重，是公认的优秀诗人。他 1925 年大学毕业时年方二十，未来得及在"逃逸者"集团里发挥重大的决策性作用。戴维森与泰特感情深厚，尽管两人诗风殊异；兰色姆与泰特在设立《逃逸者》主编与对 T. S. 艾略特评价的问题上虽曾一度发生龃龉，但很快言归于好，共同探讨诗艺，给双方带来单独无法得到的长进。兰色姆、戴维森和泰特凭各自的才能和贡献，自然地成了"逃逸者"诗人们的核心力量。他们虽然性格不同，风格各异，有时甚至被对方误解而感到委屈，但都珍视对方的意见和支持，珍视那种其他任何成员无法代替的学术帮助。

鉴于成员们在编务工作上的劳逸不均(戴维森和泰特的担子最重)，除兰色姆一人激烈反对外，大家要求建立主编负责制，主编与副主编每年一任。1923 年下半年，戴维森任第一任主编，泰特任副主编。编辑杂志只是他们的业余工作，后来大家由于自身的业务流动性大，以致常常无力顾及编务，加之经费来源不足，不得不于 1925 年末停刊。虽然一共只出了 19 期，但它是美国文学史上一份最有分量的业余杂志，培养和造就了一批有才华的诗人。停刊并没有停止"逃逸者"诗人们的活动。他们经过多方努力，于 1928 年出版了《逃逸者诗选》(*Fugitives: An Anthology of Verse*, 1928)。全书一共 94 首，其中 49 首选自《逃逸者》诗刊。路易丝·科恩(Louise Cowan)就收在《逃逸者诗选》这本诗集里的诗人进行评论说:"'逃逸者'诗人群就这样在一本诗集里展现在读者的眼前，显然这群诗人中的兰色姆、泰特、戴维森和沃伦等四位最重要，也最有实力，梅里尔·穆尔(Merrill Moore, 1903—1957)等人思想敏捷，技巧尚可，而杰西·威尔斯(Jesse Wills)和史蒂文森虽认真创作，但艺术性较差。"①1928 年以后，"逃逸者"集团虽然星散，其核心人物兰色姆、戴维森和泰特同维护南方文化传统的志同道合者如历史教授弗兰克·奥斯利(Frank L. Owsley)、历史教授和小说家安德鲁·莱特尔(Andrew N. Lytle)、英文教授约翰·唐纳德·韦德(John Donald Wade)等 12 人掀起了一场抵制北方工业向南方发展的运动，他们因此被称为重农派。他们之中还有诗人弗莱彻、剧作家斯塔克·杨(Stark Young, 1881—1963)和沃伦。沃伦虽然写了宣传重农派观点的文章，但未积极参加大家的活动。他们从各自对南方文化的理解，比较北方工业化与南方农业经济的利弊。他们认为，在北方工业社会里，宗教不能兴盛，艺术难以繁荣，生活不会自由；在那里，人们只会讲究物质享受，唯利是图，成天吵吵嚷嚷做买卖。他们崇尚欧洲，特别是英国偏僻村落悠然自得的生活方式，提倡南方推行自给自足、没有激烈竞争的小农经济，在这个社会里人们可以逍遥自在地打猎、聊天、布道、做礼拜。这就是他们 12 个人即将出版

---

① Louise Cowan, *The Fugitive Group: A Literary History* (Louisiana: State University Press, 1959), pp. 253 - 254.

的论文集《我要表明我的立场：南方与农业传统》(*I'll Take My Stand: The South and the Agrarian Tradition*，1930)的主要内容。

重农派的主张不但遭到北方文人抨击，而且引起南方学者的反对。范德比尔特大学校长柯克兰(James M. Kirkland)认为他们不切实际，缺乏学术研究。斯特林费洛·巴尔(Stringfellow Barr)对他们的观点进行修正，在《蓄奴制欲南来?》(Shall Slavery Come South?)一文里建议：通过有控制的工业发展，加强南方在国内的实力，与此同时回避工业化所带来的祸害，防止蓄奴制卷土重来。但双方各执己见，结果导致兰色姆和巴尔于1930年11月14日在里士满市进行公开辩论。兰色姆滔滔不绝讲了50分钟话，仍然坚持认为工业剥夺了劳动的愉快，破坏了闲适生活和艺术的享受，破坏了人与自然的自然关系。巴尔讲了20分钟话，指出工业化已经建立，兰色姆的态度只能使控制工业并消除其祸害变得更加困难。两人不分胜负，均未找到工业化给国家造成经济两极分化的原因，然而他们的辩论却产生了不小的社会效应。当时几个州的州长，政界、文学界和学术界的知名人士都出席了，听众达3 500人，会议主席是著名小说家安德森。辩论的结果帮助宣传了他们即将出版的论文集。

重农派作家虽然揭露了北方资本主义经济发展过程中的一些弊端，但他们并不真正了解南方的农村。他们所提倡的是蓄奴制下种植园主的悠闲生活，并不能改善人民的痛苦生活，也不能发展只有在城市里才能飞速发展的现代文艺，例如音乐、美术、电影等等。他们用想象中的南方美好的过去来衡量现在，而这种想象缺乏实际调查和严密的科学考察，只是出于过去文学传说。他们在写作《我要表明我的立场》时，都生活在城市，所以他们的理论和他们理想中的南方农业社会对广大的南方人民没有吸引力，只局限在一批敏感的文人之间，局限在当时的报刊评论上。兰色姆本人对重农派主张的现实性也取保留态度。他在《新政的资本》(A Capital For the New Deal，1933)一文里承认重农派在气质上也许不喜欢城市，口头上反对未来任何大城市的前景，但他们也到大城市里去，受到城市影响，城市集中了文化的特色。他在1945年回顾重农派活动时，又一次承认他们的主张不切实际，不能要求北方的工商朋友去干他们重农派也不干的事。由此可见，重农派的思想是落后于时代发展的，换言之，是南北战争中失败的种植园主的思想残余。接着艾伦·泰特和分产主义者赫伯特·艾加(Herbert Agar)编辑出版了反映重农派思想的第二本论文集《谁拥有美国?》(*Who Owns America?*，1936)，这是重农派的最后一次公开露面。如同1928年出版的《逃逸者诗集》表明"逃逸者"集团解散，这本论文集标志重农派活动的结束。

重农派的主张，从政治学与历史学的角度来看，是一个失败，但对美国文学产生了影响。重农派的理想成了美国创作中的现代神话：南方自耕农纯洁得像亚当,过去自给自足的农庄是失乐园,北方大工商业者成了撒旦,地狱便是现代化城市。"逃逸者"诗人维护南方传统的思想在重农派运动中得到了进一步的发展。包括"逃逸者"诗人在内的南方文艺复兴中的作家(尤其是福克纳和凯瑟琳·安·波特)继承了两种南方的观念:传说中的南方和现实中的南方。正如约翰·斯图尔特(John L. Stewart)所说:

> 长期以来,许多人(大多数人从小到青年时期)认为只有一个旧南方。当历史学家们开始仔细考察南方时,他们发现这个旧南方多半是一个传说,实际上有多种多样的旧南方。认识传说中和现实中的这两种南方,尤其认识现实中的南方的多样化是这些作家在艺术成熟过程中不可避免的、具有决定意义的阶段之一。①

## 第五节 意象派诗歌运动

意象派诗歌运动是在伦敦开始,接着同时在英美两国展开的。从 1914 年至 1917 年,意象派诗人出版了他们的诗集,亮出了他们的宣言,树起了他们的大旗。主要有四个美国诗人(庞德、H. D. 、洛厄尔、弗莱彻)和三个英国诗人(阿尔丁顿、F. S. 弗林特、D. H. 劳伦斯)始终与这个运动紧密相连。庞德是意象派运动的主要力量,在 20 世纪美国诗歌史上一直起着领导的作用。不过从他一生的诗歌创作来看,意象派诗歌仅是他艺术生涯的一个部分,因此本书专辟一节加以论述。弗莱彻虽不是标准的意象派诗人,但他的成名得益于意象派诗歌,把他归类在这里是适当的。只有 H. D. 和洛厄尔这两位女将一心投入意象派运动,虽然她们的诗风在创作后期都发生了变化。

20 世纪初开始兴起的现代派文学运动中,意象派,如同表现主义、未来主义、超现实主义和启示录派等流派一样应运而生。在对 19 世纪末的颓废情绪和诗歌过于啰唆、过于感情宣泄的反拨中,一批英美诗人把东方的诗艺(如中国古典诗歌和日本俳句)与西方经验主义哲学结合起来,并且同时借用现代绘画和雕塑的某些表现手法,为意象派诗歌的诞生奠定了基础。

---

① John L. Stewart, *The Burden of Time: The Fugitives and Agrarians* (Princeton: Princeton University Press, 1965), p. 96.

在庞德首次明确提出并倡导意象派诗歌之前，在一次世界大战中牺牲的英国青年哲学家休姆早有类似意象派诗歌理论的想法和主张。休姆深受法国哲学家柏格森和日本诗歌的影响。他激烈反对维多利亚诗歌过分模糊抽象，过分雕琢矫情，主张诗歌要写得坚挺(hardness)、明晰(clarity)和严谨(restraint)，并且无说教味。1908年，他在伦敦建立"诗人俱乐部"，团聚了一批有志于诗歌改革的人士。次年1月，该俱乐部印行休姆的诗歌小册子《为1908年圣诞节而作》(*For Christmas MDCCCCVⅢ*)，其中《秋》(Autumn)和《城市夕照》(A City Sunset)尤为出色，后来被认为是最早的意象派诗。同年3月，休姆又和弗林特(F. S. Flint，1885—1960)、坦克雷德(Francis Tancred)和坎贝尔(Joseph Campbell，1879—1944)等志同道合者常在星期四晚上到伦敦的苏活区(Soho)便宜餐馆里聚会，讨论当时的诗歌现状，探索改革的途径。一个月以后，刚到伦敦不久的庞德也加入了他们的星期四讨论会。庞德同他们对诗歌的见解正好不谋而合。①

庞德读了阿尔丁顿(Richard Aldington，1892—1962)和H. D.的近作，发觉他们写的正是符合他主张的意象派诗，于是把它们推荐给美国的《诗刊》。他在作者介绍里，称阿尔丁顿为意象派诗人之一，H. D.的名字后面索性署了意象派诗人字样。这两人的诗分别发表在该刊1912年11月和次年1月号上。1912年，庞德的诗集《回击》(*Ripostes*，1912)面世，他把休姆的诗篇作为该集的附录。在附录的介绍里，庞德首次正式使用了"意象派诗人"专有名词。1913年3月号的《诗刊》上发表了弗林特的文章《意象派》(Imagisme)和庞德的文章《几条诫律》(A Few Don'ts)。弗林特在他那篇文章里提出了著名的意象派诗歌三原则：(1) 直接描写客观事物；(2) 绝对不使用无济于表现事物的词语；(3) 关于韵律：采用乐句，不用呆板的节拍。庞德和H. D.完全同意这三条原则，并把这三条作为意象派宣言的主要内容共同提出来了。庞德在《几条诫律》中也表达了类似的意见，但更加具体。1914年7月，庞德主编的诗选《意象派诗人》(*Des Imagistes*)问世。在庞德的带动下，意象派诗歌运动就这样地开展起来了。

如上所述，最初卷入这场运动的正式成员有七个：庞德、H. D.、弗莱彻、洛厄尔、阿尔丁顿、弗林特和D. H.劳伦斯。从他们这个时期的理论和实践中，我们对意象派诗歌的基本特色可以作如下概括：意象派诗是以意象作为诗歌的基本单位，直接表现所观察到的事物而不加任何解释或评论。诗人只不过

① 庞德在1908年10月21日写信给W. C.威廉斯，提到他的四点诗歌主张：(1) 描绘我所看到的事物；(2) 美；(3) 脱离说教；(4) 重复一些他人写得较好的或较简洁的东西是好的写作方式。完全独创当然不可能。一般中国学者认为庞德的意象派诗是从中国唐诗中借用来的或受到唐诗影响，这与历史事实不符(参见张子清著：《地球两面的文学》，南京：南京大学出版社，1993年)。

是搜集体验(尤其是视觉效果的数据)。意象派诗是一连串的意象并置,不允许抽象的语言进入其中。用庞德的话说,意象派的口号之一是"精确",即准确地描摹事物,力戒空发议论或感叹。这样势必使一些形容词、连接词乃至动词显得多余。它是突破传统格律的自由诗,没有定式,形式为内容服务,一反过去内容迁就形式的风气,给维多利亚时期出现的滥情或感情极度张扬的诗风以有力的冲击。

庞德典型的意象派诗是他受日本俳句影响的《地铁站里》和他根据李白的《玉阶怨》改写的《宝石阶梯的苦情》(The Jewel Stair's Grievances)以及《一个少女》(A Girl)等。H. D. 的《山林仙女》、弗林特的《天鹅》(The Swan)、洛厄尔的《秋》、弗莱彻的《不安静的街道》(The Unquiet Street)等都是典型的短小精致的意象派诗篇。这些诗都是寥寥数行,围绕一个或几个意象,用最简明的语言进行了白描,干净利落,不拖泥带水。这是意象派诗的优点,但同时又存在缺点:容量不大,静止的描写,单调,缺乏立体感,缺乏力度,因为它只看重视觉的功能。曾经也被列入意象派诗人队伍里的威廉斯后来提出的"不表现观念,只描写事物"的著名的口号,简单而扼要地凸显了意象派诗的特色,也包含了上述的缺点。诗人很难运用这一艺术形式创作鸿篇巨制,抒发复杂的思想感情。实践证明,具象和抽象是诗歌的两只翅膀,缺一不可,否则势必难以在美丽的想象王国平稳地翱翔。意象派诗只有一部分是优秀的,其他的诗篇,无论用何标准衡量,都很难称得上是上乘之作。

庞德领导的意象派诗歌运动时间不长。他不久与弗林特在意象派诗歌理论上意见不合,①但这位掌握了10国语言,特别精通法国诗的英国诗人不买庞德的账,同他进行激烈的辩论,加上艾米·洛厄尔的干预,庞德脱离了意象派运动而转向他的漩涡派诗歌的创建上去了。意象派运动的大旗不久被洛厄尔接了过去。

原来洛厄尔读到1913年元月号《诗刊》上发表的意象派诗,发觉与她的诗美学有类似之处,便带了门罗的介绍信到伦敦去会见庞德。庞德热情地为她改诗,认为她的诗平平,在他编选的意象派诗集里只收录了她的一首诗,主要选了阿尔丁顿、H. D. 和自己的诗,其他的人也只有一首入选。不过,他当时选诗的标准很难说完全符合意象派审美标准。在这个集子里,有自由诗、散文诗以及其他反传统的新尝试之作。这位勇敢的女诗人很快与庞德分庭抗礼,提出:如果需要,她可以出钱印诗,但今后入选的诗该均等。庞德不以为然,认

---

① 庞德对弗林特发表在《自我中心者》(1915年5月号)杂志上的文章《意象派的历史》特别不满,认为弗林特曲解意象派,说他是印象派。一般认为,意象派诗受象征派诗影响,但两者有明显区别。弗林特认为:"典型的意象派诗以看到的事物开始,而后为它发现意义。象征派诗以意义开始,而后为它在意象里寻找体现。"[参见F. Cudworth Flint, *Amy Lowell* (1969)一书。]

为在艺术作品的选择上无民主可言。不过,艾米·洛厄尔的主张却得到了其他意象派诗人的拥护,阿尔丁顿、H. D.、弗林特、D. H. 劳伦斯和弗莱彻等人都支持她,使她在 1915 年顺利地出版了她编选的诗集《意象派诗人》(*Some Imagist Poets*)。她把庞德的法文意象派一词英语化。阿尔丁顿为选集起草的、经过艾米·洛厄尔修改的前言,着重提出意象派诗歌的六条原则,作为他们的纲领。条文很详细,主要的意思是:使用普通语言;创造新韵律;自由选择题材;精确描绘意象;务必使诗变得坚挺而明晰;浓缩而不拖沓。不过,这些同庞德原先提出的口号相比,没有多大原则的区别。庞德对此也注意到了,认为他们没有多大的新创造。不过,无论是庞德还是洛厄尔,他们提出的这些意象派诗歌原则,不全是为意象派诗人所独有,早在他们之先的大师们已经注意到了。谁也不能否认莎士比亚不吸收普通人民的语言,华兹华斯不但在实践上而且在理论上阐述日常语言的重要性。因此庞德也承认完全独创是不可能的,最好的办法是重复使用他人较好或较简单的手法。

洛厄尔富有进取心,有组织才能。她通过朗诵、演讲和接见等方式去影响读者、编辑和评论家。她遭到持不同意见的诗人和评论家的抨击,双方于是各在许多杂志上展开争辩。论战的结果却使这个流派比其他流派更加闻名于世。据阿尔丁顿后来估计,意象派诗选销售量达两万册,处处出现了模仿写意象派诗的诗人。根据洛厄尔的计划,每年出一集《意象派诗人》,连续出五年,可是由于一次世界大战和意象派诗人的兴趣纷纷转到其他方面,到 1918 年就正式中断了出版计划,总共只出版了三本诗选。她领导的意象派团体也就自行解散了。她对此总结说:“不再出版《意象派诗人》,选集已完成任务。这三本小书是这个流派的萌芽和核心,其扩充和发展可在本集团各成员未来的作品里找到。”H. D. 与阿尔丁顿编选的《意象派诗集》(*Imagist Anthology*)在 1930 年出版时,艾米·洛厄尔业已去世,这时已是意象派运动的余波。一时轰轰烈烈的意象派运动逐渐冷淡,最后停止下来,还有更深层的历史原因。经过了一次世界大战洗礼的西方作家们意识到西方的文明已经衰退了,开始用不安和怀疑的眼光观察西方社会,对混乱的世界不断地探索。《荒原》和《休·赛尔温·莫伯利》正是反映时代精神的力作。在这样的氛围里,诗人们感到意象派诗的艺术手法不足以充分表现人们的探求精神,也不能充分揭示整个一代人由残酷的战争养成的破碎感。敏于时代脉搏的诗人自然地放弃短小的意象诗或抒情诗,而去构建宏伟的长篇史诗。

如果按照出版意象派诗集的时间划分时期,意象派运动大致可分三个时期:1914 年以前是酝酿阶段,以休姆为代表;1914—1917 年是盛期,H. D.、阿尔丁顿、弗莱彻等一批诗人的作品被选入庞德和艾米·洛厄尔各自编选的意象派诗集里;1918—1930 年是尾声,其中以 H. D. 和阿尔丁顿为代表。

意象派诗人到后来都在各种不同的程度上发生了变化，庞德不久转向漩涡派诗歌，H. D. 继续写正宗的意象派诗歌。这时爱德华·斯托勒也创作了一些符合意象派标准的诗，如《意象》、《街道魅力》和《美丽的失望》等。但是她创作后期的诗风有了巨大变化。其他的意象派诗人也如此，但意象派的影响仍然存在。我们通过威廉斯可以看到意象派诗歌的影响，它像一条红线，贯穿在查尔斯·奥尔森、莱维托夫(Denise Levertov, 1923—1997)、克里利、罗伯特·邓肯(Robert Duncan, 1919—1988)和肯明斯等人的作品里。罗伯特·布莱(Robert Bly, 1926—　)、詹姆斯·赖特(James Wright, 1927—1980)、威廉·斯塔福德(William Stafford, 1914—1993)和路易斯·辛普森(Louis Simpson, 1923—2012)等一批有共同思想倾向和艺术特色的优秀诗人把意象派诗发展成为深层意象派诗。他们还被称为情感意象派诗人或主观意象派诗人或现象意象派诗人，总之，不管什么名称，反正离不开意象这一核心。由此可见，意象派运动对美国诗歌的影响之深，使美国诗歌避免了过于晦涩、过于知识化、过于着重心理活动的弊病。通过意象派诗人大张旗鼓的宣传，有利诗歌健康发展的一些基本原则在美国诗歌园地里扎了根。虽然意象派诗歌本身存在一定的局限性，但它的功绩在于为现代派诗开了先河，T. S. 艾略特在其《美国文学与美国语言》(American Literature and the American Language, 1953)一文中把它看作是现代派诗的起点。①

## 第六节
## 庞德的诗歌创作

埃兹拉·庞德(Ezra Pound, 1885—1972)是现代美国“远游的诗神”，是西方现代派诗歌从孕育到发展过程中的最具有影响，同时也最具有争议的文学大师。他那孜孜不倦的艺术探索、那和蔼慈善的慷慨热情、那离奇荒诞的政治主张、那坎坷痛苦的人生经历，组成了他那丰富多彩、浪漫传奇般的艺术人生。作为一个现代新文学思潮的开拓者、培育者、实践者，庞德发起了影响深远的意象主义和旋涡派诗歌运动，帮助和指导过文学同行和文学青年，同时自己也创作了大量的、百科全书式的诗歌名篇，已经成为世界文学宝库中灿烂的奇

① T. S. Eliot, *To Criticize the Critic and Other Writings* (New York: Octagon Books, 1980), pp. 43 - 60.

葩。作为新诗歌杰出的理论家，他发表和出版了大量的富有创见性的论文及著作，在很大程度上铸造了美国现代派诗歌基本形状，推动了现代美国文学多样性和包容性发展。作为一个翻译家，他以独特的诗歌理念和改写与模仿式的创作模式，为东西方文化和文明的相互交流、相互融合作出了巨大贡献，为西方人深刻认识东方思想和诗歌审美提供了一个窗口。作为一个"天真无邪的"、悲剧性的"政治家"，他对法西斯主义的信仰和热情最终却成为他个人经历中的政治笑柄。但尽管如此，庞德作为现代美国诗坛巨匠的名声却没有任何损伤；他作为一个热爱祖国、立志创作的诗人形象得到批评界和普通读者的广泛认可。

庞德出生于爱达荷州的边疆矿业小镇海利。祖父是威斯康星州有名的商贾，曾任该州副州长；父亲在移居爱达荷州之前是美国土地管理署注册员，后任美国设在费城的国家造币厂助理黄金分析师。童年时代的庞德是在相对富裕的家庭环境中度过的；良好的教育和修养使他对东西方古代灿烂的文化产生了浓厚的兴趣。1901 年，他进入宾夕法尼亚州立大学，两年后转学到汉密尔顿学院攻读罗曼语言文学；在此期间，他结识了学友 W. C. 威廉斯，两人成为最亲密的"诗友"。1905 年，他在本科毕业之后重返宾夕法尼亚州立大学，攻读罗曼语言文学研究生；也就在这一年，他结识了一位诗歌艺术上的"红颜知己"，即后来积极参加他的意象派诗歌运动的女诗人 H. D.。1906 年，庞德获得硕士学位，并利用这个暑假时间前往欧洲对西班牙古典剧作家瓦格(Lope de Vega, 1562—1635)进行学术调研；同年获得奖学金后返回宾夕法尼亚州立大学研究文艺复兴时期的文学，但因对其老师那种狭隘的审美趣味和陈腐的哲学观念感到乏味，而前往印第安纳州的瓦伯什学院教授罗曼语言文学。在此期间，庞德因与一位女演员有染，违反"校区斯文"而被校方解雇。1908 年初，他再次远涉欧洲，先在威尼斯度过短暂的夏天之后，定居伦敦；从此，开始了他的"追求人生真谛"的艺术生涯。到 1920 年，他已经感到自己将是永久远游异乡的"自我流放"诗人。

伦敦是一个历史悠久、文化内涵丰富的国际化大都市；12 年的侨居生活使庞德走向艺术成熟的顶峰。1908 年夏天在意大利逗留期间，他在威尼斯自费出版处女作《熄灭的细烛》(*A Lume Spento*)。这些都是他自 1903 年以来创作的诗歌选集，为庞德赢得了批评声誉，同时也初步显露了庞德独特的艺术才华和正在形成时期的诗歌审美情趣。1909 年，初尝成功喜悦的庞德又出版了被批评家更加推崇赞赏的重要诗集《人格面具》(*Personae*)和《欣喜》(*Exultations*)；接着，他出版了诗歌选集《普罗旺斯》(*Provenca*, 1910)、《罗曼诗歌的精神》(*The Spirit of the Romance*, 1910)、《古尔德·卡瓦尔坎蒂的十四行诗和民歌》(*The Sonnets and Ballate of Guido Cavalcanti*, 1912)和《回击》。庞德初到伦敦的这四年好似鱼儿得水,创造力爆发,使这位还不到而立之年的年轻诗人感到无比兴奋和自豪,正如他在给诗友威廉斯的一封信中所说:“伦敦,我可爱的老朋友伦敦,你的确是一个诗歌之乡。”

这一时期,庞德不但在艺术的道路上春风得意,而且在人生的旅途结识了许多志同道合的艺术大师和艺术知己。他认识了自己仰慕已久的诗人和剧作家叶芝,从此他“很自然地加入这里真正在做事的人群”。从 1913 年到 1916 年,庞德先后做了叶芝的私人秘书和诗歌伙伴。在开始,庞德只是沉醉于叶芝诗歌的意境之中,但不久发现大师早期的诗歌过分隐晦,象征暗示和典故的运用导致诗歌感觉的迟钝与审美的过分朦胧。作为一个追求艺术个性的年轻人,作为一个信条为“推陈出新”的强诗人,庞德试图摆脱这种诗歌的美学倾向,并实实在在地“帮助”叶芝在晚年进行诗歌创作的现代化。这种诗艺的交流和切磋不仅使庞德学到很多东西,也使叶芝深深体会到庞德的艺术创造力。而实际上,叶芝的晚年创作也受到庞德的巨大影响。后来,庞德和叶芝发展成为“亲戚关系”,因为 1914 年庞德与一位名叫“朵若茜·莎士比亚”(Dorothy Shakespeare)的英国姑娘成婚时,叶芝也恰巧娶了这位英国姑娘的表姐。

对于善于交友的庞德来说,这也是他结识伦敦文学界名人的重要时期。他先后认识了诗人和理论家休姆、作家弗林特和福特(Ford Madox Ford, 1873—1939)等。刚到伦敦时,庞德发现休姆等人在伦敦成立的“诗人俱乐部”的艺术倾向与自己所想不谋而合,便积极加入到他们的诗歌改革运动中去。他们具有共同的艺术嗜好和审美追求,特别是对日本的俳句和四季短歌(tanka)有浓厚的兴趣。从不断学习和交流中,庞德获得了其早期诗歌的意象主义观念。

庞德参与门罗创办的《诗刊》杂志的策划工作,并提议自己作为该杂志的国外通讯员。同年在其出版的诗集《回击》中,庞德把休姆的诗篇作为附录,并在诗歌导读中第一次使用“意象派诗人”这一批评称谓。在庞德的倡议和努力下,《诗刊》1913 年 3 月号发表了弗林特的《意象派》和庞德自己的《几条诫律》,初步形成了他们意象主义诗歌创作的基本框架,也为美国现代派诗歌的创新和发展开辟了新的方向,而其中庞德的功绩不可磨灭。1914 年,庞德主编诗歌选集《意象派诗人》出版,标志着意象派诗歌作为一个重要艺术流派跨入欧美文坛。

庞德不仅是一个极具有号召能力的艺术家,而且是一个培育文学新人、和蔼可亲的慈善家和辛勤的园丁。他对那些具有创新性和实验性,然而还处于默默无闻中的诗人的慷慨帮助使他赢得“没有委任状的艺术部长”的美誉。1914 年,艾略特这位即将光芒四射的现代诗坛巨匠,结识了已经颇有名望的庞德。庞德发现了艾略特的诗歌天赋,并试图扩展艾略特的艺术主张。1915 年,庞德成为艾略特的艺术导师和挚友,并在后来亲自指导、修改、删节《荒原》原稿,对这篇现代宏伟巨著的最后形成产生了深刻影响。与此同时,庞德还给予未成名时的现代派意识流小说巨匠乔伊斯道义和经济上的帮助,使乔伊斯终于获得批评界的认可;他还帮助海明威进行实验性创作,并积极资助其作品出版。正如海明威在后来回忆时说:"庞德只用五分之一的时间写诗,他在其他时间保护文艺家,让他们在杂志上发表文章,帮助他们出版作品。他借钱给他们,替他们卖画;为他们安排演出和写评论文章;他把他们介绍给有钱的女人……"①

尽管社交活动挤占了很多时间,但庞德自己从来没有停止诗歌探索和创作。他从汉字、中国古典诗歌、日本短诗、法国诗歌等优秀文学艺术中汲取丰富的营养,创作了许多脍炙人口的翻译性和改写性的新诗歌。1915 年,他出版《华夏集》(*Cathay*),并着手开始构思和创作宏伟巨著《诗章》(*Cantos*);1916 年,出版《日本贵族戏剧选集》(*Certain Noble Plays of Japan*)以及《光芒》(*Lustra*)。之后,庞德还翻译了《向塞克斯图斯·普罗佩提乌斯致敬》(*Homage to Sextus Propertius*, 1917)和李白的《长干行》等;这些诗歌成为英美现代派诗歌的经典之作。正如艾略特在 1928 年出版的《诗选·导论》中说,庞德是"我们时代中国诗歌的发明者……庞德的翻译比莱格这样的东方学家的翻译更能使我们深刻领悟到中国诗歌的精神。我曾经说过,300 年之后,庞德的《华夏集》将成为'温莎时代的翻译',正如查普曼翻译的《荷马史诗》、诺斯翻译古希腊传记作家和哲学家普卢塔克的散文成为'都铎王朝时代的翻译杰作'一样,将被视为'20 世纪诗歌的杰出作品',而非某种'译诗'。每一个时代有一个时代的翻译。庞德以其传神的翻译大大丰富了现代英语诗歌的宝库"。②

庞德对文学的浓厚兴趣和对知识的不断积累对他的诗歌创作产生了深远的影响;而他诗歌中所反映的这些文化史最终成为其后期创作主题的主要组成部分。他在 1920 年前后发表的其他诗歌,如《诗章》的第一章到第三章、《休·塞尔温·莫伯利:生活与联系》(Hugh Selwyn Mauberley: Life and Contacts, 1920)、《阴影》(Umbra, 1920)、《诗集:1918—1921》(*Poems 1918—1921*, 1921),标志着他的艺术生涯已经走向辉煌。

这时的庞德已经不是刚到伦敦的庞德;他已经成为一位富有影响力的著名诗人、批评家以及现代艺术指导者。他对作为美国母体文化的英国也越来越感到不满,称当时的英国文学为"垃圾堆",认为当时的英国社会是一个政治

① 转引自张子清:《20 世纪美国诗歌史》,长春:吉林教育出版社,1995 年,第 108 页。

② T. S. Eliot, "Introduction," to Ezra Pound, *Selected Poems* (London: Faber & Gwer, 1928), pp. 14 - 15.

腐败、道德沦丧的“精神荒原”。1920 年,庞德离开英国前往法国。陌生的法国土地和陌生的法国人民使他感到孤独和惆怅。加之经济拮据,庞德几乎暂时放弃了诗歌创作,转而感兴趣于当时在中国都受到批判性反思的孔孟之道,同时也对西方诸多关于社会信贷的金融学说津津乐道。这也许是东西方知识分子的悲剧。换句话说,庞德在中国传统思想(孔孟之道)中寻求宇宙存在真谛的时期也正好是中国知识分子从西方文化与文明中寻求“科学”与“民主”理念的救世时期;也许对东西方文化的共同反思是这时期知识分子共同的探索命题。的确,当时具体的社会矛盾导致了双方文化的相互吸引:庞德在东方文明中寻找西方文化的出路,而中国知识分子在西方文明中寻找中国社会的出路。

“浪漫和自由的法国”没有留住这位追求艺术自由的诗神。庞德似乎对这里的一切都不感兴趣。在作短暂的四年停留之后,他带着对法兰西社会与文化的极度失望前往意大利,而诗人这次远游最终导致了他在后半生所犯的难以饶恕的错误,注定了他荒诞戏剧化的人生悲剧。

在追求艺术和真理的道路上,庞德没有祖国,世界是他的家乡。他 1925 年到达意大利的海滨小镇拉巴洛,并在此居住近 20 年。这时候的意大利正处于墨索里尼法西斯帝国的形成时期,而墨索里尼的所作所为深受不惑之年庞德的崇拜和羡慕。1933 年,庞德接受了墨索里尼的会见。这种极端的右翼政治激进主义的确欺骗了包括庞德在内的许多艺术家;甚至在第二次世界大战之前,他们也没有识破墨索里尼法西斯的本来面目。在战争期间,特别是从 1940 年开始,庞德为意大利法西斯机关报撰写文章约 90 篇,在罗马国家广播电台大肆宣扬法西斯主义,对美国政府和人民以及前线官兵进行策反性蛊惑和宣传,共计百余次。1945 年,庞德以叛国罪被盟军逮捕,5 月到 11 月间被关押在比萨监狱;同年被押解回华盛顿受审。因诗人的艺术成就和社会影响巨大,包括艾略特、罗伯特·弗罗斯特等在内的许多艺术家和社会名流积极呼吁赦免这位在追求艺术和真理旅途中迷失方向的、可怜的诗人。于是,政府精神病理学家宣布庞德精神失常,不宜审判,随即被送往华盛顿特区的圣·伊丽莎白精神病院治疗。1958 年 4 月,美国对庞德的叛国指控取消;他获得释放,于同年 7 月前往意大利,直到 1972 年 11 月 1 日在威尼斯去世,终年 87 岁。

庞德的后半生是在轰轰烈烈的政治狂热以及之后的囚禁和隐居生活中度过的。他的创作也基本与其人生轨迹相伴随。在其政治狂热前后的时期,庞德除一如既往帮助青年作家、钻研艺术之外,主要是研究意大利和东方古典文学和传统思想。他翻译了 13 世纪意大利诗人卡瓦尔坎蒂(Guido Cavalcanti, 1255—1300)的著作;修订并出版了自己的《面具诗集》(*Personas: The*

*Collected Poems*, 1926);翻译了中国儒家经典,如《论语》、《大学》、《中庸》及《孟子》。其次,庞德还发表了许多社会杂文,陈述自己的经济理念、政治追求以及社会改革思想,如《经济学入门》(ABC of The Economics, 1933)、《阅读入门》(The ABC of Reading, 1934)、《社会信贷的影响》(Social Credit: An Impact, 1935)、《杰弗逊和/或墨索里尼》(Jefferson and/or Mussolini, 1935)、《文化》(Culture, 1938)、《金钱的功能?》(What Is Money For?, 1939)、《美国、罗斯福,及其目前战争的原因》(L'American, Roosevelt, e le Cause del la Guerra Presente, 1944)和《美国经济导论》(Introduzions alla Natura Economica degli U. S. A., 1944)等。在囚禁生活和 1958 年之后的隐居生活期间,庞德则集中力量完成了他的《诗章》(1970),在挫折和哀伤中结束了自己最后的艺术思索。

庞德不仅是一个诗人,而且是一个重量级的批评家;诗歌创作和文艺批评在诗人的艺术追求中是统一的、不可分割的。在 1911 年到 1912 年间,庞德先后发表了《我收集奥西里斯神的肢体》(I Gather the Limbs of Osiris)系列论文,阐述了他关于艺术家的“美德”和当代艺术审美问题的诸多美学观念。庞德认为,诗人应该像古埃及冥神“奥西里斯”一样,其每年的死亡与复生使大自然不断进行自我更新,加强了个体生命力和繁殖力;换句话说,诗人应该不断地进行理论创新和诗歌实践给自己诗歌注入强大的生命力,通过“毁灭自己”来发展自己。在其中的一篇系列论文中,庞德按诗歌创作的重要性把文艺批评分为五类:“探讨式批评”,即诗人的文学评论、论文、谈话本身作为一种诗歌创作;“翻译式批评”,即诗人以改写形式展示西方或东方文化相通性的诗歌;“模仿某一时期艺术风格式的批评”,即诗人依靠传统风格进行重新创造的“仿造性”诗歌;“音乐式批评”,即诗人所说的“音乐诗学”和“新创作中的批评”,以及诗人所谓最高境界的创作实践。总之,庞德对批评的自我理解已经超越了传统意义中的文学批评,消解了原创性写作与文学批评的基本界限。

庞德的诗论及其整个文艺思想可以用“崇尚古典”“开拓创新”“厚东薄西”“鞭策现实”这四句话来描述。首先,崇尚古典的艺术追求和审美趣味来源于诗人早年对罗曼语言文学的研究和后来对日本和中国古典文学形式的探索。早在大学时代,庞德就对罗曼语言文学所囊括的法语、意大利语、西班牙语、葡萄牙语等拉丁语系古典文学有非常深刻的理解。他把文学本身作为诗歌创作的参照体系,作为想象中的用典和意象工具,要求读者必须熟悉古希腊和古罗马经典,熟悉意大利和英国文艺复兴、熟悉欧洲文学的特定领域。对于他所设定的读者,庞德说:“就像一个新朋友来到自己的房间,来搜索自己的书架。”与此同时,他也要求读者能够欣赏东方古典文学情趣的基本素质。对于这些东西方文学在其诗歌创作中重要意义,正如他在汉密尔顿学院时期所说的、40 年后记录在《诗章》"比萨篇"的这句话：

我说
遥远千年的古人话语，
恰似圣贤的幽灵出现，
虽然今人已不懂他的真意……

实际上，庞德一生的艺术追求就是试图把"古代幽灵的真意"转达给现代社会，使现代社会中的人能够不断地获得"智的激发"和"美的启迪"。这一诗歌主张和艾略特在其《传统与个人才能》一文中所阐述的艺术观念非常相似：诗歌必须涉及历史，必须成为文化精华的传承者和表达媒介。这一诗论的直接创作结果是诗人大量采用整个历史长河中的文学、社会、文化等典故，使其成为诗人表征当代智慧和理念的"客观对应物"，在把历史和现实紧密联系起来的过程中，建构一个由神话组成的、虚构的"精神世界"，目的在于面对和反抗当前堕落的"现实世界"，最后达到读者领悟诗歌所蕴涵的精神价值和审美意蕴。①

庞德"崇尚古典"理念的另外一个诗歌主张是他所创造的"人格面具"。他1909年出版的诗集《人格面具》和1926年出版的《人格面具诗集》都以创作实践阐述了这样一个观念。所谓"人格面具"就是"诗人的面具"，指的是"当代诗人可以通过历史或传奇中各种各样的虚构角色言语使过去和现在进行对话"。换句话说，人格面具是古今东西文化对话的诗歌表达方式或艺术手法，能够突出地表现诗歌的"直接性""精确性"和"明晰性"。例如，在他的贺圣诞诗篇中，庞德采用15世纪法国民歌形式，以法国诗人弗朗索瓦·维永(1431—1463?)的声音说话，但话语方式却表现在庞德自己当时的困境；在《诗章》的第一章，庞德以文艺复兴时期一位拉丁语翻译家跳跃式的叙述结构，采用盎格鲁-撒克逊史诗的文体特征，重述了古希腊荷马史诗中奥德修进入地狱苦境的故事。这种暗含历史典故的面具手法使读者可以从丰富的历史和文学透视中观察现代诗人的困惑和思索，即古典时代的辉煌成为鞭策当代文明腐朽与衰落的武器。正如有的批评家所说的："庞德对文学古典的迷恋以及对'古代幽灵的真谛'及其言语模式的复兴欲望是他早期诗歌和批评的核心。"当然"也是以后诗歌努力的重要目标"。在当代的批评语境中，庞德这种文化百科全书式的诗歌为读者提供了一个透视旧世界各种文化模式的仪器，成为进行文化价值判断的"诊断器"。

诗人崇尚古典的艺术追求和审美情趣并不意味着他诗歌形式的陈腐过

① T. S. Eliot, *Selected Essays*, pp. 7–11.

时。相反，“开拓创新”是他更高的创作目标。他反对占据当时文坛的学院主义的陈腐和虚伪，以复兴新诗歌为己任。他的意象主义诗歌主张和创作实践就是他“开拓创新”的具体表现。在他 1918 年出版的早期杂文《回顾》中，庞德对意象主义这种“新的诗歌形式”进行了界定：

1. 无论“事物”是主观的还是客观的，都必须是直接的表征。
2. 绝对不使用与表达没有关系的词语。
3. 对节奏而言：使用具有音乐性的音节，避免使用节拍式的音节。

“意象主义”一词最早出现在 1912 年秋庞德的《回击》中。在《回击》中，庞德节选了诗人弗林特的五首诗，并进行了注释；在注释时，庞德使用了“意象派诗人”的称谓。首先，他在定义“意象”时说：意象“就是理智与情感在瞬间的心理联结”。过去中国读者错误地把庞德所使用的“Complex”理解为“情结”或“联想”；其实，庞德所说的“心理联结”是指主体情感的“瞬间解放”，指主体时空局限中的突然消失，指“我们在阅读和体验最伟大的艺术作品时那种瞬间的顿悟感”。庞德强调，意象是诗歌创作的核心，“一生创作一个意象比创作多卷作品更为重要”。为了获得最佳的意象创作，庞德从诗人的语言使用、节奏和韵律、象征技巧、诗歌形式等方面进行了独创性的探索和论述。

庞德探索基于“崇尚古典”和“开拓创新”基础上的诗歌理念在具体创作实践中获得了巨大的成功：一方面，其作品深深扎根于文学传统的沃土之中；另一方面又在继承文学传统的基础上进行新的创作尝试。然而，虽然庞德对古典文学传统有深刻的理解，但他在具体文化取舍问题上则有一定的偏见。在他看来，西方文学传统固然是自己创作的源泉和动力，但东方文学的神秘和独特使他更加迷恋。在向东方诗歌的学习过程中，庞德对中国古典诗歌的意象创造以及日本诗歌那短小精悍形式非常钦佩。在以后的诗论中，庞德的确怀有非常明显的“厚东薄西”的文化观念和创作观念。他在“翻译”和“改写”基础上“创作”的中国古典诗歌《华夏集》，就是例证。

最后，庞德从事创作的时代是一个西方经济飞速发展、帝国主义野心达到顶峰、社会矛盾日益恶化的后期资本主义时代，也是经历两次世界大战的重要历史阶段，更是西方知识分子重新反思西方文化传统、重新构架价值观念的文化建构时期，所以庞德的诗歌观念也带有深深的“时代烙印”：他在艺术追求中重铸信念、追求永恒过程中伴随着诗人对西方现实的猛烈批判。但是，虽然“鞭策现实”使庞德曾经走向另外一种扭曲的信仰，但诗人对西方社会整体的怀疑和批判所表现出的知识分子的“傲骨”是值得提倡的。他“鞭策现实”的诗歌理念就像他自己的人生一样——“傲骨走天涯”——成为西方文化荒原中的黎明呼唤者。

庞德一生作品丰硕浩瀚，名篇甚多。《休·塞尔温·莫伯利：生活与联系》是庞德的早期代表作之一。作品以简洁的诗歌节奏总结了诗人1908年至1920年在伦敦生活的经历，主要聚焦于伦敦的文学与艺术领域，时间跨越拉菲尔之前到第一次世界大战的数百年历史。诗歌的副标题是“生活与联系”，表明这是作者的自我经历以及社会交际，但“联系”一词也暗含庞德与古人之间的精神交通和思索。通观整个诗歌，庞德在现代文明、古代文明、艺术探索、道德腐朽的根源等问题上进行了哲学性的探索和阐释。

诗歌的语境是20世纪初的伦敦社会；伦敦就是现代文明范式的具体代表。对于艺术家来说，伦敦是一个精神荒原，没有生命的冲动，也没有存在的崇高，整个社会充满商业和金钱的铜臭气味。这种以物质为追求目标的价值观念不仅摧毁了艺术家的灵感，也使人类普遍的秉性完全异化，使社会主体性成为空中飘曳的幻影。诗人的任务就是拯救这种社会语境中面临死亡的诗歌艺术。正如诗人在诗歌第一节开始所说的：

他三年与时代相脱离，
试图复兴那死亡的诗艺，
他保持传统意义上诗歌的“崇高”，
这似乎从开始就走向谬歧。

如果说现代社会破坏了追求崇高的文学艺术，那么代表古代文明的大英博物馆也难逃被“误用”的厄运。虽然这里保存着荷马、维吉尔、但丁等诗人作品珍贵的版本，但现代人只把它们看作有价值的古玩，并没有理解这些作品所蕴藏的精神价值，也没有从这些古代珍品中获得任何精神上的营养，更没有从这些古典中创造出自己独特的文学艺术作品。用庞德的话说，我们的文明是一个“实用的文明”：人们对待古代文明的辉煌只是把它当作收藏家的游戏，一堆毫无生命的“古代垃圾”。也许，第一次世界大战摧毁了这些作品所蕴涵的人文价值，于是人们不断重复历史的悲剧，不断重复历史的谎言。庞德写道：他们

以诡计多端的眼神走在地狱里
相信着那些老人谎言，
然后又是深深的猜忌，
虔诚地执着新的谎言，
深信许许多多的欺骗，

深信旧的假话与新的天方夜谭；
这些古老腐朽的高利贷
这些公众生活中的旷世巨骗。

虚伪和谎言成为盛行的社会风尚以及主导性的价值观念，成为文化腐朽的祸根。在以下的诗歌叙述中，庞德似乎感觉到了他一生试图发现的“文明的毁灭力量”：即对金钱和权力的误用。他使用的词汇是“那古老的、泛滥的高利贷”。诗人从当今社会到古代文明、从世风百态到深层文化，最后终于找出带有唯物主义色彩的“罪恶根源”，一种经济根源。按照诸多批评家的理解，庞德的这种经济思想深受当时社会信贷理论的影响，也归结为他对美国以及欧洲经济历史的研究，而《休·塞尔温·莫伯利：生活与联系》的发表使庞德公开宣布他对西方社会腐朽本质的研究成果。在诗人看来，20 世纪最大的罪恶是进行资本输出的国际银行资本家，或称“高利贷”，以及与他们息息相关的经理人、军火商、政治家。当然，这种社会认识已经非常激进，但更加激进的是庞德把从事银行信贷的犹太人看作高利贷的典型代表。其极端恶果就是犹太人成为应该得到“惩罚的敌人”。这一思想在以后德国和意大利法西斯主义兴盛时期广泛流传，直接导致了庞德荒谬的政治主张和悲惨的个人命运。

当然，《休·塞尔温·莫伯利：生活与联系》最突出的观念是诗人的艺术观念。庞德批判伦敦的商业化艺术氛围、批判呆板的虚伪艺术。但是，诗人并没有把艺术看成脱离人类社会的纯粹艺术；他没有牺牲人类的其他活动而过分拔高艺术的地位；他把真正的艺术看成人类活动的主要组成部分。诗人所追求的艺术不是颓废、腐朽、虚伪、实用社会所生产的艺术，而是所谓“健康社会”所生产的艺术，一种在健康心态中创新的新的艺术。诗人写道：

我们时代呼唤一种新的意象
使它从加剧的痛苦走出深渊，
这是现代的艺术召唤，
它，无论如何，也不再是古希腊的翻版。

《休·塞尔温·莫伯利：生活与联系》作为庞德早期的代表作品为举世所公认，但他最宏伟的代表作则应该是他的《诗章》。1917 年 8 月，庞德在芝加哥《诗刊》上发表前三篇“诗章”；第 4 章到第 71 章在 1940 年之前发表；1948 年到 1970 年发表最后的章节。从 1918 年开始，庞德曾对诗人叶芝说他计划把《诗章》写 100 章，而且“在第 100 章创作完成之际，整个系列将构成一种巴赫赋格曲式的诗歌结构，没有情节、没有事件叙述、没有话语逻辑，但具有两个主题：

像荷马史诗一样地进入地狱;像奥维德的变形记一样地使古代、中世纪与现代历史中的人物交织在一起。"庞德所说的巴赫(Johann Sebastian Bach, 1685—1750)是巴洛克时代晚期的德国作曲家和管风琴家,他所创作的200多首大清唱剧(如马太受难曲)每一个都是独立的曲目,然而共同组成一个"拼贴性"的组曲;而他的"赋格曲"(fugue)则是一种多韵律乐曲,其中一个或多个旋律相继进入乐曲声部、使模仿和对位性旋律复合而成。《诗章》就是这样一种乐章式结构,其中声部繁杂多样,但却共同组成一个百科全书式的、能够表现整个文化底蕴的诗歌系列。

庞德在1972年去世时共完成《诗章》117章,创作时间跨度大约60年。对于一般读者甚至专业读者来说,《诗章》的统一主题的确难以把握。有的权威批评家,如肯纳(Hugh Kenner)在其《庞德的诗歌》(1964)中,认为《诗章》具有复杂但清晰的诗歌结构;但也有的批评家,如泰特,认为《诗章》不过是一个"装破布条的袋子",里面只是诗人个人经历的"琐碎小事"或"有感而发的沉思"。从诗歌的整个内容来看,《诗章》的确非常丰富、包罗万象,是一部关于人类文明的百科全书;从诗歌的结构来看,它也的确杂乱无章,似乎没有一个贯穿始终的中心声音,但仔细的批评家会发现,它至少有几种不同的声音贯穿始终,使诗歌成为一个结构相对完整、叙述相对统一的现代主义诗歌。我们可以借助批评家的权威分析大体归纳一下《诗章》的内容:

第1—6章:庞德以荷马史诗为叙述形式,描写现代社会隐喻式的人物奥德赛进入地狱禁地的旅行探索。这是整个诗歌的基调章节,以后章节按照这种史诗结构展开。

第7章:抨击英国现代社会和文化的腐朽与堕落,诗歌主要焦点在于英国的文学艺术界,特别是艺术在政治经济层面的危机。

第8—13章:诗人通过各种各样隐藏身份与欧洲文艺复兴之前的人文主义者对话,对他们的光辉思想进行褒扬,特别是对意大利艺术庇护人马拉特斯塔的"圣贤"风度进行了歌颂;对古典的赞扬暗含对当代的批判,诗人猛烈抨击现代资本主义制度及其文化模式;另外,诗人远西近东,对中国儒家的中庸与和谐哲学思想极为羡慕,赞扬孔子所空想的大同社会理念。

第14—16章:诗人称作"地狱篇",诗人再次聚焦资本主义社会中的文学艺术状况,鞭策当代文明的虚无性和压抑性,抨击当代文明窒息艺术、扼杀主体创造性的本质。

第17章:诗人的"美国史诗篇",诗人大胆的想象力和意象结构把当代美国腐朽的社会文化与中世纪意大利的水上商业小镇威尼斯联系起来,以前后对比的手法建构了诗人心中的"理想世界",一种幻想的"精神乌托邦"。

第18—40章:对美国历史政治经济理论进行诗歌性分析,赞扬杰弗逊、亚当斯等前美国总统的光辉思想。诗人主张政府形式中的精英政治，强调社会道德建设，提倡文明、和谐、稳定的社会风尚。当然，诗人在称颂和努力建设这些理论过程中走向了荒谬的极端，认为意大利法西斯主义者墨索里尼的工团主义与亚当斯的思想如出一辙，因此诗人在赞美美国共和思想的同时，大肆宣扬法西斯主义的政治、经济、文艺政策。

第41—71章：第41章到第51章为“高利贷篇”，诗人以诗歌探索经济抨击资本主义的信贷和金融制度，批判整个西方文明的商业化价值观念，批判金钱至上的道德理念；第52章到第61章为“中国史诗篇”，诗人重提中国传统文化，树立了孔子作为圣贤化身的光辉形象；第62章到第71章，诗人重新赞扬前美国总统亚当斯，在政治和经济体制倡导上弘扬亚当斯。总之，在这30余首诗篇中，诗人纵横驰骋、横贯东西、深入浅出地对自己的政治、经济、文学主张进行了必要详尽的叙述。这些诗篇虽然使诗人在想象中得到精神的舒张和权力的幻想，但在实际生活中却使他走向深渊，走向世界人民共同唾弃的法西斯主义。

第72—84章：诗人称作“比萨篇”，是诗人牢狱生活的反思诗篇，被认为是《诗章》的名篇。第二次世界大战结束后，庞德因“叛国罪”被关进比萨监狱。诗人描述了自己理想的幻灭、自我的彻底失败；但这些都是外在失败，他的坚强意志和对“真理”的执着追求却没有任何改变。

第85—109章：第85章到第95章称作“燧石篇”，意指诗人开山挖石，寻求新的宝藏，探索新的诗歌材料。据说，诗人准备结束诗歌，总结自己在前面诗章中所阐述的观念；所以，第96章到第109章，诗人似乎没有什么新东西可以再创作的，只是在原来层面上重复。

第110—117章：诗歌比较悲伤的章节。诗人对自己的文学创作进行回顾，对自己的创作得失进行反思，对自己的艺术缺陷进行忏悔。

尽管《诗章》的内容包罗万象、杂乱无章，但它作为庞德的代表作具有非常重要的文学价值。它如同一架文化探测仪器，深入到各个文化的深层，从古希腊、古罗马到活生生的当代社会生活、从英伦三岛到地中海、从欧洲诸国到东方中国、日本；诗歌不断在时空中穿行，把神奇与腐朽、美丽与丑陋、光荣与梦想、现实与理想综合在一起，使读者在享受眼花缭乱的艺术想象的同时得到思想的回溯和启迪。追忆过去、对照现实、憧憬未来，诗人给予我们的思考空间非常巨大。

从艺术角度看，《诗章》采用自由诗格律写成，大量运用平行比较的艺术手法，大胆借助典故创造栩栩如生的可感觉性意象，不断采用跳跃式的叙述结构和音乐性的情感表现模式，运用简洁明快的语言技巧，其中也夹杂着意识流、内心独白、自由联想、隐喻暗示、象征主义等手法。当然，诗人在进行“推陈出新”的诗歌创作改革中也存在诸多艺术缺陷。例如,诗歌内容过分冗长,形式过分松散造成读者在审美中很难得到完整艺术形象和统一的感觉认识;在语言创新方面,因诗人自我膨胀,大肆采用拉丁语、罗曼语系语言、中文汉字,使读者无法像作者一样欣赏他的诗歌,从而失去了艺术作品的可读性。

## 第七节
## 庞德与中国

作为一个远游的诗神,庞德不但是地理意义上的背井离乡,而且在精神意义上表现为“向往东方”。他对东方圣贤的钦佩、对东方艺术的沉醉以及对东方诗歌的模仿组成他诗歌的重要部分。起初,庞德的翻译曾受到尖刻批判。他因直接改写创作被嘲笑,因过分关注译文活生生的、地地道道的英语而偏离文本的字面意义太远,从而迷失诗歌而受到谴责。但是,这些绝妙的、可读性极强的“翻译”却受到庞德文学同僚的高度评价。

庞德对中国古典诗歌的翻译与模仿创作收集在他的《华夏集》中。诗集包括从诗300篇、汉乐府到盛唐前后的中国古典诗歌,如《诗经·小雅》中的《采薇》、陶渊明的《停云》、李白的《长干行》、《江上吟》、《黄鹤楼送孟浩然之广陵》等。诗人在译文的倾向方面尽量与这样一些主题一致,如战争、远游、哀怨、悲叹、思念等。通过艺术的重新加工和改造,庞德以“新瓶装旧酒”的形式反思战争对旧世界秩序的破坏和对艺术的践踏。有的批评家通过对庞德的“译文”与20世纪初著名中国古典文学专家吉勒斯(Herbert A. Giles)的译文对比分析,认为庞德以自由体形式、直接的表达、非诗歌语言的诗化运用以及意象排比式的叙述结构,比通晓中文的吉勒斯的译文更加忠实原文,更加具有中国古典诗歌美学所追求的审美意境。因此,庞德的再创造性的翻译为后来的中国诗歌英译产生了巨大影响。

对东方文学向往的重要原因是诗人对本国诗歌和西方文明发展的怀疑。正如在T.S.艾略特《四首四重奏》之一的《东科克尔》诗章中两段名言所说,“在我的开始处就是我的结束”,“在我的结束处就是我的开始”。庞德创作开始之处就是他结束英美文化之时,而庞德结束英美文化之时也就是他创作的开始。换句话说,庞德是在对英美文学艺术的终结之后才真正开始诗歌创作的。当时,他深深感到美国文化的“肤浅”和“粗鄙”,对19世纪末所谓的“学院浪漫主义”诗风深恶痛绝。他前往欧洲的远游就是试图寻找美国文化中没有的诗歌灵感。

据说，在日本研修多年的著名东方学家欧内斯特·费诺罗萨（Ernest Fenollosa，1853—1908）的妻子玛丽·费诺罗萨（Mary Fenollosa）在丈夫去世后一直寻找能够理解和完成她丈夫遗志的西方学者。当她读到庞德的意象主义诗歌时，顿觉诗人的追求与自己丈夫的研究成果同出一辙。1912 年，玛丽拜访了庞德，并把丈夫的研究笔记和其他手稿交给他。庞德读完费诺罗萨的遗稿，也如多年知己会面，相见恨晚。庞德发现费诺罗萨对中国象形文字及诗歌创作的分析就是自己正在探索的、通过意象叠加和排列组成意象系列的审美追求。这使他能够把原来较短的"单意象"诗歌延长成为"长意象诗歌或旋涡式诗歌"，而且没有传统诗歌中表现力度微弱的语句过渡。与此同时，庞德也对日本的"能乐戏剧"发生了兴趣，并认为"能乐剧"围绕一个中心意象在动作和音乐中展开的叙述模式十分类似于"旋涡式"的诗歌结构，于是开始翻译能乐剧。

在探索古典西方文化作为艺术创新源泉的过程中，庞德似乎"发现"了东方文化和文学艺术的魅力。例如，他那流传甚广的《地铁车站》：

人面幻影人群中，
花瓣带雨青枝头。

诗人采用日本俳句式的意象"排比"或"叠加"形式，通过独特的自由联想结合在一起，具有电影蒙太奇的组合方式，似乎与日本诗人松尾芭蕉的"古池静悠悠，蛙跃激水声"有类似的审美追求；当然，更与白居易的"梨花一枝春带雨"、李白的"云想衣裳花想容"等中国古典审美情趣异常相近。这首"二合一"的意象叠加组成了一幅印象式"单意象"画面，为庞德后来的旋涡派诗歌运动奠定了基础。

其实，庞德不懂汉语，而且对中国文化的底蕴也知之甚少，所以庞德的翻译和模仿实际上是一种文学艺术的重新"创造"，或是一种"故意误读"。例如，李白的乐府诗《长干行》在《华夏集》中被庞德翻译为"河上商贾之妻：一封家书"，使用的诗人名字是"李白"的日语音译"RIHAKU"。其实，这是一首关于少妇闺怨与思念的诗歌，而庞德误认为，这是妻子写给远游丈夫的一封信。所以，整个诗歌译文以"你"与"我"相称，把原本少妇的内心独白写成书信体诗歌。叶维廉在其《庞德的〈华夏集〉》中曾逐词逐句分析过庞德的译文。这里，以《长干行》为例，看看庞德对中国诗歌的改造、创造、误读方式。《长干行》的第 1 行到第 6 行是：

妾发初覆额,折花门前剧。
郎骑竹马来,绕床弄青梅。
同居长干里,两小无嫌猜。

庞德能够以自由体诗歌形式比较“直接”“通顺”地表达出来,只是没有李白诗歌的节奏和押韵。更有甚者,把“妾发初覆额”译为“当我的头发还没有盘起之时”,没有了中国诗歌文化语境的暗示意义;“竹马”译为“竹高跷”、“绕床”译为“在我的座位旁走动”、“青梅”译为“蓝色洋梅”、“两小无嫌猜”译为“两个小人,没有任何讨厌或猜疑”(其实两小为“天真无邪”之意),似乎没有达到中国古典诗歌的含蓄韵味。从第7行到第14行,李白是这样写的:

十四为君妇,羞颜未尝开。
低头向暗壁,千唤不一回。
十五始展眉,愿同尘与灰。
常存抱柱信,岂上望夫台。

在庞德的这段译文中,虽然把少妇的羞涩、含蓄、哀怨、孤独、眷恋等复杂感情基本表达出来,但是,当“君”译为“主人”、“展眉”译为“不再有愁容”时,似乎失去了中国妇女那种幽深矜持的“爱”的含义。更有争议的是最后两句:“常存抱柱信,岂上望夫台。”庞德根本没有领会原文,把“抱柱信”、“望夫台”全部删除,用“永远,永远,永远”三个重复词把少妇对丈夫的思念表现出来,简直是西方人一泻千里的爱情表达。更有甚者,英语译文的另外一句“为什么我要爬到高处远望呢?”则没有任何诗意可言。

在下面的诗歌描述中,少妇回忆当初他们离别的情景,以对远方丈夫的担心与思念呈现自己的“闺房之怨”,似乎带有一丝丝欲望压抑之感。庞德的译文把握的尺度比较准确,他用少妇的“矜持”暗含少妇内心的抑制的激情,例如,“五月不可触,猿声天上哀”,庞德译为“一去五个月没有回来,猿猴的哀叹声在我头顶上萦绕”;她没有直接描写丈夫不愿意离开他,但她清楚地记得“门前旧行迹”,译文为“你拖着脚步离开”,则具有恋恋不舍之义;“八月蝴蝶黄,双飞西园草”暗示时间流逝,已是中秋时节。这里,庞德并不知道“八月”的文化含义:在中国,中秋佳节来临,思念亲人更甚,译文用“早秋”可能是庞德不知道中国历法使用农历的缘故。

从整体来看,译文是一首成功的翻译诗歌;诗中所表达的缠绵和思念、抑郁与激情都能栩栩如生地呈现在读者面前。这里,和弗罗斯特的“诗歌就是在翻译中失去的东西”不同,庞德在翻译中没有失去中国古典诗歌原有的韵味。

所以，对于庞德来说，诗歌是可以翻译的，他一生都在追求“那种不可摧毁的诗歌”、“那种在翻译中永恒存在的诗歌”。

应该注意的是，庞德向中国文化学习的时期也刚好是中国知识分子向西方学习之时。这里，两个文明在文化创新与移植过程中，价值系统接触、对话、冲突所导致的主体判断力迷惘表现得非常明显。因此从这个意义上说，庞德与现代中国新儒家及新文化运动倡导者异常类似。现代新儒家是20世纪20年代左右中国知识分子面对19世纪中叶以来中国“师夷制夷”多次努力的失败进行文化反思的理论结果。他们虽对支配整个社会意识形态的儒家文化进行深刻地反思，但是没有合流于“五四运动”前后以砸烂孔家店、提倡科学和民主为特征的新文化运动。庞德东方主义与现代新儒家的相似点在于推崇儒家“道统”，以弥补当代资本主义的文化缺陷。当然，庞德与新文化运动倡导者也有类似的地方，两者都注重吸收外来文化，改造或革新本民族文化。

另外，庞德对东方诗歌的兴趣并不表明他真正理解东方诗歌的意境，也不表明他完全认同中国传统思想所包含的深厚的文化底蕴。他羡慕和改造东方艺术的最终目的是他试图追求一种没有文化局限的“国际风格”。事实上，庞德诗歌的美国文学特征远远大于他吸收其他文学与文化的特征。换句话说，无论他糅合英国风格，还是糅合欧洲风格、东方的印度、中国、日本风格，都表现为皮肤表面的糅合，其骨子里的东西仍然是“美国的”。

## 第八节
## H.D.与弗莱彻

希尔达·杜丽特尔(Hilda Doolittle，1886—1961)是20世纪美国最伟大的女诗人之一。曾以“意象主义者H.D.”为名开始她的文学生涯。她创作了大量意象主义诗歌，以简洁、冷硬、具体的风格对抗维多利亚时代留传下来的晦涩、繁琐与说教，被称为“最意象主义的意象派诗人”，她创作的《山林仙女》(Oread)、《热》(Heat)等都已成为众人传颂的意象主义名篇，甚至“H.D.”这个希尔达·杜丽特尔姓名的缩写也逐渐成为意象派运动的标志，成为表征希尔达·杜丽特尔独立人格和神秘意蕴的意象。杜丽特尔后来的诗风发生变化，前期创作中潜在的女性主题和古典情怀逐渐凸显，表现了一种神秘主义和宗教色彩。对此，许多读者甚至评论家都难以理解和接受。杜丽特尔曾为此苦恼，但她坚持自己的创作道路，继续以一个普通女性的眼光审视和剖析自古希腊以来的男权社会，创作出了风格独特，思想深邃的诗篇，同时也写出了几本意义深远的小说和戏剧。她的一生丰富多彩、浪漫激昂，同时也饱含艰辛和曲折。她以自己的亲身经历诠释了一个敏感、独立的女性在现代社会中的自我寻找、自我认识之路。

H. D. 出生于美国宾夕法尼亚州的伯利恒城。母亲海伦·沃尔·杜丽特尔来自伯利恒城显赫的沃尔家族，该家族有良好的教育和艺术背景。海伦极具音乐才华，而她的哥哥则是一位音乐家，当地"巴赫音乐节"的创始人。希尔达的父亲查尔斯·杜丽特尔是一位数学家兼天文学教授，对星象和数字有很深的研究。家庭环境对 H. D. 的艺术有深刻的影响，后来，H. D. 在总结自己的艺术创作时认为，自己的创造力来源于两种智力的共同影响："实际的和审美的""世俗的和神圣的""美国平民文化和欧洲的优雅传统"，用她自己的话来说，即"我父亲的科学和我母亲的艺术"。①

作为杜丽特尔家庭中存活下来的唯一的女孩，H. D. 很受父亲的宠爱。只有她被允许在父亲的书房里玩耍，甚至弄坏父亲的新书。查尔斯·杜丽特尔受当时女权主义运动关于塑造"新女性"倡议的影响，对 H. D. 寄予厚望，希望她将来成为玛丽·居里第二，于是努力培养 H. D. 对数学的兴趣。但 H. D. 天生不喜欢严谨、抽象又漠然的科学，她更为母亲身上的艺术气质着迷。但她的艺术倾向并未受到家庭的鼓励。父亲不允许她进艺术学校，而母亲在婚后几乎放弃了她的艺术追求，全心全意地做一位贤妻良母。母亲的自我牺牲引起 H. D. 的思考，成为她作品中的母题之一。1905 年，杜丽特尔进入了布林茅尔(Bryn Mawr)学院，但一年后便因成绩(尤其是数学和英文)太差而主动退学了。H. D. 一生中所有的正规教育从此结束了。

H. D. 在诗歌方面能取得那么大的成就，除了她个人的天资和勤奋之外，很大程度上得益于她的个人交往。她和当时许多的年轻诗人都有来往，和威廉斯、庞德等是好朋友。尤其是庞德的指点和帮助对 H. D. 的诗艺发展功不可没。H. D. 在 1901 年和庞德相遇，两人都爱好读书和写诗，成为好朋友，后来，两人逐渐发展成为恋爱关系，甚至在几年后私自订婚。由于杜丽特尔家庭的反对、庞德的突然离去以及 H. D. 对婚姻看法的改变，两人最终未能结婚，但两人之间的感情却几乎持续了一生。H. D. 晚年的回忆录《磨难的尽头》(*End to Torment*, 1979)记载了两人之间的恩怨。

这段时期 H. D. 生活中的另一个重要人物是弗朗西斯·格雷格(Frances Gregg)，一个热情、神秘，特立独行又会写诗的女子。H. D. 称她为自己的"灵

① Adalaide Morris, "Hilda Doolittle" in Lea Baechler et al., ed. *Modern American Women Writers* (New York: Charles Scribner's Son, 1991), p. 106.

魂的另一半”，深感自己在同克立格的交往中，自己不是点缀品，而是一个独立的人；这一点与在同庞德的关系中不同。两人之间的亲密关系逐渐有了同性恋的倾向，这在后期的作品《今日涂画》(Paint It Today)和《常春花》(Asphodel)中都有涉及。但最终，克立格和庞德之间的私情使 H. D. 体验到双重的背叛，同时也阻止了同性恋的趋势。但双性恋的生活方式却在 H. D. 的生命中留下了不可磨灭的痕迹。

1911 年夏天，杜丽特尔、弗朗西斯及其母克立格夫人三人一起来到欧洲。H. D. 在伦敦重遇庞德，并接触到庞德周围的文学圈子。她感到这就是自己一直在寻找的诗歌创作的环境，于是说服家人，自己留在了欧洲。克立格同年离开伦敦，后于第二年结婚；庞德也与别人再度订婚，这些使 H. D. 痛苦万分。但 H. D. 在伦敦结识了英国年轻诗人阿尔丁顿，两人对诗歌和希腊文的共同爱好成为感情发展的基础。1913 年，经父母同意，H. D. 和阿尔丁顿喜结良缘。

这时 H. D. 在英美诗坛也已小有名气。1913 年，庞德看到 H. D. 的几首诗，震惊于诗中简洁、明朗的风格，随即将《警句》(Epigram)、《帕里普斯》(Priapus)和《路神赫尔墨斯》(Hermes of the Ways)署名“意象主义者 H. D.”后寄给了大洋彼岸的时任《诗刊》杂志主编的门罗。他在信中大加赞赏：“我给你寄上一些由一个美国人写的现代东西。……用意象派的简洁语言写成……客观、毫不滑来滑去；直接——没有滥用的形容词，没有不能接受检验的比喻。它是直率的谈吐如同希腊人一般！”[①]

庞德对 H. D. 的赞誉之词既概括了 H. D. 当时的诗风，也阐释了意象派创作的基本原则。当时以庞德为核心的一批诗人正在发动一场诗歌创新运动，旨在打破维多利亚时代诗歌晦涩与文饰的习俗。H. D. 的诗使庞德看到了一种和传统决裂的方式。在她的诗中，意象直接呈现给读者，生动、鲜明，既引发读者的思考又避免了说教，与过去的诗歌截然不同。在《路神赫尔墨斯》中，H. D. 写道：

脆硬的沙土碎裂，
一粒粒沙子，
像酒一样闪光。

远远的，远在几里路外，
风
在宽广的海岸上嬉戏，

---

① 引自彼德·琼斯编：《意象派诗选》(裘小龙译)，桂林：漓江出版社，1986 年，第 9 页。

堆起一座小山岭,
于是巨大的浪头
在小山岭上迸裂。

然而比海洋上
无数条飞沫的路还要多
我认识
这三重小路上的他,
道路神,
他等待着。

(裘小龙译)

在这里,“沙粒”“浪花”“飞沫”作为具体的意象呈现给读者,展示了生命的瞬间和世界的多元。在一切的流动、不安与变化中,道路神伫立道边静候路人,代表一种永恒的神的力量。可见,杜丽特尔的意象派作品不仅仅是意象的堆叠,同时有其深刻的思想内容。这一点在当时许多纯技巧性的意象派诗人中难能可贵,也正是这种品质使得 H. D. 的诗作在意象派运动作为明日黄花之后仍能引起评论界的关注。

另一首最常被提到的意象主义代表作是《山林仙女》(1914),诗中写道:

翻卷起来,大海——
把你的松针翻卷起来!
把你大堆的松针
往我们的礁石上泼过来,
把你的绿色往我们身上摔吧——
用纵叶的漩涡把我们覆盖![1]

这首诗篇幅很短,将“山林”和“大海”作比,同时将比喻扩展,“松针”成为绿色的波浪,“我们”则是海边的“礁石”,将层叠的密林以及风中的山林景象表现得生动、鲜明,再次体现了 H. D. 浓缩语言的才能。

此外,这一时期 H. D. 还创作了《热》、《艾空》(Acon)、《池塘》(Pool)等作品,并于 1916 年出版了诗集《海园》(*Sea Garden*)。在这本诗集中,H. D. 描绘了一些自然之物,也追忆了古希腊的神话世界,展示了一个女诗人的语言技巧

① 赵毅衡编译:《美国现代诗选》(上册),北京:外国文学出版社,1985 年,第 73 页。

及其对现代世界的思考。《海玫瑰》(Sea Rose)作为《海园》中的开篇，是一首杰出的意象主义作品，同时也有丰富的思想内涵：

玫瑰，刺人的玫瑰，
饱受蹂躏，花瓣稀少，
瘦削的花朵，单薄，
疏落的叶子。

比一根茎上唯一的
一朵淋湿的玫瑰
更为珍贵——
你给卷入了海浪中。
开不大的玫瑰
叶子这样小，
你给扔到了沙滩上，
在风中疾驰的
干脆沙粒中
你又被刮了起来

那芬芳的玫瑰
能滴下这样辛辣的，
凝于一片叶子中的香气？

（裘小龙译）

在自然界中，“玫瑰”常和女性以及爱情相关，这里的玫瑰却是一枝“饱受蹂躏”、不为人珍惜的玫瑰。在H.D.眼中，这是被人冷落的、边缘化了的玫瑰，正如一位女诗人在男性中心社会中的地位。但她要告诉世人的是，正是这“花瓣稀少”的玫瑰，才能有独特的香气，正如为了使命而牺牲的伊芙吉妮亚(Iphigenia)，[①]苏珊·斯坦福·弗雷德曼(Susan Stanford Friedman)在评H.D.的《海园》时说：“意象主义者追求冷硬、经典的诗行并不意味着这些诗毫无感情……意象派的核心任务就是指出在瞬间人的情感和智力的重心所存在于内的意象……将强烈的情感和敏锐的体察注入自己熟悉的意象，在《海园》中，

① 在古希腊传说中，伊芙吉妮亚是希腊统帅阿伽门农的女儿。在特洛伊之战中，为取得胜利，伊芙吉妮亚被作为献礼奉给了神灵。H.D.写作《海玫瑰》的灵感来源于此希腊故事。

H. D. 做到了这一点。"①

正当 H. D. 的创作一帆风顺、名声越来越响时,生活的不幸却接踵而来。先是 1915 年,听到卢西塔尼亚失陷的消息后,H. D. 大为震惊,不幸流产;阿尔丁顿在 1916 年应征入伍,但战争使他变化很大,他在大战期间和战后同许多女人包括 H. D. 的好友发生婚外恋,这使 H. D. 很伤心,开始怀疑他们的婚姻。而一战期间,经阿尔丁顿同意,H. D. 到康沃尔同音乐史家塞西尔·格林(Cecil Green)同居,H. D. 不慎怀孕,但她拒绝堕胎或者与格林结婚,这令阿尔丁顿十分不悦。同时,由于各种原因,H. D. 失去了密友劳伦斯的友谊;分娩在即,却又接到了哥哥吉尔伯特战死法国以后父亲随后的死讯。这一连串的打击使 H. D. 一度要精神崩溃。幸运的是她在 1919 年 3 月生下了女儿佩蒂塔,母女平安。但一战留给她的阴影却终生难以消除。这时布丽尔出现了,给绝境中的 H. D. 带来了新的希望。

布丽尔是一位英国船业巨头的女儿。她生性慷慨,热爱诗歌创作。两人的交往始于布丽尔对 H. D. 诗的迷恋。1918 年 7 月,在布丽尔的要求下,两人会面。H. D. 在布丽尔身上似乎看到了当年弗朗西斯·克立格的影子,尽管布丽尔不如克立格那般狂热和神秘,而布丽尔自认为有同性恋的倾向,似乎也找到了知音。从此,两个各有苦衷的女子成为一生相依相伴的知己。接下来的几年里,布丽尔陪同 H. D. 游览了许多地方。其中,希腊和埃及之行对 H. D. 的后期创作起着至关重要的作用。在考夫岛上,H. D. 看到了一些"墙上的字迹",并体验了一些神秘的"幻象";还有一次在埃及时,她们恰好看到了塔特王(King Tut)墓穴的开启仪式,看到了一些更久远的象形文字和财宝。这些经历成为创作《羊皮纸》(*Palimpsest*, 1926)及《海伦在埃及》(*Helen in Egypt*, 1961)等作品的灵感来源,同时也启发 H. D. 重新思考人类的文明及女性在其中的位置。

两次世界大战期间的广泛游历使 H. D. 从一战的伤痛中恢复过来,同时有了创作的灵感与激情。在 1921 年到 1931 年的十年间,H. D. 先后出版了四本诗集和一本诗剧:《婚姻之神》(*Hymen*, 1921)、《海里奥道拉》(*Heliodora*, 1924)、《诗集》(*Collected Poems*, 1925)、《装饰青铜的红玫瑰》(*Red Rose for Bronze*, 1931)和《海普利特斯的妥协》(*Hippolytus Temporizes*, 1927)。在这些作品中,H. D. 根据自己的切身经历,重述了许多关于爱、身份以及诗的神话。例如,在《海里奥道拉》这本诗集中,H. D. 以诗歌《海伦》对于海伦这个交织着希腊人爱与恨的原型人物发表了自己的独特阐释:

---

① Judy Cooke, "The Voyage In" in *New Statesman*, Vol. 101, No. 2620 (June 5, 1981), rpt. in *Contemporary Literature Criticism*. Vol. 31 (New York: Gale Research Company, 1985), p. 207.

所有的希腊人都憎恶
那白皙的脸庞，那温柔的目光，
那挺立着的
如橄榄般的光辉，
那白皙的双手。

所有的希腊人都咒骂
微笑时，那倦怠的脸，
更痛恨
那愈发白皙、慵懒的容颜，
回想起往昔的欢喜
过去的悲怨。

希腊人看到，无动于衷，
神的女儿，为爱所生，
美丽的足踝
纤细的双膝；
爱这少女，
当她静卧柏丛，
尸骨如灰。

海伦这一最美丽的女子，既是再生的源泉，也具有强大的破坏力量。她的诱惑也正是她的危害。总之，这一女性形象是力量的象征，H. D. 通过一个敏锐的女性的眼光发现了这一隐于男性阐释多重遮蔽之下的真实。除此以外，她对于《丽达》(Leda，选自《婚姻神》)、《欧里德斯》(Eurydice，选自《诗集》)的命运都有新鲜的、独到的重述。这些作品反映了 H. D. 心中愈来愈强烈的寻求女性身份的欲望；就此意义上，H. D. 可以称作 20 世纪女权运动的先声。

与此同时，H. D. 也尝试了小说写作。她主要以自己的生活经历为素材，艺术重现自己的一些生活经历和思想体验。重要的作品有《羊皮纸》、《海迪勒斯》(*Hedylus*，1928)和直到 1981 年才出版的《赫弥翁》(*Hermione*)等，其中《赫弥翁》是公认的最重要的一本小说。在这本书中，H. D. 再现了自己 20 世纪初十年间的经历，重述了自己与庞德以及克立格之间的复杂关系，表达了正在成长中的 H. D. 热爱自由，愿意尽情享受生活，却又难以在服从社会习俗的同时保持自己独立身份的矛盾心情。

此间 H. D. 的家庭生活也发生了些变化。为彻底摆脱父母的约束，

1920年,布丽尔和美国作家罗伯特·麦考蒙(Robert McAlmon)结婚,三人一起生活,共同抚养H.D.的私生女佩蒂塔。1926年,经克立格引介,年轻的艺术家肯尼斯·麦克弗森(Kenneth Macpherson)来见H.D.,两人很快成为恋人,H.D.认为自己又找到了"灵魂的伴侣"。为遮人耳目,布丽尔于1927年和麦考蒙离婚并同麦克弗森结婚,之后正式收养了佩蒂塔。一个由三个成年人和一个儿童组成的家庭就此稳定下来,直到30年代初。这段时期,电影成为三个人生活的重心。三人共同创办的电影杂志《结局》(*Close Up*)成为第一本将电影作为严肃艺术进行评论的杂志,风行一时。同时,在麦克弗森导演的影片《振翅》(*Wing Beat*, 1927)、《山脚》(*Foothills*, 1928)及《边界》(*Borderline*, 1930)中,H.D.参与了演出和编辑工作,并以"边界"为题写了一篇关于该电影的随笔。在文章中,H.D.阐发了自己对于现代主义的认识,认为现代主义起源于边缘人物的存在而导致的时空的分裂,种族隔离制度下的黑人和男性中心社会中的女性都属于边缘人的范畴。① 在这一点上,H.D.再次显示了自己洞微察幽的惊人眼光。

30年代,除了电影之外,H.D.在心理分析和神秘术中又发现了新的创作源泉。布丽尔首先在20年代接触到心理分析并成为其狂热的实践者。H.D.在1933年起开始接触弗洛伊德(Freud)的日常分析。在弗洛伊德的帮助下,H.D.回想自己的过去,努力发现一些心理上的不利于她创作的症结,这段经历可以在《向弗洛伊德致意》(Tribute to Freud, 1956)中找到印记。心理分析对H.D.的身心健康和文学创作都有帮助,但遗憾的是,弗洛伊德的分析中有男性中心主义的色彩,这是H.D.不能接受的。所以,这种分析在解决问题的同时,又引起了新的矛盾和问题。与此同时,H.D.也参加了一些隐逸神秘传统的神秘术活动,企图通过"直觉""幻象"来认识自己的生命本质。但战争的炮火打破了H.D.相对平静生活。

二战期间,H.D.写了三首长诗,《墙不会倒下》(The Walls Do Not Fall, 1944)、《给天使的献礼》(Tribute to the Angels, 1945)和《开花的杖》(The Flowering of the Rod, 1946)。这三首长诗记述了H.D.在战争期间的感想,她对于战争以及人类救赎力量的思考。H.D.认为,人类的希望存在于女性的神灵,即"再生、复活以及爱的潜力"。1971年,这三首长诗又以《战争三部曲》(*War Trilogy*)为题出版。这一时期H.D.还创作了一些自传性极强的小说,如《吩咐我活下去》(*Bid Me to Live*, 1949年完成,1961年出版)等,以及回忆录《礼物》(*The Gift*)。② 这段时期,既是她思想的成熟期,也是她对生命本真

---

① Susan Stanford Friedman, "Hilda Doolittle" in Peter Quartermain, ed. *Dictionary of Literary Biography*. Vol. 45 (Detroit: Gale Research Company, 1986), p. 132.

② 这本回忆录由于内容涉及许多人,一直到1982年才得以出版。

的痛苦的探寻过程。

二战以后，H. D. 的心理分析结束了，却更加迷恋神秘活动。她参加诗人威廉·莫理斯发起的降灵会，体验种种神秘的幻象。这些幻象为她晚期的创作如《海伦在埃及》等提供了大量的素材。但她对于神秘术的过分沉迷也有害她的身体健康，曾引起她的几次精神崩溃。步入老年的 H. D. 仍然笔耕不辍，接连推出了《在艾汶河畔》(By Avon River, 1949)、《海伦在埃及》、《神秘术定义》(Hermetic Definition, 1972)等诗作，同时写下了回忆录《磨难的尽头》，回忆和总结自己和庞德的复杂关系。在这些作品中，《海伦在埃及》是最重要的一部。

H. D. 对古希腊的无尽留恋和缅怀始于她创作的初期。当庞德称赞她"像希腊人一样直率"时，似乎已预言了 H. D. 一生同希腊神话世界的关联。在这部史诗中，H. D. 又一次将目光投向那个深邃莫测的世界，看到了千古以来一个为众人评说的女子的别样情怀。以古代的神话为背景，H. D. 对现代"海伦神话"作了重新阐释。在她的诗中，H. D. 借助于光和影各种意象的使用以及时空交错的手法，展示了一个远离现实的、海伦的内心世界。《海伦在埃及》的女主角改变了千年而来一直被别人讲述的历史，在回忆中不停地追问："我是谁？我为什么在这里？我究竟爱谁？"海伦对自己身份的探寻，是 H. D. 发自内心地对自己作为女诗人身份的质疑，同时也是数千年来每一个女性对自己的疑问：女性作为独立的存在，身份究竟是什么？这里再次体现了 H. D. 创作生涯中反复出现的母题：女性视角、身份寻求和追求自由。

《海伦在埃及》可是算作 H. D. 艺术生涯的一个完美的结局。1960 年，美国文学艺术学院颁发给她诗歌奖，而她是获此殊荣的第一位女诗人。1961 年 9 月 27 日，病中的 H. D. 拿到了第一本《海伦在埃及》。几个小时后，这位历尽沧桑的女诗人便与世长辞了。

作为一名大胆创新的女诗人，H. D. 的一生是曲折坎坷的，和同时代的许多诗人一样，H. D. 对现代社会有敏锐的体察，并以女性的独特视角将其展现于作品中。她是一个杰出的意象派诗人，她的艺术创作成就很值得我们深入研究。

提起 20 世纪初美国文坛风行一时的意象派诗歌运动，约翰·古尔德·弗莱彻(John Gould Fletcher, 1886—1950)的名字是不可忽略的。作为当时知名的意象派诗人之一，弗莱彻创作了一些典型的意象派诗歌，且受到当时评论界的重视。他先后和庞德以及洛厄尔交往密切，得到他们的启发和鼓励，但后来与他们分道扬镳，且否定了意象派创作的许多基本原则。他对美国南方的农业主义有很深的眷顾，十分关注"逃逸派"文学，但他创作的主要场景是城市街景，且自己从未成为"逃逸派"中的一员。他是一位美国作家，但其主要的创作生涯是在欧洲度过的,与众不同的是,他同时受到东方哲学的强烈影响,并向往东方的智慧明达,厌恶美国的物质至上,精神贬值。他对音乐、绘画都很感兴趣,对象征主义、印象主义也极为赞赏。可以说,他的创作生涯将艺术和哲学思考等方面融为一体,成为一部多声复合的交响乐。只是他的文学激情未能让他施展宏图,坎坷的生活经历和一生壮志未酬的抑郁情怀让他演奏了一部以忧郁为主旋律的交响乐。

1886 年 1 月 3 日,弗莱彻出生于美国阿肯色州的小石城。父亲是一位有苏格兰—爱尔兰血统的商人和银行家,母亲是德国人后裔,比父亲小 24 岁,爱好艺术和音乐。弗莱彻三岁时,举家迁至小石城的阿尔伯特·派克庄园,弗莱彻在那里度过了童年和青少年时期。富裕的家庭经济条件使弗莱彻自幼受到专门的教育,很早就接触到朗费罗、司各特、爱伦·坡等人的作品,但他在派克庄园的生活并不快乐。1915 年,弗莱彻重访旧宅后写下了《旧屋鬼影》(*The Ghosts of an Old House*)。在回忆中弗莱彻对当年的生活仍心有余悸,那些死亡、腐朽及忧伤的形象仍挥之不去,可见"旧屋"留给弗莱彻的并不是童年生活的快乐、温馨,而是一种阴郁、沉闷、缺乏活力与生机的氛围。1903 年弗莱彻进入哈佛大学。这段经历使他暂时离开了"旧屋"但却未能完全摆脱其"鬼影"。早期生活形成的阴郁、敏感的性格使弗莱彻在哈佛的北方工业化大环境下格格不入。他经常逃学去图书馆看自己喜欢的书,并开始写诗。1907 年在毕业考试前夕,弗莱彻从哈佛退学;次年,利用父亲 1906 年去世时留给他的一笔财产,弗莱彻踏上了欧洲之旅。他的母亲在 1910 年去世。

与许多同时代的美国作家一样,欧洲的生活是弗莱彻文学生涯的最重要阶段。弗莱彻先到了罗马和威尼斯,后来在伦敦定居。欧洲悠久的历史文化和伦敦的"先锋派"文学圈子都使弗莱彻心醉神迷。他一方面在音乐和绘画中寻求灵感,另一方面很快将当时流行的法国象征主义技巧运用于自己的诗歌创作。1913 年,弗莱彻自费出版了五本诗集:《火与酒》(*Fire and Wine*)、《愚人的黄金》(*Fool's Gold*)、《自然之书》(*The Book of Nature*)、《主导城市》(*The Dominant City*)和《黄昏即景》(*Visions of the Evening*)。尽管这些诗作在技艺方面略显幼稚笨拙,但其中的象征主义倾向相当明确,可以算作象征主义在英国诗坛的早期作品。令弗莱彻失望的是,这些诗集读者寥寥,于是在一战期间纸张短缺的情况下,弗莱彻将未售出的诗集捐献给英国政府化为了纸浆。

与此同时,他的正在创作的新诗《辐射》受到庞德的推崇,并得以在门罗主编的《诗刊》杂志上发表。1915 年,《辐射——沙与枝》(*Irradiations: Sand and Spray*)作为一本诗集得以出版,成为弗莱彻作为意象派诗人的标志性作品。

《辐射》组诗以城市生活为主题，描写伦敦的街景，并融入诗人即兴的情感与思考。由于受到高更、塞尚、马蒂斯、毕加索及梵高等印象派画家的影响，弗莱彻在诗中自由运用了各种颜色，刻画了极其鲜明而独特的意象，如在《辐射（Ⅰ）》中，有这样的诗句：

淅沥的雨泼溅在午后灰色的街道，
像一场梦的消逝。
玫瑰花丛在湿绿的枝子上颤动，
湿淋淋的树吹过一阵风，
梦中的灰色的通道。
如灰色的时光的绳索窸窣作响，
去打翻白日的瓮，撒下一场湿湿的梦。

在这里，弗莱彻通过"灰""绿"的对比，以及对雨中"湿"的传神刻画，展示了雨中如梦似幻的晦暗的街景，以及这种画面在人的精神状态中的渗透与弥漫。在此种意义上，该篇可以作为雨中景致静态描绘的佳作。《辐射》组诗中的另一章节也是描写雨景，但着眼于动态与活力，也是受人推崇的一篇：

无尽头的雨
在闪光的人行道上扑腾；
大群雨伞突然奔跑；
暴雨的花朵弯下腰，蜷起身。

风铿锵作响地吹过来
粉白色的道路像绸带飞上山巅
风向城市撒下阵阵伞花，
和无数透明树叶的低吟。

凌乱地玎玲，慵懒的雨；
在屋檐口点点滴滴。

（赵毅衡译）

诗中的"雨""伞""道路"等意象汹涌而来，突出了雨景中的动感。可以作为弗莱彻诗中的意象派诗歌作品，但实际上，这种意象和庞德、H. D. 等人提倡的冷硬、简洁仍有一定距离。

在《辐射》组诗发表之前,1913 年,弗莱彻已和庞德在巴黎相遇。后来弗莱彻将新诗《辐射》给庞德看,庞德惊叹之余,作了详尽的批评和修改,后将该诗推荐给门罗在《诗刊》上发表。由此可见,庞德对于《辐射》的发表和出版,都功不可没,但弗莱彻和庞德之间的关系却出现了裂痕。他无法容忍庞德的"权威作风",更令弗莱彻不悦的是,庞德在借阅了他的法文诗集和听他谈论诗中的象征主义技法之后,写出了一篇关于法国诗人的文章并发表在《新时代》(*New Age*)杂志上。弗莱彻认为这本是该由自己来写的文章,一气之下拒绝庞德将自己的诗作收入他当时编写的《意象派诗集》中。

此后,弗莱彻和洛厄尔的关系日益密切。两人都出身富家,在诗坛上初露头角,有许多共同之处。弗莱彻自觉在洛厄尔面前受到重视,尤其是当洛厄尔从庞德手中接过意象派的领袖大旗之后,弗莱彻成为她旗下的一员"意象派斗士",不仅贡献自己的诗作,甚至回到美国帮助洛厄尔完成诗集的编选工作,成为洛厄尔的得力助手。与此同时,弗莱彻在 1913 年和黛西(Daisy),即佛罗伦斯·艾米立·阿布特赫特(Florence Emily Arbuthot)相遇,这位已婚女子很快俘获了诗人弗莱彻的心灵,两人于次年开始共同生活,于 1916 年结婚。弗莱彻为黛西写下了许多爱情诗,后结集以《生命树》(*The Tree of Life*)为题在 1918 年出版。这时,他开始了一系列"色彩交响乐"的创作。

一战爆发后,弗莱彻回到美国。除了帮助洛厄尔进行意象派诗选的选编工作外,弗莱彻写了许多关于美国的诗歌和散文诗,1914 年 10 月,重访旧居派克庄园后,弗莱彻写下了《旧屋鬼影》。在返回波士顿的路上,弗莱彻途经芝加哥,看到了艺术学院的日本版画展,联想起他最近在波士顿美术博物馆发现的东方作品,弗莱彻领悟到来自东方的艺术和哲学的魅力。他发现东方艺术中体现的人和自然的和谐以及人的直觉体验和美国实用主义哲学中对物质的一往无前的追求对比鲜明。弗莱彻写下了一些形似日本俳句和短歌的诗篇。这些诗在 1918 年,以《日本版画》(*Japanese Prints*)为书名结集出版。

1916 年,诗集《妖与塔》(*Goblins and Pagodas*)问世。"妖"暗指书中的"旧屋鬼影"部分,而"塔"则是指书中的一系列"色彩交响乐"。在这里弗莱彻运用了"蓝""白""绿"等色彩创作为一组交响乐的基调。基于对中国诗人李白、杜甫、白居易等人诗作的阅读,弗莱彻试图用这些色彩交响乐来"叙述艺术家的情感和心智发展过程",[①]显出每首诗中的主导情绪及其所激发的产生于读者头脑中的自然景观。这种融合意象派诗歌和印象派绘画的创作手法极富个性,显示了绘画艺术对弗莱彻诗歌创作的持久影响以及他的艺术见解。例

---

① Meredith Yearsley, "John Gould Fletcher" in Peter Quartermain, ed., *Dictionary of Literary Biography*, *Vol.* 45: *American Poets*, *1880—1945* (Detroit: Gale Research Company, 1986), p. 185.

如,《绿色交响乐》(The Green Symphony)描绘了春天到来的景象。通过花、草、动物的活动,以及自然界中色彩、声音的描绘,弗莱彻向读者展示了春天的勃勃生机:

杜鹃花闪光的叶子
在凉爽的空气里摇曳;
花儿上空的白云
相互间嬉戏追逐。

阳光像一只只惊惶逃窜的野兔
在草地上奔跑;
阳光飞速地留下
各种花式的影子
忽而金黄,忽而碧绿

交尾期的鸟儿向着草皮飞扑,
发出一长串一长串的笑声。
在它们热火的鸣啭里
快乐的太阳隐隐闪现在树林后面
下面是蔚蓝色的湖;
橘黄色的花瓣漂在水面上。

(张子清译)

而在《蓝色交响乐》(The Blue Symphony)中,诗人对年华流逝,人生无常感叹颇深,创造出一种忧郁、怀古的旋律。这些系列的交响乐作品,意象堆叠,令人目不暇接,在当时轰动一时,只是由于弗莱彻的文风一贯不够简洁,加之诗中缺乏更高层次精神实质,这些诗如昙花一现之后便被人所冷落。

此外,弗莱彻定期向《自我中心者》(*Egoist*)、《日晷》、《诗刊》和《小评论》等杂志供稿,写出了一些歌颂爱情和美国自然景观的诗篇。同时弗莱彻定期和艾米·洛厄尔会面,探讨诗艺,两人互相支持,互相鼓励。他也和康拉德·艾肯(Conrad Aiken,1889—1973)成了好朋友,并在诗歌创作上互相影响。这段时期,弗莱彻的诗歌创作似乎进展顺利,蒸蒸日上。但好景不长,弗莱彻和洛厄尔之间又出现了分歧和隔阂。洛厄尔是个很以自我为中心的女性,她不喜欢弗莱彻和艾肯来往,并反对弗莱彻的诗在别人编的诗选中发表,认为可能被别人侵占了属于她的意象派的领地。弗莱彻一方面依靠洛厄尔帮他出版诗集,另一方面不欣赏洛厄尔和作家、编辑要政治手腕的做法及其好出风头、宣传自我的性格。1916 年 6 月,当弗莱彻正在为洛厄尔的诗集《男人、女人和鬼魂》(*Men, Women, and Ghosts*, 1916)作评论时,他的组诗《爱的悲剧》(*Love's Tragedy*)却由于洛厄尔的原因而遭到出版社的拒绝。这给了弗莱彻致命的打击,他感到自己被别人欺骗了。

此后弗莱彻意志消沉,经历了一段创作的萧条期。文学界的几位朋友没能给他实质性的帮助,和黛西的婚姻也并不成功。经过这些坎坷,回首自己过去的创作经历,弗莱彻发现自己其实并不热衷于意象主义诗歌运动。他在 1916 年 9 月份至洛厄尔的信中明确表示:"我不认为诗歌应呈现意象,我认为它应展示情感。我不相信清晰、冷硬、明确的表现手法,我认为应该用完整的,也就是说,不断变幻的和流动的表现手法。"[①]他否定了意象派的基本创作原则,并建议洛厄尔停止出版意象派诗集。这表明了弗莱彻诗歌创作观的一个转变,从对技艺、形式的追求转向对主题、意义的探寻,从描绘外部世界到展示人的内心情感,这为他后期的宗教主题作品的出现奠定了思想基础。因此,尽管洛厄尔在 1917 年春天的《意象派诗选》(*Some Imagist Poets: An Anthology*)中仍收录了弗莱彻的几首诗,很难说弗莱彻当时还是一位意象派诗人。

接下来的几年里,弗莱彻少有新诗面世。1918 年出版的诗集《日本版画》和《生命树》均属旧作,《粉碎机和花岗岩》(*The Breakers and Granite*)及《保罗·高更的生活和艺术》(*Paul Gauguin: His Life and Art*)属散文作品,而 1922 年出版的《序曲和交响乐》(*Preludes and Symphonies*)只是将原来的《辐射——沙与枝》和《妖和塔》重新结集出版而已。这段时期,弗莱彻结交了新的文学朋友,处于诗艺和精神的积淀时期。从《保罗·高更》这部传记中可以发现,弗莱彻面对物欲横流、日益非人化的现代社会感到忧虑不安,寄情于基督教、佛教甚至神秘主义的宗教情怀来寻求安慰,最终,弗莱彻创作出了以宗教情怀为主题的几本诗集。1925 年,《寓言》(*Parables*)问世,接下来,《亚当的枝脉》(*Branches of Adam*, 1926)、《黑岩》(*The Black Rock*, 1928)及《挽歌廿四首》(*XXIV Elegies*, 1935)相继出版。这些作品反映了弗莱彻对现代社会信仰失落的隐忧及他自己的不可知论倾向,构成了弗莱彻文学生涯中对信仰的探讨阶段。

这段时期的另一件大事是弗莱彻对"逃逸派"文学的关注和参与。美国的"逃逸派"文学兴起于一战以后。该流派以看重南方的重农主义传统、反对北

---

① Meredith Yearsley, "John Gould Fletcher" in Peter Quartermain, ed. *Dictionary of Literary Biography*, *Vol*. 45: *American Poets*, *1880—1945* (Detroit: Gale Research Company, 1986), p. 186.

方的工业资本主义为要旨，高举"逃离工业化、都市化"的大旗，自成一派。1922年，有一次在牛津大学做讲座时，弗莱彻初遇几位"逃逸派"作家，在他们身上发现了类似于自己的重农主义南方情结，弗莱彻于是开始为《逃逸者》杂志撰稿。1930年，当泰特等人要编逃逸者宣言《我要表明我的立场》时，弗莱彻也写了一篇论文《教育，过去与现在》(Education, Past and Present)收录其中。尽管弗莱彻向《逃逸者》供稿，但他的诗风和真正的"逃逸派"作家却迥然不同。

1931年，弗莱彻遭受了一场严重的精神疾病。病愈后，弗莱彻只身离开伦敦，返回美国，结束了他在欧洲的创作生涯以及和黛西的婚姻生活（两人于1936年正式离婚）。在故乡小石城，弗莱彻接受了阿肯色州立大学授予他的名誉博士头衔，开始致力于故乡的文化、艺术事业的发展。1935年，弗莱彻组建了"阿肯色民间故事协会"(the Arkansas Folklore Society)，后又为该州的100周年纪念撰写了《阿肯色故事》(The Story of Arkansas)一文，发表在《阿肯色公报》(*Arkansas Gazette*)的纪念阿肯色州百年诞辰增刊(*State Centennial Supplement*, 1936)上。弗莱彻所做的一切对文学艺术在南方的发展可说是功不可没。1936年，和黛西正式离婚之后，他和儿童文学作家查理·梅·赫格·西蒙(Charlie May Hogue Simon)结婚。由于两人志趣相投，婚后生活幸福和谐。1935年，弗莱彻的自传《生命是我歌》(*Life Is My Song*)出版。

弗莱彻在美国南部这一阶段的主要创作成果是《南方的星》(South Star, 1941)和《燃烧的山》(Burning Mountain, 1946)。这些诗作主要以南方为题材，再次表现他的重农主义思想及对现代社会工业化趋势的忧患。这些诗作中有许多精彩的片段，但总的来说瑕瑜杂陈，未能给他带来成功。1938年出版的《诗选》(*Selected Poems*)获得普利策奖，成为弗莱彻文学生涯的最高荣誉。1950年，弗莱彻由于精神病复发，自溺于家门附近的一个小池塘里，从此结束了孜孜以求、辛苦经营的一生，而此前不久，弗莱彻还在着手和妻子编写一本南方文集，并和妻子商讨一个有历史性意义的项目。

弗莱彻是一位具有独立人格和艺术特色的诗人。他一生坚持不懈，追求自己的文学理想却总是挫折失意，历尽坎坷。他的作品曾受到庞德、洛厄尔的赏识，但同时存在着缺点和不足，使他难以成为诗坛巨擘。他的阴郁、多愁善感的性格也使他在自我宣传方面有所欠缺，难以为更多的读者熟悉。这些原因的共同结果是他在文坛上只是小有名气。但他对意象派诗歌运动及象征主义在英美文坛的发展起到了推波助澜的作用，这使他在文学史上有一席之地。

## 第九节
## 艾略特的诗歌创作

即使在现在审视 T. S. 艾略特,他仍然不失其大家风范。但是与 T. S. 艾略特同时代的留在美国国内创造具有美国特色的现代派的诗人们特别厌恶 T. S. 艾略特这一类留居欧洲大陆而向美国诗坛散布欧洲文风的作家,最典型的例子莫过于众所周知的威廉斯了。他勇敢地抨击 T. S. 艾略特的言论常被引用来论证美国现代派两条不同的诗歌创作路线的差异性。无可否认,在地道的美国人的心目中,T. S. 艾略特实在是"崇英媚欧",1927 年入了英国籍,他珍视 1948 年荣获的英国皇家勋章胜于同年获得的诺贝尔文学奖,最后他的骨灰,根据他的遗愿,埋葬在他的远祖祖茔的所在地东科克尔(他的《四首四重奏》之一的《东科克尔》标题的由来)萨默塞特村,能不说他是实足的英国佬吗?可是事情并不那么简单,T. S. 艾略特是在美国长大的,他的气质是美国人的气质,他的诗歌里流露的感情是美国人的感情。1988 年,为纪念 T. S. 艾略特诞辰 100 周年,英国传记作家文登在这年《美国新闻与世界报道》以《游子、诗人和圣徒》为题的一文中指出:"事实上,在放弃美国籍之后,他同美国的关系变得更密切。他开始在诗中使用更多的美国背景,同时也频繁地返回美国。"A. 沃尔顿·利茨也说:"T. S. 艾略特知道他'处处是异客'(指在英国——笔者),如同他曾经讲过亨利·詹姆斯一样;而且正如他相信的那样,只有美国人才能真正欣赏詹姆斯,因此,如果谁不了解他对美国景观和美国过去的深切依恋——他后期的许多佳作特别是《四首四重奏》想象的源泉,那么他就不能算真正了解他。"[①] 在谈到旅居欧洲的美国作家是不是还保留美国人特性(Americanness)时,庞德在 1920 年与威廉斯进行争辩,说 W. C. 威廉斯不过是适应美国环境的新到达的"外来户"(指他的祖先移民到美国新大陆——笔者),而他庞德与 T. S. 艾略特却严重地染上了"美国病毒",甚至 T. S. 艾略特被染的"美国病毒"更严重,以至他们日日夜夜必须对付这个病毒。实际上英美文学家到对方国家进行创作活动并且定居下来是常有的事,由于有着众所周知的历史文化渊源,对英美两国人民来说很自然。T. S. 艾略特和奥登只是

① Emory Elliott et al., eds., *Columbia Literary History of the United States* (New York: Columbia University Press, 1988), p. 949.

典型的例子之一。有趣的是，现在英国或美国的文学史或文选没有不把他们当作自己国家的名作家的，而且读者也不会就他们的国籍进行深究。也许是模糊数学影响了现代人的头脑。

不管威廉斯喜欢不喜欢 T. S. 艾略特，后者对美国现代派诗歌的形成，对现代派诗歌审美标准的确立，都起了关键性的作用。对于这一点，威廉斯在任何场合上都不得不承认。另一个敢于抵制 T. S. 艾略特诗风的已故著名诗人雷克斯罗思也不得不承认 T. S. 艾略特对美国诗歌的深远影响，他曾经说过："西方大部分诗人学着写作，年复一年，小心翼翼地摆脱他的影响、他的格律、他阅读的材料。"①他认为，T. S. 艾略特是 20 世纪作家中最难回避的诗人。T. S. 艾略特在创作生涯初期奔赴伦敦的缘故和庞德的是一样的，他们认为 20 世纪初美国文化氛围"稀薄"，而且很土(Provinciality)，不利于他们的发展。

T. S. 艾略特(Thomas Stearns Eliot, 1888—1965)生于美国密苏里州的圣路易斯，双亲是新英格兰人，父亲从商，母亲爱好写诗，祖父离开哈佛神学院后，在圣路易斯创立唯一神教教会，并且创办华盛顿大学。在少年时代，T. S. 艾略特在暑期常随父母从圣路易斯到麻省海边度假。美国中西部的密西西比河和新英格兰的大海在他幼小的心灵留下深刻的烙印，给他后来的创作带来不少影响。1906 年在哈佛大学学习，1909 年得文学士，1910 年获硕士学位，受哲学家乔治・桑塔亚那和新人文主义者欧文・白璧德的影响。他在大学期间攻读哲学、英国诗人约翰・多恩和意大利诗人但丁的诗歌以及伊丽莎白时代和詹姆斯一世时代的戏剧。他的兴趣广泛，甚至学习梵文和巴利语言，对印度宗教有浓厚兴趣。他先后在法国和德国学习哲学和文学，柏格森哲学、法国象征派诗歌特别是拉弗格的诗歌均对他有影响。他 1909 年至 1910 年发表在哈佛文学杂志《哈佛倡导者》的早期诗歌，有着拉弗格诗风影响的明显痕迹。他很赞赏的多恩对他的影响尤深，多恩的那种接近口语、富于机智和戏剧性、描写心理深刻、比喻奇特的玄学派诗歌对 T. S. 艾略特风格的形成起了重要的作用。而 T. S. 艾略特后来对多恩及其他 17 世纪英国玄学派诗人的高度评价和大力倡导，使这批在 18 世纪受到冷落的诗人，在 20 世纪却流行起来，影响了一批有名的现代派诗人。他早年对哲学有兴趣，靠奖学金在牛津大学准备有关布雷德利(F. H. Bradley, 1846—1924)的哲学博士论文，1916 年完成，因战事阻碍未回哈佛大学受博士衔。1914 年他定居英国，在那里教书，当银行职员，为报刊写诗写评论，担任杂志《自我中心者》助理编辑，《标准》(*The Criterion*)主编，最后主持英国著名的"费柏与费柏出版社"(Faber & Faber)工作。

---

① Kenneth Rexroth, *American Poetry in the Twentieth Century* (New York: The Seabury Press, 1971), p. 56.

他早期常得到朋友们的帮助,其中庞德和美国财主约翰·奎因(John Quinn, 1870—1924)对他尤其体贴。1915年与英国女子维维安·黑伍德小姐结成伉俪。维维安天性聪颖,对丈夫的诗歌有很好的理解,后因多病,尤其是她的精神狂躁症,常使艾略特陷于困境,他们不得不于1932年分居,1947年维维安去世。1957年诗人续娶瓦莱里·弗莱彻,婚后幸福。这位后妻在T. S. 艾略特死后整理出版了他失而复得的《荒原》手稿及其他论著。他于1927年入英国籍后加入英国天主教。尽管他后来觉得把自己说成是文学上的古典主义者未免过分,但他整个的作品,无论是诗歌、剧本还是评论,基本上符合他的自画像。

1914年是决定T. S. 艾略特未来职业的关键性一年。他在伦敦同庞德一见如故,由于后者的鼓励,T. S. 艾略特放弃回国讲授哲学的计划,定居英国,从事文学创作。由于庞德的帮助,他1911年已完成的《J·阿尔弗雷德·普鲁弗洛克情歌》(*The Love Song of J. Alfred Prufrock*),于1915年在美国《诗刊》发表。他的另外三首诗《波士顿晚报》(The Boston Evening Transcript)、《海伦姑妈》(Aunt Helen)和《堂姐妹南希》(Cousin Nancy)在同年晚些时候也刊登在《诗刊》上。也就是那一年,他的两首较长的诗《风夜狂想曲》(Rhapsody on a Windy Night)和《序曲》(Preludes)在英国杂志《爆炸》(*Blast*)首次与读者见面。他将以上六首,以及包括《一位夫人的写照》(Portrait of a Lady)在内的其他六首,结集成《普鲁弗洛克情歌及其他》(*Prufrock and Other Observations*, 1917)出版。他的诗歌初次在英美两国同时发表,使他一举崭露头角。庞德称赞《J. 阿尔弗雷德·普鲁弗洛克情歌》是他所看到的最好的一首美国诗,并且说T. S. 艾略特早已使自己现代化了。

如果说他的第一本诗集透露了现代人莫名的失望和沮丧的情绪,那么第二本《诗集》(*Poems*, 1920)则进一步使读者感到现代城市生活何等无聊,烦闷,令人窒息,其中以《小老头》(Geronton)、《在夜莺中间的斯威尼》(Sweeney Among the Nightingales)、《河马》(The Hippopotamus)和《艾略特先生的星期日早礼拜》(Mr. Eliot's Sunday Morning Service)等篇较为精彩,尤其是诗人曾想作为《荒原》引子的《小老头》。T. S. 艾略特早期的这两本诗集在当时英美诗坛产生了影响,使得不少诗人开始模仿他那惟妙惟肖的反讽、生动的戏剧性刻画和象征等艺术手法。但给早期T. S. 艾略特带来名声的倒不是这些优秀的短章,而是献给他父亲的评论集《圣林》(*The Sacred Wood*, 1920)。有评论家说:"在《荒原》出版以前,我们很少了解诗人T. S. 艾略特,却非常了解评论家T. S. 艾略特。《圣林》差不多是我们的圣书。"①《圣林》之所以重要,是

---

① Caroline Behr, *T. S. Eliot: A Chronology of His Life and Works* (London and Basingstoke: The MacMillan Press Ltd., 1983), p. 20.

因为它卓越地提出了传统与个人天才的关系，新作品与经典著作的关系，现在、过去与未来的关系，而这些正是 T. S. 艾略特文学思想的精髓。在此后的岁月里，他正是遵循这些基本原则从事他的创作和著述的。

1922 年，对西方现代文学，特别是对欧美诗歌有深远影响的《荒原》(*The Wasteland*)的发表，确立了 T. S. 艾略特第一流诗人的地位，而他的《四首四重奏》(*Four Quartets*, 1935—1942)则巩固了他的这一地位。

尽管当时不少人批评 T. S. 艾略特诗歌晦涩、卖弄学问，在文学批评上霸道等等，但谁也无法动摇他在文学领域里的权威地位。在文学界，他的《1917—1932 论文选集》(*Seclected Essays, 1917—1932*, 1932)成了塞缪尔·约翰逊(Samuel Johnson, 1709—1784)以来最好的文学评论，因而他的论断在当时常被作为权威性依据加以引用。总而言之，20 年代是他受到热烈称赞和激烈攻击的年代，[①]而 30 年代和 40 年代是他作为诗人、评论家和编辑发挥影响的年代。1947 年，他获哈佛大学荣誉博士学位，次年双喜临门：荣获英国皇家勋章和诺贝尔文学奖。他一生特别是晚年，一直注意维护个人的尊严，对人亲切厚道，并具有庞德天生缺乏的圆熟。[②]

像詹姆斯一样，T. S. 艾略特是一位有独到见解的创作家，虽然有时会从个人经验和好恶出发而失之偏颇。[③]

他的文学评论成就是多方面的，在不少领域做了开拓性工作。在他生前出版的论文集和论文小册子达 40 多种，单在 1916 年至 1925 年之间，他发表的评论文章就有近百篇。他最突出的文学主张归纳起来大致有两点：

(1) 继承历史传统，创作需要历史感，要在继承的基础上不断创新。他关心社会、文化、伦理和宗教，特别是在加入英国天主教以后，扬弃了白璧德在文学批评中不依附宗教的立场，而把宗教说教与伦理标准融于一体，使他成了“基督人文主义”的文艺批评家。

(2) 诗歌创作非人格化，寻求客观对应物，避免浪漫主义诗人的感情泛滥，寄思想于感情之中，力戒感受的分化。也许由于直接受庞德的影响，他同时相当注重作品本身的艺术形式，有时把社会、宗教、政治或伦理等范畴有意与美学标准分开来。从某种意义上讲，他和庞德鼓励文学评论家对作品本身进行精细的分析。T. S. 艾略特做了新批评派的开拓性工作，虽然并不彻底。

T. S. 艾略特从不自夸思想睿智和理论上的卓识。在回顾自己 40 多年文

---

① 不少评论家和作家欢呼 T. S. 艾略特为时代的代言人，但同时不少人抨击他，如洛厄尔说《荒原》是“一段肠子”，W. C. 威廉斯说它“给我们的文学带来灾难”。

② T. S. 艾略特有一次在写信给他的朋友和恩人奎因时说：“庞德缺乏灵活性，使自己受害匪浅。”——见 T. S. 艾略特的《荒原》手稿本引言。

③ 例如，T. S. 艾略特偏爱伊丽莎白时代次要戏剧家而贬低弥尔顿(不过后来他的看法有所改变)和某些浪漫主义诗人。

学评论生涯时,他承认过去有许多观点需要修改,而且十分反对别人孤立地用他早期的论述来评价他本人或看待他后来的创作。不过有一点他感到有把握,即他评论对他创作产生过影响的作家(其中大多数是诗人)的文章仍有可取之处。他本人更喜欢的是诗人而不是职业评论家写的诗论。比起纯学术性的诗歌理论家来,他的诗歌理论诚然并不周密,存在一定的局限性,而且其中不乏与实践相悖之处(这一点他本人也承认),但它有它独到的地方,值得他人借鉴的地方。当我们研究他的诗歌,特别是他的主要长篇诗歌时,如果参照他的理论进行分析,无疑地将会受到有益的启发。

我们还看到这样一个有趣的历史事实:T. S. 艾略特的文学理论影响了新批评派,而新批评派反过来帮助 T. S. 艾略特巩固他的文学权威地位。他同时也昭示了文学批评在当代文学中对广大读者所起的导向性作用,如同希尔顿·克雷默(Hilton Kramer)所说,T. S. 艾略特的成名成了一种共识:新批评(既是批评的原因又是批评的结果的文学)在公众中取得了重要地位。[1]

T. S. 艾略特的创作生涯如果以《荒原》为分界线的话,在它之前属早期,在它之后则是中晚期,因此《J. 阿尔弗雷德·普鲁弗洛克情歌》、《荒原》和《四首四重奏》大致可以代表他三个时期的诗歌风貌。

根据 T. S. 艾略特《诗的三种声音》(The Three Voices of Poetry, 1953)的划分,《J. 阿尔弗雷德·普鲁弗洛克情歌》里的声音属于第三种,即诗中的戏剧人物对另一个戏剧人物讲话。从讲话中,读者逐渐了解到诗中主人公是一个富有的头发稀疏的大龄青年或中年人。在"好似病人麻醉在手术台上"的黄昏里,普鲁弗洛克邀请他心目中的"你"一道去参观他身不由己地陷入的无聊生活圈子,看一看他周围的人如何醉生梦死。他由于受压抑太深而情不自禁地袒露内心的苦恼。他向往爱情,然而缺乏自信,在上流社会的风流女子面前自惭形秽,甚至缺少追求性爱的勇气。他的爱情之歌,如同本诗的引言一样,永远闭塞在他内心的地狱里。他不像去美国访问的阿帕里纳克斯先生(《阿帕里纳克斯先生》,Mr. Apollinax)那样无忧无虑,而是成天无所事事,疑虑重重,自艾自怨,一任精神内战消耗自己的生命。他对外界事物反应敏感,内心有对社会不满和异化的一面,但缺乏与之决裂的勇气。他的痛苦恰恰在于意识到自己的庸碌无能,不得不靠记忆和幻想麻醉自己。在这首诗里,T. S. 艾略特把握了西方现代城市生活的腐败本质,成功地揭示了普鲁弗洛克自谴自责、自暴自弃、自爱自重的复杂心态,使这位近于扭曲的形象成为现代派诗歌中成功的典型之一。其成功之处还在于 T. S. 艾略特在厌恶高大形象的反英雄时代

---

① Craig S. Abbott, "Untermeyer on Eliot," in *Journal of Modern Literature* (Vol. 15, No. 1, Summer, 1988), p. 118.

创造了一个窝窝囊囊的反英雄，一种荒诞派的剧中人。首先看到普鲁弗洛克的反英雄心态和品格的时代意义的除了庞德外，还有弗莱彻。这首诗是庞德推荐给门罗在《诗刊》发表，但在她委决不下时，是弗莱彻促成的。弗莱彻无疑地喜欢这首诗，他说："当我第一次读到它时，我劝门罗小姐发表，原因是，虽然和我写的诗毫无相同之处，但它是这类诗中的佼佼者。而今我看出或以为看出：在英雄主义变得廉价而庸俗时，这首诗拒绝采取英雄模式（由于经济上的工业革命和政治上的民主革命），在逆境的压力下是我自己。"① 另外，《J. 阿尔弗雷德·普鲁弗洛克情歌》还十分深刻而典型地勾勒了现代生活中的人物群像，如同庞德所称赞的那样，他的倚在窗口抽烟斗的孤独的男子，他的开口闭口就是米开朗琪罗的女士，不属于一个地方一个国家，而是整个现代世界的产物。因此庞德也很推崇 T. S. 艾略特在这首诗里所运用的现实主义手法。

诗人年轻时期吸收了哈佛校园世纪末的悲观空气，受到唯美主义、反物质主义和爱默生超验论的熏陶，使他比较容易地看清城市生活中的丑恶现象。他的高明之处在于当大多数风雅派诗人作田园牧歌式的吟唱时，他却先于一般人观察到无聊的城市生活给人们带来的精神无聊，敏锐地意识到西方的物质文明给人们造成的孤独感、隔膜感和失落感。这是他的诗歌，特别是早期诗歌反复描写的主题。诗人往往喜爱用讥诮而冷峻的笔调，描绘沉沦在现代都市生活深渊的人物的内心世界。他诗歌中的人物群像，几乎没有过去史诗里的那种一身豪气的英雄或迷人的窈窕淑女（现实里已缺乏这样的生活土壤），而是以迷惘者面貌出现在读者面前。请看：普鲁弗洛克无聊地用咖啡匙子量走了自己的生命，而他在客厅里看到女士们却煞有介事地来回走动，以大谈米开朗琪罗来掩饰她们灵魂的空虚；无爱可谈的阔太太故作风雅地东拉西扯，同一个十分敏感而无诚意的青年调情（《一位妇人的写照》）；一个孤零零的遭受挫折的小老头，在枯燥的环境里，头脑变得空空，逐渐失去了视觉、嗅觉、听觉、味觉和触觉（《小老头》）；饭馆里干瘪的老跑堂无聊地向顾客大谈他儿时荒唐的淫事[《在菜馆里》(Dans Le Restaurant)]；斯威尼对世界感到厌倦，在他看来，人类无异于动物，人生无非是"出生、交配、死亡"而已，等等，诗人笔下的这些芸芸众生失去了人生的理想，漫无目标地虚掷光阴，或放纵肉欲，或苦闷彷徨，或玩世不恭。诗人就是这样地在不同的诗篇里，从各个角度描写人们的灰暗情绪。而如此阴郁空虚的灰暗色彩恰好是《荒原》最调和的底色。

20 年代初，T. S. 艾略特刚 30 出头，由于经济窘迫，工作极度疲劳，加上妻子（前妻）精神失常，致使自己处于精神崩溃的边缘，不得不听取医生的劝告，于 1921 年去瑞士洛桑疗养。他在疗养期间完成了《荒原》初稿，然后把这首

① John Gould Fletcher, *Life Is My Song* (New York: Farrar & Rinehart, 1937), p. 221.

“潦草的松散的诗”(艾略特语)交给他的朋友庞德斧正。经过庞德的大力删削和他自己的修改,于翌年面世,①在当时的文坛引起了强烈的反响。W. C. 威廉斯对此甚至感到大为震惊。他说:“《日晷》发表《荒原》,立刻结束了我们所有的欢乐。它如同投下的一颗炸弹,毁灭了我们的世界,把我们向未知领域所进行的种种勇敢探索炸得粉碎。”他感到 T. S. 艾略特使他倒退了 20 年,并且说:“我顿时明白了,在某些方面,我大大地失败了。”②

《荒原》主要反映了第一次世界大战后西方普遍悲观失望的情绪和精神的贫困以及宗教信仰的淡薄而导致西方文明的衰微。诗人笔下的“荒原”满目荒凉:土地龟裂,石块发红,树木枯萎,而荒原人精神恍惚,死气沉沉。上帝与人,人与人之间失去了爱的联系。他们相互隔膜,难以交流思想感情,虽然不乏动物式的性爱。他们处于外部世界荒芜、内心世界空虚的荒废境地。“荒原”的荒是水荒,然而只听雷声响,不见雨下来,更增添了人们内心的焦急。雨水成了荒原的第一需求,诗人通过雷声暗示了只有精神甘露(皈依宗教,信仰上帝)才能使荒原人得救。

T. S. 艾略特不爱痛快淋漓地直抒胸臆,而是寓机智、讽刺于含蓄之中,说古道今,纵比横喻,用神话传说投射现实生活。根据诗人的解释,这首诗是受到韦斯顿女士的《从仪式到传奇》和弗雷泽的《金枝》的影响写成的,即利用了弗雷泽关于植物生长和四季变化的远古神话和韦斯顿女士关于这些神话与基督教中亚瑟王传奇③的关系的研究成果,把古代宗教有关崇拜、繁殖的礼仪同基督教中强调复活的观念串联起来,从诗里可以看到与繁殖紧密相连的性欲与宗教的联系。④ 诗人一方面强调由于缺乏信念,思想贫乏,致使现代社会成了一片荒原;另一方面着重说明复活与精神复苏的可能性。诗人还想告诉读者,缺乏意义的生犹如死,而有意义的牺牲行动是新生的前奏。

诗人利用神话传说,作为对现实生活的观照。在《荒原》里没有完整的叙

---

① 该诗于 1922 年 10 月最先发表在他主编的《标准》上,11 月发表在美国杂志《日晷》上,当年获《日晷》年奖 2 000 美元。T. S. 艾略特为此感到内疚,觉得庞德应当得此奖金,因为庞德帮助他几乎删削了一半原稿,充当了合作者的角色。这就是他为什么在诗首写上“献给艾兹拉·庞德/最卓越的匠人”的原因。为了日后向世人证明庞德的贡献,T. S. 艾略特特地把手稿送给他的朋友和庇护人收藏家奎因保存。手稿几经转手,后来不知去向,直至诗人逝世后才被发现,于 1971 年由他的后妻编辑出版。以时间顺序编排的引言和编者的注释以及保留庞德修改手迹的原稿,无疑能帮助读者加深对该诗的理解和提高他们对它的欣赏水平。

② W. C. Williams, *The Autobiography of William Carlos Williams* (New York: New Direction Publishing Corporation, 1951), p. 174.

③ 根据亚瑟王传奇,古代有个国王,名叫渔王(鱼是古代生命的象征),丧失了性能力,因而土地干旱,五谷不生,牲畜不育。渔王在河边垂钓,等待骑士来解救。一天夜里,一个骑士来到他身旁打听住宿,渔王指点骑士去附近的城堡。骑士经历了种种险境,最后来到城堡,发觉城堡主人就是渔王。渔王隆重接待了骑士,让骑士看到了圣杯的显现,最后要求他解决一些难以做到的事情。第二天,荒原开始繁荣。

④ 性欲能使万物繁衍,如同水能使万物生长一样。

述，而是通过迂回曲折的隐喻，影射西方现代文明的堕落和精神生活的枯竭，这就增加了对这些典故不太熟悉的读者的解读困难，也就是诗人自己承认的晦涩。当然利用神话建立人类不分时间空间的宇宙意识，随意地对现代荒原上的人物和情景作各种比较和对照，这种手法并非 T. S. 艾略特独具，詹姆斯·乔伊斯和叶芝等现代派作家也是这样创作的。利用神话激发创作想象是现代作家常有的事。

如果说诗人用具有丰富内涵的神话荒原象征现实，是他在这首诗里的一种象征手法，那么他在《荒原》里运用得最多的则是隐喻。有评论家认为隐喻是这首诗的主要艺术手法。[①] 他所用的六种不同语言的引文，30 多个不同的作家以及好几种流行歌曲都具有暗示性。在《J. 阿尔弗雷德·普鲁弗洛克情歌》里几乎没有使用隐喻，可是在《荒原》里却比比皆是。读者不难发现诗里最突出的隐喻是水：干旱时想象中的泉水，淹死水手和船商的海水，伦敦桥下的河水，水面下降的恒河水，隆隆雷声所预示的雨水。诗人不但暗示了水的重要性，而且暗示了它给万物带来生命而同时有可能带来死亡的双重性，从而揭示了人们爱水怕水的深层的内心矛盾：欲求与恐惧，期待与失望，行动与恐惧常常结伴而来。例如“死者葬仪”的第四节开头六行：

虚无缥缈的城市，
在冬天早晨棕色的雾下，
一群人流过伦敦桥，这么多人，
我没想到死神毁灭了这么多人。
偶尔发出短短的叹息，
每一个人的目光都盯在自己的足前。

诗人的意绪是复杂的，这孤零零的六句带上了朦胧性，读者初读，未尝不可把它理解为第一次世界大战给人们造成的灾难和精神创伤。但根据诗人解释，第 4 行和第 5 行引自但丁的《神曲》“地狱”篇，第 5 行故意作了小小的更改，暗示现代社会活像但丁笔下的地狱，用诗人的话说，就是“把中世纪的地狱同现代社会建立了联系”。[②]《荒原》里处处隐埋着这样的比喻，而他终生效法的但丁则是他大多数诗篇里引用次数最多的作家。在 T. S. 艾略特看来，现代文明社会复杂多样，而这种复杂多样的社会生活必然在诗人头脑里产生复

---

① Roy Harvey Pearce, *The Continuity of American Poetry* (Princeton, New Jersey: Princeton University Press, 1961), p. 307.

② 见《荒原》第 63 行和第 64 行原注以及 T. S. 艾略特的谈话《但丁对我意味着什么》(*What Dante Means to Me*, 1950)。

杂多样的反应,诗人必然会变得越来越广博,越具暗示性,越迂回曲折,因此现代诗人的诗必然是难懂的,这就是他对现代派诗难读懂的理论根据。不过我们得承认,隐喻过格则会失之歧义或晦涩,甚至矫饰,诗人也承认自己那时还“缺乏那种能使人即刻明白晓畅的驾驭语言韵律的能力”。(T. S. 艾略特语)

诗人“用来支撑”他的“残垣断壁”的一个个片断,如同一个个电影镜头:忽而是玛丽小时候游玩时的回忆,忽而是女相士的卜卦,忽而是晨雾中伦敦桥上匆匆来去的行人,忽而是一对思想无法沟通而睡在一起的夫妇,忽而是并无爱意而发生性爱的小店伙计和女打字员,忽而是几个妇女在酒吧间叽叽喳喳议论莉尔因丈夫参加第一次世界大战而有外遇怀孕的事,忽而在久旱之中雷声隆隆……古往今来,天朝地府,世界各地等等无所不包,但各个片断之间缺乏明显的过渡性联系,而且人物之间的交谈有问无答(表明人类无法沟通思想),诗人便借用典故的重叠和意象的重复出现作为联系手段,把他的零散的体验和读书心得“形成新的整体”。[①] 不过依传统的结构来看,《荒原》的确缺乏开头、发展和结尾,无特定的时间和地点,无特定的诗中人,连诗人也认为它无结构可言,充其量不过是一种非常松散的结构,而且他曾为此写信给庞德,对诗中无过渡性联系的片断并列法表示担忧,于是不顾庞德的反对而在诗后附上注释,以帮助读者对《荒原》的理解。为了说明他的整首诗还是有一定的统一性和连贯性,T. S. 艾略特特地在第 218 行作了如下注释:“梯雷西亚斯虽然仅仅是一个旁观者而实际不是一个角色,但他是把其他人物统一在一起的最重要的诗中人……正如那独眼商人与卖葡萄干的人一起化为腓尼基水手,而腓尼基水手与那不勒斯王子费迪南也很难区分开来,同样,所有女人也是同一个女人,而这两种性别的人在梯雷西亚斯身上融为一体。梯雷西亚斯所见到的,就是本诗的实质。”杰夫·特威切尔认为,T. S. 艾略特别开生面地为《荒原》作的大量注释“起到了鉴定原诗、降低原诗激进调子的作用”。[②] 因此,如果把被庞德修改的《荒原》手稿同庞德的《休·赛尔温·莫伯利》(1920)和《诗章》以及 T. S. 艾略特在《荒原》以前发表的诗篇比较一下,我们会发觉庞德对《荒原》的结构起了极为重要的直接影响,甚至可以说起了合作者的作用。这就是

① 艾略特在他的《玄学派诗人》(The Metaphysical Poets, 1921)一文中说道:“当一个诗人的心灵全处于创作状态时,它便会不停地综合各类迥然不同的经验,而一般人的经验是散乱的、零星的、不规则的。他们恋爱或阅读斯宾诺莎的作品,这两种经验互不联系,如同打字机声响和烹饪香味那样的没有联系。而在诗人心里,这些经验总在形成新的整体。”引自 T. S. Eliot, *Selected Essays* 一书第 247 页。

② 杰夫·特威切尔还认为,T. S. 艾略特作注是为了表明他“不仅在英诗传统方面知识渊博,而且在各种文学形式方面造诣很深,《荒原》有意识地运用这些文学形式建立了自己的权威”。见杰夫·特威切尔:《美国诗歌现代派的批评命运》,载《当代外国文学》1995 年第 1 期。

庞德常常被视为以T. S.艾略特为首的现代派诗歌创作路线的核心人物的一个重要原因。

T. S.艾略特在诗中刻意追求意象，这和意象派诗人没有什么不同，但是有别于他们的意象的静态罗列。他在《哈姆莱特及其问题》(Hamlet and His Problems, 1919)一文中称此为寻求“客观关联物”，即寻求“将引起特定感情的一套客体，一个场景，一串事件”；“一旦端出最终必定诉诸感觉经验的外部事实，感情便会立时被激发出来”。这就省却了作者的主观评述，留给读者更多审美再创造的余地。例如，诗人在《荒原》里一开始就罗列了一连串具有审美价值的“客观关联物”：最残忍的四月、死去的土地和情愿埋在地下的沉闷的幼芽以及直射的阳光、无荫的枯树、干石、红石和令人烦躁的蟋蟀声，两个场景，一套客体，不由得使人想起“荒原”可怕的景象。不过，他的“客观关联物”的提法遭到其他一些评论家的訾议，说读者事实上不可能完全从诗里接受诗人原来想表达的意思，于是诗人后来改提为“言语上的对等物”，认为诗人的任务是“努力从言语上表达思想感情状态的对等物”，换言之，让诗人的思想感情的具体表达落实在文字上，而不是客体上。口号不同，内容大体上差不多。且不管这两个提法精当与否，诗人回避在诗里直接抒发感情，好像诗人是旁观者，这点无论在《荒原》里，还是在他的其他诗里都是非常突出的，是他“非人格化”理论的体现。[①] 他的这种诗风是对上世纪末和本世纪初矫情诗风的一种反拨，对现代派诗歌产生了很大影响。

T. S.艾略特还善于在诗里创造戏剧性场面和使用戏剧性语言。如在“火诫”这部分，在虽双目失明但能洞察一切并具有两性体验的梯雷西亚斯的注视下，一个女打字员毫不在乎地与一家小店伙计发生性关系。又如，在“对弈”里，一对夫妻虽然睡在床上谈话，但各谈各的，无法交流思想感情。再如，酒吧间里有几个妇女，在店老板打烊的催促声中你一言我一语地谈论另外一个女人偷汉打胎的事，而她们互相道别的戏剧性语言和场面更令人忍俊不禁。有评论家认为，在“对弈”一节，许多现代派的声音集中在一起了，显示T. S.艾略特已经纯熟地掌握了几种不同的笔调。这首诗的这些不同的声音加起来是作者的成就，也是现代派的美学成就之一。[②]

T. S.艾略特对诗歌的戏剧性是非常看重的，他在《关于戏剧诗的对话》(A Dialogue on Dramatic Poetry, 1928)一文中认为一切伟大的诗歌都富有戏剧

---

① T. S.艾略特在他的《传统与个人才能》一文里说：“艺术家成长的过程是持续扬弃个人的过程，是持续消灭个性的过程……诗不是抒发感情，而是回避感情；不是表现个性，而是回避个性。但是，当然只有知道个性和感情的人才知道回避这些东西的含意。”引自T. S. Eliot, *Selected Essays* 一书第10—11页。

② 迈克尔·特鲁：《1915—1985美国文学的现代派》(1985年版)。

性,没有谁比荷马和但丁更富戏剧性。[1] 在他的诗歌创作中,他对戏剧性的兴趣胜于抒情,显然和他热爱并创作戏剧分不开。T. S. 艾略特后来在谈到《荒原》的创作动机时,虽然否认他有意表现"一代人的幻灭感",说它不过是个人的消遣,对生活无足轻重的抱怨。[2] 但由于它是在第一次世界大战后欧洲各国遭到惨重的破坏,人口损失了将近800万,经济十分萧条,人们普遍感到懊丧的情况之下创作的,诗人承认在客观上表达了人们的幻灭感。T. S. 艾略特和他同时代的作家一样,被这次大战所震惊,如庞德在《休·赛尔温·莫伯利》里,菲茨杰拉德在《了不起的盖茨比》里,海明威在《永别了,武器》等作品里描写了一代人骚动不安的历程,艺术地再现了当时"支离破碎的形象"(《荒原》第22行)。诗人的贡献在于抓住了时代精神,使"荒原"成了资本主义文明堕落和一代人精神空虚的代名词,因为关于西方文明堕落,几乎是西方知识界,甚至政治界在本世纪早期里所谈论的话题。当然必须看到在诗人对西方文明堕落的忧患里,包含着对正在发生的社会主义革命的恐惧(《荒原》第367—377行注释),因而想从宗教里寻找出路。

《荒原》之后的《空心人》(The Hollowmen, 1925)里的现代生活也是死水一潭:徒有虚表的空心人,破碎的玻璃,破碎的石块,空洞洞的河谷,正在死亡的星星。诗人在诗的结尾唱道:

世界就是这样地终了
世界就是这样地终了
世界就是这样地终了
没有轰轰烈烈而是呜呜咽咽地死去。

全诗充满了由于缺乏信仰、遭受挫折而产生的悲观情绪,似乎成了《荒原》中悲观失望的延续,成了另一片"荒原"和"死地"("空心人"第3节第1—2行),而《圣灰星期三》(Ash Wednesday, 1930)、组诗《精灵篇》(Ariel Poems, 1927—1947)和《磐石合唱选段》(Choruses From "The Rock," 1934)则似乎是《荒原》中宗教气氛的蔓延和加浓。使"迷惘的一代"青年感到失望的是,T. S. 艾略特在1927年以后由一个锐意革新的诗人变成一个保守的神父诗人了。他此时认为现时代并不特别腐败,因为在他看来,一切时代都是腐败的。他预料

---

① 参见 T. S. Eliot, *Selected Essays* 一书第31—45页。

② 例如,在"对弈"里,一对夫妻在床上的对话,据说是描写诗人自己与精神失常的妻子之间的关系。David Perkins, *A History of Modern Poetry* (Cambridge and London: Harvard University Press, 1976), p. 496.

宗教信仰将振兴文明，挽救世界免于死亡。[1] 他早期那种对待世事所持的嘲讽而诙谐的语调，似乎由于他看到了神圣的“心之光”(《烧毁了的诺顿》)，对救世主怀有强烈的信念而变得缓和了，这在他晚期的成熟之作《四首四重奏》里表现得很明显，他这时对人生旅程的态度是：“不是道别，而是前进。”(《露出水面的塞尔维吉斯》)

《四首四重奏》由《烧毁了的诺顿》《东科克尔村》《干燥的塞尔维吉斯》和《小吉丁》四首乐章式的诗构成，是诗人在阅历丰富、驾驭语言和韵律的能力进一步提高后的杰作。据说它可能是诗人模仿贝多芬后期四重奏艺术形式的大胆尝试，四篇的题目是与诗人个人经历的英美地名有关。每个重奏分五个乐章。T. S. 艾略特在诗里象征性地运用了诸如无限和动力补偿等绝对论的“纯”科学概念，同人类的觉悟和历史经验相对比，认为同人类经验不可分割的时间不是人类经验的总和，如果把人类经验看成是最后的现实，人类的自觉便导致幻想，而如果否认时间的客观性，便不可能获得经验。诗人认为人类摆脱暂时的影响时才会显露他们行动的真正价值，并且探讨了有限的时间与无限的时间的交叉点等问题。总之诗人站在他宗教的立场，试图从宏观上探讨过去、现在、未来、有限、无限、本体、觉悟等哲理问题。诗人同时兼收并蓄东西方著名哲学家、文学家和玄学家，甚至西班牙神秘家和中国道家的思想。

作为完美的艺术品，本诗以超然物外和对上帝的虔诚为主导情绪结构全篇。铺陈或展开并非建立在富于逻辑性的叙事上，而是建立在抽象思想的回旋以及记忆幻想中意象的联想上，探索个人与大千世界、变化与永恒、沮丧与平和等富有宗教色彩的哲理问题。在诗里既有对他青少年时期生活过的美国和定居后的英国的某些特定地方的依稀记忆，也有基督教的传统象征：伊甸园、玫瑰、鸽子、圣火，还有世界大战的恐怖影子。比起《荒原》来，诗中淡淡的印象多于清晰的形象，柔和的素描多于峻峭的勾勒，基调也变得比较和谐与深沉。

《四首四重奏》每篇重奏的第一乐章是哲理，对哲学性问题的沉思，并导致对个人经历的回忆。第二乐章是抒情式的评点，最后又进入沉思。第三乐章是个人的回忆和沉思。第四乐章又是抒情，篇幅最短。第五乐章是每篇重奏围绕特定的问题进行思考。有些诗句在各重奏里重复出现，从文字上看，有时似乎显得啰唆，但鉴于诗人是在模仿重奏，因而是不可缺少的音乐回旋。有些段落无标点(如第一奏的第二乐章第二乐段最后10行)，仿佛音乐之声，萦绕不断。

诗人还在诗里不厌其烦地强调正确使用语言的重要性。他总结自己的体

---

① T. S. Eliot, “Thoughts After Lambeth” (1931).

会说：

这就是我，走过了20年，在人生的中途，
20年都浪费了，两次大战间的年华——
努力学习使用语言，每一个尝试
都是一个崭新的起点，一种不同的失败

(《东科尔克村》)

而诗人发觉现时的语言在退化，因为：

言语承担过多，
在重负下开裂，有时全被折断，
在绷紧时松脱，滑动，消逝，
因为用词不当而衰退，因而
势必不得其所，
势必也不会持久。

(《烧毁了的诺顿》)

这里富有政治含意，因为诗人接着含蓄地说：

刺耳的咒骂、嘲笑或饶舌声
总在袭击言语。

(《烧毁了的诺顿》)

T. S. 艾略特同时代的现代派小说家海明威在他的《永别了，武器》里，也谈到语言被滥用的事例。小说主人公亨利对战争不是"白白地"打的说法持怀疑态度，他说：

我听到神圣、光荣、牺牲以及没有"白白地"的字眼常常觉得发窘……因为我可没见到什么神圣的东西，光荣的事物也没有什么光荣，至于牺牲，那就好比芝加哥屠宰场似的，不同的是肉被拿来埋葬罢了……除了村庄的名称、公路的编号、河流的名字、军团的编号和日期之外，诸如光荣、荣誉、勇敢或神圣之类的空泛字眼儿都很讨厌。

海明威指的是第一次世界大战，资产阶级统治者用漂亮的口号欺骗人民，这无疑是对语言的亵渎。为了政治的需要，古今滥用甚至强奸语言的事例不在少数。艾略特在语言上所追求的目标是：

普通的字用得准确而无庸俗之嫌，
正规的字用得精当而无迂腐之气，
整个儿亲密无间地在一起跳舞。

（《小吉丁》）

T. S. 艾略特在诗歌里如此不惜笔墨地大谈语言还是第一遭。他认为诗人的职责是直接通过语言对他的民族负责，在某种意义上讲，诗歌能够保存甚至恢复语言美，能够而且应该发展语言。他警告说，如果一个民族不产生伟大的作家，特别是伟大的诗人，这个民族的语言就会退化，文化也会退化，也许会被更强的民族文化所吞并。[①] 诗（真正的）的死亡，语言的退化，岂不说明一个民族文化病入膏肓？古今都不难找出这种例子。

《四首四重奏》是诗人对时间和记忆的反思。他用基督教的观念和柏格森的哲学去探索人类如何生活在时间之里和之外，如何通过了解时间里永恒的存在去领悟茫茫宇宙里的永恒，又如何看待上帝的转化等等诸如此类的玄学问题。迈克尔·特鲁说："《四首四重奏》是 T. S. 艾略特雄心勃勃、想填补空白的一种宏伟尝试，提供了 T. S. 艾略特认为对理智，对神志，对生命具有本质意义的一个基本原理，一种历史理论。在《荒原》里，一个讲话人悲哀地说'仙女们走了'，同这些仙女们一道走的是几千年西方历史、哲学和基督教教义。T. S. 艾略特以英勇的姿态，在他的社会批评文章和《四首四重奏》里企图提供一个代替品：建筑在他经验基础上的历史的哲学和神学。他常常坚定不移地在他的作品里表达他的这种思想。这是一个拨回整个西方世界的企图。"[②]

T. S. 艾略特认为《四首四重奏》他写得最好，无论在炼字和用韵律表达方面都得心应手。从形式来看，诗人的确用心良苦。每首重奏开始的十几行，长短有致，有起有伏，读起来朗朗上口，真是达到了"整个儿紧密无间地跳舞"的境界。有的地方诗人故意使它散文化，在每首重奏的第二乐章里尤为明显：开始一大段或几段是抒情，诗句如行云流水，接着便是沉思，出现散文句式，旨在变化。在诗人看来，如果一首现代的长诗束缚在一定的形式，限制在一定的韵脚之内（如《神曲》），让现代人（不是 100 年前的人）听起来，便会感到不但单

---

① T. S. Eliot, "The Social Function of Poetry" (1945).

② 见迈克尔·特鲁为中译本《T. S. 艾略特诗选》（紫芹编选，成都：四川文艺出版社，1988 年）所作的序。

调,而且矫揉造作。[①] 不过,不管诗人是有意还是失之检点,有些诗句显得笨拙,有的地方隐喻过多,使意思太宽泛太神秘,加上有时缺少标点,使读者颇为费解。应当说这是他的这部成熟之作的美中不足之处,似乎很难值得称道,而这种佶屈聱牙的形式对后来年轻的现代派诗人还或多或少产生了不良影响。

T. S. 艾略特一生写的诗歌并不算多,他的《诗歌合集》(1963)只有 221 页,而有名的长诗不过数首,都是阳春白雪,如同庞德的《诗章》或乔伊斯的《尤利西斯》一样,其普通读者群无论过去或现在都不大,虽然这些诗都是公认的经典。T. S. 艾略特对此有过精辟的见解,他说:"一个诗人在自己的时代读者群大与否无关紧要,要紧的是每个时代应当经常至少保持少量的读者。"[②]半个多世纪证明,他达到了这个目的。有文学史家认为 1920—1950 年这段时期在文学史上应是"艾略特时代",[③]但十年后又有批评家提出了"庞德时代"的口号。[④] 不管怎么说,他同庞德一起,举起一只手反对维多利亚时代后期浮泛柔靡的诗风,举起另一只手反对他同时代现代派诗人淡化的自由诗、艾米·洛厄尔式的意象派诗、马斯特斯式的行吟诗。他精心建立起来的诗风则是:表面上互无联系的片断排列,用神话、隐喻或象征所表现的高度概括力,诗人在诗中深藏自己,读者几乎不闻其声,不见其影,文字极端简练而内容异常丰富,与他同时代优秀的现代派诗人如弗罗斯特、桑德堡等平易晓畅的风格形成鲜明的对比。因为他当时是主流派,他的代表作《荒原》成了现代派的典范。后来很长时间内,不少现代派诗之所以晦涩难懂,不能不说是 T. S. 艾略特诗歌中本来就存在的弱点带来的后遗症。

T. S. 艾略特是一位起始激进转而保守的诗人。他较早地从法国诗人波德莱尔那儿得到启示,敏锐地看到了现代城市生活的污秽面,看到了城市里令人感到压抑和讨厌的形形色色人物,因而他着意描绘的是一幅肮脏的现实与奇特的梦幻相结合的现代派画卷。他深刻地感到科学技术的进步和应用,使社会发生了剧烈的变化,人们的生活方式和心理状态也必然相应地发生变化,作家在新世纪需要对新的文化环境进行新的剖析。他反映时代精神的原因多种多样,但敏锐地捕捉现代城市生活的形象,不能不算是一个决定性因素。作为感受到时代脉搏跳动的诗人,艾略特不只看到生活的光明面,而更主要的是看到了它的阴暗面,特别是西方现代社会空虚无聊、令人窒息的一面。尽管在

---

① T. S. Eliot, "What Dante Means to Me" (1950).

② T. S. Eliot, "The Social Function of Poetry" (1945).

③ Peter Quennell & Hamish Johnson, *A History of English Literature* (London: Brent House, 1981), p. 484.

④ 谁来公断呢? 休·肯纳把他厚达 606 页的论庞德的专著题为《庞德时代》(*The Pound Era*, 1971),比彼得·昆内尔和哈米什·约翰逊编纂的《英国文学史》(1981 年)早十年。

后来，尤其在加入英国天主教以后，他变得越来越保守，最后成为上帝的虔诚歌手，一个一心想以天国的圣光驱除社会黑暗的艺术大师。但总的来说，他的诗作展现了纵深辽远的历史感，雄浑厚重的社会画卷，浩瀚辽阔的视野和磅礴浩荡的艺术气势。

## 第十节
## 艾略特与中国

艾略特对于今天的中国读者并不陌生，这是因为自 20 世纪 80 年代以来，他的名字就不断出现在中国各种报纸杂志上，有关介绍艾氏的论著和译著相继问世。那么，这位被冠以现代派一代宗师的艾略特究竟是怎样流入中国？他对中国现代诗坛产生了怎样的影响？

早在 1936 年，赵萝蕤受戴望舒的委托，翻译了艾略特的《荒原》。该诗的译文于 1937 年由上海新诗出版社出版。当时翻译介绍艾略特作品的还有叶公超、曹葆华、宏告、卞之琳等。至于接触过艾氏原著的学者和诗人在当时就更多了，如辛笛就是其中之一。他在创作《珠贝集》时就已研读过艾略特等西方现代派的作品。[①] 随着《荒原》译著在中国的问世，艾略特便步入了这个东方国度，介入了中国诗歌发展的进程，并开始了他被扬弃和再造的历史。

20 世纪 30 年代赵萝蕤除了翻译艾略特的作品，还撰写过《艾略特与〈荒原〉》的论文。[②] 文章对艾氏及其《荒原》的寓意作了介绍和剖析，为广大读者更好地了解艾氏其人，正确理解《荒原》提供了方便。为了进一步扩大该诗的影响，叶公超还专门为《荒原》这部译著写了序并给予充分的肯定。[③] 1939 年，邢光祖又为此书撰写了书评，高度评价了《荒原》的作者与译者。[④] 由此可见，中国的译介者对艾略特热心和欢迎的程度。

到了 40 年代，艾氏作品的翻译更向纵深推进。除了卞之琳、杨宪益以外，许多年轻学者也开始把兴趣转向艾略特，并竭力推崇他。在抗日烽火中诞生的西南联大成了中国译介西方现代派文学的摇篮。穆旦翻译过艾略特的诗作，主要是他的《阿·普罗弗劳克的情歌》、《荒原》和一些短诗。其中《阿·普

① 《辛笛诗稿·自序》，北京：人民文学出版社，1983 年，第 1—7 页。
② 参见 1940 年 5 月 14 日《时事新报》"学灯"渝版，第 85 期。
③ T. S. 艾略特：《荒原》，赵萝蕤译，上海：上海新诗出版社，1937 年。
④ 《西洋文学》杂志，1939 年，第 4 期。

罗弗劳克的情歌》和《荒原》都是“以诗译诗”。穆旦“不仅把它们译成诗体而且译诗遵照原诗译成了格律诗”。[①] 袁可嘉也是艾略特的积极介绍者。他不但撰文译介艾氏的创作，而且较系统地介绍了他的文艺思想及创作理论。袁可嘉还针对外国学者对艾氏的论述与书评，颇有见地地提出了自己的见解，如《〈托·史·艾略特研究〉书评》。[②] 1988 年北京三联书店出版的袁可嘉的《论新诗现代化》就是在那时写就的。艾略特的文论著作如《宗教与文学》、《传统与个人才能》等都在那个时代被作了直接的或间接的介绍，并和他的诗作一起对中国新一代诗人产生了潜移默化的影响。

但是，我们也应该看到，艾略特的作品在中国介绍之后，并没有像惠特曼的《草叶集》那样激起过强烈的社会轰动效应；更没有像 19 世纪批判现实主义文学那样受到青睐和推崇。艾氏对中国新诗坛诗人的影响，也没有像意象派、叶芝、奥登等几乎同时代的英美诗人来得深刻。笔者认为这既取决于艾略特本人的特点，又和中国的文化传统密切相关。诚然，当时中国异常压抑痛苦的生活使一些诗人在精神气质上接近于西方现代主义文学中那种怀疑精神和危机意识，不过在阅读艾诗的时候，中国诗人不是轻易地将它“拿来”，而是按照自己的审美趣味和现实需要对艾略特作了精心的选择和“重整”。

艾略特毕生致力于对艺术的追求。他把诗歌看作是能“医治”社会弊病的神圣工作。为了构筑完美的艺术殿堂，艾氏对艺术形式进行了艰苦卓绝的熔铸和求索。因此，“艾略特的诗歌和文论中有着一种不同凡响的语调，它具有一种能触及我们这一代人意识的、钻石般的锐力，使得我们的时代不得不予以注意”。[③] 在艾氏看来，现实世界是错综复杂、变化多端的，大战浩劫后的欧洲更是如此，无论在政治上还是在经济上，都呈现出日益复杂的现象，愁云、惨雾笼罩着西方，它是一座“荒原”般的地狱。人与人之间根本无法沟通，到处是钩心斗角、尔虞我诈；人们非但没有克制自己的欲望，反而变本加厉地放纵自己。颓废、迷惘、堕落充斥着整个西方世界，人性被扭曲后变成了畸形。艾略特就是在这种认识的基础上开始了人生的探索，力求用诗歌来再现资本主义的这一社会现实。但是由于艾略特在寻求针砭人生道路上陷入了神秘主义，因而他所开出的“医治”病态的药方是皈依宗教，归顺天主。这不能不说是一垛横在中国诗人面前的厚墙。艾略特在艺术技巧上突破了传统的陈规，创造了新颖而丰富的表现手法，如他的“非人格化”主张，寻找“客观对应物”等给现代自由体诗的发展开辟了新路。正是这一点受到了一些中国诗人的欢迎。只是他们并没有像艾氏那样在作品中仅仅对现实发出了无可奈何的叹息，宣泄迷惘

① 《外国文学》，1987 年，第 4 期，第 62—63 页。
② 1948 年 5 月 23 日天津《大公报·星期文艺》。
③ 紫芹编选：《T. S. 艾略特诗选》，第 1 页。

的颓废情绪，而是对现实提出了充满积愤的控诉。如果说艾略特出于自己的艺术观念，对现实厌恶而描写了现实，那么，中国诗人可以说是为了拯救现实而揭露现实。这种人生观的不同决定了中国诗人和艾略特写作的立足点不同。中国诗人可以根据自己的需要学习艾略特严谨的创作态度、努力寻求医治社会弊病的决心和他艺术上勇于开拓的精神，以及他诗歌的创作技巧，但对个人心绪波澜的描写却字字扣住了当时的重大社会问题，反映中国人民在国民党黑暗统治下强烈的不满情绪。

纵观中国新文学史，不少有个性、有成就的作家都接受了外来文学的影响。当然，由于各人的思想个性、气质的不同，选择借鉴的方向、程度也不尽相同。艾略特对中国诗人的影响也是因人而异的。

卞之琳是我国最早接触艾略特诗歌的诗人之一。他早在学生时代就开始研读英诗，并在学习、借鉴英国诗歌的基础上，开始了自己的创作。毕业后他又从事英国文学的教学工作和翻译工作，正如他自己所说："我就在 1930 年读起了波德莱尔、魏尔仑、马拉美以及其他象征派诗人。我觉得他们更深沉、更亲切，我就撇下了英国诗。"[①]这多少也能说明卞之琳对艾略特的学习研究远在 20 世纪 30 年代之前。他还说："写《荒原》以及其短作的托·史·艾略特对于我前期、中期阶段的写法不无关系。"[②]事实也证明当时卞之琳确实向艾略特这位现代派大师取了经，尤其是在表现手法上。我们即将讨论的几首卞诗便或多或少地可见这种借鉴的痕迹。

20 世纪 30 年代，卞之琳还处于对西方现代派诗歌热衷的时期，正如他自己所承认："我自己思想感情上成长较慢，最初读到 20 年代西方'现代主义'文学，还好像一见如故，有所创作不无共鸣。"[③]写于这个时期的《归》就是其中的一首，诗中写道：

莫非在外层而且脱出了轨道？
伸向黄昏的道路像一段灰心？

这是一幅自我意识的图画。诗中的主体由于深受外界的异化，表现出一种处于物质世界中的自我孤立感。在这里，从一个想象角度向另一个想象角度的变更，是由诗人自觉存在的"内在"世界与不可企及的"外部"环境的冲突表现出来的。诗人的心情是沉重的，充满了失落感。他看到了社会的阴暗面，既不愿与罪恶、肮脏的现实同流合污，又觉得找不到一个理想、安静的栖身之

① 袁可嘉：《现代诗论·英美诗论》，北京：中国社会科学出版社，1985 年，第 365 页。
② 卞之琳：《雕虫纪历》(增订版)，北京：人民文学出版社，1984 年，第 16 页。
③ 卞之琳：《雕虫纪历》，第 3 页。

所，于是，对周围的一切都感到悲观失望，无能为力，最后只有转向神秘，反映了当时卞之琳一类知识分子的彷徨心情。在技巧上，卞之琳明显地模仿了艾略特的《阿·普罗弗劳克的情歌》。请看下列诗句：

街连着街，好像一场讨厌的争议
带有阴险的意图
要把你引向一个更大的问题……

这两首诗描绘的是两幅相似的画面，同样表现了诗人力求从外部局限中摆脱而又不可能的那种无可奈何的自我意识。卞之琳接受艾略特的影响还表现在他的《车站》这首诗。诗中写道：

活生生钉一只蝴蝶在墙上
装点装点我这里的现实。

这与艾氏《阿·普罗弗劳克的情歌》中所描写的"我"被钉在墙上的情景颇相似。这类诗不像卞之琳同时代的浪漫诗或政治诗好懂，需要悉心分析、咀嚼，方可为读者所理解。著名诗人废名在谈到这首诗时也感叹说："现代诗人的梦真应该在火车站上！所以有卞之琳的诗也。"①

卞诗的另一种倾向是"能跳出小我"，从而扩展自己的思路，这与艾氏的"非人格化"的诗歌理论对他的影响有一定的关系。他自己也不否认，"非人格化，也有利于我自己在倾向上比较能跳出小我，开拓视野。"②由于卞之琳巧妙地融合了中西诗、古今诗的艺术，有时我们很难指出他究竟受哪种影响。我们知道，艾略特有一首有名的短诗《序曲》。他运用想象逻辑来扩展诗境，渲染气氛。与这首诗相仿的有卞之琳的《距离的组织》。这是一篇"诗零乱的梦境，可又是一个有机体；将时间、空间的远距离用联想组织在短短的午梦和小小的篇幅里"。③ 该诗充分展现了卞之琳丰富的想象力。诗中"寄来的风景"涉及实体与表象的关系，稍加品味就会得知这是指一张"寄来的风景片"。卞之琳自觉地运用象征和联想，使幻境与实境相互渗透，增加了诗篇的蕴义。可以说，诗"从《罗马衰亡史》，罗马灭亡星，暮色苍茫的风景到'灰色的天。灰色的海。灰色的路'到'好累啊！……友人带来了雪意和五点钟'是一系列灰暗的情调的

① 废名：《谈新诗》，北京：人民文学出版社，1984 年，第 175 页。
② 卞之琳：《雕虫纪历》，第 7 页。
③ 《中国新文学大系·文学理论集》(1927—1937)，第一集，上海：上海文艺出版社，1987 年，第 510 页。

渲染，与艾略特的手法有近似的地方。”①

与卞之琳同时活跃于诗坛的还有何其芳。他的早期诗作也融进了某些艾略特的手法。如诗人写道：

有客从塞外归来，
说长城像一大队奔马
正当举颈怒号时变成石头了。
黄色的槐花，伤感的泪。
邯郸逆旅的枕头上
一个幽暗的短梦
悲世界如此狭小又逃回
这古城。风又吹湖冰成水。
长厦里古柏树下
又有人围着桌子喝茶。

这些诗句，既有想象逻辑的变形，也有口语的掺入，更有情感的客观化，颇似艾略特的《序曲》诗。类似的诗句还有：

下弦夜的蓝雾里：
（假如你不是这城中的陌生客，
会在街上招呼错人。）

这里诗人用括弧将诗分成两个时空世界，接着又交错地变换视角，写朱门、扣门人、“你”和“马蹄声”之间的位移和感觉：

又有两声铜环的叩响
追问门内凄异的沉默。
（猜想他未定的命运吧！）
剥落的朱门开了半扇，
放进那只黑影子又关上了。
（把你关到世界以外了。）
马蹄声凄寂遂远。

① 袁可嘉：《现代诗论·英美诗论》，第 367 页。

至此,诗人的想象逻辑得到了扩展,在一片客观冷静的寂思中多少也透射出些许哲理。这种"感觉知觉化"的程度,明显带有艾略特短诗的特点。卞之琳说何其芳受艾略特影响而创作的诗篇也就是指这样的诗。

穆旦是"九叶"诗人之一。他是艾氏作品的重要翻译者和得益者。他的诗作也打上了艾氏风格的烙印。自我搏斗是现代派诗歌的主题之一,他们都是对现实感到失望后转而求之于内心的自我反省者。不同的是,穆旦提出了充满愤怒的控诉,而不是仅仅叹息或迷惘,也不像艾氏那样诅咒社会。他要使情绪从愤怒、自我折磨进到苦思、自我剖析的深化,使诗性从感受丰富的痛苦进至追求用更智慧的言语去照明世界。穆旦就是这样抒发他那颗备受折磨而有韧性的诗心:

只有痛苦还在,它是日常生活,
每天在惩罚自己过去的傲慢,
那绚烂的天空都受到谴责,
还有什么彩色留在这片荒原?

但唯有一棵智慧之树不凋,
我知道它以我的苦汁为营养,
它的碧绿是对我无情的嘲弄,
我诅咒它每一片叶的滋长。

在这里,诗人不仅对人生作了严肃的思考,而且对历史与现状的痛苦作了近乎彻底的解悟。他以自谑与嘲世来表达自己内心的矛盾而不失向往与信念。同时,诗在表现手法上与艾诗很相似,强调"思想知觉化"。

另外,穆旦善于把抽象观念与具体形象结合起来。这种创作手法显然也得力于他向艾略特的借鉴。他在《春》这首诗里写道:

绿色的火焰在草上摇曳,
他渴求着拥抱你,花朵。

诗人从青草的飘动中得到了绿色火焰摇曳的印象。这是他受了艾氏"自由联想"的创作手法影响。不过,诗人善于把这种影响融化到自己的创作中去,使其成为自己的东西。他是根据自己的审美趣味和对事物的独特感觉而进行自由联想的,这种自由联想使他所描写的自然景象具有一种独特的美丽。他的《裂纹》《控诉》和《诗八首》等,我们都能从中寻找出诗人所受艾氏影响的痕迹。

如果说穆旦从艾诗中吸收了营养，那么袁可嘉便是更多地借鉴了艾氏的文艺思想。他除了积极译介艾略特以外，还用艾氏的观点来写批评文章。袁可嘉曾说过："绝对承认诗有各种不同的诗，有其不同的价值与意义，但绝对否认好诗坏诗、是诗非诗的不可分，也即是说这是极度容忍的文学观……我们取舍评价的最后标准是'文学作品的伟大与否非纯粹的文学标准所决定，但它是否为文学作品则可诉之于纯粹的文学标准'。"[①]显然，当时袁可嘉是受艾氏影响的，尤其在接受艾氏诗学理论方面表现得异常突出。在《新诗戏剧化》一文中，袁可嘉写道：写诗应"尽量避免直截了当的正面陈述而以相当的外界事物寄托作者的意志与情感；戏剧效果的第一个大原则即是表现上的客观性与间接性"。[②] 袁可嘉的这一思想正反映了艾氏的"非人格化"理论和"思想知觉化"的创作特点。因为艾氏就说过：诗人应该用"知觉来表现思想"、"把思想还原为知觉"。那么袁可嘉又是如何用这种理论来指导他的诗歌创作的呢？我们不妨来读读他的诗。

与其他"九叶"诗人一样，袁可嘉总是把他的诗歌创作与表现时代结合在一起，学习艾略特等现代派的创作技巧，如实地描绘国统区广大人民的悲惨生活。生动的笔触满含了作者的憎恶、愤懑与同情。请看他的《南京》。诗中写道：

糊涂虫看着你觉得心疼，
精神病学家断定你发了疯，
华盛顿摸摸钱袋：好个无底洞！

在这首诗里很难说袁可嘉是受了艾略特的影响，但是诗人面对黑暗现实敢于抒怀，努力去揭示那个时代，从这个意义上讲，袁可嘉所遵循的创作原则与艾氏所提倡的"诗人在写自己的同时也是在写他的时代"的主张颇相似。[③]

其次，袁可嘉十分注意捕捉和描绘具体感性的诗歌形象，并借它来暗示自己抽象的思想和情感。他提倡读者应该从诗人创造的新颖意象中去感知作者的思想情绪，这也就是所谓"表现的间接性"。这一艺术特征在袁可嘉的诗作中得到了全面的体现。请读他的《旅店》，诗中写道：

---

① 袁可嘉：《新诗现代化》，引自 1947 年 3 月 30 日天津《大公报・星期文艺》。
② 袁可嘉：《论新诗现代化》，北京：三联书店，1988 年，第 25 页。
③ T. S. Eliot, *Selected Essays*, p. 4.

对于贴近身边的无所祈求，
你的眼睛永远注视着远方；
风来过，雨来过，你要伸手抢救，
远方的慌乱，黑夜的彷徨。

你一手接过来城市村庄，
拼拼凑凑够你编一张地图，
图形不变，不变的是深夜一星灯光，
和投奔而来的同一种痛苦；
……

这里诗人不是在描写旅店本身，而是想揭示一种战时普遍的人心惶惶的现象，它也象征了现实生活中能给迷途的旅人带来慰藉和安歇的社会力量。

除了"思想知觉化"外，袁可嘉诗歌中还体现一种"联想自由化"的创作特征。正如艾氏为代表的西方现代派一样，袁可嘉也强调个人对事物的感觉、印象，甚至幻觉。不同的是，袁可嘉在借鉴这一创作方法的同时，充分发挥了自己的特长。他的诗没有像艾氏等现代派的那样晦涩难懂。在处理自由联想和形象化的描述方面要比别人高出一筹。他的《上海》便是最好的例子：

……
绅士们捧着大肚子走进写字间，
迎面是打字小姐红色的哈欠，
……

奇特的感觉和联想生动地再现了当时上海绅士社会一片百无聊赖的景象。人生的空虚、生活的枯燥、社会的腐败犹如无边无涯的黑暗笼罩在诗人的诗里。

总之，袁可嘉是艾略特的积极介绍者和借鉴者。理论上，他大胆地吸收艾略特理论中有利于开阔思路的积极成分如"思想知觉化"和"联想自由化"等创作技巧。创作上，他又在如何吸收西方现代派诗歌的某些表现手法来丰富自己的艺术手段方面为我们作了十分有益的尝试。可以毫不夸张地说，20 世纪 40 年代正是以袁可嘉为代表的一些诗人，在艾略特与中国读者之间架起了一座桥梁。

## 第十一节
## 弗罗斯特的诗歌创作

罗伯特·弗罗斯特(Robert Frost，1874—1963)是美国20世纪最伟大的诗人之一，享有极高的声誉和社会地位。因其诗歌多以新英格兰乡村为背景，具有浓郁的乡土气息和诱人的田园情趣，弗罗斯特被誉为“新英格兰诗人”及美国“民族诗人”；因其和蔼睿智的圣哲形象及其质朴清新、富含哲理的诗句，弗罗斯特在晚年成为美国人民心目中的“非官方的桂冠诗人”；他既继承了传统诗歌的创作技巧，又创立了自己的现代风格，成为沟通欧美传统诗歌和现代派诗歌之间的桥梁，因此被有些评论家称为“交替性诗人”。弗罗斯特以其杰出的诗才，形成了与艾略特诗风迥然不同的现代美国诗歌的另一中心。

弗罗斯特的诗歌最初未能在美国引起注意，直到他1912年举家迁往英国，在那儿相继出版了《少年的心愿》(*A Boy's Will*，1913)和《波士顿之北》(*North of Boston*，1914)两本诗集，几近不惑之年才饮誉诗坛。在此后50多年的诗歌创作生涯中，弗罗斯特成为美国最著名、拥有读者群最庞大的现代诗人，他所获得的官方和学术界的荣誉是其他美国诗人无法企及的。弗罗斯特于1924年、1931年、1937年和1943年四次获得普利策奖。1939年，他荣获国家艺术和文学协会颁发的金奖。在75岁和85岁生日之际，他两次受到美国参议院的特别嘉奖。除此之外，弗罗斯特还获得了包括牛津、剑桥和哈佛在内的多所大学和学院授予的44个荣誉学位。1961年，在肯尼迪总统的就职典礼上，他应邀朗诵了他的诗篇《全心全意的奉献》(The Gift Outright)。同年，88岁高龄的他还作为友好使者出访了苏联。

弗罗斯特出生于西海岸的旧金山。1885年，其父亲病故后，11岁的弗罗斯特和妹妹随其母一起迁回麻省劳伦斯市，并在那儿接受了中小学教育。中学阶段的学习对弗罗斯特产生了巨大的影响，他被古典语言、文学和浪漫抒情诗歌深深吸引，并开始尝试诗歌写作，于1890年4月在校刊上发表了叙事诗《悲惨之夜》(La Noche Triste)。1892年，弗罗斯特进入达特茅斯学院学习，但不到一学期便辍学回家。1894年他的诗篇《我的蝴蝶》(My Butterfly)被纽约著名的文学杂志《独立》刊载。这篇具有专业水平的小诗不仅首次给弗罗斯特带来了15美元的稿费，而且使他相信可以依靠写作来维持生活。1895年12月，弗罗斯特与他的中学同学艾莉诺·怀特结婚。1897年，他进入哈佛大学学习古典文学、哲学等,两年后因健康原因再次辍学。1900年,第一个孩子的夭折给弗罗斯特夫妇的关系投下了阴影。为了缓和因悲伤引起的紧张关系,弗罗斯特的祖父为他们在新罕布什尔的德里购买了一座农场,此后弗罗斯特夫妇在此农场一直生活到1909年9月。在德里农场的十年是弗罗斯特的一个重要的人生阶段。期间,他当过农夫、乡村教师等,尽管生活拮据,但仍勤耕不辍。那些日子对弗罗斯特来说是灰暗的、忧虑的,他甚至有过自杀的念头。但也正是在那些日子里,弗罗斯特亲历了新英格兰的农村生活,细致入微地观察了新英格兰的乡村景色,亲耳聆听了既纯朴又富有音乐美感的新英格兰农民的日常语言。因此,这十年的农场生活对弗罗斯特诗风的形成起到了决定性的作用。弗罗斯特在此期间创作的作品,先后发表在他的前三部诗集中。

1912年是弗罗斯特的人生转折点。在此之前,尽管诗人想方设法寻找发表诗作的途径,但由于无法打破当时保守编辑对主要文学刊物的束缚,弗罗斯特一直得不到赏识。那些编辑欣赏的是刻意模仿英国维多利亚时期风雅派风格的作品,而不是弗罗斯特朴实无华、含蓄隽永的诗风。为此,弗罗斯特于1911年卖掉了在德里的农场,并于次年携妻带子远涉重洋,如同庞德、艾略特等其他美国诗人一样,前往当时英美文化和文学的中心——伦敦,寻找自己的读者和成功的契机。事实上,成功很快就变成了事实。

1913年,弗罗斯特的第一部诗集《少年的心愿》在伦敦出版。诗集刚一问世,就以它清新独特的风格把英国评论家们迷住了。如果说《少年的心愿》激发了评论家们的热情,那么翌年出版的第二部诗集《波士顿之北》则得到了他们的盛赞。在20世纪初各种文学流派标新立异、驳杂纷呈的欧美文坛上,弗罗斯特的诗歌就像清风甘露,令人耳目一新。评论家们争相从各个角度赞誉他的诗集。庞德在评论《少年的心愿》时说,诗集"散发着浓烈的新罕布什尔森林的气息",而叶芝称该诗集是"美国长时间以来最佳的诗篇"。至于《波士顿之北》则被公认为是弗罗斯特最好的诗集。洛厄尔称该诗集具有"不同寻常的力量和真实"。在这两部诗集中,弗罗斯特生动地描绘了他所挚爱的新英格兰这片土地,出色地将日常口语引入了诗歌,完美地运用了戏剧独白和对话。

诗集《少年的心愿》的标题取自于朗费罗的诗篇《我已逝的青春》(My Lost Youth)中的诗句:"少年的心愿是风的心愿,青春的期望很远很远。"诗集通过对一个少年成长经历的追溯,折射出诗人经过38年的不懈努力和探索,最终获得成功的坎坷过程。尽管诗集保持了传统诗歌的形式,如民谣、四行诗、十四行诗等,但弗罗斯特开始了口语入诗的尝试。总体说来,这部诗集具有节奏明快、和谐流畅、质朴清新、抒情味浓郁的特点。其中的《割草》(Mowing)是一首颇为精致的田园诗,也是弗罗斯特作品中典型的田园诗:

林边一片寂静,只有一个声音,
那是我的长镰在跟大地低吟。
它说什么,我自己也听不清,
也许在说天气太热,阳光太烈,
也许在说四周无声无息太寂静——
难怪它说话声音那么轻。
它并不梦想不劳而获的酬金,
也不奢望仙人给它意外的金银。
一切若超越真实就显得脆弱,
对于真切的爱(它把牧草割成一行行,
难免夹杂柔嫩的一串串花穗,
还把鳞甲闪亮的绿蛇惊退),
事实,才是劳动最甜美的梦,
长镰在低语,留下干草等待翻晒。

这首出色的十四行诗,歌颂了劳动就是快乐,劳动本身就是报酬这种平和的生活态度。诗歌显示了弗罗斯特扎实的传统诗歌功底,也初露了弗罗斯特将口语引入诗歌的能力。口语化的语言为这首描写田园风情的小诗增添了清新的气息,读来亲切、流畅、和谐,读者似乎能感觉到芬芳的泥土味扑面而来。诗集中的另一首《害怕风暴》(Storm Fear)描写了一位父亲在面对风暴时,对家人的安全从最初的放心到最后担心的心理变化过程,反映了弗罗斯特与浪漫主义派诗人不同的自然观,预示了他以后的诗歌创作主题——自然界的冷漠、残暴及人类的孤独、困惑。

《波士顿之北》是弗罗斯特的一部力作。尽管与《少年的心愿》的出版仅隔一年,但无论是在立意还是在写作技巧方面都超过了前一部诗集。诗集展示了人在现代社会中的孤立、疏远以及缺乏沟通,这在脍炙人口的《家葬》(Home Burial)、《补墙》(Mending Wall)及《雇工之死》(The Death of the Hired Man)等名篇中都有触及。在写作技巧方面,弗罗斯特把富有乐感的口语节奏融入了松散的抑扬格韵律之中,形成了独特的无韵诗体;诗人还运用了戏剧性对话、独白,为其无韵诗增添了戏剧性色彩。诗集中的作品逼真地再现了新英格兰农民的心理、形象,以及他们那种或怡然自得、恬静幽远,或贫穷痛苦、忧伤哀怨的生活。本集中的名篇还有《摘苹果之后》(After Apple-Picking)、《柴堆》(The Wood-Pile)和《仆人之仆》(A Servant to Servants)等。这些诗作给人以安抚、慰藉,因而成为传世之作,魅力永存。

《雇工之死》在字里行间透着对年老而又自尊的雇工赛拉斯的深切同情,

因而特别打动读者的心。诗中女主人玛丽与其丈夫沃伦对是否收留年老体衰而又无家可归的雇工赛拉斯展开了争论。全诗共175行，通过夫妇间戏剧性的对话，雇工赛拉斯的形象跃然纸上，栩栩如生。整首诗读来情真意切，尤其在诗歌的结尾处，当沃伦进去看望赛拉斯时，云彩遮住了月亮——象征了赛拉斯的死亡，这种情景交融的描绘让人回味无穷：

> 月亮被遮住了。
> 于是，朦朦胧胧中三个排成一行，
> 她，月亮和那一小片银色的云彩。
> 沃伦回来了，她觉得似乎太快，
> 静静地走到她身边，握起她的手在等待。
> “沃伦？”她问道。
> “死了，”是他全部的回答。

《家葬》描写了一对夫妻间沉默的斗争。[①] 由于双方对孩子的死持不同态度，致使夫妻感情无法沟通，引发了一场紧张而又痛苦的感情冲突。妻子常常在楼梯间停下来，向外凝视孩子的坟墓。她无法理解丈夫如何能在掘坟时不慌不忙、有条不紊，让“片片砾石在空中飞舞”，坦然地接受孩子死亡的事实；丈夫又因介入不了妻子痛苦的世界而无法安慰她。诗人精湛的技艺，使诗歌读来如泣如诉，让读者的同情来来回回于妻子和丈夫之间，痛诗中人之痛，悲诗中人之悲。

《补墙》是弗罗斯特最著名、最受欢迎的作品之一。作品是通过巧妙的隐喻来表现其主题的，“墙”象征人与人之间的隔阂，人与人之间的紧张关系。有趣的是诗歌的开头与结尾是两种截然不同的态度：“有一种不喜欢墙的东西”与“好篱笆才有好邻居”。事实上，诗人并未支持任何一种观点，他似乎只想告诉读者，生活态度的不同决定了人与人之间不可能有真正的沟通，“墙”正是人类存在的最本质的东西。

《少年的心愿》和《波士顿之北》共同构筑了弗罗斯特的田园世界，也奠定了弗罗斯特的文学地位。诗人从新英格兰的乡村撷取了具有普遍意义的意象和具体事例，含蓄地象征着外部的大世界，用极具区域特征的人和物来指涉具有普遍意义的哲理。诗的内涵超出了新英格兰狭小的空间。由此可见，诗人并不是单纯地描绘新英格兰的风土人情，而是从新英格兰观察和关注整个人

---

① 弗罗斯特否认《家葬》的素材取自于他第一个孩子的夭折。不过因为不堪忍受诗中的悲哀情绪，他拒绝在公众场合朗诵此诗。

类的生存状况。这种独特的以小见大的描写手法，赋予了诗人的田园诗更广泛的意义和极强的生命力。

第一次世界大战的战火波及英国，1915 年弗罗斯特携全家回到了美国。此时他的两部诗集早已在美国出版，弗罗斯特因此声名鹊起，开始成为美国第一流诗人。

1916 年迎来了弗罗斯特的第三部诗集《山间洼地》(*Mountain Interval*)。诗集表现出另一种艺术特色。诗人从一山一水一人一物中获取灵感，经过短暂的反思和感悟，把读者不知不觉地引入他的哲理世界。《山间洼地》中的诗篇不乏含蓄、幽默、机智，其中一些短小精悍的诗篇如：《白桦树》(Birches)、《一条未走过的路》(The Road Not Taken)和《灶巢鸟》(The Oven Bird)等，都有耐人寻味、含蓄隽永的结尾。弗罗斯特始终追求一种"诗以情趣开始，以智慧结束"的美学原则，并贯穿于他的诗歌创作中：从看起来平淡无奇的日常生活中挖掘诗的情趣，使人窥见智慧的光芒，体会人生的哲理。在《白桦树》一诗中，诗人写道：

地球是最适合爱生长的地方：
我不知道哪里还有更好的地方。
我想爬上白桦树，
从黑色的树枝爬上雪白的树干
向着天国，直到白桦树无法承载，
只能垂下树梢，再放我下来。
上去和回来同样美好。

整首诗象征着现实和理想之间的关系，巧妙地表达了人们想逃避现实却又必须面对现实的处境。诗人含蓄地告诉读者：理想须根植于现实，只有现实主义与理想主义完美结合的生活才是最美好的生活。

弗罗斯特的诗歌总给人清新流畅、朴素自然的感觉，但这并不是说他的诗都明白易懂。诗人常常让读者产生读懂了的错觉，而其实并非如此。如《一条未走过的路》，诗人赋予了它多层寓意，读者可以从各个角度去理解：

两条小路在金色的树林中叉开，
遗憾的是我不能分身两路，
我，一个旅行者，久久徘徊，
极目远眺，直到一条路的尽头
在浓密的灌木丛中蜿蜒隐没。

于是我选择了另一条,同样平坦,
也许还存在着更好的道理,
因为它绿草葱葱,鲜有人迹;
不过说到路上行人的往来,
在两条路上留下的印迹相差无几。

那天早晨,两条路同样掩埋在
未被踩过的黝黑的落叶下面。
哦,我把第一条路留给来年,
尽管我知道,道路条条相连,
我仍怀疑能否重回旧地。

多年多年以后的某个地方
我将轻声叹息,叙说往事:
两条小路在树林中分叉,而我——
选择了一条人迹稀少的小路,
人生从此变得截然不同。

这首诗深受读者喜爱,尤其是诗歌的最后三行,常常被单独引用。人们常常这样阐释其含义:人生常常面临选择,踏上一条不同俗流的道路,将会带来意想不到的成功与幸福。然而,细读全诗,不难发现,诗中旅行者面对的是两条几乎没有差别的小路,诗中人也为不能踏上另一条小路而遗憾。或许诗人想说的是:当你做出你的选择时,同时意味着你失去了重新选择的机会;或许诗人的"两条小路"象征着现代人面对生活时的两难困境。但无论是什么,弗罗斯特留给读者的是丰富的想象空间,不同的读者可以从不同的层面上阐释诗的含义,这正是弗罗斯特诗歌的魅力所在。弗罗斯特通过"评价的不确定性和开放式的结尾以及对文本宽泛的释义,帮助创建了一种现代阅读方法"。①

诗集中另一名篇《一个老人的冬夜》(An Old Man's Winter Night)最早成于1906—1907年间,弗罗斯特自认为"是该诗集中最出色的一篇诗歌"。诗歌描写了一位老人因年老失去了往日的活力和光芒,蹒跚着走向黑暗、孤独和绝望的情景。有评论家认为此诗可与T. S. 艾略特的《小老头》相提并论,均为现代诗歌的杰作。弗罗斯特暗示了老人和他屋子之间的对应关系,强调了老人

① Judith Oster, *Toward Robert Frost: The Reader and the Poet* (Athens, Georgia: The University of Georgia Press, 1991), p. xii.

的孤独和绝望。“屋顶上的白雪”是老人的白发，“墙上的冰凌”是老人的眼泪。诗中所有的意象及语气都表明老人已走到了人生的尽头，其悲哀和绝望的情绪，给人留下了深刻的印象。

1923年出版的《新罕布什尔》(*New Hampshire*)，为弗罗斯特赢得了第一个普利策奖。诗集共分三个部分：第一部分是一首长达400多行的标题诗，赞扬了新罕布什尔州美丽的自然风貌；第二部分是“注释诗”；第三部分是“增色性注释诗”。这部诗集明显的特点是出现了不少构思精巧又富含哲理的诗篇，如常常被选编入集的短诗《火与冰》(Fire and Ice)和《好事难久留》(Nothing Good Can Stay)等。这本诗集还收录了弗罗斯特最著名的诗篇《雪夜林边驻留》(Stopping by Woods on a Snowing Evening)。毫不夸张地说，这是一首在美国家喻户晓、妇孺皆知的诗歌。这首诗在它通俗易懂的外表下面，深藏着让人神往的神秘和困惑，评论家们迄今仍在为此争论不休。弗罗斯特本人也非常欣赏这首诗，称之为“自己最喜欢的诗歌”，并在1923年的一封信中提到，《雪夜林边驻留》“是一首最值得记忆的诗歌”，他甚至乐于经常在公众面前朗读这首诗。弗罗斯特从不认同评论家们对这首诗作出的各种各样的解释，他不无狡黠地告诉读者，他只是回忆某个冬天夜晚的一件小事罢了。《雪夜林边驻留》已成为美国文学中最具有引申意义的诗歌之一，在弗罗斯特的所有诗歌中，它堪称是形式与内容、音与义和谐统一的典范：

我想我知道这是谁的树林，
虽然主人的小屋远在村里；
他不会看见我在此驻足停留，
只为铺满雪花的树林着迷。

我的小马一定觉得离奇，
未见农舍，怎能止步不前，
停在这树林与冰湖之间，
停在这一年中最黑的夜晚。

马儿摇了摇颈上的缰铃，
仿佛问我是否把路弄错。
铃声过去，四周万籁俱静，
只有微风，轻伴雪花飘落。

黑暗幽深可爱的树林让人留恋，

但我却还有诺言需要实现,
安睡前仍有漫漫长路要走,
安睡前仍有漫漫长路要走。

这首诗的基本韵律为四音步抑扬格。诗人采用了连锁押韵法:每小节的1、2、4行押韵,第3行的尾韵则成为下一节的韵脚,使诗节之间环环相扣,珠联璧合。这种极富乐感的韵律,增强了诗歌的音乐效果。诗人在创作中非常注重把"有意义的声音"——从日常口语不规则的旋律中提炼出诗歌步格的听觉基线——贯穿于诗歌的韵律之中,这一手法在这首诗中得到了充分的体现。诗人通过象征手法,揭示了人与人、人与自然、人与动物之间的关系和矛盾。诗的结尾尤其耐人寻味,诗中人虽陶醉于眼前的自然美景,但当"责任"和义务在召唤时,不得不继续人生之旅,诗的寓意也因此更加深邃,并且在读者心中产生了强烈的震撼和感应,让读者浮想联翩,回味无穷。

1928年,弗罗斯特推出了他的第五部诗集,题为《西流溪》(*West-Running Brook*)。诗集的一个特点是抒情色彩浓郁,除了最后两首诗《熊》(The Bear)和《蛋和机器》(The Egg and the Machine)是关于社会问题的以外,其余大都是短小的抒情诗。诗集的第二个特点是具有明显的哲理成分。如标题诗《西流溪》,描写的是一对农民夫妇对一条向西而非向东流的小溪发出的感慨。叙述者把西流溪自比,暗示阻力越大,就越有勇气前进。诗集的第三个特点是大部分诗歌的主题都与人类的孤独、恐惧和渺小有关,这在《春潭》(Spring Pools)、《曾在太平洋边》(Once by the Pacific)、《失去》(Bereft)和《与夜相识》(Acquainted with the Night)等诗篇中都有反映。

著名的《与夜相识》是一首三行诗节押韵的十四行诗。诗中的不眠人在凄凉漆黑的夜晚,游走在空荡、悲哀的街道上:

我是一个与夜相识的人。
我冒雨出行——又冒雨回来。
我走得比最远的街灯更远。

我看到城里最悲伤的小巷。
我经过正在敲更的守夜人旁,
我垂下双目,不愿多讲。

我站定,停止了脚步的声响,
此刻远处一声被打断的叫喊,

穿屋越顶从另一条街飘来，

但不是唤我回去，也不是说再见；
在更遥远的远离尘世的高处，
一座发光的钟悬挂在天边，

宣布着非对非错的时间。
我是一个与夜相识的人。

诗中人形影相吊，既没人理睬，也不想说话，这种内心的孤独和无望弥漫在整篇诗歌中，也缠绕在读者脑海中，久久挥之不去。诗歌的最后一句与第一句重合，象征诗中人似乎永远在他的圈子中踯躅，永远也走不出他自己的寂寞和孤独。弗罗斯特用个体在陌生城市中的孤独象征人类在整个冷漠世界中的孤独，诗歌的立意异常尖锐和深刻。在《春潭》中，诗人感叹大自然顽强的生命力，面对大自然中相生相克、生生不息的神秘力量，诗人暗示了人类的卑微和渺小。尽管诗歌只有两节，每节六行只用一句话写成，但笔触轻灵，寓意深刻，不失为一首出色的诗歌。在《曾在太平洋边》这首诗中，大自然不再是仁爱的象征，而是黑暗、暴力和野蛮的化身。弗罗斯特在诗中这样写道：

揣着恶意的黑夜似乎就要到来，
不仅是黑夜，而且还是一个时代，
人们最好准备迎接来临的风暴。
这儿将发生比海啸更可怕的灾难，
在上帝还没说出熄掉光明之前。

诗中流露出弗罗斯特对大自然的恐惧和对人类命运的忧虑。

随着诗集的相继出版，弗罗斯特的诗誉日隆。为了巩固自己在诗界的地位，也为了创造更好的发展契机，诗人于1930年把前五部诗集结集出版，取名为《诗集》(*Collected Poems*)。弗罗斯特原想在总结过去成就的基础上，以此作为一个新的开端。不曾想，《诗集》问世不久，就遭到不少评论家的指责。他们认为弗罗斯特无视现代科学的最新成就，没有抓住时代的脉搏，诗歌缺乏时代感。但更多的评论家认识到《诗集》确实是英美现代诗歌中的不朽之作。同年，《诗集》为弗罗斯特赢得了第二次普利策奖。

在随后的九年里，弗罗斯特遭遇了一系列的家庭悲剧。1934年，弗罗斯特最心爱的女儿玛齐里死于产褥热。四年之后，他的妻子死于癌症和心脏病。

1940年,他已成年的儿子卡洛尔自杀身亡。家庭悲剧使弗罗斯特陷入了人生的低谷,然而,灾难并未让弗罗斯特就此搁笔。其间,弗罗斯特仍笔耕不辍,继续发表他的诗篇。

《又一重山脉》(*A Further Range*)出版于1936年。同年,弗罗斯特因此获得第三次普利策奖。诗集虽然获奖,但其中的诗歌良莠不齐,因此在当时就遭到了一些颇具影响力的评论家的攻击。然而,这些持否定态度的批评是有失公允的,因为他们是从政治角度而不是从艺术角度来评论这本诗集的。《又一重山脉》中的大部分诗篇表明弗罗斯特仍处在其创作的巅峰期。诗集刊载了弗罗斯特最优秀也最有影响力的作品,如《荒凉之地》(Desert Places)、《踏叶人》(A Leaf-Treader)、《望不远,看不透》(Neither Out Far Nor In Deep)以及著名诗篇《设计》(Design)。这些通常被评论家称为"黑色诗歌"(Dark Poems)的作品,代表了弗罗斯特诗歌的最高成就。在这些"黑色诗歌"中,弗罗斯特运用其锐利的笔锋直陈了人类生活中最可怕的东西。

《荒凉之地》通过外部世界的荒凉冷漠来衬托内心的空虚孤寂。在诗的结尾处,弗罗斯特分明要告诉读者:精神的荒芜比外部的荒芜更可怕,空虚的灵魂才是真正的荒凉之地:

它们不能使我害怕,用星与星之间
无垠的虚空——星星上没有人迹。
离家越近,我越有这种感觉
让我害怕的是我自己的荒凉之地。

《望不远,看不透》被著名评论家莱昂内尔·特里林(Lionel Trilling)称为"我们这个时代最完美的诗"。从表面上看,这首诗所表现的是人们对未知世界的向往,但这种理解恰好是片面的。诗歌以其童谣般的节奏和简单的词汇影射了人性的单纯和幼稚,人类在寻找真理的时候,看到的却只是虚无,人类的努力总是徒劳无益。诗中写道:

他们无法看得很远,
他们无法看得很深。
然而何时总有障碍
将他们眺望的视线阻拦?

这种虚幻感和绝望感在《设计》一诗中表现得更加淋漓尽致。在《设计》的前八行诗句中,弗罗斯特描绘了一幅白色、恐怖的画面:在一朵白色的花上,有一只正抓着白飞蛾的白色蜘蛛。在诗歌的后六行诗句中，诗中人一连质问了三个问题：

是什么让那朵花变成白色，
那本是路旁纯洁的蓝色万灵草？
是什么把同色的蜘蛛带到花上，
又在黑夜把白飞蛾引诱到那儿？
有什么比黑暗的设计更加可怕？——
假如设计主宰着如此细微的事情。

假如蜘蛛和飞蛾的致命相遇只是一种巧合，那设计并未控制这一切；假如这一致命的相遇是命中注定，那么设计早就统治了一切。毫无疑问这两种情况都充满了恐惧。人们不禁悲叹：假如冥冥之中早有着操纵人类命运的黑暗神秘的力量，人类又如何会有机会；假如一切都是毫无用心的巧合，人类终究还是无法把握自己的命运。弗罗斯特的“黑色诗歌”具有震撼人心的力量，不仅发人深省，而且给人以启迪。

1942 年出版的《标志树》(*A Witness Tree*)，是弗罗斯特最后一部成就较高的诗集。同年，弗罗斯特获得了第四次普利策奖。标志树指的是那些被刮去树皮，留有刻痕的树。树上的刻痕是早期勘测美国荒原的人用来标明每一平方英里时留下来的记号。《标志树》的集名由此而来。诗集绝大部分是抒情诗，政论性诗较少。诗集共有 42 首诗，分为五组，其中两首引诗《山毛榉》(Beech)和《梧桐树》(Sycamore)蕴含了诗集的象征意义。梧桐树既是农场分界的标志，又是弗罗斯特困惑的内心世界与恬静的大自然分界的象征；而山毛榉则成了诗人超脱现实、遥望上帝的好地方。诗集还包括著名的《全心全意的奉献》，20 年后，在肯尼迪总统就职仪式上，弗罗斯特朗诵了这首诗。

在 1947 年出版的《绒毛绣线菊》(*Steeple Bush*)这本诗集中，弗罗斯特更多关心的是社会现实问题，但其中的政论性诗歌都较《又一重山脉》中的逊色。弗罗斯特的艺术创造力开始出现下降的趋势。诗集因《指令》(Directive)这首诗而闻名，《指令》是弗罗斯特最后一首伟大的诗篇。此诗创作于 1944 年至 1946 年间，是一首关于诗和宗教的诗歌，是弗罗斯特长久以来探索艺术和宗教之间关系的盖棺定论之作。理解这首诗的关键在于如何理解诗中“源头”(Source)这一词。对弗罗斯特来说，他的源头是艺术而非宗教信仰。弗罗斯特曾说过：“你不会被拯救，除非你懂得诗歌；你不会被拯救，除非你有一点诗性。”对弗罗斯特来说，诗歌是控制日常生活混乱的一种手段，能“短暂地遏制混乱”。不同的人或许有不同的源头，但弗罗斯特的“源头”总是诗，艺术就是

他的“圣餐”,就像《指令》中所写的那样:

你的水和你的水源就在此地,
喝下去超越混乱重新变成整体。

弗罗斯特对他生活的世界有着“情人般的抱怨”,而这种情绪主要来自对宗教信仰的动摇。与同时代的不少文人一样,弗罗斯特在自己的作品中,流露出对正统宗教思想的揶揄和怀疑。他的两部诗剧《理智假面具》(*A Masque of Reason*, 1945)、《仁慈假面具》(*A Masque of Mercy*, 1947)和他的许多诗歌一样,反映了他在基督教信仰上的困惑。两部诗集的故事均取材于《圣经》。弗罗斯特塑造了《圣经》中的人物约伯和约拿在现代社会背景下探讨道德以及人与上帝的关系问题。前一部诗剧讲述的是要求上帝解释人类遭受灾难的原因是不可能的,后一部诗剧叙述的是人类无法要求上帝公正理性地对待,只能依靠上帝的仁慈支配。这两部诗剧通过约伯的痛苦和约拿的反叛,暴露了弗罗斯特对传统信仰的动摇。在弗罗斯特的眼中,宇宙是孤独的、可怕的。正如他所说的:“宇宙是冷淡的,上帝,如果存在的话,是软弱的。”

1962年3月,弗罗斯特的最后一本诗集《林中空地》(*In the Clearing*)出版了。作为诗集,它并不成功,但从某种意义上说,这部诗集是弗罗斯特对自己诗歌生涯的戏剧性总结。在弗罗斯特50多年的诗歌创作中,他一直都与黑暗的树林有着密不可分的紧密联系。从第一部诗集中的《进入自我》(Into My Own)里的那个投身黑树林寻找自我的年轻人,到最后一部诗集中《冬天的树林里》(In Winter in the Woods)中那个携带夕照霞光的老人,弗罗斯特终生都在寻找着自身的价值,寻找着艺术真谛。弗罗斯特在《逃避现实者——绝不是》(Escapist—Never)里描述的诗中人,正是诗人自身的真实写照:

他是个追求者,执着地向前,
他追赶着另一个追求者,而那个追求者也在
追赶另一位追求者,远远地走在前面。
所有追赶他的人将会发现他是一个追求者,
他的生命就是追求永恒的追求。
正是未来造就了他的存在,
一切都是一串串永无止境的追求。

弗罗斯特半个多世纪的辛勤笔耕,留下了大量的诗篇,其中不乏优秀之作,数十首诗篇已成为美国现代诗歌中的经典,为20世纪的美国文学增添了一道亮丽的风景。然而成名后好出风头的作派损害了他在诗歌评论界的声誉。40 年代以后，他开始醉心于作为公众人物、名人和文化使者的事业，而把他的诗歌创作置于次要地位。著名评论家马尔科姆·考利(Malcom Cowley)早在 1944 年发表的论文《反对弗罗斯特的理由》(The Case Against Mr. Frost)中就指出，弗罗斯特所获得的荣誉带有极其强烈的政治意味。[①] 60 年代相继披露和出版的弗罗斯特的信件及有关他的报道和传记，使大众在吃惊之余，看到了弗罗斯特自私狭隘、胆怯畏缩的一面。甚至有评论家偏激地认为，弗罗斯特是一位好诗人，但不是一个好人。这一评论未免过于简单和草率，因为在诗歌的世界里，诗、人与诗人是三位一体的，只有进行综合的研究，才能做出公正的评价。一些敏锐的评论家，如兰德尔·贾雷尔(Randall Jarrell)[②]、莱昂内尔·特里林、约翰·莱伦(John Lyren)和詹姆斯·考克斯(James M. Cox)指出，真正的弗罗斯特，并非是大众心目中慈眉善目的老人，而是一位复杂难懂的诗人，是一位有深度、有力度的重要作家。此后，评论界对弗罗斯特及其诗歌的研究变得更加细致和深入。

弗罗斯特是一位继承诗歌传统的现代诗人。他的诗歌一般都遵从传统诗歌的韵律和形式——押韵的双行诗、四行诗、十四行诗等。但弗罗斯特在传统中超越了传统，确立了自己的语言风格，把朴素随和、鲜活自然又具有地域特色的新英格兰口语融入了传统的抑扬格律之中，从而把华兹华斯推崇的口语入诗的风格发挥到了极致。弗罗斯特曾夸口说，他用词比华兹华斯更贴近日常生活。同时，弗罗斯特非常注重诗歌的音乐效果。他曾对采访他的记者卡尔·威尔莫尔(Carl Wilmore)说："我听到我写的所有东西。对我来说，所有的诗歌首先是一种声音。"[③]在诗歌的创作过程中，弗罗斯特强调音和义之间的和谐统一，并创造性地提出了"有意义的声音"(Sound of Sense)这一概念。从此，这一让他得意的概念成了他的诗美学的核心。弗罗斯特对语言和声音的认识与实践，体现了一个现代诗人所具有的创新精神。

弗罗斯特从不把自己局限于任何流派之中。他对庞德、艾略特、威廉斯等现代派诗人倡导的新诗运动缺乏明显的热情，也不接受法国先锋派的诗歌创作原则，只是喜欢夸耀自己的独创性。然而，评论家约翰·莱伦在其《罗伯特·弗罗斯特的田园诗艺术》(The Pastoral Art of Robert Frost)一文中将弗

---

① Malcolm Cowley, "The Case Against Mr. Frost," in James M. Cox, ed. *Robert Frost: A Collection of Critical Essays* (Englewood Cliffs: Prentice-Hall, Inc., 1962), p. 37.

② 兰德尔·贾雷尔所著的《诗歌与时代》(*Poetry and the Age*, 1953)中有两篇精彩的评论：《另一个弗罗斯特》(The Other Frost)和《致冷漠的人们》(To the Laodiceans)。前一篇评论指出弗罗斯特具有非凡的美德，后一篇评论则承认弗罗斯特是一位集美德与瑕疵于一身的凡人。这两篇评论为当时的那种对弗罗斯特诗歌要么完全接受，要么完全否定的研究方法调整了基调。

③ Carl Wilmore, "A Visit in Franconia," in *The Boston Post* (14 - February 1916).

罗斯特与艾略特相提并论，并给予了高度的评价。他认为，弗罗斯特和艾略特"都把现实世界看成是由孤立的生存层面构成的一个整体"。[①] 弗罗斯特让读者看到了农村与城市、地域性与世界性、人类与自然之间存在的矛盾，而艾略特则把不同的社会阶层之间的对立及不同历史时期之间的对立展示给读者。莱昂内尔·特里林是强调弗罗斯特诗歌阴暗面的第一位评论家。他认为弗罗斯特诗歌中所展示的恐惧，正是随着新事物的诞生而出现的，这一点正是现代诗歌的标志。在弗罗斯特最好的作品中，如《设计》《与夜相识》《一个老人的冬夜》和《荒凉之地》等诗歌，都直率地表现出了人类生活中的黑暗和丑陋，因此弗罗斯特的诗歌与他所处的时代是同步的，反映了时代的特点和风貌。评论家弗兰克·兰特里克查(Frank Lentricchia)和多萝西·霍尔(Dorothy J. Hall)从哲学角度评价了弗罗斯特作品的现代性。弗兰克·兰特里克查认为弗罗斯特是一位现代主义思想家，吸收了康德、尼采和威廉姆·詹姆斯等多位哲学家的哲学思想。他指出："弗罗斯特诗学的难点不是深度不够，也不是缺乏现代派的复杂性，恰恰相反，而是过于精妙。"[②]多萝西·霍尔认为弗罗斯特深受亨利·柏格森哲学思想的影响。随着鲁本·布劳尔(Reuben Brower, 1908—1975)、理查德·波伊里尔(Richard Poirier, 1925—2009)和威廉·普里查德(William H. Pritchard, 1931— )等评论家们对弗罗斯特进行的全面深入的研究，弗罗斯特作为美国现代诗人的地位牢固地确立了下来。如今，弗罗斯特连同艾略特、庞德、威廉斯、史蒂文斯一起，被誉为20世纪美国诗坛的五巨擘。

弗罗斯特曾于1913年预言，他将会为正处于低谷的美国文学做些什么。他做到了，正如美国前总统约翰·肯尼迪说的那样："他的逝世使我们都失去了一笔财富。然而，他已经为他的祖国留下了一部永垂不朽的诗篇，全体美国人民将永远理解这些诗篇并从中获得无穷无尽的欢乐。"

## 第十二节
## 威廉斯的诗歌创作

威廉·卡洛斯·威廉斯(William Carlos Williams, 1883—1963)是美国一

① John F. Lylen, "Frost as Modern Poet," in *The Pastoral Art of Robert Frost* (New Haven: Yale University Press, 1960)，转引自 James M. Cox, ed. *Robert Frost: A Collection of Critical Essays* (Englewood Cliffs: Prentice-Hall, Inc., 1962)，第183页。

② Frank Lentricchia, "Robert Frost and Modern Poetics," 转引自 Manorama Trikha, ed. *Robert Frost: An Anthology of Recent Criticism* (Delhi: Ace Publications, 1990)，第51页。

位杰出的现代诗人，具有独特的风格，并在美国文学史上享有崇高的地位。他是庞德的同窗好友，诗风比较接近意象派，但他没有移居国外加入当时活跃在英国伦敦的意象派团体。他一生留在美国本土，顽强地抗击当时美国文坛盛行的欧洲文化中心主义思潮。更有趣的是，他坚决与 T. S. 艾略特对着干，并一心为建立独具美国特色的诗歌而努力奋斗。他艰难地与艾略特竞赛，终于凭着自己特有的才华和毅力闯出了难关，并一举成为继艾略特之后美国仅有的少数文坛巨擘之一。

1883 年 9 月 17 日，威廉斯生于新泽西州鲁瑟福德市的一个富商家庭。在母亲的影响下，威廉斯从小就对绘画感兴趣。这与他日后注重诗歌的视觉效果不无关系。早年威廉斯在日内瓦和巴黎学习过。回国后，他上了纽约的一所高中。就在那时起，他开始阅读莎士比亚、雪莱、拜伦、济慈和华兹华斯等人的诗作，并对诗歌产生了浓厚的兴趣。进入大学后，威廉斯虽然主攻医学，但并未因之而终止对文学的爱好。相反，他更加广泛涉猎、阅读美国历史、惠特曼及其他作家的文学作品。也在此基础上，威廉斯试笔写作。一开始他较注重对前辈宗师的模仿，因而他早期的诗作或多或少带有仿效的印记。这些作品大都是写城堡、国王、王后以及充满浪漫色彩的平庸之作。对此威廉斯本人也直言不讳，把他的第一本诗集《诗篇》(*Poems*，1909)描写为"只是对济慈的拙劣的模仿——对了，也是对惠特曼拙劣的模仿"。

尽管如此，其中有一部分诗作还是得到了庞德的赏识。不过，庞德还是尖锐地指出了这些诗作的幼稚病。虽然威廉斯的自尊心受到打击，但两人并不伤和气。他们从大学时代起就是诗友。在庞德的指点下，威廉斯开始了新的探索。很快他就推出了他的第二本诗集《性情》(*Tempers*，1913)。后来，威廉斯又结识了 H. D.、华莱斯·史蒂文斯和画家查尔斯·德穆思。他们频频聚会，研讨诗歌。这无疑又使威廉斯耳目一新。他发现，在传统文学之外还有一个更为广阔的天地。为此，他写下了大量的诗稿，期望独立建构一个情感的圣殿。出于友情和对异域文化的向往，他接受了庞德的邀请去了伦敦。这次英国之行的确增长了他的见识，然而充满浓厚文学气氛的欧洲生活并未使他流连忘返。威廉斯觉得这与自己的性情相去甚远。因此，他很快返回故土。从此，他在家乡一边行医，一边写诗，即使晚年双目失明，疾病缠身，仍创作不辍。从 1909 年的《诗篇》问世至 1962 年最后一本书《布鲁格尔的绘画及其他诗歌》(*Pictures from Brueghel and Other Poems*)的出版，威廉斯共写作出版了几十本书，其中包括诗歌、戏剧、长篇小说、论文、散文和自传等，为后世留下了丰厚的文学遗产。在他众多的诗集中，《早期诗歌集》(*The Collected Earlier Poems*，1951)、《后期诗歌集》(*The Collected Later Poems*，1950，1963)和《帕特森》(*Paterson*，1946—1963)等影响较大。

威廉斯之所以如此勤奋地创作是因为他对文学有一种天生的爱好和献身精神。当一个作家把他的文学奇才寓于真诚之中,他的作品总是经得起深入的审美分析的。威廉斯的诗歌也是如此。他的文学第一步,就伴随着这种呕心沥血的真诚。威廉斯就是凭着这份执着与热情涉足诗坛的。

和其他著名诗人一样,威廉斯也十分注重吸收和借鉴外来成果。他是美国文学史上少有的善于学习优秀作家,继承优良的文学传统而又具有探索与开拓精神的诗人之一。他以广阔、开放,因而难以为某个流派约束的胸襟,博取历代名家之笔,驰骋于包括小说、散文、诗歌、文论等广阔的文学领域,运笔如行云流水,舒展从容,闪烁着魅力独具的灵性。即使作为他青春期才华之记录的《美国的谷粮》(*In the American Grain*,1925),也足以显示其文学功底。也许那时他对人生的透视还不够深邃,但若要在现代美国诗人中遴选视野开阔并富有灵性的俊才,他已是一个不容忽视的存在。

在开拓本土体验、抒写美国题材方面,威廉斯采取了独特的审美要素配方和艺术操作。他在长诗《帕特森》的《序言》中明确地声明,自己要寻找一种表达和释放美的方法。他认为美的艰难在于寻求。所以他说:“我必须发明我的形式……我决心要以我自己的世界对传统进行界定。”威廉斯对艾略特等学院派所倡导的象征主义诗风持有强烈的异议,认为“象征主义要不得”。他的口号是“要事物,不要思想”。这对权威艾略特及其学院派势力无疑是一种挑战。显而易见,威廉斯想对诗的理论、结构、语言、主题诸方面做出新的界说。

威廉斯在三四十年代出版的诗集基本上都是一些短行诗,注重视觉效果。这个时期的代表作有《日光浴者》(The Sunbathers, 1934)、《这就是说》(This Is Just To Say, 1934)、《无产者肖像》(Proletarian Portrait, 1935)、《游艇》(The Yachts, 1935)、《槐花盛开》(The Locust Tree in Flower, 1935)、《海边的花》(Flowers by the Sea, 1935)、《少妇》(The Young Housewife,1938)、《舞蹈》(The Dance, 1941)、《风暴》(The Storm, 1944)等。50年代,威廉斯在创作手法上又进行了一番变革,采用一种台阶式艺术形式,在视觉上打动读者。他的那首题为《麻雀》(The Sparrow, 1955)的诗歌就是其中最为典型的诗篇之一:

这麻雀
　　来坐到我的窗旁
　　　　是一个诗的真理
比真的麻雀富有诗意。
　　他的声音,
　　　　他的动作,

他的习惯——
　　是如何地爱
　　　　拍动他的双翅[1]
……

打破旧体系，重建新体系固然是威廉斯的创作宏图。但是如何实现这个目标却是十分艰难之事。威廉斯为之付出了沉重的代价。作为诗人，威廉斯一生都在勤奋耕耘，但在相当漫长的岁月里，他是默默无闻的。生前只有维维恩·科克为他写过一部评传。[2] 评论家大都把他视作一位"业余"诗人，认为威廉斯"是一位'易懂的'意象派抒情诗人，较之史蒂文斯或者艾略特、迪金森，他那些愉悦的诗缺乏深度，就连《帕特森》，许多评论家也认为简直是粗制滥造之作，是记忆与想望的缀补品……"。[3] 可见，威廉斯遇到的阻力有多大！每前进一步，他都会遭到攻击和诽谤。有人公开批评说："威廉斯并不真正懂得诗，实际上他所写的全是些诗的片断。"[4]其言辞尖锐、刻薄之程度不言而喻。但是他真正的宿敌要数以艾略特为首的学院派诗人。来自他们的批评更是咄咄逼人。然而威廉斯并未因而泄气、放弃自己的诗歌主张，毅然朝着既定的目标奋进。威廉斯除了对来自批评界的说三道四予以必要的回击外，更倾心于自己领域的开拓。功夫不负有心人。威廉斯终于在晚年得到了人们的认识和承认。他在开拓诗歌题材和建构新的诗学方面所作的尝试为他赢得了声誉。他接连获得全国图书奖(1950)、博林根诗歌奖(1953)和普利策诗歌奖(1962)。随之，威廉斯声名大振，不少大学请他演讲，授予他荣誉学位。逝世后，他更是声誉日隆，其诗歌、小说、戏剧和评论一版再版，有些还被列为大学教材。后来英国也出版了他的著作。就连一向稳重的一些英国文学副刊也向威廉斯频频投来敬羡的目光，宣称"他在取得读者的好感方面，无疑永远代替了艾略特"。[5] 但比起他同时代的诗人，威廉斯在全国范围内受欢迎的确显得迟了；然而，在他去世后他依然风靡诗坛，许多青年诗人皆尊奉他为诗圣。评论他的文章从未间断过。难怪有论者说，"评论威廉斯的文章的细流已汇成了河，并且看不出有很快退潮的迹象……看来，在他死后十年内，有关这位曾被忽视的巨

---

① 引自张子清著：《二十世纪美国诗歌史》，长春：吉林教育出版社，1995 年，第 152 页。

② Vivienne Koch, *William Carlos Williams*, Norfolk, Conn.: New Directions, 1950.

③ Helen Vendler, *Voices and Visions* (New York: Random House, 1987), p. 160.

④ Paul Mariani, *William Carlos Williams: A New World Naked* (New York: Mcgraw-Hill Book Company, 1981), p. 453.

⑤ Joel Conarroe, *William Carlos Williams' Paterson* (Philadelphia: University of Pennsylvania Press, 1970), p. 3.

人的书刊会达到泛滥的程度。”①

由此可见，威廉斯在美国文学史上已取得了应有的地位。他独树一帜的诗风，给现代美国诗坛注入了新的血液，其创作特征也是跃然可见的。起初，威廉斯喜读英国诗，特别崇拜英国 19 世纪最有才华的浪漫主义诗人济慈，模仿他写了许多诗。当然，在这个时期，威廉斯的创作仅是一些传统的十四行诗、四行格律诗和自由体短诗。这些早期诗作在不同程度上反映了英国诗人济慈对他的影响。较为典型的诗句有：

甜蜜的女郎，像真过了千年一样
自上次承你对我一番温柔言语。
然而，到竟然放弃幻想
对每分钟缠绵悱恻的不尽回忆
随之浪费，思忖着(像害怕苛责，
害怕对所说予以非难)
一个巨大、敞开的裂口出现
在真实与表面真实之间。②

对诗人的早期创作，评论家也有过切中肯綮的评价，认为“在《帕特森》之前，威廉斯诗的优点主要表现在控制于自由诗行以内和效法前辈诗宗，集中追求单一的效果”。③

任何一个天才诗人在成长过程中，都必然要学习、借鉴前人成果，必然会受到同时代其他诗人的影响，在继承和博纳的基础上求得发展、提高。威廉斯就是如此。他转益多师，不仅为了丰富自己，从某种意义上讲，他这么做更是为了把握诗歌艺术的时代特征及其走向。譬如他在崇尚传统文学的同时，还虚心向同时代诗人庞德等学习，接受其指导。当威廉斯一旦有了驾驭诗歌的能力，他便勇猛地探索和开拓艺术的新境界，向着时代高峰冲击。尽管这当中有曲折、有失误，但他仍是执着向前，毫不懈怠。总的来说，威廉斯的探索本身还是卓有成效的，具体表现在以下几个方面：

首先，威廉斯找到了自己的表现对象和抒情方式。刚开始，诗人歌咏的对象和题材比较驳杂，缺乏体系；对选材、遣词造句及诗的音乐性诸方面把握得

---

① Joel Conanoe, p. 3.

② 译自 Rod Townley, *The Early Poetry of William Carlos Williams* (Ithaca: Cornell University Press, 1975)一书。

③ Charles Doyle, *William Carlos Williams and the American Poem* (London: The Macmillan Press Ltd., 1982), p. 52.

不够全面。后来他采纳了庞德关于"创新"的劝说,因而逐步摒弃济慈等浪漫派的抒情模式而趋向庞德的格调。收在他的诗集《性情》中的诗歌差不多都是如此。这本诗集已初步显示威廉斯关于诗歌的独立意识,开始表现一种现代派特有的嘲讽语气。尽管威廉斯遵从庞德的某些诗见,愿意深入开掘,但他还是觉得庞德诗学中明显存有上流社会的美学观点。对此,威廉斯持基本否定态度。对风云一时的意象派诗歌的晦涩朦胧,复杂与模棱两可的诗风威廉斯尤为反感。他深深感悟到,自己是美国的儿子,对美国题材最熟悉,最易触发起灵感的火花,写出诗来也比较有深度。于是,他把诗笔锋芒主要对准美国本土,表现美国人民的生活愿望,并在自己的诗歌中逐步形成具有美国本土意识的意象系列。较为成功的诗作有《帕特森》等。这首长诗旨在说明"一个人的自身便是一座城市,他一生的开始、探索、成功与终结都可以从一座城市的各个方面来体现"。威廉斯诗的题材所以之广泛,因为他认为诗并不神秘,任何事物都可以入诗,诚如诗人自己所言,"任何东西都是写诗的好材料"。[①] 这就赋予他的题材范围以广阔的生活。能够把握生活的方方面面并将其写进诗里,诗人除了要有作诗的天赋,恐怕还少不了观察家的敏锐和灵性。威廉斯恰好具备了这两种才能。如上所述,威廉斯是医生兼诗人。他把诗人的敏感和医生的细致入微巧妙地结合起来、他强调抒写美国题材,旨在揭示现实中存在的问题,鞭笞社会中的丑陋现象。他认为美受到摧残,但社会中仍有美的存在,他以积极入世的姿态欣然从事美与新的追寻。由于诗人植根于美国本土,深谙美国历史和现状,描写了他熟悉的普通人和事,因而他的诗歌具有强烈的时代感和民族特色。

威廉斯能独辟蹊径还取决于他对写诗有一种强烈的历史使命感和社会责任感。他曾经说过,"从一开头我就觉得我不是英国人,倘一定要写诗的话,我就非得按照自己的方式去写"。他发誓要依靠个人的不懈努力独创一种"崭新的美国式诗歌语言"。正是这种使命感使他深入人民群众,学习他们的语言。无论何时何地他都没有遗忘生活在底层的劳动大众,都能把握时代的脉搏和走向,都能洞察社会生活的底蕴。正是这一切构成了他诗歌本土意识的必然性。难怪诗人路易斯·波干评论说:"他富于人道主义精神,他对不公正现象的愤怒,使他成为一个公平的观察者。"[②]

其次,威廉斯创建了特殊的客观主义诗体。这是一种全新的写作方式,特别是诗歌的写作方式,认为诗歌,除了它的含义,是一个客体,应作为客体事物对待的客体,旨在重视诗的结构,诗是如何构成的等。……它是意象主义的发

---

① William Carlos Williams, *Paterson* (New York: New Directions, 1963), p. 224.

② 引自申奥译:《美国现代六诗人选集》,长沙:湖南人民出版社,1985年,第387页。

展,着眼于意义上更特殊、更广阔的意象。[①] 由于客观主义强调诗本身是客体,因此,提倡作诗不必用手写,可以用打字机代劳。作者丰富的想象可以在纸上快速运行,这样做的目的无非是为了给人以节奏感和视觉美。所以威廉斯说:“一首诗是一架用词汇造就的小(或大)机器。作为一件艺术品,诗人说什么并不重要,重要的是他用这种强烈的感性所创造出的内容。”[②]他要使诗歌真实得像生活一样。充分体现这种创作原则的莫过于其压卷之作《帕特森》。写于同时期的《两墙之间》也是典型的客观主义诗篇:

医院的
寸草

不生的
后径

煤渣
遍地是

这里闪烁着
绿色

玻璃瓶的
碎片

诗中描写的是绿色的、被打破的瓶子碎片,躺在不起眼的两墙之间的煤渣地上。这里是医院,是疾病聚集的地方,煤渣地上长不出花卉,无美可言,但诗中的翼,会让人想起鸟的翅膀,马在飞驰的情形。瓶子虽已破碎,但是绿色的,在阳光下闪耀着光芒。可见诗人的观察多么细致!他从平凡、普通中发现了美,凭着新鲜的感觉和奔放的想象去勾勒和歌咏所要表现的对象。

众所周知,客观主义强调诗的写作过程是从事物开始,引起诗人的语言联想,即从客体到主体再到新的客体的过程。威廉斯强调“思想进入画面”。这又从相反的方面说明,客观主义,按其自身的方式又是强调主体即诗人的思维、心理活动等。因此有人干脆说,“诗歌创作归根到底是一个性质问题,组成

---

① Helen Vendler, *Voices and Visions* (New York: Random House, 1987), p. 190.

② Vemon Hyles, “William Carlos Williams and the Process of Self-discovery”, *Contemporary Literature*, Vol. 32, No. 1 (Spring 1991).

方式和心理色彩问题”。[①]

走向客观主义，应该说是威廉斯挣脱意象主义羁绊而作出的大胆的探索。正是这种客观主义诗体足足影响了几代诗人。稍后崛起的“投射派”“垮掉派”诗人都从中受到启发。著名“垮掉派”诗人艾伦·金斯堡不无感激地对它的倡导者威廉斯说：“我想，要是您知道，在您同地区至少确有其人，在热爱和了解他自己的世界和城市的斗争中，承继了您的经验，您一定会感到欣慰。”[②]

现代美国诗坛，诗派林立，百花盛开，威廉斯创造的新诗风、新格调，只是其中的一种花色。但这并不意味着威廉斯所作的种种探索已失去其价值。仅就其客观主义诗学而言，就足以使后人尊他为一代宗师。对于诗歌的表现方法和语言形式，威廉斯从来不拘于一招一式，也从不溺爱“自我”。他主张诗歌创作贵在创新，但又不拒绝对古今艺术传统的继承、学习和发展。他的诗歌继承惠特曼的传统和其他浪漫主义诗人的风格，把大量口语带入诗歌，在探求诗人与宏观世界关系的同时开发着人的微观和内心世界。他把绘画的一些手段（拼贴画、立体画和超现实主义等）也引进诗中，借以丰富诗歌在语言和视觉形象上的表现力。他创作的诗语言质朴，诗行较短，节奏轻快，富有激情。读他短小、简洁、明晰的诗句常使人觉得像在欣赏一幅幅画。因此完全可以这么说，如果庞德、艾略特为当代反学院派提供了诗歌美学，那么威廉斯则提供了创作范例。他对诗歌的音响性和内在结构诸方面的开掘无疑抓住了突出的课题，不啻是他对颓废的“世纪末情调的呵喝，以及对 20 世纪美国人的物质主义的反动”。从此意义上讲，威廉斯对美国现代诗坛的影响以及他毕生劳作所积累的艺术经验，值得我们进一步去研究。

## 第十三节
## 史蒂文斯的诗歌创作

在现代美国诗歌史上，华莱士·史蒂文斯（Wallace Stevens，1879—1955）称得上是个神秘人物。他既在商业界颇有作为，又在诗歌界享有盛誉。他从不在公开场合谈论诗歌，实际上却是个博学多才的学者型诗人。他不爱

① Charles Doyle, *William Carlos Williams and the American Poem* (London: The Macmillan Press Ltd., 1982), p. 53.

② Nell Baldwin, *To All Gentleness: William Carlos Williams, the Doctor Poet* (New York, 1984), p. 18.

拉帮结派而是卓尔不群。他是个善于用心灵与读者交流的诗歌革新家;他“把富有哲理的怀疑论引进美国诗歌,建立了一种独特的沉思风格:措辞精细,色彩富丽,语义隐晦,有意无理性”。他用自己的智慧和才干向世人证明他不是一个平凡的诗人。他与诗坛上的庞德、艾略特、威廉斯等著名诗人交相辉映,共同构筑了美国20世纪的新诗篇。

史蒂文斯一生都在追求一种纯诗之美。在他看来,诗歌必须成功地抵制智性,不一定具有意义。他认为一个“诗人仍然住在象牙塔里,但是坚持说塔里的岁月难以忍受,除非一个人能从塔顶独一无二地俯瞰公众的垃圾堆和广告牌”。史蒂文斯相信诗有一个崇高的追求目标。对于他来说,诗是“无上的虚构”,诗人从他的高塔之上可以更加全面地观察人生或现实,创造出充实而又现实的艺术来。

史蒂文斯生于宾夕法尼亚州雷丁镇的一个律师家庭。幼年的他对世界充满了好奇,经常去野外观察大自然的美景,聆听小鸟的歌唱。受到父亲坚强性格的影响,史蒂文斯从小养成了好学、好胜的品格。他从母亲那里继承了风雅的文学品质。他喜欢英国、法国诗歌,阅读了许多浪漫主义诗作。阅读、欣赏之余,史蒂文斯也开始试笔写作。1898年1月他的第一首诗《秋天》(Autumn)在《红与黑》杂志上问世。这是一首稚嫩的诗作,但已足以显示年轻诗人浪漫的情怀:

珊瑚色灯和黄昏星
　　一束束的光线很长很长,
一个幽灵把夜晚引来
　　从遥远的远方。

我是何等的悲伤,
　　守着这无阳光的地带,
独个儿在这里
　　静静地等待。①

与自学成才的父亲不同,史蒂文斯接受了良好的教育。中学毕业后,他有幸进哈佛大学深造,攻读法律专业。大学时代,史蒂文斯把相当多的精力投放在读诗和写诗上。进校不久,他就在《倡导者》和《哈佛月刊》上发表诗作,后来还当上了《哈佛月刊》的主编。大学毕业后,史蒂文斯在纽约开业,当了一名律

① 引自张子清著:《二十世纪美国诗歌史》,长春:吉林教育出版社,1995年,第166页。

师。期间，他与纽约诗歌界保持了一定的接触，并与穆尔、肯明斯和威廉斯等人有过来往。[①] 尽管他经常参加他们举行的诗歌论坛，但总是表现了一种疏远、胆怯和寡言的姿态。在场的人都认识他、熟悉他，知道他不爱多说话。

1914 年 11 月经门罗推荐，《诗刊》杂志推出了史蒂文斯的四首诗。之后，他努力创作，写了不少诗歌。经过挑选后他于 1923 年出版了其第一本诗集《风琴》(*Harmonium*)。[②] 据说，该集出版后只卖出了近百本。从该书被接受的情况来看，史蒂文斯在当时并没有得到诗歌界的认同。赞扬他的人说他的诗歌"旋律优美""文字优雅"，反对他的人则认为，史蒂文斯的诗"文字玄奥"，遣词用字都是"试验性的"，显得过于乖张和细腻。[③] 虽然《风琴》的问世并没有给史蒂文斯带来声誉和实惠，但其中不少诗作应该说都写得不错，譬如《礼拜天早晨》(Sunday Morning, 1915)、《叔父的单片眼镜》(Le Monocle de Mon Oncle, 1918)和《彼得·昆斯在克拉弗》(Peter Quince at the Clavier)等。1931 年史蒂文斯重新修订、出版了《风琴》，并增加了 12 首诗。整个 30 年代，他推出了三部诗集：《秩序的观念》(*Ideas of Order*, 1935)、《夜枭的苜蓿》(*Owl's Clovers*, 1936)和《弹蓝色吉他的人及其他》(*The Man with the Blue Guitar and Other Poems*, 1937)。

40 年代后人们重新"发现"了他。实际上，史蒂文斯创作的主要时期就是 40 年代。他虽然已进入花甲之年，但仍保持了旺盛的创作力。他真称得上是大器晚成。在近 10 年时间里，他接连出版的诗集有：《世界各地》(*Parts of a World*, 1942)、《关于最高虚构札记》(*Notes Toward a Supreme Fiction*, 1942)、《恶之美学》(*Esthetique du Mal*, 1945)、《无地点的描写》(*Description Without Place*, 1945)、《向夏天运送》(*Transport to Summer*, 1947)和《秋之朝霞》(*The Auroras of Autumn*, 1950)等。随即，史蒂文斯接连获得了一连串的诗歌奖：哈丽特·门罗诗歌奖(1946)、博林根奖(1950)、全国图书奖(1951,1955)和普利策奖(1955)。虽然这些荣誉来得较迟，但对于已近迟暮晚年的诗人来说无疑是一种欣喜和鼓励。他继续不倦地写作，推出了一篇篇优秀的诗作，如《磐石》(The Rock, 1950)、《致罗马的一位老哲学家》(To an Old Philosopher in Rome, 1952)、《当你离开房间时》(As You Leave the Room,

---

① 有关史蒂文斯与肯明斯交往的早期论述，可以参见 Edmund Wilson, "Wallace Stevens and E. E. Cummings", *The New Republic* 28 (March 19, 1924)一文。

② 《风琴》收入了诗人在 1915—1923 年之间创作的部分的诗作。1915 年以前的诗和 1915 年之后创作的许多诗都没有收进去，如一些反映战争的诗篇。这些作品后来收入了他的《遗著》(*Opus Posthumous*, 1957)。

③ 有关诗评界对史蒂文斯的评价可参阅 Abbie F. Willard, *Wallace Stevens: The Poet and His Critics* (Chicago: American Library Association, 1978)和 J. Hillis Miller and Roy Harvey Pearce ed. *The Act of the Mind: Essays on the Poetry of Wallace Stevens* (Baltimore: Johns Hopkins University Press, 1965)等书。

1954)和《论纯粹的存在》(Of Mere Being, 1955)等。

纵观史蒂文斯的创作,他的诗的确给人以美的享受,可是在相当长的时间里读者都觉得他是个谜。他从不为别人提出什么标准,他只是不断地为自己制订新的、严格的标准,他在诗中最大限度地运用了比喻和象征,因而他的诗也就显得格外艰深。他的诗总是在发问,却不给读者提供任何现成的答案。[①] 不容置疑,史蒂文斯是个真诚的诗人。他为了营造一个"诗的现实"而呕心沥血。他认为世界上唯一不朽的是自然界,唯一得救之道在于人类自身的努力;而为了达到这样的目的,对于一个人来说最重要的是要开放自己的感官,主动体验人生的各种经历。他在诗中这样写道:

> 我是我所漫步的世界,我所见到
> 我所听到或感到的都来自我自己;
> 我在这个世界里发现自己更真实,也更陌生。

可见,史蒂文斯诗作的主题之一就是艺术,想象与现实世界的关系。他强调想象的作用,认为想象"能使我们从不平常中窥见正常,从混乱中窥见混乱的对立面",从而使人类能更好地适应现代生活。[②] 对此他还在《必要的天使》(*The Necessary Angel*, 1957)中作了进一步的阐述:"现实即存在之物,它们与周围世界密切相关并为我们所感觉。与之相对的则是想象,即我们感知的总和。"[③]

稍稍浏览过史蒂文斯诗歌的人都不会否认这样的事实,即他的诗意义复杂隐晦,主题也颇为曲折。他以自己的亲身感受描绘了一个诗化的世界,尽管这个世界是虚构的,具有某种神秘性,但它毕竟是艺术语言的化身,也是诗人发自内心的真言。它表明诗的审美想象能赋予混乱的世界以秩序,而客观世界只是主观想象力的外投。在诗人看来,想象是人的内心世界,也是对客观现实事物的沉思,它赋予感性认识以秩序和意义。所以从某种意义上讲,史蒂文斯崇尚的就是这种信念:真理是内在性的,它需要靠人去为之塑形;可知世界只有经过人的体验或人类思维的整理后才是"真实的";人完全能够使这个世界变得有秩序,易理解和可接受,这也是人类存在的根本真实和真理。他进而指出"想象可以解放灵魂"。专心致志于想象,这是史蒂文斯诗歌的一个显著

---

① Henry W. Wells, Introduction to Wallace Stevens (Indiana University Press, 1964), pp. 3 - 5.

② 引自董衡巽等著:《美国文学简史》(下册),北京:人民文学出版社,1986年,第60页。

③ Wallace Stevens, *The Necessary Angel: Essays on Reality and the Imagination* (New York: Knopf, 1957), p. 61.

特点。他认为想象具有强烈的魔力，也是激发创作灵感的先导，不过想象离不开现实，两者互相依赖，缺一不可，他在一封信中写道："有时我对想象置信无疑，可是时间一长，我便毫无理由地相信起现实来，并且相当执着。事实上，两者都很活跃，都想使我着迷。"①显然，诗人身上有一种想象——现实的两元性，两者之间的关系非常复杂，但为了揭示它，诗人还是愿意丢弃一切杂念执着地为之耕耘。

诚然，现实世界的粗犷和蛮野毫不掩饰地展现在诗人的眼前，这就迫使其不得不与之发生关系。正是这种诗人与现实间的频繁交往造就了史蒂文斯敏锐的观察力和丰富的想象力。他孜孜不倦地探索着想象与现实的关系、艺术与自然的关系，试图依靠想象来涤除生活中的污垢。他认为，艺术家的使命就是要在想象世界与现实世界之间架起一道彩虹。由于人们总是生活在艺术与现实的相互作用之中，因此从两者都能获得审美享受。正如他自己所言："不仅想象依赖于现实，而且现实也依赖于想象，而两者的相互依赖是至关重要的。"②有了这种依赖关系，自我和世界就可以互换，这也是艺术虚构所要完成的任务之一。可见，史蒂文斯对想象的力量是置信无疑的。对于他来说，现实并不是某种现存的东西，也不是某种被我们大脑被动接受的东西。现实应该是一种创造物，应该是我们的心灵与周围特定的环境相互作用的产物。我们，或曰我们的意识，不仅是一张白纸，让世界在上面涂写信息；也不只是一面镜子，用以反映我们的环境。我们的意识应该是一盏灯，它主动，具有创造性，它使周围的世界发亮，赋予它形式，对它进行透视，并使之合乎人类的要求。史蒂文斯悉心关注的是如何将一种崇高的美从对艺术想象与现实世界关系的沉思中揭示出来。难怪有论者这样说，史蒂文斯关于诗的观念恐怕就是他诗中所揭示的那种来源于"想象与现实间的相互倾轧，对抗或协调"。③ 这就表明想象与现实之间的关系极不寻常，它是铸就诗人美好心灵的基因。

对艺术想象的崇尚又使诗人趋于哲理化。经过艺术想象，诗人可以为现实世界塑形。对此做了一番探讨后，史蒂文斯逐渐意识到自己有必要从哲学的高度加以阐述。众所周知，史蒂文斯早年在哈佛大学就读时就崇尚乔治·桑塔亚纳哲学，因此他的诗歌有一种特别的哲学底蕴，充满着思辨的内涵。与桑塔亚纳一样，史蒂文斯认为诗歌可以代替宗教、净化人生。为此，他特别注重在诗歌创作中探索想象与现实的关系、艺术与自然的关联。只是更多的时

---

① Holly Stevens, *Letters of Wallace Stevens* (New York: Knopf, 1966), p. 710.

② Robert Buttel, *The Making of "Harmonium"* (Princeton: Princeton University Press, 1967), p. 12.

③ Northrop Frye, *Spiritus Mundi: Essays on Literature, Myth, and Society* (Bloomington: Indiana University Press, 1976), p. 22.

候,他把注意力放在如何使两者沟通上。他发现“想象深深扎根在现实之中,一旦离开了现实,那么想象也就毫无价值可言。想象的创造力就在于它能变换事物的面目”。[①] 事实上,史蒂文斯梦寐以求的无非就是想在艺术想象与现实世界之间架筑一座桥梁。想象如果背离了现实,其意义也就不复存在。由此可以推知,现实世界是一个想象的世界,因为人的感官对周围的一切在它接触的瞬间就对它们开始排序,再说现实世界本身又是混沌、杂乱无章的,唯有想象可以使深蕴在世界中的秩序复原。史蒂文斯的许多诗都在探讨这样的主题。他创作于 30 年代的《基韦斯特秩序的观念》(The Idea of Order at Key West, 1934)[②]就是这样一首诗,常被认为是一首可与华兹华斯《孤独的收割者》媲美的浪漫主义诗作。作品的开头写得十分精彩,描写一位姑娘在圣贤的南方海边歌唱:

她在圣贤的大海边吟唱,
从不形成思想或声音的海水,
却像真的人体,全身心地拂着
空荡的衣袖;然而它的模仿
发出不停的呼喊,常常引起呼喊,
那不是我们发出的声音,尽管我们能听懂,
那是原本大海非人的涛声。[③]

这是诗人赞美想象力的力作。这里,他通过把姑娘的歌唱与大海的呼喊的对比来探索人生与现实的关系,发挥想象力的功效。诗中的“她”在大海边吟唱,优美的歌声打动了敏感的诗人,从而激发其想象力。对于史蒂文斯来说,真正的真实是由艺术想象与现实相互作用所致。少女的歌就是艺术的创造,而大海只是艺术家创作的素材。诗人通过“她”来说明艺术家在艺术创作过程中是怎样赋予无形的现实以想象的结构,进而创造一种新的井然有序的世界。是姑娘的歌声给混乱的大海赋予了秩序的观念。她(或诗人自己)赋予世界以意义,使世人更加具体地认识世界。可见,自然就是人们想象和感受到的现实,它不单纯是一种客体,而是诗歌想象的原材料,也许自然的确有一种精神的现实,而对于富有创造力的人来说,要对自然界进行阐释就必然依赖于我们对自然的再创造。自然成为现实,需要我们同时对它进行真实的和象征

① Lucy Beckett, *Wallace Stevens* (London: Cambridge University Press, 1974), p. 38.

② 第二年该诗收进其新诗集《秩序的观念》(*Ideas of Order*, 1935)。

③ 译自 George Perkins et al., ed. *The American Tradition in Literature* (6th Edition)(New York: Random House, 1985)一书,第 1328 页。

性的观照。事物本身从来都是一种内在的真实。所有的人对它都会有不同的感受，但经过艺术家的想象加工之后，事物在某种程度上得到了整理，对于艺术家来说，想象的世界就是真实的世界。艺术家赋予他和我们的世界以秩序，诚如批评家皮尔斯(Roy H. Pearce)所说，“秩序，这种具有审美意义的秩序必然产生于想象与现实事物相互作用的关系之中”。[1]

认为想象可以使混乱的现实复原恐怕就是诗人在探寻艺术与自然关系的过程中所获得的一种见识。这在他的另一首诗《坛子的轶事》(Anecdote of the Jar, 1919)[2]中又得以进一步发挥。诗中写道：

我把一只坛放在田纳西，它是圆的，置在山巅。
它使凌乱的荒野，
围着山峰排列。
于是荒野向坛子涌起，
匍匐在四周，再不荒莽。
坛子圆圆地置在地上，
高高屹立，巍峨庄严。
它君临着四面八方。
坛是灰色的，未施彩妆。
它无法产生鸟或树丛，
不像田纳西别的事物。

（赵毅衡译）

在这里，“凌乱的荒野”其实就是原始和蒙昧的象征，荒野的“凌乱”说明了它没有秩序，只是一种混沌的现实，与之相对应的是那个圆圆的“坛子”。作为工艺品，“坛子”显然象征着艺术。不过，诗人并没有把它描写成一件简单的、没有生命力的工艺品，和其他艺术品一样，它同样给人以美的享受。除此之外，它还意味着具有丰富想象力的创造，具有使“凌乱的荒野”秩序井然地排列，调整自然、改造自然、完善自然之功能。坛子作为工艺品源于自然，却又高于自然。换句话说，文明脱胎于愚昧和野蛮，却高于原始的愚昧和野蛮。因此，“坛子”具有“君临”一切的力量。它是“灰色”，不施“彩妆”，说明艺术无须过分雕琢而照样光彩照人，它虽不具备自然那种“产生鸟和树丛”的繁衍能力，但有着独一无二、不可取代的特性，即既能使普通的原生物

---

① Roy H. Pearce, *The Continuity of American Poetry* (Princeton: Princeton University Press, 1961), p. 394.

② 该诗收入史蒂文斯的第一本诗集《风琴》(*Harmonium*, 1923)。

相形见绌,又能给人以美的享受。尽管如此,艺术还是取代不了作为本原的自然世界。

与这个"凌乱的荒野"相比,作为艺术象征的"坛子"毕竟因其缺乏繁衍能力而显得没有生气和活力,因为它的艺术魅力是由"凌乱的荒野"衬托的。这表明,"凌乱的荒野"需要艺术和想象来加以调整,使之井然有序;同样"坛子"一旦失去作为基础和背景的自然或现实,就不会有生命力,因而其美学价值也就不复存在。由此可见,诗人审美的视界始终在艺术、想象和现实之间游离,其目的是为了通过不同的审美观照方式来揭示某种美学思想。对此,有的西方评论家也作过切中肯綮的评论:"如果把史蒂文斯的创作比做一棵大树而把他的主题——艺术想象与现实的关系——比做这棵大树的主干,那么这棵大树的主体主要表现在其主干上长出的富有诗意的叶子、鲜艳夺目的花朵和丰硕的果实上,而不是表现在树的主干上。"①

诚然,史蒂文斯并未用简单的文字去勾勒艺术想象与现实世界的关系,而是通过诗来揭示的。凡是读过史蒂文斯诗的人,谁都有深刻的体验:他的诗看似平淡却蕴含了丰富的哲理。为了营造这个诗化的现实,诗人几乎倾注了毕生的心血。为了寻求自己所在的世界与个人的和谐,他不惜主张从现实不断流去的一瞬中,选择自己诗的格局。他有意提高这些格局并发现它们之间又是何等的相似,于是酿造了一个更为广大的模式并生发出许许多多关于次序的排列方法,如《风琴》中的《观察乌鸫的十三种方式》(Thirteen Ways of Looking at a Blackbird, 1917)这首诗。在这里诗人仍在追寻现实与想象的关系、接受死亡作为认识美的先决条件。如此看来,诗人所要揭示的主题并不复杂,甚至有些单调,但是不能否认,在艺术创造过程中正如诗歌所揭示的那样,想象力对现实作审美观照可以表现为不同的方式:

……

因为乌鸫远飞高翔,渺无踪影
它画出了
许多圆圈中某一个的边界

当我们见到乌鸫
在绿光中奋飞
哪怕是卖弄音韵的人

① Henry W. Wells, *Introduction to Wallace Stevens* (Bloomington: Indiana University Press, 1964), p. 108.

也会发出惊叫的声音。[①]

……

诗中，乌鸫是自然的一部分，也是审美客体的象征。艺术家通过丰富的想象，可以从不同的角度对其进行观照。史蒂文斯巧妙而自然地运用大量意象如“乌鸫”“十三”“春夏秋冬”“黑暗”“死亡”“白雪”等来表现其最喜爱的题材：想象与现实的关系。经过诗人的想象，乌鸫就被蒙上了艺术的光晕，因而它的形状呈千姿百态：它时而在冰封雪地中闪着“唯一动弹的眼睛”，时而在“秋风中盘旋”，恰似“哑剧中的一个细节”；时而“回肠荡气”；时而“藏而不露”；时而“婉转啼鸣”；时而“余音袅袅”。而全诗的背景却是一派冷落、凄凉的景象。不过这也不失为一种对社会现实的审美观照。正是在这样一种现实面前，诗人要完成艺术家的使命，从这种混沌的现实中寻找审美对象，表现审美客体，让读者从审美客体的观照中获得一种审美享受。

善于提炼生活，从生活中获取更多的创作灵感是史蒂文斯写诗的本色。他往往把现实上升到某个高度，创造一种怪异的景象，如《十点钟的觉醒》(Disillusionment of Ten O'clock, 1931)一诗中写道：

房屋被白色的夜礼服
追逐。
没人穿绿色
或绿色长边的紫色
或黄色长边的绿色
或蓝色长边的黄色衣服，
没有一个是陌生的，
都穿着带边的袜子
和珍珠般串起的世纪。

(孟猛译)[②]

诗人听命于热烈的冲动，认为人类自身担负着创造的责任。为此，他精雕细琢，刻意创造。在史蒂文斯看来“现实是我们通过暗喻来逃避的一种老生常

---

① 全诗译文可参阅李文俊译作，载刘湛秋等编：《外国现代派百家诗选》，贵阳：贵州人民出版社，1990年，第41—44页。原诗又可见 Wallace Stevens, *The Collected Poems of Wallace Stevens* (New York: Alfred Knopf, 1982)一书。

② 引自王家新等编选：《外国20世纪纯抒情诗精华》，北京：作家出版社，1992年，第4页。全诗可见 Richard Ellmann and Robert O'Clair ed. *The Norton Anthology of Modern Poetry* (New York & London: W. W. Norton & Company, 1988)，第286页。

谈”。只有通过想象对其进行必要的艺术加工方能使其成为一个诗的现实。诗人就是这样对周围世界进行阅读、理解和阐释的。他是在对艺术想象与现实之间关系的探索过程中构筑自己的艺术殿堂。由于诗人不落俗套,始终坚持独立创新的精神,为后人树立了榜样。在其生后,诗人声誉日隆并被越来越多的人尊为大师。[①]

史蒂文斯的诗的确难读,但其深邃的哲学底蕴足以启迪人的心智,发人深省。他在本质上可以说是一位冥想的诗人,一位极具美学敏感的哲人。他的吟唱是独立于生活的,他只是服从自己的使命,唱出献身于艺术的人所必须唱的声音。他独具慧眼,创造出一种清纯得近乎抽象的美。他力图接近一种更为纯粹的艺术,但并不回避现实。他倾心于认识现实的本质,以及艺术想象与现实世界的关系,人的诗意想象力如何观照现实并赋予混乱以秩序等,所以说他的诗不仅具有哲学的意义,而且在某种程度上还超越了哲学。

## 第十四节
## 肯明斯的诗歌创作

E. E. 肯明斯(Edward Estlin Cummings, 1894—1962)是 20 世纪最具创新性的诗人之一。他在诗歌的语言和形式方面进行大胆尝试,不落窠臼,创作了许多著名诗篇。尽管他不参与当时的诗歌运动,仍然得到了庞德、威廉斯、穆尔等众多诗人的欣赏。他是最早运用奇特的排版法来创作的现代诗人之一。肯明斯在文字上的煞费苦心在于他通过独特的断句断词、拼词造词和标点、大小写等来控制诗歌的视觉效果。而他的视觉诗歌(visual poetry)与他作为画家的身份是不可分割的。19 世纪的浪漫主义运动中,人们崇尚自然,反对工业化;崇尚直觉和想象,反对常规认知,这多少给肯明斯的创作带来了一定的影响。当时欧洲的视觉绘画艺术特别是立体派绘画对他影响很大。[②] 他用语言的活泼来表达他对生活和爱情的理解。肯明斯是一位优秀的抒情诗人,

---

① 当代美国著名的诗学评论家海伦·文德莱、哈罗德·布卢姆和普拉萨德等都对史蒂文斯作了深入的研究与介绍,推动了史蒂文斯研究的发展。主要代表著作有 Helen Vendler, *Wallace Stevens: Words Chosen Out of Desire* (Knoxville: University of Tennessee Press, 1984)、Harold Bloom ed. *Wallace Stevens* (New York: Chelsea House Publishers, 1985)、Veena Rani Prasad, *Wallace Stevens: The Symbolic Dimensions of His Poetry* (Liverpool: Lucas, 1987)等。

② Rushworth Kidder, "E. E. Cummings, Painter," *Harvard Library Bulletin*, 23 ( April 1975), p. 124.

同时,他又对城市生活和政治进行讽刺性的抨击。在20世纪的诗坛上,肯明斯就是这样一位既温柔多情又辛辣尖锐的现代诗人。

肯明斯出生于马萨诸塞州的坎布里奇市。父亲爱德华·肯明斯是唯一神教会牧师,热心公益事业,曾担任哈佛的教席。在肯明斯孩提时代,母亲丽蓓卡就发现他有写诗天赋,为他安排写作练习,以激发这位小作家的想象力。肯明斯在坎布里奇的童年是美好而又幸福的。每年夏天,他们全家都会去新罕布什尔州的"快乐农场"度假。肯明斯在他的一生中都保持了这样一个家庭传统。

1911年9月,肯明斯进入哈佛大学学习。大二时,他就成为文学杂志《哈佛月刊》(*Harvard Monthly*)的一员,通过它与约翰·多斯·帕索斯、斯科菲尔德·塞耶(Schofield Thayer)、西布利·沃森(J. Sibley Watson)等人结下了深厚的友谊。他们都非常关注绘画的最新进展,其中塞耶和沃森在20年代还是刊物《日晷》的出资者,他们除了帮助肯明斯发表诗歌,还慷慨资助他的绘画创作。1915年6月,肯明斯在哈佛毕业典礼上演讲他的一篇期末论文"新艺术"(The New Art)中,对立体主义、未来主义的绘画作了大胆的设想,首次显示出他在艺术上的现代敏锐性。次年,他在哈佛获得文学硕士学位。当时与《哈佛月刊》有合作的"哈佛诗社"(Harvard Poetry Society),创办了《哈佛八诗人》(*Eight Harvard Poets*)刊物。在该刊发表诗作的有肯明斯、帕索斯等八位诗人。肯明斯的早期作品尝试打破传统标点法、大写法、句法的束缚,试图从习俗惯例中揭开语言更本质的内在活力。这些诗歌在排字法上标新立异,使诗歌产生如绘画般的视觉效果。在一首题为《黎明》(Crepuscule)的诗里,肯明斯开始用单数第一人称的小写"i"。从此,这个小写"i"就成了肯明斯的标记,它恰好反映了肯明斯本人既谦逊又独特的人格,从而吸引了大批的读者。

不久,肯明斯来到纽约,在一家图书邮购公司工作,这是他一生中唯一的一份正式工作。但由于厌恶工作的单调乏味,向往自由画家和诗人的生活,不到两个月他就辞去了这份工作。一战时,肯明斯在美国宣战后加入了志愿救护服务队,因为掉队,在巴黎逗留了一个多月。巴黎的这段日子带给了肯明斯无比的乐趣,同时也给他的诗带来了丰富的创作素材。从此,他爱上了巴黎这座城市,他一生的大部分时间都在巴黎和纽约度过。在三个月的服役生活中,他和同伴布朗与法国士兵之间十分亲近,而布朗在家信中又流露出对上级的不满,结果他们以叛变罪被监禁。就这样,在一个像礼拜堂一样的大屋子里,肯明斯被拘禁了三个月,这为他的第一部成功之作《巨室》(*The Enormous Room*, 1922)提供了素材。后来,他用三年时间完成了这部自传小说。

出狱后,肯明斯回到纽约,由于在巴黎受毕加索绘画的影响,他把大部分的时间用于立体派绘画上。不久,他再次应征入伍。在服役的六个月中,他写了很多诗歌，它们后来被收录在他的前三部诗集中。与此同时，他还写了不少关于绘画与文学理论的文章。肯明斯在自己的诗歌中大胆试验脚韵和头韵，使诗歌读来铿锵有声，这多少来自当时流行的达达主义和超现实主义的影响。1918年春，肯明斯开始与斯科菲尔德·塞耶的妻子伊莱恩来往。肯明斯为伊莱恩写了很多情诗。不久伊莱恩怀孕，生下一女，取名南茜。后来，肯明斯和多斯·帕索斯一同前往欧洲，最后到达巴黎。在巴黎，肯明斯又与庞德结下了终身的友谊。

1922年5月，肯明斯的《巨室》首次出版，销量不错。他的这部自传体小说叙述了他在战争中受到的不公正遭遇，真实地反映了一战对民众的摧残。就如他的诗歌那样，肯明斯在书中以浪漫个性主义和超现实主义的语言抨击践踏人性的战争和政府，从此走上了厌恶政治的道路。肯明斯把这一时期的诗歌收录起来，并于1923年4月将其中的一部分诗结集出版，题为《郁金香与烟囱》(*Tulips and Chimneys*, 1923)。"郁金香"指的是自由体抒情诗，而"烟囱"指十四行诗，多是社会讽刺诗。[①] 这本诗集收录了他大学时期的早期作品，以及写给伊莱恩的情诗，如《我亲爱的》(Puella Mea)，还有一部分较成熟的诗歌。作为画家，肯明斯对描写人物的诗歌很感兴趣，较出名的有《我的爱人身着绿衣骑着马》(All in green went my love riding)等。其中不少诗歌还抒发了他对童年生活的怀旧之情，如在《正是春天》(in Just—)一诗中，他以活泼的文字来赞美童年的美好。在另一首题为《哦，美好的自然》(O sweet spontaneous)的诗中，他把大自然作为描写的对象，认为大自然可以由人的感官直觉来欣赏，而非由科学或者哲学来洞悉。

肯明斯的十四行诗往往采用意大利十四行诗的韵律，而在最后两行对句中，他又会来一个莎士比亚式的转折。这种手法可把原本的浪漫诗变成讽刺诗。总体而言，肯明斯较严肃的诗歌都是十四行诗或是韵律诗，而他那些结构松散、更具创新性的诗歌则用感官上的冲击来把诗具体化，突出它们的瞬间存在性，以抒发他自由不羁的情感。他关注的是瞬间的感受，他喜欢用"突然"这一词就说明了这一点。这些像"烟囱"一样的十四行诗从内容上看构成了对当时公众德行的挑战，如他的一首诗是这样开头的："坎布里奇女士的灵魂是装备起来的。她们并不美丽，但心智却是舒适的。"

《郁金香与烟囱》一经出版，就引起了评论界的极大兴趣。当时评论界对此褒贬不一，但诗集里以小写字母"i"表示"我"以及它的独特的排版法和标点法确实在20年代初引起了不小的轰动。人们开始关注肯明斯和他的作品，尤

① Norman Friedman, *E. E. Cummings: The Growth of a Writer* (Carbondale: Southern Illinois University Press, 1964), p. 38.

其是他出色的语言天赋。1925 年对于肯明斯来说是特别的一年。他最爱的伊莱恩提出与他离婚，在情感上遭受很大打击，但他在文学上却很有收获，相继出版了另外两部诗集《诗歌 41 首》(*XLI Poems*，1925)和《&》(&，1925)。《诗歌 41 首》中的 41 首诗来自《郁金香与烟囱》中未出版的诗；而《&》一部分来自《郁金香与烟囱》，另一部分则是他新创作的诗。肯明斯之所以给它起这个书名，是因为他觉得这是对《郁金香与烟囱》的补充。肯明斯在蔑视人类的同时又把个体理想化，这是他讽刺诗的基本思想。他在《诗歌 41 首》中的一首讽刺诗是这样写的：

人类我爱你
因你情愿为成功擦靴
也不问是谁的灵魂悬荡在
他的表带上，这会使双方难堪

与他的第一部诗集《郁金香与烟囱》相比，这两本诗集中不少都是艳情诗。《&》是写给伊莱恩的，尽管当时肯明斯已经意识到伊莱恩并不爱他。这两本诗集中独特的断词法和排版法再次引起了人们的关注。穆尔曾在《日晷》上对《诗歌 41 首》发表评论，认为肯明斯"异想天开，却又在夸张的文体中貌似眼目所见的真实，这对诗歌是至关重要的"，并说："他把诗歌当成实实在在的实体。"1925 年年底，肯明斯获"日晷奖"。他的成功为他赢得了出版商的信任，于是诗集《是 5》(is 5，1926)问世了。

在这本诗集的简介中，肯明斯提出了创作本身高于作品的论断："如果诗人算个人物，那他是不在乎作品的人物，他在乎的只是创作本身。"在他看来，作品是呆滞的，而创作是一个过程，一种活力。另外，他还承认自己对动词的偏爱。这本诗集由五个部分组成，而他的嘲讽诗在这部诗集中变得更为辛辣成熟。20 年代后期，激进的实验主义逐渐消退，取而代之的是较保守的艺术风格。肯明斯在这一时期的创作风格开始转变，包括他的绘画，而《是 5》则很好的表现了他自己的风格。批评家马尔科姆·考利曾说："肯明斯出版的所有诗集中，《是 5》是最有活力的。"[①]诗集第二部分的十首诗都以反战为主题，嘲讽诗居多，最后一首《我那可爱的年迈的以及其他》(my sweet old etcetera)写的是一位士兵在前线思念其家人的情形：

---

① Malcolm Cowley, "Cummings: One Man Alone," *Yale Review*, No. 62, (Spring 1973), p. 337.

我那可爱的年迈的以及其他
露西姨妈在最近的

战争期间得以能够
并且确实告诉过你
每个人是为何

而战，
我的妹妹

伊莎贝尔编织了数百
(还有数百)
双的袜子更别提
衬衫和防虱耳套
……
自己以及其他静静地躺在
深深的泥泞里以及

其他
(梦想着，
以及
其他，
您的微笑
眼睛双膝和你的以及其他)

这首诗在文雅的语言中暗藏着嘲讽和愤怒。诗中谈到了士兵饶舌的姨妈，勤巧的妹妹，鼓吹勇敢和忠诚的父母，而他自己则在战场上身陷泥泞。“以及其他”(et cetera)在诗中出现多次，且在语法上的作用不尽相同，时而修饰名词，时而修饰动词，时而又是名词，最后一个“你的以及其他”似乎是对战争和社会的责骂。

期间，除了诗歌创作，肯明斯还对戏剧产生了强烈的兴趣。在当时表现主义戏剧的影响下，他创作了剧本《他》(*Him*, 1928)。这部剧本由一系列的短剧组成，用达达主义来表现无意识，大胆尝试着表现弗洛伊德理论。1928 年4 月正式公演，观众反响强烈。这部剧上演了 27 场，且场场爆满。1931 年，肯明斯出版了画集《CIOPW》，此标题是以他的绘画材料碳素、墨、油画颜料、水笔和水彩的英文首字母拼凑成的。同年年底，他的又一部诗集《ViVa》问世，里面收集了70首诗。前面的63首诗中，每隔6首就有1首是十四行诗，最后7首则都是十四行诗，因此全书有14首十四行诗。从内容上而言，这70首诗分为两部分，前35首诗基本上突出了人的社会性，讽刺社会的不完美，论题比较凌乱，甚至重复；而后35首则分为5组，每7首诗都有一个比较集中的论题，不是赞美自然本身，就是赞美作为个体思考者或情人的人类。这样的布局肯明斯是用心良苦的，前半部分隐示他对人的社会性的批判，而后半部分则是他对作为个体的人的颂扬。在肯明斯看来，"芸芸众生"(mostpeople)听从命令按部就班，而"个人"只对自己真实。诗集中有反战讽刺诗如《我颂扬快乐而伟大奥拉夫》(i sing of Olaf glad and big)，也有相当一部分诗是抒情诗，如那首写给他母亲的感人诗歌《如果有任何天堂》[if there are any heavens my mother will (all by herself) have]，还有柔情中带着哀怨的著名情诗《有个地方我从未去过》(somewhere i have never travelled, gladly beyond)等。

肯明斯对美国文化的不满促成了他的苏联之行，而他的个性主义理念使他开始对苏联的集体主义产生怀疑。一个多月的旅苏日记最后于1933年出版，题为《我是》(*Eimi*，1933)，这个希腊文的标题再次表达了肯明斯崇尚个人，反对集体的主张。1932年，他遇见了玛丽恩·穆尔豪斯。在以后的日子里，她一直陪伴着肯明斯，尽管他们一直没有结婚。之后几年，由于经济大萧条，也由于《我是》对苏联所作的批判，[①]出版社一度拒绝出版他的诗集，直到1935年，他的第六部诗集《不谢》(*No Thanks*，1935)才得以出版(这本诗集曾受到多家出版商的拒绝，因此肯明斯以"不谢"作为书名)。

与《*ViVa*》一样，《不谢》的71首诗中，十四行诗规则地间隔出现，这一次是每三首诗一首十四行诗，在中间第35、36、37首则一连出现三首十四行诗。这部诗集的主题发展在视觉上是个V字形：开头的两首以"月亮"为主题，接着开始下滑，直至到中间第36首《诗人想象自己死亡和埋葬的地方》(where the poet imagines himself dead and buried)回到"地面"，然后又向上提升到超验的境界，最终以两首"星星"为主题的诗歌结尾。[②] 这些诗表达了肯明斯对个体的本能和情感的尊重以及对压抑个性的理性思维和知识界的厌恶。他抨击那些"因为思考就不会感觉"的人们，而美国文化再一次受到他的嘲讽，如《进步》(progress)等怪异的诗篇；同时，他又用豪放的措辞对自然、春天和爱情大加赞

---

① 20世纪30年代，美国青年作家中有相当一部分作家都是左翼支持者。当时"社会主义已成为一种生活方式"，引自 Alfred Kazin, *Starting Out in the Thirties* (Boston: Little, Brown, 1965)一书，第4页。

② Charles Norman, *E. E. Cummings: The Magic-Maker* (rev. ed. Indianapolis and New York: Bobbs-Merrill, 1972), p. 284.

美,从而形成鲜明的对比。

在《不谢》中,肯明斯以一贯的自由风格随意改变构词方式和词性,如他特别喜欢用前缀"un-",可以把它放在任何一个名词前面来否定这个名词的实质;为了使语言具体化,他用动词、形容词、副词来替代名词,以此使语言产生动感而不致呆板。肯明斯还运用普通词汇的不同用法来延伸词的内涵,扩大词的比喻义。诗集中的一首著名的试验诗歌《蚱蜢》("r-p-o-p-h-e-s-s-a-g-r")在语言上作了大胆的尝试。"蚱蜢"(grasshopper)这一词的正确拼法在三次字母乱排之后才出现,而这样的字母排法恰恰反映了蚱蜢无拘无束的冷不防地跳跃,忽即忽离,难以琢磨。蚱蜢的跳跃性在肯明斯笔下通过视觉效应非常传神地表现了出来,诗中的每个细节都服务于整体的视觉效果,读者阅读这首诗,就像欣赏一幅画。在这首短小的诗中,肯明斯的作画风格和写诗风格珠联璧合。

1938年出版商把肯明斯的零散的诗歌合集成《诗集》(*Collected Poems*, 1938),共有315首诗,其中22首是新创作的,其他的则是在已出版的诗集中出现过的。肯明斯在这本书的前言中写道:

> 这里的诗是为你,为我,而非为芸芸众生所写。芸芸众生与我们是不一样的,这点不容置疑。芸芸众生与我们自己毫不相干。你和我是真正的人类;芸芸众生则成了庸人……

这里肯明斯再次重申他崇尚个人的价值观,认为个体是能爱能重生的,而芸芸众生则害怕重生,平庸懒惰。与以前的诗集相同,这本诗集的最后一首也是一首十四行诗,诗的最后是这样结尾的:

> 我宁愿学一只鸟儿如何歌唱
> 也不愿教万颗星星如何不舞

这里诗人用温和的语言暗示了科学的发展(这里指的是天文计算)会毁灭宇宙奥秘的诗情画意。这两行诗给整首诗,整本诗集画上了精彩的句号。四五十年代,肯明斯进入创作鼎盛期。《诗歌50首》(*50 poems*, 1940)是肯明斯的又一本诗集。这些诗除了更简洁更富哲理外,与以前的诗集一样,仍然由句法上大胆的嘲讽诗和抒情诗组成。这本诗集包括经常出现于文学选集的名诗《某人曾住在一个多美的小城》(anyone lived in a pretty how town),这首诗探索了个人与社会的关系。某人住在一个小城里,小城在茫然中度过一个个春夏秋冬,城里的人不关心某人,孩子也在长大后开始忘却如何去爱某人,某一天某人死去，人们依然茫然度日，一切没有改变：

女人和男人（都是咚咚叮叮）
春夏秋冬
收获他们所播种的，走向他们的来处
太阳月亮星星雨水

诗集中还有另一首有名的写给他父亲的诗《我的父亲在爱的毁灭中走过》(my father moves through dooms of love)。这首诗是肯明斯为了纪念已过世的父亲。诗中，世界充满邪恶，需要悔改，而个人不应逃避这种堕落，而是要拯救世界。父亲在这里是个理想人物，他"以灵魂生活"。这首诗是关于"爱"的。诗的最后说："因为我的父亲以灵魂生活/爱是所有并高于所有。"肯明斯认为，只有爱才能根治邪恶的社会，无爱的社会就如"某人曾住在多美的一个小城"中的小城一样，人人自私冷漠，"睡着自己的梦想"，年复一年地混沌度日。诗集中的"爱情比忘却深厚"(love is more thicker than forget)是一首优秀的爱情诗，诗中认为爱情"比海洋更深"，"比天空更高"。

1944 年，肯明斯的最重要的一本诗集《1×1》出版，肯明斯进入创作成熟期。诗集反映了诗人对外界对他人的关注，对生活的热爱。与他的前期作品相比，这部诗集语调较柔和，嘲讽诗的比例也少了很多。诗集中的 54 首诗可分为三部分，以季节的变换为序，从黑暗到光明。第一部分题为"1"，描写秋天的意象，表现人的沦落和黑暗的一面，如《不要怜惜怪物般的不善的人类》(pity this monster manunkind/not)，诗中说："进步是一种舒适的疾病"，认为人类的物质进步会使人变得更渺小，因此要爱自然，而不要爱人工创造的世界。这部分的最后肯明斯还把诗集的标题"1×1"的含义暗示了出来：个体与爱相结合，才能使个体完全。第二部分"×"以冬天的雪花这一意象开始，冬季在这里不再是残酷的象征，而更多的是安静、恢复的象征。与第一部分对外面世界的嘲讽语气相比，这里诗人开始沉思内息，关于爱情的诗歌也开始多起来。最后一首诗《亲爱的！因为我的鲜血能歌唱》(Darling! because my blood can sing)由四个诗节组成，分别表现失去爱情的四种心态：害怕、怀疑、怨恨和心灰意冷，最后，情人的一个眼神让他感到四月将至，春天即到，于是他又有了希望。第三部分，他开始描写鸟儿花儿迎来春天，这里爱情诗和颂扬诗占主导，语调欢快乐观。

评论界普遍认为，这是肯明斯的一部精炼的成熟之作。以前的诗集都仅仅是诗的堆积，而这部诗集的三个部分相互呼应，彼此承接成为一个有机的整体。在一个厌倦战争的国度里，肯明斯的《1×1》带来了欢快的气息，因此很受欢迎。肯明斯为此获得了“雪莱纪念奖”。

1946年,肯明斯与女儿南茜的重聚促成了他最成功的剧本《圣诞老人:一个教训》(*Santa Claus: A Morality*, 1946)在圣诞节前的问世。这是一篇儿童圣诞童话,同时又是一本道德剧,表达了肯明斯的快乐来自施爱和付出的信念以及对物质主义的反感。次年,牛津大学出版社出版了肯明斯的另一部诗集《*XAIPE*》,标题是希腊文,意为“喜悦”。正如题目所说,这本诗集中的71首诗中嘲讽诗为数不多,多是赞美的喜悦的诗篇。诗集中肯明斯首次把超验的宗教信仰作为真实的存在而不仅仅把它看作是世界罪恶的解药。这点在主题的选择上可以看出,71首诗中只有一首是直接为丑恶的城市而写的,而乡村生活的景象(以“快乐农场”作为背景)对他的极具吸引力,可以让他感受到超验的信仰。诗集以一轮满月开始,又以一轮“来自天空的祝福的明亮卷须”新月结束,以此类比人类社会:就连月亮都在不停地变换轮回,这个怯懦乏味的社会也可以因为大自然的奇妙而消失并重头再来。①

50年代,肯明斯成为美国当时最有名的诗人之一,也是继弗罗斯特之后在学术界颇受欢迎的一位诗人,特别深得大学生的喜爱。1952年至1953年,肯明斯被邀请到哈佛大学讲学,先后作了六个讲座。这些讲稿后以《我:六篇非演讲稿》(*i: six nonlectures*, 1953)为题由哈佛大学出版社出版。前三篇关于他的早期生活,后三篇谈了他作为诗人的发展道路。1954年,肯明斯的第一部诗歌全集《诗歌1923—1954》(*Poems 1923—1954*)出版,受到了普遍的关注。为此他还获得了国家图书奖。

殊荣接踵而来,1958年,他又获得耶鲁大学博林根诗歌奖,而他最长的一本诗集《诗歌95首》(*95 Poems*)也在同年出版。尽管当时的肯明斯已有64岁,但他的这本诗集却依然充满活力。同《1×1》一样,《诗歌95首》在整体上也是以季节为序的。他在给朋友的信中这样写道,“《诗歌95首》是隐喻季节的又一个鲜明的实例:第1首,关于落叶;第41首,雪;第73首,大自然的苏醒”。这本诗集的另一个显著特征是诗的视觉效应。诗歌的主题往往由诗的形状体现,如第2首描写新月的诗,诗人没有指明他写的是新月,但诗的形状,文字的排列却是一轮月牙儿;再如第24首诗,以字母“e”在四个角上形成一个正方形来形容一个城市花园;当然,最有名的要数第一首诗“l(a”,诗人把这首仅有20个字母的短诗在视觉上排列成数字“1”的形状。这首诗是肯明斯视觉诗的经典之作,我们可以一起欣赏一下:

---

① E. E. Cummings, *Selected Letters of E. E. Cummings*, edited by F. W. Dupee and George Stade (New York: Harcourt, Brace and World, 1969), p. 261.

l(a

le
af
fa

ll

s)
one
l

iness

如果肯明斯仅仅是个意象派诗人，也许就只需写“a leaf falls/loneliness”(“一片树叶落下/孤独”)就够了，这样以最简洁的文字通过自然界的景象来类比人的情感在意象派诗歌中是很常见的。但肯明斯不仅是意象派诗人，更是个视觉诗的先锋。为了突出“孤独”这一主题，他把整首诗竖起来，形成一个“1”字，代表着孤单的人生；不仅如此，整个形状更像一片树叶孤单单落下的过程。这里似乎在告诉人类：孤独的人生就像秋天的落叶一样，到头来只会徐徐地陨落，孤单单回归尘土。

肯明斯的晚年是与玛丽恩在“快乐农场”度过的，在那里他沉湎于大自然的美好之中。1962 年 9 月，肯明斯因脑溢血逝世，享年 67 岁。他留下了一本未完成的诗集，后由书志学家乔治·弗米吉和玛丽恩合成集《诗歌 73 首》(*73 Poems*，1963)。诗集中有 27 首是新创作的，记录了肯明斯在“快乐农场”度过的幸福的童年和晚年。

尽管肯明斯的诗歌在后期没有多大的发展，不像庞德、叶芝、艾略特等现代诗人那样，每一时期的作品都有一定的变化，但他的艺术风格却逐步趋于完美。肯明斯用叛逆性的语言表达情感的自由，这使得他在 60 年代依然备受欢迎，并在不知不觉中拥有了一大批追随者。肯明斯是具象诗(concrete poetry)的先驱，他把诗歌作为一种可视艺术，通过独特的排版法，把单个的词在视觉上的美表现得淋漓尽致。同小说家纳博科夫一样，肯明斯提倡玩弄文字游戏。当然，由于肯明斯过分注重诗歌的形式，难免在主题的深化上缺乏一种应有的深刻性。尽管如此，肯明斯的诗歌仍然广为流传，在美国诗歌史上占有不可或缺的地位。这位宣扬个性的现代派诗人,其令人过目不忘的作品和独特的人格魅力,一直深深影响着后世。

## 第十五节
## 穆尔的诗歌创作

翻开穆尔的诗集,不管你喜欢与否,理解不理解,你就得承认这是她的诗,一个生机盎然的意象世界,到处充满了“优美而富于异国情调”的物体。穆尔的诗篇立意新颖、意象奇特、内涵深邃,就像“印象派”的绘画一样斑驳而又和谐,层出不穷的既新奇又深刻的形象比喻,还有无拘无束而又平静如水的叙述声音,使你如同置身一个幽深、奇丽,又有点神神秘秘的虚幻世界。

穆尔的诗歌源于感觉,或者说她的艺术殿堂是以感觉为基点构筑起来的。她有一种极为敏锐、丰富、强健的艺术感觉。对生活的种种感觉,不仅可以在创作中幻化为五彩缤纷的意象群,同时可以强有力地启动诗人的各种感官如视觉、听觉、触觉,以及联想、想象、幻觉等心理活动同时运作。诗人就在这种漫无边际、混沌不分的感性世界里沉浮、漫游、寻觅,营造着自己的艺术天地。她以敏锐的目光捕捉着事物的每一细微之处,用诗歌对它作最精微准确的描绘。

玛丽安娜·穆尔(Marianne Moore, 1887—1972)出生于密苏里州的圣路易斯,在这里她度过了愉快的童年生活。穆尔曾就读于布林茅尔学院和麦茨戈学院(Metzger Institute),毕业后做过教师和图书管理员。1912年她开始发表诗作。当时意象派很活跃,足以形成一股诗潮。这对初涉诗坛的穆尔来说不失为一种鼓励。她与意象派诗人频繁交往,切磋诗艺。因此,她的早期作品或多或少带有意象派诗歌的某些特征,如注重语言的精确和非人格化的表现手法。经过几年的创作实践,诗人发现自己并非属于意象派而是一个真实主义者。穆尔这才意识到自己在诗歌的见解方面原来与同窗好友H. D.是何等的不同。于是,穆尔开始疏远意象派的诗风,探索自己的诗歌之路。1916年,她终于以其富于创新精神的诗风引起美国诗坛的关注。不久她的第一部作品《诗集》(*Poems*,1921)在H. D.策划下问世了。这部由24首诗组成的诗集又在1924年以《观察》(*Observations*)为名再版,并获得一致好评,因之穆尔荣获了“日晷奖”。从此她声誉日隆并被推举为很有影响的文艺刊物《日晷》杂志的主编,这样她可以广交朋友。因为工作的缘故,穆尔结识了诗坛上几乎所有的名家高手,其中声望最大的要数庞德、休姆、康拉德·艾肯、托马斯·曼和

T. S. 艾略特等人。[①] 他们积极为她撰稿，支持她的工作，这对穆尔促动很大。

编辑之余，穆尔勤奋写作。1935 年，她出版了《诗选》(*Selected Poems*)，艾略特为之欢呼并主动为它作序并称赞说，“在这些诗中，有一种天然的敏锐和睿智深情保持了英语的活力”。随后其他诗集也接踵而至：《穿山甲及其他》(*The Pangolin and Other Verse*，1936)、《什么是岁月》(*What Are Years*，1941)、《然而》(*Nevertheless*，1944)、《诗集》(*Collected Poems*，1951)、《像一道防波堤》(*Like a Bulwark*，1956)、《呵，变成一条龙》(*O To Be a Dragon*，1959)、《告诉我，告诉我》(*Tell Me，Tell Me*，1960)和《诗歌全集》(*The Complete Poems*，1967)等。如果从 1912 年初涉诗坛算起，穆尔在诗坛上足足耕耘了半个多世纪。她毕生劳作换来了许多荣誉。除日晷奖外，穆尔几乎囊括了美国现代全部诗歌奖，如 1935 年获里文顿诗歌奖，1951 年获博林根奖，1952 年获普利策奖和全国图书诗歌奖。

长期的创作实践使穆尔形成了自己独特的诗歌理论。她认为，诗歌有其独特的与音意相关的语言；诗人的任务就是以一种能为人们所接受的特定形式的语言表达出自己的心声。诚然，穆尔以其特有的语言方式建构自己的艺术殿堂。她着意描写自然界平淡无奇的事物，以白描的手法呈现出她所热爱的动物、植物，让物象自己架筑一个完美的意义世界，正如她自己所言：“在这些看似毫无意义的事物背后的确有一些重要的东西。”[②]

任何一个有成就的诗人，都是因为他在诗歌艺术的开拓方面有着独特的贡献。在穆尔的诗中，最早引人关注的是她的物象诗。就总体而言，诗都是离不开物这个描摹的对象的，然而，穆尔的物象诗却有与众不同的地方，诗人是利用对动、植物的关注表现自己的情愫的。在手法上，诗人主要采用了白描，无论植物还是动物，其姿态都被刻画得惟妙惟肖，丝毫不见斧凿痕。当然这种精细的描绘也包含了诗人的审美选择与审美判断。正是这样的选择与判断把独特的物象与其周围环境融合在一起并赋予了独特的诗意。

穆尔诗的一个显著特色就是诗中有一种未加渲染的瑰丽绚烂。她以敏锐的目光捕捉着事物的每一细微之处，用诗歌对它们作最精微准确的描绘。在《没有天鹅这般优美》(No Swan So Fine)一诗中，诗人描绘了天鹅的形态、动作和颜色：它有一双扁平的脚掌、浅褐色的眼睛，脖子上带着金子的项圈，正斜眼傲视着人们，精美得如同擦光印花的瓷器。诗人几笔勾勒，便把天鹅的美丽形象刻画得栩栩如生。全诗以天鹅和凡尔赛宫的喷泉形成对照：“没有天鹅

---

① 有关穆尔与其他现代派诗人的交往，可以参阅 Craig S. Abbott, *Marianne Moore: A Reference Guide* (Boston: G. K. Hall, 1978)和 *The Selected Letters of Marianne Moore* (New York: Knopf, 1997)这两部书。

② 皮特·琼斯：《美国诗人 50 家》(中译本)，成都：四川文艺出版社，1989 年，第 189 页。

这般优美,没有什么水如同凡尔赛宫的喷泉这般寂静。”无情的岁月掩去了历史的荣辱与兴衰,象征权势与富贵的法国喷泉早已死水一潭,唯有天鹅依然优雅从容,傲视着历史的变迁。诗人这种具体而细腻的状物手法形成了诗中所绘之物的强烈可感性。难怪有人说穆尔是一位精细的制图员。这也算不上夸张,因为她的大部分诗作都是些对客观事物精确、详尽、细致入微的物象描绘。其目的在于寻求一种现实性和客观性。

穆尔往往在诗中摄入了大量的光和色,从而使所绘物象更加生动具体。她的诗极富色彩变化,几乎融会了大自然的奇光异彩。沿着诗人的视线,我们仿佛进入了一个色彩斑斓、意趣盎然的世界:猴子、大象、眼镜蛇、蟾蜍、穿山甲、黑褐色的贻贝、粉红色的水母、黄色的蕨草、紫色的牵牛花等。一个个鲜活的物象组成了一幅幅纵横交错、左右并置的立体画面。这是客观的描写,却蕴含了深刻的哲理性。在这没有些许主观色彩的描绘中却流荡着诗人对生命的执着和热情。

穆尔诗中光和色的巧妙运用,也自然形成了所绘物象的生动具体、强烈鲜明。她的诗极富色彩变化。非但如此,她还十分注意色彩的微妙差异。诗人的笔不仅仅描述一个个具体物象的本来颜色,还写出物象在光的作用下和背景的烘托中色彩的转化和变幻。其中她的名篇《鱼》(The Fish)最为典型:

涉过
漆黑的玉一般的海水
　黑褐色的贻贝
　淤满污垢,
　一开一阖像
　一把

　伤残的扇子。
藤壶装饰着海浪
　躲不过阳光的浸染,
碧波粼粼如同

根根玻璃的纺丝
　撕裂。
在悬崖的罅隙处
　光点斑驳
　时隐时现,照亮了

青绿色的大海。

海水
操着一把铁楔
锤击铁一般峭壁的边缘。
　　峭壁的上面闪烁着

星光，
粉红色的谷物，溅着墨汁的
水母，像绿百合的
　蟛蟹，以及水生的
毒蕈，一个挨着一个。①

在这里，诗歌语言的表现性特征显得很突出，非特指的意象比浅层的色彩勾勒更具诗学魅力，这是因为非实指的意象可以包容比“实”的形象更丰富、更深厚的情感内涵，因此，诗的意义已经远远超出了题材本身。诗人的体验——现实的、外在的、心灵的，无论是动态还是静态，都在诗中交融，汇成了诗人情感的流泉。这里，色彩的衬托，虚与实的对照，具体与抽象的交融，完全是由诗人的审美理想决定的。诗人凭着多种色彩把大海的一隅描绘得十分形象、生动。黑褐色的贻贝，粉红色的谷物；海蜇溅着墨汁，蟛蟹呈百合一样的绿色。这些颜色深浅反差，明暗对照，显出海底世界的斑斓和丰富。这种物体之间的反光和色彩的互相渗透就是穆尔的诗。读着它，我们看到的不再是抽象的文字，而是一个个具体生动、鲜明强烈的形象在浮动、凸显。

在穆尔的诗中，“我”常从画面中消失。她的诗是纯客观的，例如《教堂尖顶上作业的人》(The Steeple-Jack)这首诗，其中写道：

丢勒在这样一个小镇，
应该看到生存的理由：
这里有八条搁浅的鲸供人观赏；
这里，海水刻着波纹
匀称而有规律，宛如鱼背上的鳞片。
在风和日丽的日子，你的家里飘来了大海的馨香。

---

① 本文以下所引诗歌均出自 Marianne Moore, *The Complete Poems of Marianne Moore* (New York: Macmillan, 1967)一书。

这里诗人叙述的格调看似平缓,其实不然。她不断地转换着视角,将描写的镜头拉远,使一个个意象在我们的面前纷呈迭起。时而空中飞鸟如“海鸥绕着灯塔飞翔”,时而是地上的走兽,如“老鼠”“眼镜蛇”;时而是水中“鱼”“大螯虾”;时而又是地上的“枝蔓”“绿草”。诗中描绘的物象大小不一,既有庞大的鲸又有细小的蝾螈。无论大小与静动都被描绘得细致入微,每一羽翼的颤动,每一叶片的脉络,就连一般人极易忽视的微小物像,都被诗人以画家之眼力一一捕捉。有时全诗纵横数百行,几乎都在描绘一些与诗题毫不相关的五花八门的事物,真像一个琳琅满目的自然博物馆。诗中景物并置,形象层叠。就在对自然界作多角度、全方位的观照过程中,诗人仿佛沉入了一个流动着的世界的混沌。穆尔通过想象来表现自己内心中瞬间的闪念,世上万物无论大小、伟大与卑微都有其存在的意蕴,只是人们视而不见,或不能理喻罢了。诗人经常从动植物,从自然界取得她的题材。但她的诗常是从具体的细腻的描写出发,引出她认为是深刻的哲理。然而诗人是沉默的。在她客观的叙述语调中确实蕴聚着感情的风景和大自然勃发的生命意识。由此可见,穆尔还是一个想象的诗人。读她的诗,我们不再觉得诗中的物体是物体,而是把它们看作我们存在的条件,它们与我们的感觉是不可分离的。

穆尔的诗打破了语言在时间上的层递性和绵延性,想象驾驭着诗笔在广袤的空间自由驰骋。她从自然界获取灵感,把本不相干的一个个意象片断连缀起来,编织一幅幅图画,造成一种突兀、一种新奇。她的《诗》(Poetry)真可谓难得的佳构:

> 我,也不喜欢它,有比这竖琴更重要的东西。
> 可是,读它,又满怀着鄙夷,你终究会
> 发现其中有一片真实的净土。
> 　　能攫取的双手;会
> 　　张大的眼睛,如果有必要
> 　　　　头发会竖起,这些事所以重要,并非因为
>
> 它们可以让你夸谈,而是因为它们有用。……

这里,无论是“攫取的双手”“张大的眼睛”,还是“头发会竖起”都是人类生活中最最普通和微末的活动了,但在诗人眼里,它们是极其重要的,这倒不是因为人们可以对之夸夸其谈,而是它们有用,它们自然地相随于每一细节的生活中。然而,就因为它们司空见惯,寻常单纯而被人忽略。再如:

蝙蝠

倒挂着头，或是
捕食，大象前行，野马打滚，狼无倦地
　　守在树下，冷漠的批评家猛地搔痒，
犹如
马被跳蚤咬了，棒球
迷，统计员——
这是行不通的，
若毫无差别地对待“公文和
课本”；……

诚然，人们对“蝙蝠捕食”“马搔跳蚤”之事从来不屑一顾，却不知这些卑微的小事同样深含意蕴。从诗中我们听到了诗人的声音，即世间万物无论大小都有其存在的意义。她向我们展示了一个有卑微和伟大、丑恶和美好的世界。这确乎是一种完全东方式的思维方式。禅宗就认为，一切皆空，空即如，如即顺乎自然，如其本然。如即我和这个世界的基础。万物在我们对空或如的认识中本真地呈现出来，是无意识的巧合，还是精神的共通？在西方文明面临着广泛的意识形态危机的时候，诗人的心和古老的东方文明发生了共鸣。在气象万千的世界里，谁优谁劣呢？斗转星移，亘古未变；春去秋来，花开花落，世间万物无不循着自己的本性生生不息。就此而言，无论大象还是蝙蝠，如果脱离了人本中心和理性的尺度，它们均是同一无差别的，它们如其自然地存在着。

由此可见，事物的名称无关宏旨，诗人意在回归自然，在事物的自然状态中直接洞见事物的本质。穆尔就是这样向人们揭示：微小中含有伟大，自然中隐藏真理。在每一株野草的叶片上，在每一条小虫的蠕动中，都有着一种真正超乎所有贪欲的、卑下的人类感情的东西，都包蕴着生命或生存的最深神秘。

穆尔诗中，动物行游自在，植物生机盎然。每一个有生命的或无生命的现象都在向人们揭示一个存在的真理：真不在将来某个时刻和你之外，而是你本来具足，当下现成。因之，“意义”或“生存”的意义存在于自然和人的本质中，而不是由谁赋予和投入自然的；所以说，诗人的使命不是去发现它，而是正视它，展示它。穆尔的《诗》从内容到形式都表述了这样的思想。《诗》像她的其他诗作一样，没有根据传统的格律来写，而是按音节来安排诗行，使她的诗看上去更像一篇精练简约的散文。虽然这首诗没有什么韵律，读起来却依然朗朗上口。诗人正是通过语气的长短、停顿使诗具有节奏感和旋律感。这种特殊的结构强化了诗的体验性，剥开层层的艺术包装之后，每一层都有其独特的意味，诗人的感情不再是直接地流露，不再是一览无余，而是显得更有余味。它不仅仅是这首诗的一种诗质，更重要的是通过这种形式能够传达一个思想，即世上万物无不重要。诗中的“蝙蝠”就是蝙蝠这个动物本身。即便是每一最小的单位也都是意义的载体。每一个体的存在，不管是人、动物、植物还是物，都在其本性上显示了自身，它们在个体性上完全自决，不受制于任何别的东西。树即树，狼即狼，万物皆如其本然，各有分际。然而唯有如此，每一事物才能与其他任何事物平等无碍。因此，诗人继续写道：

……只有能表现
　　“有真的蟾蜍在内的想象的花园，”
以供参观、检验，我们才会有
诗。同时，如果你一方面要求
诗的新鲜原料保持
　　其新鲜，而且
　　另一方面
　　保持真诚，你就对诗真有了兴趣。

蟾蜍在人们的心目中一直是丑陋的别名，可是诗人将它邀进艺术的殿堂。穆尔写一切动物和植物，因为只有它们是自然地依照本来样子生活，它们没有经过现代文明的洗礼。而人有自我意识，当他从外部审度自己，审视世界那时起，他就与自我和世界疏离了。人也曾经自由自在，无拘无束，只是理性的介入切断了这种单纯与自然。因此，在诗人看来，人们去思辨、分析，这便是人的执迷；人们以自我为中心去审度一切，这便是人的轻薄。只有超出轻薄与傲慢，成为“想象的直写主义者”，才会有真正的诗。生活里一切都可以入诗，对诗料不作任何雕饰是穆尔对诗歌创作提出的标准，充分体现了其诗歌风貌。①

诗人是时代的代言者，穆尔用沉默表达了对现实和文明的反叛，在悄然中找回失去的意义。无论是西方哲人式的“回归事物本身”，还是东方禅家所谓“如其本然”，都旨在冲破理性的桎梏，摆脱人本中心的束缚，在事物的本然状态中去观照一切。从某种意义上讲，穆尔的诗融会了这两种哲学思想。在一个传统和价值失落的时代，诗人无疑试图从这里找到一条出路。她不再是从外部寻绎一个意义或价值，而是直接返归本然的世界，因为诗人认为，形象之

① 有关穆尔对诗歌创作的见解，可以参阅 Patricia C. Willis ed. *The Complete Prose of Marianne Moore* (London: Faber & Faber, 1987)一书。

外的意义无所谓有无，事物的本质与其呈现的形象统一于一体。自然本身就蕴含着自己的回答：诗人心中装着一个尽善尽美的乐园。穆尔的诗虽然客观地展示一个由花草虫兽构成的自然的世界，似乎有几许沉寂，但是在这平静的写实中，无论有生命的还是无生命的都透射出一种精神的光焰。那是诗人感情的潜流在回荡；那是诗人心灵的呼唤，生命的礼赞。所不同的是，穆尔善于用无声的语言歌唱。在她亦恨亦爱的沉默中，诗人并没有淡忘诗的想象。对生命的挚爱驱使她去营造一片片融融的净土。

由是观之，穆尔的探索是智性的，她的诗充满灵性与智性，因而具有独特的诗美特征：细腻、真切，富有韵味，含蓄而不晦涩，凝重但不呆板。她的诗的智性使作品获得了较高的哲学意味，于体验之中深含思辨与哲理。灵性与智性的巧妙结合便构成了穆尔诗歌的整体风貌，朴素但不浅薄，平凡却又神奇，这是诗人高度文体自觉性的最终艺术效应。

俗话说："人到中年万事休。"穆尔却不然，即便她已步入古稀之年，穆尔也未停下探求的步履，内心的种种情愫特别是对人生与艺术的双重挚爱促使她不辞笔耕。耄耋之年的她仍时有华章问世。因此，穆尔的一生是勤奋耕耘的一生；是执着探索追求艺术真理的一生。她不尚言谈，但总是沉思着，默默地面对纷繁复杂的人生以找寻自己的心灵依托。穆尔天生具有诗人气质：外表沉静而内心敏慧，充满爱心而又善于体验。茫茫诗路上有她艰难跋涉的足迹。她从不囿于现成的形式，但她的每一首诗却有其严格的形式。这一点很受后人青睐，其中詹姆斯·迪基更是赞不绝口。他曾表示："如果他不得不选择一个诗人用我们已有的物料建造天堂的话，他将选择穆尔，因为她的天堂更像地球，因为她灵敏的反应和智性把它雕琢得美轮美奂，与现实相距甚远。"①

## 第十六节
## 奥登的诗歌创作

在 20 世纪的英美诗坛上，威斯坦·休·奥登(Wystan Hugh Auden, 1907—1973)是一位举足轻重的人物，他继艾略特之后，发展了现代主义诗歌并把现代主义诗歌引出学院派的象牙塔，使之与丰富的现实生活紧密连接了起来。

① 引自张子清著：《二十世纪美国诗歌史》，长春：吉林教育出版社，1995 年，第 239 页。

奥登出生于英格兰约克郡的一个笃信基督教的中产阶级家庭,父亲是医生,母亲在大学学过法语,毕业后又学过护理。奥登出生后的第二年,他的父亲放弃了在家乡的诊所,举家迁往伯明翰,应邀来到该市做教育系统的医疗官员并兼任伯明翰大学的教授。奥登的童年在伯明翰度过,小时候就开始阅读他父亲书房里的五花八门的藏书。早年的奥登在私立学习受教育,八岁时开始离家上学,在学习中各方面都有出色表现,音乐、数学和体育尤其出色。在小学时奥登就表现出对文学的兴趣,组织过文学社,自任社长并开始写诗。15岁时,奥登的《黎明》(Dawn, 1922)在校报上发表,这是他正式发表的第一首诗。诗人奥登对自己的要求十分严格,17岁时对自己的习作不满的奥登把自己的诗歌习作当着朋友的面全部扔进池塘(但当天晚上又潜入池塘把诗稿捞了上来),并宣布自己将献身科学。1925年,奥登获得一份自然科学奖学金,进入牛津大学基督学院学习,他转学过政治、哲学、经济学,最终转学英语,并对英语导师说,自己毕业后"准备做一个大诗人"。

少年奥登在初学诗歌的起步阶段模仿的是20世纪前的一些诗人,如哈代和华兹华斯,从他的《黎明》中我们也许能够窥见一些端倪:

浓雾消散在广阔的大地,
周围笼罩着神圣的沉思,
雾霭的尽头燃烧着火焰,
地面上落下剔透的水晶。[①]

进入大学后,奥登接触到并迷上了连他的大学老师也弄不懂的T. S. 艾略特,明确了自己诗歌创作的方向。在大学期间,奥登的诗歌才能够在大学校园里露出了头角,在他的周围聚起了一批爱好诗歌的同学和朋友。在大学毕业的前一年,奥登试着向费伯出版社投稿,审稿人正是艾略特。三个月后,艾略特退回诗稿,但在退稿信中表示有兴趣跟踪他的作品。奥登对此并不十分灰心,他认为艾略特的态度是对他的夸奖。1928年,奥登从牛津大学毕业,同年夏天,他的诗友斯蒂芬·斯彭德在暑假里利用自家的小印刷机排印出了他的第一本诗集,只印了三四十册,在亲友中传阅。

---

① 译自Charles Osborne, *W. H. Auden: The Life of a Poet* (New York: Harcourt Brace Jovanovich, 1979),第26页。奥登一生对自己的诗作不断修改,在他的诗歌全集里,有些早期的诗歌已经被改得与原作很不相同,早年的一些比较激进的诗歌则被诗人完全排除在全集之外。在本文引用的诗歌中,奥登创作于1939年前的诗作用其第一次发表时的原作,他于1940年后发表的诗作根据其诗歌全集(Edward Mendelson, ed. *W. H. Auden: Collected Poems*, New York: Random House, 1976)译出。部分译文选用查良铮的翻译,参见查良铮译:《英国现代诗选》,长沙:湖南人民出版社,1985年。

1930年，奥登的剧本《两面清账》(*Paid on Both Sides*)在艾略特编辑的《标准》杂志发表了。这是一个罗密欧与朱丽叶式的爱情悲剧，剧中穿插着大量诗体对白和齐声诵白。艾略特对友人称该剧本的作者"差不多是近几年我发现的最好的诗人"。奥登把自己修改后的诗集再向费伯出版社投稿，这一次被艾略特接受了。1930年底，奥登的《诗篇》(*Poems*)正式出版，这是他由商业出版社出版的第一部诗集，出版后反响颇佳，使他在英国诗坛上一举成名。他在30年代另外还发表了两部诗集，并与克里斯托弗·伊舍伍德(Christopher Isherwood, 1904—1986)合作创作了三部戏剧，还分别与路易斯·麦克尼斯(Louis MacNeice, 1907—1963)和伊舍伍德合作发表了他们在冰岛和中国的游记。

30年代的奥登带着刚出大学校园的年轻人的朝气，有指点江山的气概，在诗中表现出虎虎生机。例如，早期的奥登特别喜欢从居高临下的俯瞰式视角营造气势恢弘的意象；在《考虑》(Consider, 1930)的开头，奥登写道：

在我们的时代请考虑这一点
正如雄鹰或戴头盔的飞行员所见：
云层忽裂——请看
在烟蒂燃尽处
一年中的首次花园聚会。

当年的英国社会受经济大萧条的影响，又笼罩在不久即将爆发的大战的阴影中，充满了焦虑和茫然。奥登的诗歌以如此开阔的视角，一扫郁闷之气，令人顿生豪情，为英国诗坛吹进一股清新爽朗的新鲜空气。

在30年代的诗坛上，奥登仿佛一颗超新星，"被他的同时代人当作是英国诗歌的救星"。① 引人注目的是他的左倾思想和以诗歌积极干预时代生活的态度。奥登虽然是跟在艾略特的后面，走的是现代主义诗歌之路，但他不囿于现代主义诗歌的玄学冥想的象牙塔，对当时的社会现实以及时代的重大事件表现出极大的热情，并用自己的诗歌去描写、批判或鼓励。奥登曾去过西班牙，参加西班牙人民同佛朗哥的法西斯叛军的战斗，写下了著名的《西班牙》(Spain, 1937)；他到过中国，亲历了中国人民的抗日战争，留下了一组重要的十四行组诗《战时》(In Time of War, 1938)。30年代的奥登给读者和批判家留下的印象是一个充满生机活力的青年诗人。很多评论家称这个时期的奥登

① Ian Sansom, "What's Become of Wystan?" in *Poetry Review*, Vol. 86, No. 1 (Spring 1996), p. 15.

是个马克思主义者,封他为包括诗人斯彭德和麦克尼斯等作家在内的左派作家的头目,把这一群实际上一无组织二无共同纲领的作家称为"奥登集团"。然而,奥登并不是一个马克思主义者,其诗歌中表现出来的激进更多的是年轻人的热情和社会正义感:

每天,对年轻人是:诗人们像炸弹爆炸,
湖边的散步和深深交感的冬天;
　　　　明天是自行车竞赛,
穿过夏日黄昏的郊野。但今天是斗争。

今天是死亡的机会不可免的增加,
是自觉承担起必要的谋杀的罪行;
　　　　今天是把精力花费在
乏味而短命的小册子和腻人的会议上。

(《西班牙》)

诗中充满了斗争的豪情,在对"昨天"的回顾和对"明天"的展望中,强调"今天"的斗争。在诗中不发出"今天是斗争"豪言壮语的声音不是马克思主义的革命者,而是一个要以今天的斗争来建设"正义之城"的勇士,对鼓吹任何主义和事业的"乏味而短命的小册子和腻人的会议"都不抱幻想,因为任何斗争都是"必要的谋杀",这与历史上历代英雄没有区别,不过这在保守的英国社会的眼中,诗人已够革命的了。

1939 年,在欧洲大战即将爆发之际,奥登却离开英国移民到了美国,这在英国人的眼中无疑是诗人对祖国的背叛,为奥登招来了一片责难声。对于他移民来美国,奥登的解释是自己对英国的社会环境感到厌倦,需要像摆脱父母和家庭的令人窒息的拥抱那样从英国文学界摆脱出来。确实,被奉为救星的奥登满怀热情地鼓励斗争,但听之者众,从之者寡。正如他在《战时》的第22 首十四行诗中写道,在第二次世界大战已局部爆发的情况下:

奥地利死了,中国被遗弃
上海在燃烧,特鲁埃尔失而复得
法国向世界宣扬:
"到处其乐融融。"美国问人类:
"你是否爱我像我爱你们一样?"

当时的英国呢?诗人未加点评,但我们知道,当时它正在"绥靖"。世人以冷漠的态度面对诗人的热情；世界以残酷的现实面对奥登的理想。不久，第二次世界大战全面爆发，奥登的理想破灭了，难怪他在《悼叶芝》(In Memory of W. B. Yeats, 1939)中发出了"诗无济于事"的悲叹。这与其说是对叶芝的评价不如说是奥登自己理想幻灭后心情的写照。此时的奥登不但离开了自己的祖国，也永远离开了左翼阵营，投入到基督教的怀抱。他的这个转变在有关奥登思想发展的讨论中受到很多评论者的关注。但正如奥登不是一个坚定的马克思主义者，他也不是一个虔诚的基督徒。美国的奥登虽然重新回到被他放弃了很久的基督教，但这并不妨碍他享受被基督教视为罪恶的同性恋；他之所以移民美国，除了改变自己的创作环境外，美国社会较之保守的英国社会对同性恋的包容能力可能也是吸引奥登的一个因素。

奥登的读者大多钟情于他早年的作品，不少研究者和文学史家往往把他当作英国诗人。实际上，移民美国后，奥登发表了新作品 20 多部，占他一生发表作品的三分之二以上，其中新诗集在他的美国作品中占半数以上，这足以说明奥登主要是一个美国诗人。

40 年代，奥登正值壮年，创作精力旺盛，发表了五部新诗集，其中包括几篇长诗《两面人》(The Double Man, 1941)(奥登更喜欢它的英国版书名《新年信札》)、《暂时》(For the Time Being, 1944)和《忧虑时代》(The Age of Anxiety, 1947)。在《新年信札》中，1 700 多行八音步诗句分为三个部分，分别从美学、伦理和宗教三个方面进行探索，展示了诗人心境变化的历程，表现了奥登的思想转变，是其重要的过渡性作品。此时诗人放弃了"斗争"，他发现了"爱"。在这首长诗的末尾，诗人写道：

啊，每天无论睡眠还是劳动
我们的生与死都和邻居相通，
爱再一次照亮着
这个城市和狮子的巢穴、
世界的狂怒、年轻人的行程。

发表于 1944 年的《暂时》包括两首长诗，其中的标题诗《暂时》的副标题是"一个圣诞清唱剧"，这是一部散文与诗歌混合的作品，是再生的基督徒奥登为数不多的以基督教内容为题材的作品之一，它从各种角度叙述圣诞故事，但又在其中插入不同时代的事件，暗示基督的诞生既是一个历史事件又超越了时间。这部诗集中的另一首长诗叫《镜与海》(The Sea and the Mirror)，这首诗中的人物是莎士比亚的《暴风雨》中的人物，剧中人物在该剧结束后离开小岛，离开了超越时空的艺术世界，走向现实世界。诗中的大海象征着生活，镜子象征着艺术,奥登借此探索生活与艺术之间的复杂关系。《忧虑时代》则通过四个人在纽约酒吧里的对话,试图揭露他们的心理困扰和时代的弊病,表现了那个时代的焦虑;这首诗为奥登赢得了"普利策诗歌奖",但也为诗人招致不少批评。长诗的创作表现了奥登诗艺的成熟以及他作为诗人的魄力。

奥登到美国后结识了切斯特·卡尔曼(Chester Kallman, 1921—1975),他们成了终身伴侣。从40年代末起,奥登与卡尔曼合作,为斯特拉文斯基、海因兹和纳巴科夫等作曲家创作歌剧剧本,探讨语言的音乐性。与此同时,他持续以旺盛的精力投入诗歌创作,不断有新诗集发表,在美国诗坛上产生着越来越大的影响。1946年,奥登正式加入美国国籍,成为美国公民,这使他有资格先后获得了美国诗歌中的几个主要大奖,除普利策诗歌奖(1948)之外,他又获得了博林根奖(1954)和国家图书奖(1955),并被选入美国文学艺术学院(1954)。在他的晚年,奥登的诗歌得到了国际文学界的承认,他先后获得意大利和奥地利政府颁发的文学奖。到了50年代,久已在美国诗坛上扬名的奥登牢牢地巩固了自己作为一个主要美国诗人的地位。

与其前期的诗作相比,美国的奥登在创作思想方面发生了变化,激进的态度不见了,然而,取代其早期的左倾思想的并不是他所归依的基督教的思想,在他的作品中,真正与基督教相关的只有一篇长诗《暂时》。他更关心的是人类的生存困境;不过,对人类命运的存在主义式的关怀并不是奥登来到美国后的新发现。他早年对时事的介入就出自这种关怀,年轻的诗人曾号召斗争,企图以自己的努力改变这种状况,但他对斗争并不抱有英雄主义的幻觉:他在《战时》组诗中曾肯定过中国人民"必须转身并聚拢得像一只拳头,/迎击那来自海上的残暴",但就在游击队的战斗声中,诗人却又听到了"人"的声音:"哦,教我摆脱这个疯狂吧。"但人类并没有能够摆脱疯狂。理想幻灭后而重新拥抱基督的诗人也曾开出过"爱"的救世良药,但无论是"斗争"还是"爱"都不是灵丹妙药。在奥登早期的名诗《美术馆》(Musee Des Beaux Art, 1938)中,诗人在勃鲁盖尔的名画《伊鲁卡斯》[①]中看见了:

> 一切是多么安闲地从那桩灾难转过脸:
> 农夫或许听到了坠水的声音和那绝望的呼喊,
> 但对于他,那不是了不得的失败;
> 太阳依旧照着白腿落进绿波里;
> 那华贵而精巧的船必曾看见

---

① 伊鲁卡斯是希腊神话中的人物,用自制的翅膀飞向太阳,在接近太阳时,用于粘贴翅膀的蜡融化了,他跌落海中死去。

一件怪事，从天上掉下一个男孩，
但它有某地要去，仍静静地航行。

伊鲁卡斯欲挑战人类能力的极限，终坠海而亡。对于这个悲剧性的灾难，农夫和船家视而不见，依然各行其是，两相对照，衬托出了人生的存在主义式的冷漠和无奈。对比奥登晚期的《阿喀琉斯的盾牌》(The Shield of Achilles, 1952)，在诗人的眼中，这种生存困境依然如旧。人类世世代代重复着苦难，脆弱的理想和期待总是遇到残酷冰冷的现实：阿喀琉斯的母亲以为会在他的盾牌上看到常青藤、橄榄树和秩序井然的城市，但她看到的却是：

千万只眼睛，千万只皮靴排列整齐
没有表情，等待着号令。
空中传来看不见脸孔的声音
数据证明了某个事业的正义
那声调像这个地方一样干平：
没人兴奋也没有商议；
在飞扬的尘土中一批又一批
他们开拔了，带着一个信仰
在另一个地方，它的逻辑带着他们奔赴悲伤。

晚年的奥登心境日趋平和，在他的诗中少了早年的行动，多了安宁的沉思。他不再从"带着头盔的飞行员"的角度俯视一切；他融入了自己眼前的风景。过了中年后，奥登在其名篇《石灰岩赞》(In Praise of Limestone, 1948)中发现："当我设想/完美无缺的爱或未来的生活时，我听到的是/地下小溪流水淙淙，看到的是石灰岩的风景。"奥登一生刻意追求诗歌艺术。他追求思想和内容的真实，晚年的奥登对自己早年的诗歌大加删改，在自己的诗歌全集中抛弃了包括他的名篇《西班牙》在内的很多诗作，保留下来的一些诗篇也往往被改得完全变了模样，许多热爱奥登诗歌的读者对此不满，但这并不影响诗人行使删改自己诗歌的权利。奥登追求诗歌内容与形式的完美结合，在现代主义诗人中，他可能是最注重诗歌形式的。他能够娴熟地运用民谣体、十四行诗、十四行组诗、颂歌、挽歌等诗体进行创作。到了美国后，奥登的诗艺进一步纯熟，在《海与镜》里，奥登借莎剧《暴风雨》中的人物对该剧进行点评，用不同的诗歌形式表现不同人物的讲话内容，运用了维拉内拉体、六行诗、萨福体、三行诗和哀歌对句等形式，表现出了诗人精湛的诗艺。

晚年的奥登除了不断进行诗歌创作外，他还花了大量时间编辑诗选，尽心扶植新人。在英国诗坛上，奥登的影响并没有因为他移民美国而间断。不用说奥登在30年代的诗人中的典范作用，他移民美国后发表的诗歌都是在大西洋两岸同时发表；1956年，功成名就的奥登又被母校牛津大学请回去当诗歌教授，曾因他抛弃祖国而责难于他的英国文学界终于又接纳了这个远游的大诗人。在美国诗坛上，奥登从1947年起为耶鲁大学青年诗人丛书做了12年的主编，成为美国年轻一代诗人的向导，提携了默温(W. S. Merwin)、霍夫曼(Daniel Hoffman)、阿什伯里(John Ashbery)以及霍兰德(John Hollander)等一批年轻诗人。奥登在美国诗坛上的影响是广泛的，更多的诗人从他的诗歌中学到了诗艺。有一则逸事也许能够充分说明奥登的影响力：1956年，奥登在牛津诗歌教授的位子上，著名的垮掉派诗人金斯堡(Allen Ginsberg)和科尔索(Gregory Corso)前来"朝圣"，临别时他们竟然跪在地上吻奥登的裤脚。

奥登的影响不仅仅局限于英美，在中国奥登也有一批忠实的追随者，他们便是在中国诗坛上竖起现代主义大旗的"九叶诗人"，他们当中的穆旦(查良铮)、杜运燮和辛笛与奥登的影响有着极其密切的关系。

奥登与中国很有缘分，他曾于1938年受兰登书屋之托，在中国作了为期四个月的访问，到各地采访，并受到蒋介石和周恩来等军政要人的接见，亲历了中国人民的抗日战争，并写下了著名的十四行组诗《战时》。中国的文艺界人士曾在汉口为来访的奥登举办过一次招待会，田汉当场吟诗一首，盛赞奥登访华的重要意义，把奥登和同行的伊舍伍德比做拜伦：

信是天涯若比邻
血潮花片汉皋春
并肩共为文明战
横海长征几拜伦?!

奥登当场以一首歌颂无名士兵的十四行诗作答，由著名翻译家和戏剧家洪深译成中文，与田汉的诗一起发表在次日的《大公报》上：①

他被用在远离文化中心的地方：
被将军和虱子所遗弃，
在棉被下闭上了眼睛
消失了。这次战役整理成文章

① 见1938年4月22日《大公报》(汉口版)。下文引用的十四行诗是《战时》组诗中的第18首，于当年报纸上的译文略有出入。当时的报纸为了避免与当局龃龉，把"被将军和虱子所遗弃"这一句翻译成"无贵无贱，同已将他忘却"。

但却无人能读到他的姓名：
没有重要的知识消失在那脑壳内；
他的笑话不新鲜；他像战时一样无味；
他的名字和容貌已永无踪影。

他毫无诗意，但对于指挥部的命令，
他像逗点一样为之添加意义。
他在中国变为尘土，使得我们的女儿

得以保持站立的身姿，
不再为犬类所辱，也使得有山、
有水、有房屋之处，也能有人。

奥登虽然未像支援希腊人民斗争的拜伦那样参与中国的抗战，但他此行的成果《战地行》(*Journey to a War*, 1939)却也使得西方"与张伯伦的腔调不同的英国人的声音"，对中国人民的抗日战争给予了道义上的支持。更为重要的是，奥登的访华及其创作于此间的关于中国的诗歌为中国诗人认识和学习奥登提供了契机。

当年，"九叶诗人"还是西南联大的学生，他们所倾心的中国现代主义诗歌是中国诗人在新诗现代化的进程中积极向西方学习的结果，它与以艾略特为代表的西方现代主义诗歌传统有众多的相似之处，但当年国破家亡的现实不容许中国的诗人们埋头于象牙塔里，自我沉醉在玄学的冥想中，所以中国现代主义诗歌在整体上有着不同于艾略特传统的一个重要特点，即它虽然带着浓重的智性成分，但它是入世的，没有脱离现实的社会生活。"九叶诗人"的诗作涉及的生活面广，既写了知识分子的自我，又写了农民、城市贫民和士兵。在政治上，他们思想进步，左倾，他们同情受压迫的苦难大众，常怀有救国救民的热情。在这些方面，与"九叶诗人"相通的是奥登而不是艾略特。他们与艾略特的思想感情距离较远，而对奥登有着强烈的亲近感，所以他们对于艾略特的诗"虽然也读，也琢磨，但一直不大喜欢，不像奥登早期的诗，现在还是爱读"。①

毋庸讳言，在现代主义文学中，艾略特的影响不容忽视，但"九叶诗人"更多的是从奥登的诗艺中汲取营养。奥登对"九叶诗人"特别是对穆旦和杜运燮的影响是多方面的，既表现在诗歌语言方面也表现在诗歌的艺术风格方面，甚

① 杜运燮：《我和英国诗》，载王圣思选编：《"九叶诗人"评论资料选》，上海：华东师范大学出版社，1996 年，第 405 页。

至在人生观上,年轻的中国诗人也与奥登相通。

中国现代的新诗语言有别于传统诗歌语言,而40年代的中国现代主义诗歌的语言也有别于其他新诗流派的语言。"九叶诗人"的语言与其新诗界的前辈如徐志摩和戴望舒等所使用的语言有很大的区别,他们在诗中引入了现代的科学性和工业化的语言,具有鲜明的时代特征。穆旦在《五月》中写道:"而谋害者,凯歌着五月的自由/紧握着一切无形电力的总枢纽。"王佐良曾以这首诗为例,说穆旦的诗里有明显的奥登的影响,"在最后两行里,那概括式的'谋害者',那工业比喻('紧握一切无形电力的总枢纽'),那带有嘲讽的政治笔触,几乎像是从奥登翻译过来的。"[①]这种带有强烈的现代科学特征的语言在"九叶"派诗歌中并不鲜见:"可是欧罗巴文明衰颓了/簇生着病的群菌"(辛笛,《巴黎旅意》);"世界的列车,颠簸在/剧烈的痉挛里;饥饿、贫困"(杭约赫,《复活的土地》);"在自由的天空中纯净的电子/盛着小小的宇宙,闪着光亮/穿射一切和别的电子化合"(穆旦,《在旷野上》)。这种颇具现代性的诗歌语言是奥登诗歌中的一个明显的特征;有的评论家甚至说奥登"在某些方面不像是一个典型的现代诗人,倒是更像一位科学家"。[②] 在《西班牙》中,奥登有这样的诗句:

昨天是装置发电机和涡轮机,
是在殖民地的沙漠上铺设铁轨;
　　昨天是对人类的起源
作经典性的讲学。但这天是战斗。
……

也许,未来在明天:对疲劳的研究
包装机运转的操作,对原子辐射中的
　　八原子群的逐步探索,
明天是规定饮食和调整呼吸来扩大意识

我们把奥登的《西班牙》与穆旦等人的诗篇相比较,便不难看出其语言的密切关系。在"九叶诗人"的诗歌语言中还有一种毋庸置疑的奥登的影响,这便是跳跃式的设喻:"果有自由给微风吹动真理的论争/空气随时都可像电子样予以回响"(辛笛,《寂寞所自来》);"我像满载难民的破船/失了舵在柏油马

① 王佐良:《穆旦:由来与归宿》,载杜运燮等编:《一个民族已经起来》,南京:江苏人民出版社,1987年,第2页。

② Monroe Spears, *Auden: A Collection of Critical Essays* (Englewood Cliffs, N. J.: Prentice-Hall, Inc., 1964), p. 6.

路上”(杜运燮,《月》);“我们20岁的紧闭的肉体,/一如那泥土做成的鸟的歌”(穆旦,《春》)。西方评论家把这种比喻称为“奥登式的比喻”。这种比喻在本体和喻体的关系联想上是跳跃性的、超浓缩的。在奥登早年的诗中到处都是这样的比喻:“这儿的战争像纪念碑一样单纯”;“他们携带恐怖像怀着一钱包/又畏惧地平线仿佛它是一门炮”;“……我们/从没有像大门那样安详而赤裸,/也永远不能像泉水那样完美无缺”。这种比喻与通常的比喻不同,它的最大特点是本体和喻体的类比关系出乎读者的意料之外。从字面上看,无论是奥登的“地平线”与“大炮”,还是穆旦的“肉体”和“鸟的歌”,本体和喻体都是不连贯的,基本上没有相似点。读者必须结合全诗的情绪仔细品味才能领悟一行诗中并置两个似乎毫不相干的意象到底是什么含义。对于这种比喻的艺术效果,同是“九叶诗人”的袁可嘉对此有独到的见解,他以杜运燮为例,说明“现代诗人……认为只有发现表面极不相关而实质有类似的事物的意象或比喻才能准确地、忠实地,且有效地表现自己……它从新奇取得刺激读者的能力使他进入更有利地接受诗歌效果的状态”。并指出“这些比喻的构成上接受奥登的影响十分明显”。①

对奥登来说,在诗歌中运用这种比喻的目的是使诗歌语言重新恢复生机。“30年代的读者受政治宣传的狂轰滥炸,诸如‘暴力’‘悲哀’‘恐怖’和‘战争’等词汇的意义在读者的头脑中变得空洞起来,奥登必须对这些被滥用的词汇进行重新定义。”②奥登在他的十四行诗中把“战争”比做“纪念碑”,把“恐怖”比做“钱包”,使老生常谈的话语一下子新奇起来了。同样,40年代的中国现代主义诗人也面临着激活诗歌语言的问题,于是跳跃性的设喻也被用来达到同样的目的。杜运燮在写《月》的时候,其前人的诗歌,如李白的《静夜思》和二三十年代浪漫诗人的诗歌使月亮几乎成为古典的、浪漫的、田园式的孤独和忧思的定式。然而,现代主义诗人把“我”比做“载满难民的破船/失了舵在柏油马路上”,使得“我”的孤独一下子充满了强烈的现代色彩。

在语言技巧这个层面上,奥登对中国现代主义诗歌的影响还表现在其营造意象时所采用的俯瞰式视角上。这种写作技巧在中国的现代主义诗歌中也有所体现,在杜运燮的诗歌中尤为明显。在《滇缅公路》一诗中,杜运燮写道:

(滇缅公路)航过绿色的田野,
蛇一样轻灵,从茂密的草木间
盘上高山的脊梁,飘行在云流中

① 袁可嘉:《新诗现代化的再分析》,载《“九叶诗人”评论资料选》,第26-27页。

② Margaret Moan Rowe, “Travel with a Poet: W. H. Auden in Iceland and China,” in *Modern British Literature* (Winter 1979), p. 132.

俨然在飞机的座舱里,发现新的世界
而又鹰一般敏捷,画了几个优美的圆弧
降落下箕形的溪谷。

在杜运燮的其他诗篇中还有这样的诗句:“拉长距离,就看得更广,/……/模糊,也许:狡猾与朴质的人都一样/像颗豆,洋房与茅屋只有四方的/屋顶,路如带,行船的水也如带”。这样的写法在中国的传统诗歌中也有近似的先例,杜甫的“会当凌绝顶/一览众山小”似乎可算是应用居高临下式的视角写诗的先驱,但传统的俯瞰写法是静态的,犹如一幅气势宏大的中国传统山水画,而杜运燮诗中的俯瞰是动态的,犹如一段航空摄影的片断,无疑是现代的,其视角一如奥登的“鹰”或“戴头盔的飞行员”。

奥登对中国现代主义诗歌的影响不仅表现在语言技巧层面上,也表现在诗歌的艺术风格上。奥登早期的诗歌中带有很明显的轻松幽默的笔触,即使在表现死亡等严肃题材时依然能够写得凝重中透着轻松。他早年的短诗诗行浓缩,语言简洁明快,充满了锋利的机智,既有蒲柏的遗风,也有打油诗的情调。杜运燮曾承认,他早年所写的轻松诗歌,如《游击队之歌》和《善诉苦者》,是受到了奥登的影响。在《善诉苦者》这首诗中,杜运燮刻画了一个多愁善感的小资产阶级知识分子:

母亲又给他足够的小聪明
装饰成“天才”,时时顾影自怜;
怨“阶级”、“时代”不对,使他不幸,
竟也说得圆一套话使人摸不清。
他唯一的熟练技巧就是诉苦,
谈话中夹满受委屈的标点,
许多人还称赞他“很有风度”。

这首诗的语气充满了嘲弄和讽刺的幽默感,与奥登的一首题为《小说家》的十四行诗如出一辙。奥登的诗中的小说家对自己的身价比不上诗人很是失望。诗人可以语出惊人,可以早夭,可以多年索居,而小说家:

必须挣脱少年气盛的才分
而学会朴实和笨拙,学会做大家
都认为全然不值得一顾的人
因为要达到他的最低的愿望,

他就得变成绝顶的厌烦，得遭受
俗气的病痛，像爱情；得在公道场
公道，在龌龊堆里龌龊个够

值得注意的是，杜运燮的诗不但在语气和笔调上与奥登的诗如出一辙，就连设喻也是奥登式的。奥登笔下的无名士兵之死在历史上“像逗点一样添加上意义”，而杜运燮笔下的善诉苦者“谈话中夹满受委屈的标点”。

时至40年代，中国的新诗还只有一二十年的历史，但已无形中形成了两个明显的传统，一个是风花雪月的浪漫，一个是标语口号式的宣传。前者脱离了生活，过分沉溺于个人的哀怨，后者则脱离了艺术，内容空洞技巧粗糙。用陈敬容的话来说，“一个尽唱的是‘梦呀，玫瑰呀，眼泪呀’，一个尽吼的是‘愤怒呀，热血呀，光明呀’，结果，前者走出了人生，后者走出了艺术”。[①] 但“九叶诗人”却在很大程度上摆脱了这两种传统的束缚，他们的诗大多带有浓厚的智性成分，摆脱了感伤和浮夸。在这方面，奥登在使现代主义诗歌和时代相结合方面的探索给他们提供了榜样。在“九叶诗人”的现代主义诗歌中，抒情和说理都建立在鲜明意象的基础上，智性和感性得到了很好的结合。穆旦在《森林之魅》一诗中，讴歌了在缅甸的中国远征军中的阵亡将士，他写道：

静静的，在那被遗忘的山坡上
还下着密雨，吹着细风，
没有人知道历史曾在此走过，
留下了英灵化入树干而滋生。

对英雄的悼念是战争中最常见的诗歌题材。在穆旦的这首诗里既没有浪漫主义的伤感和滥情，也不见口号诗人的标语式宣传；这首诗感情内敛，但读者不难感觉出这种诗情的张力，轻描淡写的言词中蕴含着对烈士们由衷的尊敬。这首诗既有艺术的深度也有思想内容的高度，踏实而又深沉，与奥登的那首在平淡中见深情的纪念无名士兵的十四行诗有异曲同工之妙。中国现代主义诗人对此诗可以说是情有独钟，穆旦晚年谈起这首诗时还说：“奥登写的抗战时期的某些诗（如一个士兵的死），也是有时间性的，但由于除了表面的一层意思外，还有深一层的内容，这深一层的内容至今还能感动我们，所以逃过了题材的时间的局限性。”[②]感情和智性的结合使这首诗得以世代流传下来，这也

---

① 默弓：《真诚的声音》，载《“九叶诗人”评论资料选》，上海：华东师范大学出版社，1996年，第61页。

② 杜运燮等编：《一个民族已经起来》，第178页。

正是穆旦等中国现代主义诗人在艺术上的追求。

30 年代奥登锋芒毕露,这不仅表现在诗人的才华上也表现在他积极投身现实的社会生活。他不仅亲身经历了这些重大事件,还利用诗歌干预时代生活,写出了《西班牙》和《战时》组诗等著名诗篇,把作为知识分子智性产物的现代主义诗歌从学院式的束缚中释放出来,带进了活生生的时代生活中,拓展了现代主义诗歌所表现的领域。40 年代的“九叶诗人”也同样如此,他们没有、也不可能脱离现实生活,他们从各行各业中为抗战出力;穆旦参加了抗日远征军,是一位真正的战争诗人。在 40 年代的中国,“九叶诗人”当然不能把自己禁锢在自我之茧中,他们记录下了当时社会生活的方方面面:战场、士兵、游击队、难民、通货膨胀以及抗战中的其他种种灾难和光怪陆离的现象。“九叶诗人”与奥登一脉相承,他们都用全新的诗歌语言和技巧记录下了一个时代。

# 第二章
# 现代美国小说的兴起与发展

1865年南北战争结束后，美国的工业迅速发展。到19世纪末，美国已完成了从自由竞争向垄断阶段的过渡，并一举成为世界主要强国之一。但是在垄断资本主义的发展过程中，资本的高度集中造成了严重的贫富悬殊，也导致了各种社会矛盾的不断尖锐化和表面化。美国社会由此又滋生了一种对美国民主制度的怀疑感和对自由理想的幻灭意识。一些小说家开始从超验主义的赞歌声中清醒过来，冷静地面对现实，并重新思考和评价人生和社会。美国文学也逐步摆脱了一向咏叹民主、自由的理想主义而转向表现现实的忧患意识和批判精神的现实主义。这便是美国文学史上所称作的"现实主义小说"。一开始，这一小说流派在揭示社会生活时依然保持了某种乐观的态度和雅逸的情调，故而被称作"温雅现实主义"。其主要代表人物是豪威尔斯。他主张用现实主义的方法进行创作，但并不认为小说家一定要用批判的眼光来剖析美国社会生活中的各种矛盾。他虽然在自己的创作中不同程度地探讨了阶级矛盾、道德规范、妇女和种族等社会问题，但大都从道德角度去理解和审察现实生活中的各类矛盾，希望通过描写美国生活中更快乐、给人以微笑的一面来加强人们对现实生活的乐观精神。

豪威尔斯所倡导的现实主义创作原则并不沿着法国巴尔扎克和左拉等小说家的创作传统，而是继承了英国的现实主义文学传统。因此，豪威尔斯一向拘泥于小说的形式和技巧。在他看来，情欲的东西不能掺入文学，即便它是崇高的。他觉得在小说里不能一味张扬感情的东西，尽量避免把爱情、战争、对饥饿与死亡的恐惧、撕心裂肺的悲剧或使人狂欢的喜剧写进小说。用他的话来说，"人生欢笑的方面……才是美国的本色"。可以想象，豪威尔斯尽管为美国小说的发展开辟了一条道路，但由于他不切实际的温雅主张，这条道路仍然显得狭小，充其量只是一条典雅的小径。

时至19世纪90年代，美国小说基本上把叙述的焦点放在揭示和批判美国资本主义社会的矛盾和各种罪恶现象上。20世纪初，美国文坛出现了一批年轻的黑幕揭发者作家。他们以暴露社会不公、不义为宗旨，创作了一系列小说。这批作家深入到社会各个角落采访调查，以数字和实例揭露黑幕，有力地揭露和批判资本家的穷奢极欲和政府的丑闻。因此，以辛克莱为代表的这批专门揭短的小说家又被冠以"扒泥派"的雅号。尽管这一文学运动持续的时间并不长，只有几年光景，但它将美国现实主义文学又推进了一步，仍然属于现实主义文学范畴,而且这种大规模的暴露文学从侧面又配合了当时美国国内要求政治改革的斗争,有利于改良社会。当然,物质文明的步伐总比精神文明迈得快。美国文学的发展浸染了各种文学现象,是由每个时期不同创作心态浇铸起来的。敏感的知识分子作家在面对来自社会转型时期的种种弊端时总感到不适,甚至茫然而悲哀:有的敢于追问这个正处于变化中的新时代,并力图去感悟它,了解它;有的则迎头痛击,讥笑或谩骂这个缺乏理性而有着诸多不公现象的过渡社会;也有的因抵挡不了新社会的洪水猛兽而退避三舍,绝望地躲进了昔日梦境,陶醉于旧梦重温之中;还有人为自己建立一个孤立的世界,用积木去建筑一个秩序井然的安乐窝。美国现代小说的成长过程中包含了这一切。

在现实主义小说持续发展的同时,自然主义思潮开始出现。随着各种社会矛盾的进一步加剧,小说家们发现,人的一切完全受自然和社会环境的支配。他们敏锐地观察到资本主义发展带来的种种弊病,并以揭露资本主义制度下的社会罪恶为己任,希望人们能够冲破环境、遗传、现状的束缚来获得自由。在豪威尔斯的鼓励下,克莱恩率先推出了具有自然主义色彩的小说《街头女郎梅季》。随后又出现了诺里斯、加兰和德莱塞等小说家。他们或多或少地继承了左拉的创作思想,对工业社会中人生和社会的丑恶面展开了正面的进攻。诺里斯是美国最早把左拉的自然主义技巧运用到小说创作中去的作家之一。无论他的《麦克提格》还是《章鱼》都是典型的自然主义小说,刻画社会底层人民的生活,也使美国小说创作重新焕发出活力。加兰以农村生活为题材的小说同样赢得了一定的读者。不过,把美国自然主义小说向纵深推进的还是那位受到诺里斯支持的德莱塞。他创作的《嘉莉妹妹》是美国小说史上一部划时代的作品,突破了维多利亚时代的、豪威尔斯式的保守与高雅传统。小说全面描写了一个非道德的世界,展示了20世纪初美国社会的残酷和非人性。他后来创作的《美国的悲剧》更是一部优秀的自然主义作品。小说结合了社会学因素和生物学因素,又采用了弗洛伊德的精神分析法。尽管德莱塞因其自然主义描写受到了尖锐的批评,而且还被指责为"粗俗"和"下流",但这毁坏不了他作为最出色的自然主义作家的声誉。德莱塞并没有把人物完全置于黑暗的性本能和潜意识之中,而是以严肃而审慎的态度建构其审美世界。

第一次世界大战爆发前,美国文化界普遍是一片欢乐的景象,沐浴在新世纪的曙光里。人们充满狂喜,认为他们迎来了一个伟大的时代。这时年轻的一代开始活跃起来,美国文化的中心也因此而从具有优厚清教传统的波士顿转到了芝加哥和纽约。这一转变无疑有力地推动了美国文化的进一步开放,也标志着美国文化界开始摆脱清教的严格束缚。在这一转变过程中,不仅欧洲的现代主义思潮纷纷流进美国,而且国内也形成了新的政治团体和艺术团体，发展了一种放荡不受约束的新文化。各种激进的刊物如《群众》、《解放者》和《小评论》等纷纷登台“演奏”。这个时期的美国文学一方面出于激动和喜悦回应新的社会进程，因而引吭高歌，对新世纪作别样的礼赞；另一方面又保持了一种颓唐的怀疑态度，认为一种新的使人类丧失人性的社会力量正日益冲击和改变着美国人的生活环境及昔日的观念和偶像，因而显得格外的冷峻与沉郁。

欧洲现代主义文化一输入美国便成为各种新的精神，受到了美国青年的尊崇与仿效。欧洲现代派的画家和作家们的作品一时成了美国青年一代膜拜的偶像。他们渴望欧洲文明。可是当战争把他们推向战场时，他们震惊了：他们一向憧憬的古老文明所在的欧洲大陆原来是一片被战争摧残了的凄凉的瓦砾景象。第一次世界大战期间，一批曾经受到美国“爱国主义政治口号”蛊惑的、富有浪漫主义思想和冒险精神的热血青年，在亲眼目睹了战争的疯狂和野蛮之后回到了祖国。他们本以为国内民主会有新的发展，然而令人失望的是，他们依然觉得生活在一个受资本控制的荒谬社会。他们在战争中并没有找到自己理想的精神支柱。他们在感到情感上上当受骗的同时对前途丧失了信心。其中许多人思想空虚、精神孤独、麻木不仁，甚至玩世不恭。他们自我放逐，被称为“迷惘的一代”（The Lost Generation）的作家，主要小说家有安德森、海明威、菲茨杰拉德等。他们旅居欧洲，并在吮吸了欧洲现代派的文学滋养后发展了各自独特的风格。他们所取得的举世瞩目的艺术成就使20世纪20年代成为美国有史以来小说创作最辉煌的时期，大大促进了美国现代主义文学的繁荣。

首先使用“迷惘的一代”字眼的是旅欧女作家斯泰因。她是美国现代主义先锋派艺术的主要奠基人之一。她的文学实验和艺术革新思想影响了整个“迷惘的一代”。斯泰因将意识的流动性和柏格森哲学中的新时间概念结合起来进行小说创作。在叙述文体方面，她大胆地借鉴电影艺术，追求小说动的节奏感。可以说，很大一部分美国先锋派艺术是在她的文学沙龙里诞生的。深受斯泰因影响的海明威首先将“迷惘的一代”写进小说，并以其独特的文风引发了一场文学革命。他从欧洲文学大师那里吸收现代派的艺术特点，在小说创作中摒弃了议论、比喻、解释等俗套，大胆地采用简洁明了的陈述和明快的对话等来表达他的“硬汉子”形象，对美国现代主义小说的发展起了推波助澜的作用。20年代现代派艺术在美国方兴未艾，在三四十年代达到了鼎盛时期，并延续到了第二次世界大战之后。

1930年刘易斯首次夺得了诺贝尔文学奖的桂冠，成了举世瞩目的美国小说家，从而结束了英国人所谓“普天之下谁读美国书”的蔑视局面。这也标志着美国文学已经完全走向了世界。刘易斯准确的记录、细心的刻画以及人物漫画的风格为美国小说赢得了荣誉。与此同时,美国南方的一部分小说家也对战后美国社会做出了应有的反应。他们视物质金钱为腐蚀剂,工业科技为剥夺人性之源。在他们的作品中滋生了一种怀旧心绪,留恋一种文明秩序和道德传统,因此被称作"逃逸派"作家。当时活跃在美国南方文坛上的女小说家波特虽不属于这一流派,但她卓尔不群,以独树一帜的创作在美国小说史上留下辉煌的一笔。

20年代美国经济的暂时繁荣造成了股票投机买卖的无限膨胀,再加上生产的过剩,不可避免地导致了1929年10月纽约股票市场的全面崩溃。随后爆发的空前经济危机又将美国民众推向了绝望的边缘。顷刻间,高度繁荣和歌舞升平的景象化为乌有,破产、失业、饥饿和自杀随处可见。这引起了一些正直的作家的关注。他们走出书房,拂去落在自己身上20年代失望和迷惘的尘埃,将个人的哀愁转向社会问题的探讨。他们在目睹了经济危机造成的种种社会弊端之后开始接触马克思主义、社会主义。一部分进步作家开始设想一种可以代替资本主义的新的社会秩序,于是"左翼文学"应运而生。"左翼"小说家的出现又使美国小说沿着更加激进的道路发展。他们与其他小说流派一道共同建筑三四十年代色彩斑斓的美国小说世界。

## 第一节

## 安德森与凯瑟:美国社会转型时期的两位旗手

早在1923年,T. S. 艾略特就把现代世界描绘成一幅"毫无意义、混乱不堪的图景",[①]他的这一观点几乎得到了同时代所有有识志士的认可。爱尔兰著名诗人叶芝也曾暗示过,"一切事物"都已分崩离析。弗吉尼亚·伍尔夫也对那个时代做出相应的回应,她不无感慨地惊呼,"人的性格已经发生了裂变"。[②] 无论是艾略特、叶芝、伍尔夫,还是其他同时代的人,都试图对现代文化的起源、本质及其后果做出某种界定,这么做,他们其实就是想对现代文化做出一种恰如其分的反应。

在美国,现代危机以其独特的方式对世事沧桑做出回应。美国现代化可追溯到18世纪末19世纪初,当然,这还是美国现代化的初创时期,主要表现

① T. S. Eliot, "*Ulysses*, Order and Myth." *The Dial* 75 (November 1923), p. 480.

② Virginia Woolf, *Mr. Bennett and Mrs. Brown* (London: L. and Virginia Woolf, 1924), p. 4.

在思想和政治方面,直到19世纪中后期,美国政府觉得由于前些时期在思想和政治领域内所做的种种变革已经足以成为美国现代化进程的思想武器,于是大胆地着眼于经济改革和社会发展。正如巴里·乌·波尔森所言,“1790年以后美国向现代化过渡,19世纪的高速的持续不断的经济增长率带来了这个国家的令人惊异的转变”。[①] 虽然这种经济领域的变革给美国社会带来了许多负面作用,但是,它毕竟使美国摆脱了一直处于谦卑的地位,一跃而起成为世界工业经济强国。对此,许多美国人都表达了他们矛盾的思想:他们一方面为美国的日益强盛感到自豪;另一方面他们又觉得这场现代化运动几乎冲垮了传统的伦理观念,社会问题日益严重,因而他们对前途丧失信心。现代主义作家的心态更是敏感万分、捉摸不透。“他们一方面隐匿现代感情的某些特质——对历史、科学、演变和进步理性所抱的乐观主义态度;另一方面又显露出其他特质。”[②]总之,在对待现时代的立场上,许多美国现代主义作家都保持了基本一致的态度。他们力图通过审视过去来理解现代的内涵,几乎无一例外地采取了不是排斥就是加以理想化的手段。

舍伍德·安德森(Sherwood Anderson, 1876—1941)和威拉·凯瑟(Willa Cather, 1873—1947)可以说是20世纪初美国文学的两位杰出代表,他们对当时新兴的美国反应十分敏感,并且两者都着眼于世事变迁,对传统价值观念的失却表示惊慌。在他们的作品中,可以读到一种变化的人生态度和生活方式。在他们看来,新型的工业秩序和疯狂的物质主义是引发现代疑难杂症的主要根源。两者几乎都留恋过去那种恬静的、清心寡欲的生活方式,表现出一种怀旧心情。令人奇怪的是,这样两位趣味基本相投的同时代作家却彼此并不了解,也没有对各自的写作发表评论。在众多研究安德森的学者中,也只有一两位曾把他们联系起来作些简短的讨论。其中最值得一提的是金·汤森德。他认为《书人》(*The Bookman*)足以使安德森与凯瑟和威廉·艾伦·怀特等人相匹敌。[③] 但是有关凯瑟的论著却只字不提安德森的名字。比如,1984年玛丽莲·阿诺德(Marilyn Arnold)出版了一本研究凯瑟的文献,其中也未提到安德森。又如,1987年詹姆斯·伍德里斯(James Woodress)出版的《凯瑟传记》,也未提及他。倒是最近有些研究在不同程度上暗示安德森和凯瑟在写作上有一定关联,只是所有这些评论都很简短,有的还只是点到而已。1990年,巴尼斯和诺贝尔推出了妇女作家系列,其中就有苏西·托马斯写的《威拉·凯瑟》。她把安德森和凯瑟作比较,认为两者的最大区别莫过于他们的性别差异,一个

---

① B. W. Pearson, *Economic History of the United States* (New York, 1981), p. 185.

② 马·布莱德伯里等编:《现代主义》(胡家峦等译),上海:上海外语教育出版社,1992年,第36页。

③ Kim Townsend, *Sherwood Anderson* (Boston: Houghton Mifflin, 1987), p. 200.

是男子气十足,歌颂阳刚之气;另一个则要寻找救世良方医治那个早已“男性化”了的美国西部。① 马尔科姆·布莱德伯里在他的著作《现代美国小说》中这样写道:“安德森和凯瑟代表了两种不同的表达方式,用于揭示发生在 1912 年至 1913 年间美国文化上发生的巨大变革。”②可以说,他们是 1913 年变化的理想体现者,因为两者都把对商业主义的反抗戏剧性地写进了自己的作品。可见,比较分析这两位作家对时代的反应会有助于我们认识何谓现代性。当有人说安德森和凯瑟不过写了一些“厌倦乡村”的篇章时,我们应该清醒地看到这两位作家对现代美国所作的种种描述不单单是对时代变革发出的一种哀怨或牢骚,而是代表了一种更为广泛的人文关怀。他们其实是两位为时代的脉搏和场景的变革所纷扰、所侵蚀的作家。安德森和凯瑟虽然在表达失落的情怀方面有相似的一面,但对失落的反应有着明显的差异。安德森对未来发生的事颇感兴趣,注重预想和展望,而凯瑟显得有些保守,20 年代后逐渐成为“一个落伍的人”③;安德森对可能创造的一切满怀希望,想象在美国文化中会出现一种新旧整合现象。凯瑟则对此显得不甚乐观,她专注于失去的事物,始终面对过去。她十分留恋欧洲源远流长的文化传统及其对人的潜移默化的影响。在她的小说里,过多表现一种对已逝事物的眷念和回忆。能够较好体现这两位作家创作思想的,分别是安德森的《穷白人》(*Poor White*, 1920)中的休·默克维和凯瑟《我们中的一个》(*One of Ours*, 1922)里的克罗德·维勒。两者都必须面对乱世,寻找艾略特所谓的“碎片”用以“支撑现代文明的废墟”④。凯瑟笔下的克罗德·维勒因忍受不了生活的压迫只身逃到欧洲。在转向对欧洲文化的迷恋中克罗德获得一种新的价值观,并发誓要为之献身。另一位是安德森笔下的人物休·默克维。在小说结尾时,他也朝着一种虚无的可能性迈进。在他看来,这种可能性既可以使人获得精神自救,也可以使整个美国从文明的废墟上得到复苏。

美国巨大的社会变革早在 19 世纪后半叶就已开始,只是到了 20 世纪初这种变革更显激烈罢了。关于这一点,安德森和凯瑟并没有异议。他们认识到美国经历的无数社会变革中,技术革新、机械化运动和工业革命应该说是最重要的,也是使美国走向强盛的无可辩驳的事实。《穷白人》写的是一则关于一个中西部城镇逐步从一个偏僻简朴的乡村集市转变成一个复杂而又都市化的工业社会。而凯瑟的《我们中的一个》这部小说描写了类似的话题。作品瞄

---

① Susie Thomas, *Willa Cather* (Savage, MD: Barnes & Noble, 1990), pp. 63 – 64.

② Malcolm Bradbury, *The Modern American Novel* (New York: Viking, 1992), p. 85.

③ Willa Cather, “Prefatory Note,” *Not Under Forty* (New York: Alfred A. Knopf, 1936), p. v.

④ T. S. Eliot, “The Wasteland,” *The Complete Poems and Plays, 1909—1950* (New York: Harcourt, Brace & World, 1952), p. 50.

准了那个已经转型的美国中西部社会。

资本主义的发展给美国中西部带来了许多变化，同时边疆生活的痕迹依然存在。于是在这里，边疆地区的褊狭、粗鄙和文化的闭塞等又与商业社会的习气交织在一起，形成了一个独特的环境。《穷白人》和《我们中的一个》恰好是这一独特历史环境的反映。《穷白人》的故事围绕毕德威尔这座闭塞小镇展开。主人公休·默克维流浪到此，发现这里住着一群醉生梦死的人，唯独"空气比较新鲜"[①]。为此，他满怀热情，想通过自己的发明创造来使更多的人受益。于是他全身心地投入到机械制造工业。结果这里未曾见过多少世面的人突然地、普遍地抛弃旧的手工业转向以机械为代表的现代生活。默克维终于发现"全国到处一个样，无论在城镇、乡村，还是新兴的城市，人们都受到震惊鼓舞"。诚如安德森所写的："一个新型的巨人正朝我们走来。"毕德威尔和19世纪末期所有美国其他小城镇一样，居民们都被"一种新型的生活方式所吸引"，这是工业革命在召唤，它正以无可抗拒的威力侵蚀着人们的头脑。终于，出于好心设置的机器在无意中为小城带来了灾难，不仅造成精神遗产的丧失，而且把人一个个变成了怪物。休·默克维也因之成了个能够改变毕德威尔镇面貌的人。他从心底向往社会变革，但又受不了眼前这种疯狂的态势。他希望这种变革的势头能够弱一些，以便确保毕德威尔小镇原有的平静和自然。他算不上那种循规蹈矩、墨守成规的人，他对技术革新有着浓厚的兴趣，并亲自参与新型农具的发明与制造。虽然他发明的白菜籽播种机并没有取得预想的效果，但是他的科学思想被不少投机者利用。毕德威尔小镇也因之成为一个拥有十多万人口的繁忙的工业城市。这一出奇的变化反响很大，毕德威尔好像一个刚刚升起的巨人，"挥舞着他那沉重的工业手指"，吸引了整个中西部的人："一股巨大的力量正从大地母亲的情怀中升起，鼓舞着人们。成千上万的来自中部各州的年富力强的人不辞劳苦地筹建公司。一旦公司垮台，他们又另起炉灶。在那些发展快的小镇上，住着成千上万的组建公司的人，他们正听从土木工的指挥。不久前这些土木工还只是一些修建小木屋的人，如今担负起建筑高楼大厦的重任。尽管这些人在新时代的面前显得格外精神抖擞，充满活力，但看得出来，他们还是有些不知所措。"

这种商业时代的特征在凯瑟的作品中也有生动的体现。她把20世纪早期美国中西部发生的一桩桩怪事写进了自己的小说。在她看来，"拓荒"的时代已经过去，越来越商业化的当今社会严重缺乏道德规范，到处弥漫着铜臭味。正如她在短篇《雕塑家的葬礼》(The Sculptor's Funeral)中写道，如今男人要接受商品经济方面的教育已是公认之事。人们普遍认为男人最好的教育

① Sherwood Anderson, *Poor White* (New York: Modern Library, 1925), p. 62.

应该是"听一门堪萨斯市商学院一流的课程"。[①] 与安德森笔下毕德威尔人一样,凯瑟笔下的法兰克福市民也为大机器工业生产而欢呼,他们渴望大机器尽早用于生产作业,为此他们祈祷上苍。这些人盲目地受到工业化的驱使,像老鼠一般从田野里跑出来,住进不属于他们的房子里。小说《我们中的一个》就是表现这种工业化的后果。作品中的拉尔夫和白丽丝·维勒因迷恋机械而变得冷酷无情。这使他们的兄弟克罗德迷惑不解。拉尔夫是维勒农场的主管机械师,他购买市场上所有新型的机械,不管它们有用无用。他对机械的迷恋程度胜过了对其他任何事物的喜爱。由于他盲目收购,整个地窖都塞满了乱七八糟的东西。"它们在灰暗的灯光下显得格外神秘,到处是电池、旧自行车、打字机、水泥卷扬机、橡胶轮胎热补器和镜头破碎的立体感幻灯机等,另外还有一些拉尔夫玩得不顺手的机械玩具和那些早已被他处理掉的玩具。"[②]

可见,安德森和凯瑟都悲叹时过境迁。在他们看来,美好时代早已消逝,代之以现代物质文明。因此,两者都把视角投向由于迅速工业化而造成的美国生活道德的堕落,再现了农业社会向工业社会转变时期的心态和工业化在人们生活中所造成的深刻变化。即便如此,他们对现时代的反应还是不完全相同的。当凯瑟写出了新时代最具批判意识的主人公克罗德·维勒(《我们中的一个》),安德森则塑造了一个时代畸人休·默尔维(《穷白人》)。在安德森看来,这种"现代生活"意味着人们失去自己的正常本性,成为畸形者。在《我们中的一个》这部作品里,主人公克罗德对现代美国社会表示了强烈的谴责:"农民苦心经营,耕作饲养,把产品送到市场,这本身具有一种内在的价格;小麦和谷物和世界其他各地生长的一样好,猪牛等牲畜也都膘肥体壮。他们到市场上去交换,换来的却是一些蹩脚的农具,或外表华丽却用不了多久就支离破碎的家具。买来的地毯和纺织品一用就褪色。穿上城里买的衣服,英俊的小伙子也变得像个小丑。农民用自己的产品交换得来的钱财几乎都花在了那些毫不实惠的东西上,购来的农具也是不耐用的,一架蒸汽脱粒机也使用不了多久,真是养一匹马还比它经久耐用。"面对这样一个疯狂的物质世界,克罗德甚感失望。对此,他只有一个反应,那就是离开美国,因为在这个国度,"人们不是买就是卖,不是建造就是拆除",唯独到了欧洲,在法国,他才可以真正实现自己的梦想,做些"有意义的事"。在那里,他的心境会好些,也可以忘掉那些"不愉快的心情"。克罗德最后参加了第一次世界大战,牺牲前,他在法国享受了片刻的满足和美好的生活,生命的最后日子"过得很有意义",他是为一种美好的理想而献身的。

---

① Willa Cather, "The Sculptor's Funeral," *Willa Cather's Collected Short Fiction* (Lincoln: University of Nebraska Press, 1965), p. 174.

② Willa Cather, *One of Ours* (New York: Alfred A. Knopf, 1922), p. 20.

与克罗德一样,安德森笔下的杰西·本特里也对现代美国表示了极度的失望:他精神迷惘,隐隐约约感到旧时代美好事物一去不复返了,一切都显得那么遥远陌生。历史上最物质化的时代已经到来,因此人们不必为了爱国而参加战争,也不必去侍奉上苍,只要稍稍注意一下道德准则便可。在这个商业化的社会里,权力意志严重膨胀,而真善美已不复存在。① 这里,杰西·本特里对前途感到失望和担忧并非没有道理。他是战后发家的农场主,以旧约中的长老自居,但他感到要把世俗的财富与上帝的恩宠统一于一身,实在难以做到,因为他是凭借"经营"和"机器"才挤进了资本家的行列。他终因无法理喻这个发了疯的世道而成为一个"畸人"。

另一位工业文明的谴责者是《穷白人》中的乔·韦恩兹沃斯。他是一位马具制作人,靠自己的手艺营生,但由于同行奸诈,他不得不为了糊口而竞争。他失望地对学徒吉姆说:"生意这东西,我能懂什么?我只知道做马具。"乔的这种失落感是完全可以理解的,但是他在痛苦中越陷越深,最后因过分愤怒而走向毁灭。吉姆看到师傅优柔寡断,很瞧不起他,并"在顾客面前羞辱了他,还抢走了他的经营权,公然违抗师命,从克利乌兰工厂订购了 18 套马具。乔对此老羞成怒,一下子用刀割了吉姆的喉管,然后走出商店,想找一块地方结束自己的生命"。乔·韦恩兹沃斯在痛苦中生活,在失望中了却了一生。

与上述人物相比,休·默克维在许多方面显得更为出众。他怀着减轻工人负担、改善工人生活这样的理想走上了发明家的道路。他认为赚钱不是他唯一的目的,这对于他虚荣心十足的妻子克莱拉·巴特沃斯来说,简直是件不可思议的事。难怪她要称"丈夫是个神奇人物,简直是一种创造力"。尽管休·默克维也与投机商做交易赚钱,但他决不昧着良心做事。当有人出高价要他做损害别人的事时,他断然拒绝。他是一个洁身自好的人,但始终不理解为什么他常要遭到别人骚扰、被人利用。休·默克维追求的目标并不算高,他只想赢得一个女人的爱,同时能够获得社会的承认。他事业的成功使他在社会上获得一定的声誉,不过,为了要娶克莱拉做妻子他碰到了许多钉子。其主要问题在于他缺少一种交际能力。他离群索居、郁郁寡欢,就连跟妻子说话也语无伦次,因而造成夫妻间的隔膜。克莱拉埋怨丈夫是个不懂爱情的人,缺乏生活情趣,满脑子都是机械原理。最后她终于忍受不了这种冷酷和寂寞而离开了丈夫。可见,他们的婚姻并不像休·默克维当初想象的那么美好,而是彼此冷漠,近乎到了崩溃的边缘。克莱拉开始怨恨休并逐渐怀念早已逝去的岁月,"因为美好的过去正在被她丈夫和一些像她丈夫那样的男人所毁坏"。出人意料的是,克莱拉心中的母性突然得到复苏,最后又心甘情愿地回到休的身

① Sherwood Anderson, "Godliness," *Winesburg*, *Ohio* (New York: Viking, 1976), p. 81.

边,安抚她那个始终闷闷不乐的发明家丈夫。休与克莱拉何以破镜重圆的确有些令人费解。从小说情节发展来看,这一幕虽然是安德森精心策划的,却缺乏说服力。小说最后一节写道,休下定决心,发誓不向别的发明家挑战,因之他改善了与克莱拉的关系。小说最后还写了休与克莱拉即将诞生的儿子,多少展示了一丝希望。而《我们中的一个》这部小说则是以克罗德的死结尾的。克罗德・维勒、休・默克维和克莱拉・巴特沃斯都是小镇上的落伍者,或曰"畸人"。他们是美国19世纪末从农业、手工业过渡到工业化时期典型的孤独者。格莱迪斯・法尔默本可以成为克罗德的妻子,但由于她像克罗德一样只相信能使世界变得美丽的一切事物,包括爱情、仁慈、艺术和舒乐都与自己无缘,所有这一切只属于那些成功的人,那些像白丽丝・维勒这样的人,而"能使别人幸福的慷慨解囊乐于助人的人总是显得弱小、无用"。在美国中西部只有生活在艾利克斯这样一个欧洲式的家庭才使克罗德・维勒有可能冲破自己家庭影响的樊篱,真正找到自己喜欢的生活方式和刻意追求的价值观。

安德森还常用监狱来暗示精神抑郁症。他笔下的休・默克维和克莱拉都在染上了这种病症后才逐渐变得意志消沉。他在《穷白人》中把匹克尔维勒这座厂房描绘成监狱,旨在揭示在美国中西部任何工厂都是精神病症的发源地。人类世界的一切误解几乎都根源于此。在安德森的小说世界里几乎充斥着像休・默克维和克莱拉这样的畸形人。他们不仅享受不到生活的乐趣,而且还要面对患精神病的危险。

同样,20年代后,威拉・凯瑟深信美国历史上的最佳时代已经成为过去。在《教授的住宅》(*The Professor's House*, 1925)这部作品里,凯瑟描写了一位名叫戈德弗莱・圣・彼特的教授,这是一位研究美洲早期文化的学者。他勤奋耕耘,著书立说赢得了声誉,后因妻子贪恋物质享受,全家不得不搬进新居,但他心中总抹不掉那座旧宅的影子。在那里他曾辛勤劳动了十几年,留下了美好的回忆。在谈到凯瑟小说中的这种回忆场景时,戴顿・库勒(Dayton Kohler)作了如下评论:"自凯瑟《教授的住宅》这部小说起,回忆便成了人类衡量自己生活环境的一种尺度,也是20世纪人类试图通过艺术和求知两大方式去和辉煌的过去时代相链接的一种手段。"[①]克罗德・维勒之所以能在生命的最后时刻意识到世界的丑陋,因为他觉得这个世界正被他兄弟白丽丝这样的人操纵着。在他看来,"理想这字眼并不过时,也不仅仅传达一种美的声音,更不是什么没有生命力的东西,只有胸怀理想的人才力大无穷"。安德森与凯瑟一样注意到美国旧有的生活方式正在消逝,并逐渐受到商业社会的侵蚀。因此他感到十分惋惜。资本主义商业文明和工业秩序正在形成,生活在现时代

① Dayton Kohler, "Willa Cather: 1876—1947," *College English* 9 (October 1947), p. 16.

的人变得越来越实用,两眼盯着钱财,追求物质刺激。这样的人在生活中"不要音乐,不要诗歌,也无所谓美的情趣"。不过安德森并没有因此而对欧洲文明表示向往。他对时代所作的反应是立足美国现实。他从现实的废墟中择取文明的碎片,用以支撑日益坍塌的传统文明之墙。在他的《讲故事人的故事》(*A Story Teller's Story*, 1924)中,安德森明确表明自己的立场:"我们不想生活在过去,做着重温欧洲过去的美梦。稍有文化冲动感的美国人在过去都做过这样的梦,而且做得实在太多了。现在这样的游戏已不合时宜,就是艾奥瓦市的一个淑女文学俱乐部都知道今天的欧洲艺术家已不一定显得重要,因为他们毕竟是欧洲人。未来的西方世界应以美国为中心,每个人都知道这一点。"①

在他另一部作品《塔尔的童年》(*Tar: A Midwest Childhood*, 1926)中,安德森又写道:"在成年之前,他看欧洲是出于喜欢,但一到欧洲,他就有一种美国的饥饿感,要找一片广袤的荒芜地。他想在上面看到野草生长、荒疏的果园和空荡荡的房子。"②颇有趣的是,塔尔渴求的恰恰是希马达先生一心想逃避的。由此,这两位同时代的作家在写作态度和人生观上的差异可见一斑。克罗德·维勒能在自己为理想而拼命的过程中获得安宁,他十分向往欧洲文明并亲自到法国受这种文明的熏陶,为此他觉得如愿以偿,死而无憾。休·默克维也执着追求安宁,企图逃脱商业文明带来的灾难。可他失望地发现"安宁总与他无缘",最后只好陶醉于自己从一次出差的路上捡回来的那些五颜六色的石子。他坐在开往毕德威尔火车上的一节车厢内吸烟,玩弄那些石子。这样他觉得可以"从这些石头里获得安慰"。在《讲故事人的故事》里,安德森对这样的场景还作了专门评述,并指出,"这些小石子对休来说是一种精神安慰,而对于孩子来说,我书中的美国人又都是英雄,我自己思忖了一下,觉得无论对于我个人还是我见过的美国人来说,这些小石子的确是一些具有永久性回味的东西。"③

力图寻找一种与范·威克·布鲁克斯(Van Wyck Brooks)所谓的"现代粗野的、杂乱的表现"相对立的东西,对于当时许多美国人来说是一种不可理喻的事。④ 然而,在威拉·凯瑟和舍伍德·安德森看来,这不仅有必要而且还意义深刻。对于威拉·凯瑟来说,"到 1922 年,世界完全发生了裂变已不再具有

① Sherwood Anderson, *A Story Teller's Story* (New York: Grove Press, 1958), pp. 407–408.

② Sherwood Anderson, *Tar: A Midwest Childhood* (New York: Boni and Liverright, 1926), p. 166.

③ Sherwood Anderson, *Tar: A Midwest Childhood*, p. 408.

④ Van Wyck Brooks, "The Culture of Industrialism," *The Seven Arts* 1 (April 1917), p. 110.

完整性,而是变成两个或者三个不同的组合体"。[1] 作为当时的一位"守旧派",凯瑟逐渐使自己从她无法接受的美国世界中摆脱出来。她认为处于现时代的人们是生活在废墟的周围。她对美好的过去怀有依依不舍的恋情,因此她曾万分感慨地对伊丽莎白·沙勤特(Elizabeth Sergeant)说"不过我们有过美好的过去"。[2] 安德森则不同。他尽管对新兴美国保留一些看法,但他承认自己在20年代早期也有过狂热,觉得自己就是那个年轻美国中的一员,并为此感到无比振奋。[3] 如果说威拉·凯瑟对20世纪早期社会变革的反应是一种怀旧,那么安德森的反应则显得对未来存有希望。旧有的传统价值观念不复存在,但这样的社会毕竟可以为个人提供机遇,只要他熟谙"生活就是乐趣"这种现代精神。[4]

总之,社会的发展是不讲人情的,资本主义现代化的进展虽然并不因为诗人的愤怒而放慢它的脚步,但的确每一步都带来了罪恶和灾难,破坏了许多美好的事物。安德森和凯瑟作为20世纪初社会转型时期的见证人和美好事物的追求者、捍卫者必将站出来说话,只是这种声音是用笔来传达的。从此意义上讲,他们的声音无论是抗议、谴责、针砭,还是怀旧、逃避,都是值得我们思考研究的。从他们的作品中我们仍然可以见到两者是遵循"写实"的原则,只是他们对真实的认识和感受与传统现实主义作家有了明显的差别。他们并没有囿于外部世界和生活表象的描写,而是把创作视线逐步从外部的客观世界(转型时期美国中西部社会)转向内部的精神世界(遭受商业文化冲击的失落感或精神失常),因而他们的描写更加贴近生活,更富有时代气息。

## 第二节
## 斯泰因与巴尼斯:美国现代文坛两奇女

在现代美国文坛上曾经活跃着两位智慧超群的奇特女作家斯泰因和巴尼

① Willa Cather, "Prefatory Note," *Not Under Forty* (New York: Alfred A. Knopf, 1936), p. v.

② Elizabeth Shepley Sergeant, *Willa Cather: A Memoir* (Lincoln: University of Nebraska Press, 1963), p. 121.

③ Sherwood Anderson, *A Story Teller's Story* (New York: Grove Press, 1958), pp. 407–408.

④ Sherwood Anderson, "New Orleans, *the Double Dealer* and the Modern Movement in America." *In Sherwood Anderson: The Writer at His Craft*, ed. Jack Salzman, et al. (Mamaroneck, NY: Paul P. Appel, 1979), p. 292.

斯。前者一直是美国文学界尊崇的楷模，被誉为曾经影响了一代作家的美国现代主义文学运动的先驱，而后者则备受冷落，在近乎绝望中走完了自己的人生旅途。然而随着时光的流逝和审美情趣的不断更替，人们不禁发现她们同样是伟大的作家。虽然巴尼斯生前并没有像斯泰因那样能呼风唤雨，将旅欧作家云集身边，但她在革新文学观念和创作题材方面所表现的胆识丝毫不亚于这位文坛明星。她们同属于美国文学史上的佼佼者。

格特鲁德·斯泰因(Gertrude Stein，1874—1946)生于美国宾夕法尼亚州阿勒格尼，是德国犹太人的后裔。两岁时她就随父母来到维也纳和巴黎，同时学习法语和德语。1879 年全家返回美国并在加利福尼亚的奥克兰市定居。父母去世后，她随兄弟迁往巴尔的摩住在亲戚家里。早年，斯泰因就读于拉德克利夫学院，并有幸成为诗人哲学家乔治·桑塔亚纳和心理学家兼实用主义哲学创始人威廉·詹姆斯的学生。后者还鼓励她去学医学以便更好地从事心理学研究。斯泰因后来的确上了巴尔的摩霍普金斯大学的医学院。不过，她只学了两年。当她得知远在巴黎的哥哥迷上了欧洲现代派艺术时，心情异常激动。1903 年，斯泰因怀着对现代艺术的向往之心移居法国巴黎，开始结识西班牙画家毕加索、法国画家马蒂斯和塞尚等。可见，斯泰因的文学实验是从绘画艺术开始的。

20 世纪初，正在巴黎勃勃兴起的现代主义文学运动对年轻的斯泰因有着强大的吸引力。她在 1909 年首次发表了小说《三个女人》(*Three Lives*)。这是一部故事集，通过三个工人阶级女性的日常生活，展现了她们的淳朴心灵。故事的开篇是《好安娜》(The Good Anna)，讲述了这位女佣乐善好施、助人为乐，把辛辛苦苦挣来的钱借给别人，救人之急，而且每每都是有借无还的经历。故事里的好安娜是个“又小又瘦的德国女人……她面容憔悴，双颊瘦削，嘴巴抿紧，一派坚定的神色，淡蓝色的眼睛十分明亮，时而熠熠生辉，时而富有幽默，不过总是机敏而清澈”。[①] 好安娜最后因劳累过度而病死。《温柔的莉娜》(The Gentle Lena)，又是一则描写德国移民的故事，主要叙述了一位名叫莉娜的德国少女的身世。她由姑妈带来美国，替人做了四年的女佣。在作者的笔下，莉娜也是个吃苦耐劳、娴静善良的姑娘。莉娜一向逆来顺受，任人摆布，后来由姑妈做主糊里糊涂地嫁人为妻，最后因体衰力竭而离开人世。莉娜虽然相貌平平，但她有一种“难能可贵的情调”，体现在她文静的工作中。这种情调还表现在她的棕色扁平、柔和浑朴的脸蛋上。“莉娜的眉毛浓得出奇。两条眉毛又黑又粗，十分显眼，十分美丽”；底下“长着一对淡褐色的眼睛”，单纯而有

① 引自格特鲁德·斯泰因：《三个女人》(曹庸、孙予译)，上海：上海译文出版社，1997 年，第 5 页。

人情味,有着德国劳动妇女那种天性的温柔与忍耐。

与之相比,《梅兰克莎》(Melanctha)中的黑人姑娘梅兰克莎长得漂亮,追求个性自由,有着明确人生目标。梅兰克莎是一个精神言行异常矛盾的姑娘,她一心想找个正当职业,但一直未能如愿以偿。她想结婚但又怀疑没有真正的爱情。正是由于她秉有这样一种犹疑的性格,她才在朋友关系和恋爱关系上一再发生波折。为此,她想到过自杀,只是没有当真而已。最后,梅兰克莎郁郁寡欢,因贫病交加而死于济贫院。这则描写黑人的故事一直受到学界的重视。这里,斯泰因打破了人为的阶级、思想和文化的壁垒,抛弃种族歧视的偏见,把黑人女性写成真正的人。梅兰克莎无论在感情还是理智上都可以与白人平起平坐。这在20世纪初的美国文学中是极其罕见的。①

在创作小说的同时,斯泰因还写诗。她一开始就注重语言形式和象征手法。正是这种早年养成的自觉的语言意识促使她在20世纪文坛上出类拔萃。在谈及自己的语言观念时,斯泰因曾借女秘书艾丽斯之口加以道出:

> 斯泰因在她的作品中经常被追求精确描写内部和外部现实的智性激情所控制。她通过这种浓缩(或集中)产生了一种单纯,结果破坏了诗歌与散文中的联想情感。她知道,情感的结果:美、音乐性和修饰性决不应该是起因,甚至经历的种种事件不应该是情感的起因或不应当是诗歌或散文的材料。情感本身也不是诗歌或散文的起因。它们的构成应当是对内、外部现实的精确复制。②

这里,斯泰因表达了她对文学语言的革新意识。她在1914年创作的散文诗集《软纽扣》(*Tender Buttons: Objects, Food, Rooms*)对语言形式进行了大胆的探索,是她确立自己在文坛上地位的标志。在斯泰因的眼里,语言充满无穷的魅力,是永恒的创作主题。她在《诗歌和语法》中还专门讨论名词作为称谓和名词的特殊性质。她崇尚立体主义绘画艺术,并努力使自己的作品表达出自己对某一物体的独特感受。诸如"热烈的伤害就是缎带上的叮咬"和"没有责怪就没有照管"之类的字眼既形象又富有哲理,一直为人称颂。

斯泰因还是一位富有革新精神的剧作家。她早期创作的实验性短剧不仅打破了传统的戏剧模式,而且全面展示了剧作家在处理戏剧的时间问题上所表现的新的艺术手法。《发生的事情》(*What Happened*, 1913)就是这样一部

---

① Carl Van Vechten, "Introduction" to *Three Lives* by Gertrude Stein (New York: New Directions, 1933), p. x.

② Gertrude Stein, *The Autobiography of Alice B. Toklas*,引自张子清:《二十世纪美国诗歌史》,第230页。

作品。斯泰因抹去了人物的姓名、性别、身份和职业，而只用数字来表明剧中说话的人数。类似的剧作还有《女士们的嗓音》(*Ladies' Voices*，1916)和《写给整个国家：一部书信剧》(*For the Country Entirely: A Play in Letters*，1916)。她在1927年创作的《四个圣人三幕戏，一部歌剧》(*Four Saints in Three Acts，an Opera to Be Sung*)标志着她在戏剧革新道路上又一大胆尝试。据说，剧本曾走俏百老汇，在观众和评论界引起强烈反响。

不过，斯泰因创作成就最大的还是她的小说。继《三个女人》之后，她推出了第一部长篇小说《美国人的形成》(*The Making of Americans*，1925)。[1] 小说通过对一个美国家庭历史的描写来讲述美国人的故事。整个作品充满了即兴的议论和离题的发挥，对如何认识人和了解事物的真相做出了相应的解释。正如申慧辉所言，斯泰因在作品中"提出的许多观点，包括对于研究人性、刻画人物心理、认识人的思维特性以及人与社会的关系等等，都是颇有见地的，对后来的作家及创作影响很大。不仅海明威那一代作家从中有所获益，许多当代欧美作家和艺术家也从中获取了不少灵感"。[2]

《艾丽斯自传》(*The Autobiography of Alice B. Toklas*，1933)是作者用女秘书艾丽斯的真名而写的，是斯泰因的又一代表作。作品涵盖了作者旅居巴黎30多年的异乡经历，用大量的篇幅描写了艺术家的生活以及他们之间的友谊、交谈甚至争执。斯泰因稍后推出的长篇小说《艾达》(*Ida*，1941)是一部描写女主人公到处流浪的作品。

注重艺术革新是斯泰因文学创作的基石。她几乎尝试了包括诗歌、小说、戏剧和散文的各种文学手段，创作了许多别具一格的作品。她虽然潜心艺术，不问世故，但对战争表示了极大的关注。她创作的《我所经历的战争》(*Wars I Have Seen*，1944)是她对战争的亲历记。作品记述了第二次世界大战期间斯泰因从巴黎避难到朗尼山谷时的生活细节。描写第二次世界大战的小说还有《雷诺兹夫人》(*Mrs. Reynolds*)。这是一部描写第二次世界大战的长篇小说，展示了生活在战争阴影中的平民生活。作品以雷诺兹夫人在战争中的个人经历为主线，详细叙述了她在战争时期的艰苦、动荡的生活。全书分成两大部分：一、描写被占领区平民们的焦虑和茫然。这里主要写一个叫安吉尔的陌生人闯入了他们的生活，使他们感到更加不安的情形；二、围绕雷诺兹夫人的情绪变化展开。令她感到失望的是所见都是难民、乞丐和自杀者。小说不但使用了大量意识流手法，对事件进行随意的叙述，没有逻辑，而且整个叙述的节奏十分沉闷。单调的语言从侧面反映出战时生活的沉重与无奈。1952年该

---

① 作品写于1906—1908年间。据说该书的出版还得益于海明威的鼎力相助。他帮助抄写文稿，还与各大出版商联系，竭力推介此作。

② 申慧辉语，引自《艾丽斯自传》(张禹九译)，北京：作家出版社，1997年，第14页。

作品与她的其他几个中篇一起结集出版，题为《雷诺兹夫人和早期五个中篇》(*Mrs. Reynolds and Five Earlier Novelettes*, 1931—1942, 1952)。

作为“迷惘的一代”作家的发言人和引路人，斯泰因还是一位杰出的文学理论家。在她漫长的文学生涯中，斯泰因积累了丰富的创作经验，也写下了不少理论著作如《作为解释的创作》(*Composition as Explanation*, 1926)、《叙述》(*Narration*, 1935)和《美国讲演集》(*Lectures in America*, 1935)等。

显而易见，在美国文学史上斯泰因享有独特的地位。她不仅是一位出色的小说家和诗人，而且还是一位优秀的剧作家。斯泰因一生致力于文学的实验与革新，为推动美国现代主义文学的发展作出了积极的贡献。一战后，斯泰因长期移居法国为美国年轻一代作家提供各方面的帮助，因此备受同行推崇。庞德、菲茨杰拉德、海明威和安德森都不同程度地受到了她的影响。可以毫不夸张地说，斯泰因以她的个人魅力和文学成就使文艺的各个领域产生了不同程度的影响。后现代主义理论家伊·哈桑在其《后现代的转折》中也不否认，斯泰因对“现代主义和后现代主义均有所贡献”。最可贵的是，斯泰因没有被潮流所裹挟，而是相当超然，保持着一个文人追求艺术独立的姿态。当然，我们不能仅仅将她看作一个标新立异的现代主义者。她是一个思想复杂的女性艺术家，对性别与性都持有个人看法。她的《露西高兴做礼拜》(*Lucy Church Amiably*, 1930)和《挺起肚子》(*Lifting Belly*)等都表达了一种同性恋倾向。

狄琼纳·巴尼斯(Djuna Barnes, 1892—1982)是 20 世纪美国文学史上又一位奇特的女作家。她一生创作并不算多，但她对生活颓废和情感异化的刻意描写的确给美国现代文坛带来些许生机。她的小说所揭示的令人困惑和怪诞具有超前意识，不愧为二三十年代现代派小说的实验典型。巴尼斯对意识流技巧的广泛使用和对笔下人物心理意识的细腻描写完全可以与乔伊斯和福克纳相提并论。她是 20 世纪美国文坛传出的一种独特声音。

巴尼斯出生于纽约一个古怪的波希米亚家庭。母亲是个小提琴爱好者，还经常写诗。父亲是个玩世不恭、玩弄女性的放荡鬼，既没有固定的职业，也没有做父亲的责任感。后来全家迁往长岛，不久父母分居。由于家庭原因，巴尼斯小时候一直未能上学。后来，她好不容易进了曼哈顿的一所艺术学校，学习绘画。

巴尼斯创作的第一本书是《厌女之书》(*The Book of Repulsive Women*, 1915)。虽然这部作品当时并没有引起读者的关注，但它毕竟奠定了作者文学创作的基础。巴尼斯从此觉得摆在自己面前有两条路：要么当艺术家，要么当作家。雄心勃勃的她认为两者都要兼顾，既画画又写小说。第一次世界大战时期，她一度住在格林尼治村，以自由记者的身份为当时纽约布鲁克林的一些小报写稿谋生。与此同时，她开始与同性朋友交往，并缔结一种默契的关系。这种同性关系是巴尼斯成人感情生活的主要内容。1919年,她流入欧洲。从此,她的生活又翻开了新的一页。她已不再仅仅是美国艺人圈的一员,而且逐步成为一名具有国际声誉的人物。尽管如此,她仍摆脱不了美国波希米亚人的文化习性。旅欧期间,巴尼斯结识了纳塔莉·巴尼(Natalie Barney)和古根海姆夫人(Peggy Guggenheim),[①]还专门采访过英国现代派文学大师詹姆斯·乔伊斯,并与海明威等年轻作家交上了朋友。1923年巴尼斯出版了她的第二本书,这是一部融诗歌、短篇小说、戏剧和绘画于一体的书,后来再版时改名为《马夜》(*A Night Among the Horses*,1929)。

巴尼斯虽然没有受过很好的正规教育,但她十分重视读书、爱好文学,几乎熟练阅读了英国文艺复兴时期文学以及王尔德(Oscar Wild)和弗洛伊德的作品。她还悉心关注同时代文坛巨星如乔伊斯、艾略特等人的作品。在她早期的新闻创作中明显可以看到她受王尔德和其他颓废派思想影响的痕迹。弗洛伊德思想和世纪末文学(fin de siècle)对她的创作影响也很大。巴尼斯在创作初期写了不少散文,其中大都发表在《布鲁诺斯周刊》(*Bruno's Weekly*)和《纽约晨报》(*New York Morning Telegraph*)上。这些作品基本上体现了她的审美立场和对美国中产阶级虚伪保守价值观念的批评态度。尤其值得一提的是,巴尼斯还对当时普罗温斯敦演艺界提出了不少批评,认为他们演出的戏大都是为了让人消磨时间,并无多大艺术价值。不过,她又觉得这些戏剧真能体现美国的灵魂:匆忙、浮夸、卖弄和粗俗。[②]

评论家劳伦斯·兰纳(Lawrence Langner)曾经评论说,"巴尼斯的剧作能把一种惊人的戏剧情感与一种使笔下人物、事件既让人激动又让人困惑的连贯表达法结合起来"。[③]

其间,巴尼斯爱上了美国艺术家特尔玛·伍德(Thelma Wood)。两者的恋爱关系差不多保持了近10年。她与伍德的恋爱是20年代巴尼斯感情的来源,也是她感情生活的转折点,这种关系后来成了她创作小说《奈特伍德》(*Nightwood*,1936)的原型。这是一部十分奇特的作品,曾得到艾略特的好评。小说的开头四章采用了全知全能的叙述视角集中介绍作品中的一位主要人物及其不寻常的一些经历。不过在写《诺拉》这一章时,巴尼斯笔锋一转,意外地插入了第三者的声音,用以描述诺拉和罗宾相见、一起旅行然后同居的情形。尽管罗宾经常外出,并另有所爱詹妮·裴瑟布利奇,但诺拉还是与之同

---

① 巴尼斯是当时有名的同性恋鼓吹者,而古根海姆夫人是有名的文学艺术爱好者,也是各种艺术画展的主持或赞助人。后来文学界就以她的名字命名"古根海姆文学奖",奖掖那些有成就的作家。

② Djuna Barnes, "Three Days Out," *New York Morning Telegraph*, *Sunday Magazine* (12 August 1917), p. 4.

③ Lawrence Langner, *The Magic Curtain* (New York: E. P. Dutton, 1951), p. 110.

居。小说中两个妇女一起“回家”那一幕常常引起争议,被学界指责有女同性恋倾向:

> 后来有一个晚上我们同时来到了花园。虽然已经很晚,但房间里的小提琴依然在演奏。我们俩坐在一起,默不作声,各自欣赏音乐,羡慕乐队里那位唯一女性的演奏。①

从小说的内容来看,《奈特伍德》的确是一部描写梦魇般的女同性恋故事以及一个厌世旁观者奥康纳博士的见闻传奇。作品写出了罗宾这个年轻、神秘的女子,以及她如何与一群求爱者周旋的经过。小说的重心不是情节,而是表达的心理,不同人物的内心情感反应。作品关注的还有语言学和表现意味方面的问题,全书充满了冗言赘语、性神秘和性纠葛。小说的自传色彩很浓。在《去吧,马修》(Go Down Matthew)这一章里,巴尼斯还写到了1917年全家分开的情形:

> 全家分手后,我来到了纽约。当时父亲用一辆装麦子的手推车推我们,然后说了声再见。他连手都没有朝我们招一下,也不回头看一看。一路上,我的小弟弟躺在草上,脸朝下。正是因为如此,他的成长格外与众不同。而我得拼命挣钱养活自己,还要为他们花钱。(256)

之后,巴尼斯创作了一些诗作,其中只有少数得以发表。这些诗歌的主题是抒写诗人自己对孤独的感受。其间,巴尼斯还创作了重要作品诗剧《赞美诗》(*Antiphon*,1958),具有雅各宾派时代戏剧的特征。书中人物提特斯(Titus)其实是小说《赖德》(*Ryder*,1928)中人物瓦尔德(Wald)的翻版。《赖德》曾一度是畅销书。据说,由于书中赤裸裸的性描写,该小说出版后成了邮政局查处的对象。

与《奈特伍德》一样,《赖德》也是自传性的,以作者本人早年亲身经历为原型创作的。作品描写了赖德为缔造王国所付出的努力,但他的成功完全建立在牺牲妇女利益的基础上。他充分利用妻子阿米莉亚和情妇凯特以满足他个人的私欲。在巴尼斯看来,男人过分利用女人来达到其自私的目的。小说的第五章《强奸与不满》直接书写了女性的不幸。整个叙述不受时间顺序的限制,自由地在过去、现在和将来之间穿梭。巴尼斯用了很大篇幅写凯特和赖德

---

① Djuna Barnes, *Nightwood* (New York: New Directions, 1946), p. 14. 以下出自同一小说不再另注。

受母亲溺爱的经过。作品并对男权社会提出质问，不愧为一部女权主义的先导之作。一年后，巴尼斯秘密印刷了她在 1928 年创作的另一本书《女士年鉴》(*Ladies' Almanack*)。[1] 这是一部讽刺巴黎女同性恋社团的著作，当时印数很少，市场上不见有卖。直到 1972 年正式出版时才与广大读者见面。

30 年代，巴尼斯基本上住在英国，先寄宿在古根海姆夫人家，后来独自住在伦敦。在那里，她还得到了 T. S. 艾略特的赏识。小说《奈特伍德》在 1936 年出版时，艾略特专门为之作序，并称它为一部"以风格取胜，语汇优美"的作品，在恐怖与命运的描写方面具有伊丽莎白时代悲剧的特征。[2] 1939 年巴尼斯回到法国作短暂停留，当时因德国入侵法国未能及时离开。后来，她在古根海姆夫人的支持下设法离开了法国，终于重返纽约格林尼治村。起始由于经济问题，为了谋生，她只好重操旧业，以卖画为生。同时继续从事文学创作。

从 1940 年起，巴尼斯变得深居简出，过着一种清心寡欲、悠然独居的生活，基本上住在简陋的格林尼治村。她潜心写诗，并以此为乐。虽然当时她写了不少诗歌，但没有多少诗作得以发表。让她感到欣慰的是，她终于在 1958 年完成了诗剧《赞美诗》。这是巴尼斯继小说《奈特伍德》之后推出的又一部重要作品。这部剧作像一部自传，影射作者自己的亲身经历。剧中人也是一位甘愿献身艺术的女子。她发现母亲只喜欢经商的儿子而对女儿百般刁难，甚至还把她们看作经济负担。剧情的发展颇有讽刺意味：最后这位母亲被她宠爱的儿子遗弃在一座古宅，而一向被她数落的两个女儿仍经常来关心她。

晚年的巴尼斯是凄凉的，孤身一人，形单影只。虽然她写了不少诗作，但几乎无人问津，成了一个被遗忘的孤身老妇人。直到 1981 年她才获得了美国全国艺术基金资助，不过这已是夕阳高照而已。第二年，巴尼斯在悲凉和遗憾的交汇中走完了自己的艺术生涯。她生前写作的《动物字母表》(*Creatures in an Alphabet*)在她去世后不久得以出版，也算是对她最好的纪念。在学术界的心目中，巴尼斯的文学地位不容抹杀。正如安德鲁·费尔德(Andrew Field)在评价她的创作风格时所说的那样：

> 巴尼斯小姐的散文风格称得上是唯一可以与乔伊斯相媲美的女作家。在

---

① 作品的全名是 *Ladies Almanack: showing their signs and their tides, their moons and their changes, the seasons as it is with them, their eclipses and equinoxes, as well as a full record of diurnal and nocturnal distempers/written & illustrated by a lady of fashion*。

② T. S. Eliot, "Introduction" to *Nightwood*, by Djuna Barnes (London & Boston: Faber and Faber, 1963), p. 7.

某些方面,她甚至超过了乔伊斯。尤其在用词准确和生动的意象方面……一种既出自必然又具独创性的文风是所有写作风格中最强有力的;因为它在使我们消除对它敌意的同时还能以新颖吸引我们。这就是巴尼斯的天赋。①

巴尼斯早期创作中的最佳作品往往是在开头和结尾。她在两者之间架起了一条通道,不仅可以首尾对应,而且在结构平行方面也显示了完整和匀称。譬如,她在1920年创作的那篇小说《奥斯卡》(Oscar)。一开始,作品相当抒情,描写了一些松树和花园里的几条小径。这样的写景足足用了三段文字,然后才点出作品的意旨:"几件奇怪的事在这个小乡村发生了:凶杀、偷盗,还有小女孩的啼哭……"这是故事的导引,直接指向故事的结局:

他们站在那里面面相觑。时间一长,爱玛感到有些紧张。她从家里走了出来,走在花园的路上。这时,她听到了原来发生的一切。②

总体上讲,巴尼斯的早期创作基本体现了"先锋派"文学和实验文学的气质与特征。无论她在文学内在含义的思考方面还是在创作主题的开拓方面都在进行一种"永恒的"的创作尝试。恰恰就是这样一种创作实验精神不断鼓舞着一代又一代作家去实现自己创新的梦想。著名后现代小说家约翰·霍克斯(John Hawkes)曾在1964年的一次访谈中还专门强调了这种永恒的创作实验。他认为这是一种创新,是文学创作应有的品质:

它能使我们对来自我们自己和周围世界的各种失败潜能和无限丑陋采取冷漠、超然的态度,甚至无情地去面对,同时还能……我们需要维护已经破碎画面的真实面目,也需要揭露、嘲笑、攻击。我们自己身上不仅有潜在的暴力、荒诞而且还有向善的渴望,但总是免不了去创造或揭示它们。③

无独有偶,当代著名巴尼斯研究专家彻利尔·普卢姆(Cheryl J. Plumb)也在一定程度上肯定了巴尼斯的创作,认为她属于那种不易读懂的艰涩、深奥作家。普卢姆十分赞赏巴尼斯创作中的艺术质地,并把阅读巴尼斯作品看作一种受益的过程。在普卢姆看来,读者一旦进入巴尼斯的艺术世界就会对她的

---

① Andrew Field, *Djuna, The Life and Times of Djuna Barnes* (New York: Putnam, 1983), pp. 99 – 100.

② Djuna Barnes, *Collected Stories* (Los Angeles: Sun & Moon Press, 1996), p. 300.

③ "John Hawkes: An Interview," *Wisconsin Studies in Contemporary Literature* 6 (Summer 1965), pp. 143 – 144.

艺术观感兴趣。[①] 的确，巴尼斯在作品中所强调的是个人与自我欲望或现实世界之间的尖锐矛盾。她的早期作品大都是在批判美国中产阶级狭隘的迂腐生活。这从侧面又反映了她对传统价值观的反叛意识。巴尼斯把中产阶级追求成功与貌似受人尊重的生活方式看作是一种对人类致命性的逃避，因此她在创作中比较注重人物的非理性，突出人的个性自由。

## 第三节
## 刘易斯的小说创作

辛克莱·刘易斯(Sinclair Lewis, 1885—1951)是获得诺贝尔文学奖的第一位美国作家。诺贝尔评奖委员会决定把1930年度文学奖授予辛克莱·刘易斯，是"由于他那有力、形象的描绘艺术和用巧妙、幽默方式创造新型人物的能力"。[②] 刘易斯不仅是小说家，还是一位敏锐的社会观察家和批评家，他以犀利的文笔触及20世纪上半叶美国社会的许多方面，成为当时最有影响力的人物之一。

刘易斯出生在美国明尼苏达州一个名叫"索克中心"(Sauk Center)的小镇，父亲是当地颇有名气的医生，擅长内、外科，其兄亦是有名气的医生，父兄皆具有勤奋、简朴、讲究实际等特点。刘易斯六岁丧母，但继母对他颇为关怀，似乎可以弥补失去的母爱，他身材瘦长，长着一头红发，自幼就有好动、猎奇、爱做引人注目动作的习性。

刘易斯家乡坐落在一望无垠的中西部大草原上，夏天金色的麦浪此起彼伏，绵延数百里，四周还点缀着清澈的湖泊和奶牛农场，自然风景非常优美。然而，与这如画般的自然风景相对照的却是那丑陋的小镇——泥泞的道路、简陋的房屋、单调沉闷的生活。刘易斯的童年和少年就是在这样的环境中度过的。在这期间，除了与其他孩子正常玩耍外，读书是他最大的爱好，尤其是英国小说家司各特、狄更斯，诗人丁尼生、吉卜林等的作品。中学毕业时，尽管父亲希望他考入当地的明尼苏达大学并像父兄那样学医，但他坚持要求攻读文学，并且选择了东部著名的耶鲁大学。经过辛勤努力，他终于如愿以偿，考取

---

① Cheryl J. Plumb, *Fancy's Craft: Art and Identity in the Early Works of Djuna Barnes* (Selinsgrove: Susquehanna University Press, 1986), p. 103.

② Harry E. Maule & Melville H. Cane, *A Sinclair Lewis Reader: The Man from Main Street* (New York: Random House, 1953), p. 3.

耶鲁大学,1903年秋入学。

尽管耶鲁这所具有深厚文化底蕴的学府不断熏陶着青年刘易斯,并使他开阔了眼界,但他对东部学校中的等级观念和因循守旧思想经常流露出抵触情绪和反叛心态。与此同时,他开始试笔,发表文章,最后还当上了《耶鲁文学杂志》的编辑,并开始关注社会问题。1906年,他在该刊物上发表了一篇题为《编辑的工作桌》的文章,其中写道:

> 学习美国社会状况这门课程的学生中有多少人认为只有纽约才有贫民窟?他们知道本市奥克街上警察被暗杀的故事吗?他们知道耶鲁大学的校长曾经走在学生游行队伍的前面,一手拿着祷告书,一手拿步枪,去抵抗英国兵?①

大学期间刘易斯曾组织安排杰克·伦敦来耶鲁大学礼堂作报告,猛烈抨击资本主义制度,成为轰动校园的事件。更为激进的是,1906年10月刘易斯突然离开学校,来到厄普顿·辛格莱在新泽西创办的赫利孔社会主义居民试验区工作,与那里的人同吃、同住、同劳动,体验"社会主义的生活",直至两个多月后房屋失火焚烧,他才离开。此后,他去过纽约的曼哈顿,租住廉价房,写些通俗的儿童诗歌出售给大众杂志,但最后还是回到耶鲁,1908年大学毕业,获学士学位。

大学毕业后,他做过多种工作,包括新闻记者、杂志编辑、自由撰稿人等,去过很多地方,从纽约一直到旧金山,观察、体验生活,了解不同阶层人们的生活和思想。刘易斯1914年结婚,1915年开始发表小说。1920年《大街》(*Main Street*)的发表使他一举成名,该书的销售量不断攀升,最后创下了10万册的历史纪录,这在当时的出版界不多见。20世纪20年代是刘易斯创作的高峰期,《巴比特》(*Babbitt*, 1922)、《马丁·阿罗史密斯》(*Martin Arrowsmith*, 1925)、《埃尔默·甘特利》(*Elmer Gantry*, 1927)、《多兹沃思》(*Dodsworth*, 1929)相继发表。1930年他获诺贝尔文学奖,1936年被耶鲁大学授予文学博士学位,1938年当选为美国文学艺术院院士(Fellow of American Academy of Arts and Letters)。但是,从20世纪30年代起,他不再那么激进,更多地倾向于对那些他曾激烈抨击过的中产阶级价值观念的肯定。他的两次婚姻都以失败告终,常酗酒解闷,外出旅行,1951年因心脏病突发,死于罗马。

刘易斯一生共创作24部小说,四个剧本,以及一些诗歌和短篇故事。他

① Harry E. Maule & Melville H. Cane, p. 113.

的作品可以分成三类：第一类是他早期的一些儿童诗歌、粗制滥造的短篇故事以及早期的小说，如《我们的雷恩先生》(*Our Mr. Wrenn*，1914)、《鹰之踪迹》(*The Trail of the Hawk*，1915)、《幼稚的人》(*The Innocents*，1917)等；第二类是他20年代文学创作鼎盛时期的佳作，如成名作《大街》以及随后发表的《巴比特》、《阿罗史密斯》、《埃尔默·甘特利》、《多兹沃思》等；第三类是他后期的作品，包括小说和戏剧，如《安·维克尔斯》(*Ann Vickers*，1933)、《这里不可能发生》(*It Can't Happen Here*，1935)、《卡斯·蒂姆伯莱恩》(*Cass Timberlane*，1945)、《深色的金斯布拉德》(*Kingsblood Royal*，1947)和《世界如此广大》(*World So Wide*，1951)。

《我们的雷恩先生》是刘易斯发表的第一部真正意义上的小说。尽管作品在人物刻画、故事叙述等方面存在许多不足，但它已显示出刘易斯早期作品的基本特征。故事一般围绕浪漫与现实之间的冲突展开，主人公都是些职员、店员这样的"小人物"，他们生活平淡乏味，但头脑中充满了冒险、奇遇的幻想，通过旅行历险等各种经历，更多地了解人生、了解世界，最后变得成熟，事业也获得成功。这类作品对生活充满乐观的态度，认为普通人通过诚实和勤奋努力可以获得事业上的成功，也能赢得浪漫的爱情，它实际上是19世纪美国梦的延伸。

雷恩先生是位城市小职员，收入微薄、经济拮据，生活艰辛，整天忙于琐碎的工作，感到生活很单调、枯燥乏味。这就是他每天要面对的现状，但是他并没有安心于这样的现状，一直梦想着出去旅行、去冒险。异国的情调、梦中的女孩、流浪者的生活，这一切都深深地吸引着他。真正的故事就从这儿开始，雷恩继承到了一笔不算很大的钱——940美元，但有了这笔钱，他就有勇气请人吃饭，或找对象、谈恋爱，敢朝店主回嘴，会真的考虑出去旅行，寻找梦中的女孩。旅途中他遇到了许多平时遇不到的人和事，有暴徒莽汉、迂腐学究、激进的社会主义者和工人领袖，所有这些不仅开阔了他的眼界，而且也使他变得更加坚强和有自信心，使他逐步走向成熟。

在这自我发现、自我认识的过程中，雷恩首先遇到了他梦中寻觅的女孩伊斯特拉·纳什。纳什过着一种波希米亚式的生活，她领他去参加那些不愿回美国、在欧洲自我流放的青年人的沙龙，谈论艺术、性、革命等在当时颇具前卫的话题。纳什是刘易斯笔下的女性人物中的一个类别，从纳什开始一直到《多兹沃思》中的弗兰·多兹沃思(Fran Dodsworth)，这是一种具有双重性格的原型人物，她们美貌、聪明、机智、有魅力，但是在情感上浅薄并具有毁灭性倾向，最后往往会导致爱情和婚姻的破灭。

雷恩与纳什的浪漫开始时富有情趣，但他很快发现纳什虽然外貌漂亮、胆大、富有想象力，不受传统约束，但她的另一面则是专横、做作、自私。为此雷恩感到很痛苦,但作者认为爱情上的痛苦是一个人走向成熟的标志。雷恩最终告别了纳什,选择了另一位女孩——内莉·克罗贝尔。克罗贝尔虽然没有纳什的美貌和聪明,也不善于社交,但她质朴、平实、贤惠、实在,善于体贴、关心别人,是一个理想的妻子。小说以雷恩在事业与爱情上的成功结束。这部小说的自传色彩较浓,作者早期生活的经历在作品中时常流露,刘易斯在赠给妻子的那本小说中写道:"亲爱的,这与其说是一部小说,不如说是我们游戏、交谈、思考和旅行的记录,没有你,我肯定写不出这样的内容。"①

刘易斯早期的五部小说——《我们的雷恩先生》、《鹰之踪迹》、《工作》(*The Job*)、《幼稚的人》、《自由的天空》(*Free Air*),基本上都是按照相同的模式展开,描绘人物的成长经历,唯有《鹰之踪迹》的结尾有所不同,小说主人公卡尔·埃里克森没有像雷恩那样与现实生活最终妥协,而是仍然不满足于现状,继续寻求新的冒险与体验。作者在小说结尾时这样写道:"这是1915年,一场争吵;又一个朋友中途退出,但他现在有了一个作为伙伴的妻子,她愿意与他很快开始新的长途跋涉。"②

对刘易斯来说,旅行一方面具有教育意义,可以开阔眼界,丰富阅历,但另一方面它也是对现实的一种逃避,巴比特的缅因州之旅、多兹沃思的欧洲之旅其实都是一种逃避。刘易斯曾坦言,虽然他到过40多个国家,但是"我的国外旅行实际上是无聊的娱乐,是对现实的逃避"。与此同时,长期在外旅行也意味着寂寞和孤独,尤其在刘易斯中、后期的作品中,这样的情感尤为明显,所以巴比特最后不得不承认"他永远无法逃离泽尼斯城,无法逃离自己的家庭和办公室,因为他的脑海里深深地印着他的办公室、家庭以及泽尼斯城每一条大街和它们的不安与幻想"。③ 埃里希·弗罗姆(Erich Fromm)在《逃避自由》(*Escape from Freedom*)一书中对西方富裕社会的这种现象做过精辟论述,它是资本主义社会物质文明发展到一定阶段、机器替代人后,出现的一种社会现象,是人们信仰危机的一种表现形式。

《大街》的发表标志着刘易斯创作进入了一个新的时期,作者抛弃了早期的浪漫幻想,开始以冷静、客观、犀利的目光看待美国社会最基层的状况。19世纪末叶,美国随着它工业革命的不断深入,它的乡村也在发生翻天覆地的变化,大批青年纷纷逃离,涌入城市,寻找工作、机会和新的生活方式,乡村开始出现衰败的景象。尽管现实如此,但许多美国人怀旧情结很重,对乡村生活

---

① Mark Schorer, *Sinclair Lewis: An American Life* (New York: McGraw-Hill Book Company Inc., 1961), p. 223.

② Mark Schorer, p. 221.

③ Lewis, Sinclair. *Babbitt* (New York: Harcourt Brace Jovanovich Inc., 1922), p. 242. 以下出自同一小说不再另注。

依恋不舍，甚至把它理想化，赋予它许多浪漫的色彩，认为乡村是美国最好的地方，真实、友善、富有人情味。布思·塔金顿于1908年发表的小说《友谊之村》是这一传统的代表，他把美国的乡村描绘成一幅人间天堂，并说"上帝创造了希科维尔(Hickville)[乡村名]，魔鬼创造了纽约"。[①] 早在1900年，美国总统伍德罗·威尔逊就曾公开宣称："一个国家的历史是它乡村历史的放大。"

美国的乡村是否真是"友谊之村"？刘易斯在《大街》中给予了充分的回答，作者以新闻报道式的、摄影式的现实主义手法形象生动地勾画出了美国乡村外貌的全景，并以朴实的方式叙述了那个时期美国乡村小镇人的生活。小说的故事情节并不复杂，女主人公卡罗尔·米尔吉勒德(Carol Mildred)大学毕业后怀着美好的憧憬，跟随丈夫威尔·肯尼科特(Will Kennicott)，来到中西部地区明尼苏达州的一个名叫戈弗草原(Gopher Prairie)的小镇，期盼把它变成英国乔治时代那种风格的田园乡村。威尔曾给她看过照片，并且介绍说"那是一个美丽可爱的小镇，有一大片红枫树和橙叶槭，还有两个非常美丽的湖泊，就在小镇旁"。但是，当她一踏上驶往戈弗草原的列车时，发现情况完全不是如此："列车外，一座座小镇像堆在地板上杂乱无章的纸盒；列车上，烤焦了、肌肉僵死了的农夫和他那疲惫不堪的妻子，还有一群孩子。他们双手的纹缕里积满了污垢。"[②]

到达戈弗草原后，卡罗尔发现乡村小镇根本不是什么"友谊之村"，那里的人庸俗、虚伪，心胸狭隘，思想保守，只安于现状，对新鲜事物不感兴趣。其实小说开卷，刘易斯对此就作了如下概述：

这就是美利坚——一座几千人的小镇，它坐落在盛产小麦、玉米和奶制品地区，那里还有小的树丛。

我们故事中的小镇叫"戈弗草原"，就在明尼苏达。但是，它的大街是所有地方的大街的延伸……

大街是文明的顶峰，汉尼拔入侵罗马以及伊拉斯谟隐居在牛津写作，其目的就是为了让这辆福特汽车有可能停在时髦商店的前面。杂货店老板奥勒·詹森对银行老板以斯拉·斯托博帝所说的话就是伦敦、布拉格和那些不赢利的海岛的新法律，任何以斯拉不知道、不赞许的东西都是异端邪说，了解这样的东西毫无价值，去考虑它那是罪恶。

我们的火车站是建筑学的最高理想，山姆·克拉克的五金年度营业额是

---

① Mark Schorer, *Sinclair Lewis: An American Life* (New York: McGraw-Hill Book Company Inc., 1961), p. 272.

② Sinclair Lewis, *Main Street* (New York: Harcourt Brace Jovanovich Inc., 1920), p. 24. 以下出自同一小说不再另注。

构成上帝之乡的这四个县的羡慕对象。……

卡罗尔企图通过开展读书、艺术表演等活动来改变现状,为沉闷的小镇生活增添一些生气和乐趣,但结果遭到许多人的抵制与非难,她丈夫对此也不以为然。经过一系列的挫折后,卡罗尔渐渐地失去了改革的信心和热情,那种被刘易斯称为“乡村病毒”(Village Virus)的可怕的习惯势力最终扼杀了她对美好明天的理想,失望之中她只身离开了戈弗草原,来到华盛顿寻找工作,但是小说最后以卡罗尔的妥协结局。两年后她跟随前来找她的丈夫威尔一起回到了戈弗草原,并决心像大多数人一样地生活下去。《大街》揭示了美国乡村小镇生活的闭塞、狭隘、沉闷与保守,嘲讽了镇上人的愚昧无知和唯利是图,也讥刺了知识分子的浅薄和软弱。《大街》以其现实主义的笔法充分展示了美国20世纪20年代前后乡村生活的许多方面,它一发表就受到读者的普遍欢迎,甚至有读者致信作者,倾诉自己的苦闷并希望指点出路。如今,“大街”早已被收入英语词典中,它几乎成了美国社会保守生活的代名词。

《巴比特》在美国可谓是一个家喻户晓的名字,一提起巴比特,人们很快就会想到那位厚嘴唇、扁鼻子,带着一副宽大圆形金丝边眼镜的美国商人。他喜欢高谈阔论,但有时在谈论些什么连他自己也不知道。谁要问他从事何种工作,他肯定会用洪亮悦耳的声音回答:他是“社会的公仆,为千家万户提供住房,为粮食分配商提供销路”。他还会奢谈“无私的服务”、“神圣的义务”等动听的话题。可是,一眨眼,人们也许会发现他正在唆使别人抢占地盘,威胁小商。再一眨眼,他也许正满面笑容、春风得意地从银行中迈步出来。这就是巴比特,20世纪20年代美国商人的一位代表人物。

刘易斯这部小说刚发表,就受到文学评论界的好评。H. L. 门肯在《一位美国公民的肖像》一文中敏锐地指出:“最粗俗炫耀的不是巴比特个人,而是整个巴比特风尚、巴比特习气和巴比特主义。”“美国的每一座城市都云集了他的兄弟,共和国的东西南北都由他们在经营,他们为国家创造着、传播着各种错觉。”[①]由此可知,巴比特代表的是一个阶层,是一个在美国社会中占很大比重的阶层,即美国中产阶级商人。刘易斯的这部小说是他们的一面镜子。

美国历史上20年代是一个比较特殊的年代,第一次世界大战刚结束,由于美国直到1917年才参战,而且战争没有在美国本土上打,所以在物质和人员方面它没有受到很大损失。相反,战争刺激了美国的军工生产,使之获得巨大利润。因此,战后正当欧洲大陆处于一片废墟之中时,美国却出现了空前的

① Mark Schorer, *Sinclair Lewis: A Collection of Critical Essays* (Englewood Cliffs: Prentice-Hall, Inc., 1962), p. 22.

经济繁荣。如果说战争给美国造成了什么损失,那它主要是精神上的,它毁灭了一代人对“民主”“正义”“光荣”等的理念,战争在他们的心灵留下了不可磨灭的阴影和难以愈合的创伤。20年代的美国一方面经济繁荣、商业发达,但另一方面却是精神上的空虚与贫乏。它是福特车的时代、大商业的时代、爵士音乐的时代,也是盲目享乐主义的时代。“直到1929年秋,美国人仍幸福地沐浴在繁荣的光芒之中,但此时他们实际上已经站到了他们历史上最严重的经济萧条的边缘。”①而巴比特正是这种错觉的创造者和传播者。

小说情节并不复杂,围绕着巴比特的活动展开。起初,刘易斯想以时间为线索,描写巴比特一天24小时内的活动,但随着故事情节的展开,时间也不断地延伸,它包含了巴比特的日常生活、困惑、反抗,以及最后与社会习俗的妥协。在这部小说中,刘易斯充分展示了他作为讽刺家和社会批评家的才能,淋漓尽致地揭露了巴比特式商人的奸诈、虚伪和庸俗。小说一开始,作者就描述道:“他名叫乔治·福·巴比特,现在是1920年4月,他已46岁。他不生产什么特殊的商品,既不制造黄油、皮鞋,也不创作诗歌,但是,在经营房屋方面他精明能干,善于向人们推销他们购买不起的房产。”作为房地产业的一位掮客,巴比特自然没有多少商业道德,欺骗、哄骗、不择手段等是他惯用的手法。然而,他经常为自己行为作辩护,认为他的客户和委托人都可能在敲诈他,所以他欺骗别人也就理所当然。

尔虞我诈也许是商人常有的特点,然而,巴比特最大的特点是缺乏个性。他的价值观念、审美情趣、政治立场、宗教态度都与他所代表的那个中产阶级完全一致,以前他从未怀疑过。正如小说所揭示的,他是“麋鹿保护协会、促进者俱乐部和商会的会员,正如长老会教会的牧师决定他的每一条宗教信仰、控制共和国的参议员在华盛顿烟雾弥漫的小房间里决定他对裁军、税收和德国问题应该抱有什么看法那样,全国性的大广告商塑造了他的外表生活,塑造了他自以为是的独特个性。这些广为宣传的标准用品——药膏、袜子、汽车轮胎、照相机、快速热水器——是他养尊处优的象征和证明;起初是欢乐、热情和智慧的标志,后来则是欢乐、热情和智慧的替代品”。②

然而,在这些表面的、物质的“欢乐、热情和智慧”的背后却蕴藏着深刻的不安与空虚,尤其是当巴比特的好友保罗·里斯林因沉溺酒色并开枪打伤自己妻子而被捕入狱后,巴比特感到异常的烦恼。他食不生津、夜不能寐,反复问自己:“我究竟要什么?财富、社会地位、旅行、仆人?”可是,他就是找不到自己究竟需要什么。最后,他企图以公开反抗中产阶级生活方式来摆脱烦恼,

① [美]阿瑟·林克等著、刘绪贻等译:《一九〇〇年以来的美国史》,北京:中国社会科学出版社,1983年,第406页。

② 引自辛克莱·刘易斯著:《巴比特》(王仲年译),长沙:湖南人民出版社,1982年,第106页。

他首先和汽车经销商埃迪·斯旺森的太太公开调情,和一位修指甲女郎幽会,又去缅因州山区寻觅好友保罗的"亡灵",在归来乘坐的火车上,公开和过去的敌人、自由主义者、工运领袖塞尼卡交往。当然,所有这些"离经叛道"的行为都未能给巴比特带来真正的安慰与幸福。同时,中产阶级社会也绝不会对此袖手旁观。他们立刻组织了类似三 K 党性质的"好公民联盟",以断绝业务往来和社交活动等方式,威胁、孤立巴比特,胁迫他妥协、投降。开始巴比特企图抵制,但当他赖以生存的手段——他的房地产事务所——遭到威胁时,他除了投降别无选择。这正是巴比特的悲剧,他无法离开他的那个中产阶级的群体和他们的价值观念。

如果说《大街》和《巴比特》主要是讽刺美国乡村生活的沉闷和压抑,嘲笑中产阶级的虚伪、贪婪和保守,那么《马丁·阿罗斯密斯》则以歌颂、赞扬美国人的开拓精神和对科学的献身为主题。刘易斯认为,美国拓荒时期的精神是美国文化中的精髓,是它生命力的源泉。小说一开始展现在读者面前的是一幅难忘的动人画面:时间是美国西部拓荒时期,阿罗斯密斯的曾祖母,那时还是个十几岁的女孩,她刚掩埋了死去的母亲,驾着马车向西部出发,马车里面躺着正在发烧的父亲和衣衫褴褛的小弟弟、小妹妹,前面是一片荒芜的土地和充满荆棘的崎岖之路,后面是定居生活和避免风险。父亲希望她停住马车,安顿下来,别再往前进了,但她坚定地回答,"不,我们要继续向前"。女孩表现出的这种不屈不挠、不畏艰辛、勇往直前的精神,世代相传,流淌在阿罗斯密斯的血液之中,成为他献身科学、追求真理的驱动力。唯一不同的是,阿罗斯密斯的祖辈是在地理上的拓荒,而他是在医学研究的领域里拓荒,他拒绝那种急功近利、把科学研究作为谋取个人利益的实用主义做法,为了科学事业,他不仅可以放弃个人的名利,甚至可以放弃自己的婚姻。他廉洁正直,刚正不阿,决不向世俗的偏见陋习屈服,表现出一个真正科学家的气概。

小说从描写阿罗斯密斯童年开始,一直到他上医学院、毕业后作为乡村医生、城市卫生部门主任以及后来进入著名大医院和研究所的各种经历,与巴比特一样,马丁也面临着类似的困境:如果他要获得成功、飞黄腾达、受人欢迎,他经常需要说谎,要口是心非、躲闪言辞、妥协让步,做那些世俗社会期待的事情;如果他要坚持原则,则往往会受到别人的排挤与反对,但与巴比特不同的是,他选择了不妥协。

小说还生动地描绘了美国医学界一系列的人物形象,有医学的商人皮克鲍尔,擅长鼓动和自我推销,有科学家出身、最后当上行政长官的霍勒伯德,他并没有多少真才实学,经常靠玩弄手腕为自己牟利,但是也有马丁那样的真正科学家,如马丁的导师戈特利布教授和他的同事维基特,他们绝不会向那些邪恶的势力屈服,宁可清贫、寂寞也决不卑躬屈膝,违背一个科学家的良知。其中，对戈特利布的描述最为感人，戈特利布博士是位医学天才，他怀着一种宗教般的虔诚对待科学，以客观、冷静、智慧的心态，用精密、严格的方法，进行医学研究。但他常遭人嫉妒，由于“不随和”，他最终被挤出大学。他来到一家著名制药公司的高级研究所从事医学研究，但那里的情形与大学没有多少差别，公司给他施加压力，敦促他尽快找到一种对付病毒的血清，以便公司可以垄断市场，获得高额利润。换言之，科学研究的首要目的不是寻求真理，而是商业上的考虑。在小说的最后部分，刘易斯对麦克格克(McGurk)研究所发出了猛烈的抨击，指出像这样一个从事纯医学研究、非营利性的最高学术机构竟然也会出现耍手腕、搞欺骗、拉帮派、以权谋私等腐败现象，最糟糕的是行政当局迫使科学家为发表论文而发表论文，为获得名气而发表论文，刘易斯认为这是对神圣科学的玷污。

《马丁·阿罗斯密斯》是刘易斯 20 年代五部力作中唯一一部以歌颂为主题的小说，结构也较前几部好，故事不局限于主人公与环境的冲突，而是聚焦在对理想的追求，聚焦在人类战胜疾病的神圣事业上。同时，人物、地点、事件的多样性、变化性和戏剧性使小说更受读者欢迎，并被拍成电影。因这部小说，刘易斯被授予普利策文学奖，尽管由于别的原因他公开拒绝了该奖励。

撰写一部有关美国宗教状况的小说，这个念头在刘易斯心中已有好多年。为收集素材，他于 1926 年春来到堪萨斯市，找到当地一位名叫伯克黑德的开明牧师作为他的顾问，并参加了布道、传教等一系列宗教活动，接触宗教界人士。为表明他是个无神论者，他竟在一次宗教集会上向上帝挑战，让上帝在五分钟内将他击死以证明上帝的存在。当然，五分钟后他安然无恙。

刘易斯对宗教的反叛是他对小镇生活反叛的延续，在《大街》中，作者曾通过肯尼科特的嘴道出许多美国人的宗教观：“当然喽，宗教是一种好的影响力——必须要让那些下面阶层的人守规矩——事实上，那是唯一能吸引那些人并使他们尊重财产权的东西。”许多人参加教会，去教堂做礼拜并不是因为他们真的相信上帝，而只是为了表现出自己的体面，为了自己的生意和发财。在《巴比特》和后期的《这里不可能发生》中，刘易斯对宗教中的虚伪贪婪、墨守成规、扼杀自由等现象进行了不同程度上的揭露与批判。但是，只有在《埃尔默·甘特利》中，刘易斯对宗教中的丑恶现象进行了最激烈的攻击。小说通过插曲、片段的叙事方式，生动形象地刻画出了埃尔默·甘特利这个宗教界的反面人物，他对上帝根本没有敬意，也不相信，宗教对他来说只是一种沽名钓誉、骗取钱财，甚至美色的手段。他发动的一场又一场的传教活动，声势浩大，影响颇广，但其目的并非真正为了宗教，而是为了钱财名利。可以说，埃尔默·甘特利是一个由金钱、权利、声誉等欲望驱使的反面人物，是美国宗教界的巴比特式人物。需要指出的是，刘易斯攻击的主要是基督教中那些反对现代科学文化的基要主义,而并非基督教本身,刘易斯年轻时曾经历过一段比较狂热的宗教冲动,企图献身宗教,去非洲当传教士。但是,他对现世生活的追求以及宗教内部的许多问题最终使他放弃了宗教事业。

《多兹沃思》是一部关于爱情、婚姻和寻找自我价值的小说。山姆·多兹沃思是一位成功的企业家,他富裕、体面,受人尊重,但他内心仍感到有些不足,为了寻找对自我新的认识,他携妻子弗兰去欧洲旅行,离开美国本土,来到陌生的地方,以新的目光审视自我和爱人,其结果失去了弗兰,但也获得对自我价值和生活新的认识。同时,小说以山姆和弗兰的欧洲之旅作为导线,从不同的视角对美国文化和欧洲文化进行了深入的比较。

小说从山姆对生活现状的反叛开始,通过获得自由、外出旅行、寻找自我、婚姻破裂、获得新的生活价值这一系列展开故事情节。山姆身材魁梧,外貌与气质上与威尔·肯尼科特相似,他亦具有阿罗史密斯的灵巧和对工作的热爱与自豪,但他也有点像巴比特,内心感到孤独、寂寞。他是美国中产阶级的上层人物,作为丈夫他坚实可靠,耐心容忍,但不那么细腻。与亨利·詹姆斯小说《美国人》中的克利斯托夫·纽曼一样,他有自己的成功的商业,很富裕,但缺乏高雅的文化。作为美国人他们很有人情味,他们到欧洲主要是为了放松、休闲、欣赏美。

与之对照的是弗兰·多兹沃思,她总认为美国商人只顾赚钱,不关心妻子的情感需求。她坚持要求丈夫带她到欧洲去旅行,目的是为了体验欧洲人的生活方式。因此,当她离开美国本土来到陌生的环境中后,便开始变得更加刚愎自用,任性放纵,不断地责备丈夫,说他笨拙、粗俗、枯燥,见识不广,缺乏想象力,不像欧洲人那么有风度,有教养,有文化。她不仅具有强烈的占有欲,而且经常表现出势利和虚荣,她一方面对丈夫表现出性冷漠,但另一方面却又不断地与欧洲的贵族公子调情嬉戏,最后竟提出与丈夫分道扬镳,决意要改嫁给一位贵族。当然,具有讽刺意义的是,当她与该贵族男子结婚时,却发现她未来的婆婆专横独裁,对她粗暴无礼,这也许算是对她追求虚荣的一种惩罚。

在这部小说中,刘易斯从美国人和欧洲人的角度讨论他们彼此的文化差异,其中多兹沃思与布兰特教授之间的争论最有代表性。布兰特教授认为,美国人粗俗、没有文化、缺乏教养,只知赚钱。多兹沃思反驳说,欧洲人其实并不比美国人好多少,也很世俗,追求物质享受。在文化上欧洲正在颓废、正在衰败。当然,多兹沃思承认欧洲人比美国人有礼貌、有教养,大方、悠闲,见识广等,但美国文化中也有很好的东西,如美国人的热情、好奇、生命活力和创造力等。从客观、冷静的观点看,只有把美国文化和欧洲文化的精华结合起来,才是最好的选择。

然而,在这部小说中,刘易斯却表现出了前所未有的矛盾心理,他一方面攻击美国人缺乏文化，另一方面又为之辩护；一方面敦促人们去旅行，另一方面又认为它没有多少意义；一方面责备弗兰，另一方面又认为她也有道理。其实，这是一部富有自传色彩的小说，弗兰的原型是刘易斯的第一位妻子格雷斯·黑格·刘易斯，他们于 1927 年离婚。针对刘易斯的攻击，格雷斯发表了自己的小说《半条面包：来自格雷茜的爱》(*Half a Loaf: With Love From Gracie*)，在该书中她为自己作了辩护，认为自己一直忠实于丈夫，是他的好伴侣，并没有贬低过他，是刘易斯对她不忠，背叛了她。

刘易斯文学创作的成就主要在 20 年代，在他接受 1930 年诺贝尔文学奖的讲演中，他已把自己看作老一代的作家，对沃尔夫、海明威、多斯·帕索斯、福克纳等新一代作家寄予很大的希望。情形也是如此，与商业发达、经济繁荣的 20 年代相比，30 年代的美国发生了本质上的变化，经济危机已经来临，国外希特勒法西斯统治正威胁着西方民主政治，在这样的背景下，刘易斯那种对美国中产阶级价值观念的讽刺、嘲笑已失去意义。他 20 年代作品的主要命题是：物质上的繁荣，如果没有更深的价值观念的支撑，将会导致精神上的贫乏。然而，30 年代的美国一夜之间已经失去了它的繁荣与昌盛。面对新的变化，刘易斯始终未能跟上。相反，他越来越趋向保守，开始接受那些他曾讽刺、抨击过的中产阶级价值观念，他一直未能超越这个范围。

《安·维克尔斯》(*Ann Vickers*，1933)是一部把现实主义手法与浪漫小说融合的作品，描述了一位现代职业女性的个人生活和事业上的奋斗，与卡罗尔一样，她很有个性，不肯与那些陈旧的社会习俗妥协，是一位崇尚个性自由，性格高傲，对生活理想化的现代女性。她出生在美国中西部地区的一个小镇，童年在那里度过，但她毕业于东部的大学，并成为妇女选举权运动的积极参与者，然后当上了一名社会福利工作者，最后通过自己个人努力与奋斗，成了一名刑法学家。在自我奋斗的过程中，她个人生活也经历了许多曲折，起先与一位军官恋爱，失败后与另一位男子结婚，不久离异，之后又与法官巴内·多尔芬结婚，但多尔芬并不是一位真正品行高尚的人。

尽管安·维克尔斯与卡罗尔有许多相似之处，但是小说主题已经完全不同，《大街》以对小镇生活的讽刺为主题，而《安·维克尔斯》则是对个人奋斗的歌颂。在安·维克尔斯眼里，小镇已不再是沉闷、窒息个性和创造力的地方，而是教给她一些基本的、永久的、体面的价值观念的地方。早在《大街》发表后不久刘易斯写过一篇题为《大街已经铺好》的文章，似乎对美国的小镇重新给予了肯定。《安·维克尔斯》还以现实主义的手法描绘了美国可怕的监狱系统，其中有对犯人的虐待、残忍的绞刑、污秽的牢房等。作为社会批评家的刘易斯并没有完全消失，只是他批评的对象已不再是人们最关注的问题了。

《这里不可能发生》是刘易斯 30 年代小说中比较有影响力的一部。虽然

1930 年后刘易斯趋向保守,但在这部小说中他仍表现出了对国家命运、前途,社会文明等问题的关注。从当代文学理论的角度来看,这部小说确实有不少缺陷,如结构松散、叙事方式单调、人物刻画缺乏深度等,但在当时的历史条件下,小说主题具有时效性,产生过比较大的影响。它发表在 1935 年美国总统选举之前,强调美国有可能成为一个法西斯独裁的国家,这不是危言耸听,在当时的历史条件下,这确实是可能发生的事情。30 年代的美国正经历着经济危机,全国约有三分之一的人失业,国外希特勒的法西斯主义日益猖獗,国内那些大财团表现出对金钱和权欲的崇拜,休伊·朗对路易斯安那州的长期独裁统治,科夫林神甫通过无线电广播对成千上万的美国听众的影响,南方三 K 党的活动,美国人对战争的歇斯底里等,所有这一切都可能导致法西斯统治在美国的出现,这正是刘易斯感到非常担心的事情。

小说描述一位名叫多里穆斯·杰苏普的资深报社记者与一位绰号叫布兹的参议员之间展开的斗争。布兹是一位希特勒式的野心家,一心梦想成为美国总统,最后他终于如愿以偿。但一旦登上总统宝座之后,他作为独裁者的真面目立刻显现出来。他马上终止政治上的民主程序,宣布全国实行军管法,用财团政权取代各州政府,并开始榨取国家的财富。他下令建造集中营,关押任何反对他的人,同时开始对少数民族的迫害和宗教迫害,人民生活苦不堪言。杰苏普终于意识到了事实真相,并大声疾呼"天哪,有足够的迹象表明在美国有可能会出现独裁统治"。通过这部小说,刘易斯想要告诉读者,如果像杰苏普那样的知识分子对布兹这类野心家的活动采取袖手旁观的态度,那么它(指法西斯主义)可能会在这里发生。只有抵抗,才能保证民主政治不遭到破坏。

《深色的金斯布拉德》(1947)是一部揭露美国社会种族歧视的小说。主人公尼尔·金斯布拉德是虚构中的一个西部城市有身份、有地位的白人中产阶级人物。如同其他白人一样,他对黑人怀有固定的偏见,认为黑人低劣、笨拙、懒惰。可是,他无意中发现自己遥远的祖辈中有一位竟是黑人,换言之,他的血液中流淌着约百分之几的黑人血。顿时,他的沾沾自喜消失了,取而代之的是巨大的蒙羞感,他痛苦不已,几乎被压垮。但是,他还是从痛苦中站立起来,开始反叛自己一直认同的白人社会及其价值观念,他把自己看作黑人中的一员,并抵制白人对黑人的种种迫害,他公开宣布自己有黑人血统,属于黑人,当然,他这样做的代价是失去所有的白人朋友以及自己的职位和社会地位。尽管小说以这样的情节展开是否可信,值得怀疑;但在这部小说中刘易斯通过漫画、滑稽的模仿、独白等艺术手法,讽刺、攻击美国社会中存在的种族歧视现象。

刘易斯创作生涯的最后两部小说《寻求上帝的人》(*The God-Seeker*)和《世界如此广大》,可以看作是他生命的尾声。《寻求上帝的人》描写一位名叫艾伦·加特(Aaron Gadd)的人,他从东部新英格兰来到明尼苏达州,从事基督教传教活动,企图教化印第安人。在经历了一系列失望后,回到东部,从事原来的建筑工作。《世界如此广大》在刘易斯去世后才发表,是他的最后一部作品,撰写这部小说的时候,他已永远离开了他那既恨又爱的祖国。小说的故事情节与他早期的浪漫小说《幼稚的人》十分相似,主人公都从枯燥的日常生活中解脱了出来,突然感到有了自由,来到欧洲旅行,寻找生活的真实意义。但在陌生的异国他乡,他感到孤独寂寞,通过奇遇恋爱上了一位世故老练的、在欧洲的美国女孩,但他最终抛弃了这样的女性,重新选择了家乡的一位质朴、平实的女孩作为生活的伴侣。小说的主人公都渴望对人生有更深刻的体验,但他们往往过于天真或自我幽闭,因此,他们对生活的体验与认识始终未能超越中产阶级的价值观念。同时,1914 年的读者与 1951 的读者已经相隔整整一代人,50 年代的读者在价值观念、审美情趣、艺术评价等方面已发生深刻的变化,与现代派艺术相比,刘易斯确实已落伍、过时,他代表了一个时代在文学创作上的辉煌,但如今他的文学价值更多的是在于他对美国文学的历史性贡献。

## 第四节
## 海明威的小说创作

欧内斯特·海明威(Ernest Hemingway, 1899—1961)是美国 20 世纪最重要的小说家之一,生于伊利诺伊州芝加哥附近的橡树园。他的父亲是当地一名受人尊敬的医生,母亲酷爱音乐,很想把小海明威培养成音乐家,但海明威缺乏音乐细胞,与音乐无缘。他的兴趣随他的父亲,喜欢户外活动,他父亲行医之余喜欢钓鱼和打猎,他把自己的爱好传给了儿子。他给小海明威四岁的生日礼物是随他去钓一天鱼;十岁的生日礼物是一支猎枪,还教儿子如何瞄准射击,甚至父亲应邀出诊,他也跟着去。

海明威一家避暑地在密执安北部的华隆湖,那个地方荒芜、寂静,有不少野趣:印第安人的营地,还有大雁、野鸭、松鸡、兔子和鹿麂,洁净的湖里有各种各样的鱼,这是海明威从童年到少年时代最喜欢的去处。海明威后来写了 20 余篇以少年尼克为中心人物的系列故事,其中不少故事以这块避暑地为背景。

海明威中学毕业后,不想上大学,想去欧洲打仗。那时候第一次世界大战正在进行,美国也已经对德宣战,但海明威左眼有病,怕通不过体检,于是去了

《堪萨斯城星报》当见习记者。早在上高中时海明威就对文学发生了兴趣,在校刊上发表过他写的小说和通讯报道,题材多半是体育活动,模仿林·拉德纳[①]的风格。到了《堪萨斯城星报》之后,他受到正规的文字训练。该报要求记者"写短句"、"用陈述句,叙述要有趣味"、"不用陈旧的形容词"、"要用生动有力的英语",如用俚语,"必须是新的……看了叫人耳目一新",还要求记者写通讯时"正面说,不要反面说"。这些要求对海明威后来形成自己独特的文风有一定的影响,他说"这些就是我在写作方面学到的最好的准则。我从来没有忘记过这些东西"。

在《星报》工作期间,他始终没有忘记欧洲战场,后来有机会向红十字会申请去欧洲当救护车司机,终于获准。1918 年 5 月,海明威和朋友们在纽约乘船赴欧,海明威被分派到意大利前线。不到三个月,他在前沿阵地中弹负伤。战争意味着伤亡,这是年轻的海明威所没有想到的。他在二战时回忆说:"我参加上次战争那会儿特别傻,记得当时以为我们是主队,奥地利人是客队呢。"

回国后,海明威到芝加哥一家杂志社当编辑。他与哈德莱·理查逊相爱,他们于 1921 年结婚。在芝加哥期间,海明威结识了《俄亥俄州的温斯堡镇》的作者舍伍德·安德森,安德森指点他要阅读马克·吐温和惠特曼,阅读美国新潮杂志,阅读俄罗斯作家的作品,并建议他到巴黎去学习写作。海明威夫妇听从安德森的忠告,于 1921 年赴法国。海明威与《多伦多星报》订下契约,定期报道欧洲的形势和生活状况,这样他就开始了边当记者边学习创作的海外生活。

当时的巴黎是世界艺术的大都会、各种新潮的艺术流派的实验场。海明威在学艺期间受两位前辈作家的影响较大。一位是格特鲁德·斯泰因,另一位是埃兹拉·庞德。斯泰因是长期侨居法国的美国女作家,喜欢各种现代派绘画,在文学创作上她热衷于语言实验,主张语言的"重复"和"自动创作",即不加修改的自由联想。对海明威的习作,斯泰因认为他诗写得还可以,小说"描写太多","要集中"。海明威很快掌握了他所需要的东西,如描写要"集中",运用"重复遣词(字)法",以锤炼和丰富他的表现能力。

庞德是美国意象主义诗歌的创始人,提倡以简洁、具体、鲜明的意象写诗,不用多余的词,不用不揭示任何意义的形容词,不能抽象含混,不用装饰……海明威在巴黎时虽然只跟庞德谈过几次话,但受他影响不小。据哈德森回忆,庞德的"某些想法影响了海明威的一生",例如庞德说要多读古典名著,但态度"要诚实","要么直截了当承认你受了谁的影响,要么不留痕迹",又如写象征

---

① 林·拉德纳(Ring Lardner, 1885—1933),先写体育通讯,后写短篇小说,他的风格诙谐幽默,故意用没有文化的粗人口吻叙事,芝加哥和纽约报刊常登载他的作品,很受青少年的欢迎。

时不要明言,“要往实里写”。庞德还具体指导海明威如何写作,例如,海明威写斗牛士马埃拉的死,原稿是这样描写的:

> 屋子里很热,百叶窗透进些许光亮。医生坐在角落里一张椅子上。马埃拉躺着,床单齐到他下巴的地方。床单鼓出一大块来,那下面是扎在他身上的绑带。……[马埃拉说]“我要死了。告诉路易斯我要死了。”

庞德对这样的写法不满意,说“太一般”,缺乏想象,要“重来”,要创造一种完全不同的死亡。后来海明威是这样定稿的:

> 他们把马埃拉放到一张小床上,有一个人就出去叫医生。……马埃拉感到眼前什么东西都越来越大,随即又越来越小,越来越小。接着又越来越大,越来越大,后来又越来越小,越来越小。再后来什么东西都越转越快,越转越快,就像人家加速放映影片。于是他死了。

海明威领悟到,前一种写法是描写,后一种写法才是创作,所以后来他总结经验时说“描写不是创作”。

海明威经过苦练,于 1923 年发表第一本书《三篇故事和十首诗》(*Three Stories and Ten Poems*)。三篇故事是《在密执安北部》、《禁捕季节》和《我的老头儿》。《在密执安北部》写一个女子第一次发生性关系时的感觉,斯泰因批评过这篇小说,说这种内容“可以画但不能挂”;《我的老头儿》以赛马为题材,有人指出小说有模仿安德森的痕迹。

值得注意的是诗歌。十首诗中有六首曾经在哈丽特·门罗主编的《诗刊》(*Poerty*)杂志上发表过,题材涉及战争、青春、海洋等内容,从诗的意境上看,讥讽与机智多于抒情。如《带走了青春》最后六行:

> 昨天的《论坛报》没了
> 带走了青春
> 在风暴来临那一年
> 独木船粉碎在湖滩上
> 在密执安州的锡尼。

这些诗中,反战情绪是很突出的。海明威受伤时正好 19 岁,曾为自己受伤而感到自傲,说他是“为一桩大事业而受的伤”,不久他的观点发生了变化。在《罗斯福》一诗中,他哀悼战死疆场的士兵:

战士死在何方；
木制的十字架，
标出他们倒下的地方，
直戳在他们的脸上。

那些当了俘虏的幸存者，也成了活死人：

一些人戴着镣铐走来
不觉悔悟，只感疲劳。
太累了，跌跌撞撞。
没了思想没了怨恨
不能想事不能打仗
不能后退没了希望。

海明威的诗歌一向不被重视，其实他后来写过不少政治讽刺诗和情诗，有人收集过，共88首。①

1923年起，海明威热衷于实验一种称之为vignette的体裁。这是一个法文字，意谓小花饰，用以装饰书页或杂志的补白，海明威指的是精巧的小故事，一种白描式的速写，主要是写战争场景和斗牛活动，海明威把18篇无题的“速写”收集成一本小书。因为都是暴力，他取名为《在我们的时代里》(*in our time*)，暗讽《祈祷》里一句祷词：“给我们的时代以和平。”

这些“速写”经过作者反复推敲，写得短小精美，用鲜明、精确的语言写一幕场景，如上文引用过的斗牛士马拉埃之死。这些洗练、简约而又崭新的文学深得批评家埃德蒙·威尔逊的赏识。他尤其喜欢这一段描写：

早晨六点半，他们对着一所医院的围墙，枪毙了六个内阁大臣。院子里有一汪汪的水。院子的铺道上有湿漉漉的枯叶。雨下得很大。医院所有的百叶窗都钉死了。一个大臣生伤寒。两个士兵押着他下楼，走进雨里，他们想把他靠墙按住，他却就势在一个水塘里坐了下来。另外五个很安静，靠墙站着。临了军官对士兵说，硬让他站住也没用。他们开第一排枪时，他就脑袋耷拉在膝盖上，在水塘里坐着。②

---

① 见尼古拉斯·吉罗奇尼斯编《海明威诗88首》，纽约：哈考特·布瑞斯·约伐诺维奇公司出版，1979年。

② 有关海明威作品的译文，除另注出处外，均引自《海明威文集》，上海：上海译文出版社，1999年。

威尔逊赞扬这位新作家“与众不同”，说他写的东西“像是用针刻在钢板上”，还说海明威写斗牛的场景“跟戈雅的画一样鲜活、优美，而且他还和戈雅一样，非常重视作品的生动、传神”。威尔逊认为，“这部篇幅不长的作品所表现出来的艺术尊严，超过了任何一个美国作家所写的大战时期的东西。”

1925年，海明威把他以前所写的14篇短篇小说汇成一集，在美国出版，题名也叫《在我们的时代里》，不同的是把第一个字母改成大写：*In Our Time*，又选用15篇“速写”夹在各篇小说之间，称之为“插章”(inter-chapters)。

美国版的《在我们的时代里》中，有海明威早期的一些名篇，如《印第安人营地》《医生夫妇》《拳击家》《士兵之家》《雨里的猫》和《大双心河》等。这些故事显示出海明威独特的叙事风格，主要是用非常简约的语言暗示小说的主题，包括淡化背景，用对话和细节揭示故事的发展，写故事发展时又省略一些过程，作者似乎以为我不写你也该明白，再加上“零度结尾”，留下不少空白由读者去填补。如《雨里的猫》写一对在意大利旅游的美国夫妇，雨天不能外出，女的喋喋不休，非要男的同她说话，但男的反应冷漠，只顾躺在床上看书，暗示这对夫妇的不和，可以预料到婚变在即。又如《医生夫妇》，医生与锯木料的印第安人发生冲突，医生太太觉得丈夫不对，最后就请他把儿子叫来，小说是这么结尾的：

“你妈要你去看看她，”医生说。

“我要跟你一起去，”尼克说。

他父亲低头看看他。

“行啊。那就快走吧，”他父亲说。

“把书给我。我把它放在口袋里。”

“我知道黑松鼠在哪儿了，爹，”尼克说。

“好吧，”他父亲说。“咱们就到那儿去吧。”

这样的结尾非常平淡，把读者悬在半空，得不到显豁的主题信息，即所谓“零度结尾”，其实海明威是在暗示人物内心的变化。医生两次受到挫败，但是他的儿子不喜欢母亲，不愿意去见她，宁愿跟着父亲。“父亲低头看看他”这个外部动作暗示父亲内心的失落感正在消失，他在儿子的意向中恢复了内心的平衡。《大双心河》细细描写主人公尼克一个人在避暑地扎营、做饭、钓鱼的过程，他是在排遣战争在他心灵上留下的阴影。海明威对这篇小说很满意，30年后他回忆说：“这篇小说写的是一个参加战争归来的青年。据我所记，小说没提‘战争’二字，也许是其可取之处。”小说结尾写道：尼克“爬上河岸，穿过树林，朝高地走去。他在回宿营地去。他回头望望。河流在林子里隐约可见。

往后到此地去钓鱼的日子多着呢。”这说明,深受战争创伤的尼克重返故地之后,多少摆脱了梦魇般的战争,暗示日后彻底医愈创伤的前景。

从《在我们的时代里》的短篇小说分析,海明威的叙事手法有自己的模式:通过对话和细节,用含蓄的、间接的手法暗示人物内心世界的变化。

继《在我们的时代里》之后,海明威发表了中篇小说《春潮》(*The Torrents of Spring*, 1926),这是他读了安德森《黑色的笑声》(*Dark Laughter*, 1925)之后对安德森的嘲笑,海明威称之为戏仿(parody)。安德森这部小说的主题是在性的问题上,黑人比白人开放,因为黑人更接近自然。《春潮》“更进一步”,写印第安女人敢光着身子进出公共场所,说明红种人“更接近自然”,讥讽安德森关于性解放的观念。小说模仿安德森闲散的文体,有时写得莫明其妙,例如“‘冬天来了,春天还会远吗?’这句话今年还管用吗?”这一类的废话。

安德森是海明威走上文学道路的引路人,不少亲友劝他不要发表《春潮》去伤害一位对他有恩的前辈作家,但海明威坚持要出版,原因之一是一些批评家认为海明威的《我的老头儿》是模仿安德森的赛马为题材的小说,而《春潮》的发表可以证明他们不是一路作家,他的档次高于安德森。这件事暴露海明威性格中好强,甚至狭隘的一面,他不惜过河拆桥贬低友人。

不过,对于《春潮》的评价,近年来出现了新的见解。有人指出小说嘲讽的不只是安德森一个人,F. M. 福特、威拉·凯瑟、H. L. 门肯,都属海明威横扫之列,尤其是调侃斯泰因。小说中居然发问:“斯泰因的语言实验到了什么程度了? 她到底想干什么?”小说既不赞成19世纪浪漫主义文学,也反对早期现代派的实验,尤其是“新浪漫主义的虚无主义(个人失落感、在一个毫无意义的宇宙中的异化感、原始主义传奇、偶像崇拜、迷恋异国情调)……”。评者认为“《春潮》的创作和出版是海明威作家生涯的转折点”。①

《太阳照常升起》(*The Sun Also Rises*, 1926)是海明威第一部长篇小说,是美国20年代“迷惘的一代”的代表作。小说写战后一群美英青年流落在巴黎的生活状态。男主人公杰克·巴恩斯因战争中下身负伤无法同女主人公勃莱特·阿施利成婚。他是报社记者,生活没有理想和目标,想在酒精麻醉中忘记精神上的痛苦。阿施利夫人在大战中当过护士,失去了爱人,又不能同巴恩斯结婚,于是过着放纵的生活。他们的朋友也都是类似的“流亡者”,整天泡酒吧、去钓鱼、看斗牛,表面上嘻嘻哈哈,纸醉金迷,内心却咀嚼着莫名的悲哀。他们最厌恶的人是美国大学生罗伯特·柯恩,他追求阿施利夫人,不惜为她斗殴打架,把自己看成英雄,而这些流亡者都是“反英雄”,在他们眼里,爱情、英勇等价值观念都已经被战争摧毁,而柯恩还相信这些陈旧的、虚妄的精神价

① 见《北达科他季刊》1996年夏季号,北达科他州大学出版社。

值，显得十分可笑。

《太阳照常升起》有两个题词，一个是斯泰因转述一位车行老板的话："你们都是迷惘的一代"；另一个是《传道书》里一段话："一代过去，一代又来，地却永远长存。日头出来，日头落下，急归所出之地……"①按海明威的原意，他同时用这两个题词是含有"平衡"的意思，也就是说，不管人间如何纷争，情绪如何变化，大自然照常按自己的规律运转。他没有料到，流传开来的是"迷惘的一代"这个说法，因为它写出了战后一代青年彷徨无主的心态：战争使传统的精神大厦倒塌，新的精神家园又不知在何方，他们感到觉醒了而又无路可走的悲哀。海明威道出了这代人的心声。

小说中的斗牛士佩德罗·罗梅罗是海明威心目中的正面形象。他诚实、勇敢，精于技艺，因与阿施利夫人相爱挨柯恩的打，但他为自己的尊严不受侮辱而战，在精神上始终是优胜者，这是海明威小说中后来经常出现的"硬汉子"形象。

《太阳照常升起》发表后，获得批评家、作家和读者的欢迎。据批评家马尔科姆·考利回忆，这部小说当时如何风行一时："青年男子试着像小说中的男主角那样沉着冷静地喝醉酒，大家闺秀则像小说中女主角那样伤心欲绝地一个接一个地和人相爱，他们都像海明威的人物那样讲话"，因为他们都自认为是"属于迷失方向的那群人"，再后来，"这个词被用于各种其他的年龄群，每个年龄群都依次被说成是真正的迷惘的一代。"

1927年，海明威发生婚变，次年与第二任夫人保琳·帕发弗回美国，定居佛罗里达州的基韦斯特，创作了《永别了，武器》(*A Farewell to Arms*，又译《战地春梦》)，于1929年出版。

《永别了，武器》讲述美国青年亨利在大战中的故事。亨利志愿参加救护队，在意大利前线受伤，养伤期间与护士凯瑟琳相爱。亨利伤愈返回前线，正赶上意军败退，亨利在撤退途中因有外国口音被意大利保安部队误认为德国间谍。亨利伺机逃跑，找到凯瑟琳，一起逃往瑞士。他们过了一段愉快的生活，但凯瑟琳分娩时难产，大人、婴儿都死去，把亨利孤零零一个人留在世上。

这部小说被公认为反对一次大战的优秀作品。首先它揭露了帝国主义的战争宣传，美国在一次大战开始时抱着坐山观虎斗的态度，同时供应交战国双方的武器，但眼看自己利益受到侵犯时，便高喊要"拯救世界民主"，利用"神圣""自由""光荣"等口号，动员青年人去欧洲战场经受"磨炼"。海明威的主人公目睹战场上毫无意义的互相残杀之后，再也不能容忍"神圣、光荣、牺牲"之类的"字眼儿"，他通过内心独白表示："我可没有见到什么神圣的东西，光荣的

---

① "日头出来"在《圣经》钦定英译本中译作 The sun also ariseth，这是小说题名的来源。

东西也没有什么光荣,至于牺牲,那就像芝加哥的屠杀场,不同的是把肉拿来埋掉罢了。"

小说的中心故事是亨利和凯瑟琳的悲剧,说明战争如何摧残个人幸福,同时通过他们的遭遇反映出普通人都是受愚弄的。在意大利军队内部几乎人人都厌恶战争,盼望和平生活,而在战争的巨大机器的压力下,个人又是无能为力的。在主人公眼里,人好比"着了火的木头上的蚂蚁":"有的逃了出来,烧得焦头烂额,不知往哪儿逃的好。但是多数都往火里跑,接着掉过来朝尾端逃,挤在凉快的顶端,末了还是烧死在火里"。既然"最善良的人、最和气的人、最有勇气的人"都难免一死,那么海明威主人公唯一的选择是"单独媾和":逃离战场,但结果仍然是悲剧。

《永别了,武器》消极、悲观色彩较为浓厚,这正反映了作者厌恶、反对帝国主义战争的情绪。在描写过程中,作者始终控制自己的情绪,用一种藏而不露、貌似轻淡的笔墨讽刺战争的祸害,例如小说开始写的瘟疫:"冬季一开始,雨便下个不停,而霍乱也跟着雨来了。瘟疫得到了控制,结果部队里只死了7 000 人";又如写保安部队"审问"奸细:"审问的人是那种意大利人:他们效率高,镇静,蛮有把握","他们审问一个枪毙一个。审问的人态度超然、优雅,他们手操生杀大权,执法如山,而自身并没有死亡的危险。"

海明威后来在评论反战小说时指出,有的小说"喊叫"太多,这种作品"刚出现的时候像一出新的好戏叫人振奋,可是隔了几年你去重读,发现它们死气沉沉,好比你走进仓库,碰巧见到那出戏用过的舞台布景"。他认为这并不是作者反战情绪不强,而是艺术概括不足。一个成功的例子便是《永别了,武器》的结尾:医生告诉亨利手术失败,凯瑟琳不幸去世,亨利要到病房见凯瑟琳最后一面:

> 他(医生)顺着走廊走去。我走到房门口。
>
> "你现在不可以进来,"护士中一个说。
>
> "目前你还不可以进来。"
>
> "你出去,"我说,"那位也出去。"
>
> 我赶了她们出去,关了门,灭了灯,但这也没有什么好处。那简直像是在跟石像告别。过了一会儿,我走出去,离开医院,在雨中走回旅馆。

这种写法把极度的悲痛化为机械、麻木的动作,或者说,用机械的外部动作表现人物的内心悲痛。此时无声胜有声,小说在主人公神情麻木处煞笔,取得强烈的艺术效果。

《永别了,武器》出版后反应热烈,虽然正值美国经济危机,但并不影响它的销路，始终居于畅销书的榜首。作家、批评家马·考利、克·拉迪曼、阿诺·贝内特、雷马克等人纷纷发表评论赞扬海明威。诗人麦克利许（Archibald MacLeish）的评价最具代表性，他说这部作品“开头写得如同托尔斯泰——舒缓、深沉，就像托尔斯泰的写法——第一章是一首华丽庄严的诗”。考利把海明威的成功归结为五个原因：“远离相互妒忌的纽约文坛、他个人传奇般的经历、艺术上的自尊、善于运用动人的材料以及有能力表达战后一代人的观念。”《太阳照常升起》奠定了海明威在文学史上的地位，《永别了，武器》把他推到大作家的宝座。用麦克利许的话说，海明威“30 岁”就成了“大师”。

《永别了，武器》的缺陷是女性形象写得不好。友人菲兹杰拉德在致海明威的信中指出：你写的男主人公是用现在的眼光看的，而写女主人公时却是用你“17 岁至 19 岁”时的眼光看的，因而显得不和谐。这个批评一箭中的。海明威在意大利养伤时期爱上一个美国护士，那护士虽然后来嫁给了别人，但海明威始终难以忘却，在小说中把他 19 岁时的恋情倾泻在女主人公身上，这是一个方面。另一方面，也说明海明威不善于写女性，他笔下的女性常常温柔顺从，缺少性格层次。海明威的世界是一个“没有女人的”男人世界。

《永别了，武器》问世前后，海明威出版了两部短篇小说集：《没有女人的男人》（*Men Without Women*，1927）和《胜者无所得》（*Winner Take Nothing*，1933），其中包括《白象似的群山》、《杀手》（又译《杀人者》）、《五万元》、《一个干净明亮的地方》、《世上之光》等名篇。值得注意的是，在这些短篇小说中，常常出现一个以少年尼克为主人公的形象，这个连贯主人公闪现出海明威本人从童年到成年经历的身影，后来有一位海明威研究者收集了海明威前前后后写尼克的短篇共 24 篇，取名《尼克·亚当斯故事集》（*The Nick Adams Stories*，1972），果真出现了美国文学中一个完整的青少年形象。

30 年代，海明威发表的作品较少，除了通讯报道外，主要作品是写斗牛的《死在午后》（*Death in the Afternoon*，1932）和写狩猎的《非洲的青山》（*Green Hills of Africa*，1935）。在欧洲期间，海明威一有机会便去西班牙看斗牛，对这项活动兴趣极浓，后来又收集资料，又对斗牛作过系统的调查研究，因而《死在午后》是一部学术性专著。《非洲的青山》是他 1934 年去非洲狩猎后他个人所见所闻的纪实作品。

在《死在午后》中，海明威根据自己的经验，把创作比喻为冰山原理：“冰山在海里移动很是庄严宏伟，这是因为它只有八分之一露在水面上。”在 1958 年答《巴黎评论》记者问时，又进一步说明：“我总是试图根据冰山的原理去描写。关于显现出来的每一部分，其八分之七是在水面以下的。你可以略去你知道的任何东西，这只会使你的冰山深厚起来，这是并不显露出来的那部分。”联系到他的创作，我们可以从他的对话、景色描写、细节、动作描写等背景后看到所蕴藏的人物内心世界。《非洲的青山》涉及不少美国文学家,如他对古典作家的褒贬,对马克·吐温的推崇;关于同时代人,他分析了金钱、不负责任的批评对于创作的危害。

从非洲狩猎回来后,海明威发表了两篇有名的以非洲为背景的小说:《乞力马扎罗的雪》(*The Snows of Kilimanjaro*, 1936)和《弗朗西斯·麦康伯短促的幸福生活》(*The Short Happy Life of Francis Macomber*, 1936)。前者描写一个作家在非洲得了不治之症,在临死之前回顾一生,反思他的得失和教训,这篇小说采用了海明威很少使用的意识流手法。《弗郎西斯·麦康伯短促的幸福生活》写胆小的麦康伯在捕猎大动物时临阵脱逃,后来勇敢地射击一头向他冲来的野牛,但是幸福短促,在他举枪的同时被他美丽的妻子玛戈打死。他的妻子究竟是帮助丈夫打野牛时误杀了他,还是有意把他除掉,这是小说留给读者的疑点。

1937年发表的《有钱人和没钱人》(*To Have and Have Not*)写一个"没钱人"为了养家糊口不得不在海上做走私买卖,最后死于枪战。小说结尾时,主人公说:"一个人不行了,现在一个人不行了。一个人孤孤单单,干不了什么事",然后是海明威的叙述:"他用了很长的时间说出这句话,懂得这个道理却花了他一辈子的时间。"这个结尾,评论界颇有争议,有人认为这是海明威在30年代无产阶级文学影响下向左转的表现,也有人认为主人公是黑道上的单干户,算不得真正的无产者。

1936年西班牙内战爆发,海明威应"北美报业联盟"之约,于1937年赴西班牙任战地记者报道战事。西班牙内战是民主共和政府反对叛乱的战争,叛军得到德、意法西斯势力的支持,因而内战具有反法西斯主义的性质。海明威立场鲜明,支持民主政府,其间还返回美国,参加美国作家代表大会,宣传反法西斯主义,去洛杉矶在电影界人士中作宣传,募捐经费,为民主政府购买战用物资。西班牙内战虽然以失败告终,但是对于海明威来说,他的创作翻开了新的一页。

海明威以西班牙内战为背景的作品有两部,一部是剧本《第五纵队》(*The Fifth Column*, 1938),另一部是《丧钟为谁而鸣》(*For Whom the Bell Tolls*, 1940,又译《战地钟声》)。《第五纵队》写一个记者为民主政府从事间谍活动的故事。剧本在艺术上并不成功,海明威虽然擅长写对话,但小说里的对话不同于戏剧语言,结构上也缺乏戏剧性,因此只在纽约演出87场便停演了。

《丧钟为谁而鸣》是一部成功的反法西斯小说。主人公乔丹是美国一所大学的教师,志愿来西班牙参加国际纵队,他领受了去敌后山区炸桥的任务,阻止法西斯军队的增援,以保证政府军进攻成功。后来发现敌军早已有了戒备,这情报又未能及时送到领导手上,乔丹只能按原计划进行。炸桥后,乔丹受重伤，便劝告他的恋人玛丽亚和其他游击队员撤离，他独自靠在树边，用机枪等待敌军冲上山来。

这部作品以同心圆结构方式展开。中心人物是乔丹，中心事件是炸桥，他们构成一个圆心。圆心的第一圈是山区游击队和他们的内心纠纷，再往外一圈是戈尔兹将军策划的进攻及领导层的矛盾，最后一圈是欧洲范围的斗争。以乔丹为中心的人物关系中，表现得最充分的是协助乔丹炸桥的游击队内部关系，其中有质朴善良的农民，英勇的反法西斯战士，也有贪生怕死、不惜牺牲其他游击队利益的队长。战争的复杂性还通过两组不同的暴力场面表现出来。一组是以“聋子”为队长的游击队被逼在山上孤军奋战，最后被法西斯势力消灭。正义的一方虽然失败了，但在失败中表现出反法西斯的人民在精神上是不可战胜的。另一组是小镇上的农民怎样处死地主、镇长、高利贷者这些地方上的法西斯势力。作者并不赞成在肉体上折磨和杀戮这些人，他说：“我们明白，战争是件坏事”，“谁要说不是坏事谁就是说谎。”但是反法西斯战争“一旦打了起来，唯一要做的事情是打胜”。主人公身受重伤，面临死亡，象征着这场内战的不幸结局，但具有悲壮的英勇色彩，他回忆参加过美国内战的祖父时，通过内心独白说：“你很走运”，“你度过的一生和你祖父的一样美好”，“我希望能有什么办法把我学到的东西传给后人”。

《丧钟为谁而鸣》出版后获得普遍好评。虽然西班牙有人认为小说有些描写不符合西班牙民族心理，有的批评家中肯地指出女主人公玛丽亚的形象落入温柔顺从的套路，但总的来说《丧钟为谁而鸣》在题材上有历史意义，是欧美现代文学中反映西班牙内战的优秀作品。

1939年海明威与第二任夫人感情破裂，迁居古巴，并与记者玛瑟·盖尔荷恩结婚。《丧钟为谁而鸣》就是在古巴定稿的。1941年，海明威夫妇来中国，报道抗日战争的形势，后来又去伦敦报道英国皇家空军的战斗情况，二战结束后返回古巴。他下一部长篇小说《过河入林》(*Across the River and into the Trees*, 1950)并不成功，小说写经历过两次大战的坎特尔上校对战争的回忆和反思以及与他女友约会、打猎等情景。主人公基调低沉、常常顾影自怜，暮气沉沉。评论界对这部小说反应冷淡，认为是海明威在走下坡路。

下一部小说《老人与海》(*The Old Man and the Sea*, 1952)是一部杰作。小说全文只两万多字，但艺术含量很高。故事很简单：古巴老渔夫圣地亚哥84天没有打到鱼，第85天出海有一条很大的马林鱼上钩，经艰苦的搏斗，总算捕到了，但在返航途中被鲨鱼袭击，靠岸时，这条大鱼只剩下一根长长的白骨。

类似的故事在实际生活中发生过，海明威写过通讯报道。《老人与海》把这个故事艺术化，使用了老渔夫独自说话、内心独白、同大鱼“对话”、回忆等艺术手段丰富人物形象。例如海岸景色的色彩化表达老人出海打鱼时的愉快心情，寂静辽阔的深海海面说明老人“出海太远”的“错误”，而一开始出现的船帆上用“面粉袋”打的“补丁”，“像一面标志着永远失败的旗子”，预示老人悲剧性的失败。

小说着重描写的是两场搏斗。第一场是老人与马林鱼的搏斗：马林鱼上钩后把小船拖向远海，老人同它周旋，随着越漂越远，渐渐地他们从敌手变成对手。在辽阔无边的海上，又从对手变成伙伴，老人不再感到孤独，他对鱼说：“我爱你，非常尊敬你。不过今天无论如何要把你杀死”，你“也是我的朋友”，“可是我杀死了这条鱼，它是我的兄弟”。这是一幅和谐的画面：大鱼拖着小船漂去：人、鱼、船徜徉在海上，给人一种亲近的感觉。过渡到第二场搏斗——同鲨鱼拼搏时，小说的基调变了，主人公从亲切变成愤怒。鲨鱼来了一拨又一拨，凶残地吞吃鱼肉，老人听得见“撕裂的声音”。这是一场寡不敌众的战斗，老人必败无疑，但他竭尽全力拼杀，用桨打、用刀戳、用棍捅，直到大鱼变成一根白骨为止。

关于这部小说的主题，评论界有多种解释，主要是如何阐释老渔夫的形象，他有没有象征意味，象征什么？是多灾多难的耶稣，无法抗拒厄运的古希腊悲剧中的英雄，还是被批评家(鲨鱼)批得体无完肤的作家？海明威不赞成这样具体的指认，他赞同艺术史家伯·贝瑞孙的说法：“真正的艺术家既不象征化，也不寓言化——海明威是一位真正的艺术家——但是任何一部真正的艺术作品都散发出象征和寓言的意味。这一部短小但并不渺小的杰作也是如此。”

联系海明威20年代末以来的创作，《老人与海》可以说是他众多“硬汉子”形象的概括和升华，表现出一种打不败的精神。海明威笔下那些拳击手、斗牛士、战士面临强大的对手，明知必败无疑，也要拼死搏斗到底。《老人与海》在淡化背景、超越时空限制下突出老人的“硬汉子”精神，说明孤单的个人在同外界强大势力的斗争中，逃避不了失败的命运，但是他必须勇敢地对付敌对势力，不能认输，即使失败了，也要保持优胜者的风度。老渔夫在同鲨鱼拼杀时说：“人不是为失败而生的，一个人可以被毁灭，但不能给打败。”这句话经常被人引用，成了海明威式英雄主义的名言。

《老人与海》发表后好评如潮，评论家、作家普遍认为海明威登上了新的高峰。1953年《老人与海》获得普利策奖。1954年海明威获得诺贝尔文学奖，因为他“精通现代叙事艺术，这突出地表现在他的近作《老人与海》之中；同时也因为他在当代风格中所发挥的影响”。

《老人与海》发表之后，海明威健康情况不佳，此后去过非洲狩猎，到西班牙看斗牛，但停止了创作。1961年7月，海明威因不堪疾病困扰和痛苦而自杀。他生前发表的最后一部作品是《危险的夏天》(*The Dangerous Summer*,

1960)，这是他1959年观看西班牙斗牛“对手赛”后所写的长篇通讯。

海明威去世后，出版公司和他的家属发表了不少遗作，主要有回忆录《不固定的圣节》(*A Moveable Feast*, 1964)，长篇小说《岛在湾流中》(*Islands in the Stream*, 1964)、《伊甸园》(*The Garden Eden*, 1986)和记述1953年非洲狩猎活动的《曙光示真》(*True at First Light*, 1999)。《流动的盛宴》写于50年代，回忆作者20年代在巴黎与斯泰因、庞德、菲兹杰拉德等作家的交往，心态平和、情绪舒缓，透出作者对那段生活深深的怀旧感，文笔温馨从容，有些回忆文友的章节写得精彩传神。这是因为这部作品海明威生前已经定了稿，而未经作者定稿的其他散文作品则较为逊色，或结构松懈，或形象苍白，文字平板，看不出海明威这位文体家特有的光华。

海明威是深受中国读者喜爱的美国现代小说家。我国对他的作品的翻译和评论介绍呈现出马鞍形的态势。三四十年代是介绍海明威的第一个高潮，新中国成立之后至“文革”出现低谷，改革开放以后又迎来第二个高潮。

他的作品最早译成中文的是《杀手》(*The Killers*)，1929年由黄嘉谟翻译，译名为《两个杀人者》；同一篇小说，1934年黄源译为《暗杀者》。他的主要作品译成中文的有1939年余犀译的《退伍》，即《永别了，武器》；1940年林疑今译为《战地春梦》；1941年谢庆尧翻译出版了《战地春梦》；1942年冯亦代译出剧本《第五纵队》；1949年“晨光世界文学丛书”出版了两部短篇小说集《没有女人的男人》和《在我们的时代里》，译者均为马彦祥。新中国成立之后至1966年间，海观翻译了《老人与海》和一个短篇《打不败的人》，林疑今译的《战地春梦》得以重版，译名改为《永别了，武器》，此外，还有个别研究论文和一些零星文章。

改革开放以后，海明威作品的翻译介绍迎来更大的高潮。他的四大小说《太阳照常升起》《永别了，武器》《丧钟为谁而鸣》和《老人与海》都有译本，有的还有多种译本。他的优秀短篇，如《印第安人营地》《乞力马扎罗的雪》《弗郎西斯·麦康伯夫妇短促的幸福生活》《五万元》《雨中的猫》《最后一片净土》《白象似的群山》等译文相继问世。有些出版社还翻译出版了美国学者有关海明威的传记和评论集。由我国学者撰写的海明威评传也相继出版：吴然的《海明威评传》(1987)、杨仁敬编著的《海明威传》(1996)、杨恒达的《海明威》(1999)以及董衡巽的《海明威评传》等。至于研究论文，则涉及海明威生平与创作的方方面面。

海明威的作品不仅受到中国广大读者的欢迎，也为作家们所称道。他们赞赏海明威的叙事技巧，并在自己作品中予以借鉴。

1999年，上海译文出版社出版了16卷的《海明威文集》，囊括了海明威所有的散文创作，使读者可以欣赏到海明威创作的全貌，并为研究者提供了可靠的译文基础。[1]

## 第五节 菲茨杰拉德的小说创作

弗朗西斯·斯科特·基·菲茨杰拉德(Francis Scott Key Fitzgerald, 1896—1940)出生于明尼苏达州的圣保罗,父亲爱德华·菲茨杰拉德的家族是美国国歌《星条旗之歌》的作者斯科特·基·菲茨杰拉德的远亲,但经济状况并不理想,母亲莫莉·麦奎兰·菲茨杰拉德来自爱尔兰移民家庭,依靠莫莉祖辈创立的批发杂货店的收益,菲茨杰拉德一家生活还算体面,但远说不上富有。童年生活对他的创作影响深远,正如传记作家杰弗里·迈耶斯指出的,菲茨杰拉德所有的小说主题都"来源于他的圣保罗出身"。中学毕业后,菲茨杰拉德先在新泽西的纽曼学院读预科,后进入普林斯顿大学学习,因为专注于社团活动,他在大学的成绩并不好,先后多次补考,最终选择肄业参军,这些都在他的第一部小说《天堂的这一边》(*This Side of Paradise*, 1920)中有所体现。《天堂的这一边》是一战结束后最受欢迎的小说,也被评论界认为是美国第一部真正意义上的大学小说。小说成功后菲茨杰拉德与赛尔妲结婚,先后游历纽约、巴黎等地。1922 年菲茨杰拉德出版第二部小说《美丽与毁灭》(*The Beautiful and the Damned*),同样畅销一时,受到读者的青睐。1925 年发表的小说《了不起的盖茨比》(*The Great Gatsby*)并没有获得菲茨杰拉德预想的成功,虽然当时的评论界口碑不错,但销量和影响力却不及前两部小说。20 年代的菲茨杰拉德事业成功,生活奢靡,引领当时的社会消费风潮,无论长篇、短篇小说都极受欢迎。1930 年之后,菲茨杰拉德的生活逐渐步入困境,赛尔妲先后几次入住精神病院,短篇小说的读者群在不断缩小,而长期酗酒也伤害了他的身体。1934 年,菲茨杰拉德推出构思写作达七年之久的《夜色温柔》(*Tender Is the Night*),评论和销量都让人失望。之后菲茨杰拉德在好莱坞写剧本为生,并开始写作好莱坞题材的小说《最后一位大亨》(*The Last Tycoon*, 1941),未及完成,便因突发心脏病去世。当时,无论评论界还是读者都已将菲茨杰拉德遗忘,1940 年他的全部作品只售出不到 20 本。从 1941 年开始,随着埃德

---

① 关于海明威在中国的介绍情况,本文参阅邱平壤编著的《海明威研究在中国》,哈尔滨:黑龙江教育出版社,1990 年。

蒙·威尔逊编辑出版《最后一位大亨》和《崩溃》(*The Crack Up*, 1945),评论界和读者开始重新关注起菲茨杰拉德。到70年代,菲茨杰拉德作为美国现代最重要作家之一的地位业已不可动摇,《了不起的盖茨比》也成为美国现代小说经典,而且可能是读者最多的美国小说。除了五部长篇小说,菲茨杰拉德还创作了剧本《蔬菜》(1923)和大量的短篇小说,其中出版164篇,短篇小说集有《少女与哲学家》(1920)、《爵士乐年代故事集》(1922)、《这些忧郁的年轻人》(1925)和《熄灯号与起床号》(1934),这些短篇小说如今也颇受评论界的重视。

1920出版的《天堂的这一边》是菲茨杰拉德事业的起点,也是其生活的转折点。开始创作这部小说时,菲茨杰拉德还在普林斯顿,入伍后他利用休息时间完成了小说的初稿《浪漫的自我主义者》,投寄斯克里伯斯出版社被退稿。战后他曾在纽约从事广告业,但微薄的收入不足以吸引赛尔妲,两人的婚约一度取消。失意的菲茨杰拉德辞职返乡,对《浪漫的自我主义者》着力修改,以《天堂的这一边》为名再次寄给斯克里伯斯出版社,终于获得成功,而他也终于赢得了赛尔妲。评论界一般认为菲茨杰拉德的第一部小说颇具自传性,主人公的经历带有作者的个人色彩。小说讲述艾默里·布莱恩在预科学校、普林斯顿和一次大战中的经历,以及他和四位女子的感情纠葛与成长过程。书中的不少人物和事件在菲茨杰拉德的生活中都有迹可循,尤其是女性角色的身上带有他的初恋情人吉尔维娜·金和赛尔妲的影子。

作为菲茨杰拉德的第一部小说,《天堂的这一边》在技巧和艺术上也都存在不少缺陷,在讨论哲学等作者力所不逮的范畴时,不免有些捉襟见肘。作为一部教育小说(bildungsroman),这部小说就故事情节而言,并无吸引人之处,但20年代的大学生却几乎都人手一册,作家约翰·奥哈拉这样描绘他对《天堂的这一边》的感情:"[我]和其他50万处于15岁到30岁之间男人女人一样,爱上了一本书。是真的,就是爱情。"[①]究其原因,并不在于小说首开风气,描写了当时年轻人对待恋爱的开放态度,也并不是因为艾默里·布莱恩表露出一战之后迷惘的一代的精神气质,而是因为菲茨杰拉德成功地将教育小说这一形式现代化,准确地表现出一个当代美国青年人对自己人生的设计和情智的成熟,他对于年轻人的虚荣、自尊、恋爱心理描摹得细致深刻,正是这点赢得了读者的共鸣,正如后来的《麦田里的守望者》一样。虽然是菲茨杰拉德创作的第一部小说,但在后来不少作品中反复出现的主题、基调和创作手法已在这部作品中显露端倪。首先是道德观念的含蓄和模棱两可,书中既有纵情狂欢的描写也有扪心自问的反省;其次是对女性形象的描写,从女性主义的观点

---

① John O'Hara, "Introduction", *The Portable F. Scott Fitzgerald* (New York: Scriber's, 1945), p. vii.

来看,书中的四位女性具有前所未有的自由,尤其是在婚姻和性方面。就心理而言,她们的欲望和选择限制着小说中男性的欲望和选择,但在社会层面上,女性对于婚姻的认同反过来限制了她们自身的自由,这也是菲茨杰拉德的小说中不断流露的主题。菲茨杰拉德对现代主义手法的探索也肇始于《天堂的这一边》,除了象征手法的运用外,他还尝试打破类型界限,在书中穿插戏剧式描写凸显人物性格和心理。

就艺术成就来看,《天堂的这一边》并不是一部伟大的小说,但却很出色。和他的作者一样,虽然还未成熟,但极具潜力,"展示了惊人的天赋"①。读者和评论界都期待着菲茨杰拉德的新作,1922年《美丽与毁灭》出版,在延续前一部小说的畅销奇迹的同时,在评论界却是毁誉参半。小说分为三部,叙述富家子弟安东尼·帕奇生活优游,沉湎于艺术哲学,结识美丽少女格罗丽亚·吉尔伯特后两人共结连理,在乡间大宅过着奢华的生活,终日欢宴笙歌。一次狂欢中安东尼古板的祖父突然来访,目睹他们纵情声色的生活后取消了安东尼的继承权,从此夫妻俩的生活逐渐陷入困境,两人的感情也在岁月的流逝中日趋淡漠。最终安东尼在多年的努力后,赢得了关于继承权的官司,但他的生活业已全然失败。小说对于人物性格的塑造较为薄弱,处理主人公的形象也有些含混,这些一方面是作者的技巧问题,但也是菲茨杰拉德矛盾的道德观所导致的必然。小说的总体基调摇摆于传统和现代、放纵与节制之间,无论在内容还是形式上都表现出这种徘徊不定的风格,菲茨杰拉德对待安东尼的矛盾态度集中体现了这一点。从意气风发的少年到失败的中年,以及最后所谓的胜利,其中的情节发展与人物个性不相契合,颇为牵强,因此受到评论界的批评,被认为是菲茨杰拉德小说中最不成功的一部。当然,不少评论家认为《美丽与毁灭》仍然值得一读,菲茨杰拉德特有的艺术魅力在部分章节中也颇为耀眼,有论者从心理分析的角度分析,菲茨杰拉德通过这部小说彻底粉碎了自己的童年和少年时代②,也有论者将菲茨杰拉德的天主教背景与之联系起来,认为《美丽与毁灭》从意象和结构上反映了天主教神学的一个具体方面:灵交③。虽然对《美丽与毁灭》的评论见仁见智,但小说的畅销却是不争的事实,书中对于禁酒令下狂欢宴会的描写无疑是一大卖点,而这样的宴会描写在菲茨杰拉德的

---

① Anonymous Review, "A Remarkable Young American Writer," *New York Evening Post*, 17 April 1920, book review section, p. 2.

② Robert Roulston, "The Beautiful and Damned: The Alcoholic's Revenge" in Claridge, Henry (ed.), *F. Scott Fitzgerald: Critical Assessments*, Vol. II (Mountfield: Helm Information Ltd., 1991), p. 115.

③ Steven Frye, "Fitzgerald's Catholicism Revisited: The Euchatistc Element in *The Beautiful and Damned*", Bryer, Jackson R., Alan Margolies and Ruth Prigozy (eds.), *F. Scott Fitzgerald: New Perspectives* (Athens, Georgia: University of Georgia Press, 2000), pp. 63 - 77.

下一部小说——《了不起的盖茨比》中达到了极致。

《了不起的盖茨比》是为菲茨杰拉德赢得不朽声誉的作品，1925 年出版后，无论是 T. S. 艾略特、格特鲁德·斯泰因这样的现代主义先锋，还是卡贝尔、高尔斯华绥这样的传统作家，以及门肯等批评家都一致称誉，其中评论界引用最多的是艾略特在给菲茨杰拉德的信中的赞语："事实上，在我看来，它是美国小说自亨利·詹姆斯以来迈出的第一步……"[①]评论界的成功并没能给菲茨杰拉德带来他所预想的市场上的畅销，比起前两部小说，《了不起的盖茨比》的销量相形见绌，在作者生前，这部小说只在 1925 年印行过两次，计 23 870 册，不仅远不及《天堂的这一边》，甚至连《美丽与毁灭》也比不上，后者在一年内售出 43 000 册。菲茨杰拉德将小说销售的不理想归咎于篇幅短，只有 48 852 字，以及小说过于侧重男性视角。虽说销量对一部小说的影响力颇为关键，但就菲茨杰拉德的创作而言，正是这部销量一般的作品使他在美国文学和文化的发展中占有一席重要的地位。从 40 年代开始，《了不起的盖茨比》逐渐引起读者和评论界的重视，多次再版，1957 年至 1970 年间，仅斯克里布纳版在美国就销出 100 多万册。时至今日，它已被翻译成 30 多种文字在世界各地出版，研究文章、专著汗牛充栋，业已成为美国 20 年代以及美国文化的代表。它不仅可能是读者最多的美国小说，也是世界范围内最受欢迎的小说之一。

在早期对《了不起的盖茨比》的研究中，大多数评论家都是从作者个人的生平角度去解读，将文本与菲茨杰拉德的个人生活联系起来。诚然，菲茨杰拉德在长岛的奢靡生活为他描写小说的盛宴狂欢提供了素材，但将作品简单地视为作者生活的投射未免狭隘。七八十年代的评论逐渐侧重文本，主要研究小说的不同版本和原稿之间的考校，以此来丰富和解读文本的内涵。80 年代以来，随着各种新的批评理论和文化思潮的出现，对《了不起的盖茨比》的研究也摆脱了以往的窠臼，以新的批评方法来解读，有运用心理分析理论解构人物的，也有用女性主义观点批判小说中女性生存状态的，还有运用社会文化角度探讨其中表现出对资本的批评以及借用形式主义手段梳理小说中的意象等。整体而言，批评界对《了不起的盖茨比》的兴趣主要集中在它对美国梦的阐释和独特的叙述技巧上。盖茨比从籍籍无名到富甲一方，他的成功不仅是当时无数美国人的梦想，即使在当下也具有一定的吸引力。如果说之前人们还只是对美国梦有一个模糊的概念，那么盖茨比的形象则将它具体化。在小说中，菲茨杰拉德借用人物尼克的叙述来铺陈故事，但也夹杂着一个全知全能的叙述者在其中，具有所谓"双重视角"的特点。通过这种独特的叙述方式，盖茨比

① F. Scott Fitzgerald, *The Crack-Up*, edited by Edmund Wilson (New York: New Directions, 1962), p. 310.

现实的成功与理想的爱情之间的矛盾，冷酷的资本与理想主义之间的撞击，当时美国中西部文化与东部富裕地区文化的冲突，传统道德与现代生活理念的对抗，以及金钱的腐蚀性、消费主义的勃兴都一一呈现，而所有这些力量的互动使得人物和小说都具有一种不稳定的张力，也形成了为现代主义所称道的艺术特色。

《了不起的盖茨比》的成功固然具有艺术和社会的双重性，但其中社会性显然更突出一些。在处于转型期的美国社会中，盖茨比的形象生动地折射出美国现代化中个体的感受，在传统与现代之间的挣扎使得他成为具有代表意义的美国现代人形象。与另一部同样为评论界和读者厚爱的美国小说——马克·吐温的《哈克贝里·费恩历险记》一样，《了不起的盖茨比》“让其他国家的人知道美国如何，让美国人感受他们自己是谁”。[①] 这才是这部小说广受欢迎、长盛不衰的原因所在。

在《了不起的盖茨比》出版七年之后，菲茨杰拉德出版了《夜色温柔》(1934)。故事讲述年轻有为的心理医生迪克·戴弗爱上自己的病人尼科尔·沃伦之后，耽于安逸生活，逐渐颓废的过程。如果说在前几部小说中，菲茨杰拉德还在现代与传统之间徘徊，那么《夜色温柔》则无论在主题还是风格上都基本上完全是现代性的体现。小说分三部，在叙述角度和叙述顺序上都颇具匠心，还运用了一些心理独白和意识流的手法，以对心理真实的追求来充分探讨现代社会中性在事实和心理上的混乱。虽然小说出版之初并不受欢迎，今天的批评界都已肯定《夜色温柔》是菲茨杰拉德最有分量的小说，影响仅次于《了不起的盖茨比》。

菲茨杰拉德未完成的小说《最后一位大亨》(1941)描写当时好莱坞的电影业巨子门罗·斯塔的生活，展示了好莱坞的电影制作流程和电影人的喜怒哀乐，以及在好莱坞个人、人际关系彻底的商品化。与《夜色温柔》相似，这部小说也采用爱慕主人公的年轻女性的视角来展开叙述，但同时另一位全知全能的叙述者也始终夹杂其间。斯塔与盖茨比颇多相似，都出身贫寒，成功之路颇为神秘，菲茨杰拉德试图将他作为美国梦新的诠释者，进一步解析美国梦的奥秘。从小说已经完成的部分来看，菲茨杰拉德显示出对题材和语言比以前更突出的掌控力，因此这部没有完成的小说近来也博得了批评家的青睐。

短篇小说创作是菲茨杰拉德借以为生的重要手段，虽然他对自己的短篇小说并不看重，但其中还是有不少佳作，如描写纽约人情世态的《五月一日》、充满讽刺意味的《像里兹饭店一样大的钻石》以及刻画上流社会的《富家子》等，都是公认的出色作品。

---

① Roger Lathbury, *The Great Gatsby* (Farmington Hills: Gale, 2000), p. 1.

综观菲茨杰拉德的创作生涯，正如有些论者指出的，菲茨杰拉德的分量不足以代表20世纪美国小说或是现代小说的发展，但他作为20年代和30年代美国社会文化的代表，这一点已没有争议。他的作品在现代与传统之间徘徊，反映出转型期社会中个体思考，代表了美国文化由传统走向全然现代化的经历。解读菲茨杰拉德的小说，不仅可以了解20世纪二三十年代的美国文化，更可以深入把握现代美国社会。

## 第六节
## 赛珍珠的小说以及赛珍珠与中国

瑞典皇家学院在1938年授予赛珍珠诺贝尔文学奖后举行的宴会上，感谢赛珍珠"使西方世界对于人类的一个伟大而重要的组成部分——中国人民，有了更多的理解和重视"，使他们"懂得如何在这人口众多的群体中看到个人"。称赞她的作品"赋予西方人某种中国精神"，使他们"体会到一些弥足珍贵的思想情感"。正是由于这些思想情感，才把大家"作为人类在这地球上连接在一起"。①

也许再没有比这样的评价更能打动这位美国女作家的心，更能使她感受到被人理解的欣慰。赛珍珠从小在一种跨文化的双语环境中长大，又长期作为一个"外国人"生活在中国人民之中。观其一生，可说她的学识、智慧、创作和事业的成功都得益于中西文化的交融；她的苦恼和不幸亦大多源起于民族间的隔阂。因而，她一直把促进中国人民与西方人民之间的相互理解和交流，当作她自己的崇高使命和毕生事业，她曾为此得到了热情赞扬，同时也遭受了不少批评。

赛珍珠(Pearl S. Buck，1892—1973)出生在西弗吉尼亚州。② 说来奇怪，她能出生在美国，纯属偶然。她的父亲赛兆祥(Absalom Sydenstricker，1852—1931)笃信基督，年轻时满怀"拯救世界"的宗教热情，刚结婚便带着妻子凯丽(Carie Sydenstricker，1857—1921)来中国传教。赛珍珠的五个兄弟姊

① 1938年12月瑞典皇家学院授予赛珍珠诺贝尔文学奖后，举办了大型宴会。主持人在请赛珍珠作演说前作了这番介绍。转引自 Elizabeth Croll, *Wise Daughters from Foreign Lands — European Women Writers in China* (London: Pandora, 1989)一书第209页。

② 赛珍珠婚前英文名为 Pearl Sydenstricker。1917年嫁给 John Lossing Buck，改姓为 Pearl S. Buck。尽管于1935年改嫁，但她仍沿用原名 Pearl S. Buck。其中文名赛珍珠系她父亲 Absalom Sydenstricker(中文名赛兆祥)为她所起。

妹,全部出生在中国。其中三个,染上流行病而夭折,葬在中国。为减少接连丧子带来的痛苦,她父母回美国休假,这才把赛珍珠生在了家乡。出生才三个月,她便被放在篮里,随父母漂洋过海来到中国。此后40年中的绝大部分岁月,赛珍珠一直生活在中国。她在镇江这个长江与大运河的交汇地,度过了童年和青少年时期。17岁时,她去了美国弗吉尼亚州的伦道夫·梅肯女子学院上大学。毕业后回到镇江,一边伺候病中的母亲,一边在教会中学教书。她嫁给了年轻的农业经济学家约翰·洛辛·布克,随夫君在皖北土地贫瘠、经济落后的宿州生活了近三年。1919年,赛珍珠与丈夫来到金陵大学任教,在南京至少生活了12年。在一座小洋楼的阁楼上,她完成了后来为她赢得诺贝尔文学奖的许多重要作品。1931年《大地》在纽约出版引起轰动,她亦一夜间名声大振。1934年,赛珍珠与丈夫的关系已名存实亡,她告别南京回美国定居。次年她便与布克离婚,嫁给了她的出版商理查德·沃尔什。从此她再没能回到中国,尽管她以后仍撰写有关中国的作品。

赛珍珠在中国不仅时间长,而且有着许多独特的经历。她的父母亲为便于传教,没有住进与外界隔绝的租界或侨民保护区,而落户在一些比较落后的地区,与中国普通百姓比邻而居,相互走访。因此,赛珍珠从小便操中英文两种语言,同中国小孩一起玩耍,对中国普通百姓的生活有着相当深入的了解,如她后来在自传中回忆所说:"我在两个不同的世界里成长:一个属于我父母,狭小的、白人的、清洁的、长老会的美国人的世界;另一个是广大的、温馨的、欢乐的、不太干净的中国人的世界。两者之间并不相通。在中国人的世界,我说中国话,举止像中国人,和他们吃一样的东西,分享他们的思想感情。在美国人的世界,我则将两者之间的门关上。"①

她父亲赛兆祥,是个学者型传教士,②他不但把《圣经》译成了中国百姓能听懂的中文,而且了解儒学,更专门研究过佛教。他意识到亚洲的文明早已达到了哲学和宗教的高峰,并发现东西方哲学与信仰,有许多相通之处。这给了他和他的妻子以很大的触动。正如赛珍珠后来回忆道:"我父母亲的观点很不正统。他们认为,在每一方面中国人都和我们是平等的。中国的文化,包括哲学与宗教,是值得尊重和学习的。"③他们要求赛珍珠和她的哥哥妹妹,都要像对待客人、尊敬长辈一样地对待家里的佣人。因此,赛珍珠和佣人们有着良好

① Pearl S. Buck, *My Several Worlds: A Personal Record* (New York: John Day, 1954), p. 10.

② 1950年出版的《金陵神学志》对赛兆祥有这样的评价:"他是一位得益于圣经原文的学者,主张重译圣经,眼光颇有独到之处,在华很久,很重视中国文化。"引自李臻:《赛珍珠文学现象成因初探》,见刘龙:《赛珍珠研究》,昆明:云南人民出版社,1992年,第168页。

③ Pearl S. Buck, *My Several Worlds: A Personal Record* (New York: John Day, 1954), p. 66.

关系，从小保姆和厨师经常给她讲各种神话、民间传说及民风习俗。她的父母还要求子女学习中文和中国文学。一位孔姓的老秀才是她家的家庭教师，曾为她讲解文学经典、孔子伦理以及数千年的中国文明史，使她得益匪浅。后来，她在南京金陵大学和东南大学任教，还请国学造诣很深的龙墨乡先生辅导她学习中国文学史，阅读大量的古典小说和现代作品，使她对中国人的民族心理，有更深的了解。

但据赛珍珠回忆，她在中国也有两起不愉快的经历，从相反的方向作用于她的思想形成。第一次是1900年高举"扶清灭洋"旗帜的义和团运动。那年她才八岁，却在街上被人恶狠狠地瞪眼骂作"小洋鬼子"。原先和她一起玩耍的小孩回避她。这一切令她深感恐惧与困惑。她父亲为她解释说，中国人反对外来侵略是正当的。她母亲则竭力为美国辩解，说美国对中国人民是友好的，他们只是在为其他白种人在中国犯下的罪孽受过，而且，美国还将用庚子赔款来资助中国学生去美国留学，如此等等。尽管赛珍珠信了她母亲的话，但这件事在她幼小的心灵上，还是留下了一道浓重的阴影。

赛珍珠的第二次不快经历发生在北伐战争中的1927年。一支国民党的北伐部队进驻南京，部队中一些士兵袭击外国人和教堂，金陵大学的一位副校长和其他几位侨民被枪杀，神学院被烧，她自己的家也被抢。赛珍珠和她的亲属家人在恐慌中东躲西藏，最后在一位她家做阿妈的中国劳动妇女的掩护和帮助下，才未被士兵发现而"死里逃生"。一方面她感到自己和家人受了莫大的委屈，认为他们一直热爱中国和中国人民，不应因肤色不同而受歧视。另一方面，她又深切体会到中国人民对她及其家庭的深情厚谊。她发现民族间的冲突在很大程度上缘起于缺乏沟通。对这两件事的认识，坚定了她的决心：为增进东西方人民，特别是中美两国人民之间的互相了解奋斗终生。

赛珍珠和丈夫在宿州生活的日子里，接触了许多目不识丁、从未见过西方人的农民，亲眼看到他们如何在艰难困苦与天灾人祸中挣扎拼搏。她发现这些农民"承担着生活的重负，做得最多，挣得最少。他们与大地最近，无论是生是死，是哭是笑，都是最真实的"。她深为农民的纯朴、善良和顽强所动，并认为他们才是中华民族的真正代表。她决意替这些不善言辞的中国农民说话，反映他们生活的艰辛、理想与追求。她说："我不喜欢那些把中国人写得奇异怪诞的作品，我最大的愿望就是要使这个民族按照他们本来的面目真实、正确地出现在我的书中。"①我们似乎可以相信这就是赛珍珠创作《大地》和其他描述我国农村生活的作品的初衷。

① 《勃克夫人自传略》，载《现代》1933年4卷5期。转引自姚雪佩文，载《当代外国文学》1996年第3期，第88—89页。

在19世纪大多数欧洲人与美国人的眼里,中国只不过是世界版图上的一块空白——疆土辽阔但遥远渺茫。至多,它也只是个"落后""僵固""充满奇装异俗"的国土。一些西方水手、商人和士兵曾来过中国,但他们短暂、浮面的逗留所带走的,大多是带有侮辱性的印象:中国人生性狡猾、缺乏善心、不可理喻。据载,美国人在18世纪末就已经"习惯以轻蔑和厌恶的口气来谈论中国人"①。到了19世纪中叶,欧美国家常把活生生的中国人,当作"展品"在博物馆陈列,或视为低等动物放在马戏团参加演出。②

在19世纪和20世纪初的欧美文艺作品中,中国人物大多是供人取笑、侮辱的丑角,如1877年马克·吐温与布莱特·哈特合写的闹剧《阿辛!》(*Ah Sin!*)③,1879年亨利·格立姆的讽刺剧《中国佬必须滚!》(*The Chinese Must Go!*)。许多在中国的传教士的家信中都把中国人说成是个"古怪的民族"。④ 自誉为"中国通"的美国记者罗德尼·杰尔伯特,在他的《中国的毛病出在哪》(*What Wrong with China*)一书中称"中国是个劣等民族"。20世纪在美国和欧洲流传最广、影响最深的要数英国人罗姆创作的傅满洲系列小说。第一部发表于1913年,取名为《险恶的傅满洲博士》(*The Insidious Doctor Fu-Manchu*)。书中的傅满洲刁钻险恶,领着一帮"恶棍",妄想征服西方世界。他有着"整个东方民族的一切残暴狡猾",是"黄祸的化身"。这10多部对中国人民充满敌意的小说,在美国及其他西方国家中大受欢迎,总销量达数百万册之多,还被改编成电影、广播剧和电视剧,真成了家喻户晓之作。

有些作品不怀敌意,但它们对中国的描写,也往往带有神秘或浪漫色彩。正如一位中国评论家所指出,在那些作品中"总有当官的大人,千篇一律地成天板着脸……偶然添进了几个儒生……还必须添上外国人,如美国商人、中国通、灰心丧气的传教士以及寻欢作乐的水手……尽管人物出入的场景污秽不堪,但千万不能少了出自中国人之口的古代箴言"。⑤ 中国似乎就存在于这种僵化的概念和陈词滥调之中,与中国的实际相去甚远。

正是在西方这种普遍蔑视中华民族和中国文化或把它们神秘化、离奇化

① William Speer, *The Oldest and the Newest Empire: China and the United States*,转引自钱满素:《爱默生和中国》,北京:三联书店,1996年,第48页。

② James Moy, *Marginal Sights — Staging the Chinese in America* (Iowa City: University of Iowa Press, 1993), pp. 14-15.

③ 哈特早在1870年发表了名为《异教徒中国佬》的叙事诗,诗中的阿辛面带童真的微笑,但实际上是个十足的骗子。与人玩牌赌博时,他能在衣袖里藏牌行骗。

④ Peter Conn, *Pearl S. Buck: A Cultural Biography* (New York: Cambridge University Press, 1996), p. 56.

⑤ 叶公超:《大地》(书评),载《中国社会、政治科学评论》(1931年),第448页。转引自Bob Riggle:《母纸老虎:1937年前大革命时期中国如何看待赛珍珠》(博士论文,牛津大学,1996年),第38—39页。

的历史背景和氛围中，赛珍珠以其长期在中国不同阶层生活的亲身经历，以其对中国文学和中国文化的深入了解为底蕴，与众不同地把中国人“不是放在与西方人，而是放在与其他中国人的相互关系中加以描述”。① 她满怀同情，在《大地》和《母亲》等作品中塑造了有血有肉、富于真情实感、勤劳朴实的中国农民形象和他们的家庭生活，以此替代不少其他一些西方作家笔下的“华人异教徒”和“不可思议的东方人”的形象。小说中场景与文化细节的描写亦真实可信。这些小说越过东西方文化间的鸿沟，向西方读者展示了一个较少神秘色彩的中国，在世界范围内产生了重要影响。

《大地》(*The Good Earth*, 1931)是作者根据她在安徽农村和南京生活的经历为素材创作的小说。它记叙了农民王龙的一家。小说开始时，由于家境贫寒，王龙只能从黄姓大户人家领回一个女佣为妻，即故事中最令人难忘的角色阿兰。阿兰安分守己，不顾自己的需要，一心一意、毫无怨言地侍奉丈夫、公公和抚养孩子。同时，她又是个有主见、意志坚强、十分能干的女子。她随丈夫起早摸黑忙在田头，又担当全部家务。由于他们勤劳耕作，勤俭持家，家境渐见好转。他们有了更多的土地，也添了孩子。然而一场旱灾席卷农村，王龙一家也被迫背井离乡逃往南方城市谋生。王龙先拉人力车，后为躲避征兵，夜间拉货车。每晚他赤身裸体，汗流浃背，而他的妻子、儿女和年迈的父亲则在街上乞讨。一天，一家大户遭劫，王龙和妻子被愤怒的人流卷进了大门。王龙拣到了些钱财，阿兰更凭她在大户人家当过女佣的经验，在混乱中找到了房主藏匿的珠宝。回到家乡后王龙很快将之转化为真正的财富：土地。由于辛勤耕作，他们的日子很快富裕起来，王龙开始过起地主的生活方式，娶妓院歌女当偏房，为之盖起后院新屋。儿子与小妾闹私情，王龙送大儿子去南方进学堂，二儿子去粮食市场当学徒。王龙买下黄家大院。郁郁寡欢的阿兰终于大病一场，不治身亡。年迈的王龙把家产交给儿子管理，自己仍念念不忘土地。小说结尾时，老二跟他哥哥说：“我们把这块地卖了，得钱平分……”老人无法抑制自己的愤怒，颤抖着叫道：“败家子呀——要卖地?！谁卖地，谁家就倒霉。”儿子们口头上敷衍说不卖，背着王龙却互使眼色。土地是王龙的命根子。经历过旱灾饥荒、洪水土匪的他深知离不开、抢不走的只有土地。赛珍珠将中国农民的恋土情结和家庭观念作为《大地》的主要内容，也作为中华民族基本精神介绍给西方，很快得到经受过经济大萧条的西方读者的理解。

赛珍珠在翻译《水浒传》的同时，创作了《大地》三部曲中的第二部小说《儿子们》(*Sons*, 1932)。该书叙述了王氏家族与土地分离的第二代人的生活。老

① Elizabeth Croll, *Wise Daughters from Foreign Lands-European Women Writers in China*, p. 210.

大、老二是经济和政治的投机者。老三王虎开始比较正直,后来也堕落成军阀,自私自利,凶狠毒辣。最后,亲生儿子和他断绝关系,他被迫退隐到王龙的旧宅。小说中三个儿子一一失败,使人们想起王龙提醒他们不要离开土地的忠告。

《分家》(*A House Divided*,1935)是三部曲中的最后一部,叙述了王龙家第三代人的生活,突出表现了中国的内战及时局混乱对个人命运的影响。主人公王源是王虎之子、王龙之孙。他不想追随父亲粗俗冒险的从军之路,决定做学者和诗人。王源是作者眼中的中国青年,生活在过去和未来之间,对孔子、蒋介石、革命一概失去希望。他们没有始终如一的信仰。王源虽爱思考,但总处在矛盾和犹豫之中。他涉足革命,但对革命缺乏信念。他同情农民的不幸,却不能与他们认同。尽管在美国大学读书成绩优秀,但深感局势使他无处施展才能。国难当头,王源却不知所措。从他身上可以看出赛珍珠对中国前途的忧虑:废除帝制仅仅带来战乱,而王源这一代青年人,难以担当建设新国家的重任。

《母亲》(*Mother*,1934)叙述了没有名字的女主人公从新婚至晚年的生活。她和书中其他人物一样,都没有姓名。小说开始描绘了一个生活贫寒但还人丁兴旺的农民家庭。一间土坯房里住着当家的母亲、她的丈夫、年迈的婆婆以及三个小孩:两个健康的儿子和一个快要失明的女儿。她丈夫仪表堂堂,但不愿留在田地过日子。小说开始不久,他便离家出走。妻子怕邻居说闲话无脸见人,每年出钱请人假装从外地给她寄家信。后来她经历了被收租人诱骗和抛弃、堕胎、女儿远嫁病死、小儿子参加革命被杀的种种苦难。

小说描绘了母亲的孤独、绝望和压抑,塑造了一个终生在痛苦和失望中煎熬的中国女性。她生殖欲旺盛,但环境和习俗却逼她守寡一生。作者从她的视角浓墨重彩描述母亲对性生活的眷念,欲火、饥渴、热血沸腾等词俯拾皆是。

赛珍珠的这些作品影响了欧美国家的好几代人对中国和中国人民的看法。如一位英国学者指出,赛珍珠和她的作品"为数以百万计的欧洲人民提供了第一幅关于中国农村家庭和社会生活的长卷"。[①] 其实,在美国、欧洲、日本、以色列和澳大利亚,不少学者和普通百姓都因为小时候读了赛珍珠的小说,才开始对中国产生兴趣,才关注起中国人民的生活与命运。中国人民的伟大友人海伦·斯诺,也说她读了《大地》一年后来到了中国。[②] 美国政治家老布什总统也称自己是赛珍珠的忠实读者。[③]

---

① Elizabeth Croll, p. 209.

② Helen Foster Snow, *My China Years* (New York: William Morrow, 1984), p. 19.

③ 乔治·布什 1998 年 9 月 11 日给刘海平的信件。他说自己是赛珍珠的"fan"(读者迷、崇拜者)。

赛珍珠不但在小说中描写中国，还用其他形式向西方人民大力介绍中国人民与中国文化。如 1924 年在康奈尔大学攻读英文硕士学位时，她曾先后在全国性的杂志《民族》与《论坛》上发表了《中国学生的心理》和《中国的美》。还花了多年时间，把她所特别喜爱的《水浒传》译成英文出版。但最为突出的例子，要数她在 1938 年接受诺贝尔文学奖时所作的演讲。在这题为《中国小说》的长篇演说中，她首先向济济一堂的西方文化精英和知名人士宣告："虽然我生为美国人……我属于美国，但恰恰是中国小说而不是美国小说决定了我在写作上的成就。"她说："今天不承认这点，在我说来是忘恩负义。"她指出"中国小说对西方小说和西方小说家具有启发意义"。她在演讲中阐述了中国小说的起源与发展演变，并详细地介绍了中国小说的名作《水浒传》《三国演义》和《红楼梦》，称"想不出西方文学中有任何作品可以与它们相提并论"。她不厌其烦地向西方听众讲述了中国小说特有的大众性和通俗性传统，中国小说历来强调作品的社会意义。赛珍珠在斯德哥尔摩的公开演说，得到西方媒介的广泛报道，使得中国光辉灿烂、但又鲜为西方所知的小说传统，第一次得以展现在西方文化精英们的面前。

诺贝尔文学奖改变了赛珍珠的一生。她成了美国历史上第一个获得诺贝尔文学奖的女作家，这给赛珍珠带来了极大的荣誉和实惠，但同时也招来了相当一部分男性作家的嫉妒、不满，甚至敌意的嘲讽。赛珍珠因而成了美国文学史上最有争议的作家之一。

赛珍珠获巨奖后在美国文学界遭受贬损，原因是多方面的。一则因为她在中国度过了将近 40 年的岁月，她的获奖作品写的全是发生在中国的事情，游离于美国主流文学的题材之外，人们对她的文学"身份"产生疑问。瑞典皇家学院的评委们，在众多有成就的美国作家中，偏偏选一个专写中国题材的赛珍珠得奖，难免使包括福克纳和弗罗斯特在内的美国主流作家感到惊讶、难堪，甚至愤怒。再则，因受中国传统小说的影响，赛珍珠的作品常用类似章回体的形式，而不是为西方文坛称道的复式结构。她爱用白描手法叙述故事，而缺少为西方现代文学所看重的"意识流"心理刻画。另外，她的创作对象是包括家庭妇女在内的广大群众，而不是少数文化精英。《大地》三部曲一出版也确实成了畅销书。这在当时主宰文学批评时尚的评论家眼里是犯了大忌。再者，赛珍珠重作品的主题寓意和社会功能，轻形式和文体上的创新和作者个人情感的宣泄，这一切使得她的作品与当时美国主流作家的"纯文学"创作相比，有着明显的差异。赛珍珠获奖后受到攻击的另一个原因是她的性别。瑞典皇家学院把此殊荣授予一位名不见经传的妇女作家，自然使一大批很有成就但轻视妇女的美国男性作家，产生很大的心理不平衡。

赛珍珠文学创作的成功，在中国本土和海外华人中，也引起了一场不小的争论,并对赛珍珠在中国的接受产生了持久的影响。赛珍珠的小说和传记都以中国为题材或背景,引起了中国文学艺术界的关注是自然的。她的大部分作品都有中译本,有些作品还有几种不同的译本。《大地》原著在美国出版不久,中国的杂志《东方》便开始连载。后来几年中,上海、北平和重庆等地的八个不同的书局出版了八种不同的中译本。其中上海商务印书馆自 1933 年至 1949 年印刷了 12 次。一个外国现代作家的小说,得到如此多译者的青睐和如此规模的发行,这在中国的出版史上并不多见。

中国的评论界对这位曾生活在他们中间的美国女作家,同样有着浓厚的兴趣。自 1930 年发表第一篇评论《东风西风》的文章起,到 1935 年赛珍珠回美国定居时止,中国的报纸杂志和译本的序、跋、后记上,至少发表了 50 篇介绍和批评赛珍珠及其小说的文章。如果我们把这些文章大致分成基本肯定、褒贬参半和基本否定这样三类的话,那么这 50 篇中的多数属于第一类。如有文章称赛珍珠为我们"民族的友人"。[①] 尤其是她对于中国民族的尊重以及对于孔子思想及中国文化上的理解,更使她受到这些评论家的称道,认为她"已做到诚恳客观的态度把中国的情形给予西方以较正确的姿态,这一点,在复兴民族过程中的中国人,是应当感谢的"。[②]

第二类褒贬参半的文章的典型例子,是我国著名出版家和文学批评家赵家璧先生的《布克夫人与王龙》[③]。文章指出,赛珍珠的《大地》的出版受到了包括中国在内的全世界的赞美,因为它不但"画得了中国人的外形",而且还"抓到了中国人一部分的灵魂"。文章赞扬赛珍珠所写小说除语言以外,"全书满罩着浓厚的中国风……尤其是《大地》,大体上讲,简直不像出自于西洋人的手笔"。然而,赵家璧先生对把王龙这样比较落后的农民,作为主人公加以描写并向西方介绍,不以为然。他指出,尽管赛珍珠对王龙和小说中的其他人物寄予了深切的同情,但那头脑简单、带原始性的人物王龙正好符合西方人把中国人看作是个文化落后的民族的口味。它只会加深西方人对中国人所抱有的种族偏见。

第三类文章从根本上否定了赛珍珠小说的艺术品质和认识价值。第一个激烈批评赛珍珠的中国评论家,恰恰也是《大地》(译为《福地》)的最早的中文译者之一的伍蠡甫。在 1932 年上海黎明书局出版的译本之前,伍先生加上了长达 28 页的"译者序","简略地批评"了赛珍珠的这篇成名作。他认为,《大地》所描绘的世界为人的本能所主宰,男人只知拥有土地,女人只是绝对服从。穿插于故事之间的,是接连不断的灾荒,农民的愚昧,兵匪与强盗的骚扰等。

---

① 庄心在:《布克夫人及其作品》,上海《矛盾月刊》1933 年第 2 卷第 1 期,第 81—96 页。
② 庄心在,上海《矛盾月刊》1933 年第 2 卷第 1 期,第 82 页。
③ 赵家璧文,载《现代》1933 年第 3 卷第 5 期,第 639—649 页。

他进而问道，作者难道没有一点白人优越感？难道没有要通过侵略来拯救中国的意思吗？难道小说不是要把中国表现成是对世界和平的一种威胁，表明“黄祸”即将来临吗？序言在分析了中国社会的阶级结构和经济关系后指出，是封建势力和外国帝国主义的勾结才阻碍了中国农业的发展，而这正是外国人不愿意看到，或看到了不愿意承认的事实。

赛珍珠与一部分中国学者最大的分歧在于如何看待平民大众。她说：“倘若在任何国家内，居大多数者不能为代表，则谁能代表？”“以极少一部分的知识阶级来代表全部中国人民”她是永难赞同。

一部分中国作家对赛珍珠的作品批评严厉，其原因很多。有的批评源起于两种根本不同的世界观和创作方法。胡风、伍蠡甫等进步知识分子，从我国民族的苦难历史的总结中，自觉地应用阶级与阶级斗争的学说来分析社会和分析生活，因而认为王龙阶级成分的变化是混淆阶级界线。赛珍珠则是个非阶级论者，她对人类社会的观察，更注重民族内部深沉的文化结构对社会发展的影响。作品并不专注于某一静止的阶级。主人公王龙开始是个贫农，后来经历了意外事件引起的两次穷富变化，其子女又从农村到城市，各自担负不同的社会角色。作品由此形成了对整个民族的土地、子嗣、家族宗法、军阀割据与社会发展等等问题的整体思考[1]。从创作技巧上看，赛珍珠的做法也避免了一些中国小说人物塑造不够集中的习惯，使西方读者更易理解和接受。

赛珍珠和一些批评家的分歧的产生，也和双方对文学的性质及功能的理解不同有关。江亢虎批评《大地》三部曲的文章以一个比喻开头，他认为文学犹如画肖像，中国的画像“为的是要留给后代子孙敬礼瞻仰。画成的像，一定是一副丰满的脸，垂着双耳，穿着特定品级的礼服”，中国人不喜欢西洋画家把人像绘成“一半是黑的，一半是白的”。

赛珍珠则认为，中国传统肖像画被画的对象，大多已经或即将死去，而她在作品中描写的人物富有活力。因此，她“画出了光线和阴影”。在《大地》中，我们不但看到了勤劳、顽强的中国农民形象，也看到了他们愚昧落后的观念和恶习，其中包括纳妾蓄婢、缠脚溺婴；既有对中国的民风习俗、家庭宗法的重彩描绘，也有写中国连年不断的旱、涝、蝗、兵、匪的天灾人祸的凄惨画面。当时一些习惯于看中国作家描写中国的人，猛地看到一位外国人采用陌生的视角和手法来描绘中国，产生惊讶与不适，也无足为怪的。问题是对于像社会与生活这样复杂的事物，总需要宽容不同视角的观察与描绘，才有望接近真实，才有望深刻、全面地认识事物。

对于赛珍珠的诸多批评中，影响最持久的也许得数鲁迅的短短一段话。

① 参见姚锡佩：《赛珍珠的几个世界：文化冲突的悲剧》，《中国文化》1989 年第 1 期，第 127 页。

鲁迅说:“中国的事情,总是中国人做来,才可以见真相,即如布克夫人,上海曾大欢迎,她亦自谓视中国如祖国,然而看她的作品,毕竟是一位生长中国的女教士的立场而已……她所觉得的,还不过一点浮面的情形。只有我们做起来,方能留一个真相。”[①]

对此,姚雪佩已有很好的分析与说明。[②] 在鲁迅、胡风等人的批评中,最尖锐的问题是赛珍珠的宗教立场和宗教观点。宗教在我国的近、现代史上,一向是个敏感问题。赛珍珠在《大地》中,确有这么一段描写,常被人们引为她紧抱传教士立场的佐证:王龙到城里当人力车夫。一次一位美国修女给他的车钱比中国人平时给的多。这个细节,在饱受帝国主义欺凌的中国人看来,无疑是颠倒是非,混淆视听。

赛珍珠对基督教和教会究竟持什么态度?她对教会在中国传教到底又是如何看待的呢?就她的文学作品而言,中国读者一般很难意识到隐含其中的宗教观念。但西方的教会对此十分敏感。如《大地》和《母亲》中的中国人祈雨、乞丰、求子等都祈佑于中国的神祇,他们的生活也能基本平安。基督教和上帝对于书中人物的生活与命运,毫无影响。而这出自于一个与教会有着千丝万缕联系的传教士女儿之手,教会中保守分子对此感到震惊与愤怒。

《大地》中也出现过传教士的场面,但那只是个讽刺性的插曲。王龙在城里碰见一位瘦高个子、蓝眼珠的洋人。他手上和脸上满是长毛。“脸上长出一个不成比例的大鼻,像一个高高翘起超出船舷的船头。”他给王龙递过一张写着字的纸,但王龙看不懂;上面还画了个几乎一丝不挂的死人,吊在十字架上。王龙不解其意。拿回家中,他父亲认为这人肯定是个坏蛋,“不然怎会把他这样吊着?”这一插曲表明,小说力求用中国人的视角来叙述故事。在一个不信基督教的中国人眼中,西方传教士就是这样稀奇古怪,不可理喻。最讲实际的阿兰对纸上的文字和图画毫无兴趣,于是把它纳入了她正在做的鞋底之中。

《大地》出版后,赛珍珠曾收到不少教徒指责她的来信。她和长老会接着展开的一场辩论,在宗教界闹得沸沸扬扬,不可收拾。她接受长老会女教徒们的邀请,面对近2 000名听众作了《海外传教,有必要吗?》的演讲。[③] 她措辞谨慎,但立场鲜明。她用“狭隘、冷漠、迟钝、无知”来形容典型的传教士。她并不认为中国作为一个民族是排外的。她说,教堂中许多“正统的传教士,对他们所谓要拯救的人民如此缺乏同情;对除他们自己国家的文明以外的其他文明,如此不屑一顾;对一个高度文明、十分敏感的人民,竟如此粗暴鲁莽,我直感到自己的内心因羞愧而在滴血”。

---

① 《1933年11月15日致姚克的信》,载《鲁迅全集》第12卷,北京:人民文学出版社,1981年。
② 《赛珍珠的几个世界:文化冲突的悲剧》,《中国文化》1989年第1期。
③ 此演讲被1932年11月的《哈泼》杂志转载,见杂志第143—155页。

赛珍珠的两本传记《异乡客》(*The Exile*, 1936)和《战斗的天使》(*Fighting Angel*, 1936)详细记载了她母亲与父亲的出生、青少年生活、来华传教的经历，生动刻画了人物形象，更重要的是它们深入地解释了她父母的内心世界，以及他们和周围世界的关系。

1921年，母亲去世，赛珍珠悲痛不已，为缓解丧母之痛，她思索分析了自己的感情，梳理对母亲的认识和理解。为了将来让女儿了解外祖母以及母亲与外祖母的关系，赛珍珠开始为母亲写传记。完成后，赛珍珠没有打算发表。后发现女儿智力障碍，永远不可能读懂它，她才将传记手稿略加修改，定名为《异乡客》出版。传记立刻引起了美国读者对作者极大的兴趣和疑惑。此书生动而大胆地向读者披露当时居住在中国百姓之中的传教士的生活样式和心灵感受。此书似乎也向读者揭示了赛珍珠只爱母亲而不爱父亲，因为《异乡客》里的父亲在关键的时刻总不在妻儿身边。赛珍珠为了解除读者的疑惑，也为父亲写了一本传记，取名《战斗的天使》。她力图在书中解释父女关系的真相。但此书和《异乡客》一起，不仅让读者了解凯丽和安德鲁的一生，而且让读者通过一个热爱中国的美国女作家独特的视角和以具体的案例来认识当时的传教运动，解释了基督教传教运动在华失败的原因。书中不乏片面之处，但算得上描写传教士生活的上乘之作，文笔细腻，内容发人深省。

尽管1935年赛珍珠回美国定居后，再没来过中国，但她的事业总是和中国与亚洲紧密相连。第二次世界大战的高潮时期，赛珍珠发表了《龙种》(*Dragon Seed*, 1942)，反映日本侵略给中国人民带来的巨大灾难。此书大受急于了解亚洲战区情况的美国人民的欢迎，仅"每月图书俱乐部"就印了29万册。《时代周刊》称之为"生动感人，是第一部直露地描写被占领的中国抵抗日军的小说"。

《龙种》以1937年至1941年南京城西一个小村为背景，以日军入侵打乱主人公凌谭一家安宁、幸福的生活秩序为线索。宁静的乡间生活突然遭到炸弹和大炮的轰炸，侵略者烧杀掠抢、无恶不作，男人不是杀死就是监禁，女人受污辱后也难逃被杀的厄运。

小说用20个章节讲述普通中国百姓对战争和日本占领军带来的灾难的反应：部分人失去精神支柱，陷入绝望；部分人，包括凌谭的堂兄，当了汉奸；但大多数村民们都从苦难中以《水浒传》的英雄好汉为榜样，为打击侵略者不惜战死疆场。

《龙种》情节脉络紧扣历史事件，描绘了惨绝人寰的南京大屠杀。赛珍珠以强奸为《龙种》的基本事实反复出现，强奸成为日本蹂躏中国的象征。但《龙种》并没有停留在哀泣上，它高度赞扬老百姓不惜代价反抗侵略的决心和勇气。凌谭一家和邻居们用旧火枪、草耙，甚至赤手空拳地和日本鬼子展开英勇机智的斗争。《龙种》着力描写的英雄人物中不少是妇女,其中最突出的是凌谭的二媳妇阿玉。她是赛珍珠心目中集新旧中国美德于一身的理想人物:思想解放、独立顽强,对丈夫和家庭无限忠诚。阿玉会读书写字,同时也不轻视家务劳动。她憎恨战争,不愿杀人,但勇敢机警地抓住机会制服了一屋子日本官兵。

有趣的是小说里写到一位不怀敌意但也不识时务的美国老师,要求学生背诵美国爱国诗歌《英勇的波尔·雷维尔》,引起学生不满,认为这是浪费时间。“太没意思!简直无聊!你看我们自己的游击队员,不是每天都像英雄一样在战斗?”赛珍珠认为,中国人民坚持长期抗战,谱写了一曲新的亚洲史诗。《龙种》是她奉献给这一伟大事业的厚礼。

1949年发表的《同胞》(*Kinfolk*)是赛珍珠关于中国的另一部重要作品。书中的主人公梁博士是一个侨居纽约的中国哲学家。他著书讲学,宣传儒家思想和中国古典文化,生活相当宽裕。他的讲学描绘了一个玫瑰色童话的中国,但与当时的中国苦涩的现实毫无关联。他们夫妻俩住在纽约一幢宽敞的公寓里,有四个在美国长大的孩子,两男两女,均已成年。梁妻是个结实的农村妇女,没有受过教育。她怕丈夫,但十分明白他的虚伪。小说中间,梁家的孩子回到中国。他们中的两个想用医术服务民众;另两个则是被梁博士逼回去的,他怕他们进一步受到西方思想的毒害。教授自己则留在美国,过他的富裕生活。孩子们被卷入了中国的政治和军事斗争。小女儿不能吃苦,不久回到了美国,嫁给了一个美国白人。小儿子参加了他半懂不懂的革命事业,被国民党的暗探枪杀。只有大儿子和大女儿在他们祖籍福建乡村定居,和当地人结了婚,帮助改善农民的生活。

《同胞》既有讽刺,又有敏锐的社会文化分析,两者巧妙结合。作品有条不紊地揭下了梁博士的面具,赞扬了他未受过教育的妻子的天然智慧。此外,梁家四个孩子的境遇是赛珍珠小说的一种新的主题:华裔美籍人的“身份”困境和“海归派”青年回国后的文化冲突和道路选择。其实,梁家孩子的命运也是赛珍珠自己的经历,只是国籍和文化关系颠倒而已。

《闺阁》(*Pavilion of Women*,1946,又译《女子亭》),是赛珍珠的第一幅对中国上层社会家庭生活的写照。小说情节发生在南京西郊某镇一个富有的大家庭里。女主人吴夫人是一个感情丰富、善于思考的女子。小说开始时吴夫人40岁生日,她宣布将离开丈夫的床笫,搬到隔壁的院落中“为自己而活”。她表明自己已经尽了职责,生了几个健康的儿子。她打算用自己的方式度过余生。她为丈夫娶了个小妾。她的家人及亲友们都为她的决定感到震惊。吴夫人自己的注意力却被他为儿子请来的外国教师所吸引。他名为安德鲁,是叛逆的西方传教士,一个被开除了教籍的天主教神父,宣扬着一种没有教条的人道主义。安德鲁有着无限的宽容和处世的睿智。在他身上又一次体现了赛珍珠对她那思想狭隘的父亲的反驳。他以他的宽容、豁达磨平了吴夫人个人主义的棱角。他们两人之间的友谊似乎说明爱慕和理解能够跨越伦理、文化和性别差异的界限。

和赛珍珠以往的小说一样,《闺阁》生动地再现了妇女们在家庭内外日常生活的细节和节奏。在吴家大院的高墙内,做饭进餐,缝衣衲衫,照料病儿,平衡账目,一切都在季节更替和城市纷忙的背景下进行。赛珍珠描述了请客吃饭复杂细致的安排,媒婆说客的习俗,还有姑娘裹脚的恐怖。安德鲁死后,吴夫人继续他的事业,帮助这位神父收养的 20 个女孤儿。

《牡丹》(*Peony*,1948)是献给开封城中业已消失了的犹太民族。背景设置在 19 世纪,当时那里的犹太社区比较完好,但世代相传的宗教观,正在被友好的汉民族同化消解。小说中的女主角牡丹是埃兹拉·本·伊斯雷尔这个犹太家庭中的女佣人。小说的情节紧张而有戏剧性,人物色彩鲜明。作品说出了赛珍珠的一贯信念:信仰平等,反对唯我独尊的宗教观。

赛珍珠的女儿卡洛琳·巴克天生弱智。唯一的亲生孩子是个低能儿,这不是一个寻常人容易接受的现实。赛珍珠后来终于提起勇气,接受现实。之后,她又进一步认识到残疾人能够对家庭和社会产生正面效应。她先在 1950 年的《妇女家庭杂志》(*Ladies Home Journal*)上发表文章,后来写成《永远长不大的孩子》(*The Child Who Never Grew*)这本书,书中细述了弱智孩子对社会和家庭意味着什么。此书被译成 11 种文字,在社会上引起了广泛而强烈的反响。赛珍珠深信弱智者有其自己独特的生存价值:"要考察一个社会,可以考察它对待残疾人的态度。纳粹统治下,残疾人在灭绝性的杀戮中首当其冲,这样造就的社会尽管人种优秀却冷酷无情,它会毁灭人类的同情心,最终也将毁灭它自己。尤其在如今这样一个致力于发现天才的时代,正是弱智者使我们保持着人道主义的情感和精神。"

赛珍珠自传《我的几个世界》(*My Several Worlds*,1954)的出版,获得出乎意料的成功,被列入《读者文摘》杂志读书俱乐部的首选书目,销售空前。该书采用漫谈式的结构,蜿蜒曲折但又兴趣盎然地回忆赛珍珠过去生活的种种侧面。跟所有文学自画像一样,《我的几个世界》也采取半掩半露的叙事方式。除相当坦率地叙述了作为弱智女儿的母亲需要承受诸多精神折磨外,赛珍珠在书中很少触及自己的婚姻家庭。在 407 页的篇幅中,她连自己的父母亲、第一任丈夫洛辛·布克、第二任丈夫理查德·沃尔什的名字都没提。她说,这本书事实上不算自传,因为"自传应该从内心写起,而我历来关心我周围发生的事情远胜于我自己的内心世界"。书名取得十分贴切:不是关于她自己的故事,而是关于她生活其中的几个不同世界的故事。

1956 年的春天,赛珍珠出版了《慈禧太后》(*The Empress*)。这是她最长的一部小说,也是她比较成功的小说之一。这是部虚构了的传记,从慈禧早年作为咸丰皇帝的小妃写起,一直追溯到她掌握至高无上的权力的年代。赛珍珠笔下的慈禧太后野心勃勃、心狠手辣,但她也大胆果断、原则性强,竭尽全力排除内部改良派和外部入侵者给国家带来的干扰和混乱,挽救传统的价值观念。

《慈禧太后》从一个外国人的视角叙述 19 世纪后期的中国历史,记载了从太平天国起义到义和团反侵略斗争等一系列重大事件。一个古老悠远但又危机四伏的文明,受到西方思想的冲击和内部惰性的腐蚀,小说对此表示了深切的同情。处于四分五裂、相互猜忌之中的中国人民,受尽洋枪洋炮的欺凌羞辱,又被老谋深算的西方外交弄得晕头转向,饱经舶来思想的痛苦折磨。慈禧对西方传教士尤为不满。他们蔑视中国的传统,只认自己的上帝而否定其他一切信仰。更为严重的是,基督教传教士走到哪里,“接踵而至的必定是商人和军舰”。

《梁夫人的三个女儿》(*The Three Daughters of Madame Liang*, 1969)虚构了一个发生在 60 年代中国的故事。梁夫人年过 50,风韵犹存,在上海过着舒适的生活,开一家招待军政高干的饭店。小说中充满了对共产党人的不满和批评。梁夫人的三个女儿,都在美国有着成功的事业:外科医生、音乐家和画家。后来,政府召集三个女儿回国,要求她们为革命出力。两个女儿回国,却发现自己陷入了一场噩梦。《梁夫人的三个女儿》写于“文革”早期,当时中国正陷于动乱、疯狂之中。小说以一幕幕的场景描绘了一个失去了政治中心和道德平衡的社会,但因赛珍珠早已长期不在中国,细节布置等缺乏可信度。

赛珍珠的一生创作以描写中国为多,但她的视野时有扫及亚洲其他国家。她的获奖作品《巨浪》(*Big Wave*,1962)是关于一个日本渔村中的生存与死亡的故事,但并不伤感。书中带有 19 世纪日本木刻的精美插图,表现出普通日本人民的勇敢、正直和富有幽默感,作品能把美国近期的敌性国家的人民人性化。

她的长篇历史小说《不死的芦苇》(*The Living Reed*,1963)描写一个家庭的四代人在朝鲜半岛 60 多年的生活经历。小说的情节始于朝鲜与美国签订第一个条约的 1883 年,止于第二次世界大战结束时盟国把朝鲜半岛从日本的占领下解放出来。书中的中心人物来自一个金姓望族。小说通过这个家庭描写了朝鲜人民为赢得国家独立和统一而进行的持久而悲壮的斗争。小说中的人物形象以真实的历史人物为原型,所包含的主要事件构成了该国的一部惊心动魄的现代史。

赛珍珠回到美国后也极力想写反映美国生活的作品,以改变人们把她固定在中国小说的看法。她曾用过男性的笔名“约翰·山奇士”(John Sedges)发表了一些描写美国生活的作品，其中最突出的是《小镇人》(*The Townsman*，1945)。作者带着真挚的感情引人入胜地描写了美国拓疆时期的小镇生活。小说对冬天无尽的暴风雪和夏日灼人的热浪有着浓墨重彩般的描绘。赛珍珠小说里的主人公乔纳森·苦莱福15岁时随父母从英国来到美国新大陆。小说记载了乔纳森在堪萨斯州密地安镇安居乐业的漫长人生。他的志愿朴实而又崇高：在大平原这块难以驯服的土地上建起一个功能齐全、自给自足的社区。他办学校，把一块荒土改造发展成有6 000户人家的繁荣小镇。在这一系列建镇工程和文明进化中，他自己也找到了人生的价值。

小说体现了一种新的英雄主义观念。乔纳森代表的是赛珍珠在其《男人女人面面观》一书中推崇的新型的男子气概。她渴望着在社会中，男人放弃对暴力的迷恋，放弃对家庭责任的逃避，成为真正意义上的男子汉。要做到这一点，男人们必须接受很多通常被认为属于女性的价值观念。小说用相当长的篇幅精心刻画乔纳森如何建房、教学、缝补衣服、照顾弟弟妹妹和子女等日常生活细节。

《小镇人》还抨击了美国的种族歧视。在赛珍珠看来，这是比对女性的偏见更具毁灭性的态度和行为。小说的一条重要副线描写密地安镇上唯一的黑人家庭。他们在内战后来到堪萨斯，克服白人种族主义者设置的重重障碍，在这片开拓者的土地上最终证明了他们是最坚定、最成功的家庭之一。乔纳森不畏城里重要人物的反对，对帕雷一家始终如一、诚恳以待。这寄托着赛珍珠对美国人民摆脱种族偏见的期望。

1973年，这位在中国曾生活了大半生的美国作家，在她美国的住宅与世长辞。在一个简短的非宗教仪式过后，赛珍珠被葬在离她的住宅几百码处的一棵白蜡树下。她自己设计的墓碑上并没有用英文记下她的名字，取而代之的是在一个方框内镌刻的“赛珍珠”三个汉字。她选择了她早年在中国使用的名字和语言来代表自己的身份，可说富有深意。

赛珍珠的一生丰富多彩，在不同的领域都给后人留下了宝贵的财产。她一生致力于促进各国人民之间，特别是中国人民与美国人民之间的交流和友谊。许多人认为，在西方描写中国题材而产生巨大影响的，除马可·波罗外，赛珍珠应推第一。一份研究资料显示：赛珍珠是所有美国文人中，被翻译成外文最多的一位作家。

她和她的第二任丈夫理查德·沃尔什在三四十代创办和出版的《亚洲》杂志，在远东问题上曾对美国的学术与舆论界产生过重要而又深远的影响。斯诺访问延安革命根据地后写的报道文学《西行漫记》便是连载在《亚洲》杂志上，然后才出的单行本。赛珍珠在《亚洲》杂志上还刊登了鲁迅、老舍等进步作家的作品,不遗余力地向西方介绍中国文学与文化。

1941年,赛珍珠夫妇还身体力行在美国成立了"东西方协会",通过学习和介绍各国的文化以及举办具体的教育交流项目来促进东西方人民之间的相互了解。正是这个"东西方协会"在40年代中期热情接待了正在美国访问的我国著名文学家老舍和曹禺,帮助他们向美国人民介绍中国文化,并协助老舍在美国出版他的一些小说。也正是这个"东西方协会"邀请我国著名表演艺术家王莹担任该协会的董事和中国戏剧部主任,在美国各大城市、工厂、大学演出我国抗战戏剧。王莹在白宫演出《放下你的鞭子》和高唱中国抗战歌曲的活动,就是由赛珍珠大力促成并亲自主持,受到了罗斯福总统夫妇、华莱士副总统、内阁高级文武官员和驻华盛顿各国使节的高度赞扬。

40年代初,赛珍珠又和她丈夫沃尔什、大作家拉地摩尔和林语堂等一起,倡导并最终导致美国臭名昭著的排华法案的废除。第二次世界大战期间,她为中国人民的抗日战争争取美国人民的道义支持与物质援助,作了大量面对全国人民的广播讲话,发挥了重要作用。

当赛珍珠年近80岁时,仍说自己在中国度过的岁月比在美国多,她无法改变中国是她的第一家园的思想定式。尽管由于种种局限,她多次表示不能接受中国的政治制度,但她对这个生长于斯的国家的忠诚从来没有动摇过。

中美之间、东西方之间的跨文化交流日臻频繁,赛珍珠的作品也随之引起学术界越来越多的关注和肯定。在当今思想领域的女性主义和多元文化主义浪潮中,赛珍珠无论为人为文,都堪称勇敢的先驱和杰出的典范。她力图以人道主义精神"变人与人之间可怕的沟壑为通途"。这些努力和追求在当今时代应当使赛珍珠和她的作品受到更多的重视。

## 第七节
## 波特的小说创作

凯瑟琳·安·波特(Katherine Anne Porter, 1890—1980)是20世纪上半叶美国的一位成就卓著的女作家。她擅长写短篇小说,每每能将素材、主题、结构和风格融为一体,是个出色的文体家。她一生创作的小说虽然为数不多,但篇篇强劲有力,风格独特,寓意深远,给予人们诸多思想启迪。无论小说集《盛开的犹大花及其他故事》(*Flowering Judas and Other Stories*, 1930)、《灰白马,灰白骑士:三个中篇》(*Pale Horse, Pale Rider: Three Short Novels*,

1939)和《斜塔和其他小说》(*The Leaning Tower and Other Stories*, 1944)等，还是长篇小说《愚人船》(*Ship of Fools*, 1962)，都堪称精雕细刻之作。难怪著名作家兼评论家罗伯特·潘·沃伦十分看重她的小说艺术，认为波特的许多短篇小说在现代作品中是无与伦比的。[①] 作为美国著名短篇小说艺术大师欧·亨利的远房亲戚，波特出色地继承并发展了先人的艺术成就，成为南方文学的先驱典范。

波特出生于得克萨斯州印第安河镇的一个天主教家庭，是早期拓荒者的后裔。波特两岁丧母，是在严厉守旧的祖母的抚养下长大的。深受祖母倔强、自负性格的影响，波特也逐渐成长为一个富有叛逆精神的女性。她独立自强、向往自由、敢于冲破传统观念的束缚并为自己的理想而奋斗。波特没有受过多少正规教育，八岁时进了一所私立学校，后来与姐姐一起在托马斯女子学校学习了近四年。由于忍受不了天主教学校刻板、烦琐的清规戒律，波特从学校出奔，同约翰·亨利·库恩茨结婚。遗憾的是，波特对这次婚姻并不满意。她发现自己与丈夫之间没有多少共同语言，但为了讨好婆婆自己也皈依了天主教。天性叛逆的波特不可能安分守己甘愿做个贤妻良母。事实上与丈夫私奔后，波特一直在芝加哥、丹佛、纽约、得克萨斯和路易斯安那等地奔波，其间当过演员、歌手、记者、剧评员和报社编辑等。1930 年去欧洲之前，她一直生活在南方各地，也曾旅居墨西哥。她熟悉得克萨斯州的墨西哥人和德国移民的生活，也了解路易斯安那州的凯琼人和新奥尔良的克里奥尔人的生活。波特的不少小说都是以这样"一个语言奇异、血统混杂的边界地方"为蓝本而创作的。

波特在写作时往往着眼于追寻一种具有很强感染力的社会意识，注重从自己的切身经历中探测某种特殊微妙的意义并将其加工写入小说。她以米兰达为原型创作的系列小说就是最为典型的。波特凭着一种敏锐的观察力和超凡的记忆力将生活中的一个个片段描述出来。无论创作背景有多混杂，其人物描写总是那么逼真多姿！就连得克萨斯州南部的那个小牧场也被她刻画得那么活灵活现，牧场上的各种农具、农活、动物和植物无不描绘得那么具体细致。

1920 年，波特离开美国到墨西哥去研究艺术，并在那里参与了左翼政治活动。1922 年 12 月，她首次在《世纪》(*Century*)杂志上发表了题为《玛丽亚·康萨普西翁》(Maria Concepcion)的短篇小说。这是一则描绘一个墨西哥印第安女人的刚强性格和火一般的感情的故事。作品以一个古朴的墨西哥村庄为背景把一则妻子与情妇争宠的故事写得生动而富有道德感化力。故事中的人物

---

① Robert Penn Warren, ed. *Katherine Anne Porter: A Collection of Critical Essays* (Englewood Cliffs: Prentice, 1979), p. 93.

个个作了一次道德选择。他们理智地认识到在情欲与正式婚姻的争斗中婚姻与家庭应该占上风,因而一致宽恕了杀死情妇的那个妻子。

五年后她的另一个短篇《他》(He)面世。该作品叙写了一曲母子情,读来生动感人。故事中的母亲心高气傲,是个爱面子的女人,却生了一个智力低下的"他"。她常常在众人面前装出一副对"他"特别疼爱的模样,其实不时地对"他"流露出鄙视的眼光。由于家境贫穷,她的孩子都不得不承担家务。"他"反而比别的孩子更加卖力,总是干最危险的活儿。遗憾的是,全家生活每况愈下。连这个最能干的低能儿"他"也害了重病,卧床不起,最后只好被送往救济院医治。途中"他"忽然淌下了眼泪。这使一向以为"他"不谙人事、不懂好歹的母亲大吃一惊。她"大哭起来,用胳膊紧紧地搂着'他'",心中有说不出的感慨。整个作品把一个交织着疼爱、怨恨和内疚心理的母亲形象刻画得淋漓尽致。

紧接着,波特连续创作了《魔术》(Magic)、《绳》(Rope)[①]、《被遗弃的韦瑟罗尔奶奶》(The Jilting of Granny Weatherall)和《盛开的犹大花》[②]等一系列短篇小说。这些小说后来结集成册,题为《盛开的犹大花及其他故事》。该书尽管销售量并不大,但受到了美国批评界的好评。诗人兼批评家路易斯·博根(Louise Bogan)声称"波特的创作才能无与伦比"。[③] 另一位批评家艾伦·泰特(Allen Tate)也称波特为文坛新秀,夸奖她精湛的小说艺术。[④] 评论家温特斯(Yvor Winters)对《盛开的犹大花》更是赞扬有加,认为这篇小说胜过了除威廉·卡洛斯·威廉斯(William Carlos Williams)以外任何健在的美国人的创作。[⑤] 从创作题材和主题上看,这些短篇小说有着波特一贯的风格。

1935年,《盛开的犹大花及其他故事》再版时,波特又添加了《偷窃》(Theft)、《那棵树》(That Tree)、《庄园》(Hacienda)和《破碎的镜子》(The Cracked Looking-Glass)。这个新版小说集依然受到评论界的青睐。当时的《纽约先驱论坛报》曾载文称作者为"最佳短篇小说创作者"。[⑥]《纽约时报》也不甘寂寞,发出波特已是"美国最富有才华的短篇小说家之一"的报道。[⑦] 时至

---

① 这是一则悲喜剧故事,当时刊登在《新群众》(*New Masses*)杂志上,主要写一对贫苦夫妻之间的纠纷。妻子憋着一肚子火向丈夫发泄。由于丈夫委曲求全,一场风波终于烟消云散。故事的结尾是夫妻和好的场面。

② 这篇小说在1930年刊登在文学刊物《猎狗与号角》(*Hound and Horn*)春季号上。

③ Louise Bogan, "Flowering Judas" (review), *New Republic* 64 (October 1930), pp. 277-278.

④ Allen Tate, "A New Star," *The Nation* 31 (1 October 1930), p. 353.

⑤ Yvor Winters, "Major Fiction," *Hound and Horn* 4 (January-March 1931), p. 303.

⑥ Eda Lou Walton, "An Exquisite Story-Teller," *New York Herald Tribune Books* (November 3, 1935), p. 7.

⑦ Ralph Thompson, "Books of the Times," *New York Times* (January 30, 1937), p. 15.

30年代后期，波特已成为美国文学评论界普遍关注的对象。而她的《盛开的犹大花》则更受器重，被视为佳作的典范。

《玛丽亚·康萨普西翁》《盛开的犹大花》《那棵树》[①]和《庄园》都是根据作者在墨西哥的生活经历创作的，而《魔术》《他》和《被遗弃的韦瑟罗尔奶奶》等则是美国南方生活的写照。在这些故事里，波特刻意要展示一个传统价值受到严重威胁的世界。它们如同一则则寓言预示了新旧秩序之间的冲突。在《庄园》里，波特描绘了现代墨西哥很多社会阶层的人物，其中有酿酒的印第安人、淳朴的农民、俄国电影制片商和好莱坞美国电影制片经纪人等。作品表现的是一个旧日价值观念被遗弃而新的秩序尚未建立的芜杂荒园，颇有象征含义。

《被遗弃的韦瑟罗尔奶奶》又是一篇意蕴独特的小说。作品写的是女主人公死亡的故事，生动刻画了老妇人韦瑟罗尔奶奶临终前的悲愤心情。她一辈子虔诚地信仰宗教，但是两次遭到遗弃：第一次是被她的未婚夫，而第二次却是被她笃信的上帝。上帝没有显灵，把她从死亡的深渊中救出来。她终于含恨离开了人世。这里，波特把老妇人的死写成第二次骗婚。她躺在临终床上苦苦地等待，其复杂的心态跃然纸上。小说基本体现了作者对小说艺术进行的试验和创新。波特把"意识流"这一手法进一步运用到对人物内心世界的探索上。作者巧妙地将现在与过去交错起来，使整个叙述置于一种真实的与虚构的、活着的与死去的混杂的氛围中，从而戏剧性地展现出现实生活中"文明秩序"和混乱现实间的种种冲突。整篇故事的情节几乎都是在老妇人的脑子里展开的。她已经时而昏迷，时而清醒，奄奄一息，处于弥留之际。波特正是凭着一种娴熟的写作技巧，将回忆和现实交叉反映，让读者自己去撩开虚幻的雾纱并在阅读中体验和感悟人生的真谛，颇有艺术感染力：

亮光在她闭着的眼睑上闪烁，一阵深沉的轰隆声把她惊醒。科妮莉亚，是闪电吗？我听到了雷声。马上要下暴雨了。把所有的窗子都关上。把孩子们唤来。……一定要有生命的东西。她对自己的思想没完没了地转悠感到非常惊奇。……啊，亲爱的主，千万要等一等。我打算把那40英亩地安排一下，吉米不需要它；可莉迪亚和她那个不中用的丈夫今后过日子会需要的。[②]

人的心理活动和被外表掩盖着的复杂内心世界往往是最难以捉摸的，但

---

① 作品描写了一个在墨西哥的美国作家的生活变奏，是一篇关于用表面成功赢得虚浮爱情的习作。

② 译自 Katherine Anne Porter, *The Collected Stories* (Virago, 1985), pp. 98–99，以下出自本书的选文不再另注。

波特运用意识流手法恰到好处地描绘了韦瑟罗尔奶奶深邃奥秘的潜意识情感世界。这里既有她的痛苦和遗憾，也有她对爱的渴望、对生活的理解和对上帝的失望。她痛苦，因为 60 年后她仍不知为什么当初乔治新婚之夜弃她而去。被人抛弃带给她的痛楚是永久性的，也是令人难以置信的。60 年来她祈祷着忘却他，可在弥留之际她又改变了主意因而有了更多的遗憾。她渴望爱情，但丈夫约翰英年早逝。她只好守寡一生，独自担负起养育儿女的责任。她把自己全部的爱倾注到儿女们身上。她生活富裕，儿孙满堂，但内心深处始终潜隐着失意和遗憾。她一直没有忘记 60 年前那美好的结婚蛋糕连碰也没碰就被扔掉的情形。这在她的心目中无疑是生命的浪费。她为之痛惜，也更加珍惜生命。为此，她不断祈求神灵保佑。然而那个"万能"的上帝竟也一次次使她失望，连灾难降临时，也未能给她丝毫启示，因上帝是冷漠的，不存在的。这些是老奶奶一生不愿意也无法与他人交流的内心秘密。在他人看来，她是个坚强能干的成功者，是"文明秩序"的代表，思念一个曾抛弃她的人是不合乎常理的，这样做会入地狱；而对上帝的怀疑更是一种心灵的罪孽。波特通过意识流手法自然地将老奶奶不为人知的另一面暴露无遗，使她的人物性格更真实、更完整，从而让读者明白在男性为所欲为的现代社会中女性生存之艰难。然而令人赞叹的是老奶奶承受住了生活中的一切风暴，表现了她个性中的坚强和能力。她临终时顿悟：她一生中全靠她自己的努力、自己内在的力量和坚忍不拔，战胜了一切磨难包括上帝的冷漠。如今死神召唤，再留恋也无济于事，于是她就坦然地接受现实：

> 又不见奇迹。房间里也没有新郎和教士。她已记不得任何其他的悲伤，因为这个巨大的痛苦已把一切的悲伤给淹没了。啊，不！没有比这更狠心的事了——我永远不会原谅的。她深深地叹了一口气，把身子一伸吹熄了那盏灯。

这样写不仅可以烘托老奶奶坚忍的意志和性格特征，而且还大大拓宽了作品的内涵，可以说这是波特的一篇具有思想深度的作品，基本奠定了其作为短篇小说大师的地位。

作为一个具有艺术特色的作家，波特不仅擅长营构故事情节，而且能把读者置于一种情节的冲突或规定的氛围之中以便在读者心目中产生悬念。她的《偷窃》就是这样的作品。小说一开始就营造了一种悬念：

> 她刚才进来的时候，手里有只钱包。她站在地板中央，裹着身上的浴衣，一只手提着条湿毛巾，她仔细思忖刚刚发生的事情，一切都记得那么清楚。不

错，她用手帕揩干钱包后，把它的盖子打开，摊在长凳上。[1]

这里只有短短几句话却给一个钱包失窃的故事埋下了伏笔，并引导读者去追问“她”是谁，偷窃的案情是否与这只钱包有关。作品首次选用都市题材，以“她”丢失钱包为契机演绎了一则道德寓言故事。

波特的作品大都是对特殊、微妙人生意义的探索。虽然这些作品反映的社会面并不广，但所作的描写每每细腻且有深度。波特善于反映西方人生活中的孤独、苦闷、困惑和得不到理解等问题。对于这样一些具有哲理性的问题，她并不给予感伤式的抚慰，而是冷静地观察、认真地思考，并力求做出一种忠实的表达。题名小说《盛开的犹大花》就是其中之一。该作品叙述的是一则表现现代人生经验、描写女主人公劳拉宗教信仰与革命理想冲突的故事。作品紧紧围绕劳拉既不能摆脱早年的宗教修养与信仰也不能全心全意地投身革命的困境展开，写出了一个游离于宗教、革命与爱情之外的荒原人。波特当时受到 T. S. 艾略特诗句的启发而塑造了劳拉这个丧失感官的现代女性。[2]她完全是一副修女打扮，对热烈追求自己的恋人无动于衷。她无意亲近那位革命者首领勃拉杰奥尼，她以机智胜过了那个带她骑马的青年上尉，她并不喜欢那个印刷工会里的小伙子却向他献了一朵象征爱情的玫瑰花。她甚至对所教学童的情感都麻木不仁。他们送花给她并且还在黑板上歪歪扭扭地写着“我们爱老师”的字样而她却无法做出相应的反应。从整个作品的暗示来看，女主人公对革命的贡献无非就是把麻醉药送给监狱里的被俘人员，使其沉沉大睡、浑忘牢狱之苦。

小说刻画了劳拉对爱的无能。她不能像一个女人那样付出情欲上的爱，也不能像一个献身革命的人那样付出人道的爱。她生活在一个没有信仰和爱的荒原世界。波特巧妙地改动艾略特的诗句，变劳拉不是喝基督猛虎的血而是吃了盛开的犹大花的花朵。这种置换有着深刻的含义，象征劳拉吞吃犹大花像犹大一样是一种背叛。于是，女主人公对基督、对勃拉杰奥尼和对尤金尼奥的背弃成了一种对人类的背信弃义。正如小说的结尾所暗示的，这种背弃是一种食人肉的，而非救人的表示。这种富有想象力的构思常常可以开拓作品的意境：

……那么，就吃这些花，可怜的囚犯，尤金尼奥用怜悯的口吻说。拿着吃

① Katherine Anne Porter, *The Collected Stories* (Virago, 1985), p. 68.

② 参阅 T. S. 艾略特《小老头》(*Gerontion*)里的诗句：在一年的春天/来了一头基督猛虎/堕落的五月里，有山茱萸、有栗子、有盛开的犹大花/在低语中/去吃、去分、去喝。原诗可见 T. S. Eliot, *The Complete Poems and Plays of T. S. Eliot* (London and Boston: Faber and Faber, 1969), p. 37。

吧，从那棵犹大树上。他摘下暖乎乎、淌着鲜血似的汁水的花，塞到她的嘴边。……她狼吞虎咽地吃着花，因为那些花既消饥又解渴。杀人犯！尤金尼奥说。又是吃人肉的！这是我的肉体和鲜血！劳拉叫喊着不！她被自已嚷叫声惊醒，直打哆嗦，害怕再睡熟。

从整个作品来看，波特借《圣经》中的叛徒犹大后来被吊死在一棵开红花的树上的传说隐喻人们对革命理想、宗教和爱的背叛。她运用了很多象征手法并以背景神话为依托，旨在表明人类的存在离不开古老的信仰和爱的真理。只有真正的信仰和纯洁的爱情才能使人的生命之花盛开。

继《盛开的犹大花及其他故事》之后，波特又推出了小说集《灰白马，灰白骑士：三个中篇》，其中包括《老人》(Old Mortality)[①]、《中午酒》(Noon Wine)[②]和题名小说《灰白马，灰白骑士》(Pale Horse, Pale Rider)。[③] 该集的面世使波特声誉鹊起。许多有声望的诗人、小说家和评论家都报之以欢呼并高度评价她的小说艺术尤其是她的写作风格，几乎一致认为波特在当时属于一流的作家。[④] 还有论者将她的小说与霍桑、亨利·詹姆斯和法国作家福楼拜的最佳作品相提并论。[⑤] 尽管看起来这些都是赞词但对于波特来说并不显得过誉。她在处理以自身经历为题材的小说时确实有一种超凡的能力。她习惯于把自己想起来的往事和感触随手记下尔后将其写入小说。由于她从不满足于仅仅生动地叙述故事，而是致力于地方色彩和时代风貌的描摹，因而常常赋予其作品以更深的寓意。小说《老人》就是其中之一，可以说明作者运用一种别具南方意味的背景和记忆来创造一种范围更广、更具概括性的"事实"。

在《老人》里，波特以家族历史为题材表现美国南方风味。故事是通过一位名叫米兰达的姑娘来叙述的，其中心是米兰达的艾米姑妈以及她与加布里埃尔姑父的长期追求与短暂的婚姻。小说一开始就以赞美的口吻写出了一个年轻女子的美貌。但米兰达对人人赞美的艾米姑妈的美貌表示怀疑，对加布里埃尔姑父也十分反感，最后她敢正视父辈们的怀旧心理。这实际上是年轻一代对老一代的审美观念、生活方式、风俗习惯，也就是说对南方古老的既成秩序的一种反抗和背叛。米兰达尽管对未来毫无所知，但是作为年轻一代的

---

① 《老人》发表在 1938 年《南方评论》(*Southern Review*)春季号上。

② 《中午酒》发表在 1937 年 6 月《小说》(*Story*)上。

③ 《灰白马，灰白骑士》发表在 1938 年《南方评论》夏季号上。1982 年该小说还被收入格林(A. C. Greene)编的《关于得克萨斯佳作 50 本》。参阅 A. C. Greene, *The Fifty Best Books on Texas* (Dallas: Press Works Publishing, 1982)一书。

④ Philip T. Hartung, "*Pale Horse, Pale Rider*, by Katherine Anne Porter, A Review," *Commonweal* 30 (May 19, 1939), pp. 109–110.

⑤ Glenway Wescott, "Praise," *Southern Review* 5 (Summer 1939), p. 161.

人，她势必将按照自己的理解去观察和经历生活：

她［米兰达］对表亲厌恶得要命。她不再想同这座房子有任何关系，她要离开这个地方，她再也不想回到丈夫的家。这样，她就不会受到爱与恨交织起来的束缚。她现在明白自己为何逃出去结婚，她也知道此刻的她正要逃离婚姻的约束，而且将来也不会与任何威胁、限制她、对她说“不”字的人生活在一起。[①]

整篇小说由三部分组成。开篇主要描写老一辈人记忆中的往事。事实上这些事情是按照他们的希望而发展的，并非真正发生的事实。小说第二部分所涉及的往事则是米兰达自己观察和判断的结果。到了第三部分，作者才将叙述的焦点集中在米兰达身上。这时，她已经 18 岁了。她与人私奔过，也结过婚。对她来说，她的私奔正合乎艾米姑妈与加布里埃尔姑父浪漫气息的传统。尽管他们的结合是一宗失败的婚姻，但在整个家族传说里颇有动人的故事。艾米是个长得漂亮、举止轻率而性格冲动的女子。人们常拿她来与伊娃表姐作比较，认为后者的模样虽然有些丑陋，但是个有抱负、做事认真的女性。艾米由于早逝而成为香艳传说中的人物，而伊娃依然健在且被誉为朴实无华、献身理想的女权斗士。无论艾米的娇艳、轻浮还是伊娃的丑陋与执着，在米兰达看来都富有传奇色彩。她曾一度很羡慕伊娃表姐，但逐渐发现她原来是个怀恨在心、未老先衰的女人。正是从她那里米兰达又获得了许多关于艾米的轶事进而对传说的历史有了更深入的了解：“那些宴会和舞会便是她们的市场，一个女孩子绝对不能去参加，时时都有对手守在那里使她站不住脚……看那些姑娘钩心斗角的方式啊——真是什么卑鄙的手段、什么弄虚作假的伎俩都使得出来……无非是情欲在作祟。她们不这么叫它罢了。她们巧立名目用种种美丽的名称加以掩盖起来，不过，说穿了，其实就是性。”

不过，米兰达并不完全领悟这番话。她对父亲和伊娃表姐拒绝接受那则关于私奔的传说的做法感到不满。她觉得老年人不应该抓住记忆不放，而要给年轻人继续生活下去的勇气。为此，她要大胆地“犯错误”，以此来抗议陈旧的审美观念、生活方式和风俗习惯。书中的米兰达是个叛逆的女性形象。塑造这一形象当然不是出自波特的臆想，也不仅仅是她自我情感的衍生物。在她的笔下，米兰达的确是一个长于南方历史之中的南方儿女，有着清晰的时代烙印和乡土特征，但她又具有社会转型时期女性的共同特征。她有蔑视传统

---

① 译自 K. A. Porter, *The Collected Stories of Katherine Anne Porter* (New York: Harcourt, Brace & World, Inc., 1965), p. 220，以下出自同一作品的引文不再另注。

的勇气,并要在自己的过去和现在里努力寻找自我。

波特笔下的南方历史,不管是传说还是事实,都是一种具体经验。小说《灰白马,灰白骑士》又是一则书写具体经验的故事。主人公仍是米兰达,已是西部一家报社的记者。她爱上了一位来自得克萨斯州的陆军少尉亚当·巴克莱。故事讲述的是这对恋人试图在梦魇般的战争疯狂里保持清醒。可是,当时人们正一窝蜂地奢谈自由、战争,似乎并未意识到早已向他们袭击的疯狂。不幸的是,米兰达染上了流行性感冒。因照顾她,亚当染病而死,而且就在停战前夕。波特的这则故事与亚当夏娃的传说有着相似之处,令人想起小说《盛开的犹大花》里的某些情节。这里,米兰达像夏娃受知识的诱惑促使亚当堕落那样,本希望自己心爱的人能在战争狂热中保持清醒、正确面对生与死的现实,却不料在这么做时给他带来了死亡。如此看来,波特关心的并不只是亚当和米兰达的爱情,尽管她把那个爱情故事写得那么动人。更重要的是,在不算长的篇幅中,她揭示了在疾病、战争和死亡的威胁下人的处境和对待人生的态度。

另外,《灰白马,灰白骑士》的艺术手法也颇具特色。波特把白描的写作方法与"意识流"手法结合起来用以刻画人物的感情和心理活动,如米兰达大病初愈,得悉恋人亚当已经患流行性感冒去世时的心情:

> ……米兰达一边说,一边在边上空白的地方写,"一根配得上我其他东西的好手杖。请查克为我去挑,玛丽。式样要美观但不能太沉。"拉扎勒斯,给我出来。不出来,除非你给我带来大礼帽和手杖。那你就待在那个老地方,你这势利鬼。我才不管呢。我就出来。①

又如她对亚当刻骨铭心的思念:

> 他一下子待在她身旁了,看不见,但是分明在场,一个幽灵,但是比她更生气勃勃……她说:"我爱你,"接着抖抖簌簌地站起来,试图凭她那份意愿可让他在眼前出现。

稍稍留意波特笔下的人物,就可发现他们都与作者自己的经历有类似的地方。从她的生平来看,波特的童年是在南方的农场上度过的。因此不难理解她为何以农村为写作题材。据她自己说,她的不少作品都是从一些根深蒂

---

① 译自 Katherine Anne Porter, *Pale Horse, Pale Rider: Three Short Novels* (San Diego: Harcourt Brace & Company, 1967), p. 207,以下出自同一小说的引文不再另注。

固的记忆中逐渐酝酿出来的。收在这本小说集中的《中午酒》是又一例证。故事发生在得克萨斯州南部的一个小农庄里。农庄主汤普生收留了一个前来要求工作的陌生瑞典人希尔顿。他原来是个精神病人，在发病时杀死了自己的弟弟，被关进精神病院。后来，他从那里逃了出来，来到得克萨斯州当雇工。他沉默寡言，干活麻利，而且同汤普生一家相安无事。不料以追踪逃犯和精神病患者为由的哈奇前来捉拿他回院。汤普生出于自己利益的考虑不愿让他把希尔顿带走，于是两者发生了冲突。汤普生误以为自己有挨刀的危险，一时冲动劈死了哈奇。事后，汤普生一直处在自我欺骗、虚伪和与人隔绝的状态中。由于他受不了这种精神上的折磨，最后以自杀而告终。

在这篇作品中，人物场景都是以作者幼年时代所接触的人与事为依据的。波特在写作时依靠的是对于事件的回忆。在谈到这篇小说的创作时，波特曾撰文说明自己的意图，即表达现代生活的复杂性与神秘性。在她看来，文明社会看似平静，其实掩盖着可怕的暴力以及"一种最痛苦的混乱、一种道德和情感的混乱"。[①] 可见，《中午酒》描绘的是日常生活中的悲剧，旨在揭示现实生活中的恐怖和荒谬。

1944 年，波特出版了第三部小说集《斜塔及其他故事》，再次向文坛昭示了她的创作才华。作品一问世就被评论界看好。从此人们愈加关注她的艺术风格。翌年，《新墨西哥季刊评论》(*New Mexico Quarterly Review*)曾载文对波特的小说艺术进行评论，认为她是个"没有对手"的短篇小说作家，也是她时代的佼佼者，"一个缺点最少的现实主义作家"。[②] 严格说来，这本集子里的故事比前两本更加显得参差不齐，共有九篇小说。其中大多数都曾在不同杂志上面世过。它们是《马戏团》(The Circus)、《坟》(The Grave)、《旧秩序》(The Old Order)、《一天的工作》(A Day's Work)和《斜塔》(The Leaning Tower)等。[③] 这里每一篇有关联的故事，彼此之间都是一种互补。作为一个故事群体，它们塑造了一种神秘感。只是有的轻一些，有的重一些。有的只是一些人物素描。之所以将它们汇集在一起并非因为它们的故事情节，而是因为它们对整个故事发展的贡献。

第一篇《根源》(The Source)写老祖母晚年一年一度去看农场的故事，主要讲述她怎样把黑奴住的地方修好，怎样骑一骑她的那匹老马等。整篇故事

---

① *The Collected Essays and Occasional Writings of Katherine Anne Porter* (New York: Delacorte Press, 1970), p. 472.

② Vernon A. Young, "The Art of Katherine Anne Porter," *New Mexico Quarterly Review* 15 (August 1945), p. 326.

③ 《马戏团》载 1935 年《南方评论》(*Southern Review*)；《坟墓》载 1935 年《弗吉尼亚评论季刊》(*Virginia Quarterly Review*)；《旧家风》载 1936 年《南方评论》并被选入当年《美国最佳短篇小说》；《一天的工作》载 1940 年《民族周刊》(*Nation*)；《斜塔》载 1941 年《南方评论》。

情节简单,但的确生动地刻画了一个执拗而勇敢的老妇人形象。正是这样一位老妇人深深地影响了她的儿孙们。故事这样写道:他们爱他们的祖母;对于他们,祖母是世界上唯一的现实。没有祖母,就好像没有固定的权威和避难所,因为他们的母亲去世早,只有最大的女儿还能模模糊糊地记得她:这种感觉和他们觉得祖母是个暴君一样朦胧。他们总想摆脱她。第二个故事《证人》(The Witness)也是以孩子的口吻写的一篇人物素描,主要关于吉姆比利大叔的身世。他曾是个奴隶,喜欢把一些小木块雕成一个个小墓碑并将其放在孩子们宠物的坟墓上。他是个严厉、具有原始道德感的人,经常给孩子讲一些野人受罚的恐怖故事用以规劝他们的行为。另一篇小说《最后的叶子》(The Last Leaf)还是讲述吉姆比利大叔,只是侧重他的妻子南妮大妈。她是个陪人一辈子的女仆。为了度过一个清静的晚年,她向自己服侍了一生的主人家要了一间小屋。整个叙述简单明了,但故事的结尾却意味深长。与她分居多年的吉姆比利大叔要搬回来与她同住,不料遭到了拒绝。她对丈夫的回答是"我不打算在最后几年还要伺候男人"。

从以上几篇故事可以看出,波特以平缓而充满稚气的口吻描写了祖母的形象。这些故事虽然各自成篇有相应的主题,但都在刻画孩子记忆中的祖母形象。尽管这些小说中夹杂了其他不同人物,不过无论吉姆比利大叔还是南妮大妈都是用来增加作品的历史意识。如果不读一读下一篇小说《旧秩序》是很难弄清南妮大妈与祖母之间的关系。这篇故事比较完整地展示了米兰达的家庭背景。原来她的祖母是肯塔基大名鼎鼎的拓荒英雄丹尼尔·布恩的曾孙女,也是参加1812年战争的名将。祖母的名字叫索非亚·简·盖伊。在她还是个孩子的时候,她的父亲从新奥尔良黑奴市场上买来了南妮及其父母,并把南妮给了祖母做伴。后来南妮还是祖母几个孩子的奶妈。米兰达出生后不久母亲就去世,是在祖母的照顾下长大的。其经历与波特的身世基本相仿。作品的惊人之处并不在于讲述这样一个具有复杂历史背景的家族故事,而是主要在于作者的叙述方式。故事的叙述者一直没有露面,但读者仍能猜到她就是米兰达。通过她的叙述,我们可以观察到米兰达祖母与南妮大妈一辈子相伴以及白人女主人与黑奴女仆、伴侣的微妙关系。

米兰达系列故事中还有《马戏团》和《坟》。前者是整个小说集中第一篇以米兰达作为叙述者的小说。与《旧秩序》相比,这篇小说写得更为生动,叙述手法也比较细腻,给米兰达家族增添了不少细节。作品对马戏团小丑的表演和小男孩趴在地上窥视妇女衣裙的情形做了细致的勾勒。不过对米兰达家事写得最出色的还是后者。与《马戏团》一样,《坟》中的米兰达也是个孩子,只是大了几岁。整个故事的情节是用成年米兰达的眼光来叙述的,主要讲述米兰达和她的哥哥保罗小时候在一个墓坑里觅宝的事。她找到了一只银鸽子;保罗找到了一个金戒指。两人都更喜欢对方的宝贝，随即自愿交换。后来，保罗用猎枪打死一只怀孕的野兔，并且剖腹取了几只兔崽。保罗把兔崽重新塞进兔腹，一起将其埋葬。后来她偶然看到一个印第安小贩正在她眼前举起一盘各种小动物形状的染色糖块，于是又回想起当年与哥哥换宝埋兔的那幕情景。初看起来，故事的情节很简单，可是细加分析不难发现，这个故事意蕴深刻，隐喻人从童年的纯真到成年的懂事这一过程。实际上，小说写了三座不同的坟：一座是那个真正的墓坑；另一座是埋葬那只野兔的坟；最后一座是埋葬了米兰达童年的坟，一座心灵的坟墓、知识和记忆的宝库。波特正是凭着富于想象力的构思和高明的艺术手法使这则故事成为一种隐喻，读来特别耐人寻味。

除了收入这些以米兰达为题材的小说外，《斜塔及其他故事》中还有《通向智慧的下坡路》(The Downward Path to Wisdom)和几则以城市为背景描写成人的故事。《一天的工作》讲的就是成人的故事，以纽约和爱尔兰天主教作背景。时间是在“大萧条”时期。主人公哈洛伦失业在家，前途渺茫，加上妻子对他怀恨在心，满脑子伤风败德的念头。为了维持男人的尊严，他只好去求他的老朋友帮忙，搞竞选活动。而他的妻子又看不起这种政治交易，但是一看到丈夫捞回来几块钱她就改变了态度。原来她的那副正人君子模样完全是装出来的。作者用辛辣、嘲讽的笔触揭露了不景气的社会中一个貌似虔诚、正直的女人的虚伪和丑恶的内心，同时对她的遭遇又不乏同情和怜悯。另一篇是题名小说《斜塔》，一则关于旅行的故事。小说虽然也是以城市为题材，但与前几篇不同。这里作者牵强地用比萨斜塔作象征。整个叙述围绕四个房客的谈话进行，而谈论的主题又都涉及政治和男女关系等。作者用一位年轻的美国画家查尔斯·厄普顿和一个理发师的谈话，含蓄地反映当时希特勒在德国人心目中的地位，巧妙地烘托时代气氛，也写出了 20 世纪 30 年代德国混乱的局势：这里有敲诈勒索的小旅馆主人、胖得像猪的、抱着狗在橱窗前窥视食品的德国中产阶级、对外国人忌妒得近乎憎恨的大学生、不惜用欺骗手段出售商品的小店主和拥有一钱不值的巨额纸币的公寓女房东等。他们或逃避现实，或沉湎于过去美好时光的追忆中，或把前途和命运的赌注押在未来的战争上。遗憾的是，这里的主人公缺乏一种亲身感受，整个叙述依赖的是一种间接的记忆。因此严格说来，这算不上一篇成功的作品。

继《斜塔及其他故事》后，波特用近 20 年的时间断断续续创作了她的第一部也是唯一的一部长篇小说《愚人船》。作品一问世即刻引起批评界的密切关注。尽管学界对波特为何改写长篇猜测颇多，但她毫不保留地陈述自己的立场。正如她在作品出版五年后的一封信中写道，小说的确是种折磨人的工具……我从来不曾反对过写短篇的人去写长篇小说，只要他们想这么做，或觉得他们能做到，或应该做到。我的观点是反对写短篇的人在毫无准备或压根儿不知道如何写时因受某种驱使而去写长篇小说。[①] 显然,波特对自己该写长篇是充满信心的。《愚人船》因其深刻的主题和五色斑斓的人物画廊赢得了读者的喜爱,而且还被拍成影片,轰动一时。故事以一艘从墨西哥驶往德国的国际游轮为背景,通过船上不同种族、不同身份、不同国籍的旅客间发生的形形色色的纠葛来展示这些人的不同心态。在作者笔下,他们是一群情欲和贪婪的奴隶。一艘载着这样一群自私虚伪的人的船怎么可能驶向"永恒的天堂"呢? 这里,波特暗指这艘"愚人船"是整个世界的缩影,并借此讽喻了人的痴心妄想。

小说的发展过程可以分成三个部分:第一部写启程港的背景和登船时的热闹场面;第二部写公海,完全是海上的旅行;第三部写船到达欧洲后旅客们陆续离去及抵达终点港的情景。每一部分用一个警句作小引。第一部开头引用了波特莱尔(Baudelaire)的诗句:"你何时航向幸福"(Quand partons-nous vers le bonheur?);第二部分摘录了勃拉姆斯(Brahms)的歌词:"没有房子没有家"(Kein Haus, Keine Heimat);第三部引用了圣·保罗(Saint Paul)的话:"我们在这里本没有永久的城"(For here have we no continuing city...)。另一个显著特点是人物形象繁多,整部作品足足有 50 多个不同职业的人物,如教授、律师、中学校长、医生、化学工程师、画家、雕刻家、天主教神甫、政治鼓动员、石油商、成衣商、旅馆老板、小摊贩、犹太企业家、落魄贵夫人、阔绰的寡妇、外交官夫人和歌舞团舞女等。这些人身上表现出的愚人行为更具当时社会的普遍性:好时髦、好吃喝、好跳舞、好打猎、贪婪、轻浮、嫉妒、骄傲自大、荒淫无耻和忘恩负义等。通过这些形形色色的人物描写,作者把他们人性中的各种特质:残忍、固执和褊狭都毫无保留地展示出来,并辅之以生活中的欢乐与痛苦,真不愧为一幅多彩多姿的众生相,一部爱情与死亡的交响曲。尽管这部小说在当时引起过不少争论,但随着时间的推移,评论界对《愚人船》的评价也越来越高。而今,它被称作一部针砭现代社会道德堕落的典范之作。

波特是一个把一生奉献给文学的作家。除了写小说外,她还写了相当数量的杂志文章和书评等以阐发自己的文学观。这些文章在 1952 年结集出版,题名《昔日集》(*The Days Before*)。如果从内容上看,这部著作大致可以分为三类,即文学批评、个人杂记与专题研究,以及有关墨西哥见闻的文章。1970 年,她又把自 1923 年起长达 50 年之久创作的杂文汇集成册,题名为《散文与随意漫谈集》(*The Collected Essays and Occasional Writings*)。该集内容十分庞杂,概述起来主要涉及"文学批评""个人与特性""传记与回忆""墨西

---

① Isabel Bayley, ed. *Letters of Katherine Anne Porter* (New York: Atlantic Monthly Press, 1990), pp. 510 - 511.

哥人”“论写作”“1923—1950 年创作的诗”和“一部题为《奥顿·玛瑟》但没有完成的小说”等七个方面。毫不夸张地说，这是一部充满智慧的著作，是波特人生感受和文学思想的集萃。

波特曾在《盛开的犹大花及其他故事》一书的“前言”中写道，“从我有意识和有记忆的年纪起，直到今天，这一生始终处在世界性灾难的威胁下，而我的绝大部分智力和精力一直用在努力领会这些威胁的意义、探索它们的根源上，用在努力理解西方世界人们生活中这种庄严而可怕的缺陷的逻辑上。现代的不幸情况是这么严酷，压力是这么沉重；面对这些不幸，艺术家个人的声音可能就像青草丛中一只蟋蟀的跳跃声那样无足轻重；但是艺术会不断地生存下去，而且艺术确实依靠信念而生存；艺术的名称、形态、效用和基本意义将永不改变地存在于一切有关的事物中……艺术不可能被彻底摧毁，因为它们体现信念的实质和唯一的真实”。① 无疑，作为一个严肃的艺术家，波特用艺术的真实反映生活的真实。她从周围的世界中敏锐地观察到贫穷、贪婪、死亡、绝望的爱情、辛酸的遭遇和旧秩序的崩溃等令人沮丧的社会现象并对其作了富有良知的表达。难怪美国著名小说家尤多拉·威尔蒂(Eudora Welty)会推崇她，认为她的小说全是一些具有道德意义的爱和恨的故事。爱与恨是一对孪生兄弟，恨是爱的冒名顶替者、敌人和死亡。背叛、遗弃和盗窃这些不良品质像幽灵在人间徘徊那样，弥漫于她的整个故事篇章。②

波特在晚年还出版了一部关于 20 世纪 20 年代两个工人被处死的著作《千古奇冤》(*Never Ending Wrong*, 1977)。当时她虽然年逾古稀，但仍保持一贯的社会良知。她认为作家的使命应该面对现实，要有正义感。正如她自己所言，“写作并不是什么风雅的消遣，而是一种严肃而艰苦的行业，给予那个做工的人以极大的愉快的享受”。③ 她还说过，“世间没有所谓无意义的东西，只要艺术家能够正视这一现实。……人的生活也许本身就是一片纯粹的混沌，但是艺术家的作品——他唯一值得做的事情——就是将这些看上去势不两立、互不关联的混乱事物聚集在一个框架里，赋予它某种形态和意义”。④

作为一名植根于美国南方的作家，她非常熟悉那里的历史、土地和人民。正是这份珍贵感情使她创作了一个个真实、具体而完整的人物形象。她笔下

---

① Katherine Anne Porter, *The Collected Essays and Occasional Writings of Katherine Anne Porter* (New York: Delacorte Press, 1970), p. 457.

② Robert Penn Warren, ed. *Katherine Anne Porter: A Collection of Critical Essays* (Englewood Cliffs: Prentice, 1979), p. 175.

③ Katherine Anne Porter, *The Collected Essays and Occasional Writings of Katherine Anne Porter* (New York: Delacorte Press, 1970), p. 441.

④ Lodwick Hartley and George Core eds., *Katherine Anne Porter: A Critical Symposium* (Athens: University of Georgia Press, 1969), p. 13.

的故事大都是她“心灵中熟知的”人和事,因而显得别具一格。在她看来,作家不应该追求时髦而应按照自己独特的风格写作。她认为“一部伟大的作品诞生于一个作家的智慧。一旦抓住一个极为重要的主题,他就应该毫无顾忌地把它写出来”。[①]

所幸的是,波特实践了这一诺言,并把毕生献给了文学艺术。由于她善于观察、体验和反映人的内心世界,所以她的创作有着独特的艺术魅力和精神感悟。她的小说几乎无一例外地涉及这样一些命题,如幻想与现实、个性的崩溃与自我的追寻、辜负与内疚、人的隔阂与情感交流,以及人类对邪恶的迁就等。波特注重自己的感受以及对人类精神的守望也体现了她一贯的创作主张:“一个作家的价值应该这样来衡量,对他所感觉到的、看到的、听到的、经验过的事物,是否有足够的才能把它们表达出来,更使其具有普遍性和永恒性。”[②]

## 第八节
## 福克纳的小说创作

艾伦·泰特早在20世纪中期就指出:“如果说即使没有莎士比亚,伊丽莎白时代仍然是英国文学之骄傲的话,那么南方各州的新文学即使没有福克纳也是杰出辉煌的。”[③]虽然泰特在这里主要是谈美国南方文艺复兴的整体成就,但他把福克纳同莎士比亚相提并论,的确很有眼光。首先,正如莎士比亚是英国文艺复兴时期最伟大的作家一样,福克纳也是美国南方文艺复兴最杰出的代表。其次,据统计,自80年代中期以来,在美国发表的论文、出版的专著以及完成的博士论文,在英语作家中,关于福克纳的已占第二位,仅次于莎士比亚。到2000年底,根据在互联网上的搜索,世界上出版的关于福克纳的专著(包括博士论文)至少已达1 796部,在英语作家中,也仅次于莎士比亚。

威廉·福克纳(William Faulkner,1897—1962)之所以能取得那样杰出的成就,能吸引越来越多的学者对他进行研究,是因为他的作品在现代文学中最深刻地体现了时代精神。同莎士比亚一样,他也有幸生活在对文化和文学繁

① Katherine Anne Porter, *The Collected Essays and Occasional Writings of Katherine Anne Porter* (New York: Delacorte Press, 1970), p. 438.

② Katherine Anne Porter, *The Collected Essays and Occasional Writings of Katherine Anne Porter* (New York: Delacorte Press, 1970), p. 438.

③ Allen Tate, *Essays of Four Decades* (Swallow, 1968), p. 578.

荣十分有利的历史的十字路口。第一次世界大战以后，在资本主义生产方式和价值观念的冲击下，美国南方那个建立在农业经济基础上、十分保守的传统社会迅速解体，开始了充满新旧势力和新旧观念激烈冲突的现代化进程。成就辉煌的南方文艺复兴在很大程度上正是这一历史性变革时期的这种激烈冲突的产物。自20年代末起，被人们讥笑为"文化沙漠"的美国南方突然呈现出空前的文化和文学繁荣，产生了一大批杰出的诗人、作家、戏剧家、学者、文学理论家和批评家。

在本质上，南方文艺复兴是美国南方的文化传统主义在文学领域内对工商资本主义的对抗。但这些南方人并非盲目地维护旧传统，恰恰相反，他们是南方历史上第一批深刻揭露南方历史和现实中的问题和罪恶的南方人，是南方文化和文学史上第一批真正具有自我批判意识的现实主义者。不过他们暴露南方社会和文化中的问题，并非为了促进南方向现代社会发展，而是为了改造和重构传统的生活方式和价值观念，以便抵制工商资本主义的侵蚀。

美国南方文艺复兴不是与外界隔绝的孤立现象，它受到当时欧美文化和文学中的现代主义运动的深刻影响。现代主义文学其实也是传统的社会秩序和价值观念在工商资本主义的冲击下解体的产物，是资本主义在其"发展进程中所带来的社会变革的结果"。[①] 从总体上看，现代主义在本质上是反现代的，而现代主义文学家大多是使用着革命性技巧的保守主义者。因此在对待传统观念、社会现实和文学艺术的基本态度和看法上，南方文艺复兴的代表作家和现代主义文学家是一致的。我们完全可以说，美国南方文艺复兴是欧美现代主义文学的重要组成部分，是现代主义文学的美国南方流派。当然，这不是说南方作家没有自己的特点。实际上，他们在创作中刻意继承和发扬美国南方在300多年历史中所形成的独特文学传统中的优秀成分。所以南方文艺复兴也可以说是现代主义同美国南方文学传统的结合。

现代主义同南方文学传统的结合，最突出也最完美地体现在福克纳的创作中。福克纳既是南方文学最杰出的传人，也是美国最著名的现代主义文学家之一。他深具南方意识，他的作品富含南方色彩，而在认识和表现南方的社会变革和西方世界的精神危机方面，他同时又是一个典型的现代主义者。他立足于南方，却把目光投向世界。他那些饮誉世界的约克纳帕塔法系列小说不仅仅是一部部美国南方的变迁史，而且同时也是深刻表现处在历史性变革中的现代世界的不朽之作。

福克纳兴趣广泛，勤奋刻苦而且善于学习。他孜孜不倦地从欧美文化和

---

① 埃默里·埃利奥特等编：《哥伦比亚美国文学史》，朱通伯等译，成都：四川辞书出版社，1994年，第567页。

文学传统中吸取营养,并密切注视学术界的新潮流。因此他视野开阔,知识渊博,且极富创造性。在小说艺术上,他把各种传统手法,包括南方文学中的许多手法,同最激进的实验结合在一起,创造出独具特色的福克纳风格。瑞典皇家科学院院士葛斯达夫·赫尔斯多来姆在授予他诺贝尔文学奖时所致的颁奖词中,对他在小说艺术上卓有成效的探索与创新作了高度的评价。他指出:"福克纳是20世纪小说家中,一位伟大的小说技巧的实验家……他的小说,很少有两部是相互类似的。他仿佛要借着他那持续不断的创新,来达成小说广袤的境地",由于他不断创新,他的小说具有"永不雷同的形式"。[①] 福克纳穷毕生精力对小说形式和技巧进行实验和探索,但他绝不是一个为艺术而艺术的唯美主义者。同其他杰出的现代主义作家一样,他不懈地探索新手法,只是为了能更准确地表达他对传统观念解体后的现代世界的整体看法,或者用他的话说,就是为了更准确表达他眼中的"真实"。

福克纳于1897年9月25日出生在美国南方密西西比州北部一个名叫纽爱尔巴尼的小镇。他祖上在这一带很有名望,拥有大量土地、财产和一批黑奴。他是这个家族一连五代的长房长子,具有强烈的家族意识。他对自己的家族史,特别是对福克纳家族在这一地区的创始人,他的曾祖父感到十分骄傲。他曾祖父也叫威廉,人称"老上校",是一个传奇式人物。老威廉少年时期只身来到这里,腰无半文,靠自己奋斗,成了当地的头面人物。密西西比北部地区流传着许多关于他的传说,使他逐渐成为旧南方的象征。福克纳从小听了不少有关他的故事,十分敬佩他的才干、魄力和奋斗精神。他后来不仅把曾祖父的形象和经历运用于创作之中,而且对外常称是"老上校"的曾孙。相反他却很少对人提起他父亲。

在福克纳眼里,父亲默里·福克纳不思进取,有那么好的先辈和社会条件,竟一事无成,是低能的失败者。与之相对,他母亲莫德性格坚强,早年全靠自己的勤奋,承担起家庭的负担,还上了大学。莫德不仅自己喜欢学习,而且十分重视孩子们的道德和文化教育,有计划地让他们系统阅读从神话到经典文学的各种书籍,教导他们要怜悯穷人,帮助弱者,富有同情心。正因为她性格坚强,关心孩子们的成长和教育,她成了家庭的中心,孩子们都成了"妈妈的孩子"。福克纳一直对母亲十分尊敬和孝顺,而且佩服她的性格和为人。他在小说中塑造的所有白人老太太,都同他母亲一样,个子矮小,意志坚强,而且十分长寿。

在福克纳五岁时,他们一家搬到拉法耶迪县的县城奥克斯福。福克纳小

① 赫尔斯多来姆:《颁奖词》,载陈映真主编:《诺贝尔文学奖全集》,台北:远东出版公司,1981年,第6页。

说中的约克纳帕塔法世界就是以这个县为蓝本虚构的。福克纳在八岁生日那一天进公立小学上学。开始几年，他对学习极感兴趣，十分刻苦，加之基础好，所以成绩优秀。然而到了五年级，他对功课逐渐失去了兴趣。他后来说："我从未喜欢过学校。"[1]他还画过一些漫画，讽刺和批评学校教育，画中表现出他特别反对学校压抑学生的个性和老师在课堂上"满堂灌"。[2] 他最终只上到11年级，于1915年退学，未能高中毕业。

当功课对他失去吸引力的时候，他对文学作品的兴趣却越来越浓。他把所有时间都用来读书。十岁时他就在读莎士比亚、狄更斯、塞万提斯、巴尔扎克和康拉德。同时他对听故事也越来越着迷。奥克斯福同整个南方一样，还沉浸在过去时代。在家里，他从祖父、父亲及其朋友们那里听到不少关于自己家族的传说和老上校的"事迹"。他也常去他家黑人老保姆的棚子里听关于动物、鬼怪，特别是奴隶制时代的故事。法院门前的广场更是他听故事的好去处。在那里他经常一坐就是好几个小时，听老人们讲关于内战、印第安人和打猎的传说。他从小生活在这样的历史博物馆里，逐渐形成了他保守的、向后看的历史意识。

在退学后的三年中，福克纳主要是在家自学。1917年美国对德宣战，他竭力想参加空军赴欧参战，却因个子太矮，体重不够而遭拒绝。第二年，他带上一些伪造的文件，操着蹩脚的英国英语，到纽约的英国征兵站，假冒英国人，被接收到加拿大多伦多参加皇家空军飞行员的训练。但在训练结束之前，停战协定签订，他复员回到奥克斯福。1919年秋，他作为退伍兵免费进密西西比大学，但第二学期开学不久就退学了，永远结束了他的学校教育。此后他主要打零工，还到纽约一家书店当过帮手，他干得最长的工作是当了三年的密西西比大学的邮电所所长。后来，从1932年到1951年的20年中，当他经济拮据，无法度难关之时，他多次到好莱坞为电影公司写脚本，那也可以说是他打零工的继续。

1919年，他开始认真从事创作，写了不少诗，他那时主要是想当诗人。那一年他在《新共和》杂志上发表了他平生第一首诗《牧神之午后》并创作了他唯一一部长诗《大理石牧神》。他这时期的诗作表现出强烈的浪漫主义。他的浪漫主义主要有两个来源。一个是美国南方文化传统和南方人思想意识中所固有的浪漫主义倾向，另一个则是他在青少年时代大量阅读的欧美浪漫主义诗人的作品。即使在他转向小说以后，浪漫主义也一直在他的创作中占有极为重要的位置。除浪漫主义外，那时正在迅速发展的现代主义诗歌也对他产生

---

① Joe Williamson, *William Faulkner and Southern History* (New York: Oxford University Press, 1993), p. 163.

② 这些画稿现存美国东南密苏里州立大学福克纳研究中心。

了重大影响。实际上,第一次世界大战后欧美"迷惘的一代"的精神危机也存在于他身上。虽然他未能赴欧参战,但一战对传统价值观念的毁灭性影响使福克纳同其他退伍兵一样,也对战后的世界有一种失落感。他后来说:"当战争结束后",我"又回到密西西比奥克斯福家中,但同时又感到那并不是家,或者至少说我不能接受战后的世界"。[①] 或许正因为如此,他在这段时间对弥漫着异化感的现代主义诗作,特别是法国象征主义诗人的作品很感兴趣,并开始模仿他们。不过,他那种一战退伍兵的失落感最突出地表现在他第一部小说《军饷》(*Soldiers' Pay*, 1925)里。那是一部典型的"迷惘的一代"型作品。

《军饷》是他1925年在新奥尔良创作的。他在新奥尔良结识了著名文学家安德森,参加了以后者为首的文人聚会,倾听他们讨论艾略特、乔伊斯等现代主义作家和介绍以弗洛伊德、弗雷泽和柏格森等为代表的各种新思潮。他后来把这些聚会写入他第二部小说《蚊群》(*Mosquitoes*, 1927)。正是在安德森的影响下,他从诗歌转向小说。不过安德森对他最重要的影响,是把他的注意力和创作引向美国南方,引向他所说的他那"邮票般大小的故土"。所以一年后,当他从欧洲回到奥克斯福不久,就开始了约克纳帕塔法系列小说的创作。

他从新奥尔良去欧洲旅行了五个多月,在意大利、法国、英国等地广泛游览名胜,并专程步行去凡尔登凭吊一战战场。他实地感受了欧洲文化,接触了新思想,开阔了眼界,从而像当时一批南方青年知识分子那样,能最终摆脱南方在同北方的长期斗争中形成的美化南方历史、粉饰南方现实的文化传统以及南方人身上那种专于自我辩护的论战型思维方式。因此他能从新的角度来看待、认识和分析美国南方社会和历史并深刻揭露他所钟爱的南方所存在的问题和罪恶。一战以后南方青年一代的这种自我剖析精神,正如泰特所指出的,是南方文艺复兴的根源,同时也是福克纳的文学成就的思想基础。

福克纳于1926年冬开始同时创作两部小说:《父亲亚伯拉罕》(*Father Abraham*)和《坟墓里的旗帜》(*Flag in the Dust*)。这是两部约克纳帕塔法作品。福克纳一生创作了19部长篇和近100个短篇,其中14部长篇和绝大多数短篇都是关于他那"邮票般大小的故土"。在小说中,他把它称为约克纳帕塔法县。关于这个县及其县城杰弗逊镇,福克纳在名著《押沙龙,押沙龙!》(*Absalom, Absalom!*, 1936)里专门画了一幅地图,并注明这个县的面积为2 400平方英里,白人人口6 298,黑人人口9 313。最后他调侃式地标明:"唯一的拥有者和业主:威廉·福克纳。"后来有人问及"约克纳帕塔法"的意思,福

---

① William Faulkner, *Selected Letters*, ed. by Joseph Blotner (New York: Random House, 1977), p. 213.

克纳解释说:“那是一个契卡索印第安字,意思是河水慢慢流过平坦的土地。”[①]在福克纳绘的地图上,流经该县南部的一条河就叫约克纳帕塔法,此县因此而得名。实际上福克纳故乡拉发耶迪县南部的一条现名约克纳尼(Yocnany)的河过去叫约卡纳帕塔发(Yocanapatafa),其读音同福克纳的地图上那条河的名字的读音几乎完全一样,只是拼写略有不同。而流经约克纳帕塔法县北部的那条河的名字同拉发耶迪县北部的河流的名字则完全一样,都叫塔拉哈奇(Tallahatchie)。另外,福克纳对杰弗逊镇的描写,比如法院楼、中心广场、南方将士纪念碑等等,都与奥克斯福的情形相符。很明显,约克纳帕塔法县和杰弗逊镇是以他的故乡拉发耶迪县和奥克斯福镇为蓝本虚构的。

《父亲亚伯拉罕》是关于当地工商暴发户如何从经济、政治、伦理道德各方面侵蚀和征服南方社会及其传统的故事,但福克纳只写了 25 页就放下了。这部小说的构想后来演化成他后期的主要著作斯诺普斯三部曲和一些短篇。而《坟墓里的旗帜》经修改后以《沙多里斯》(*Sartoris*, 1929)为书名出版。这是一部关于南方庄园贵族世家沙多里斯家族衰败的小说,是福克纳创作的几部关于南方大家族的没落史的第一部;在相当程度上它是以福克纳家族的历史和传说为材料创作的。作者曾告诉人们,他曾祖父“是约翰·沙多里斯的原型”。[②] 后来在《没有被征服的人》(*The Unvanquished*, 1938)里,福克纳继续对沙多里斯家族的历史和它败落的根源做了深入的探索和表现。

沙多里斯是旧南方的代表人物,是旧时代的象征,他体现了南方的开拓者们身上的优秀品质和奴隶主的罪恶。福克纳的伟大之处就在于,他能超越自己的感情而清醒地看到自己所热爱的故乡所存在的问题并在作品中,特别是在沙多里斯这个人物的塑造上,对此进行了深入的探索和表现。他一方面塑造了一个勇敢、顽强、具有高度荣誉感的旧南方的英雄;另一方面又毫不留情地揭露了他的冷酷无情,特别是他所表现出来的南方种族主义的残忍本质。在福克纳看来,正是这种残忍本质和对人性的践踏导致沙多里斯的毁灭和旧南方的崩溃。

《沙多里斯》并不算福克纳的杰作,但在他的创作生涯中占有极为重要的位置。它是作家完成的第一部约克纳帕塔法小说,并且具有约克纳帕塔法小说的基本成分、主题和一些主要特征:这一地区的概况,主要人物类型(而且有些人物还将在其他小说中反复出现),旧南方的崩溃,庄园主家族的没落,处在传统与变革之中的理想主义青年的精神危机,向后看的历史意识,过去时代压在人们身上的沉重负担,一个人对自己和别人的道德责任,种族问题,妇女

---

① Frederick L. Gwyin and Joseph Blotner, eds., *Faulkner in the University* (Charlottesville: University of Virginia Press, 1959), p. 74.

② *Selected Letters*, p. 211.

问题以及倒叙手法,象征隐喻,并列对照,心理探索等等。以这部小说为开端,福克纳进入了一个新世界,从此以后他几乎毕生都在那里耕耘。关于这一点,他1955年在日本说:"从《沙多里斯》开始,我发现我那邮票般大小的故土很值得写,而且不论我多长寿也不可能把它写完……我喜欢把我创造的世界看作是宇宙的某种基石,尽管它很小,但如果它被抽去,宇宙本身就会坍塌。"[①]这实际上也是说,一个作家只有从他最熟悉的生活切入,才能最深刻地反映人类生活的本质,他的作品也才能具有最普遍的意义和取得最高的艺术成就。

同美国南方一样,约克纳帕塔法也是一个以家庭为中心的传统农业社会,探索家庭问题和描写庄园主家族的没落自然成了福克纳十分热衷的主题。他出版的第二部约克纳帕塔法小说《喧哗与骚动》(*The Sound and the Fury*,1929)就是这样一部杰作。它不仅反映出他作为一个杰出的现代主义作家的精湛技艺,而且通过表现康普生家族的没落全面表达了他对处于传统价值观念解体中的当今世界的深刻看法。《喧哗与骚动》广泛使用了多角度叙述、意识流、蒙太奇、闪回、并列对照、神话模式、象征隐喻等许多新手法,是现代主义的典范之作。小说分为四部分,康普生家三兄弟班吉、昆丁和杰生分别是前三部分的叙述者,而第四部分则由第三人称叙述者讲述。班吉是白痴,昆丁已临自杀,思想都比较混乱,所以那两部分主要以意识流手法写成。另外作者在1945年还特意增加一个附录,以追溯美国南方和康普生家族的发展史,从而进一步加强了小说深沉的历史意识。这样,小说就以不同叙述者从不同方面来探索和表现这个曾经出过州长和将军的家族的解体及其家庭成员的精神状况,深刻揭示出这个没有爱、没有信仰,既不能从过去时代的沉重负担中解脱出来,又不能按传统价值观念生活下去的家族必然灭亡的根源。

康普生家族没落的根源最集中地表现在昆丁身上。昆丁的悲剧实际上是一个已经死去的旧传统的继承人的悲剧。他的致命问题是,他还生活在过去。他身上向后看的历史意识使他无法在现实中生活。他沉湎于过去,因为他看不见未来;他抓住旧传统不放,因为他无法接受新的价值观,只有旧传统似乎还能在这个日益混乱的世界中给他以某种秩序感。同时他又是一个性格软弱的理想主义者,不愿也不敢面对现实,只能躲避在自己制造的幻觉之中。当他的幻觉破灭之后,他只好结束自己的生命。

昆丁只是福克纳塑造的一大批生活在过去的阴影中、性格软弱的理想主义者形象中的一个。《沙多里斯》和《圣殿》里的贺拉斯、《喧哗与骚动》里的康普生先生、《八月之光》里的希陶尔、《押沙龙,押沙龙!》里的昆丁、《下去,摩西》

---

① James Meriwether and Michael Millgate, eds., *Lion in the Garden* (New York: Random House, 1968), p. 225.

(*Go Down, Moses*, 1942)里的艾克以及斯诺普斯三部曲等中后期作品里的主要人物斯蒂文斯等都是这样的人物。他们是福克纳所塑造的最重要的艺术形象。他们都受到异化感的折磨,都无法接受传统观念解体后在他们眼里已经陷入一片混乱的当今世界,都不敢面对现实,只能逃避到自己制造的各种自欺欺人的幻觉之中。这些人物的塑造充分反映出作者自己的思想意识和他自身的矛盾。福克纳自己就是一个深受传统影响、具有向后看的历史意识的理想主义者。这些人物在很大程度上就是他自己的思想意识和价值观念的形象化。所以他对这些人物充满感情。他自己也承认:"我就是《喧哗与骚动》里的昆丁。"[①]但感情上的认同并没有影响他在理智上对他们的批评。恰恰相反,正因为他也是这样的人,并对这类人身上的问题及其危害深有体会,所以他的批评特别深刻中肯。在塑造这些人物时,福克纳实际上也是在进行深入的自我剖析。他曾说,在创作中,"我反复讲述着同一个故事,那就是我自己和这个世界"。[②]

福克纳热衷于探索家庭问题并以此来表现南方传统社会的解体,但他并没有把自己的眼光局限于上等阶级家庭。《喧哗与骚动》刚一出版,他立即开始创作《我弥留之际》(*As I Lay Dying*, 1930)。小说描写了一个下层白人佃农家庭的堕落与解体。这时他正处在创作生涯中最辉煌的高峰期,不仅写作速度惊人,而且发表的每一部小说都是传世佳作。他只用了六个多星期,而且是利用在密大发电厂锅炉房干运煤工上夜班的空闲时间,俯在电机旁的煤箱(另一处他说是煤车)上,创作出《我弥留之际》这部杰作的。小说分为 59 个部分,分别由 15 个叙述者讲述。他们从不同的视角叙述一个共同的故事,即本德伦一家根据母亲艾迪的遗愿,长途跋涉,历时六天,将其尸体运到她家族的墓地去埋葬途中的遭遇。小说侧重表现了她丈夫和孩子们的所作所为和内心感受。书中有大量心理活动,是福克纳大量使用意识流手法的另一部主要作品。这个离奇的旅程是这个家庭内部矛盾激化的过程,是本德伦们同社会冲突的过程。它创造了一个特殊的环境,以揭示这样一个没有父母的爱、没有家庭温暖、没有正确的价值观念和精神指导的家庭及其成员在经历剧变与灾难的情形下所表现出的滑稽、丑恶和疯狂。福克纳通过这一故事表明,在传统价值观念"弥留之际",人会如何堕落。

福克纳在 1932 年出版的《八月之光》(*Light in August*)中有关希陶尔的故事里继续进行家族没落的探索。希陶尔同昆丁一样,也是庄园主家族的末代传人,也无法从过去时代的阴影中摆脱出来,他的生活实际上凝固在他祖父

---

① 转引自 Joseph Blotner, *Faulkner: A Biography* (Random House, 1984),第 213 页。
② *Selected Letters*, p. 185.

在南北战争中被枪杀在马背上那一瞬间。他与世隔绝,从不敢面对现实,他辱没了自己作为牧师的使命,辜负了教徒们的期望,并造成了妻子的沦落和死亡。不过《八月之光》并非像《喧哗与骚动》等作品那样主要是关于家庭解体的小说。福克纳进一步深入探索庄园主家族没落的重要著作是《押沙龙,押沙龙!》和《下去,摩西》。这是两部史诗性杰作,时间跨度都长达一个世纪。在这两部著作中,福克纳以前所未有的深度和广度探索了斯特潘和麦卡士林这两个奴隶主家族败落的根源。它们的兴衰史实际上也是艺术化了的南方变迁史。两部小说追溯这两大家族的历史,揭示出它们的"原罪",即它们崩溃的最终根源,那就是奴隶制和种族主义对人性的践踏。南方人历来把旧南方的毁灭和南方所有问题全都归咎于北方的"入侵",而福克纳在这些小说中表明,即使没有南北战争,旧南方也必然会毁灭。

奴隶制曾经造成了美国国家和民族的分裂,导致了长达四年的内战。种族问题至今仍然是美国社会的核心问题之一,它像一颗定时炸弹一样随时可能把美国社会炸得一片混乱。在美国南方,种族问题更触及社会、政治、经济、文化、道德乃至宗教的本质。不了解种族问题,就不可能真正了解南方。同样,不了解种族问题,也就不可能真正理解福克纳的创作。他一进入约克纳帕塔法世界,就开始关注种族问题。在几乎所有约克纳帕塔法小说中,他都程度不同地探索了种族问题和表达了他对奴隶制和种族主义毫不掩饰的愤慨。特别是在关于沙多里斯、康普生、斯特潘和麦卡士林四大家族的没落的那些在很大程度上代表他的最高艺术成就的小说中,要么种族问题是作品的基本主题,要么一些黑人是小说的中心人物。如果我们注意一下这些作品的写作顺序,就会发现,早在黑人民权运动兴起之前,种族问题就已经越来越成为他关注的中心,越来越成为他的创作的核心主题。

在《沙多里斯》和《喧哗与骚动》等前期作品里,福克纳都塑造了一些极为重要的黑人人物,但种族问题还不是中心主题。在《八月之光》之前,作为一个现代主义作家,一个被失落感折磨着的保守主义者,福克纳主要关注和痛惜的是传统社会和传统价值观念的解体。《八月之光》在他的创作发展和他对种族问题的思考上都具有重要意义。

《八月之光》里有几条各以乔·克里斯玛斯、朱安娜、希陶尔和琳娜为中心人物的情节线索,它们可以说是几个主题不同的故事。这部小说视界宽阔、情节曲折、主题丰富、人物众多。福克纳在此之前创作的作品所致力表现的深沉的历史意识、强烈的异化感、过去时代的沉重负担、扭曲的家庭对下一代的毁灭性影响、清教主义对人性的摧残等主题,全都可以在《八月之光》中看到,而这部小说里那些田园诗般的情节、人物思想意识的升华、对自我的痛苦追寻、人与人之间的道德责任等内容和主题则是以前的作品中所没有的。不过,同前几部小说相比,《八月之光》最大的不同,或者说最大的发展,是他首次把他毕生关注的种族问题同现代世界中人的异化问题结合起来进行深入的思考和表现。

乔·克里斯玛斯是小说中最重要的人物。他父亲被具有强烈种族主义思想的清教狂、他的外祖父所枪杀,他母亲死于难产,而他却被扔到孤儿院门前。乔一辈子都在痛苦而毫无结果地探寻自己究竟是谁,究竟是白人还是黑人。他既不能在白人中生活,也不能同黑人在一起,因而完全被摒绝于社会之外,最后被种族主义者在私刑中处死。作者曾说,乔是他塑造的三个悲剧性人物之一。他身上的黑人血统的不可确定性是福克纳的神来之笔。它表明问题的实质根本不在于一个人是否真有黑人血统,而在于种族主义对人的毒害和摧残。换句话说,种族主义纯粹是毫无客观基础的偏见。在《押沙龙,押沙龙!》里,福克纳进一步使用了这种手法。

《押沙龙,押沙龙!》是一部在福克纳作品中最复杂、最令人着迷也被评论家们研究最多的作品。它将传统技巧和大量现代主义的创新手法相结合,最能代表福克纳在小说艺术上的探索与实验。小说的情节在两个层面上展开:一个是有关斯特潘家族的传说,另一个是小说中几个叙述者对它往往是相互矛盾的叙述。斯特潘家族的传说在当地广为流传,然而那些所谓传说只不过是一些残余片段,由于已经失去太多关键环节,可以说已经变成本身并没有什么实际意义的能指符号,任由几个叙述者根据自己的感情因素、价值取向、理解能力并结合自己知道的一些片段去讲述、去探寻、去解读。他们甚至发挥自己的想象,虚构出"事实"来填补已经失去的环节以支持自己的解读。因此,这部作品实际上也为我们展示了小说的虚构过程,是一部"关于小说的小说",也就是说,它已具有一定元小说的性质。

斯特潘是白手起家的庄园主。他有一个"蓝图",那就是要建立永久的庄园"王朝"。他的蓝图其实就是旧南方的蓝图。它建立在奴隶制和等级制的基础上,是对人性的否定和践踏。为了实现其蓝图,斯特潘可以不顾一切,可以抛开妻儿,可以把黑奴乃至家人全都作为工具,可以勾引无知少女,也可以同某女人"实验"看是生男还是生女,甚至可以把儿子亨利作为"王牌"来消灭另一个带有黑人血统的儿子邦恩。然而正因为他这样肆无忌惮地践踏人性,最终搞得家破人亡,他那巨大的庄园也随之烟消云散。同《八月之光》里乔的情况一样,邦恩的所谓黑人血统其实也无法确定。福克纳独具匠心,用他精湛的艺术向人们表明,造成这一切罪恶和灾难的祸根是奴隶制和种族主义。亨利可以容忍重婚,甚至可以容忍乱伦,但却无法容忍混血婚姻。他可以为邦恩抛弃继承权,离家出走,并在战争中生死与共,但当邦恩坚持要娶他妹妹朱迪丝时,他只好把这个"黑鬼"枪杀在家门前。

如果说,《押沙龙,押沙龙!》更注重于表现昆丁·康普生等几个叙述者像侦探一样一步步揭示斯特潘家族史上血淋淋的罪恶,那么《下去,摩西》则更侧重于探索麦卡士林家族祖先的罪恶对其白人后代所造成的沉重的道德负担和负罪感。尽管《下去,摩西》由七个可以独立成篇的故事组成,但它是一部主题统一、结构紧密的长篇。福克纳曾说,它的“总主题是白人与黑人种族之间的关系”。[①] 小说把麦卡士林家族100多年的历史融于其中,将它的白人和黑人两个支系的成员和发展进行比较,探索白人和黑人之间的关系以及麦卡士林家族白人后代败落的原因。同《押沙龙,押沙龙!》一样,它也以一个奴隶主家族的没落史来谴责奴隶制的罪恶和揭示旧南方崩溃的根源,但它还探讨了奴隶制同私有制的关系,并表现了资本主义工商文明对大自然、对传统生活方式以及对人类的传统美德的破坏。在福克纳看来,现代社会最严重的问题,从对人的奴役到对大自然的破坏,都根源于私有制。另外他还对艾克这类同情黑人的理想主义者提出了批评:他们不应该放弃生活,放弃自己的社会和道德责任,而应该像摩西那样“下到老百姓那里”,以实际行动帮助黑人摆脱奴役。

福克纳对黑人的同情,对奴隶制和种族主义的批判都是他的人道主义思想的体现,应得到充分肯定和赞扬。但同时必须看到,南方的文化传统、思想意识和价值观念,包括他所谴责的种族主义,都对他产生了深刻影响。

福克纳从未对黑人怀敌视心情,也从未塑造过一个邪恶的黑人人物。他笔下所有的反面人物都是白人,如凸眼、杰生、弗莱姆等。甚至当他有时把黑人塑造成滑稽人物时,他的幽默中至多有一些轻蔑和嘲笑,而没有敌视。相反他一直在竭力赞扬黑人身上的许多优秀品质。然而正是在称颂和表现这些优秀品质时,种族主义的影响也被自觉或不自觉地表现出来,因为黑人身上那些最为他称道的品质往往正是历来在奴隶主和种族主义者眼中的“好黑鬼”所具有或应具有的品质。他所塑造的几乎所有正面黑人人物无不对其主人忠心耿耿毫无二心,尽心尽力为主人服务。他们都清楚地知道自己的地位并对此心满意足。反之,所有的“坏黑鬼”尽管不是坏蛋,但都是些不安分守己、对主人不顺从、竟然想摆脱自己处境的人。尤其是那些妄图获得自由平等和政治权力的黑人,无不受到作者的嘲笑和批评。

当然这不是说福克纳认为黑人不应享有自由平等。不过他认为黑人还没有资格享受自由平等,还没有能力维护这种权利。他相信,自由平等应该以提高黑人的道德素质,而不能也不应该通过社会和政治斗争来获得。他无数次在文章和讲话中强调,黑人必须首先提高自己的道德素质,证明自己有资格享有和有能力维护这种权利。他确信:“为了获得自由平等,他自己[指黑人]必

① *Selected Letters*, p. 117.

须有这种资格，然后他必须永远为掌握、维护和保卫它而奋斗。”①

福克纳的这种观点自然也表现在他的创作中。在黑人民权运动兴起前的那些年代里，他敏锐地感觉到种族矛盾日益成为南方严重的社会问题，是南方冲突和暴力的根源。但他的保守主义思想又使他不愿看到剧烈的社会变革和社会动乱，所以他日益强调黑人要通过提高自己的道德素质来获得自由平等。他还在作品中塑造了一个有“资格”享有自由平等的黑人形象来作为黑人的榜样，这就是《下去，摩西》和《坟墓的闯入者》(*Intruder in the Dust*, 1948)里的卢卡斯。卢卡斯是一个塑造得很成功、具有丰富性格内涵、在同白人的交往中能维护自己尊严的艺术形象。然而这个人物的塑造同样反映出种族主义对作者的影响。因为卢卡斯的自信和自尊并非来自他认为黑人同白人应当平等的信念，而是来自他认为自己是白人的后代，特别是麦卡士林的后代。

种族主义能在南方肆意横行，能那样深刻地影响人们的观念，一个重要原因是南方清教主义从神学的角度支持奴隶制和种族主义。美国南方被称为“《圣经》地带”，新教是“除路易斯安那州外所有南方各州中占统治地位的宗教势力”，②它支撑着南方的社会和文化，支持奴隶制和种族主义，控制人们的思想和生活，在政治上拥有强大的势力。它还以上帝的名义迫使各州议会通过一个又一个法令，关闭剧院，禁止喝酒，驱逐胆敢在学校讲授进化论的教师。

福克纳出生在一个传统的基督徒家庭，并在这样的文化环境中成长、生活和创作，他受其影响之深，不言而喻。他曾说：“基督教的传说是每一个基督徒”，特别是像他那样的“南方乡下小孩的背景的一部分”，“我在其中长大，在不知不觉中将其消化，它就在我身上，这与我究竟对它相信多少毫无关系。”③福克纳对《圣经》极感兴趣。他无数次提到，《圣经》，特别是《旧约》，是他最喜欢并反复阅读的书籍之一。所以毫不奇怪，他的作品充满《圣经》典故和对基督教传说的影射，从而不仅极大加深了作品的文化底蕴，而且对人物的塑造和主题的深化都有重大意义。

据学者统计，福克纳在作品中直接和间接引用《圣经》达 379 次之多。他还塑造出许多影射《圣经》人物，特别是影射耶稣的艺术形象，比如《喧哗与骚动》里的班吉，《八月之光》里的克里斯玛斯，《下去，摩西》里的艾克，特别是《寓言》(*A Fable*, 1954)里那个法军下士等人身上都有耶稣的影子。《寓言》是一部反战小说，但在更深的层次上，它也是对西方现代文明的腐败和现代人精神上的堕落的寓言式展示。它大量运用有关耶稣的传说来塑造那个为了缔造和

① *Faulkner in the University*, p. 211.

② Monre Billington, *The American South: A Brief History* (New York: Scribner's Sons, 1971), p. 304.

③ *Faulkner in the University*, p. 86.

平而被处死的下士，就是为了表明，现代世界如此堕落，如果耶稣再一次降临，他仍然会立即被钉死在十字架上。

这样的影射无疑具有批判意义。此外，《喧哗与骚动》《八月之光》《圣殿》《沙多里斯》《押沙龙，押沙龙！》《下去，摩西》等许多小说还把众多的罪恶和不幸都安排在复活节和圣诞节这些基督教的重要日子，那也是在巧妙地将基督教的基本精神同现代社会的罪恶进行对照。福克纳还直接批判南方各种教派，认为它们背叛了基督教的基本精神，说它们是“新教的狂暴形式”。[①] 南方教派和南方文化中的清教主义，同种族主义和商业社会中的拜金主义一样，是他一生最严厉批判的对象。在 20 世纪 20 年代中期到 40 年代中期这一段他创作生涯中最辉煌的时期，他对清教主义的严厉态度最为明显。他不仅把教会及其教徒们作为批判和讽刺的对象，而且还结合对南方的种族主义、父权制度和清教妇道观念的批判，深刻揭露了清教主义对人的摧残。

福克纳的思想核心是人道主义，所以他不能容忍对人性任何形式的压迫和摧残。他曾强调说：“我想说，并且我希望，我唯一属于的、我愿意属于的流派是人道主义流派。”[②]他身上的理想浪漫主义、存在主义、个人主义，他对现实和历史的批判，甚至他那向后看的历史意识都是他的人道主义思想的不同表现。所以，他一直在不同场合，以不同方式，用不同语言反复表达他对人的信念和对人性的关怀。他一生都在歌颂的那些美德其实就是人身上那些使人成其为人、使人“永垂不朽、流芳于世”的优秀品质。在诺贝尔奖授奖仪式上，在他那篇广为传诵、被称为“从根本上说是一份人道主义文件”[③]的演讲词中，他再一次表达了对人类的坚定信念。他说：“我拒绝接受”“人类的末日的说法”，并满怀信心地宣布：“因为人有灵魂”，“有勇气、荣誉、希望、自豪、同情、怜悯之心和牺牲精神”，人将“永垂不朽，流芳于世”。[④] 他正是从他对人的信念、从他的人道主义思想出发对种族主义、清教主义、工商资本主义等各种毒害和摧残人的思想和社会势力进行揭露和批判。

当福克纳在 1926 年第一次把他天才的想象力投向他故乡那片“邮票般大小的故土”并开始创造他的约克纳帕塔法世界的时候，他已在暴露和批判工商势力的冷酷无情和唯利是图。早在 20 年代初，他已敏锐地感到南方社会正在经历深刻的历史变革，南方传统的农业社会在资本主义工商文明的冲击下开始解体。福克纳这样一个本质上十分保守的作家自然对传统生活方式深怀依

---

① *Faulkner in the University*, p. 121.

② Robert Jelliffe, *Faulkner at Nagano*, 4th ed. (Kenkyusha, 1966), p. 95.

③ Cleanth Brooks, *Toward Yoknapatawpha and Beyond* (New Haven: Yale University Press, 1978), p. 422.

④ 威廉·福克纳：《受奖演说》，张子清译；载福克纳：《我弥留之际》，李文俊等译，桂林：漓江出版社，1990 年，第 433 页。

恋之情，对传统价值观念的沦丧感到切肤之痛，而对工商资本主义的唯利是图和冷酷无情更是深恶痛绝。所以当他把目光转向他故乡时，他立即情不自禁地表达出他对工商资本主义的厌恶和批判，而且这种厌恶和批判贯穿了他的整个创作生涯。

前面提到他在20年代中期未完成的小说《父亲亚伯拉罕》。那是一部致力于描写以斯诺普斯家族为代表的穷苦白人在社会变革时期不择手段发家致富的故事。他们是新生工商势力的代表，他们以其特有的狡诈，冷酷无情地敛财聚富，取破落贵族而代之，并腐蚀社会，破坏传统价值观念。虽然福克纳那时没能完成这部小说，但他写出的25页手稿明显表现出他对"斯诺普斯主义"的憎恨与轻蔑。其实在同时创作的《沙多里斯》里，他也描写了一个贪婪无耻的银行职员拜伦·斯诺普斯。

在《喧哗与骚动》里，福克纳通过塑造杰生这个人物形象来表达自己对现代资本主义工商文明的看法。如果说凯蒂、昆丁和班吉的悲惨命运从正面表现了康普生家族的悲剧的话，那么杰生这个人物的丑恶，则从反面显示出这个曾经显赫一时的家族已经堕落到什么样的地步。作者曾说杰生是他所塑造的"最丑恶的人物"。在著名短篇《献给爱米丽的玫瑰》(*A Rose for Emily*, 1930)里，福克纳在探索爱米丽的悲剧的同时，还巧妙地运用在新旧之间进行对比的方法，讽刺、嘲笑和批判了新生的工商势力及其价值观念。

当然福克纳对资本主义工商势力的批判最主要表现在他那些关于斯诺普斯家族的长短篇中。虽然他没能完成《父亲亚伯拉罕》，但他从没忘记它。大约在1928年他又一次着手写这部作品，但也没完成。不过他在《圣殿》(*Sanctuary*, 1931)里特地描写了一个来自斯诺普斯家族的州参议员，那是一个不顾信义、贪婪狡猾、毫无道德观念的卑鄙小人。1938年出版的长篇《没有被征服的人》中也有一个发战争财的斯诺普斯。另外，福克纳还专门写了好几个关于斯诺普斯家族的短篇，其中包括《花斑马》(Spotted Horse, 1931)、《烧仓房》(Barn Burning, 1939)等名篇。1940年，在《父亲亚伯拉罕》基础上发展出来的斯诺普斯三部曲中的第一部《村子》(*The Hamlet*)面世，第二部《小镇》(*The Town*)和第三部《大宅》(*The Mansion*)则分别在1957年和1959年出版。这三部小说是福克纳中后期的重要文学成就，也是他一生中创作的唯一的三部曲。从1926年他开始写《父亲亚伯拉罕》到1959年《大宅》出版的30多年中，也就是说，在他的几乎整个创作生涯里，福克纳都在对资本主义工商文明进行思考和艺术表现。

这个三部曲是斯诺普斯家族的发家史，特别是其主人公弗莱姆·斯诺普斯发家致富而最终毁灭的历史。斯诺普斯家族属于佃农出身的穷苦白人阶层，具有强烈的向上爬的欲望和顽强到令人恐惧的生命力。福克纳曾说，斯诺普斯们是“一群混蛋”,“他们用欺骗的小伎俩和厚颜无耻的手段征服密西西比州杰弗逊镇这个县城。他们像霉菌爬满奶酪一样到处都是,摧毁它的传统和这个地方一切好的东西”。[①]

在福克纳看来,正是斯诺普斯们和工商资本主义摧毁了传统生活方式和价值观念,使当今世界成为一片精神荒原;而要对抗斯诺普斯主义,只能靠人身上的美德和“人类昔日的荣耀”。所以,他要在揭露和批判传统本身的罪恶的基础上重构传统价值观念。他把这看作是他的神圣使命,是一个作家“特殊的光荣”。在诺贝尔奖授奖仪式上,他说他要“利用这个受人瞩目的讲坛”,告诉那些和他一样献身于文学这个“痛苦而艰辛的事业的男女青年们”,在这个充满“普遍的恐惧”、“精神上的东西已不复存在”的世界上,“占据”一个作家的创作室的“只应是心灵深处的亘古至今的真情实感、爱情、荣誉、同情、自豪、怜悯之心和牺牲精神”。他进一步说,诗人“特殊的光荣就是振奋人心,提醒人们记住勇气、荣誉、希望、自豪、同情、怜悯之心和牺牲精神,这些是人类昔日的荣耀”。他坚信,诗人的声音“是一个支柱,一根栋梁,使人永垂不朽,流芳于世”。[②]

这正是福克纳全部创作的真正意义。不论他是在赞美人类的优秀品质,还是在批判压抑和践踏人性的清教主义、种族主义和工商资本主义,他都是在以不同的方式表达他对人的热爱和对人的信念,都是在探索如何重建能使人在现代社会的荒原中像人一样生活的价值观念。在他各个时期的作品中,我们都能看到他在重建价值观念上所作的可贵努力。

当然这不是说福克纳的思想没有一个发展过程,更不是说他总是抱着积极乐观的态度。他的思想也是变化发展的。在他的创作生涯的前期,他同其他现代主义文学家一样主要是在描绘着一幅幅传统价值观念解体后的精神荒原的阴郁图画,然而到了 40 年代末,特别是在他于 1950 年获诺贝尔文学奖后的十多年里,他越来越致力于价值观念的重建。由于他一直在执着地追求,在不懈地探索价值观念的重建,所以即使在他前期那些最“黑暗”的作品里,我们也能看见一线“人类昔日的荣耀”发出的光辉。

《喧哗与骚动》在南方庄园主家族飘零子弟绝望的“喧哗”声中,也塑造了迪尔西这个具有坚定信念、闪耀着人性光辉的平凡而朴实的黑人老妇人形象。福克纳在 1931 年为这部小说写的“引言”中说:“迪尔西代表着未来。”在福克纳所有作品中,《圣殿》最为“黑暗”。在藏垢纳污的“圣殿”里,法律遭到嘲笑,正义被肆意践踏,恶最终战胜了善。然而即使在这样的黑暗之中,我们仍然能

---

① *Lion in the Garden*, pp. 39 – 40.

② 福克纳:《受奖演说》,第 432—433 页。

看到希望。《圣殿》中的希望表现在贺拉斯身上。贺拉斯是位性格软弱的理想浪漫主义者。他令人钦佩之处在于他在一场注定会失败的战斗中表现出的勇气。他害怕生活，竭力逃避现实，但他能在罪恶面前拍案而起。虽然他最后失败了，但他对正义的信念、他身上的可贵品质和他对罪恶进行的斗争是黑暗中闪耀的希望之光。

如果说，希望之光在《圣殿》里还比较微弱的话，那么在《八月之光》里就明亮多了。乔在生死关头，拿着装满子弹的手枪，却宁肯被人杀死也没有向追杀自己的人开枪。与世隔绝了一生的希陶尔不仅终于认识到人与人之间互相承担着不可推卸的责任，而且还不惜牺牲自己的名誉来救援乔。至于琳娜，她代表生活与自然，是信念与执着的化身。作者曾说，“八月之光”的光“同琳娜有关”，并把她同那“比基督教文明更为古老”的时代，同人类永恒的价值联系在一起。[①] 在《押沙龙，押沙龙！》里，福克纳也塑造了一个美好的妇女形象。朱迪丝·斯特潘不像琳娜那样被赋予某种神话色彩，而更像一个现实中的人。她继承了父亲的勇敢与顽强，但摒弃了他那建立在奴隶制和种族主义基础上的充满罪恶的“蓝图”。她是福克纳塑造的第一个敢于正确对待自己和家庭、敢于负担起道德责任、敢于向种族主义挑战、敢于把人的价值放在一切世俗偏见之上的人物。同样，《没有被征服的人》里的白亚德·沙多里斯也是这样一个敢于以同旧传统决裂来重建传统的艺术形象。

《下去，摩西》高度歌颂了黑人的家庭价值观念和他们对爱情的忠贞不渝，同时也颂扬了斯蒂文斯走“下去”帮助黑人，表现出白人和黑人种族之间互相帮助、和谐相处的前景。白人和黑人种族之间互相帮助的主题在《坟墓的闯入者》这部小说中得到更突出的表现和更深入的探索。白人小孩契克曾为黑人卢卡斯所救，而当卢卡斯蒙冤之时，他和一个老妇人冒着生命危险，在半夜挖坟开棺以弄清真相，为卢卡斯洗刷冤屈，终于把他从死亡的威胁下救了出来。契克同贺拉斯、昆丁、艾克等这些害怕生活、逃避现实的理想主义者大为不同，他根据自己的信念积极投身生活，干预生活，是福克纳塑造的第一个在生活中根据自己的道德原则真正获得成功的人物形象。另一个这样的人物是《修女安魂曲》(*Requiem for a Nun*, 1951)里的黑人女佣南茜。她出于自己的道德信念舍己为人。为了阻止坦普尔的堕落和挽救主人那濒于崩溃的家庭，她不惜采取极端手段，甚至牺牲了她自己。

为了揭露和批判资本主义工商文明对传统价值观念的破坏和对人性的毒害，福克纳从 20 年代起就致力于创作斯诺普斯家族的故事。这些作品充分反映了他对传统价值观念的珍惜。他通过塑造弗莱姆这么一个令人恐怖的机器

---

① *Faulkner in the University*, p. 199.

般冷酷无情的形象向人们表明,一个在工商社会中被物欲异化、失去了人性的人会变成什么样子。在描写斯诺普斯的发家史的同时,作者既表现了人性中最深层的东西来与斯诺普斯们的情感和道德真空相对照,也塑造了一系列坚持传统价值观念、自觉同斯诺普斯主义作斗争的人物。虽然他们的斗争并不怎么成功,但重要的是,他们能在一个物欲横流的世界上保持自己的信念和价值取向,能充分认识到斯诺普斯主义对人类的危害并自觉与之斗争。福克纳说"人身上总是有一些东西不喜欢斯诺普斯并反对斯诺普斯";他坚信"人一定会蓬勃发展,一定会有人决不停止同斯诺普斯作斗争,一定会有人决不停止清除斯诺普斯"。[1] 正是人身上这种"不喜欢斯诺普斯并反对斯诺普斯"的品质是人蓬勃发展的动力,是人类未来的希望。福克纳自己和他的创作就是这种品质的体现。

福克纳对重建价值观念所做的最重大、恐怕也是最悲壮的努力是小说《寓言》的创作。他竭力把《寓言》作为自己的代表作,呕心沥血,备尝艰辛,从1943年开始,历时十年之久。小说于1954年出版,随即荣获全国图书奖和普利策奖。虽然在艺术水平上,它不能同福克纳最好的作品媲美,但对于我们研究福克纳的思想,特别是他中后期的思想,也许没有任何一部小说能与之相比。在《寓言》里,作者从人道主义思想出发,大量运用《圣经》典故和基督教传说,在欧洲的一战战场上塑造了一个为和平、为自己的信念宁死不屈的耶稣式人物。小说最全面地表达了福克纳对现代文明和传统价值观念的基本看法。

直到他生命的最后日子里,福克纳还在进行着可贵的努力。1961年初,就在海明威自杀前不久,他开始创作他一生中最后一部长篇《强盗们》(*The Reivers*,1962)。小说于第二年6月4日出版。一个月零两天后,这位辛勤著述了一生,为人类文学殿堂贡献了一份又一份艺术瑰宝的杰出作家,于1962年7月6日凌晨一点半在故乡的医院里离开了这个他一生探索的世界。所幸的是,他看到了自己最后一部作品问世。

《强盗们》是一部相当不错的小说,它再一次也是最后一次显示了作家杰出的才能。小说的叙述者卢希尔斯是一位60多岁的老人,他在向孙辈讲述自己童年时代的故事。卢希尔斯的童年和书中所表达的心情同作者自己的情况很相似。老作家就像一个慈爱的老爷爷,在对自己的五个孙辈孩子以充满怀旧的心情讲述自己的童年,而且他的确也把这部小说献给了他们。

这是关于一个小孩在道德和精神上成长的故事。福克纳曾说,他想写一部"有点像哈克·芬"那样的书。在小说里,主人公卢希尔斯只有十岁,他在离家出走的几天中,经历了真实的生活,而且用他的善良、勇敢和道德信念挽救

---

① *Faulkner in the University*, p. 34.

了一个妓女。正是在这些经历中，在他舍己救人的高尚行为里，他像哈克一样成熟起来。他能够迅速成长，能在关键时刻挺身而出，主要是因为他从小受到关怀和教育。他有一个温馨的家，他的家庭，特别是他祖父十分关心他的成长，一直在道德和精神上给予他正确指导。类似情况在福克纳的前期家庭小说中是没有的。在这方面，《强盗们》可以同前期的约克纳帕塔法小说，如《喧哗与骚动》，进行很好的对比。在那些作品里，孩子们从未得到过父母的爱、家庭的温暖和精神上的指导。康普生家庭的解体，昆丁等孩子的悲剧，在很大程度上就根源于父母的失职。

如果把《强盗们》以及《坟墓的闯入者》《修女安魂曲》《寓言》等后期小说同福克纳二三十年代的作品进行比较，我们可以看出福克纳思想上的发展。从总体上看，在前期，他更致力于揭露和批判，更致力于表现传统价值观念的沦丧；而在后期，他对人和生活都采取了更为积极的态度，因而也更致力于价值观念的重建。当《寓言》中那个下士在战火纷飞的战场上失败之后，福克纳又在美国南方乡下建立起一个温馨的家庭来表达他对人类的信念，表现了他的乐观与执着。而《强盗们》也为约克纳帕塔法世界，为福克纳毕生的探索，带来了一个圆满而温馨的结局。

## 第九节
## 钱德勒的小说创作

雷蒙·钱德勒(Raymond Chandler, 1888—1959)是现代美国推理小说的杰出代表，可以说是继爱伦·坡以来成就最大的仅有的少数美国侦探小说家之一。关于他的评论并不多见，但在广大读者的心目中，钱德勒一向属于那种特别受到关爱的小说家。尽管近年来随着各种文学思潮和阅读方式的交互作用，读者的阅读兴趣发生了巨大的变化，但钱德勒在读者心目中的地位仍然没有改变，只是对他又有了更多的读法。有些人受到了女性主义文学批评的影响，认为钱德勒是个厌恶女性的作家；也有读者抱怨他的小说结构，认为他不会建构一贯的情节；甚至还有人指责他具有同性恋倾向，因为他笔下的侦探马洛就是个同性恋者。虽然类似的说法很多，不一而足，但钱德勒并不因为某些人的误读或否定性的看法而销声匿迹，相反他不断受到广大读者的青睐，而且他的大部分小说已被拍成电影，如《大眠》(*The Big Sleep*, 1939)、《别了，我的爱人》(*Farewell, My Lovely*, 1940)、《湖中女子》(*The Lady in the Lake*,

1943)和《漫长的告别》(*The Long Goodbye*,1953)等。可见,钱德勒是个十分独特的作家。他所以能吸引读者,享誉文坛,除了来自其小说本身内蕴的艺术魅力外,更主要的是因为他打破了英国古典推理对美国侦探小说的宰制,丰富和发展了美国侦探小说及其理念,并开创了冷硬派侦探小说(hard-boiled school of crime fiction)的强悍传统。

1888 年 7 月 23 日,雷蒙·钱德勒生于芝加哥一个爱尔兰裔家庭。他的父亲是铁路建筑工程师,不仅要经常流动作业,而且酗酒成性。他的母亲对此非常反感,所以父母不和。七岁时,钱德勒父母离异,随后跟母亲去了英国,并在伦敦郊外定居。从此,他再也没有见过父亲。1900 年,钱德勒又随母亲迁往达尔维奇(Dulwich)以便上学。在那里他学习拉丁文、写作、翻译和其他一些古典和现代的文理课程。中学毕业后,钱德勒志向很多,既想当作家,又想上大学学法律好将来做一位有名望的大律师。但这毕竟是一厢情愿,因为母亲对他的期望并不是这样。她总希望儿子今后成为一名社会公务员。为了实现其愿望,她决定让钱德勒去国外旅行一趟,待上一年半载。然而母亲也只是凭个人意志行事。对于早年这段何去何从的经历,钱德勒后来曾这样描述的,"我那时全然是被动地接受家庭的意志。当时我选择要当一名作家的想法一直没有得到家里的首肯,我的那位严厉的舅舅态度更是坚定不移"。[①] 出于无奈,他只好暂时收敛,并放弃写作的念头,但从此也尝到了挫败感的滋味。17 岁时,钱德勒只身在法国巴黎学习商务,后来又去了德国。由于他的兴趣主要在文学和语言方面,因而他在商业方面并没有多大建树。1907 年他回到了伦敦,为了谋职,他加入了英国国籍。经过多次考试后他终于谋得了海军储备官员助理一职,但六个月后就辞职。那时他心中又升起了想当作家的念头。为此,他激怒了母亲及其他家人。翌年,他干脆做起了《每日快报》(*Daily Express*)的记者和自由撰稿人,专门为《学园》(*Academy*)、《威斯敏斯特报》(*The Westminster Gazette*)和《观察家》(*Spectator*)等报刊写稿,并逐步显露他的文学才能。从 1908 年至 1912 年间,他在《威斯敏斯特报》上发表了 20 多篇具有象征主义特征的诗歌,如《玫瑰花床》(The Bed of Roses)、《隐秘的爱情》(The Unknown Love)、《先锋》(The Pioneer)和《女人之路》(A Woman's Way)等。诗篇《玫瑰花床》写道:

> 这个世界就是张玫瑰花床,
> 根基深深地陷在地狱里,

① 引自 Jerry Speir, *Raymond Chandler* (New York: Frederick Ungar Publishing Co., 1981),第 3 页。

开着通向天国的花朵，
长着又长又可怕的刺。

这里虽然没有华丽的辞藻，但意象还是比较鲜明。诗人借玫瑰床来隐喻良莠并存的复杂世道。另一首《隐秘的爱情》也写得比较出色，基本上表达了诗中人朦胧的初恋心态：

让他们谈论爱情与婚姻，
蜜月和婚车，
还有耀眼的、流行的婚礼！
他们能懂得这种来自陌生的情投意合？……

《先锋》又是一首比较成功的诗作。在颂扬荣耀、青春、英雄与美丽的同时，诗歌的叙述者又悲叹它们不能永久，读来颇有缠绵悱恻之感：

我唱着一首少女的歌，
　　她美丽动人、虽然受过伤害，但依然庄严；
眼泪使她的明眸黯然神伤，
　　但不会弄湿我的眼睛。
当我唱起这首少女的歌时，
　　爱情来到了我的心灵，
我不仅要拥有它，而且还要紧紧将它留住。
　　只是如今，这首歌早已成了往事。

诗歌《女人之路》中还有这样的诗句：

亲爱的，让我们一起，
穿过这个世界，
　　在荣耀还未衰退，
　　双翅没有折挠，
我们将携手漫游，
犹如游戏场上的少男少女。

从文学成就的角度来看，钱德勒的这些早期诗作远远没有他后来的小说创作来得大。用弗兰克·麦克西恩(Frank MacShane)的话来说，这些作品写的无非“就是一些既崇高又不免忧伤的主题和对死亡、奇境、哀怨、艺术和冥思等情感的反思”。[①] 但作为试笔之作，它们为作者的后期创作作了铺垫，再说它们也是作者整个创作过程不可忽视的一部分。

其实，钱德勒并没有留恋诗歌而是很快转向了散文创作。一开始他翻译一些法文和德文的报刊文章，将它们发表在《威斯敏斯特报》上。从 1912 年起，他给一家文学刊物《学园》连续写了一些评论文章，主要有《温雅的艺术家》(The Genteel Artist)、《现实主义与奇境》(Realism and Fairyland)和《热带浪漫传奇》(The Tropical Romance)等。在谈到现实主义和理想主义时钱德勒曾有过比较精辟的论述：

> 所谓理想主义的远见卓识只不过反映了虚幻奇境及对其经历而已；这种见识能同时拥有两种不同的情形：一是神奇地讲述有关身临其境者真相的优点；二是讲述者能无意中把所见所闻说得更为真实、清楚。[②]

在钱德勒看来，理想主义者往往技艺高超，因为“他们能像魔术大师一样可以把污秽写成神奇。他们能从灰泥和令人作呕的尘埃中创造出纯美的东西”。[③] 后来在回顾这个时期的创作时，钱德勒又不无幽默地写道：“它们有一种难以容忍的写作格调，但就语气而言实在不敢恭维。”[④]可见，作者本人对自己早年的创作并不满意，但无可否认的是，这种学徒期的试笔之作也在一定程度上反映一个作家的精神面貌和创作思想。因此，对其深入研究无疑等于追根溯源，从中更直接地体验一个作家成名前的诸多心态。

1912 年是钱德勒人生的转折点。已是 23 岁的他觉得自己仍然一事无成。失恋的打击更加剧了他的悲观程度。意志日益消沉的钱德勒感到自己在英国已无立足之地，前途一片渺茫。为了重新试试自己的运气，钱德勒向舅舅借了 500 英镑想去美国闯荡一番。来到美国后，他先在圣路易斯落脚。工作一段时间后，他去了加利福尼亚。1917 年钱德勒应征入伍，先在加拿大部队服役。[⑤] 第二年他来到了法国前线，不久加入了英国皇家空军。1919 年退伍后，他回到了加利福尼亚。不久，他在一个油料公司找到一份工作。1924 年在母

---

① Frank MacShane, *The Life of Raymond Chandler* (New York: Penguin, 1978), p. 24.

② *Chandler Before Marlowe: Raymond Chandler's Early Prose and Poetry, 1908—1912*, edited by Matthew J. Bruccoli (Columbia: University of South Carolina Press, 1973), p. 65.

③ *Chandler Before Marlowe*, p. 67.

④ 引自 Jerry Speir, *Raymond Chandler* (New York: Frederick Ungar Publishing Co., 1981)，第 5 页。

⑤ 据说钱德勒当时选择在加拿大部队服役是因为加拿大政府付给他一份额外的津贴可以用来供养自己的母亲。

亲去世后便与一个比自己大 18 岁的离婚女子锡西(Pearl Cecily Hurlburt)结婚。1932 年他因酗酒而被解雇。1933 年 12 月他的第一篇小说《勒索者不开枪》(Blackmailers Don't Shoot)面世,当时刊登在廉价杂志《黑面具》(*Black Mask*)上。[①] 从此,钱德勒一举成名。到 1939 年,他接连推出了 19 篇短篇小说,[②]并同时开始创作他的第一部长篇小说《大眠》。[③] 虽然他勤奋创作发表了这么多作品,但由于经济萧条,他的收入并不可观。1938 年他只挣了 1 275 美元。据说,他在不到 3 个月的时间里就完成了《大眠》的全部写作。这部作品是在其前两篇故事《雨中杀手》(Killer in the Rain)和《帘子》(The Curtain)的基础上产生的。[④] 钱德勒把这种交叉写作过程称为"创作调配法"(cannibalizing)。事实上,他的大多数作品都是采用同样的写法,如《别了,我的爱人》和《湖中女子》等,[⑤]只是在写作速度上这些作品远远没有《大眠》这部小说写得快。

《大眠》是一部别开生面之作,主要叙述了私人侦探菲利普·马洛受雇于年迈多病的大富翁斯泰恩伍德将军,出面调查他为女儿卡门的赌债而遭勒索的事件。马洛经过细致调查很快掌握了这起诈骗案的线索。当真相大白后,

---

① 这虽然是钱德勒的第一篇小说,但基本上体现了作者侦探小说的创作基调,尤其在选择主题、揭示社会腐败和不轻易给结论等方面。无论从小说的主题还是小说的内涵来看,《勒索者不开枪》都不失为作者早期小说中的佳品。作品讲述的是一桩诈骗案,但故事中电影小明星蓉达·发尔(Rhonda Farr)的卷入不仅使案情更趋复杂,也给阅读小说添上了一层雾纱。

② 其中 11 篇刊登在《黑面具》,7 篇发表在《廉价侦探小说》(*Dime Detective*),一篇在《侦探小说周刊》(*Detective Fiction Weekly*)上面世。

③ 当这部小说改编成电影剧本时,钱德勒还专门与剧本作者威廉·福克纳和利·布拉凯特(Leigh Brackett)、导演霍华德·霍克斯(Howard Hawks)、电影明星汉弗莱·勃加特(Humphrey Bogart)等一起商讨。为此他还改写了小说原来的结尾使之成为:"一个作家过于关心小说艺术或技巧会导致他疏离自己的创作需要与欲望。到头来他只知道一些写作把戏而不知道应该说什么。"遗憾的是,他们并没有采用他的改写。这段改写的原文可见于 Raymond Chandler, "Introduction" to *Pearls Are a Nuisance* (London: Hamish Hamilton, 1958)。此书还收入了《眼线》(*Finger Man*)和《身穿黄装的国王》等作品。

④ 前者一开始在 1935 年 1 月的《侦探小说周刊》上面世;后者首先在 1936 年 9 月的《黑面具》上面世。小说《大眠》中有些场景的描写可以看作是《帘子》中某些场景的扩充。譬如,在《帘子》里作者是这样描写侦探马洛与维维安的第一次会面:"房间里墙和墙之间铺上了白地毯。许多内窗上都悬挂着象牙装饰品,有的还胡乱地挂到地毯上。从这些窗户可以望见远处黑黝黝的小山丘。玻璃外的天气也是暗暗的。虽然天还没有下雨,但能感觉到快要下雨时天气的沉闷。"(原文参见 Raymond Chandler, *Killer in the Rain*, London: Hamish Hamilton, 1970, p. 82)在长篇《大眠》里,同样的情景被扩大了:"这个房间太大,天花板做得过高,连房门都是大大的。墙与墙之间那块洁白的地毯看上去很像箭头湖刚下过的一场雪。到处是明亮的玻璃,四周悬着各种晶莹闪闪的装饰品。用象牙制作的家具还镶有铬边,那些大大的象牙饰品凌乱地挂落在距窗约一码的白色地毯上。白色让这些象牙品看起来脏兮兮的,而这些象牙品又好像使白色染上了别的色彩。透过房间的窗户可以望见远处渐渐消失在黑暗中的一个个小山丘。已感觉到气压的沉闷,天快要下雨了。"(原文参见 Raymond Chandler, *The Big Sleep*, London: Hamish Hamilton, 1967, p. 18)

⑤ 《别了,我的爱人》依据发表在 1936 年 3 月《黑面具》上的《爱狗的人》(The Man Who Likes Dogs)等短篇小说,而《湖中女子》是在短篇《山里无罪案》(No Crime in the Mountains,载 1941 年 9 月《廉价侦探小说》)和中篇小说《湖中女子》(*The Lady in the Lake*,载 1939 年 1 月《廉价侦探小说》)的基础上创作而成。

他出于对老斯泰恩伍德将军的一片忠心与敬重又插手调查他女婿里根失踪之事。这就使整个案情更趋复杂。经过反复查证和多次周旋,马洛判断是卡尔门杀死了里根,但他又向斯泰恩伍德将军隐瞒真相。小说的结局未免有些凄凉:“去市中心的路上,我找到了一家酒吧。进去喝了好几杯苏格兰威士忌酒,也没有让我觉得有多少好受。”①这种失落感似乎贯穿于整个小说之中。马洛历尽险阻,几乎豁出老命去保护一个病入膏肓的老人,而罪犯在真相大白后却依然逍遥法外,不受制裁。因此,马洛感到极度失望,同时也领悟到自己虽然做出了自我牺牲但无法战胜人世间的邪恶。

《别了,我的爱人》是钱德勒的第二部长篇。小说出版后虽然受到评论界好评,但销量不佳。作品以爱情故事为题书写了充满腐败和凶杀的洛杉矶社会,主要讲述私人侦探马洛受雇替罪犯穆斯·麦洛伊寻找他的一个失踪的女朋友维尔玛·瓦伦托的曲折追寻过程。其中穿插了许多惊心动魄的情节,如在调查过程中马洛又碰到了洛杉矶的赌徒、谋杀案和三个致命性的女人等。与《大眠》一样,这部作品也是在马洛的遗憾声中结束的:

> 我骑车来到了街上,又到了通向市政厅的台阶上。这天很冷,不过天气晴朗。你能望得很远,但看不到维尔玛去了什么地方。②

钱德勒创作的下一部小说是《高窗》(*The High Window*,1942)。该小说与另一部小说《湖中女子》几乎同时开笔,但后者的出版是在一年之后。《高窗》叙述的是两个交叉的故事:其一围绕老妇人默多克太太、她的神经质的年轻秘书梅厄勒·戴维斯和一桩涉及八年前默多克太太第一任丈夫死因的诈骗阴谋展开;其二主要是一桩失窃案,其中有偷盗、制造伪币和古董金币突然失踪等戏剧性场面。故事的结局似乎大事化小。原来造假的目的仅仅是为了满足更快谋利的欲望。从整个小说来看,故事情节似乎有些平淡,但作者对人物的描写非常细腻生动,尤其是那两位女主人公。默多克太太是个既表情丰富又非常健谈的妇女,倒是她的陪伴戴维斯小姐显得面色憔悴,木讷拘谨。实际上,她的自尊心缺失和负罪感都因受到默多克太太的摆布所致。与前几部作品相比,《高窗》写得有生气,至少在马洛的性格刻画上更趋大胆。这里的马洛敢与雇主讨价还价。小说最后马洛将破案获得的那块硬币交换给了默多克太太,但他却私自把她的秘书戴维斯小姐送回了老家坎萨斯。戴维斯小姐不到一个星期就从大都市的神经质中摆脱出来恢复了正常,而马洛却依然形单影

① Raymond Chandler, *The Big Sleep* (London: Hamish Hamilton, 1967), p. 190.

② Raymond Chandler, *Raymond Chandler: Stories and Early Novels* (New York: The Library of America), p. 984.

只，伴随他的总是孤独和又一起谋杀：

夜深了，我回到了家，穿上我常在家穿的衣服，摆上棋子，掺上饮料独自下起了棋。……①

继《高窗》之后，钱德勒又推出了《湖中女子》和《小妹》(*The Little Sister*, 1949)等。《湖中女子》描写了一个虚伪、贪婪和嫉妒成性的女杀手参与谋杀和被杀的故事。在这部小说里，死亡是一种象征，它以一种比较激情、比较暴力的形式，逼迫我们再次审视活着的人和活着的社会。毕竟，每个人都有惰性。深刻的反思往往不会发生在温馨甜美的炉火边，而是来自惊愕、恐慌、困惑，甚至痛苦。《小妹》则是作者创作的第五部长篇小说，书写了一个令人瞠目结舌的谋杀故事，整个气氛阴森可怖。作品的背景是加利福尼亚温暖的阳光天气。小说的开篇别具一格：

那是一个晴朗明亮的夏日早晨，属于加利福尼亚地区初春时节大雾未起之前的典型天气。刚下过一场雨，群山一片青碧，从好莱坞山丘的谷地里，可以望见高山上的白雪。毛皮店正做着拍卖的生意；专供 16 岁处女的妓院也生意兴隆。……②

这里作者以抒情的笔触将即将发生的故事背景加以渲染，旨在制造"意外"。谁都不希望在这样的晴朗日子里想象悲剧的到来。然而，事实往往就是如此。在貌似祥和的外表背后掩盖了腾腾杀机。小说随后的凶杀案就是在这样一种意想不到的情形中发生的。在这部作品里，钱德勒似乎让读者感受愉悦之时去追问：罪案是否可以不破？凶手是否可以逍遥法外？真正的意义又是什么？

随着一部部小说的问世，钱德勒的声誉也愈来愈高，还引起了好莱坞的关注。1943 年他应"派拉蒙电影制作中心"(Paramount)之邀与导演比利·怀尔德(Billy Wilder)一起为詹姆斯·盖因(James M. Cain)创作的小说《双重保险》(*Double Indemnity*)写电影剧本。该剧本与他 1946 年为《蓝色大丽花》(*The Blue Dahlia*)写的剧本一起获得奥斯卡金像奖的提名。同年，他还获得了全美侦探小说协会授予他的"爱伦·坡电影剧本奖"。但好景不长，他因经

---

① Raymond Chandler, *The High Window* (London: Hamish Hamilton, 1967), p. 222.
② Raymond Chandler, *The Lady in the Lake* (New York: Alfred A. Knopf, 1943), p. 1.

常酗酒和风流事不得不于 1946 年离开好莱坞。[①]

早在去好莱坞之前,钱德勒就已注重小说技巧的研究。1944 年他在《大西洋月刊》上发表了《谋杀巧技》(The Simple Art of Murder)一文,比较全面地阐述了自己对侦探小说及文学的看法。从中也可以看出他对那种注重逻辑推理的传统侦探小说持蔑视态度。[②] 在他看来,这一类作品始终不能摆脱一个固定的模式,那就是展示一番相同的、围绕时间表运作的大题小做。他对艺术作品的看法比较独特,譬如他在文章中这样写道:"能称得上艺术的东西主要在于它有一种救赎感……但是在这些每个人都必须走的卑琐的街道上,谁能不卑鄙呢?谁又能洁身自好,不受玷污,毫无恐惧呢?唯有这类侦探故事里的侦探属于这样一种人。他是英雄;他也是好坏兼备的人。"[③]1950 年 4 月 15 日该文略作修改后又发表在《星期六文学评论》(*Saturday Review of Literature*)上。[④] 同年,钱德勒又以《谋杀巧技》(*The Simple Art of Murder*)为题推出了小说集,其中收入了题名论文《谋杀巧技》、《西班牙血》(Spanish Blood,1935)、《我会等待》(I'll Be Waiting,1939)、《身穿黄装的国王》(The King in Yellow,1938)、《恼人的珍珠》(Pearls Are a Nuisance,1939)、《正午街取货》(Pickup on Noon Street,1936)、[⑤]《聪明反被聪明误》(Smart-Aleck Kill,1934)、《塞莱诺的枪》(Guns at Cyrano's,1936)和《内华达瓦斯》(Nevada Gas,1935)。

从文学批评的角度来看,钱德勒算不上真正的文学批评家,因为他的主要兴趣还是在于小说创作,但是他始终与文学批评保持着一种密切的关系。他对文学的敏感程度丝毫不亚于一般批评家。他在创作的同时广泛阅读各类文学批评文章,包括别人对他的批评。他的阅读视野是广义的文学而不仅仅是侦探小说。他对小说技巧的熟练运用使他区别于其他一般只会迎合读者的通俗小说家。诚如伊丽莎白·波温(Elizabeth Bowen)所言,钱德勒是一个出色

---

① 不过,1951 年钱德勒又将帕特丽夏·哈艾斯密斯(Patricia Highsmith)的小说《火车上的陌生人》(*Strangers on a Train*)改编成电影剧本,并拍成电影。

② 钱德勒对同时代的英国侦探小说家艾伦·米尔纳(Alan Alexander Milne)颇有微词。他在《谋杀巧技》一文中专门批评米尔纳的小说《红房子秘密》(*The Red House Mystery*),认为这类小说缺乏一种现实主义的创作手法,常常陶醉于跟读者转圈圈、捉迷藏等。

③ Raymond Chandler, *The Simple Art of Murder* (New York: Vintage Books, 1950; rpt., 1988), p. 18.

④ 这次再版受到读者的普遍欢迎。钱德勒的这篇文章基本上迎合了当时美国人的不安心态。当时来自英国乃至欧洲的东西充斥着整个美国。人们对这些美国以外的舶来品产生抵触情绪。美国人觉得应该加强自我意识以抵御周围各种恶势力的蔓延。参阅 Jacques Barzun, "Foreword" to *Chandler Before Marlowe: Raymond Chandler's Early Prose and Poetry, 1908—1912*, edited by Matthew J. Bruccoli (Columbia: University of South Carolina Press, 1973), p. ix。

⑤ 该小说原名《正午街复仇》(*Noon Street Nemesis*),后改成现名《正午街取货》发表在 1936 年 5 月 30 日的《侦探小说周刊》上。

的技巧作家，具有独创性，并富有想象力。要研究现代美国文学，他是不可忽视的。①

1950年钱德勒还推出了马洛短篇探案集《找麻烦是我的职业》（*Trouble Is My Business*），其中除了题名小说《找麻烦是我的职业》（1938）外，还收入《眼线》（1934）、《金鱼》（Gold Fish，1936）和《红风》（Red Wind，1938）等。这些短篇作品都以缓缓的布局、缓缓的谋杀，对"原形"加以隐藏、干扰，甚至变形，让读者难以识辨，正如《找麻烦是我的职业》的开篇写道：

> 安娜·哈尔西是个约有200磅重的妇女，一脸蠢相，穿着特别的黑西装。眼睛像闪亮的黑鞋扣，双颊柔软得好像牛板油，颜色也相仿。她坐在黑玻璃办公桌后面，桌子像拿破仑的坟墓似的。她正抽着一支香烟，插着香烟的烟嘴和卷起的雨伞一样长。她嘴里说着"我需要一个男人"。②

如果读者就此猜想小说的剧情，一定很难。这里作者其实是在为后面的故事埋伏笔。哈尔西要的男人不是要做自己的情人，而是想利用他去勾引一个品位较高的女人。哈尔西希望这个人机智刁滑，但品行要好。

尤其值得肯定的是作者的《导言》，基本体现了他的创作理念。在谈到当代流行小说时，钱德勒不无鄙视地写道：

> 一个人的确需要相当宽阔的胸怀才能看透粗俗的封面、鄙陋的标题和勉强令人接受的广告，才能体会一种写作真实的力量——即使这种写作风格已经拥有高度发展的形式和技巧，仍使当代小说读起来宛如老处女茶室里温吞的肉汤。③

他认为，"文明创造了毁灭自己的机械，而且人人都在学习使用，好像恶棍、白痴愉悦地试用机关枪。法律是用来操纵争权夺利的工具，街道上尽是些比夜晚还要黑暗的东西"。④ 可见，钱德勒不是那种对社会邪恶麻木不仁，只顾赚钱的低糜作家，而是一位具有社会良知的严肃艺术家。他敢于突破传统，力争创

---

① 引自 Raymond Chandler，*Smart-Aleck Kill*（London：Penguin Books Ltd.，1964），扉页。同样的话先出现在1952年企鹅版《湖中女子》的封面上。有关对钱德勒小说的评论还可以参阅 Frank MacShane，*The Life of Raymond Chandler*（Boston：G. K. Hall，1986）一书。

② Raymond Chandler，*Trouble Is My Business*（New York：Vintage Books，1950；rpt.，1992），p. 3.

③ Raymond Chandler，"Introduction" to *Trouble Is My Business*（New York：Vintage Books，1950；rpt.，1992），p. vii.

④ "Introduction" to *Trouble Is My Business*，p. vii.

新,正如他自己所言,“一个不敢超越自己的作家就像一个害怕犯错误而不敢指挥的将军一样无用”。[①] 当然,钱德勒在创作革新过程中也是有困惑的:

身为作家,我一直没有把写作令人难以忍受的特质之一——诚心诚意放在心上。相反,我却有幸逃脱了那种过去常被称为娱乐文学而今却视为启示文学的“势利形式”。[②]

他毫不客气地宣称:“如今,没有所谓的犯罪和推理‘经典之作’,一本也没有。经典之作应该是一种耗尽了本身形式可能性、没人可以超越的作品。至今还没有一部推理小说或故事达到这样的境界,接近标准的也微乎其微。这就是为何讲理的人继续要攻击这座碉堡的缘由。”[③] 钱德勒曾经在信中这样说过:“我想所有的作家都是疯子,如果他们有什么称得上好的话,那就是他们有一种惊人的诚实。”[④]

作为小说家,钱德勒的人生经历坎坷不平。孤独是他刻意书写的主题之一。其经历颇像他笔下的主人公马洛:“你得到了一个朋友可以听你说话了。”小说《小妹》中的侦探也发出难挨的呼叫:“没有,一个人也没有。请让电话铃响着。真希望有人来好让我再回到人群中去……我很想离开这冰冷的星星。”

在文学界,谋杀题材的小说经常受到批评指责。然而钱德勒不以为然。他为之还作过辩护:很少有人意识到市面上大多数文学作品都在写暴力死亡事件,而不是“发生在客厅里的神经错乱,或令人乏味的理性说教”。问题是,战后西方文化是由一代没有古典精神基础的知识新贵族所控制。这是一个没有上帝,也没有英雄的时代。这样的一个时代羡慕的往往是写作艺术,而对究竟写什么是毫不在乎的。[⑤] 他还说,“我们艺术中如果真存在德行的话(也许根本就没有),那也不在于它与传统有某种相似性,而恰恰在于它产生时所具有的那种非传统性”。[⑥]

《漫长的告别》是钱德勒的第六部小说,也受到评论界器重,普遍认为该小说的情节跌宕起伏。其实,这又是一则关于美国富人社会腐败堕落的故事。小说写出了人的异化和对爱情、友情的真切渴望。在这部作品里,马洛与一个

① “Introduction” to *Trouble Is My Business*, p. viii.

② “Introduction” to *Trouble Is My Business*, p. ix.

③ “Introduction” to *Trouble Is My Business*, p. x.

④ Patricia Highsmith, “Introduction” to *The World of Raymond Chandler*, edited by Miriam Gross (London: Weidenfeld and Nicolson, 1977), p. 6.

⑤ Tom Hiney, *Raymond Chandler: A Biography* (London: Chatto & Windus, 1997), p. 185.

⑥ 这话是钱德勒给他在达尔维奇就读时的古典文学老师写信时说的。引自上书第185页。

可爱的酒鬼泰瑞·莱诺克斯交上了朋友。[①] 不料，莱诺克斯的妻子被杀。警方怀疑莱诺克斯与案情有关，随即又以帮凶为由将马洛逮捕。释放后，马洛经不起死者妹妹琳达的美色诱惑而与之一夜风流。不久，他受雇为名作家罗杰·维德做伴。马洛因受不了维德酒后吐露的关于他与死者西尔维亚的奸情而愤然离去。最后，马洛公开了秘密，澄清了事实，还莱诺克斯以清白。这里的马洛随心所欲，经常卷入风月场所。小说的结尾就是他跟正在与丈夫闹离婚的琳达逢场作戏。虽然这部小说"制造"了一个个惊心动魄的悬念，让读者在遐思中回旋，但与作者的前几部小说相比，它的确把马洛写成了一个玩世不恭的风流骑士。从他的身上可以折射出 40 年代美国社会普遍存在的生活糜烂和性危机。

钱德勒生前发表的最后一部小说是《播放》(*Playback*, 1958)。[②] 作品虽然常被看作是拼凑而成，缺乏作者早期创作中那种复杂的情节结构，但从整体上讲仍然体现了钱德勒一贯的写作风格，基本反映了他晚年的创作特色和悲观心态。这里的马洛是雇来跟踪一个从刚刚发生的某个事件中逃出来的年轻女子。故事的开头煞有介事，有意让读者产生错觉，感到这个女子一定与所发生的事件有牵连。而故事的结局却出人意料。原来这个女子根本无罪。不过，整个事态的演绎过程并不让人觉得轻松。这位女子常常卷入一些事端，如她与一个勒索者的周旋以及她如何克敌制胜，打败犯罪团伙等。1959 年 3 月 26 日，钱德勒还没有来得及完成新作《普特尔泉》(*Poodle Springs*)就溘然长逝。[③]

钱德勒的晚年是凄凉的。妻子去世后他几乎失去了精神支柱，在病痛与寂寥中度过了余生。尽管他极度渴望找个伴侣以弥补因失去妻子所带来的失落，但他终因年迈体弱而收起念头。聊以自慰的是，他毕竟因为自己对美国侦探小说所作出的杰出贡献而得到了社会的承认。1954 年他获得了"爱伦·坡小说奖"；1959 年他又当选为"全美侦探小说协会"(Mystery Writers of America)会长。然而，夕阳无限好，只是近黄昏。钱德勒因过分伤心早已心力交瘁。他自己晚年的精神写照恰好就是他当初用来描写英国作家毛姆的情形："一个精神相当沮丧的人，很孤独……不过，我并不是说他没有朋友……但我认为这些朋友至少没有为他黑暗的到来燃起一支火把。他是一头孤独的老鹰。"[④]

---

① 这部小说常被指责有同性恋倾向。

② Raymond Chandler, *Playback*, London: Hamish Hamilton, 1958.

③ 遗作手稿后由罗伯特·帕克(Robert B. Parker)整理、补充完稿，并于 1989 年出版。具体可参阅 *Poodle Springs*(Leicester: Charnwood, 1991)。帕克还为钱德勒的小说《大眠》写了续篇，题为《或许是梦》(*Perchance to Dream*, 1990)。1998 年当代英国著名剧作家汤姆·斯托泼德(Tom Stoppard)又为《普特尔泉》(*Poodle Springs*)写了电影剧本，后又拍成了电影。

④ 引自 Jerry Speir, *Raymond Chandler* (New York: Frederick Ungar Publishing Co., 1981), 第 17 页。

虽然钱德勒算不上真正的文学批评家,但他对文学始终保持一种炽热的情感。他的小说在表达一种感伤或骑士般的浪漫情趣的同时,也不同程度地再现了20世纪三四十年代美国社会的现实特征。他的小说像是由隐喻和讽刺建筑起来的一座座迷宫,令人神思。钱德勒开启了美国冷硬派侦探小说的先河,其功厥伟!

# 第三章

# 现代美国戏剧的兴起与繁荣

第一次世界大战之前，美国人自己创作的戏剧只是浮光掠影地触及生活的某个层面，然而那个时代的观众就是喜欢这类作品。他们自以为这些剧本都是忠实于生活的。[①] 20 世纪 20 年代美国文坛出现了戏剧史上最为繁荣的景观，其中有浪漫喜剧、古装戏、神秘恐怖剧、乡土剧和家庭情节剧等，真可谓品种齐全，应有尽有，但从戏剧表现手法上看，这个时期的戏剧创作基本上延续了世纪之交逐步形成的美国戏剧创作的传统，因而看不出有多少根本性的差别。大多数剧作家仍然坚持传统的创作方法，拘泥于传统语汇的运用等。各种世态喜剧和浪漫传奇充斥了整个剧坛。这类作品大都描写家庭感情纠纷、男女恋爱挫折、各种社会陋习以及人性弱点，一时成了百老汇商业剧的主要生财之道。这些剧作里的场景描写往往无聊透顶，除了日常平凡而又乏味的生活描写外，就是对剧中人的一些轻描淡写，如一对年轻夫妇喝醉酒后彼此相爱，但第二天天还没亮就翻脸、吵架等。尽管某些作品也涉及通奸和谋杀这样严肃的话题，但在具体描摹时总显得苍白无力，缺乏社会洞察力。对此，戏剧界的有识之士早有警告：剧院数目急剧增长，戏剧票价受戏剧投机商垄断，戏剧演出粗制滥造，外国演员独占舞台。这种戏剧商业主义倾向严重阻碍了美国民族戏剧的发展。[②]

另外一些追求情节曲折和人为戏剧冲突的“佳构剧”(well-made play)也吸引了一些只把戏剧看作娱乐的观众。这些作品一般交叉使用了闹剧、谐剧和讽刺剧的手法。语言幽默、情节夸张、格调活泼是它们最明显的特征。据部分考证，那部一向被视作庸俗剧的《艾比的爱尔兰玫瑰》(*Abie's Irish Rose*, 1922)在 20 年代风靡一时，上演了足足 2 000 多场。唯独以奥尼尔为代表的一小部分年轻剧作家开始把眼光投向了现实主义和自然主义，并在自己的创作中打破陈规，大胆使用新的创作手法。只有在他们的创作中可以见到他们革新戏剧的各种尝试。

20 年代是美国戏剧走向民族化、现代化的辉煌时期。以格拉斯佩尔、奥尼

---

① Alan S. Downer, *Fifty Years of American Drama*, *1900—1950* (Chicago: First Gateway Edition, 1966), p. 39.

② 这是 1913 年切斯特考尔德发表在《戏剧杂志》(*Theater Magazine*)上的那篇题为《美国戏剧的弊端何在?》一文中说的话。全文描绘了整个百老汇的现状，表达了作者对革新戏剧的迫切愿望。引自 Glenn Hughes, *A History of the American Theater: 1700—1950* (New York: Samuel French, 1951)一书第 355 页。

尔为代表的剧作家们开始反观欧美戏剧传统,刻意摆脱欧洲戏剧,尤其是英国戏剧的影响,主张推广以反映美国历史与现实、表现美国人民思想情绪和审美理想、融合美国民间艺术成分的戏剧样式。在他们的戏剧思想影响下,美国出现了一系列紧扣时代脉搏、不受商业化倾向左右的高品位戏剧作品。这些剧作不仅注重艺术性,而且注意思想性。更为显著的是,这个时期的大部分剧作都与舞台设计、管理经营和生产制作有关,充分展示了美国戏剧现代化的变革历程。

## 第一节
## 小剧场运动与美国现代戏剧的兴起

小剧场运动是20世纪初美国崛起的一场群众性戏剧运动,也是美国戏剧走向现代化的标志。世纪之交出现的商业化戏剧到第一次世界大战结束后逐步瓦解,一方面廉价电影的出现夺走了大量观众;另一方面剧团巡回演出导致戏票提价而致使观众减少。面对欧陆戏剧大师易卜生、斯特林堡、萧伯纳和契诃夫等人的影响,不少有识之士开始意识到自己民族戏剧的差距,并力图创建本民族戏剧艺术。哈佛著名戏剧理论家贝克(George Pierce Baker)教授就是其中之一。[①] 他起先利用戏剧课向学生传授戏剧知识,指导他们进行戏剧创作。他开设的"47号戏剧写作训练班"(English 47)主要致力于培养学生的戏剧才能和舞台技术。当时接受教育的学生有爱德华·谢尔登、菲利普·巴利、尤金·奥尼尔、多斯·帕索斯、塞缪尔·贝尔曼、约翰·马森·布朗、托马斯·沃尔夫、罗伯特·琼斯、西德尼·霍华德、弗雷德·卡科和雷切尔·菲尔德等。正是这批戏剧人才通过自己的努力将美国戏剧推向了一个崭新的创作阶段。他们不仅自己创作剧本,而且还从学术角度对戏剧和舞台艺术进行理论探索。无疑,他们的参与使得整个小剧场运动更加显得生机勃勃。从1911年到1919年近八年的时间里,小剧场和小剧团在全国各地涌现出来。如1916年"克利夫兰剧场"(the Cleveland Playhouse)一下子从业余活动变成了专业化剧社。同年,吉尔摩·布朗(Gilmore Brown)又创办了"帕萨迪纳社区剧场"(Pasadena Community Playhouse)。同时兴起的剧社中还有一个有名的戏剧

① 贝克教授在哈佛大学从事戏剧教育长达20年。他是美国现代戏剧的真正开创者。可以毫不夸张地说,20世纪美国戏剧的民族化和现代化的改革之轮是从哈佛广场(Harvard Square)启程的。

团体，即山姆·休姆(Sam Hume)创建的“底特律艺术剧院”(Detroit Arts and Crafts Theater)。[①] 小剧场之所以盛行起来是因为票价低廉，能满足下层社会群众的看戏要求。同时，它也构成了对美国传统戏剧的挑战。

1925 年，贝克教授觉得哈佛并不重视他的成就，一气之下来到了耶鲁大学，并在那里创办了耶鲁戏剧学院(Yale School of Drama)，继续为培养戏剧人才而不懈努力。贝克教授及其同行不仅培养了一大批接受系统戏剧训练并愿意献身戏剧艺术的专门人才，而且通过课堂教学，通过各种宣传途径普及戏剧知识，形成了与纽约戏剧商业化倾向相抗衡的严肃剧创作流派，有力地推动了全国小剧场运动，并促使美国戏剧迅速走向民族化、现代化。

在这场戏剧革新运动中，美国少数族裔戏剧也有了较大的发展，如黑人戏剧。[②] 当时涌现了一批黑人作家和演员。他们纷纷登上了美国剧坛。一时间，百老汇的剧场开始允许黑人看戏。如果对那个时期上演的剧目有所考察，就会发现百老汇最受欢迎的关于黑人的戏还是白人剧作家的作品，如尤金·奥尼尔的《上帝的儿女都有翅膀》(*All God's Chillun Got Wings*, 1924)和保罗·格林(Paul Green, 1894—1981)的《躺在亚伯拉罕的怀里》(*In Abraham's Bosom*, 1926)等。

总之，第一次世界大战之后，美国戏剧界出现了各种戏剧团体，主张摆脱欧洲戏剧的影响，发展本民族戏剧。在这场持久的美国戏剧革新运动中，最值得肯定其成就的是“邻里剧场”(Neighborhood Playhouse)、“普罗温斯敦剧社”(Provincetown Players)和“戏剧公会”(The Theatre Guild)。它们在推动美国戏剧现代化进程中的影响最为深远。

“邻里剧场”是 1915 年由艾丽斯·刘易索恩(Alice Lewisohn)和艾伦·刘易索恩(Irene Lewisohn)两姐妹创建的，位于曼哈顿格兰德街 466 号。起始，来这里演出的大都是一些业余戏剧团体。该剧场上演的第一个剧目是根据《圣经·旧约》改编的舞剧《杰普撒的女儿》。[③]直到 1920 年后才有职业剧团进入。自 1915 年至 1927 年剧场投入很大，上演了大量国内外的名剧。契诃夫、

---

① 据说当时美国全国各地的小剧场和专业化、半专业化的戏剧团体近 50 家。有关资料可以参阅 Don B. Wilmeth and Tice L. Miller, eds., *Cambridge Guide to American Theater* (Cambridge: Cambridge University Press, 1993)、Jordan Y. Miller and Winifred L. Frazer, *American Drama between the Wars: A Critical History* (Boston: G. K. Hall & Co., 1991)和 C. W. E. Bigsby, *A Critical Introduction to Twentieth Century American Drama*, Vol. 1 (Cambridge: Cambridge University Press, 1982)等书。但有人调查说到 1925 年美国小剧场的总数已超过 1 900 家，参见 Arthur Hobson Quinn, *A History of American Drama from the Civil War to the Present Day* (New York: F. S. Crofts & Co., Publishers, 1937)一书第 163 页。

② 有关黑人戏剧的讨论，可以参见本书第四章《黑人文艺复兴与黑人文学的兴起》。

③ Alice Lewisohn Crowley, *The Neighborhood Playhouse: Leaves from a Theater Scrapbook* (New York: Theater Arts, 1959), p. 237.

萧伯纳和奥尼尔等人的作品都在这里上演过。安德森与劳伦斯·斯托林斯合作的反战喜剧《荣誉值几个钱?》(*What Price Glory?*, 1924)也在此演出。“邻里剧场”以低廉票价吸引观众,受到戏剧群众的普遍欢迎。但是由于资金问题,剧场不得不最后关闭。“邻里剧场”虽然只存活了15年,但给广大观众带来了娱乐,也大大丰富了美国戏剧艺术,为舞台培养了一批热爱舞蹈、音乐和戏剧的艺术新秀。可见,其影响并没有就此结束。剧场关闭后,其始作俑者之一艾伦又联合了部分同仁创办了“戏剧服饰学院”(The Costume Institute),继续研究舞台艺术和戏剧服装。当然,“邻里剧场”确实没有更多地关注戏剧的理论思考,但作为一个实验剧场,它已经发挥了其应有的作用。正如约瑟夫·伍德·克鲁奇(Joseph Wood Krutch,1893—1970)在一篇《导言》中写道,“邻里剧场”的宗旨是“很少关注智性说教,如道德、社会行为或礼仪之类的问题,而是把主要注意力放在歌舞和仪式上,用以表达欢快和美好的人生。它不把戏剧看作是文学的附庸而是看作一种由舞台和戏剧表演获得的、独立于文学的艺术”。①

“普罗温斯敦剧社”是小剧场运动中崛起的众多优秀剧社中的佼佼者。它是由乔治·库克(George Cram Cook)和苏珊·格拉斯佩尔等人一起创办的戏剧团体。该剧社上演的第一个剧目是苏珊本人创作的独幕剧《受压抑的欲念》。这部作品由于观念新颖独特而深受观众喜爱。之后,剧社接连上演了库克的作品《改变你的风格》(*Change Your Style*)和斯蒂尔创作的《同龄人》(*Contemporaries*)。不久,奥尼尔加盟,使整个剧社如虎添翼。在长达十几年的演出活动中,剧社上演了奥尼尔的好几部剧作,如《早餐之前》《加勒比群岛之月》《梦孩子》《毛猿》和《上帝的儿女都有翅膀》等。此外,还上演了许多其他著名作家如保罗·格林、艾德娜·费伯等人的剧作。从该剧的演出剧目来看,它十分注重弘扬本民族戏剧,提倡民族戏剧。这对美国戏剧挣脱外国戏剧的束缚,走向独立和成熟起了积极的推动作用。随着“普罗温斯敦剧社”影响的拓展,以百老汇为核心的纽约戏剧界不得不重新审视自己的处境。由于“普罗温斯敦剧社”的出现,纽约的商业戏剧受到了很大的冲击。与其他小剧场不同的是,它还培养了一位戏剧界的女中豪杰格拉斯佩尔。她是美国女性主义戏剧的先驱。在革新舞台艺术方面,“普罗温斯敦剧社”又作出了独特的贡献。以库克为代表的剧社领导人致力于传统舞台技术的改革。他们主张用现代的理念去设计舞台,创造了全美第一个坚固的塑料拱顶舞台,用以代替传统舞台艺术中的半圆形透视背景。这样做旨在突出现代戏剧的氛围,如表现奥尼尔

---

① Joseph Wood Krutch, "Introduction" to Alice Lewisohn Crowley, *The Neighborhood Playhouse: Leaves from a Theater Scrapbook* (New York: Theater Arts, 1959), p. xiv.

《琼斯王》剧作中的可怕和怪诞情形。因此，说“普罗温斯敦剧社”是美国现代戏剧的催化剂和接生婆都不过分。

“华盛顿广场剧团”(Washington Square Players)也成立于1915年，是一个由自由知识分子组成的戏剧团体。其创始人是爱德华·古德曼(Edward Goodman)和劳伦斯·兰纳(Lawrence Langner)。与上述两个剧社相比，它的影响力的确小得多，但它毕竟有着自己的特色，如注重艺术价值等。一开始，他们上演一些独幕剧，舞台设施十分简陋，大都在一些薄板箱剧院演出。后来，他们才搬进了较大的剧院。虽然演出设备简陋，但他们始终为了一个既定目标而奋进。正如他们在成立宣言中所声明的，他们演戏的唯一方针就是要演“具有艺术价值的作品”。[①] 他们反对商业戏剧，提倡艺术戏剧，成为百老汇商业戏剧的又一强有力的对手。同时，他们还主张演国内外名剧。契诃夫的《海鸥》、易卜生的《群鬼》、萧伯纳的《华伦夫人的职业》和奥尼尔的独幕剧《在交战区》等都在那里上演过。通过演出欧洲名剧，“华盛顿广场剧团”的同仁们可以进一步引进先锋的欧洲戏剧思想和表演技巧。在上演欧洲戏剧的同时，他们又上演了当时美国新潮剧作家如菲力普·莫勒和阿肯斯等人的探索性作品。1918年该剧社由于内部出现矛盾而宣告散伙。在只有四年的时间里，“华盛顿广场剧团”上演了60多部短剧，其中出自美国本土作家的剧本超过了一半。

“华盛顿广场剧团”解散后，其主要成员莫勒(Philip Moeller)、西蒙森(Lee Simonson)等又联袂组建了“戏剧公会”(The Theater Guild)，成为美国现代戏剧的又一盏明灯。该团体的宗旨就是要推动演出非商业性的国内外名剧，继续与百老汇商业性戏剧抗衡。其艺术原则是大幅度提高戏剧的编导质量和表演水平，力图在更广泛的范围内实验各种艺术风格和技巧的剧作，尤其是本民族作家的作品。与此同时，“戏剧公会”十分注重优秀剧目的创作和新人的培养。[②]“戏剧公会”发展迅速，到20年代中期已经成为美国实力最强的戏剧团体之一。他们接连上演了艾尔默·莱斯、约翰·劳森、西德尼·霍华德、马克斯韦尔·安德森和奥尼尔等知名作家的作品。遗憾的是，“戏剧公会”在其后期内部出现了分化，并逐步与百老汇戏剧合流，从而失去其一向独领风骚的先锋色彩。30年代初，以哈罗德·克勒曼和李·斯特拉斯伯格为代表的一批年轻的戏剧艺术家脱离“戏剧公会”，另起炉灶，组建“同仁剧社”(The Group Theater)，继续“华盛顿广场剧团”的未竟事业。这一戏剧艺术团体后来成为左翼戏剧运动的中坚。从“戏剧公会”分裂出来的另一股力量是以巴里、贝尔

① C. E. W. Bigsby, *A Critical Introduction to Twentieth Century American Drama*, Vol. 1(Cambridge: Cambridge University Press, 1982), p22.

② 同上，p23。

曼和霍华德为代表的作家群。他们与安德森、莱斯等人一起又组织了“剧作家剧团”(Playwrights' Company)。① 这个剧团同样有着明确的戏剧方向,所有成员几乎无一例外地对百老汇剧院的挥霍与褊狭表示不满,关心戏剧艺术的高雅取向,并对如何坚持戏剧生产的艺术标准提出了相应的要求。他们希望剧团能够成为一个真正的“艺术家公会”(artisan's guild),其中每个成员都有权支配自己作品的改编与上演。他们主张获利的应该是剧作家本人而不是那些控制戏剧演出的各种机构。② 这两股新兴的戏剧力量摒弃了“戏剧公会”的庸俗化倾向,继续以严肃的创作主题和艺术志向极大地推动了30年代美国戏剧的发展。

时至30年代初,这场曾经轰轰烈烈的小剧场运动逐渐归于宁静。然而,这是美国戏剧走向现代化的先声,不仅为美国戏剧高潮的到来奠定了基础,而且造就和培养了一大批剧作家。之后,美国剧坛出现了空前繁荣的景象,诞生了一大批年轻剧作家的“实验剧场”(Experimental Theater Companies),即后来的“外百老汇”或“外外百老汇”。他们大都致力于创造一种新型而又富有实验性的戏剧文学。

在这群剧作家中苏珊·格拉斯佩尔(Susan Glaspell,1876—1948)是位难得的佼佼者。作为“普罗温斯敦剧社”的创始人之一,格拉斯佩尔积极参与戏剧的艺术革新运动,并在拓宽创作题材方面作出了杰出的贡献。她与弗劳埃德·戴尔(Floyd Dell)和乔治·库克等人一起投身到建设美国现代文明的热潮中。他们不仅积极译介欧洲前卫戏剧以及各种文化思潮,而且创作了比较可观的剧目。这大大加速了美国戏剧的现代化进程。正是在欧洲现代戏剧的影响下,以格拉斯佩尔为代表的美国新一代剧作家掀开了美国现代戏剧运动的帷幕。而“普罗温斯敦剧社”的创建是这一运动的标志。

格拉斯佩尔生于艾奥瓦州的小镇达文波特(Davenport)。她自幼喜欢文学。早在德雷克大学(Drake University)学习时她就开始试笔小说。毕业后她虽然当上了新闻记者,从事新闻创作,但始终认为自己应该成为一名作家。在《每日新闻》(*Daily News*)报社工作期间,她利用业余时间为《青年伴侣》(*Youth's Companion*)杂志写短篇小说。1901年格拉斯佩尔放弃记者工作后回到了故乡,从此真正做起了专业作家。那时她仍以创作短篇小说为主,其中大部分发表在《哈泼氏万花筒》(*Harper's Bazaar*)等文学刊物上。虽然这些作品格调陈旧、充满感伤,而且也并没有让她蜚声文坛,但格拉斯佩尔始终默

① 这个戏剧组织的其他成员还有霍华德(Sidney Howard)、贝尔曼(S. N. Behrman)和舍伍德(Robert E. Sherwood)等。

② Elmer Rice, *Minority Report: An Autobiography* (New York: Simon & Schuster, 1963), p. 133.

默地耕耘，力图展示自己的文学风采。1909年她推出了第一部长篇小说《征服者的荣誉》(*The Glory of the Conquered*)。作品讲述了一个艺术家与科学家之间的爱情悲剧。男方由于长期在实验室工作不慎被细菌感染而造成失明。女方在痛苦之余刻苦钻研，努力掌握实验技术以便帮助心爱的人继续研究。遗憾的是，一直到他去世之前，她都没能使他重返实验室。她终于明白，只有自己创作出一些能表达这样一种生活情感的艺术作品才是对他最好的怀念。小说再版时，出版商添上一个《序》，并声称这部小说"虽然在其作者本人看来没有另一部小说《忠贞》(*Fidelity*，1915)写得成熟、结构完整，但它在美国所受欢迎程度并不亚于她的后期之作"。

同年，格拉斯佩尔结识了库克和戴尔两位思想独特的艺术家。三人一起组建"一元论思想俱乐部"(The Monist Club)。在他们激进思想的影响下，格拉斯佩尔逐步脱离感伤主义，并开始观察社会现实，尤其是女性的生存境遇。她在1911年创作的小说《见识》(*Visioning*)，显然就是这一影响的结果。这是一部关于女性社会主义的小说，也是格拉斯佩尔思想发生剧烈变化和女性社会批评观形成的标志。她敢于与有妇之夫、志同道合的作家朋友库克相爱。这在偏僻、一向保守的达文波特小镇引起哗然，但她并没有因此而终止这场婚外恋。相反，她在库克离婚后不久就与之成婚。婚后两人先迁往纽约的格林尼治村，而后又来到了普罗温斯敦。期间，她创作了她的第三部小说《忠贞》。故事以作者自己的恋爱经历为原型，叙述了一位女士如何爱上了一个已婚男子的故事。作品似乎在为一位与有妇之夫恋爱而导致别人婚姻破裂的女子的行为作辩护，认为"爱情无所谓对与错，它是一种顺其自然的结果，人生必不可少"。但剧情的发展又不无揶揄地暗示，这位女士的"忠贞"既不是对婚姻而言，也不是对新的恋爱关系而言，而是针对她不可屈从的一种女性的完整意识。

格拉斯佩尔不属于那种安分守已的艺术家。除了对艺术有一种不懈追求外，她更看重自己独立人格的塑造。为了寻求艺术灵感，她也曾走闯美国当时享有文化都市之美誉的芝加哥城，并在那里认识了哈丽特·门罗、桑德堡(Carl Sandburg)、安德森和林赛(Vachel Lindsay)等著名作家。芝加哥和纽约的都市文化对格拉斯佩尔的艺术思想产生了深远的影响，尤其是这两地的反传统意识和波希米亚艺术特征。对此，她本人也直言不讳：

我们自认为是一个"特别"群体——激进的、野性的群体。这是我们放荡不羁文化人的称号。但在我本人看来，我们其实是一些最简单化了的人，只希望按照我们自己的意愿来设计人生，互相关心以策应复杂多变的一切。我们依靠一种古老的、传统的本能去建构一座乐园，一种睦邻关系，去保持一种温暖与恬静。我们是一个新家庭。……我们中没有哪个很有钱。我们住在过去渔夫住的小房子里。……我们为了一个共同的目标走到一起。我们生活在这个大家庭,互相接济、休戚相关。只要厨师一走,我们就一起搭伙,还一起谈论我们的艺术。我们每个人都有个性,也许就是这一点使得我们大家能够彼此关心对方。

事实就是如此。这个艺术家群体虽有一种共同的志向,但个个桀骜不驯、向往自由,是一群对现存社会怀有不满之情的文化另类。

格拉斯佩尔与库克结婚后主要在演艺界活动。夫妇俩为"普罗温斯敦剧社"创作的第一部作品是独幕剧《受压抑的欲念》(*Suppressed Desires*,1915)。该作品运用弗洛伊德潜意识理论,分析隐藏在斯蒂芬与小姨子梅尔布心底的通奸欲望,塑造了一个追求精神与肉体相和谐的新女性形象——亨利埃特。由于舞台设计新颖、独特,作品上演时让观众耳目一新。因之,该剧后来便成为美国独幕剧的必选剧目之一。其新颖的主题和独特的编剧技巧又使它获得了"美国现代戏剧开山之作"的赞誉。同年上演的戏剧还有库克独自创作的《改变你的风格》和威尔伯·斯蒂尔(Wilber Steele)的《同龄人》等。第二年春天奥尼尔加入了他们的行列,不久便奉献出剧作《东航卡迪夫》(*Bound East for Cardiff*)。

这个戏剧组织是一群戏剧爱好者自发组织起来的团体。他们连续两个夏天在马萨诸塞州的海滨小镇普罗温斯敦聚首,主要讨论自编、自导、自演剧目。他们与读者的交流不像小说家创作那样仅仅限于文字方面,而是要通过一种生动形象的表演来传达自己作品的意蕴。他们有的既是剧本作者,又是导演,甚至演员。这么做的宗旨就是"要为那些富于诗意、有着文学涵养,同时又严肃认真和深具戏剧天赋的剧作家创造一个舞台"。这样,他们不仅可以直接看到自己剧作的表演过程,而且还能不受商业利益的驱使直接对作品进行编导。

之前,格拉斯佩尔主要从事小说创作。但参与组建"普罗温斯敦剧社"的经历使她改变了创作初衷。她创作了一系列短剧和一部分较好的现实主义戏剧。这些剧作明显带有讽刺和社会批判的烙印,譬如1916年创作的《琐事》(*Trifles*),一直被称为格拉斯佩尔的最佳之作。这是一部关于性别差异的独幕剧。故事的中心围绕一起谋杀案展开。剧中有位农夫被杀,显然是他妻子所为,但是前来调查此案的大男子们把他们的妻子安排在厨房里,认为这间女人的房间不重要。然而,就在这间他们认为不重要的厨房里他们的妻子意外地发现了一些与此案有关的细节,而这些恰恰是他们自己所忽视的。他们自以为一直注重重要线索的调查,尽管楼上楼下忙个不停,在房间里四处查看还是不见任何线索。

可见,《琐事》不仅写出了男女不同的见识和对事物的不同观察能力,而且还演绎了一曲姐妹情。故事一开始,作者就对这位谋杀亲夫的女子深表同情,甚至感到有些内疚,因为先前未能帮助过这位遭受虐待的姐妹。从整个叙述的口吻来看,剧作家是站在她的一边。剧本使用了大量的省略语。妇女对事物的看法和主见都是通过沉默或间接的方式来获取的。譬如,剧中的黑尔太太说:"我很喜欢她。农场主的妻子总是非常忙,亨德森先生。还有——。"这种描写看起来仍然迎合了当时普遍的大男子主义书写方式,强调女性的被动性。但是,只要对整个剧情有所把握就会得出相反的结论。事实上,格拉斯佩尔采取了一种十分含蓄的方式,讽刺和揶揄那些自以为是的大男子主义者。这一写法比起大吵大闹的争论更具内蕴力,而且也能使所要表达的情感更趋戏剧化,如剧中黑尔太太与彼得斯太太的对话:

黑尔太太:我真希望在她还在这儿的时候能时常来看看。我——真的希望我来过。

彼得斯太太:但是,你的确很忙,黑尔太太——你有丈夫,还有孩子们。

黑尔太太:我本来能来。我——我从来都不喜欢这儿。或许是它地处凹地,又看不见路。我不知为什么,但它的确是个让人感到孤独的地方,而且一向如此。我真希望我曾常来看望……

彼得斯太太:得了,你不要责备自己了,黑尔太太。……

作品对黑尔太太自责的描写含义深刻。表面上看,黑尔太太一个劲地指责自己没有能够关心自己的姐妹。其实质是讽刺那些只鼓吹姐妹情谊而没有切实行动的妇女互助会。同时,这种自责又隐含了妇女间缺乏理解与同情的事实:

我真希望那时我能偶尔来看看。真是罪过!真是罪过!谁来惩罚这种罪过呢?

……我本该知道她需要帮助!我知道女人们的日子是多么难。……我们住得很近,却又相距甚远。我们都经历着同样的痛苦——只不过稍微不同的痛苦。

如此简单的文字却将女性微妙的情感表达出来,而且每每都是生动感人。

格拉斯佩尔描写女性经历的作品还有《外界》(*The Outside*,1917)。作品描述了两位孤独的女士如何被迫要去恢复自己与早已忘却的人类世界的联系。1919年她创作的《贝尔尼斯》(*Bernice*)是一部描写女人自杀对生存者影响的作品。两年后面世的《继承人》(*Inheritors*,1921)写出了女主人公深陷矛盾的痛苦心情。她要在一个富有理想的大学生和一个趋炎附势的行政人员之间作出选择。同年推出的《界限》(*The Verge*, 1921)又是一部描写女人尴尬处境的剧作。作品写出了妇女解放的艰难,以及广大女性在男性压迫下的个性迷失。之后很长一个时期格拉斯佩尔没有创作,只是参加了一些剧目演出。1930年,她又推出了《艾里森的房子》(*Alison's House*)。该作品讲述了一个像艾米莉·迪金森这样的女诗人追随者如何为出版她的那些令人尴尬之作而费尽心机。初一看,剧作家似乎在关心道德问题,但她最终展示的仍然是一个不受旧世界传统习俗和道德伦理约束的新女性形象。她想以此为自己的行为开脱。正如剧中写道,"你不可以与一个已婚男人私奔——与一个有妻室的男人同居"。

格拉斯佩尔在一些剧目中还亲自扮演角色,而且还是个十分出色的演员。丈夫去世后,她一下子变得意志消沉,基本上放弃了戏剧家的创作欲望。但是她仍然保持了对戏剧的浓厚兴趣。从1936年至1938年,她出任联邦戏剧计划的中西部导演(the Midwest Director of the Federal Theatre Project)。这在很大程度上决定了她从小说家向剧作家的转变。她创作的最后一部作品是1945年问世的《贾德·兰金的女儿》(*Judd Rankin's Daughter*)。作为剧作家,格拉斯佩尔充分显示了她的创作才华。她在很短的时间里掌握了戏剧的创作方法,而且锐意进取,不断进行戏剧改革,堪称美国现代戏剧的早期奠基人之一。如果没有她的努力,很难想象美国会出现"普罗温斯敦剧社"。正是她以及她参与组织的"普罗温斯敦剧社"及其同仁与其他戏剧组织如"戏剧公会"、"华盛顿广场剧团"等一起直接推动了美国戏剧的现代化进程。

## 第二节
## 考夫曼与百老汇喜剧艺术传统

在美国戏剧民族化、现代化进程中,传统的喜剧文学也在20年代中期得到了长足的发展。百老汇的风俗喜剧由来已久。早在20世纪初,兰登·米切尔(Langdon Elwyn Mitchell,1862—1935)创作的《纽约观念》(*The New York Idea*,1906)就轰动一时。作品运用了大量的闹剧和讽刺剧的手法,通过对男女在婚姻问题上荒诞无稽的行为的描写,展示了纽约中产阶级的生活态度和平庸俗气的社会风气。在其影响下,美国剧坛出现了一批像这样语言幽默、情节怪诞而格调轻松的通俗喜剧作品,如安斯派契(Louis K. Anspacher)的《荡妇》(*The Unchastened Woman*,1915)和杰西·威廉斯(Jesse L. Williams)的

《为啥结婚?》(*Why Marry?*,1917)等。这一创作风气对一战后美国通俗喜剧的发展有着直接的影响。

随着美国现代工业的迅速发展,娱乐业也被逐步纳入现代化的工业管理机制。百老汇出现了前所未有的商业运动。剧社之间不仅竞争十分激烈而且开始出现吞并、联合的趋势。在这场戏剧商业化进程中又逐步形成了一批云集于剧社周围的专职剧作家。这些人既熟谙舞台艺术,又能编剧、搞创作,其中不少人都是集导演、制作人和演员于一身。他们以剧场和观众需要为创作目的,曾经吸引了一大批观众,并在相当长的一个时期里充当了百老汇通俗喜剧的主力军。考夫曼及其同仁就是其中最为显著的一个戏剧群体。他们携手创作,其戏剧其实就是集体智慧的结晶。只有少数喜剧作家如塞缪尔·贝尔曼和菲利普·巴里等一直独立行动,完全凭着自己的好恶走上剧坛。

乔治·考夫曼(George S. Kaufman,1889—1961)是当时著名的喜剧作家、记者、剧评家和电影脚本作者。他积极参与戏剧活动,并导演了一系列相当出色的剧作。在他漫长的35年百老汇生涯中,他直接导演了40多部作品,其中27部作品在当时都引起了轰动,24部作品都是与人联袂创作的。在这些作品中,《我歌唱的是你》(*Of Thee I Sing*,1931)和《你不能带上它》(*You Can't Take It with You*,1936)这两部作品还分别于1931年和1936年获得了普利策奖。他虽然自己独立创作的剧作只有一部题为《奶油小生》(*The Butter and Egg Man*),但是他的名字能与美国喜剧齐名。时至今日,他参与改编和导演的不少剧作还是百老汇的保留剧目。在美国戏剧史上,常有人称他为"现代美国通俗戏剧的奠基人"。[①]

考夫曼生于匹兹堡,曾就读于宾夕法尼亚西部大学法学院。早年他做过推销员,1917年,经作家埃德蒙推荐进《华盛顿邮报》社任幽默专栏作家。后来他又成为《纽约时报》的戏剧评论家及编辑。1918年他开始戏剧创作。20年代初,考夫曼与马克·康乃利(Marc Connelly)[②]携手创作了讽刺性喜剧《达尔西》(*Dulcy*,1921),一举成名。作品讲述了达尔西这位轻率、庸俗的中产阶级女子。她把主要精力放在举办周末聚会,招待那些奉承、逗趣的无聊朋友,并以此来满足自己的虚荣心。正是她这样一种近乎荒唐的行径葬送了她丈夫辛勤劳作换来的家产及前程。不过翌年推出的《致女士们》(*To the Ladies*,1922)一剧则从相反的角度写出了女主人公埃利西的聪慧和贤德。她凭着智慧和计谋使自己的丈夫免受社会歧视。这里的女主人公显然与达尔西不同,是一位贤惠的妻子。无论生活还是社交,她都是丈夫的得力助手。这在不同

① Don B. Wilmeth and Tice L. Miller, eds., *Cambridge Guide to American Theater* (Cambridge: Cambridge University Press, 1993), p. 267.

② 1921—1924年间,考夫曼与康乃利合作创作了五部剧作,当时推出时均取得较好的经济效益。

程度上讴歌了女性的美德。类似的“解放了的女性”在20年代的文学作品中都有所揭示,她们活跃在自己丈夫的背后,为他们的升迁尽忠尽职,但是如今这类故事几乎无人问津。剧作《电影界的默顿》(*Merton of the Movies*, 1922)描写的是一个向上爬的人的故事:一个来自乡镇的小男孩成功地在好莱坞发迹。从整个20年代的作品来看,只有那部题为《走你的路》(*Be Yourself*, 1924)的剧作可以算作败笔。倒是《马背上的乞丐》(*Beggar on Horseback*, 1922)一直受到人们的喜爱。作品根据一个德语剧本改编,演绎了一则“叫花子发财,忘乎所以”的故事,对20年代美国致富意识和商业巨亨进行鞭策。作品文笔犀利,被誉为考夫曼—康乃利戏剧合作的杰作。[①] 剧作家在这里成功地运用了某些表现主义创作手法,采取梦幻与现实对应的情节组合法,深刻揭示了资本主义商业经济对文学艺术的抑制与摧残以及承受现代工业文明压力的艺术家们的脆弱人格。辛辣的讽刺艺术和荒诞表现是该剧的鲜明特征。这个时期创作的大多数作品都带有明显的社会批判锋芒。它们涉及社会政治,以及形形色色的人物。文笔轻松自如,对话诙谐幽默,深受读者和观众喜欢。其间,考夫曼还与莫里·里斯金德(Morrie Ryskind, 1895—1985)协作创作了《椰子果》(*The Coconuts*, 1925)和《捕猎夹》(*Animal Crackers*, 1928)等。两人在1931年联袂推出的《我为你歌唱》一剧影响颇大,直接揶揄美国时行的民主选举过程。

30年代考夫曼执导了《千载难逢》(*Once in a Lifetime*, 1930)一剧。[②] 作品滑稽可笑,尖锐地讽刺了好莱坞演艺界。该剧的开篇写出一个女演员的担心。她焦躁不安,因为剧团领队杰里没能预定演出:

梅:(不安地)杰里到底要干什么,乔治?他要不要把我们带到什么地方?我们在这里要闲多久?

乔治:不要问我——你去问杰里。

梅:我正准备去问——我们今晚就能见分晓。在自动售货餐馆吃饭真不如在家里。

乔治:我们不住在那里。

梅:除了睡觉,我都在那里干事。如果他们能把床搬进去,我们也就睡在那里。

---

① 同时代的作品还有《皇亲国戚》(*The Royal Family*, 1927)。这是考夫曼与费伯女士合作的第一部剧本。作品取材于演员的趣闻逸事,格调轻松活泼,富有戏剧效果。

② 这是考夫曼与哈特第一部成功的合作剧本,1936年在百老汇公演。全剧由考夫曼执导。他还在剧中扮演了一个被好莱坞的冷漠与险恶生存环境损坏了心智的剧作家瓦尔的角色。作品通过三个青年艺术家在好莱坞的冒险与奇遇,展现了美国娱乐世界光怪陆离的景象。

好莱坞丑闻是当时剧坛书写的一大话题。很多剧作都是反映演艺圈的花絮，从不同侧面描写演员们的生活际遇。其他作品还有《你不能带上它》[①]、《八点钟的晚餐》(*Dinner at Eight*，1932)、《舞台上的门》(*Stage Door*，1936)[②]和《来赴晚宴的人》(*The Man Who Came to Dinner*，1939)[③]等。虽然这些剧作都是考夫曼与他人合作创作的，但同样反映了他的艺术才华。他不仅自己有着精湛的编剧造诣，而且擅长与人合作。他善于提炼生活，建构情节。他参与编导的剧作极大地讽刺了整个百老汇戏剧世界，也包括了好莱坞演艺界、商业文化、政治和地方习俗等，充分显示其作为一名成功编导者的艺术风范。

如果我们进一步关注二三十年代美国喜剧的发展过程，我们会发现考夫曼的合作者们同样起着积极的推动作用。他们是康乃利、费伯、哈特和里斯金德。20年代，康乃利是考夫曼的主要合作者。除了协助考夫曼编剧外，他自己也改编剧目。他在1930年编导的《绿色牧场》(*The Green Pastures*)是其最出色的剧目之一。作品还获得了该年度普利策奖。康乃利同时还是演戏的能手，曾担任过美国现代名剧《小城风光》的"舞台监督"这一角色。可以肯定，以考夫曼为代表的这一喜剧艺术群体，通过自己的喜剧实践推动了美国现代喜剧艺术的发展。第一次世界大战之后，美国戏剧革新运动中喜剧艺术的普及与推广正是这一群体与百老汇其他剧作家们辛勤努力的结果。

30年代除了活跃于美国剧坛的"考夫曼们"还有相当一部分剧作家同样致力于喜剧艺术的开掘。他们利用百老汇阵地开展戏剧活动，主要描写上流社会，大都是一些女性题材作品。其中贝尔曼的成就较大。其剧本的场景都是乡村的房舍、富人的住宅，或艺术家的工作室等。活跃在这些场景中的人物通常又是一些有才干的画家、作家、女演员以及服务于剧情的其他各种配角。无论政客、激进知识分子、商人还是阔佬都是他描写的对象。一个典型的贝尔曼剧本常常是一场几个小时的激动人心的争论与调笑。因之，他被称作"社会风俗喜剧作家"。

塞缪尔·贝尔曼(Samuel Nathaniel Behrman，1893—1973)生于马萨诸塞州的威斯特市，早年就读于哈佛大学和哥伦比亚大学。在哈佛学习期间，贝尔

---

① 该剧描写了一家三代人自我放逐、弃绝现代文明和物欲追求、沉溺于"寻欢作乐"而不能自拔的故事，书写了一群忘怀世事、隐居闹市的"怪人"形象。作品在一定程度上反映了大萧条时期美国人自嘲无奈而又乐观风趣的苦恼心绪。

② 《舞台上的门》是与埃德娜·费伯(Edna Ferber，1885—1968)合作的一部作品，展示了美国年轻女演员渴望成名的迫切心情和艰难挫折。两人携手创作的剧作还有《光明的国土》(*The Land Is Bright*，1941)和《喝彩》(*Bravo*，1948)。

③ 《来赴晚宴的人》是考夫曼与哈特(Moss Hart，1904—1961)合作的讽刺剧之一。这是一部典型的讽刺闹剧，由考夫曼导演。全剧三幕四场，情节怪诞风趣。同年推出的《美国方式》(*The American Way*)一剧声讨希特勒法西斯的暴行。之后哈特与考夫曼分手，独自创作了《黑暗里的女士》(*Lady in the Dark*，1941)。作品通过不同的梦幻场景展示了一个知识女性的心理活动及其波折的情感生活。

曼曾是著名戏剧家贝克教授的得意门生,受到了系统的戏剧理论教育和创作技能训练。他崇尚欧洲传统喜剧艺术,并立志成为一名具有社会良知的戏剧艺术家。大学毕业后他又入哥伦比亚大学攻读英语文学硕士学位。从1918年起,他开始自谋职业,先后当过广告员、《纽约时报》的记者、《新共和》杂志的书评人等。其间,贝尔曼悉心观察社会,积累素材,并进行了大量戏剧写作操练,为自己日后成为职业剧作家打下了良好的基础。早在"戏剧公会"发现他的创作才华之前,他就因创作了讽刺喜剧《第二个男人》(*The Second Man*,1927)而小有名气。该剧成功地塑造了一个具有双重性格、欲望和生活态度的知识分子斯托里形象。作品刻画了他的分裂人格。他同时与两个不同阶层的女性相爱,演绎了一则三角恋爱故事。三人之间的恋情纠葛引发了众多令人捧腹的笑话。剧中充满机智幽默的对话,大大增强了作品幽雅的喜剧格调。正如有的剧评家所称道的,贝尔曼的这部剧作无论从何种角度看都达到了喜剧作品的最高标准。① 剧中写道:

斯托里:(毫不畏惧)枪上膛了吗?我真要面对死亡?这倒是新玩意,不过不像我意想的那么可怕。你真的要杀我吗,奥斯丁?

奥斯丁:你为什么认为是我带来了这个家伙?

斯托里:你就为了这个才回家吗?你大可不必。我的楼上就有。我已经借给你了。

奥斯丁:你不会想到我会这么做。这就是你为什么总那么轻率的缘由。

时至30年代,贝尔曼的创作基本上已经成熟。他几乎每年推出一部作品,成为当时又一位多产的喜剧艺术家。不久他加盟好莱坞,成为当时百老汇有名的电影脚本作家。其剧作情节曲折,耐人寻味,不以浅薄的人物形象哗众取宠。他是一位卓尔不群的戏剧艺术家。他创造的喜剧精神耐人寻味。在剧评家眼里,没有谁可以拥有如此精湛的喜剧智慧。在他的艺术世界里,没有解决不了的问题。有意夸大现实生活并使其理想化是贝尔曼喜剧精神的体现。② 他的重要作品有《短暂的时刻》(*Brief Moment*, 1931)、《传记》(*Biography*, 1932)、《天国之雨》(*Rain from Heaven*, 1934)、③《夏天的终结》(*End of Summer*, 1936)、《酒中精华》(*Wine of Choice*, 1938)和《不是喜剧的

① Jordan Y. Miller and Winifred L. Frazer, *American Drama between the Wars: A Critical History* (Boston: G. K. Hall & Co., 1991), p. 150.

② 参阅 Joseph Wood Krutch, *The American Drama Since 1918* (New York: Braziller, 1939),第189—190页。

③ 这是一部颇有思想性的作品,写一个叫温盖特夫人的女性被迫在一个著名的、但头脑简单的法西斯同情分子和一个逃出法西斯集中营的难民之间作出抉择的故事。

时代》(*No Time for Comedy*, 1939)等。其中《传记》和《夏天的终结》一直受到戏剧评论界的关注与称颂。

《传记》一剧首先在纽约上演，尔后又进入伦敦剧场，是一部颇有影响的作品。全剧共三幕，整个剧情围绕女画家撰写的两部传记展开，展现了这位女画家复杂的感情生活经历和艺术生涯。这是一部轻松的社会风俗喜剧，充满温情与调侃。剧中有政坛要人、工业巨头，也有演艺界明星。他们频频出入她的画室，而她又难免与他们在情感上发生冲突。女画家与他们之间的风流韵事常常引人发笑。作品主要通过曲折情节的建构和事态的张扬来突出剧中人的性格缺陷，进而激活作品的喜剧性。

《夏天的终结》是一部人物较多，剧情比较复杂的剧作，共三幕四场。整个故事围绕别墅女主人、巨额遗产继承人利昂娜母女的感情生活展开。利昂娜是个浪漫多情、思想幼稚的女子。她结婚后不愿为婚姻所困，与前来献殷勤的男子插科打诨，罗致了许多男人在别墅里。作品还通过利昂娜女儿波拉的爱情波折来揭示现代人的困惑。金钱、爱情与婚姻是这部作品刻意书写的话题。它们之间的微妙关系既让人着魔，也叫人清醒。波拉的人生选择显然得益于后者。她看透了金钱对女性的奴役，于是选择了与母亲不同的生活道路，做一个名副其实的职业女性，可以不受家庭荣誉和巨大财产的牵制。

1939 年贝尔曼脱离"戏剧公会"参与组建"剧作家剧团"，并着手剧本《不是喜剧的时代》的创作。在这部作品里，贝尔曼一改当年的喜剧性讽刺基调。他似乎开始面对现实，思考政治。他提出了这样一个问题：在独裁者掌权的年代，喜剧精神是否应该退出舞台？作品描写了一位有名的轻松喜剧作家盖伊·埃斯特布鲁克放弃喜剧观念，打算抛弃一向鼓励他创作喜剧的妻子而去追求一位鼓励他写严肃剧的女子。剧中他与妻子的对话其实是一场争论：

琳达：在蛮荒的人生里，我们应在自己的心灵里保留一寸净土。是人总是要笑的。

盖伊：对于生活在美国的我们来说，要笑一笑并不难。我们总幻想有一种安全感。

琳达：把死人放进戏里确实对我们有害无益，因为这样做剥夺了死者应有的尊严。这是美学上的尸体绑架！我们对死亡一无所知，也不可能有所知。即使我们描写它，我们也是在描写一种生活……我恳求你，盖伊，不要随便扔掉你那令人神往的才华，千万不要小看它。……难道描写我们从中可以获得启示、又比较熟悉的生活不如描写我们并不知晓的死亡来得深刻吗？

贝尔曼创作这部剧作的时候正是第二次世界大战的爆发迫在眉睫之际。他内心深处充满了矛盾。与其他艺术家一样,贝尔曼觉得这已不是一个可以逗人发笑的年代,因为人类世界又要遭受最为惨烈的浩劫。但同时,他又感到人类不能完全没有欢笑。贝尔曼就是在这样一种自我争论中炮制这部《不是喜剧的时代》。作品所采用的现实主义风格受到观众的喜爱。贝尔曼在 60 年代末创作的小说《燃烧的玻璃》(*The Burning Glass*, 1968)也受到了评论界的好评。

菲利普·巴里(Philip Barry,1896—1949)是美国少数几位高雅喜剧作家之一,也是贝克教授"47 号戏剧写作训练班"的学生。他具有很深的戏剧造诣,并注重理论与实践的结合。他在 1923 年创作的《你和我》(*You and I*)剧作是训练班出版的第一部作品,也是班上第一部由作者本人把自己的作品推上百老汇舞台的作品。作品勾勒了一个富有同情心的父亲和有挫败感的艺术家形象。之后,巴里紧紧抓住婚姻问题,塑造了一批厌倦上流社会刻板的生活而追寻个性独立、爱情自由和艺术趣味的女性形象。她们是一群貌美、出身名门望族,但又不乏神经质的文弱女子。她们的哀怨与自怜常常打动女性观众的心灵,也引起敏感、脆弱男子的情感共鸣。在这些作品中,巴里并不是靠讽刺、嘲弄等激烈的喜剧手段,而是凭借了一种机智、幽默的语言和抒情风格。

巴里生于纽约州罗彻斯特市一个信奉天主教的爱尔兰移民家庭。早年就读于耶鲁大学和哈佛大学。大学时代,巴里爱好文学,常为校刊写小说和诗歌。耶鲁大学毕业后,他进哈佛深造,并有幸成为贝克教授戏剧班的学生。巴里的第二部习作《最年轻者》(*The Youngest*,1924)当时也受到观众的欢迎。作品描写了一对无法摆脱传统价值观念的现代夫妇及其感情危机。一时巴里走红百老汇舞台,成为同时代喜剧创作者中的佼佼者。1925 年他又推出了剧作《在花园里》(*In a Garden*,1925)。这是一部仿效易卜生《玩偶之家》的作品。它与《你和我》《最年轻者》一起基本上奠定了巴里作为喜剧艺术家的地位。尽管他的这些创作还没有达到英国剧作家萧伯纳、王尔德那种炉火纯青的喜剧手笔和智性,也没有考夫曼和贝尔曼剧作中那种常叫人捧腹大笑的情形,但毕竟为他日后大规模创作作了铺垫。巴里接着推出的剧作使他在喜剧艺术方面又迈进了一步。

1927 年巴里的《奔赴巴黎》(*Paris Bound*)一剧问世,即刻走俏百老汇。作品描写了一对看似恩爱美满的夫妻及其婚姻生活变奏。男主人公杰米与前恋人藕断丝连,私通。妻子玛丽发现了丈夫有婚外恋,于是决定以离婚来结束这场没有爱情的婚姻。不料,她的决定遭到丈夫、父亲的强烈反对。剧本的结局是大团圆,玛丽原谅了丈夫的不忠。作品似乎对性爱问题提出了某种看法,认为性爱不是婚姻的主要内容,并且还说教性地宣扬家庭责任感。

两年后面世的《假日》(*Holiday*,1928)是巴里高雅喜剧艺术的又一精品。这部三幕剧以一个青年律师凯恩闯入贵族之家、引起感情风波为线索描写了一系列出人意料的恋情故事,从而展示了作为贵族阶层的上流社会致命的弱点,即傲慢与偏见。由于他们一向奉行门第观念和禁欲主义,因而在吸收和接纳新兴资本主义生活方式时常表现出一种不协调,造成令人啼笑皆非的情形。作品当时在纽约普利茅斯剧场上演,大受欢迎。后来该剧又被收入麦高恩编辑的《二十年代美国名剧选》(*Famous American Plays of the 1920s*,1959)一书。30 年代,巴里除了继续从事喜剧创作外,对其他戏剧题材和创作风格作了开拓性的尝试。这个时期是他创作最为辉煌的时刻,接连创作了《环球旅馆》(*Hotel Universe*,1930)、《明日复明日》(*Tomorrow and Tomorrow*,1931)、《动物王国》(*The Animal Kingdom*,1932)、《快乐时节》(*The Joyous Season*,1934)、《明亮星辰》(*Bright Star*,1935)、《春天的舞蹈》(*Spring Dance*,1936)、《小丑登台》(*Here Come the Clowns*,1938)和《费城的故事》(*The Philadelphia Story*,1939)等。

其中《环球旅馆》和《费城的故事》两剧写得尤为成功。前者把几个不同的生活片段连接起来,从而扩大剧本的内涵。尽管巴里穿插了许多奇异的场景,如自杀等,但他因为使用了某些象征手法所以能把日常生活与梦幻般的生活串起来,共同呈现剧中人复杂的内心世界。后者描写了一个出身高贵但爱情并不幸福的女子的生活遭遇。剧情比较迎合市井的口味。明快诙谐的语言和轻松的格调使剧本走俏美国舞台。该剧曾经风靡纽黑文、费城、华盛顿和波士顿等地。进入百老汇后它依然备受欢迎。即便剧本后来被改编成电影之后依旧相当卖座。

二战之后,巴里的思想和创作风格发生了重大转变。他开始思考战争、自由等人类普遍关心的问题。他 1941 年创作的《自由的琼斯》(*Liberty Jones*)和 1942 年的《没有爱情》(*Without Love*)都是这一时期的代表作。

除了考夫曼、贝尔曼和巴里等喜剧三巨头外,本·赫克特(Ben Hecht)和查尔斯·麦克阿瑟(Charles MacArthur)也是相当有名的喜剧作家。两人合作撰写的《头版消息》(*The Front Page*,1928)是一部优秀的喜剧作品。全剧共有三幕,主要描写芝加哥新闻圈内各种怪诞离奇的现象。剧中对美国新闻自由、政府部门、法律和监狱以及政客的幕后交易均有所涉及。该剧首先在纽约时代广场公演,并获得成功。作品在叙述上采用了鲜明的漫画特征,再加上近乎荒诞的人物塑造因而整个故事情节就像由一个个闹剧组成的。通俗话语与某些渎神话语交织在一起充分体现了一种喜剧性效果。乔治·阿博特(George Abbott)也是一位喜剧艺术家,贝克教授戏剧班的学生。虽然在学界的眼里,艾博特不如考夫曼名气大,但他的戏剧成就是有目共睹的。他首先与格利森(James Gleason)合作创作了《堕落者》(*The Fall Guy*,1925),尔后又跟霍尔姆(John Cecil Holm)推出了《马背三人》(*Three Men on a Horse*)。另外,百老汇还有一对喜剧夫妻。他们是塞缪尔·斯皮瓦克(Samuel Spewack)和贝拉·斯皮瓦克(Bella Spewack)。两人联手创作了《男女相见》(*Boy Meets Girl*,1935)、①《清除障碍》(*Clear All Wires*,1932)和《凯特,吻我》(*Kiss Me Kate*,1948)等生活喜剧和社会讽刺作品。30 年代后期还有一位具有相当影响的喜剧作家是阿瑟·科伯(Arthur Kober)。他创作的《美好时光》(*Having Wonderful Time*,1937)写出了一群小人物如何在这冷酷世界里为自己寻找避风港的情形及其喜怒哀乐。全剧虽然格调有些低沉,但不乏浪漫情趣。

## 第三节
## 奥尼尔的戏剧以及奥尼尔与中国

1951 年一位瑞典文学批评家曾做过这样的评论:"人们也许对谁是当今美国最伟大的诗人、小说家或散文家会有争议,但奥尼尔作为美国最伟大的剧作家的地位却从未受到过认真的挑战。这种现象在现代评论史上可说是独一无二。"②1953 年底奥尼尔逝世时,《纽约时报》文艺版首席评论家埃特金斯称:"一颗文学巨星已经陨落,一个伟大的精神、我们最伟大的剧作家离开了我们。"③在这位评论家看来,奥尼尔身上体现了一种"伟大的精神",如同另一位评论家所说,奥尼尔的名字"大于他全部作品加起来的总和"。④ 对于中国读者来说,奥尼尔的名字还有另一层意义,因为这位美国剧作家曾自觉地从中国哲学和中国的历史中汲取创作的灵感和素材,同时他的戏剧又对中国的戏剧产生了积极而又持久的影响。奥尼尔与中国文化构成了一种难得的平等互惠、双向互动的对话关系。

奥尼尔是个自传性很强的作家。要理解奥尼尔和他的作品,对他的家庭和生平的了解十分必要。他的生活经历跟他的作品一样富有戏剧性。曹禺曾指出,"许多剧作家离不开早年困苦艰难的生活,接触各色各种人物,经过不断

---

① 这部作品描写好莱坞影城光怪陆离的生活景象,语言诙谐、俏皮,富有动作性。该剧由乔治·阿博特执导搬上了舞台。

② Heinrich Straumann, *American Literature in the Twentieth Century* (London, 1951), 163, 转引自 Frederick Carpenter, *Eugene O'Neill* (Twayne, 1979), p. 11。

③ Frederick Carpenter, *Eugene O'Neill*, p. 17.

④ Frederick Carpenter, *Eugene O'Neill*, p. 11.

的职业的变迁，一生在对生命的追索中沉思默想，用自己独特的戏剧表现方法，传达自己的思想与感情。尤金·奥尼尔就是这样一位杰出的美国剧作家”。①

奥尼尔(Eugene O'Neill, 1888—1953)诞生于纽约百老汇上的一家旅馆里。父亲詹姆斯·奥尼尔是个名演员，长期在全国各地巡回演出，给家庭带来不安定的痛苦。幼年的奥尼尔便是成长在这种动荡不定的环境中，车船、旅馆、剧场后台构成了他的“家”。小学中学上的都是寄宿学校，很少有机会跟父母一起生活。“无家可归”的痛苦和孤独，深深烙在这位天性敏感的少年的心灵上，成了他后来作品中一个反复出现、不断变化的主题。奥尼尔青少年时期的生活也受到他哥哥杰米的影响。杰米具有诗人气质但深为家庭的不幸所困扰，自暴自弃。他教奥尼尔酗酒，15岁就把他带进妓院，让他读包括尼采、波德莱尔、王尔德等各种宣扬叛逆的书籍。这些对奥尼尔早期思想的形成有很大影响。尽管父母都是爱尔兰后裔，笃信天主，但奥尼尔中学时就宣布放弃宗教。他责怪上帝不帮助他母亲解毒，并以弃教表示对父亲的反抗。对于在宗教气氛中长大的奥尼尔，这无疑是个痛苦的选择。尽管他以后一辈子没进教堂，临死也没请牧师忏悔，但失去信仰的痛苦长期困扰着他，并反映在他的不少作品中。

1906年，奥尼尔进了普林斯顿大学，可不到一年，据说因向校长住所的窗户投掷酒瓶的恶作剧，以及平时学习漫不经心，而被勒令停学一年。一年后，奥尼尔不愿重返学校，也不愿回家，开始了一个流离颠沛、穷困潦倒的生活阶段，或用他的话说是“接受实际生活经验的教育”。他先后当过纽约公司的秘书、南美淘金的矿工、远洋轮的水手、海滩码头上的流浪汉、剧团配角演员、地方小报记者。1909年他跟一位良家姑娘结婚，生了个儿子，但又匆匆离婚。他的生活最后变得颓废放荡、酗酒无度、自暴自弃。他长时间住在纽约西区码头边一家破落的小酒店兼旅馆里，混迹于妓女、拉皮条者、水手、无政府主义者等“无家可归”的社会底层人士之中。他曾自杀未遂。但有趣的是，这批生活在他四周的人，后来一个个都成了他笔下的人物。也许，这几年的动荡与落魄，是他有意为自己可能从事创作而在体验生活。他在那段时期也记录着自己的经历，并不断阅读包括历史、哲学、小说、戏剧等在内的各类书籍。

1912年底他患上肺结核被送进疗养院。他在六个月的强制疗养中，读了包括斯特林堡在内的许多欧洲剧作家的作品，冷静地思考了自己走过的道路和未来的打算。他着手创作剧本，决心以此为自己的终生职业。1914年，作为特殊生他又去了哈佛大学选学贝克教授著名的“47号戏剧写作训练班”。在向

① 曹禺：《我所知道的奥尼尔》，载《外国当代剧作选》(Ⅰ)，北京：中国戏剧出版社，1988年，第1页。

贝克要求入学的信中,他写道:

……尽管我已读过所有我能找到的现代剧本和不少关于戏剧的书籍,但我明白这种缺乏计划、没有指导的学习难有良效。凭我现有的训练,我可以当个一般的编剧匠。然而,正因为我不愿做编剧匠,要么当艺术家,要么什么也不是,我才提笔给你写这封信的。①

奥尼尔从小在戏院里长大,对戏剧有如他自己所说"从里到外,样样熟悉"。写此信时,他已完成了一部四幕剧和七个独幕剧,一部含五个独幕剧的选本也即将出版。因此,他说可以当个"编剧匠",绝无夸张。可奥尼尔不愿像他父亲那样不断重复自己,决心"当艺术家,要么什么也不是!"他以后的整个艺术生涯,都是在一丝不苟地努力实现这一宏愿。

在哈佛他自然学到不少编剧的技巧,对他以后的创作有着重要影响。但贝克教授和一些来做讲座的剧作家所代表的陈旧的戏剧观,使奥尼尔从反面认识到,戏剧不能脱离生活,不能没有对生活的深切感受和诚实的思考。一年后,他选择了自己寻求艺术的道路。他在纽约艺术家和自由分子集聚的格林尼治村结交形形色色的朋友,读包括介绍中国和印度哲学在内的各种书籍。1916 年夏天,他来到了马萨诸塞州的普罗温斯敦半岛。在欧洲小剧场运动的启发下,一群包括苏珊·格拉斯佩尔和乔治·库克等在内的艺术家,正筹建艺术剧团但苦于缺少合适的剧本。当奥尼尔把他的《东航卡迪夫》(*Bound East for Cardiff*, 1914)念给他们听时,他们立刻意识到这正是他们在寻找的作家和作品。《东航卡迪夫》在一个被废弃的旧码头的房子里上演,大海成了难以企求的布景,观众和剧场的氛围也无可挑剔。奥尼尔剧本的第一次公演,取得了意想不到的成功。评论家们后来常把这次演出视为美国戏剧的开端:在这之前,美国只有戏剧演出(theater),而没有真正意义上自己的戏剧(drama)。

奥尼尔一生辛勤耕耘,从 1913 年写第一个独幕剧《终身发妻》(*A Wife For a Life*)起,到 1943 年完成最后一部剧本《月照不幸人》(*A Moon for the Misbegotten*),30 年中,他一共创作了 21 个独幕剧和 30 部多幕剧。② 他的整个创作生涯可分成早、中、后三个时期:早期从 1913 年起到 1920 年他的第一部长剧《天边外》(*Beyond the Horizon*)在纽约公演止,这一阶段的创作以现实主义或自然主义为主要特色;中期从 1920 年起到 1934 年以反映信仰危机的《无穷的岁月》(*Days Without End*)公演,创作风格上他大胆尝试各种形式的

---

① 刘海平、徐锡祥编:《奥尼尔论戏剧》,北京:大众文艺出版社,1999 年,第 3 页。

② Virginia Floyd, *The Pays of Eugene O'Neill: A New Assessment*, pp. x - xv.

表现主义；后期创作从1934年起到1946年他的代表作之一《送冰人来了》(*The Iceman Cometh*)上演。其实1943年后他因帕金森病手抖而无法写作。这一阶段的创作风格，表面上看似回到了现实主义，但实际这是充分消化、吸收了各种现代派风格和手法后的一种新的现实主义创作方法。

卡品特认为奥尼尔的整个戏剧创作主题有一个简单明了的走向：①早期创作反映了他对"天边外"的美和理想的追求，这种追求激励着作品中的主人公去努力奋斗与生活，然而这种美和理想都无法实现，剧本因而成了带有浪漫色彩的悲剧；他的中期作品则把注意力转到了对美国现实中的丑的批评，并不时地将此与早期的梦想加以对照，现实因而显得格外丑陋。在经历了对天边外美和理想的追求和对现实荒原世界的批评探索后，奥尼尔的后期作品中的主人公都意识到天边外的美不但追求不到，也许根本就不存在。他们大多放弃了原先的二元思维方式，再不认为美就是美，丑就是丑，而达到了一种难得的悲剧的超然与冷静。卡品特归纳的这个模式，因简单难免有其疏漏，但对于奥尼尔创作的一个大致把握，却是相当有用。

除《休伊》(*Hughie*)之外，奥尼尔所有独幕剧都属于他的早期作品(1913—1920)，完成在20世纪的第一个十年中。其中最著名的要数《东航卡迪夫》，奥尼尔自己也认为《东航卡迪夫》很重要，"因为从中可以看到或感觉到我后来所有较为重要的作品中的精神和生活态度"。② 此剧的故事情节极其次要，但剧中包含了他后来剧本中常出现的要素和主题：海洋、迷雾、人生、没有希望的希望、友谊、死亡和宗教等等。场景设在夜雾中航行的远洋轮的前甲板上。人物是一群代表不同种族的水手。剧情在喜剧性的喧闹声中开始：考基吹嘘他在土著小岛上的风流经历，其他水手大声打岔。观众在舞台的后半部看到的却是另类氛围：在桅杆上作业摔伤的扬克，躺在床上，奄奄一息，只有德里斯克一人守在身旁，同情他的不幸。硬汉扬克惧怕孤独，向朋友倾诉自己对生活的感叹：他俩都想离开大海，在陆地合买农场过日子。扬克担心自己死后得下地狱。他还想起一位女招待对他的善意，请德里斯克为他买盒糖果送她。朋友间的理解和同情使他们暂时战胜了失意的沮丧和死亡的恐惧。剧终时，扬克死去，终于未逃脱葬身鱼腹的厄运。

在早期独幕剧中奥尼尔自己最喜欢的还是《加勒比斯之月》(*The Moon of the Carribbees*, 1918)。剧本像幅水彩，也像首小夜曲，没有情节，却有氛围。剧情发生在停靠于西印度群岛海滩的一艘远洋轮上。一群土著妇女在夜色月光下，划着小船，带着烈酒，来到甲板上。伴着忧伤的黑人乐曲，水手们争吵、

---

① Frederick Carpenter, *Eugene O'Neill*, pp. 56 - 75.

② Doris Falk: *Eugene O'Neill and the Tragic Tension* (New Jersey: Rutgers UP, 1958), p. 20.

喧闹、调笑,宣泄情欲与力量,直至斗殴伤人,女人们被赶离船只而去,水手们无精打采地回到了原先的生活。"瞬时间一片寂静。接着,传来阵阵令人忧伤、沉闷的乐曲,微弱,遥远,像是描写月光的曲调,隐约可闻。"剧本以这诗般的提示告终。

奥尼尔的另外两部独幕剧《归途迢迢》(*The Long Voyage Home*, 1917)和《战区内》(*In the Zone*, 1917)也同样以"格兰凯恩号"海轮为背景。显然,这四部作品都出自作者自己的海上经历,是作者独幕剧中的佳作,达到了较高的水准,特别是《加勒比斯之月》和《东航卡迪夫》中精细的氛围渲染和情感把握。

奥尼尔早期独幕剧还有:他的第一个剧本《终身发妻》、《网》(*The Web*, 1913)、《渴》(*Thirst*, 1913)、《鲁莽》(*Recklessness*, 1913)、《警报》(*Warnings*, 1913)、《雾》(*Fog*, 1914)、《流产》(*Abortion*, 1914)、《电影家》(*The Movie Man*, 1914)、《狙击手》(*The Sniper*, 1915)、《早餐前》(*Before Breakfast*, 1916)、《捕鲸记》(*Ile*, 1917)、《绳索》(*The Rope*, 1918)、《爱幻想的孩子》(*The Dreamy Kid*, 1918)、《划十字的地方》(*Where the Cross Is Made*, 1918)。

其中一些如丈夫在台前独白、妻子在台后只伸出一只手的独角戏《早餐前》;刻画渺无边际、无法捉摸的大海对航海人员的心理压力和精神扭曲,又能使人联想起麦尔维尔小说《白鲸》的《捕鲸记》;采用"悬念"而不是"戏剧反讽"技巧的《绳索》等,在主题或技巧方面在当时都有一定新意,较早被翻译和介绍到中国话剧界。

奥尼尔的早期创作还有三部多幕(三幕)剧:《奴役》(*Servitude*, 1914)、《救命草》(*The Straw*, 1919)和《天边外》(*Beyond the Horizon*, 1918)。在《奴役》中,作者试图回答易卜生在《玩偶之家》中提出但未曾回答的"娜拉出走后会怎样?"的问题。《救命草》则是作者根据自己在结核病疗养院的经历和见闻而创作的一部情意浓浓的情感悲剧,剧中较成功地刻画了希望,哪怕是绝望的希望,给人所带来的精神力量。

《天边外》是作者早期作品中的里程碑。《天边外》是作者第一个获得上演的多幕剧,也是他第一部在纽约百老汇上演的作品,并为他获得了第一个普利策奖(他一生三次获得该奖,死后还另被追加一次)。该剧的剧名以及具有浪漫色彩的悲剧主题,集中代表了作者早期作品的风貌。它于1920年在百老汇上的成功演出,标志奥尼尔早期戏剧生涯的结束和一个新时期的开始。

奥尼尔写《天边外》,是要回答他给自己提出的一个问题:那些常把在家乡务农视为理想的水手,当真留在家乡,会幸福吗?《天边外》讲的是农民梅厄家性格相反的两个兄弟的故事:弟弟罗伯特具有诗人气质,一心幻想"去天边外——中国、日本,或谁知什么地方——漂游";哥哥安德鲁安守本分,想的是在农场继承家业。两人都暗暗爱上了邻居露丝姑娘。当罗伯特决定随舅舅出海，露丝告诉他自己真心爱的是他，而不是安德鲁。罗伯特顿时认为自己茫茫追求的也许正是爱情。他改变主意留下。失望的哥哥只得出海远航。罗伯特管理农场，每况愈下。露丝悔恨自己选错丈夫，对罗伯特的态度渐渐冷淡。灰心的罗伯特对前来看他的哥哥安德鲁说，"我已没有幻想"。罗伯特的爱女夭折更是雪上加霜。潦倒的他又患上肺结核，奄奄一息。在海外倒腾粮食发财的安德鲁，赶回家中想帮弟弟，但时已太晚。最后一场，罗伯特拖着病重的身子，爬上山头，看了最后一眼天边外，大声喊道，"别为我伤心，你没见我最后是幸福的吗？——自由了——我自由了——从农场解脱了——自由地去漂游——永远漂游！"

《天边外》似乎告诉人们要了解自己，忠实于自己的理想，因为哥儿俩都背叛了自己的天性和理想，不得其所，痛苦不已。但我们也可以问，他们真的是信仰理想，还是自欺？特别是罗伯特最后高喊自由的场面。尤其是剧本不以罗伯特宣布找到自由，或安德鲁的自我安慰告终，而是以露丝承认失败，而最后达到悲剧升华：露丝"默默不语……她的思想已沉入平静，不再为任何希望而费心"。

奥尼尔的中期创作（1920—1933），时间跨度大，作品样式丰富，除了不断拓宽主题，艺术技巧也大胆尝试，努力开辟戏剧表现的新领域。这一时期，表现主义、现实主义和想象戏剧等多种创作风格在奥尼尔笔下，平行而又交叉地发展；面具、独白、分裂人格、分割舞台等手法无不用尽。

尽管奥尼尔会同时创作几个风格迥异的作品，许多作品中又包含不同的创作手法，为方便讨论，我们先把这时期的作品按其基本风格以及一些特殊类别加以归类综述，然后就重要的作品逐一讨论。

这一时期的创作，在风格和技巧上基本属于现实主义的有：《安娜·克里斯蒂》(*Anna Christie*，1920，四幕)、《黄金》(*Gold*，1920，四幕)、《与众不同》(*Diff'rent*，1920，二幕)、《最初的人》(*The First Man*，1921，四幕)、《榆树下的欲望》(*Desire Under the Elms*，1924，三幕)。这些作品大多通过描写家庭内部的矛盾来反映人与命运的冲突。

应用表现主义创作风格和技巧的作品有《琼斯皇》(*The Emperor Jones*，1920，八场)、《毛猿》(*The Hairy Ape*，1921，八场)、《布朗大神》(*The Great God Brown*，1925，四幕)。部分地应用表现主义技巧的作品有《难分难解》(*Welded*，1923，三幕)和《上帝的儿女都有翅膀》(*All God's Chillun Got Wings*，1923，二幕)。这些作品中不少还采用象征手法，是作者赋予剧本以原型意义的尝试。

在他的挚友、导演凯·麦高文建立"想象性戏剧"的主张鼓舞下，奥尼尔创作了《泉》(*The Fountain*,1922,三幕)、《马可百万》(*Marco Millions*,1925,三幕)和《拉撒路笑了》(*Lazarus Laughed*,1926,四幕)。这三部戏的主人公都是历史或宗教上的传奇人物,他们长途跋涉,不辞辛劳,努力实现自己的理想。剧本都用浪漫历险的形式来表达作者所理解的东方的神秘色彩和哲学智慧。

九幕剧《奇异的插曲》(*Strange Interlude*,1927)和由三部多幕剧组成的三联剧《悲悼》(*Mourning Becomes Electra*,1931,十三幕)是作者创作力最旺盛期的力作。它们气势恢宏,演出时间都在五小时以上,幕间还让观众在剧场周围用晚餐。作者对这些原本描写家庭关系的作品做了现代心理学的阐述,力图把它们提升到史诗剧的高度。奥尼尔创作这两部超常的重头作品,是他有意识对自己的一种超越。但是,《悲悼》也代表了奥尼尔创作高产期的结束。

其实早在1928年,与妻子感情的变化、婚姻破裂以及美国不久发生的经济大萧条,使奥尼尔渐渐堕入了长期的思想苦闷、精神和感情的混乱。这不但影响了《悲悼》后期创作的部分质量,更主要的是,使他着手写的另一组三部曲"被上帝遗弃者的神话剧"(*Myth-Plays for the God-Forsaken*)陷入困境,最后不但只完成了其中两部:《发电机》(*Dynamo*, 1928,三幕)和《无穷的岁月》(*Days Without End*,1933,四幕),而且都是失败之作。

在创作《无穷的岁月》过程中完成的《啊,荒原!》(*Ah, Wilderness!*, 1933,四幕)是奥尼尔作品中唯一的喜剧,独成一体。作者认为剧本使他摆脱了"长期束缚着他的旧的模式"。

曾八易其稿、花了九牛二虎之力才完成的《无穷的岁月》上演未获成功,奥尼尔决心告别剧场,潜心创作。他计划写一个关于爱尔兰移民家庭在美国的兴衰史的新的连台历史剧。总的主题是:"如果有人在得到世界的同时失去自己的灵魂,意义何在?"这被宣布为由11台戏组成的连台戏,最后被定名为《占有者自我剥夺记》(*A Tale of Possessors Self-Dispossessed*)。但奥尼尔只完成其中三部的初稿,它们是:《诗人的气质》(*A Touch of the Poet*, 1935—1939,四幕)、《更庄严的住宅》(*More Stately Mansions*, 1938,三幕)、《宁静的南回归海面》(*The Calms of Capricorn*,1935,四幕)。他自己越来越不满意这些稿子。1939年,他索性将它们束之高阁,着手创作属于他后期作品的四个剧本。1943年他又重新拿起这连台戏,但他渐渐明白自己已没能力成此壮举。他遭受帕金森病的折磨,双手颤抖不止。最后他销毁了除《诗人的气质》以外的连台戏其他手稿。由于疏漏,在稿纸上明确标为"未完稿"的《更庄严的住宅》也被留了下来,1964年和1988年经他人整理编辑,先后出版了该剧的删节本和全本。在1935年,奥尼尔只完成《宁静的南回归海面》的剧情故事,后也经他人"充实发展"成剧本,于1982年出版,但这些终究不是作者自己完成的作品。

1920年的奥尼尔如果只是个编剧匠,他一定会顺着已使他名利双收的《天边外》的套路继续写下去。但他下一个创作的剧本《琼斯皇》却跟现实主义大相径庭,令人惊叹。

主人公布鲁特斯·琼斯原是火车卧铺车厢的搬运工,因赌博斗殴犯命案,被捕入狱,杀了守警,逃往南方,利用在火车上工作时从白人那里学来的狡诈和计谋,当上西印度群岛中一个小岛的皇帝。他的残酷统治维系在一个谎言上:神佑使他刀枪不入,只有银子弹才能击倒他。无情的压迫和盘剥终使土著民忍无可忍,起而反抗。琼斯慌张出逃,因惊慌在丛林中迷了路,在丛林中兜了一大圈又回到原地,精疲力竭,被土著人用熔化银元制成的银弹击毙。故事虽有趣,但这只是个现实主义的框架,只发生在一、二、八场,且只在一、八两场中有戏剧对白。

这出戏的其余五场,是现实的丛林环境和琼斯头脑中种种幻象的巧妙结合,这些闪现的幻象既有他个人经历的回忆,又有美国黑人种族史中可怕场面的再现。其中有无状的恐惧、斗殴杀人,也有历史上贩运、拍卖黑奴,非洲术士给鳄鱼祭祀活人等。剧情丰富,内涵深邃,可从现实层面理解,也可从象征主义、荣格的集体无意识理论、原型批评等层面切入。

然而作为戏剧作品,《琼斯皇》的魅力主要在于对表现主义手法的完美应用,既增强了戏剧效果,又深化了主题。以音响效果为例:舞台上幕后始终响着土著人给自己壮胆的"咚咚"非洲鼓声,开始每分钟72下(人的正常脉搏频率),伴随着台前琼斯紧张心理的加剧,鼓声愈来愈快,直至剧终。这种把主人公心理外化的表现主义手法,迫使观众同时体验主人公心中的恐惧。琼斯为驱赶恐惧而开左轮枪的六次枪声,也功能奇妙:既分割戏剧场次,又同时存在于现实与心理之中,每次枪声都再现了过去的暴力、现时的仇恨和恐惧的解除,加以戏剧外化,使观众身临其境,在震惊中体验,欲罢不得,实为神来之笔。

如说《天边外》给作者带来国内声誉,《琼斯皇》则使他的名声响彻世界。正是这个用铅笔在三张打字纸的正反两面,密密麻麻写就的短小紧凑的剧本,通过我国话剧创始人之一洪深先生的借鉴和模仿,使奥尼尔戏剧艺术第一次传进了中国。①

《琼斯皇》上演一年后,奥尼尔又推出一部风格迥异的作品——《安娜·克里斯蒂》,令观众同样倾倒,评论家同样赞叹,还很快被拍成无声电影,1929年重拍成有声电影。《安娜·克里斯蒂》的剧情围绕着女主人公安娜与其父亲克里斯和海员迈特的情感冲突而展开。安娜是奥尼尔笔下一个心灵纯洁、道德

---

① 洪深比奥尼尔晚五年成为哈佛大学贝克教授"47号戏剧写作训练班"戏剧创作课的学生。他回国后,在1922年创作并于次年公演了深受奥尼尔《琼斯皇》影响的剧本《赵阎王》。见刘海平、朱栋霖著:《中美文化在戏剧中交流——奥尼尔与中国》,南京:南京大学出版社,1988年,第28—29页。

高尚的妓女。克里斯是一艘运煤驳船的船长,生性固执但心地善良。他把自己对女儿的爱和保护简化为让她远离大海"那个老魔鬼"。安娜被交给住在内地的表兄们抚养,却遭诱奸,沦为妓女。幕启时,安娜来纽约码头找她毫不熟悉的父亲。克里斯痛苦地发现女儿热爱大海,还与被他救上驳船的水手迈特一见钟情。尽管安娜告诉迈特她从没爱过其他男人,她仍怕迈特一旦知道她的身世,会不再爱她。父亲与迈特因为她而争吵不休,甚至动武。安娜不得不把自己的痛苦身世,气愤地告诉了这两位男子。惊讶、绝望的老爸克里斯上岸喝得酩酊大醉,并签约要去远洋轮工作。原以为安娜是"最纯洁的姑娘"的迈特,也在失望痛苦中酗酒一场,与远洋轮签约。迈特回到船上直面安娜,一场争吵使他认识到安娜的真心。两人决定第二天去教堂结婚,并向大海敬酒。老头克里斯赌咒大海,看着洋面上滚滚而来的大雾,喃喃道,"雾,雾,雾,残酷的时代!"

尽管此剧为作者第二次赢得普利策奖,结尾似乎也说明这不完全是一些评论家所批评的"好莱坞式皆大欢喜"的情节剧,但奥尼尔后来坚持不同意出版社把它收入《奥尼尔九剧》的自选本中。把普利策奖授予此剧,而不是比之更具悲剧品格的《琼斯皇》和后来的《榆树下的欲望》,在一定程度上说明了当时的剧评风尚。有趣的是,《安娜·克里斯蒂》也深受中国观众的喜爱。无论在20世纪30年代,还是80年代改革开放初期,此剧都被多次搬上中国舞台。

1922年4月的百老汇上演了一出糅合了自然主义、表现主义和象征主义,八场不分幕的戏剧《毛猿》。幕启时的场景是逼真的水手舱:矮矮的房顶,层层铁床围绕四周,像是个铁笼。司炉"扬克",体格魁梧,性格粗野,浑身炭黑,酷似"毛猿"。他充满自信,自认是轮船前进的动力。他藐视同伙中怀旧的老水手和嘟囔着要推翻现实世界的无政府主义者。

住在顶层头等舱的钢铁巨头的女儿蜜尔菊,百无聊赖,一身白装,好奇地下到锅炉房。当她转身见到扬克的模样,尖叫一声"肮脏的野兽",便被惊吓晕倒在地。扬克失去心理平衡,作"思索"状,无果,决心寻找蜜尔菊那伙报复。接下来是表现主义戏剧的经典场面:礼拜天上午,纽约第五大道,教堂走出一排排面无表情、木偶动作的白人男女。扬克上前"论理",但他们看不到他的存在,径直走去。无奈的扬克,出拳打去,拳落在一位胖绅士的脸上,但他纹丝不动,像是什么也没发生。扬克被送入狱。出狱后去"世界产联",要求加入破坏行动,被拒。最后走进动物园与猩猩对话。他羡慕猩猩归属自然,而自己上不属天,下不着地,吊在中间。他放出猩猩,被猩猩拥抱窒息而死。猩猩把他扔进铁笼,自己扬长而去。最后的舞台提示是:"也许扬克总算有了归属。"

剧本虽然对资本主义上层社会的矫揉造作、冷酷无情,对资本主义社会中的阶级分离和反差等作了无情的揭露和抨击,但作者并不站在某个阶级立场说话，剧本对生活在社会底层的无产阶级的盲目得意、激进或守旧等态度都一一画了脸谱，进行批评甚至嘲弄。奥尼尔在作品中竭力要表现的似乎是人类共同的生存条件和困境。奥尼尔认为，“扬克”就是寻找归属的你与我，是每一个人。确实，剧本多处使用象征手法。轮船的上、下舱象征着区分阶级的社会；布满铁床的船舱，街上毫无表情的人墙、监狱里的牢房铁笼，动物园的笼子等等，象征着现代工业社会中遭受异化的人们冷漠的生存环境和相互关系。这部作品在我国改革开放初期，曾受到思想文艺界人士的特别重视。

《上帝的儿女都有翅膀》写的是一位白人姑娘与黑人男子的婚恋悲剧。生活在同一街区的吉姆与埃拉两小无猜，一起玩耍、成长。吉姆一心想当律师。但他与埃拉的友情遭到各自种族的朋友的嘲笑。成年的埃拉染上了白人优越感，遭白人“朋友”诱奸，沦为妓女。上了大学的吉姆依然真心爱她，坚持要和她结婚，并自卑地说“不敢奢望埃拉会爱他”。绝望中的埃拉接受了他，但吉姆的妈妈和姐姐都反对他娶一个堕落的女人。环境的压力和自己内化了的种族偏见使埃拉对吉姆爱恨交加，饱受心理煎熬，导致神经错乱。吉姆也因自卑，屡次律师资格考试失败一事无成。剧终时，埃拉进入孩子般的痴呆状态，对吉姆说：“我想再和你一起玩……你做我的小男孩，你扮小白脸，我扮黑乌鸦。吉姆，来，我们一起玩吧！”吉姆答道：“是的，是的，我会在天国的门口和你一起玩耍！”

《上帝的儿女都有翅膀》在1924年排练、预演和纽约公演期间都引起种族冲突。在美国南、北方广泛传播并拥有三四百万党徒的三K党，曾多次威胁要诉诸暴力来阻止该戏的上演。然而，种族内容只是此剧一个层面的意义。黑白可以是象征，代表其他种种社会和人际的差别。剧本戏剧性地再现了基于这种差别的社会偏见和环境压力，以及对人们的心灵和情感的摧残。有趣的是，“吉姆”和“埃拉”是奥尼尔自己父母的名字。把此剧看作是作家家庭的象征，并不过分。谈到此剧时，奥尼尔说：“有一点必须牢记，黑人问题不是这个剧本的关键，并不只有黑人问题才会带来偏见。”①

在《上帝的儿女都有翅膀》中，奥尼尔对表现主义戏剧手法又作了新的尝试，如二幕二场中，随着男女主人公内心矛盾的加剧和心理负担的加重，房间的天花板愈压愈低，房间愈变愈小，让观众和他们分担喘不过气的感觉。吉姆和埃拉结婚那场戏也有同样的效果：教堂钟响，白人和黑人纷纷从家中走出，“在教堂两边形成两道种族界线。个个态度生硬，互不相让，以严峻、敌视的目光盯着对方”。这完全是两位主人公内心感受的外化，让观众体会相同的感受。

在纽约上演此戏的同时，奥尼尔又推出现实主义的新作《榆树下的欲望》。

---

① 刘海平、徐锡祥编：《奥尼尔论戏剧》，北京：大众文艺出版社，1999年，第90—91页。

演出遭受官方的骚扰。纽约地方检察官对剧中出现的通奸、乱伦和杀婴提出干预。波士顿、伦敦等地干脆禁演。剧情开始于1850年,地点是埃弗雷姆·卡伯特在新英格兰的农场。75岁的埃弗雷姆在他乡迎娶第三个妻子,两个前妻都因劳累病故。幕启时,三个异母同父的兄弟都恨父亲,策划造反。两位兄长决定前往加利福尼亚淘金。老三伊本偷了他认为是父亲从他母亲那儿掠夺的钱财,给兄长作路费,买下他们对家产的继承权。就在这时,埃弗雷姆和他新娶的年轻的妻子爱碧回到了农场。

第二幕描写为财产才嫁给埃弗雷姆的爱碧,厌恶丈夫,开始勾引伊本。伊本为爱碧所吸引,他安慰自己说这是为了给他的生母报仇。这一幕以"母""子"乱伦告终。第三幕,一年后乡邻前来庆贺埃弗雷姆老来添子,其实明白小孩为伊本所生,只有埃弗雷姆被蒙在鼓里。伊本听说爱碧为继承财产,才勾引他生儿子,不由怒火中烧,痛斥爱碧。爱碧闷死新生儿以证明自己并无他计。伊本前去通告乡警。就在这时,他相信了自己和爱碧的感情,愿与她同受罪罚。旭日东升,这对不幸而又幸福的青年,铐着手链,挽手走出农场,接受命运的审判。只有老埃弗雷姆一人,留在了这使警官也为之称道的农庄。

奥尼尔曾说,他做梦梦见了《榆树下的欲望》的全部情节。其实,剧中不少情节是他自己家庭关系的写照,父亲的吝啬,父子间的紧张关系等。同时它也是部美国历史剧,有具体的地点和历史时期。新英格兰的早期殖民地、恶劣的耕作环境、人们的清教思想和生活态度、西部开发与拓展、加州淘金等历史事件,在剧中一一得到反映。剧本还自然融入了大量希腊悲剧式的情节、氛围和精神。《榆树下的欲望》使人想起《俄狄浦斯王》中的乱伦和《美狄亚》中妻子为了丈夫而杀死儿子。不同的是,《美狄亚》中妻子是为了报复丈夫,而在奥尼尔的戏中是为了证明自己对丈夫的温情。《榆树下的欲望》是作者通过新型的人际关系来讲述一个古老的神话。现代与古典,现实与神话,尼采、弗洛伊德和希腊原型,现实主义剧情和作者自己设计的表现主义舞台布景等都在剧中得到和谐统一。

舞台上引人注目的是屋顶上方枝蔓下垂的老榆树。这"榆树"象征令人难以透气的清教环境。被压抑在榆树下的屋子内,冒着文火的欲望,不时变成熊熊烈火,井喷而出。从某种意义上说,这是部批评物欲和情欲的戏剧,然而奥尼尔在给评论家内森的信中却说,"我认为你们都没有理解我感到《榆》剧中最重要的特性,即试图赋予新英格兰地区受压抑的生活欲望以史诗般的色彩,使难以表现的欲望能像诗歌一样得到表现,获得释放。正是这种诗的景象照亮了生活中最卑鄙、最污秽的死胡同"。①

---

① 刘海平、朱栋霖:《中美文化在戏剧中交流》,南京:南京大学出版社,1988年,第187页。

在语言方面，此剧也代表了作者的重要成就，他为不善言辞的农民找到了适合他们身份、生动形象的言语。《榆树下的欲望》是奥尼尔的一部力作，它再次为作者在世界范围内赢得声誉。

《布朗大神》(*The Great God Brown*，1925)批评了美国社会中压抑灵性和摧残理想的资本主义商业化和拜物主义。剧中两个主人公使人想起《天边外》中的兄弟俩，一个具有诗人气质，是个理想(或幻想)主义者，另一个头脑空空，是个拜物主义的商人。剧中大量使用面具来表现人格分裂、拜物主义和理想主义的严重对立。这种戏剧尝试，使当时的世界舞台为之一震。剧本分四幕，前两幕描写的是狄安・安东尼同商业化环境之间冲突的悲剧。为了抚养妻儿，狄安放弃绘画，在他的旧日同学威廉(比尔)・布朗的建筑事务所当制图员，而且这是同为大学同学的妻子玛格里特为他说情找来的工作，他内心深感侮辱。于是，这位敏感的艺术家经常戴起愤世嫉俗的面具，酗酒放纵，到妓女西贝尔的怀里寻求安慰和理解。最后酗酒过度而死。

剧本的后两幕是比尔・布朗的悲剧。狄安死时，把自己真实的面具给了比尔。比尔戴上狄安的面具，也就继承了狄安的艺术天分和创造才能，建筑设计大获成功，甚至还赢得了玛格里特的爱情。后者把他看作是自己的丈夫。同时，比尔继承了狄安的洞察力和诚实的态度，开始谴责自己的虚伪，看到并承认自己个性的分裂。最后，比尔变得只有面具而无内在，于是他扔掉了比尔的面具，投入了妓女西贝尔的怀里。警察找到了比尔，但看到的是狄安的面具，于是他们指控他(误认作狄安)"谋杀"了比尔・布朗。当警长问："那么，他叫什么名字?"西贝尔答道："人!"剧中布朗有句点题的台词："人生来便是支离破碎，修补是他的生活，上帝的恩典是胶水。"然而剧中面具使用过泛、过杂，作家的企求过多，以致有时寓意不详，甚至自相矛盾。

奥尼尔20年代戏剧创作中另一个尝试是他为凯尼斯・麦高文提倡的"想象戏剧"所写的三个剧本。这些戏的主角都像流浪汉小说中远行万里的主人公。剧情明显受到东方哲学和宗教的影响。对中国读者来说最有趣的也许是《马可百万》。尽管它公演于1928年，奥尼尔早在1917年就有此戏的创作计划。之后，他看了大量关于中国历史和文化的书籍。

《马可百万》是奥尼尔借历史传奇人物马可・波罗来讽刺、抨击美国的拜物主义，这也是他唯一把主要场景设在中国的作品。序幕是波斯王后阔阔真的灵柩从波斯被运回中国。第一幕的时间倒回了20多年：元世祖忽必烈邀请西方智者来中国，与佛家、道家及儒家进行宫廷辩论，罗马教皇派马可作为西方特使随其叔父前往中国。第二幕与第三幕剧情历时九年，都发生在中国。忽必烈听了年轻自负的马可介绍西方统治之道，让他出任扬州知府。忽必烈的孙女阔阔真年轻美丽、纯真多情，爱上了阅历丰富、能说会道的马可。当她后来意识到一心聚财的马可不可能回应她的爱情时,她心灰意懒地决定远嫁波斯国。但她仍心存最后幻想,要求马可护送。航行结束,伤心绝望的公主在前来迎娶她的波斯王面前,竭力讽刺、挖苦那感情麻木、小丑般的马可。发了大财的马可,自足地回到了家乡威尼斯。奥尼尔在剧中把现代西方社会的拜物主义,放在被他理想化(或说"东方主义"化)了的中古时期的东方文明的背景上,加以喜剧性地夸大、嘲讽和鞭挞。

20年代末期,奥尼尔以两部超长巨作《奇异的插曲》和《悲悼》来结束他整个艺术生涯中创作力最旺盛的阶段。《奇异的插曲》发表时,人们争相购买,把它当小说一样阅读。它不但跟当时的意识流小说遥相呼应,而且也是奥尼尔舞台效果特好的几个剧本之一。①

《奇异的插曲》不同于《马可百万》,它写的完全是现实人生,突出的是人们的内心世界。它的逻辑主题似乎是:忙碌、烦恼的人生,在严厉的上帝面前,只是个奇妙而短暂的插曲,只是天地间的炼狱。它的场景设在一次大战后不久的美国。尼娜的父亲是新英格兰地区的大学教授。年轻性感的尼娜生活在清教主义的冷漠中,深感压抑。她那健壮英俊的恋人、飞行员戈登在大战结束前两天战斗身亡。尼娜责怪父亲对她婚事的阻挠,也自责胆怯,未在戈登出征前以身相许。她离家远走,去医院护理伤病员,为他们作"性安抚"。但性解放的生活没给尼娜带来内心平静,父亲却在惊怒中死去。无奈之下她嫁给了平庸但却诚实、热情崇拜她的萨姆,以期过平静的生活。但婆婆告诉怀孕了的尼娜,萨姆家有精神病史,恳求她不让萨姆知道而去堕胎,并另寻男子重新怀孕。

萨姆的好友达瑞尔医生对尼娜早有好感,但他一直以医生的冷静自律。尼娜向他提出要求,他俩便以"为了萨姆"和"科学试验"为名,心安理得地发生了关系。尼娜发现自己爱上达瑞尔,想丢下萨姆,跟他远走高飞。达瑞尔却深感内疚,离开尼娜去了欧洲。漂游期间,他了解了自己的感情,又回到尼娜身边。但尼娜这时已当妈妈,萨姆也变得自信。11年后,萨姆生意兴隆,生活舒适。尼娜既有宠爱她的丈夫,又有离不开她的情人,还有健康、活泼的儿子小戈登,以及她父亲的学生、默默地爱着她的作家查尔斯。

又过了10年,萨姆在观看儿子游艇比赛时因兴奋过度猝死。尼娜为留住儿子而激烈反对他的婚事。热恋中的小戈登决定跟他的恋人远走高飞。尼娜想让达瑞尔公开真情,留住儿子,但达瑞尔已摆脱她的束缚,而倾心相助另一年轻人的生物实验。尼娜最终决定嫁给能给她带来父爱和宁静的查尔斯。

《奇异的插曲》的剧情围绕着尼娜和她身边几个男子的复杂关系展开。每

---

① 2000年,纽约百老汇还隆重上演过这出戏。2001年12月我国山东艺术学院戏剧系在全国奥尼尔学术会议期间作了两个半小时的删节本演出,也给了观众艺术的震撼。

层关系都包含了她在自由和道德中作的痛苦选择。在一定意义上，此戏戏剧化了尼采的权力意志思想，塑造了一个歌德所说的"永恒的女性"。需要指出的是，尼娜只能通过她周围的男子才能实现自己的存在和价值。她那段著名的独白："我的三个男人！……我能感到他们的欲望汇集在我身上！……我是个整体"，似说明尼娜没有自己的欲望，有的只是汇集在她身上的男人的欲望。从现代意义上看，《奇异的插曲》刻画了父权垄断社会中一位女性徒劳的纷争。尼娜曾说，"上帝被创造成男性形象一开始就是个错误……这使生活那么反常，使死亡那么不自然……我们应该想象，生命是圣母玛丽亚在痛苦分娩中创造的，我们因此会明白她的女儿们为何继承痛苦……"奥尼尔在此剧中继续探求新的戏剧表现手段：剧中人物的直接对话只是掩盖内心的面具，而旁白才表露他们真实的感情和思想。

《悲悼》三部曲包括《归家》(*Homecoming*)、《猎杀》(*The Hunted*)和《鬼魂》(*The Haunted*)，共13幕。它参考有关阿伽门农和克丽泰涅斯特拉关系的希腊神话和埃斯库罗斯的同题材悲剧三部曲，演示一个美国内战时期发生在新英格兰的一场家庭悲剧。奥尼尔把现代心理学上的性看作是悲剧的重要动因。剧本中延续几代无法自拔的悲剧根源是埃兹拉·曼农将军的叔父们毁坏家风，诱奸女仆玛丽亚，然后将她逐出门外。被剥夺了继承权的玛丽亚的儿子亚当结束了海上漂泊，回来寻找曼农家报复，却爱上了埃兹拉的妻子克丽斯丁。长期在家空守闺房的克丽斯丁，对清教徒丈夫埃兹拉和他那曼农家族早就怀有敌意。亚当的浪漫经历和豪放激情，使她精神解放，获得追求自由的勇气。接着发生了环环相扣的家庭凶杀：克丽斯丁毒死了才从内战前线凯旋的丈夫曼农将军；女儿拉维妮娅怂恿从战场归来、性格软弱的兄弟奥林枪杀了亚当。克丽斯丁在绝望中自杀。奥林深陷内疚与自责，拉维妮娅带他去太平洋(初稿中为"中国海")上的"幸福岛"。奥林仍无法忘掉过去，回到家中精神失常，自杀身亡。拉维妮娅成了曼农家族中唯一留下的成员。她意识到无法躲避曼农家族厄运的诅咒，须面对过去接受惩罚。她拒不嫁人，把自己关在曼农家深深的大宅里。剧本有着明显的希腊悲剧气势和氛围。然而作品受弗洛伊德影响过多，心理动机过于直率，过于夸大了恋父情结和恋母情结的必然性，令人难以置信，因而削弱了作品的感染力。

奥尼尔创作"被上帝遗弃者的神话剧"三部曲，是要探讨人们在现代社会中的信仰问题，是想要挖掘他所感受到的"当今一切社会弊端之根源——旧的上帝的死亡，科学和物质主义又无法提供一个令人满意的新的上帝"。[1] 但《发

---

① Doris Alexander, *Eugene O'Neill's Creative Struggle: The Decisive Decade, 1924—1933* (Pennsylvania State University Press, 1992), p. 129.

电机》公演时,它那生硬的情节和虚假的人物立即受到评论界的一致批评和指责。奥尼尔后来承认说,《发电机》"创作于一个我本不该创作的时期"。①

《无穷的岁月》的创作过程特别艰难,作者呕心沥血、八易其稿,结果却跟《发电机》一样糟糕。该剧几乎全是主人公约翰·洛文的心理动作。舞台上约翰·洛文分成两个不同角色,由两个演员分别扮演健康、坦率、外向的"约翰"和满怀怨恨、愤世嫉俗、性格内向的"洛文"。约翰不用面具,洛文则戴一副死亡的面具。另两个主要人物是约翰的妻子以及约翰当神甫的舅舅。主题是现代社会中的宗教(天主教)信仰。情节围绕着各方争夺约翰·洛文的灵魂而展开。剧本存在的问题十分明显:约翰和洛文简单地成了善与恶的象征与对立,过于抽象,过于概念化,缺乏可信度。如今,《发电机》和《无穷的岁月》的价值主要在于可供我们分析作者自己的精神危机和心理历程。

《啊,荒原!》是奥尼尔作品中唯一的喜剧。它是奥尼尔戏剧创作中的一首温柔、轻松、幽默的小插曲。它在百老汇演了一整年,以后又成了许多剧团的保留剧目。剧本的场景设在奥尼尔父母夏天常住的康州小镇纽伦敦。时间是1906年7月4日的国庆。这是个生活宁静、民情纯朴、令人怀旧的年代与地点。主题与情节是少年成长的烦恼。镇上小报发行人米勒先生和他那贤惠的夫人有两个儿子,一个女儿。天真、敏感的小儿子理查德即将中学毕业,他对诗歌、爱情、激进思潮充满幻想。他的初恋由于女友父亲的反对而受挫。他痛苦万分,"看穿"世界,在酒吧酩酊大醉,深夜未归,险与妓女过夜,令家人焦急万分。次日,与女友秘密约会,消除误会,重归于好。理查德增长了生活经验,其他人也都从中受益。受到冲击、振荡的家庭重返平静。

由于该剧从正面描写美国中产家庭,价值观似乎保守,上演后很快受到左派评论家的严厉批评。1934年约翰·劳逊称之为"对美国家庭和美国理想新的法西斯式的鼓吹"。② 其实,《啊,荒原!》不仅是个多情善感的喜剧,它幽默中含有反讽。中产阶级道德观在剧中固然占着主导,但并没被当作理想来歌颂,作者有意与之保持距离。如果说该剧描绘了奥尼尔应该经历而从没有能经历的童年,它的大背景仍然是个"荒原"。剧名实际上起到画龙点睛的效果。③ 奥尼尔对"荒原"的意象十分看重,1934年出版他当时的全部作品集时,他自定名为"奥尼尔戏剧集:荒原版"。另外,把《啊,荒原!》和作者后期描写他同一时期真实经历的悲剧《进入黑夜的漫长旅程》放在一起读,也许更容易理解这部作品的含义。

---

① Frederic I, Carpenter, *Eugene O'Neill*, p. 131.

② Joel Pfister, *Staging Depth: Eugene O'Neill and the Politics of Psychological Discourse* (U. of North Carolina Press 1995), p. 168.

③ 参见 Joel Pfister, 第143页。

《诗人的气质》的写作横跨奥尼尔中、后两个时期，从主题和手法看，它属于作者的中期作品，但也具有后期创作的一些特点。[①] 此戏情节复杂，结构精巧，结尾既悲又喜。它包含两条平行而又交叉的动作线。第一条主线的动作发生在台后，由萨拉·梅勒迪和黛博拉·哈福特两个女角色作交代。主要讲萨拉·梅勒迪这个爱尔兰籍的现实女子如何引诱、征服并嫁给了西蒙·哈福特这位爱幻想的美国理想主义者。西蒙是新英格兰地区的富家子弟，哈佛毕业后，不顾母亲黛博拉的反对，自我放逐，来到大自然的怀抱，在湖边盖个小屋，想像梭罗那样，过简朴生活，写诗歌，思考问题，还计划写本批判拜物主义的书。不期与萨拉相遇，坠入情网，而萨拉身上正体现着他想批判的贪婪的欲望。他病倒后，被萨拉带到她家的小客栈。黛博拉前来要求萨拉别设圈套跟西蒙结婚。最终，萨拉用自己的身子征服了西蒙，攻克了他所代表的傲慢贵族的"城堡"。这条线索正是奥尼尔为大型连台历史剧设计的主要情节：美国的理想主义被实用主义和拜物主义所俘虏。

然而剧中围绕这条情节线发展的还另有一条更具生气、更富戏剧性、也更为可信的线索。它描述这位讲究现实的萨拉与她那生性浪漫的父亲康内里斯·梅勒迪的矛盾冲突。康出身低微，入伍后不少劣迹，现在的家境深陷窘境，但他总以曾在英国骑兵部队当过少校为荣，把自己看作虎落平阳、无可奈何才跟他所蔑视的人们打交道。他自我欣赏地穿一身老式的贵族服装，骑匹比他自己妻女更受珍爱的母马，神气活现地行走在街上。他自鸣得意地背诵拜伦诗歌，异想天开地向黛博拉求爱，又要与黛博拉的丈夫决斗，结果被警察痛打一顿，受尽侮辱。萨拉迫使父亲正视自己在欧洲真实的过去与他在美国真实的现在，彻底粉碎了康的浪漫幻想。康打死了象征着虚幻的过去的那匹马，心甘情愿地与借酒浇愁的下层移民们为伍。

在这条复线中，康的形象使人想起了奥尼尔后来《送冰人来了》中的那群酒鬼，萨拉对她父亲发起的挑战和最后的战胜，似乎既必要也很凄凉。这些都说明《诗人的气质》是奥尼尔由中期创作向后期过渡的作品。

奥尼尔是因其中期创作成名而登上国际剧坛的。这个阶段的创作特点之一是贪大求新。这可说是时代的烙印。当时美国物质生产迅速发展，以H. L. 门肯为代表的文化民族主义竭力主张摆脱民族文化的自卑，建立独立繁荣的美国文学。但正如罗伯特·布鲁斯汀所指出，当时普遍追求的常常是文学的外表，而不是内在；文学家的个性气质，而不是艺术才能。[②] 当奥尼尔在小剧场运动和嗣后百老汇以一些严肃题材的习作刚露头角，大批如饥似渴的评

---

① Frederic I. Carpenter, *Eugene O'Neill*, p. 144.

② Robert Brustein, *The Theater of Revolt* (Boston, 1964), pp. 311 - 312.

论家蜂拥而至,认为找到了可与欧洲易卜生、斯特林堡、萧伯纳相比的土生土长的美国戏剧家,把他与埃斯库罗斯、欧里庇得斯和莎士比亚相提并论。在这样的气氛下,奥尼尔自己也雄心勃勃,决心挑战戏剧史上气势最大的作家,欲与比试高低,他作品的篇幅因而越来越大。我们今天回头审视,不难发现这些作品的刀痕斧迹。有些轰动一时的作品,如《布朗大神》,随着时间的推移和"新思潮"的退潮,作品的不足随之显露。

这就是为什么奥尼尔被他同代的评论家如乔治·纳森等评价极高,而遭第二代——主要是新批评派——如法兰西斯·弗格森和埃利克·本特立等的尖锐批评,说他"思想贫乏"、"好高骛远"。由于1934年《无穷的岁月》的失败和紧接着12年中没有一部新作问世,他的声誉江河日下。在人们心目中,他似乎江郎才尽,他的名字逐渐被人遗忘。

然而,真正标志着奥尼尔艺术成就的是他的后期创作(1939—1943)。这时的奥尼尔受到冷落,甚至被遗忘。正是在这样的年代里他在思想和艺术上更趋成熟,真正达到了创作的巅峰。不少剧作家稍有名气,便难以抗拒剧评家、上演人和观众的压力,跟着他们无形的指挥棒转,背离自己的创作源泉或创作个性,要么简单重复自己,要么追求新奇,这样的作品自然不会有生命力。在他们那里,成名作往往成为他们一生的最佳作。而奥尼尔自1934年起,一直远离演出界和出版界,置舆论压力于脑后。特别是1936年当他成为美国历史上第一个(至今仍是唯一)获诺贝尔文学奖的剧作家后,他用得到的全部奖金,在离旧金山不远的山中建造了一所他称之为"大道别墅"的仿中国式房子。在以后的十来年中,他像位道家隐士,远离尘世。他认真总结,潜心创作,用最适当的形式来表达自己对人生所作的思考,写成了两部堪称世界现代戏剧史上的杰作《送冰人来了》(*The Iceman Cometh*,1939,四幕)和《进入黑夜的漫长旅程》(*Long Day's Journey Into Night*, 1940,四幕),以及另外两部重要作品《月照不幸人》(*A Moon for the Misbegotten*, 1943,四幕)和《休伊》(*Hughie*,1940,独幕)。正是这些后期作品在内容和艺术上的成熟完美,使奥尼尔在20世纪下半叶能在美国剧坛,包括百老汇、外百老汇、地区剧院东山再起,即使在21世纪初,仍势头不减,从而确立了他在世界戏剧舞台上牢固的地位。奥尼尔是世界剧坛并不多见的艺术生涯不但有第一幕,还有第二幕,更有精彩的第三幕的戏剧家。近几十年来,奥尼尔的各种传记、评论集和研究专著接二连三,层出不穷,在美国还相继成立或命名了"奥尼尔学会""奥尼尔戏剧委员会""奥尼尔戏剧中心""奥尼尔剧场"和"奥尼尔大街"。他在加利福尼亚的中式旧居也经国会批准成为"国家公园"单位。

《送冰人来了》1946年的演出评论界和观众反应平平,尽管奥尼尔自己曾出席排练的全过程,媒体对此报道不少。叫好的有,更多的则觉得太凄凉、太沉闷。一致的意见是戏过于冗长。然而1956年年轻的导演昆泰罗重排此戏，忠于原著，不作删改，强调作品交响乐式的多声部结构，大获成功。也需指出，这部戏的成功跟时代变化引起观众审美情趣变化有关：1946年二战刚过，观众难以接受如此凄凉的戏；1956年人们才有可能欣赏作者写于1939年的自我嘲弄式的作品。萨缪尔·贝克特的《等待戈多》在伦敦的首演也在同一年。

《送冰人来了》跟《进入黑夜的漫长旅程》一样，时间设在作者一生中最关键的年份：1912年。在这一年，他曾与社会底层人士为伍，混迹于纽约一家蹩脚的小酒店里；曾山穷水尽，自杀未遂；曾采用不光彩的方法与第一个妻子离婚；曾得肺结核，住进疗养院，确定走戏剧之路的终生目标。

《送冰人来了》的场景设在纽约老城区西部的一个下等酒吧兼客栈。在哈里·霍普(Hope)的酒店里，一群醉眼惺忪、被社会遗弃的长年房客正等待着五金推销员希基的到来。希基每年在霍普的生日前到来，讲笑话给大家逗乐，还请客让他们开怀痛饮。这批酒徒，多年不跨出店门，把这昏暗的酒吧视作自己"人生的最后落脚点"，靠酒、幻想、同病相怜的理解和鼓励度日。

希基终于来到，但他一反常态，说他已迷途知返，要大家接受他"获救"的处方：抛弃幻想，面对现实，走向社会。在霍普的生日晚会上，希基毫不留情地把每个酒鬼的"梦想"逐一揭穿，连劝带逼地让他们一个个走出酒店。可很快一个个又气喘吁吁、惊惶失措地回到酒店。当他们想借酒浇愁，驱赶恐惧时，酒已失去威力。

究竟是什么使希基判若两人，从一个有说有笑的推销员变成一本正经的"救世主"？第三幕结束时，希基承认他妻子艾芙琳被杀。但被谁？为什么？剧本最后的第四幕对此作了解答。希基在这被称为百老汇上最长的独白中解释，他前不久杀了艾芙琳，因为他爱她，想给她以宁静。伙伴们惊讶万分，连连叫道，"你疯了"。这时悄悄进来两个要拘捕他的侦探(希基自己先报了案)，也听着希基向伙伴们解释"幻想"给他和妻子带来了什么。作为推销员，希基常年在外，无法抗拒诱惑，经常酗酒嫖妓，还把性病传给妻子。但艾芙琳抱定丈夫下次会改好的幻想，每次都温情地原谅他。爱妻的宽恕使希基自责不已，长期的内疚变成了憎恨，最后在艾芙琳熟睡时，他用枪把她打死，并诅咒："行了，这下该知道幻想是怎么回事了吧，你这个臭婊子！"突然，希基被自己的话惊吓，急忙改口说，"你们知道，我一定疯了"。伙伴们立即接过此话。希基被侦探带走。对大家来说，他原先说的都成了疯话，被搅乱了的生活又可以回复原样。这时，酒也又有了"酒味"。

剧本突出了人与社会的"陌生化"。这批被社会遗弃的"局外人"只能各自用不同形式的梦想麻醉自己。奥尼尔在场景安排上特别注意梦幻气氛的渲染。几乎全部动作都发生在昏蒙蒙的酒吧间里，13个人都半醉半醒，似痴如梦。人的生存需要幻想。这是奥尼尔后期作品的一个重要主题。失去幻想，就失去生活。当希基把他们的幻梦一一戳破，他们便个个面呈土色，形似僵尸，喝酒也没了酒味，还互相敌视。只有在找到希基精神失常的安慰时，他们才“起死回生”。

跟奥尼尔早、中期创作不同，《送冰人来了》并没有把幻想浪漫化或理想化，作品人物只是消极忍受命运的摆布。他们也谈论明天与希望，但都不付诸行动，只是为了忘却今天和痛苦。在这梦境般的世界中，真理失却了客观标准，有价值的只是人们的“心理真实”。希基要让“希望”酒店里浑浑噩噩的落魄人从虚无的幻想中清醒，正视自己，面对现实，似乎符合社会常理，但作者似乎又告诉我们，这种“真理”不仅行不通，而且有害，因为现实太丑恶、太残酷，正视现实只能使人丧失生活的信心。在这里以及其他几部后期作品中，理智与疯狂、真理与谬误，界限模糊。

奥尼尔在谈到《送冰人来了》时曾说：“这个剧有时突然把人的灵魂深处赤裸裸地剥给人看。这样做不是出于残忍，也不是出于道德优越感，而是出于一种了解的同情；这种了解的同情懂得人是生活的嘲弄和他自己的牺牲品。”[①]作品深刻地揭示了这些人物的悲剧性，把他们意识到的或者还未完全意识到的痛苦升华为一代人的“生的痛苦”，从而赋予作品一种形而上学的意蕴。

《送冰人来了》艺术的成熟还表现在象征的运用上。象征一直是奥尼尔作品的重要而又显著的特点，特别是在一些中期作品里，象征几乎成了作品的唯一内容，抽去象征，作品就干巴巴难以存在。作者还急于表达作品的象征，如《毛猿》中以突兀的手法写扬克最后到动物园打开铁笼跟猩猩拥抱。剧本演出后，他还担心观众没理解，声明说，“扬克实际上就是你，也是我，是每个人”。但在《送冰人来了》等后期作品中，象征不但自然融合，毫不突兀生硬，而且抽去象征，作品的内容仍然丰满，耐人寻味。例如，赛勒斯·戴伊先生曾指出《送冰人来了》揶揄基督教的耶稣及其门徒的形象：

> 希基作为救世主有 12 个门徒，他们在霍普设的晚宴上喝酒，按照奥尼尔的安排，他们在舞台上的坐法很像达·芬奇的壁画“最后的晚餐”。跟耶稣一样，希基离开宴席时也知道他将被处死。3 个妓女即 3 个玛莉，他们跟玛莉同情耶稣一样同情希基；其中一个酒鬼派律特，很像犹大，他在人物表上是第十二位，犹大在《新约全书》中也是第十二个门徒。他为 200 美元的赏金告发了他那无政府主义者的母亲，而犹大则为 30 块银币出卖了耶稣。[②]

---

① 盖尔泊夫妇：《奥尼尔》(修订版)，纽约，1973 年，第 837 页。

② 同上，第 833 页。

可以说，如果没有戴伊先生，我们不一定能发现这一精心安排的象征。但这并不影响我们欣赏这部内涵丰富的作品。另外，作者还把希基这位迷糊的救世主的象征形象巧妙地跟他的家庭出身（父亲是牧师）和他自己杀妻后的思想混乱状态结合起来，显得自然而易被接受。

《送冰人来了》的结构表明奥尼尔剧作艺术此时已炉火纯青，远非早期、中期作品所能相比。全剧犹如一首大型交响曲，不但是混合各种方言土话的“语言交响曲”，更是主题内容上的交响组合。剧中“幻梦”（Pipedream）一词重复了 18 次之多。曾有评论家就此批评作者。其实，重复是整个结构安排中的一个重要部分，就像是变奏曲中主题出现后的一系列变奏，或像奏鸣曲中的展开部，通过各种处理、转调来充分发展呈示部中主题的特征因素。

《进入黑夜的漫长旅程》定稿于 1941 年。在献给妻子卡洛塔的最后打印稿的扉页上，奥尼尔写了一段相当动情的题词，他称此剧是他“用血泪写下的旧日辛酸”，并说是卡洛塔的爱使他能“最终面对死去的亲人”，使他对作品中一家四人中的“每个人都怀着深切的怜悯、理解和宽恕”，使他才完成了这部剧本。此剧的自传性可见一斑。其实，除了把奥尼尔的家姓改成泰龙外，人物名字基本都用他家人的真名，只是作者把自己的名字改成他一位幼年夭折的哥哥的名字。每个人物的性格和关系也跟他的亲人一一对应。奥尼尔还明确表明此剧要到他过世 25 年后方可出版、上演。1956 年，获其遗孀卡洛塔的同意，此剧才得以出版，并于当年在斯德哥尔摩和纽约先后上演，大获成功，使已故作者在美国又获普利策奖。

剧本写的是 1912 年一个美国演员家庭中一天发生的事情。全剧四幕，场景都设在泰龙家避暑别墅的起居室里。剧本无情节可言，有的只是人物性格的层层展开。幕启时上午 8 时半，家庭气氛和谐，幕落时，午夜已过，家庭四个成员间的隔阂暴露无遗，难以挽回。剧中有人人心里关注、谈话中却个个回避、但又不时冒现的两个问题：母亲玛丽屡次戒毒失败，这次能否成功？次子埃德蒙是否染上令人谈之色变的肺结核？当大家明白玛丽已戒毒无望，埃德蒙病情严重需要住院时，他们之间的谈话变成了自我表白，推诿责任，相互指责，既折磨对方又折磨自己。同时他们又力争他人对自己的理解和谅解。对话中爱恨交织，话中有话，语意多层，互为表里；时间上过去、现在和将来交错渗透。因事情发生在演员家庭，人物的言谈举止更难辨真假。每个人物的心灵世界和精神旅程就在这种错综复杂的言行和相互关系中渐渐展现。

泰龙一家四人是奥尼尔塑造的最饱满的人物形象，他们是多层次的立体个性，他们的性格层面被不断丰富变化。父亲泰龙是个颇有名声的演员和剧团老板，在他人的眼里，他是个爱钱胜过爱家人的吝啬鬼，是家庭不幸的祸根。但随剧情的展开，我们渐渐对他有了更多的了解：他出身于一个早期爱尔兰移民家庭,被遗弃的母亲为富足的早期英格兰移民家庭擦地板打扫清洁,他自己也从小打工。家境贫困、受人歧视使他养成夸大金钱价值的习惯。经过长期不懈的奋斗,他在事业和经济上取得了地位。他深深地爱着家人,尽管有时下意识地会有吝啬的表现。观众最后还窥视了埋在他内心深处无人分担的悔恨与痛苦:他为了金钱放弃了艺术追求,成年累月重复演出《基度山伯爵恩仇记》的同一角色,丧失了艺术创造力和当一流莎剧演员的前途。他回忆道:

> 那个该死的剧,……使我不费力气赚了大钱,可也把我给毁了。我再也不愿演其他角色,等我发觉自己成了它的奴隶时,已为时太晚。……原有的才能早已丧失殆尽。……要是那时我真成了个出色的演员,值得我现在回忆的话,即令我放弃现有一切财产和存款,老了进贫民院,我也心甘情愿。[①]

读者最后了解的泰龙是个最通人情、最能被人理解的人物。

母亲玛丽出生于一个殷实的中产家庭,在修道院女校中接受了教育。她年轻时美丽、纯真、充满幻想,性格和气质上跟她后来选择的丈夫恰恰相反。婚后的生活现实与她浪漫化的理想相去甚远,精神上备受煎熬。生小儿子埃德蒙时,医生用药过量,使她染上毒瘾,无法摆脱。她不但身体虚弱,而且变得神经质,好疑多变,话不饶人。如果玛丽在幕启时尚能"温情微笑",剧本后半部中,她已从阳光世界缩进了一个由吸毒和梦幻构成的黑暗洞穴。她和家人间竖起了一道无形、不断加厚的墙,这一半是吸毒的结果,一半是她有意回避他人的选择,她"像在悲伤的梦中,目光呆呆地向前凝视着"。

长子杰米曾是父母的希望,但由于家庭,特别是母亲的不幸使他自暴自弃,沉湎酒色,对生活冷嘲热讽,消极抵抗。他不求上进,满足于当个三流演员。出于妒忌,他还有意把年轻的弟弟引向生活的歪路,把酗酒嫖妓说成是浪漫,自暴自弃说成是时尚。但在第四幕的高潮中,他向弟弟倾诉了他长期埋在心中的苦闷,不无爱心地警告埃德蒙要提防自己对他的坏影响,使我们稍稍看到了他性格的另一层面。

次子埃德蒙的相貌、体质、气质和神经质像他的母亲。开幕时,他以"妈妈的宝贝,爸爸的宠儿"形象出现。我们渐而知道他曾受母亲不幸与痛苦的折磨,又因兄长的影响,长期酗酒与妓女鬼混,浪迹天涯,落魄四方,曾生活在社会最底层。最后我们了解到他与兄长有着根本区别,他阅读广泛并能以身心感受文学,积极思考人生的意义。他观察四周,了解生活,理解和同情他人,从

---

① Eugene O'Neill, *Long Day's Journey Into Night* (New Haven: Yale University Press, 1956), pp. 149-150.

而使自己得到超越与升华。

剧中一家四口，犹如同一棵树上联结着的四根枝杈，任何一根动一下，必然引起其他三根的颤动。每个角色身上揭示出的性格特征无不跟其他三个角色密切相关。他们互相责骂，互相怪罪，但又被爱的纽带紧紧相连。人物多种感情的自然交织融合，体现了奥尼尔后期作品艺术上的成熟。

《进入黑夜的漫长旅程》的一个重要问题是家庭变成如此模样，人人受苦，“究竟是谁的责任?”对此，各个人物，各有解释，同曲异调，来回变化，交替出现。“我们没人能改变生活对我们的影响，你还没有觉察，它已经发生了。而且，一旦发生，生活又会迫使你去做其他事情，直至最后一切都成了你和你要实现的理想之间的障碍，你也就永远失去了你真实的自我。”玛丽的这段简单的台词概括了奥尼尔对人生的一个基本看法。尽管泰龙一家四人互相推诿责任，作者的认识似乎是：生活通过它那双看不见摸不着的环境和遗传的手，制造了这出家庭悲剧。悲剧的根源在于他们的祖先作为爱尔兰天主教移民，来到以新教为主的新英格兰地区，在经济和信仰上受到早到的英格兰移民的歧视。[①]

奥尼尔在后期作品中着意描述人物之间的理解、同情和谅解，把它看作是人性的崇高表现，也是绝望的人们取得一点心理宁静的途径。在《进入黑夜的漫长旅程》中，家庭的不幸曾使埃德蒙内心痛苦、情绪低落，大有看破人生之感，但在他跟家中其他三人的交谈中，逐渐理解了他们各自的处境和苦衷，并对他们产生了真诚的同情和谅解，因而获得了对自己精神痛苦和犬儒思想的超脱。如果说剧本中其他三人的生活是“进入黑夜的漫长旅程”，埃德蒙走的路却是“越过黑夜的漫长旅程。”

作者在剧中毫不留情地把自己家中种种丑事和成员间的复杂关系，如实亮相，为世人所惊叹。但如把它当成纯自传剧看待，也很不合适，因为剧本所写虽是真事，但非全部事实，剧情有夸大、缩小和省略之处。剧本应该首先是奥尼尔的一部艺术作品，而不是其他。作品的魅力最终也确实在于作者对于他自己生活素材的艺术再现。

《休伊》是奥尼尔中、后期作品中唯一的一出独幕剧。它原先计划是作为一个由八部风格一致的独幕剧组成的连台戏中的一部。这计划中的每个独幕剧中有两个角色，一个滔滔不绝，另一个半听不听，很少插话。但奥尼尔只完成了《休伊》一部。

《休伊》的场景设在纽约中区西部的一家蹩脚旅馆的门厅里。时间是1928年夏天某日的凌晨三四点钟。剧本场景注重梦幻气氛的渲染，周围的一

---

① Frederic I. Carpenter, pp. 23 - 24.

切都已进入梦乡。然而人们进入的不是美丽的梦乡,而是不断的噩梦,旅馆外一片漆黑,街上不时传来救火车与救护车飞驰而过的急铃声、垃圾铁桶的碰击声、高架火车沉闷的轰鸣声、警察夜巡的脚步声。剧中两个人物:百无聊赖的旅馆夜班伙计查理·休伊和喝醉了才回店的房客、小赌棍埃利·史密斯。从现实角度看,《休伊》只是埃利的长篇独白,查理很少答话。埃利除了自我吹嘘外,主要讲查理的前任同名夜班伙计,说他如何抱着美国梦来到纽约,生活的失意,不满的婚姻,无聊的工作以及他和埃利的理解与友情。显然,埃利滔滔不绝是想引起查理对他的注意,交个朋友。然而查理希望的只是不受打扰,以便打瞌睡做个美梦。他很少搭腔。快到落幕时,查理感到站久腿酸,这才开始听起埃利的讲话,两人渐而开始沟通,幕落时,一起高兴地玩起了骰子。但这只是戏的一半,另一半是大段、大段的舞台提示,描写不在搭腔时夜伙计脑中随着店外噪声而起的断断续续的"意识流"。奥尼尔曾想过将这部分内容用电影的形式放映在舞台背幕上,但也许剧本更适合阅读而不是演出。

和《送冰人来了》一样,《休伊》中的人物也是被社会异化的不幸人。那生活在埃利记忆中死去了的夜伙计休伊,曾轻信书上描述的"美国梦",以为"任何年轻人只要愿去纽约,'成功老人'就会在中央车站门口恭候递交纽约市的钥匙"。到纽约后,他成年累月在小旅馆的服务台打夜班,工作单调,生活乏味,成了具活僵尸。长期的寂寞也使现在的夜伙计心灵枯竭,失去忧虑、气忿的基本情感。埃利也同样过着现实与幻想分离的双重生活。他们用幻想麻醉自己。剧本也同样表明,在这凶恶、冷酷的社会中,不幸的人们只有互相体谅、依靠,才能弥补生活中的无聊和精神上的空虚。

《月照不幸人》是奥尼尔一生中完成的最后一个剧本。在写完《进入黑夜的漫长旅程》后,奥尼尔仍感到关于他哥哥杰米的戏没有写完或没有写好,自己内心仍不得宁静。《月照不幸人》写的是杰米·泰龙的最后一段生活,或说是作者给他找的一个理想化的结局。

此剧跟作者后期其他作品的风格一样,以喜剧甚至闹剧开始而向悲剧过渡。喜剧部分说的是杰米的佃农、爱尔兰移民霍根与裘茜父女两人和以邻居、美孚石油公司的老板为代表的英格兰早期移民的冲突与争吵,后面部分则是杰米与裘茜之间的爱情悲剧。这爱情悲剧又是穿插在环环相扣的善意的计谋和圈套之中。

裘茜身材巨大,相貌丑陋,语言粗俗,但心地善良,她渴望能像其他女子一样被人所爱。但杰米是个浪荡酒鬼,完全丧失了对生活的兴趣和精神寄托,沉沦到了无可挽救的地步,是奥尼尔戏剧人物中最悲惨的人物。杰米向裘茜倾吐了在心头长期郁积的内疚与自愤,取得了后者的同情与谅解,在她怀里多年来第一次平静地睡了一觉,并能心平气和地走向死亡。虽然两个主人公没能得到原先设想的真正爱情，但在了解对方遭遇和处境后，相互同情，心理上至少取得了暂时的宁静。奥尼尔 30 年的创作生涯所写的最后一段台词是裘茜望着离去的杰米的背影，说："亲爱的杰米，但愿你如愿以偿，能很快在睡梦中死去，能在宽恕、宁静中永远安息。"

《月照不幸人》中的第二、第三幕里的月光给整个场景和动作（男女主人公的爱情故事）撒下了梦幻的幕帐，不但制造了必要的氛围，又使舞台上写实的生活变成了符号，使之具有象征的内涵。此戏被称为"奥尼尔最不寻常的剧本"。剧本发表后评论家的意见截然相反，贬者包括一些原先特别喜欢奥尼尔的剧评家都认为它糟糕透顶，褒者则列其为奥尼尔的上乘之作。1947 年在纽约公演之前的试探性巡回演出，就因完全失败没能在百老汇上演。然而大约半个世纪后的八九十年代以及 21 世纪初，这部充满了爱尔兰幽默的戏成了百老汇和许多地方剧团相当得宠的作品。

奥尼尔所有的作品都体现了他在精神上和美学上的一种执着、痴迷的追求，他的作品还体现了西方世界 20 世纪中期的一种焦虑不安的时代精神和社会内部的种种冲突。正如斯毕勒在他的《美国文学的循环》一书中所说，美国文学在五六十年代正经历着一场巨大变革。两次大战期间形成、繁荣的美国文学的第二次"复兴期"已经过去，美国文学开始进入一个新的发展期。"然而事实表明，这个时期最重要的文学事件是 1956 年上演的奥尼尔的《进入黑夜的漫长旅程》。"由于奥尼尔后期作品的成功，美国戏剧比小说、诗歌、文学批评都更明显地跟着一个新的创作冲动前进。推动这场变化的因素很多，其中最重要的是美国文学的哲学基础已从 19 世纪后半期到 20 世纪初的自然主义哲学渐渐地向存在主义哲学演变。受自然主义哲学影响的 20 世纪前半叶的美国作家，大多把个人意志跟无法解释的、机械的命运的对立看作是人类生活的最终悲剧。而存在主义哲学则认为人的生活不是一个有待解决的问题，而是一个需要体验的现实。人应该最关心的不是他的最终命运，而是如何最大限度、最强烈地去体验现时的生活。因此，奥尼尔的后期剧作"最确切地指出了美国戏剧下一阶段发展的趋向"。[①]

奥尼尔后期作品的丰富内涵，当然远非存在主义哲学所能覆盖，但这四部作品的结尾，都多少体现了斯毕勒所概括的思想。例如，《休伊》中夜伙计不再随着外面的声音去联想，不再为如何度过时光而焦心，而是同埃利一起在幻想中"快快乐乐"地玩耍。当我们想到奥尼尔的这些后期作品完成于 30 年代末和 40 年代初，比塞缪尔·贝克特的荒诞戏剧整整早出 10 年，我们就不难理解

① Robert E. Spiller, *The Cycle of American Literature: An Essay in Historical Criticism* (NY: Macmillan, 1967), pp. 228 - 229.

奥尼尔后期这些作品在西方戏剧史上的地位。

奥尼尔后期创作的成熟不但表现在作品的思想内容，而且也体现在作品的风格与形式上。奥尼尔早期作品中，人物虽然生动、可信，但往往性格简单，缺乏深度。因此，他在中期创作中大量使用非现实主义的手法来表现人物性格的复杂。然而这些手法常常会给人以累赘、拖沓的感觉。后期作品中的人物，同样也很内向、复杂，也有人格分裂。然而这时的奥尼尔已完全能做到让他的剧中人物揭示自己的灵魂深处，而不必去说或去做他们在真实世界中所不会说的话或不会做的事。原先要生硬地用两个角色或用停顿动作的独白、旁白来表现一个矛盾的个性，如今他只需要通过一个角色的自然的谈话就能做到。有些地方仍然使用独白来揭示人物的内心，但这些独白只是人物在酗酒、吸毒或极度沮丧时的自然反应，毫无突兀、生硬之感。可以说奥尼尔的后期作品代表了一种新的、深化了的现实主义创作方法。

不少评论家把奥尼尔称作是美国戏剧之父，因为在他之前美国尚未有以美国生活为创作素材、揭示美国深层的社会矛盾和体现美国民族之魂的剧作家。然而，奥尼尔不仅是个戏剧家，也是个文学家。他的戏剧在世界各地大多是作为文学作品被阅读和研究的。

奥尼尔还在中美文化交流史上占有重要一席。在过去的将近一个世纪中，中美两国的文化艺术通过奥尼尔与他的作品展开了一场有深度、高效益的交流。虽然远隔重洋，奥尼尔对中国和中国文化兴趣浓厚，欣赏我国的古典哲学，尤其是老庄思想，还相当了解我国传统戏剧。他不但在许多剧本中把中国当作一个遥远、神秘、令人向往的国土，而且还创作了以马可·波罗来华经商为题材、取忽必烈的朝廷为主要场景的大型讽刺剧《马可百万》。据他的《工作日记》所载，他还不止一次地打算写中国历史剧《秦始皇》，借此影射欧洲大战前的现实。他多次构思这个剧本，写了部分提纲，最终未能成稿。1928 年底，为实现自己的终身愿望，他跟后来成为他第三位妻子的卡洛塔一起，远渡重洋来到中国，待了将近一个月。1936 年获诺贝尔文学奖后，他把全部奖金用来建造一幢按中国风格设计的住宅，取名“大道别墅”。他那些最成熟的后期作品，都在这幢仿中国式的房子里完成。这些作品似乎受了老庄“齐物论”思想的影响，无论在人物、主题还是戏剧样式上，都不再像他的早期或中期剧本那样，采用简单的二分法，截然区分“天边外”还是“天边内”，“现实”还是“幻想”，“真实”还是“谎言”，“喜剧”还是“悲剧”，而是能在更高的层次上加以统一。

正如奥尼尔的创作受惠于老庄哲学，他的剧作也影响了中国半个多世纪的话剧。从 20 年代末到 40 年代初，他的部分作品已被陆续译成中文出版。有的还登上了北京、南京和上海的舞台。报纸杂志上评介他的文字屡见不鲜。他坚定、执着地用戏剧来探讨人生，广泛而又独创地运用各种不同的艺术风格和表现手段，这一切都曾给处在初创时期的我国话剧以极大的启发和鼓舞。洪深先生的《赵阎王》和曹禺先生的《原野》都曾受益于《琼斯皇》。这只不过是我国早期话剧所受奥尼尔影响中的显例。随着我国在20世纪70年代末开始的改革开放的推进，奥尼尔戏剧又一次引起了我国戏剧工作者和广大观众、读者的浓厚兴趣。他的一些作品再次被译成中文。在过去的20年中，北京、南京、上海、太原、沈阳、广州、成都、郑州、济南等地的专业剧团，先后上演了大量奥尼尔的剧目，尤其是1988年夏天在南京召开国际奥尼尔学术会议的同时，先后在南京、上海两地，举办了为期10天的国际奥尼尔戏剧节，一共上演了包括《琼斯皇》《天边外》《进入黑夜的漫长旅程》《马可百万》《休伊》《鲸油》等在内的11部奥尼尔作品，可谓蔚为壮观，盛极一时。在这之后的年份中，奥尼尔仍然是我国外国文学和戏剧艺术界的一个热门话题。至今每隔一两年都有全国性的奥尼尔戏剧专题研讨会和奥尼尔作品上演。特别是我国的传统戏剧，如京剧、越剧、川剧和曲剧等都把奥尼尔的作品搬上了中国戏曲舞台，有的还应邀到美国演出，使中美戏剧文化交流进入了一个崭新的阶段。

1953年11月27日，奥尼尔在波士顿的一家旅馆里凄惨地离开了人世。临终前，他惊叹自己“生在旅馆，死在旅馆”的厄运。尽管奥尼尔曾搬家多次，包括他自己建造的两栋新房，但都无法摆脱他幼年时心里埋下的“无家可归”的感受。这个一辈子寻找自我归属的剧作家，就这样走完了他的一生，给后人留下内容丰富、数量可观的著作，一种不断追求、不愿妥协的精神，和对人生的意义与奥秘的无尽的探索、思考。

## 第四节
## 安德森的戏剧创作

马克斯韦尔·安德森(Maxwell Anderson, 1888—1959)是20年代崛起的一位美国现代戏剧家，生于宾夕法尼亚亚特兰大市一个传教士家庭。安德森自青少年时代起就广泛阅读了济慈、雪莱的诗歌和莎士比亚的戏剧。他不仅继承了莎士比亚的诗剧传统，而且不断开拓自己的戏剧艺术空间，一生创作了30多种戏剧。这些剧作不仅在思想和艺术上属于上乘之作，而且还深受观众喜爱。他不仅仅是“剧作家剧团”中唯一的，也是两战时期美国唯一的一位能与奥尼尔较劲的剧作家。所不同的是，奥尼尔总写一种深沉、严肃的话题，而无意去满足一般戏迷的期望之情。安德森则采取了更为开放的做法。他在创作剧本的同时还写了不少广播剧、电影脚本。一方面他想以自己的创作来影响剧坛;另一方面他又对戏剧进行比较深入的研究。为此,他专门写文章评论戏剧,陈述自己对戏剧的见解。更难能可贵的是,安德森有一种宽阔的胸怀,善于与持不同看法的人进行交流。有时,他还专门买下一家报纸的某个版面与人讨论戏剧创作。他的评论文章文笔流畅、易读。即便在他创作的诗和歌词中也能见到他那熟练的戏剧技巧。

安德森早年就读于达科他大学,毕业后又进斯坦福大学深造。1914 年安德森获得硕士学位并开始了自己漫长的教学生涯。他曾执教于加利福尼亚惠梯尔学院(Whittier College),教授文学。他以广博的世界文学知识在学生中产生了深远的影响。同时安德森又涉足新闻界。他先后担任旧金山《新闻简报》、《新共和》和《纽约世界》等报纸杂志的记者和编辑。期间他也写了不少诗作,出版了诗集《爱梦幻的你》(*You Who Have Dreams*, 1925),一度还成为评论界关注的诗坛新秀。

安德森 1918 年开始戏剧创作。他的第一部剧作《白色沙漠》(*White Desert*,1923)是一部关于北达科他民间生活的悲剧作品,描写了两对夫妇之间的感情纠葛,着意刻画自然环境给人的压力。剧中用白色沙漠来衬托白雪皑皑的原野,颇具想象力和象征意义。不过真正让安德森走俏剧坛的是他与同行斯托林斯携手创作的《荣誉值几个钱?》。这是一部反英雄主义剧作。该剧共三幕,场景是法国一个偏僻小镇。这里驻扎着一个美军连队。整个故事通过连长弗拉格和军士长奎克之间因争风吃醋而形成的矛盾冲突以及士兵们的厌战情绪和玩世不恭得以展开,不加修饰地展示了第一次世界大战中普通士兵的战场生活:酗酒、赌博、辱骂和斗殴。作品用喜剧化的手笔揭示了常被人们忽略的战争阴暗面和士兵们的粗俗、无聊和灰暗的心灵。所有神圣的字眼都从他们肮脏的嘴里迸出来,抹上了刻毒和诅咒。他们相互炫耀自己的猎艳经历,希望在死神来临前把生命发挥到极限。作品在渲染死亡和恐惧气氛的同时,还通过士兵之间的仇恨和暴力冲突来质疑传统的荣誉观和爱国主义价值观,读来颇让人想起克莱恩的小说《红色英勇勋章》中所描绘的悲壮场面:污秽、恐惧、仇恨。这里不见传统文学中所刻画的坚毅、勇敢的士兵形象,有的是他们的颓废、麻木和对死亡的焦虑。剧作《荣誉值几个钱?》完全摒弃了所有有关战争的陈词滥调和戏剧表现老套,一举粉碎了流行世态喜剧中的安适世界,推翻了人们习以为常的传统价值观念。这里的士兵对捍卫旗帜、保卫国家并不感兴趣。他们既不是忠贞的爱国者,也不是那种因为战争而变得害怕、优柔寡断的低迷感伤分子,而是一群被战争经历锤炼出来的野性勃发、沉湎于声色、终日与妓女厮混的放荡儿。剧本最后发出“需要多少个混蛋才能打起战争”的疑问发人深省。

《荣誉值几个钱?》可以说是一部里程碑之作。它在当时超越了所有同类戏剧作品关于士兵形象的描写,把他们粗野的举止、放荡的语言、愤世嫉俗和轻浮的行为直接展示出来。这对美国普通民众重新审视战争的价值和意义不乏促进作用。作品中对战争残酷性的细腻描写多少能够启发民众对战争及其危害性的理性思考。在艺术方面,这部作品同样具有开拓性意义。剧本打破了客厅式喜剧模式,采用自然主义手法书写了战争的原生态,并把喜剧性和传奇性混杂在一起。这对日后美国二战题材戏剧的创作不无示范作用。

继《荣誉值几个钱?》之后,安德森接连创作了《浮光掠影》(*Outside Looking In*,1925)、《星期六的孩子们》(*Saturday's Children*, 1927)、《海之妻》(*Sea Wife*,1927)、《闪电之神》(*Gods of the Lightning*,1928)和《吉普赛人》(*Gypsy*,1929)等。这个时期,安德森的创作美学原则基本上是自然主义的。他试图用自然主义决定论来阐释所处时代出现的重大经济、社会等现实问题。只是这种理论与实践的结合并不成功。倒是后来推出的历史剧又挽回了他的声誉。

安德森虽然在创作中有得有失,甚至有时会得失参半,但他一向致力于戏剧改革。他提出的要恢复高雅的用词和严肃的主题等戏剧主张一直是他戏剧创作的目标。他在创作初期主要仿效伊丽莎白时代剧作家的作品。他喜欢从遥远的历史中寻找人物和场景,甚至复述前人的故事。像伊丽莎白女王、苏格兰玛丽皇后和鲁道尔夫王子等。他在 1930 年创作的《伊丽莎白女王》(*Elizabethan the Queen*)和 1933 年《苏格兰女王》(*Mary of Scotland*)是两部著名诗剧,因之安德森再度获得观众的喝彩。前者三幕七场,通过女王与埃塞克斯公爵的爱情悲剧,将权力与个人感情之间的冲突以及发生在宫廷内部的阴谋与争斗展现出来。故事曲折动人,人物形象鲜明,尤其是埃塞克斯公爵这个人物。他勇猛强悍,英勇善战,并在战场上屡建战功,但他对女王的爱情却遭到其他贵族的强烈反对。一向高傲、有着强烈权力欲和使命感的埃塞克斯决定篡位,用武力夺取王位。经过一场情与火的搏斗之后,他决定以死亡来毁灭自己与女王之间的爱情。全剧在女王的悲悼声中降下了帷幕。后者也是一部三幕七场剧,描写了伊丽莎白时期苏格兰女王玛丽的命运悲剧。作品对伊丽莎白的妒忌心理作了出色的描写。她虽然出场并不多,但其阴险、狡黠与残忍的性格却跃然纸上。她利用社会舆论、设圈套陷害玛丽。剧本最后一幕专门描写了两位女王在城堡监狱中相见的情形,以及她们针锋相对的言辞交锋场面,颇有莎士比亚剧本的对话特色。战后推出的《安妮的岁月》(*Anne of the Thousand Days*,1948)以倒叙的手法描写了安妮·博林的监禁生活及其命运。

他的历史题材在当时的确吸引了大量观众。在这些剧本中,安德森似乎把历史还给了现实的观众,让他们从艺术中体味风流人物的生活变奏和悲欢离合。安德森善于感怀历史人物的不幸爱情,把创作的焦点放在名人的爱情轶事方面,并以此来吸引观众。他在1937年写的《国王的面具》(*The Masque of Kings*)就是这样一部作品。故事通过对上流社会名人的爱情轶事的描写对帝王统治和民主政治进行了讽刺与批判。在他的作品中,安德森保留了相当一部分伊丽莎白时代的措辞。

无论是稍前创作的《参众两院》(*Both Your Houses*, 1933)[①]还是后来的《外百老汇》(*Off Broadway*,1947),安德森都在努力实现自己的艺术主张。他始终坚信戏剧的重要性在于剧本的诗意表达。他曾经对散文和诗有过独到的见解,认为散文是一种传达信息的语言,而诗歌是一种传达感情的语言。正是由于他持有这样一种看法所以其创作的局限性在所难免。

安德森在1935年写的《冬景》(*Winterset*)则是一部既标志着安德森创作上的进步,又是他倒退的例证。故事叙述的是一场正义与邪恶的较量。该剧有报复的描写,但在语言上较前面的作品来得更加接近现代性,透射出厚重的历史意识。有论者说,安德森在自己的创作中有意保存了这种古老的戏剧语言风格和历史人物故事,借鉴了前人的艺术技巧。他这么做的目的就是"为了舞台的效应"。到写作《落雷恩地区的琼》(*Joan of Lorraine*,1946)时,安德森似乎觉察到自己戏剧观念中存在了不少问题,因此他在创作过程中特别注意自己的语言表达。从阅读中可以看到,在这部作品中,他讲述的是一个完全现代的故事,但同时又在复述一个古老的故事,从而突出了故事情节的两维性。他从圣女贞德那里择取历史素材写出了善恶之分。这使该剧又显得更像一部历史剧。剧中人物都半身赤露,从服饰上区别于现代人。而那个演主角的现代女性极力反对这种角色。她无法像剧作家那样深谙贞德的身世。随着故事的演进,又出现了新的问题,即演出的资金问题。这时整个场景又回到了现代。女演员如梦初醒:原来致使犯罪、腐败、自私、缺乏道德伦理的各种恶势力正弥漫着整个社会。只有根除这股恶势力,艺术才有可能。

安德森不仅是诗人、剧作家,而且还是一位具有相当理论水平的戏剧评论家。他对百老汇商业化戏剧倾向带来的冲击与影响,以及剧作家受制作人和剧场掮客的利诱与摧残现象十分不满,极力倡导同仁性质的"剧作家剧团"。他在各个时期撰写的戏剧评论以及关于戏剧理论的探讨,集中体现在其论文集《悲剧的实质》(*The Essence of Tragedy*,1939)中。这部理论著作探讨了亚里士多德以来的诗体悲剧的发展,研究这种古典戏剧样式为现代戏剧提供启示以及观众对其接受的可能性。

---

① 这是一部政治题材作品,塑造了一个在政治浊流中嫉恶如仇、立志改革而不幸失败的英雄形象麦克林。剧本首次公演于纽约皇家剧场,前后上演了100多场,并获得了1933年普利策奖。

安德森的后期作品还有描写女演员与法国情人故事的《风中蜡烛》(*Candle in the Wind*,1941)、描写二战期间美军抗击日本法西斯经历的《圣马克前夜》(*The Eve of St. Mark*, 1942)和令人难以置信的描写北非异国情调和战场婚礼的《暴风雨》(*Storm Operation*,1944)等。此外,安德森还改编了一部分剧作,其中根据同名小说改编的音乐剧《迷失在星空》(*Lost in the Star*, 1949)和根据威廉·马奇小说改编而成的《恶种》(*The Bad Seed*,1954)两剧在当时公演时均受到了观众的普遍欢迎。

## 第五节
## 莱斯的戏剧创作

艾尔默·莱斯(Elmer Rice, 1892—1967)是20世纪美国戏剧史上一位才华横溢、成绩斐然的现实主义剧作家。他悉心关注重大社会问题,勇于揭露社会上的种种丑恶现象,创作了《审讯》(*On Trial*, 1914)、《加算器》(*The Adding Machine*, 1923)和《街景》(*Street Scene*, 1929)等一批抗议剧本。这些作品以公开的社会批评为特征着重书写资本主义文明给人带来的人性异化。在20年代的美国,人愈来愈成为物质文明的受害者,愈来愈丧失人格。这类社会问题使剧作家感到惴惴不安,出于人道主义和社会良知的需要,莱斯试图用自己的剧作唤起公众的觉悟。30年代他受"左翼"戏剧运动的影响,力图用马克思主义的观点来指导自己的创作。他是一个对美国社会现实感到失望的剧作家,敢于直言不讳地反对社会中的不公道现象,常被誉为"社会的发言人"。在创作和编导剧本的同时,莱斯还积极参与戏剧改良运动,追求戏剧表现手段的多样化,提倡低票价和组织校园剧团等活动,因而又有论者称他为20世纪"为美国建立各种戏剧文学范畴的著名剧作家"。①

莱斯1892年9月28日出生于纽约曼哈顿并在那里度过他漫长的一生。他在纽约的公立学校接受小学和中学教育。由于家境贫寒,全家几经周转、迁移,更不用说有书给莱斯看。他只上了两年中学就去打工,14岁时几乎中断一切正规教育。后来他在一家律师事务所谋了个差使。为了上大学攻读法律,莱斯只好上夜校补习功课。他常到公共图书馆去埋头苦读,并利用业余时间

① William W. Demastes, ed. *American Playwrights 1880—1945: A Research and Production Sourcebook* (New York: Greenwood Press, 1995), p. 340.

到纽约法学院攻读学位。尽管他以优等成绩毕业于法律学院并顺利通过了律师资格考试,但由于兴趣不在法律因而并没有指望在法律方面有长足的发展。相反,他着眼于创作。在攻读法律学位期间,他渐渐地迷上了阅读和看戏,几乎把所有积攒下来的钱都花在买书和看戏上。这种从孩提时代养成的学习习惯使他广泛涉猎了大量的欧洲名剧,从中学习戏剧表演的技能。

莱斯一开始就知道自己不是写诗的料子,于是试笔短篇小说,题为《走出电影》(Out of the Movies,1913)。该小说当时刊登在一家低级趣味的杂志《商队》(*Argosy*)上。故事情节简单、通俗,讲述了一个演员因为妻子过分乐施好助而失去了工作。因之,莱斯获得 20 美元的稿费。从此,莱斯走上了文学创作的道路。他放弃律师生涯而从事戏剧创作使父母十分担忧,但既然已经做出了选择就应全身心地投入到戏剧活动中去。于是他开始试笔剧本《根据证据》(*According to the Evidence*, 1914)。一完稿,他就复印两份送到了两位戏院老板[①]的办公室。不到两天,莱斯同时收到他们的回信,邀请前往当面谈论剧本情况。不到一周时间,该剧就被百老汇剧社接纳。1914 年 8 月 19 日该剧正式改名《审讯》,在纽约的坎德勒剧院(Candler Theatre)上演,即刻引起轰动。正如彭斯·曼特尔(Burns Mantle)对演出那天晚上的描绘那样,这情景真是剧院有史以来少见的。很少能看到这么多开心的观众。当时年轻剧作家的脸都红成了一片……这对于莱斯本人来说真是一个极其重要的晚上。而对于阿瑟·霍普金斯(Arthur Hopkins)和那家剧院来说又何尝不是如此。[②]

《审讯》采用倒叙手法。随着证人多莱西的法庭证词,舞台上出现了另一个演出场面交代犯人的犯罪始末和案件的侦破过程。作品比较出色地运用电影中的"闪回"和倒叙,颇有新意,一度被称为"戏剧技巧革新的里程碑之作"。[③] 剧中塑造了特拉斯克这样一个恶棍的形象。他是个冷酷无情、行为不轨、缺乏道德准则、对妻子不忠、还专门勾引无辜少女和已婚女子的坏蛋。从这部试笔之作可以看到莱斯对社会所持的批判态度,以及他对法律的看法。在呼唤正义、公正的同时,他又强调人不是机器,主宰法律的应是正义感和人性。如果无情的法律与善良的人性发生了冲突,首先让步的应该是法律。莱斯的这一激进思想曾遭到强烈的反对,有人甚至把他视作"危险分子"。这部社会问题情节剧运用了新颖的舞台手段,以审判官为基础,通过电影"闪回"手段展示犯罪经过以增强舞台效果。在谈到自己的创作时,莱斯谦虚地写道:"显而易见,如果我不想只做一名风靡一时的剧作家,那么我不仅要有题材写

---

① 他们是塞尔温 (Selwyn)和阿瑟·霍普金斯,分别是两家百老汇剧社的老板。

② Burns Mantle and Garrison D. Sherwood, eds. , *The Best Plays of 1909—1919 and the Year Book of the Drama in America* (New York, 1933), pp. 203 - 204.

③ Frank Durham, *Elmer Rice* (New York: Twayne Publishers, Inc. , 1970), p. 20.

而且还要学会如何去写。”[①]

1915年莱斯进哥伦比亚大学进修戏剧，并常与一些实验剧场的戏剧爱好者一起切磋技艺。他一方面努力追求艺术上的造诣，想写出几部轰动世界的巨作，但另一方面又不得不为谋生考虑而为一些通俗的杂志写稿。当时为了参加学生戏剧竞赛还写过一部独幕剧，取名为《乔乔遁去》(*The Passing of Chow-Chow*)。这是一则关于一条狗的争执故事。竞赛中他获得了一只银杯。当时参赛者对自己败在一个曾为百老汇写过戏的剧作家手里并无多大反应。但莱斯对参赛的结果并不满意。他把自己的作品与欧洲名剧作比较，发现包括自己在内的许多美国戏剧表现出一种肤浅和做作。他愈加觉得戏剧要有时代感，于是更加关心政治、哲学、社会和经济等问题。从1916年起，他基本上摆脱了商业性戏剧的模式，开始创作非商业性戏剧。

莱斯受俄国革命的影响写了一部独幕剧《雪的皇冠》(*A Diadem of Snow*, 1918)。剧中虚构了沙皇的形象，说他宁可在西伯利亚的雪地里挥铁锹铲雪，都不愿再回到自己的皇位。当时刊在《解放者》(*The Liberator*)[②]杂志上。后来莱斯经不起戈德温(*Samuel Goldwyn*)的哄骗便与之签了五年合同，但两年后他就撕毁合同。不过，他并没有辜负好莱坞的这段经历，把它写进了小说《布里利亚之行》(*A Voyage to Purilia*, 1930)。期间创作的剧本除了《江纳森，醒来吧》(*Wake Up, Jonathan*, 1928)出版外，其他两部均未付梓。这是一部颇受欢迎的作品，而且反响较大。原名为《回家》(*Homecoming*)，是一部三幕剧。整个剧情相当普通。第一幕写两位情人相认，颇有喜剧性。剧中的江纳森朝孩子发火，因为他们支持的是亚当而不是他。最后剧本出奇地展示了江纳森与孩子消除一切敌对情绪重归于好的情形。从结构上看，该剧写得比较紧凑，语言也有孩子气，令人捧腹。那两部未能出版的作品是《为了防御》(*For the Defense*)[③]和《这是法律》(*It Is the Law*)。后者是莱斯根据海登·塔尔波特(Hayden Talbot)的同名小说改编的，讲述的是两个朋友爱上同一个女孩的一场风月官司。

《铁十字架》(*The Iron Cross*)又是一部严肃题材剧作。作品的背景是处于战争年代的东普鲁士的一个小农庄，当那个具有爱国心的农民在外为德国

---

① *Minority Report*, p. 122.

② 《解放者》的前身就是《群众》杂志(*The Masses*)，当时由于共产党人掌管并作反战宣传而遭取缔改为现名。

③ 正要去好莱坞之前，他找到一个经纪人愿意把《找到那个女人》(*Find the Woman*)这部作品搬上舞台，许诺排练过程中由他任意修改。出乎意料的是该剧已被演员篡改，并以他的名义登记注册版权，改名《为了防御》。一气之下，莱斯洗手不干了。1919年该剧上演。剧本讲述了一则爱情故事。女主人公安妮·伍德斯多克爱上了当地的一位年轻的律师，但她被指控杀害了他的病人。这案子恰好由那位律师审理，根据提供的案情，他认为自己所爱的女孩有罪，必须起诉她。在法庭这一幕，作者采用倒叙手法道出实情，还安妮一个清白。

民族而战斗时,他的妻子遭到科萨克的奸污。他凯旋故里后发现妻子已生下一个别人的孩子。愤怒之下,他离家出走,抛弃了妻子。战后他又被自己的祖国抛弃。大萧条期间,他流离失所,出于无奈又只好回到妻子身边,待在她独自经营的农庄以谋生计。这部作品写得的确有些造作,但出乎意料的是,作品被霍普金斯接受,并由莱斯亲自点将在哥伦比亚大学业余剧团上演。

《自由之家》(*The Home of the Free*)是莱斯早期抗议剧之一。完稿大约一年半后,又被搬上了舞台,还列入了"华盛顿广场剧社"轮演剧目表,后被应召入"戏剧公会",从此莱斯名声大振,常与尤金·奥尼尔和苏珊·格拉斯佩尔的名字相提并论。在坚持创作的同时,莱斯广泛接触马克思主义、无政府主义以及当时各种具有叛逆色彩的政治理论和社会改良学说,基本上趋向激进派,呼吁社会改良,抨击丑陋社会现实,追求自由理想等。他对人性的关怀、崇尚个人权利、反对一切暴力和社会不公正现象、对利欲熏心的物质资本主义持否定态度等,还使他一度被认为是个社会主义者、共产党人。他在这个时期写作的剧本明显带有这一意识形态倾向,如《瞎子巷的房子》(*The House in Blind Alley*)和《鹅妈妈》(*Mother Goose*)。前者写一个从事手工劳动的笨母亲形象,而后者则以夸张的语调写出了人生的不公平。故事的中心就是做梦,一切都在梦中发生。故事结束时满地都是卡通书的封面,然后出现鹅妈妈出来吻她的小鹅,笑嘻嘻地对观众说一声再见。至于这剧是否搬上过舞台,无从查证,但直到 1932 年才得以出版,据说一直到 1963 年才卖出了 300 本。①

从莱斯的剧作中可以看到,他不是那种不讲艺术的戏剧痞子,而是一位具有远大理想、不断进行创作革新的戏剧实验大师。无论是现实主义的描写还是表现主义的书写,无论对叙述视点的运用还是对电影的编导,都充分表明莱斯是一位艺术家。继《审讯》之后,莱斯一直渴望能写出一部思想深刻、意蕴隽永的作品,用以揭示那看似平静,其实充满喧嚣、混杂,不可揣摩的现代人的内心世界。为此,莱斯将笔触直接伸向现实生活。通过对白领阶层的悉心观察,他发现他们在一种富裕的光晕背后,潜伏着一种深刻的人性危机:没有自由,只是充当了大机器的奴隶。他们患有性饥渴症,是一群窥视癖。在这芸芸众生中,究竟还有多少真正的灵魂存在?在 20 年代的美国,工业化程度愈来愈高,由于机器逐步代替人工,不仅成本低而且效率高。资本家为了追求高额的利润,自然选择机器。这就造成了大批工人失业,出现了人与机器的尖锐矛盾。莱斯在 1923 年推出的《加算器》就是对这一现实的反思。

该剧采用表现主义手法,对工业社会里人性异化的现象进行了辛辣的讽刺,旨在探索科技进步对大众文化和社会生活所产生的负面影响,以及机器压

① *Minority Report*, p. 141.

榨下现代人的异化。整个作品共七场，不分幕，主要写一位连姓名都没有的普通职员零先生的人生悲剧。他为一家公司工作长达 20 多年，每天都从事既单调又乏味的数字统计。他就这样年复一年地辛勤劳作，其目的就是为了获得老板的赏识，以便提拔自己。遗憾的是，这么多年来，老板连他的名字都没有记住，更可悲的是，他还是老板首批辞退者之一。老板为了搞技术革新，引进了一台新机器。为了降低成本，他要裁减三分之二的员工。愤怒和绝望之下，零先生杀死了老板，因而锒铛入狱，最后落得个杀人犯的下场。全剧主题鲜明，揭示了以机器代替人力为标志的工业革命和社会现代化对家庭幸福、个人生活的摧残，以及理智、道德、美感和尊严在机器时代的丧失。莱斯在剧中以揶揄的口吻写出了以零先生为代表的白领阶层的自私、慵懒、低迷，颇有辛克莱·刘易斯笔下巴比特的心态。作为一名“白人奴隶”，零先生的命运是十分凄惨的：

我一直在耐心等待——等待着你有一个转机。这么多漫长的企盼，足足有 25 年之久！我没看到有什么变化。25 年干同样的活，25 年无望的明天。你还满意吗？一天不差地干了同样的活。这不就是你引以为豪的吗？25 年来坐在同一张椅子上数手指头。你老板究竟是干什么的？你大概早忘了这一点。我在家里四处打转，忙个不停。七年前你加过一次薪水。如果你明天还加不到，我敢用五分钱打赌，你绝对没有胆量去问一声。[①]

之前，在美国戏剧界的眼里，莱斯仅仅是一位专写情节剧、演演角色的无名之辈，根本没有将他当作一个严肃的剧作家来看待。是《加算器》的问世为他赢得了声誉。[②] 从此，他以艺术家的姿态跻于名人行列。他的《加算器》对大机器时代摧残人性所作的具有卡夫卡式的荒诞描绘不亚于任何现代派作家，而且还带有某些后现代的特征，因而被誉为“新派戏剧中的上乘之作”。[③] 更可喜的是，该剧被“戏剧公会”看中并由著名导演菲力普·莫埃勒(Philip Moeller)执导搬上了银幕，引起了评论界广泛的关注。有人曾这样概述此剧受到欢迎的程度：1923 年“戏剧公会”首次推出莱斯的剧作《加算器》。在这以前，不管“普罗温斯敦剧团”“华盛顿广场剧社”，还是“戏剧公会”本身都把眼光投放在尤金·奥尼尔身上……这些艺术剧团中除了用过奥尼尔的作品

---

① Elmer Rice, *The Adding Machine: A Play in Seven Scenes* (New York: Samuel French, 1929), p. 4.

② Theresa Helburn, *A Wayward Quest* (Boston, 1960), pp. 238 - 239.

③ Philip Moeller, "A Foreword," in Elmer Rice, *The Adding Machine: A Play in Seven Scenes* (New York: Samuel French, 1929), p. x.

引起轰动以外,还没有哪一家因采用过其他人的作品而走红剧坛的。①

20 年代,美国戏剧界似乎被表现主义所笼罩。剧作家大都受到弗洛伊德思想的影响,渴望新戏剧的创作,并在创作手法上进行大胆的革新,用以表现大机器制控下都市人因为个人自由被束缚而异化的心态。与《毛猿》一样,《加算器》凸显了一个异化时代人的面貌。无论从社会学角度还是从心理学角度来看,这都不失为一部值得研究的戏剧作品。由于《加算器》的成功使得"戏剧公会"发现了一名真正的美国剧作家。如果他没写出别的剧作,仅这部《加算器》就足以使他在戏剧史上占有一席之地。莱斯具有人道主义立场,对现代工业造成的精神浩劫和社会秩序混乱所作的揭示独具慧眼。他是美国最早用艺术形式描绘和再现现代机械文明对人性摧残的剧作家之一,对后起之秀阿瑟·密勒、爱德华·奥尔比等剧作家产生较大的影响。1956 年纽约"凤凰剧场"(Phoenix Theatre)使《加算器》这部久已陈迹的老戏再度获得加冕。

《加算器》的成功推出,使莱斯喜上眉梢。向他求教的人也越来越多。1924 年莱斯与多萝西·帕克(Dorothy Parker)合作创作了剧本《终结关系》(*Close Harmony*)。② 这是一部为赢利而写的,属于商业性的戏剧。下一部走俏百老汇的作品就是他根据一出德国戏改编的《混血儿》(*The Mongrel*, 1924),当时演了 32 场。为了进一步开辟戏剧的路子,莱斯与许多其他剧作家一样到欧陆去寻找创作灵感和艺术源泉。他花了近两年半时间携家旅欧,并常住巴黎。此外,他还四处光顾巴黎的咖啡馆,结识了许多流亡艺术家,但他有着严格的生活准则,重家庭,不放荡。音乐会、画展、剧院是他常常涉足的地方,并在那里写下了《如实生活》(*Life Is Real*)和小说《爸爸找东西》(*Papa Looks for Something*)。其间他推出了另一部从德国剧作改编过来的剧本《他有罪吗?》(*Is He Guilty?*)。可惜这些作品都未能进纽约戏剧界。

《科克·罗宾》(*Cock Robin*, 1928)是莱斯与菲利普·巴里(Philip Barry)合写的作品,③其中穿插了许多喜剧性的场景、动人的情节和幕后场景,但并没有引起轰动。这对于莱斯来说,无疑又是一个打击。该剧写一谋杀事件的每个目击者对犯罪现场的陈述和反应。案子放在一个古装戏的决斗场面,整个过程由两位戏剧业余爱好者和一个丑角式的老处女演绎。老处女扮演了副导演的角色。三个人互相指控直到最后真相大白,原来凶手是个专门勾引年轻女子的已婚男子。作品看似像一部杂耍剧,但剧本的结构和人物对

---

① Joseph Wood Krutch, *The American Drama since* 1918 (New York: Random House, 1939), p. 26.

② 该剧又称《隔壁的女人》(*The Lady Next Door*),参见 Dorothy Parker and Elmer Rice, *Close Harmony, or The Lady Next Door, a Play in Three Acts* (New York, 1929)一书。

③ Elmer Rice and Philip Barry, *Cock Robin, A Play in Three Acts* (New York, 1929).

话都安排得错落有致。另外从创作技巧上看,这仍是一部难得的佳构。

翌年,莱斯出版了《地铁》(*The Subway*, 1929)。这又是一部表现主义戏剧,其主题仍然是人与现代文明的冲突。作品讲述了又一个"白人奴隶"索菲亚·斯密斯的悲惨故事。她是一家地铁建筑公司的职工,一直梦想能拥有一间地下室好与心上人乔治一起生活。但她失望地发现乔治要去底特律谋职。沮丧中她百无聊赖地处理文书,但不时地要忍受广告员和其他异性同伴充满淫荡眼光的骚扰。剧中穿插许多富有表现主义的对话场面,暗示索菲亚是否也屈从尤金的引诱与他上床。正当男人们猥亵地瞧着她,并想入非非时,她跳下铁轨,宁可让地铁把自己碾得粉碎,也不让那些好色之徒有半丝淫念。由于作者过分追求标新立异,对自然主义和表现主义的艺术手法进行拼盘使用,致使显得生硬,缺乏艺术感染力。[①] 但不能否认,描写都市中贫民女子遭富家子弟或资本家引诱、玩弄是莱斯刻意抒写的题材。无论《审讯》中的梅,《瞎子巷的房子》里的灰姑娘,还是《街景》中的露丝都有着同样的遭遇。这似乎贯穿剧作家整个创作过程。莱斯笔下的人物形象个个鲜灵活现,其遭遇又令人同情,充分显示了作者社会批判的眼光。

继《地铁》之后,莱斯又推出了《看一看那不勒斯就死》(*See Naples and Die*, 1929)。这里,作者笔锋一转,似乎有意回避现实,把现实中的一切不愉快现象远远置于脑后,着力于描写一出喧闹的喜剧。人物大拼盘、不乏荒诞的情节和充满异国情调等都是该剧的主要特征。剧中虚构的那群"汽车族"给读者和观众留下了至深印象。据说,剧本刚上演时卖座率很高,2个月后却被撤换。事后,莱斯发现剧社老板和导演开始冷落自己的剧作,他决定自编自导。

同年推出的《街景》是一部现代社会悲剧,获得了1929年"普利策戏剧奖"。为了写好这部作品,莱斯花了几年的工夫。其间他还以不同的标题写了好几部其他作品,如《纽约人行道》(*The Sidewalks of New York*, 1925)、《人影像》(*Landscape with Figures*, 1926)和《欢乐的白色路》(*The Gay White Way*, 1928)等。不过,《街景》写得最出色。这是一出三幕剧。戏的布景是一幢"没有电梯的"经济公寓。作品以纽约贫民区的一条街为背景,对小市民疲于奔命、操劳度日的卑下、可怜的日常生活作了写实主义的描写,反映了资本主义制度下穷苦人民灵与肉备受奴役与摧残的命运,是20年代末美国小市民生活的真实写照。

作品中的看门人是个犹太老头,有着激进的无政府主义思想和愤世嫉俗的情绪。女儿是个小学教师,用她微薄的收入支撑着整个家庭,因此耽误了青

---

① Durham, *Elmer Rice* (Twayne, 1970), p. 74.

春。儿子山姆是个备受种族歧视煎熬,一心想出人头地的法律专业大学生,他敏感多疑,是个善良的人,且有诗人气质。剧中的莫雷特一家也是作者极力刻画的对象,丈夫弗兰克酗酒成性,心胸狭窄,妻子安妮感情细腻,乐于助人,但她孤独寂寞,不习惯于这恶劣的生活环境。女儿露丝在一家公司当秘书,漂亮温柔,对爱情和幸福有浪漫的憧憬。她最大的希望就是逃离这座污秽沉闷的公寓,去寻找属于自己的自由天地。家里还有一个顽皮的上小学的儿子威利。全剧被安排在两天内。整个故事发生在沉闷压抑的夏季的一个傍晚和翌日的全天,是由两个具体事件——弗兰克枪杀妻子安妮及其情夫萨克的命案和露丝的感情纠葛来串联的。

在这幢"真实的公寓里,住着瑞典人、英国人、意大利人、黑人和德国人,一切都真实可信,甚至那底层外面石板路上的废罐头也是如此"。居住在这里的居民实际上就是美国社会的牺牲品,是贫困毁灭了美丽,同情让位于残忍。邻里最大的乐趣就是看到别家倒霉。露丝的感情纠葛也写得相当细腻生动。这位出身贫苦的女子与无数其他穷人家女孩一样,同样遭到资本家的引诱。在物质诱惑面前,她确实有些心动,但想到父母和自己深深爱着的山姆,她拒绝了老板伊斯特要她同居的要求。尤其感人的是露丝与山姆的浪漫初恋。遗憾的是,这爱情之花还没有来得及绽放,露丝却经受了一场家破人亡的打击。父亲锒铛入狱,母亲猝死。面对厄运的打击,露丝不屈不挠,毅然拒绝老板的帮助和山姆的爱情,带着弟弟远走他乡,担负起抚养家庭生活的责任。这是一个新女性形象,也是作者心目中的偶像。

作品截取生活的片段,用展览式的电影结构方法毫无掩饰地再现纽约社会底层市民的生活情景,侧重点放在对笼罩在这些人周围的令人窒息的悲剧气氛的渲染上,因而取得了很好的舞台效果,开启了 30 年代左翼戏剧运动的先河,在美国戏剧史上有着举足轻重的地位。剧中的许多重大事件都发生在台后,用别人的口吻加以道出,用公寓前的台阶作为公共论坛,人物都在高谈阔论,喋喋不休的女人组成了希腊式的"合唱队",以表达对社会的舆论和看法,不无古希腊悲剧特色。

30 年代初,莱斯继续创作,并十分注重艺术形式和戏剧技巧的探索。这个时期的作品大都思想丰富,只是良莠不齐。《左岸》(*The Left Bank*, 1931)就是其中之一。故事的背景是巴黎一家旅馆的客房,主要描写一群旅居巴黎的流亡者和艺术家们的生活。作者以满蘸同情的笔墨抒写了克莱尔这个女性形象以及她对这群流亡者的厌倦和蔑视、渴望回国的愿望。她的丈夫约翰是个自私的资产阶级作家,对婚姻无所谓,而且对克莱尔不忠,与别的女人时有勾搭。他甚至还引诱妻子的侄女苏西与自己一起去了威尼斯度假,把苏西的丈夫瓦尔多和克莱尔留下。随着故事的衍进,这对遭到抛弃的男女不约而同地讨厌这群放荡的流亡者。瓦尔多主动提出要把克莱尔的孩子带回美国去，克莱尔深受感动，并情不自禁地扑向他的怀抱。从威尼斯回来后，苏西就与瓦尔多离婚并要留在巴黎。她暗示自己与约翰已有感情了。约翰就板起脸来装出一副俨君子的嘴脸。不过克莱尔戳穿了他的阴谋，并指出他与苏西的暧昧关系，但严正声明自己已无所谓了。因为她已决定把儿子带回美国。她已厌烦这种漂泊的流浪生涯。她坦诚相见，瓦尔多会在美国娶她。故事的结局是约翰和苏西两人面面相觑，若有所悟地思考他们的未来。看得出来，他们感情复杂，有一种难言之隐。

作者用满蘸同情的笔墨抒写了克莱尔这个女性形象，写得优雅而不显半丝做作。莱斯正是借她的口道出了自己对流亡艺术家的看法。正如她的举止，克莱尔的思想也逗人喜欢。她是一位富有魅力的女性，机智、敏感、坦诚，渴望爱情和家庭幸福并乐施母爱。正是这些品质使她有别于苏西这样的水性杨花的女子，并赢得了观众与读者的同情。作品中还有许多争论场面也写得有声有色，以约翰为代表的这批流亡作家经常聚首大发宏论，评论美国的社会和政治。从他们藐视美国精神文化和对物质主义的批判字眼里，多少可以领略到几分美国的现实感，同时也展示了这群流浪艺术家的政治立场和颓废心态。①

作为一部社会文献，《左岸》真实记录了 20 世纪 30 年代美国人的言语和态度，是莱斯的政治宣传剧之一。评论家总喜欢注重剧中那些措辞激烈的抨击美国及其文化、政治的言论，似乎很容易从中窥视莱斯的反社会心态。其实并非如此。如果我们细细研读剧本就不难发现，莱斯在反对美国物质主义膨胀的同时，又在嘲弄那些不加思考地对祖国横加指责、品头论足的流亡艺术家。在他看来，美国毕竟是美国人的美国。美国现实中的社会弊病和文化上出现疏懒现象是由于政治上的误导所致。美国正像这群低迷的流浪艺术分子一样，缺乏一种责任感。莱斯在揶揄他们放荡不羁、生活糜烂的心态的同时，其实也在呼唤一种文化、社会和政治上的责任感。

同年创作的《法律顾问》(*Counselor-at-Law*, 1931)是一部情节剧，描写一个心地善良的律师的冒险探案经历。由于作品采用现实主义的表现手法，揭露的问题比较深刻，被认为是莱斯最受欢迎的作品之一。剧中主人公乔治·西蒙是犹太人。他善于钻营，在法律界颇有声望，但他并不满足。为了向上攀，他与一个社会名流小姐结婚，但他的生活并不幸福。妻子与情人私奔，加上自己处理案件的失误使他陷入困境。在濒临绝望的时候，他的女秘书向他伸出友爱之手。在她的帮助下，他避免了一场遭控告的风波。尔后两人结成

① Krutch, "Realism and Drama," *Nation*, CXXXIII (October 21, 1931), p. 440.

伉俪。作品将美国法律界黑暗的内幕,投机钻营、尔虞我诈、营私舞弊、不择手段揭示得淋漓尽致,但由于剧中人物着墨不够而显得单薄。当时该剧改编后的电影还在我国上海国泰大戏院上映,引起轰动。[①]

此外,莱斯还写了《我们,人民》(*We, the People*, 1933)、《审判日》(*Judgment Day*, 1934)和《两个世界之间》(*Between Two Worlds*, 1934)等多部剧作。《我们,人民》写美国下层社会里一个家庭的毁灭,父亲失掉了工作和房子,身体垮了。无辜的儿子被错判犯有杀人罪而被处死。剧本真实地再现了经济萧条所造成的社会恐慌和社会底层人的焦虑。《审判日》以纳粹分子对乔治·季米特洛夫的审判事件为范本,描写了希特勒法西斯主义的行径。《两个世界之间》把美国和苏联的社会制度进行对比,倡导社会利益和对人类的关心。剧中的激烈言辞和鲜明的政治倾向曾一度引起了评论界的非难。因此,该剧并没有得到美国观众的认同。

30年代后期,莱斯把主要精力放在戏剧导演和戏剧管理上。他筹建并参与"联邦戏剧计划"(Federal Theater Project)。1938年他自编自导了追寻美国历史和讽刺美国现实的《美国风景》(*American Landscape*)。这个剧本的观点比较缓和,也使莱斯再度受到了关注。40年代后,莱斯一向尖锐的批判锋芒逐渐消退与钝化。继《飞向西方》(*Flying to the West*, 1940)这部谴责法西斯主义的剧作后,莱斯基本上对人生采取一种乐观的态度。他的《新生》(*A New Life*, 1943)、《梦幻姑娘》(*Dream Girl*, 1945)和《废墟上的爱情》(*Love among the Ruins*, 1963)等基本上把持这样一种创作态度,戏剧影响不大。不过,他著有的戏剧论文集《生活剧院》(*The Living Theatre*, 1959)和自传《未成年时的报告》(*Minority Report*, 1963)在美国戏剧界有着一定的影响。其中不乏戏剧理论与创作的真知灼见,值得进一步开掘。

莱斯基本上是个理想主义者,是个具有很深社会意识的作家。在他的作品中,他尖锐地批判了现存的社会制度,做出了大胆的政治结论,提出了激进的主张。他不仅展现了20世纪上半叶美国大都市底层社会的生活片段,并对此做出了具体生动、引人深思的说明。他理智地触及了美国现实中某种独特的东西。他不再限于书写纽约某一条特殊的肮脏、可怜的街道,而是将笔触伸向美国工业社会所有肮脏、可怜的街道,因而具有普遍的社会意义和深刻的象征含义。

---

① 1939年于伶、包可华将其编译,更名为《上海一律师》,并由现代戏剧出版社出版。该剧的电影早在1934年就在上海国泰大戏院上映,当时的电影广告是以《人海沧桑》为名加以介绍的。据说这部影片还颇受欢迎。

## 第六节
## 霍华德与其他社会问题剧作家

西德尼·霍华德(Sidney Howard，1891—1939)是第一次世界大战后崛起的一位重要社会问题剧作家，生于加利福尼亚州奥克兰。早年，霍华德曾游历欧洲，亲眼目睹了旧大陆具有先锋特征的戏剧艺术。1911 年霍华德一进加州大学伯克利分校就开始试笔戏剧。他曾是哈佛大学贝克教授戏剧创作班的学员。1915 年霍华德创作了第一个剧本《克兰布鲁克假面舞会》(*The Cranbrook Masque*)作为戏剧班的习作。研究生毕业后，霍华德参加了海外救护队，后又在空军服役。退役后他主要从事新闻报道和戏剧创作，先后任《新共和》杂志记者、《生活》杂志编辑和《国际杂志》专栏作家等，与莱斯、舍伍德和安德森等人一起组建"剧作家剧团"。

1921 年霍华德出版了情节剧《剑》(*Swords*)。这是一部关于男欢女爱的爱情故事。剧中塑造了一位被几个男性追逐的女子形象，多少有些骑士传奇色彩，但缺乏戏剧性。当时评论界并不看好这部作品，认为该剧情节有些荒谬。倒是《他们知道需要什么》(*They Knew What They Wanted*，1924)一剧写得相当出色，突破了传统价值观念，因而受到了普遍好评。作品借用但丁《神曲·地狱篇》中关于保罗与费朗赛斯卡通奸的故事加以引申，从实利主义出发容忍通奸行为。在美国传统戏剧观念中，一个女子犯有通奸罪必须得到惩罚，而这里霍华德有意颠倒了这种情势，突出女性的正面形象。整个剧情围绕一位年近花甲的葡萄园主意大利移民托尼娶了一位年轻美貌的女子艾米为妻的故事展开。新婚之夜，托尼因车祸卧床不起。艾米不甘寂寞遂与年轻的长工乔发生了苟合之事。几个月之后，艾米由于怀孕而败露了奸情。她向托尼坦白了一切，并准备与乔远走他乡。意想不到的是，托尼在震怒之后原谅了她，并恳求艾米继续留在身边。故事的结局是艾米答应留下，而乔只好踏上流浪之路。该剧受到戏剧公会的青睐。1924 年 11 月剧团把它推上了舞台，[①]而且演出获得成功，前后上演了 400 多场，并一举夺得了 1924—1925 年度的普利策奖。

① 同年，奥尼尔的《榆树下的欲望》一剧也被搬上了舞台。这是一部关于三角恋爱的通奸故事。所不同的是，这里没有谅解之词，有的是对犯戒者的惩罚。

1925年,霍华德又创作了一部剧作,题为《幸运的山姆·麦卡弗》(*Lucky Sam McCarver*)。主人公山姆·麦卡弗是一个带有普遍性的人物。他与女主人公卡洛特都属于时代和环境的产物。剧本对旅居意大利的流放者的生活描写得十分逼真。霍华德通过对环境的细腻描写来烘托典型环境中的人物,以增强他们行为的可信度。在作者的笔下,山姆是个粗俗、但富有个性的男子,卡洛特出身虽然高贵,但没有头脑。两人的结合纯属偶然。难怪有论者说,从现实主义美学来看,该剧可视作是败笔,或者说没有写好,因为剧作者根本没有深入生活,了解生活。① 不过,剧中的卡洛特是个值得同情的女子。

关注女性命运,描写形形色色的女性形象是霍华德戏剧的与众不同之处。他的《内德·麦考伯的女儿》(*Ned McCobb's Daughter*, 1926)就是一部歌颂女性形象的剧作。作品塑造了一位自尊、坚强、机智、勇敢的新英格兰女性形象卡娜·麦考伯。她坚强地面对自己不幸的婚姻和父亲的死,与黑帮头目进行周旋的故事并没有赢得观众的喜爱。相反,剧中不时出现的杂耍场面和近乎老套的故事模式让人觉得霍华德在走下坡路。可喜的是,他同年推出的另一部剧作《银索》(*The Silver Cord*,1926)是一部较好的作品,描写一个神经错乱的母亲形象。她对已经长大成人的儿子有一种变态的依恋,希望他们永远像孩子那样听话,守候在自己的身边。她甚至视他们喜欢的女人为情敌。她几乎成功地毁灭了其中一个儿子的婚姻,但最后还是败在一个比自己更有占有欲的对手媳妇手里。令她感到欣慰的是,她毕竟毁了一个儿子的婚姻,让他永远像孩子那样依恋自己。这里霍华德娴熟地运用了弗洛伊德精神分析法来描述母子关系、婆媳关系,在人物形象的刻画上有了很大的突破。难怪评论家要充分肯定这部剧作,认为这部剧作是"弗洛伊德学说被引入戏剧创作最为成功的一部作品"。②除了主题新颖外,该剧的场景描写也颇有特色,不仅具有象征意义而且还是现实主义的手笔,展现了一个典型中产阶级家庭的摆设:一家完全以1905年最好的风格装饰的客厅,四周摆放着象征母爱的各种礼物和文艺复兴时期艺术大师的复制品,并散发出高雅的艺术趣味。

30年代前后,霍华德开始涉足好莱坞,成为当时身价很高的电影脚本编写者之一。他改编的剧本有《已故的克里斯托弗·比恩》(*The Late Christopher Bean*, 1932)、《多兹沃斯》(*Dodsworth*, 1934)和《黄色旗》(*Yellow Jack*, 1934)等。虽然他那时并没有完全放弃舞台剧本创作,但在创作题材和主题的

---

① Alan S. Downer, *Fifty Years of American Drama, 1900—1950* (Chicago: First Gateway Edition, 1966), p. 49.

② 有关这部作品的详细评论,可以参阅 William W. Demastes, ed. *American Playwrights 1880—1945: A Research and Production Sourcebook* (Westport, Conn.: Greenwood Press, 1995)一书,第172—174页。

深度方面明显走了下坡路。霍华德30年代创作的重要作品是那部《他乡玉米》(*Alien Corn*,1933),写出了专业人员为了追求艺术而不得不牺牲爱情和友谊的困境。霍华德轻松幽默的喜剧风格曾一度使他走俏剧坛。自1935年至1937年,霍华德出任美国剧作家协会主席。遗憾的是,霍华德还没有来得及施展他的宏才伟略就因车祸而不幸遇难。

罗伯特·舍伍德(Robert E. Sherwood, 1896—1955)是两次世界大战之间享有一定声誉的剧作家。他创作了不少描写战争或暴力的戏剧。它们从侧面表达了美国人民的忧虑和要求。舍伍德的戏剧超越历史的时空,并在贬抑人类共同憎恶的战争的同时,虚拟了战争阴影笼罩下人的恐惧心态和精神变异。

舍伍德生于纽约一个富裕的家庭,自幼受到了良好的教育。他中学毕业后很顺利地进哈佛大学深造。大学期间,舍伍德不仅学习成绩优秀,而且还是校园文化活动的积极参与者。他编辑了刊物《讽刺之声》,为学校戏剧俱乐部创作了短剧《巴拿姆是对的》(*Barnum Was Right*)。与同时代其他热血青年一样,舍伍德也激昂地奔向战场,后在战争中负了重伤。一战结束后,舍伍德返回纽约,并结识了不少演艺界名人。当时,美国无声电影发展迅速。他似乎看好这片文化市场,于是为好莱坞无声电影写银幕剧和评论,很快就成为当时有名的无声电影评论员。

舍伍德在1922年创作的《觉醒的人》(*The Dawn Man*)是其第一部专业性剧本,也是其专业写作生涯开始的标志。这部作品并没有给他赢得声誉。倒是五年后推出的《通向罗马的路》(*The Road to Rome*,1927)一剧引起了一定的反响。这是一部呼唤和平的作品,粉碎了所谓人的理性可以使人类免于毁灭的谎言。作品描写汉尼拔兵败罗马的故事。一向叱咤风云的大将军汉尼拔因经不起艾米蒂斯的美色诱惑而放弃进攻罗马。[①] 在舍伍德的笔下,古罗马的战将们,看上去很像美国穿着奇装异服的美国人,他们都是心胸狭窄、虚伪和物质至上主义者。紧接着,舍伍德又创作了《爱巢》(*The Love Nest*,1927)、《女王之夫》(*The Queen's Husband*,1928)、《滑铁卢桥》(*Waterloo Bridge*,1930)和《这就是纽约》(*This Is New York*,1931)等。这些作品当时都在百老汇公演,大大提高了舍伍德在戏剧界的声望。这个时期推出主要作品还有《聚首维也纳》(*Reunion in Vienna*,1931)。这是舍伍德自创作以来写得最为成功的剧作,描写了一位心理分析学家安东·克鲁格医生为了自己的原则容忍妻子与旧情人偷欢的故事。后来"戏剧公会"上演了这部剧作,而且整个演出受

---

① 艾米蒂斯是前来求和的罗马独裁者费比厄斯之妻。她利用美色勾引汉尼拔致使其收兵,不战而退。

到了观众的欢迎。

30年代早期，舍伍德还创作了一部小说，题为《道德骑士》(*The Virtuous Knight*,1931)。他1935年创作的两幕剧《化石林》(*The Petrified Forest*)主要叙述了一个凄婉、带有西部传奇和现代寓言色彩的悲剧故事。作品中的"石化林"深具象征含义，是美国荒原社会的标志。生活在其中的人都是些遭受挫折的知识分子，犹如艾略特所描写的空心人。随后创作的《白痴的欢乐》(*Idiot's Delight*,1936)是一部反战题材作品。全剧共三幕五场，描写了一群旅客因战争而不得不滞留旅馆，彼此因种族、国别、政见和人生观不同而发生的冲突。作品以闹剧的形式刻画了一伙军火商、军警特务和出卖良心的科学家的丑恶灵魂，被认为是深沉悲观主义和极度乐观主义的结合体。该剧为他赢得了普利策奖。二战期间，舍伍德积极创作，不仅写讽刺剧、历史罗曼司和通俗喜剧，而且对所处时代人的精神世界和行为方式进行严肃而深入的探索。

二战爆发后，舍伍德积极投身于反法西斯的斗争，曾长期担任了罗斯福总统的发言稿撰写人，并被委任为美国国防部长特别助理。战争结束后，他重返剧坛，又创作了不少剧本。其中《阿贝·林肯在伊利诺伊州》(*Abe Lincoln in Illinois*,1938)[①]一剧最著名，使舍伍德再次荣膺普利策奖。作品把林肯写成了一个对死亡和人类虚妄本性过于忧虑的人，一个能在危急关头挺身而出领导民众的激进知识分子。剧本对林肯离开伊利诺伊去华盛顿时所表现的信念作了生动的描写。剧中写道：

> 我们已经获得了民主。现在的问题就在于这种民主是否适合继续保留下去。也许我们已经步入了一个可怕的觉醒时刻。梦已经结束了。果真如此，这梦恐怕永远结束了。……让我们永远生活下去以便确保我们能够培植我们周围的自然世界和我们内心的智慧与道德世界…… 愿上帝保佑你们，并希望你们在祈祷时能记住我。……再见，我的朋友们，乡亲们。

该剧是"剧作家剧团"公演的第一部作品，深受观众喜爱。1940年，舍伍德又因其《将没有夜晚》(*There Shall Be No Night*)一剧摘取了普利策的桂冠。他40年代后创作的主要作品有剧作《崎岖的路》(*The Rugged Path*,1945)、《默里山小战事》(*Small War on Murray Hill*,1957)和历史传记《罗斯福和霍普金斯》(*Roosevelt and Hopkins*,1948)等。后者为舍伍德赢得了第四次普利策奖。

---

① 同年以林肯故事为题材创作的剧作还有康克林(E. P. Conklin)创作的《荣誉开场白》(*Prologue to Glory*)等。

作为一名剧作家，舍伍德有着非凡的天才，因而才能把他那些不断变化的信念写成激动人心的戏剧。他的一生经历丰富，当过兵、担任过杂志编辑、剧作家协会主席、美国全国戏剧学院主席等职。

吉尔伯特·埃默里(Gilbert Emery,1875—1945)也是霍华德同时代的剧作家，生于纽约的那布勒斯，早年就读于阿默斯特，参加过第一次世界大战。退役后，埃默里涉足剧坛。1921年他创作了成名作《英雄》(*The Hero*)，主要描写第一次世界大战归来的"英雄们"居功自傲，放荡不羁的颓废生活。作品通过两兄弟性格、行为和生活态度的描写，塑造了对立的道德和肉体的英雄形象。剧中描绘的细腻生动的生活场景和小镇风光颇似桑顿·怀尔德笔下的小城风光。埃默里的其他剧作有写一位姑娘与有过失的恋人结合的爱情故事《污点》(*Tarnish*,1923)和写一位丈夫为保持平静的社交而屈从于不检点的妻子的剧作《插曲》(*Episode*,1925)等。

同时代的欧文·戴维斯(Owen Davis,1874—1956)又是20世纪初创作颇丰的美国剧作家之一。他生于缅因州，是哈佛大学的高才生。他早在第一次世界大战之前就写作了相当数目的情节剧如《漂亮的外衣模特内莉》等。1914年他发表了《为什么我要停止情节剧的创作》一文，宣称从此要关注社会问题，效法易卜生专门创作具有现实意义的严肃剧。他在1921年推出的剧作《弯路》(*Detour*)就是这样一部作品。这是一部三幕剧，表现了理想与现实的尖锐冲突。故事塑造了一位厌倦乡村生活、耽于幻想、富有浪漫气质的农妇海伦及其女儿凯蒂的爱情生活。海伦要女儿学习艺术好将来去大城市发展，但她的灌输并没有在女儿身上起作用。凯蒂虽有艺术天赋，但她并不认为艺术和都市文明比温柔的爱情和实在的家庭生活更重要。她毅然抛弃母亲的成见与心上人结婚，做了新一代农妇。两年后问世的《冰封》(*Icebound*,1923)取材于缅因州的乡村生活，写的是一起遗产争夺故事，对堕落的败家子进行斥责和对邻居的贪婪作了鞭笞。作品写出了美国农民对土地的依恋与诅咒。由于该剧选题较好，主题又具有普世性，因而更受观众喜欢，显示了一定的艺术魅力。该剧还夺得了1923年度的普利策奖。与之相比，《弯路》在选题上有些偏，看似离现实远了一点，因而缺乏可信度。30年代，戴维斯虽然没有放弃戏剧创作，但已经把很大一部分精力放在改编剧目上。他改编的主要作品有《了不起的盖茨比》和《伊坦·弗洛美》[①]等。

乔治·凯利(George Kelly,1887—1974)，美国剧作家、演员兼导演，生于费城一个贵族家庭。《火炬队》(*The Torchbearers*,1922)是他的第一部公演剧作。该剧取材于凯利熟悉的费城戏剧界生活，描写了一群从事小剧场运动的

① 根据华顿(Edith Wharton)的同名小说改编的。

半瓶子醋艺术家和夸夸其谈的业余演员。他们钩心斗角、争名逐利，经常丑态百出，是一部闹剧，对小剧场运动进行了辛辣的讽刺。

《炫耀》(*The Show-Off*，1924)是凯利的第二部剧作，共三幕。作品为美国戏剧塑造了一个令人难忘的人物奥布里·帕伯。他是个极端自私的人，一个吹牛拍马的能手。他经常向人吹嘘自己是个多么了不起的人。故事揭示了他与单纯无知的岳母之间的滑稽冲突。费希尔太太对女儿盲目择婿非常不满，但又苦于无奈，因为女儿执意要嫁给这个吹牛大王。作品反映了外省的生活情调和对婚姻问题的看法。作品在舞台上也深受欢迎，到了 60 年代，该剧还是人们喜欢的剧目之一。

翌年，凯利推出的《克雷格的妻子》(*Craig's Wife*，1925)为他赢得了普利策奖。作品描写了一个武断专横的家庭主妇克雷格太太。她幻想以个人意志来统治一切，并使用各种手段企图在精神和生活上绝对控制丈夫和家人。她的独断专行和歇斯底里的女性占有欲使周围的人难以忍受。故事的结局颇有讽刺意味。继家人纷纷离她而去后，她的丈夫克雷格先生也忍受不了她的专横而愤怒离去，只剩下她一人孤独地待在房间里。这里克雷格太太确实性格孤僻、行为怪诞，但她的生活经历多少道出了几分 20 世纪 20 年代美国家庭主妇的生活困境：一方面她们处于一种没有安全感的境遇；另一方面为了摆脱这样的局面而不得不追求权力，以维护自身的价值。

类似描写女性心理特征和悲剧命运的作品还有《戴西·梅姆》(*Daisy Mayme*，1926)和《瞧这新郎》(*Behold the Bridegroom*，1927)等。前者描写了梅姆家两姐妹为了性爱而不惜厮杀。剧中的戴西小姐巧施计谋，拉拢别人来对付姐姐，以达到在情场上战胜姐姐的目的。该剧以闹剧的形式刻画了女性的褊狭与妒忌心理。由于作品过分渲染了女性的性意识和性欲本能而削弱了其思想内涵。后者则是一部思想比较深刻的悲剧作品。该剧通过一位妇女性格的分析来揭示恶女人的本质。剧中人托尼·丽勒是个缺乏生活热情、身居上流社会的妇女，是个坏女人形象。她终日陶醉于勾引有妇之夫，与男人打情骂俏。因为她的缘故致使许多家庭遭到了破坏。她是个放荡不羁、没有道德廉耻的恶女人。剧中还刻画了一位女性形象，即瑞薇薇夫人。她是托尼的朋友。经她介绍，托尼又与一个出身阶层与自己相仿的男人相识，与之逢场作戏。这个男人与《幸运的山姆·麦卡弗》中的山姆完全不同。他知道托尼是什么货色，本来就没有看得起她。后来她在发现他对自己并不真心之后才意识到自己原来是个“小丑女人……生活失意，又遭离异，又再婚，又离婚”。故事的结尾又回到了老套：托尼出于无奈，绝望中抱病而死。在同时代剧作家霍华德看来，爱情构成不了足以征服人性其他因素的力量。不过，凯利对此持有异议，认为托尼得不到自己所爱的人，促使她对自己的处境进行反思。问题是，被托尼爱得死去活来的那个年轻人并不出众。他的行为简直不可思议，也让人揣摩不定。如此看来，托尼根本不值得为他去死。此外，剧本的场景安排得相当别致：托尼的卧室，在它前面有一个玫瑰园，但不见有花开。那个年轻人进来时手里拿着一朵白玫瑰，园子里也只有这样一朵花："瞧，新郎官，进来了。"他走后，托尼把这朵花放进了书页。托尼死后，这个年轻人发现了这朵花。读罢这部作品不得不为托尼的执着而感动，但在动情之余难免为她虚掷了真情、浪费了青春而倍加惋惜。

凯利20年代末创作的《玛吉，好样的》(*Maggie the Magnificent*，1929)一剧也是一部描写女性的作品。所不同的是，这里的玛吉是个有着远大理想、一心想出人头地的好胜女子。30年代后，凯利创作的主要作品有《菲利普往前走》(*Philip Goes Forth*，1931)、《大显荣耀》(*Reflected Glory*，1936)、《深奥的塞克斯夫人》(*Deep Mrs. Sykes*，1945)和《致命的弱点》(*The Fatal Weakness*，1946)等。这个时期的作品大都以对话取胜，他的主要戏剧成就还是体现在他的早期三部剧作，《火炬队》《炫耀》和《克雷格的妻子》上。他的创作主题基本上围绕家庭和职业并以此来进行社会讽刺，从中展示其惊人的喜剧才能。难怪评论家这样肯定："凯利自以为自己是个道德家。他所建构的讽刺不仅用来说教和改良，而且还用作娱乐。他的作品因题材别致而彰显其独特的风格。……尽管凯利使用了生活语言的对话，刻意描摹美国中产阶级生活中的场景和人物，但他的创作体现了一种别致的声音：尖酸、责骂、滑稽与令人忍俊不禁的怪诞。"[①]凯利的这些描写女性的作品与克莱尔·布思·露丝(Clare Boothe Luce，1903—1987)创作的《女人们》(*The Women*，1936)一起汇成了一个强大的声音，呼吁戏剧艺术应更广泛地关注现实生活中的女性。布思的戏剧创作主要描写上流社会家庭婚姻问题，讽刺贵妇人空虚无聊的生活情调，进而表达常被人们忽略的女性的痛苦。她是30年代少数女性剧作家之一。除了《女人们》外，她的《容忍我》(*Abide with Me*)也是一部相当出色的剧作。

西德尼·金斯利(Sidney Kingsley，1906—1995)是30年代崛起的美国剧作家，生于纽约，毕业于康奈尔大学，曾做过军人、演员和剧本审稿人等。他一生创作丰厚，但真正使他走红美国剧坛的还是他在1935年创作的《死胡同》(*Dead End*)。作品描写了贫民窟失足青年的犯罪现象。全剧共三幕，涉及三条情节线索：以汤米为首的贫民窟粗野的无赖少年及其街头嬉闹恶作剧和打架斗殴活动；被警察通缉的杀人犯马丁冒死潜回死胡同看望老母和旧情人；身

---

① Don B. Wilmeth & Tice L. Miller, eds., *Cambridge Guide to American Theater* (Cambridge: Cambridge University Press, 1993), p. 263.

患残疾的失业大学生与资产阶级小姐的凄婉动人的爱情悲剧。剧作家把富人的生活与恶劣环境下穷人的生活相对比,从而说明美国社会中存在的贫富悬殊是造成青少年犯罪的主要社会根源。

事实上,金斯利早在30年代初就闻名百老汇。那时他主要以演员的面目出现在舞台。他的成名剧作是他在1933年创作的《穿白大褂的男人》(*Men in White*)。该剧描写了一个立志献身医学事业的年轻医生成为医学专家的过程。作品一出台就被"同仁剧社"接受并进行了首演。这次演出即刻引起轰动。金斯利因之还获得了1933—1934年度的普利策戏剧奖。尽管《穿白大褂的男人》在当时很受观众喜欢,但来自评论家的声音未必都是喝彩。据剧评家约旦·米勒的考察,当时确有人指责该剧的结尾过于程式化,对医生形象的刻画也显得过于罗曼蒂克。[①] 同时期创作的主要剧作还有《千万个幽灵》(*Ten Million Ghosts*,1936)和《我们创造的世界》(*The World We Make*,1939)。[②] 前者是一部反对战争、控诉军火制造商的作品;后者则写得有些超现实,其影响并不大。

二战期间金斯利在军队服役,其间还创作了《爱国者》(*The Patriots*,1943)等反映战争感受的作品。1949年他的道德情节剧《侦探故事》(*Detective Story*)在百老汇引起轰动。金斯利战后创作的剧作还有《精神病患者与恋人》(*Lunatics and Lovers*,1954)、《夜生活》(*Night Life*,1962)等。

综观以上这些作家的戏剧创作不难看出,他们与当时其他现实主义作家一样,对当时流行的各种社会思潮有所感悟。他们也或多或少地吸收了弗洛伊德和其他心理学派的成果,并加以运用。如果我们今天抛开所谓经典进而对一些不起眼的或长期被排斥在外的非经典作家及其作品进行深入细致的考察,我们可以发现他们同样是伟大的艺术家。

## 第七节
## 海尔曼的戏剧创作

丽莲·海尔曼(Lillian Hellman,1905—1984)是20世纪美国著名的现实

① 参见 Jordan Y. Miller & Winifred L. Frazer, *American Drama between the Wars: A Critical History* (Boston: G. K. Hall & Co., 1991)一书,第191—192页。

② 《我们创造的世界》一剧是金斯利根据米伦·布兰(Millen Brand)的小说《外室》(*The Outward Room*)改编而成。

主义剧作家之一，同时也是一位成就卓著的社会活动家。她笔锋犀利、技巧娴熟，所写剧本都以结构严谨、情节生动、人物鲜明、对话深刻著称。

海尔曼于1905年6月20日出生于路易斯安那州的新奥尔良市一个富裕的犹太家庭，后来随家移居纽约。早年海尔曼就读于纽约大学和哥伦比亚大学，没有毕业就在一家出版社谋到一个职位，做起了纽约《先驱论坛报》(*Herald Tribune*)的评论员。1925年她与剧作家阿瑟·科伯(Arthur Kober，1900—1975)结婚，随即旅居巴黎。1931年海尔曼回到了纽约，并于次年与科伯离婚。之后很长时间，她一直没有再婚，故人们称她为"海尔曼小姐"。海尔曼一向思想激进、独来独往，并关注女性自我的发展，但她并不属于那种狭隘意义上的女权主义者。她树立了一个典型的"自由女性形象"。直到60年代末，她才在自己的传记和采访录中披露了自己以前鲜为人知的隐私，包括她与进步作家塞缪尔·戴希尔·汉密特长达30多年的亲密友情。①

海尔曼最早试笔戏剧是写那部从未搬上舞台的剧作《心爱的女皇》(*Dear Queen*)。她的成名作是《儿童时代》(*The Children's Hour*，1934)。② 该剧在百老汇公演时，即刻引起轰动。人们惊异这样一部主题新颖的作品竟出自一位女子之手。作品主要讲述两个年轻妇女如何被一个女学生败坏声誉的故事。剧中的女校长玛莎和教师卡伦苦心经营多年终于办起了一所女子学校，但学校资助人蒂尔福德的孙女玛丽不遵守校纪，遭到老师的批评。出于报复，她诬告两位女教师之间感情不正常，有同性恋倾向，并将此事告诉了祖母。蒂尔福德太太四处打电话传播"丑闻"，最终导致了一场人生悲剧和学校关闭的惨状。正是这样一部作品引起了轩然大波，受到了卫道士们的攻讦。该剧在波士顿和芝加哥遭到禁演，理由是该剧涉及道德问题。有人指责作品中有宣扬同性恋倾向。但海尔曼坚持自己的创作原则，严正声明自己在这部作品中刻意表现一种"善与恶"的较量。③ 剧中的玛丽显然是邪恶的化身，她天生懒惰、贪婪狡诈、谎话连篇，甚至经常逃课。不过海尔曼在展示其邪恶性格的成长过程时着墨并不多，多少显得有些突兀。

---

① 海尔曼在1969年出版了《一个未成熟的女人》(*An Unfinished Woman*)一书，披露了自己生活中的许多细节和轶事。作品获得了国家图书奖。1976年她出版的《邪恶的时代》(*Scoundrel Time*)问世，再次披露自己的一些身世。该作品以丰富的史料揭示了一个知识女性在长达半个多世纪里的心路历程，被誉为最不多见的自传体畅销书。此书还获得了"爱德华·麦克多威尔奖"(Edward McDowell Medal)。1977年根据海尔曼原著《原画再现》(*Pentimento*，1973)改编的电影《朱莉亚》(*Julia*)正式公演，展示了她与汉密特的亲密之情。该电影脚本及原著的部分章节已由陈叙一译出，具体可以参阅《朱莉亚》(北京：中国电影出版社，1980年)一书。

② 该剧在50年代初由作者自己导演，并在1952年12月再次被推上了舞台，让观众仔细看看，作品的真谛是什么。海尔曼要向社会声明她不在写同性恋，而是在揭露谎言。

③ Lillian Hellman, "Introduction" to *Six Plays by Lillian Hellman* (New York: Random House), 1942.

海尔曼随后推出的《未来的日子》(*Days to Come*, 1936)一剧写的是工人罢工题材,但同样遭到攻击。作品描写了一个资本家在工人罢工中与工贼相互勾结的阴谋。剧本上演后并不受欢迎。1937年海尔曼去欧洲旅行,亲眼目睹了西班牙内战。其间,她写了许多战地报告,并将其刊登在美国的报纸杂志上,为国内人民了解西班牙内战的真相作出了贡献。这段血与火的经历锻炼了她的意志。海尔曼从此投身于世界反法西斯的民主运动,并成为美国方面的领导人之一。她日后创作的反战剧本大多以这一经历为素材。

虽然海尔曼的前两部剧作都受到指责,但她的《小狐狸》(*The Little Foxes*,1939)一举获得成功,摘取了纽约剧评奖。[①] 这是一部三幕一景的作品,揭示了一群"小狐狸"如何掠夺南方土地、剥削南方穷苦白人和黑人的情形。第一幕开头就写了马歇尔与哈伯特兄妹已经谈妥准备在南方合办棉纱厂的计划以及他们的股份利益。第二幕着重写贺拉斯因旅途中多停了一夜而引起妻子丽嘉娜的猜忌。围绕两人的争执又展示了哈伯特家族为了发财不择手段榨取黑人和穷白人血汗的勾当。第三幕写丽嘉娜与贺拉斯分居以及她如何变本加厉地向兄长要挟以获得更多赢利的狰狞面目。全剧以冷静客观的笔调勾勒出南方经济和社会结构的变化,毫不保留地暴露了资本家贪婪残暴、自私冷酷的本性。这里的大家族成员之间完全是一种赤裸裸的金钱关系,彼此间没有信任、没有爱,只有贪心不足。他们不仅吞噬了黑人和穷白人,而且还吞噬自己的家人。剧中塑造了一个冷酷的女性形象丽嘉娜。她是个野心勃勃的女人,为了争夺财产她与贺拉斯结婚。她狡诈,不轻易上当,为了利益与兄长展开斗争,甚至不择手段。兄妹间围绕纱厂投资所进行的明争暗斗揭开了小狐狸之间尔虞我诈、互相倾轧的内幕。库尔特承认撒谎、偷窃和杀人都是极不文明的表现,但他认为当一个孩子被剥夺了他应该享受的一切后这样的行为又是十分必要的。剧中旁观者艾迪的话发人深省:"世上有专门吞噬土地的人,还想吞吃所有地球上的人。那样就有人站在一旁看他们吞食。"因之,有人专门讨论海尔曼笔下的邪恶意义,认为"海尔曼清楚地将邪恶看成相互对立的两个层面,即积极、贪婪的一面和失去了善以后真正意义上的邪恶"。[②]

40年代是海尔曼戏剧创作的丰收季节。首先,她推出了《守望莱茵河》(*Watch on the Rhine*,1941)。这是一部反法西斯主义剧作,成功地塑造了一位坚强的反法西斯英雄库尔特。故事以华盛顿为背景,写库尔特为了确保为反法西斯所筹款的安全处死了企图敲诈、告密的坏蛋。他为了人类和平、幸福

---

① 1982年该剧重演,并由著名明星伊丽莎白·泰勒扮演丽嘉娜的角色。当时《纽约时报》还专门刊文评价了演出。有关细节可以参阅 *American Dramatists 1918—1945* (London: Macmillan Publishers, 1984)一书,第155页。

② Doris V. Falk, *Lillian Hellman* (New York: Ungar, 1978), p. 30.

的明天不顾自身的伤痛，冒着死亡的危险，告别妻子同法西斯进行殊死的斗争。作为一部反战题材的作品，《守望莱茵河》有其自身的特点。剧本并没有高调的演说，而是将剧中人的情感都安插在机智风趣的对话中。语言平实，但不乏真切。剧本的开篇通过库尔特本人之口简略地交代了身世："我出生在一个叫菲尔特的小城镇。……我们镇上有个节日，叫奉献节。这是一个欢快的节日，有游戏和音乐，还有热的白香肠就酒喝。长大后，我离开了家——去上学，去做工——但我经常回家过节。这是我一生中的重大日子。……但是战争爆发后，那样的日子发生了变化。"难怪该剧演出后受到观众和评论界的称颂。[①] 作品后来被拍成电影，成为 40 年代好莱坞的名片。

《彻骨寒风》(*The Searching Wind*, 1944)又是一部战争题材剧，共两幕六场。作品以法西斯崛起的几个关键时刻，如墨索里尼在罗马掌权、希特勒在柏林的崛起等为背景，描写美国职业外交官亚历山大·赫仁的几次重要生活经历。他与平民女子卡希相爱，但为了政治前途，毅然决定与具有家庭政治地位的女子艾米莉结婚。同时，他继续与卡希幽会偷情。他虽然憎恨法西斯主义毁坏了世界和平，但始终想方设法置身事外。很多历史事件都是通过他得以展现。作品打破了易卜生式的戏剧结构，采用电影的闪回技巧，时而现在，时而过去，大大拓宽了作品的时空。

40 年代海尔曼还编写了相当数量的电影剧本，其中《北极星》(*The North Star*)影响最大。[②] 事实上，海尔曼早在 30 年代初就涉足好莱坞影坛，主要审读电影剧本。后来结识了汉密特之后她才开始编剧。二战结束前夕，海尔曼应邀去苏联前线视察，并连续报道了苏联人民的反法西斯斗争。二战结束后，海尔曼除了继续为好莱坞改编剧本外，她再度回到自己原先的创作题材，写下了《丛林深处》(*Another Part of the Forest*, 1946)。这是《小狐狸》的续篇，继续描写哈伯特一家丑恶的发家史。只是该剧叙述的侧重点在于发生在《小狐狸》故事之前的事件。故事的场景是 1880 年 5 月南方小镇和商人马库斯的家。他的两个儿子都在为他工作，唯独女儿丽嘉娜留守家中。长子本十分奸诈，他竟利用父亲的隐私来讹诈父亲的钱财，利用弟弟奥斯卡的婚姻兼并了没落贵族家的田产。他还为了钱让妹妹丽嘉娜嫁给银行家贺拉斯。这部作品为《小狐狸》一剧提供了一个历史背景。

由于海尔曼思想一贯激进，并在创作中表现了左翼倾向，因而海尔曼在麦卡锡主义猖獗的岁月里受到非美调查委员会的审讯。但她表现出异常的坚贞和高尚的人格，从不出卖朋友。50 年代后她重返演艺界，接连推出了编剧《圣

---

① 1941 年百老汇上演的剧目还有莱斯的《飞向西方》、舍伍德的《将没有夜晚》和海明威的《第五纵队》等。

② 《北极星》以苏联卫国战争为背景，歌颂苏联人民英勇抗击德国法西斯的光辉业绩。

女贞德》(*Joan of Arc*,1953)和《秋园》(*The Autumn Garden*,1951)、《阁楼顶上的玩具》(*Toys in the Attic*,1960)等剧作。《秋园》以一幢楼房为背景写出了这座楼房里许多人的生活道路。剧中人不敢接受现实,用对自己撒谎的办法欺骗自己。其悲观主义情调给作品注入了某种存在主义意识。《阁楼顶上的玩具》是海尔曼后期作品中的佼佼者,曾引起轰动。故事发生在新奥尔良一个落魄中产阶级家庭里,主要写一对老处女如何为了弟弟的前途几乎断绝了一切社交活动,拼命工作。遗憾的是,她们的弟弟并不争气。他是个充满幻想的人,在现实世界中到处碰壁。这是一部深刻的情感悲剧。它对隐藏在家庭人伦之间因环境压力而造成的变态情爱做了生动的揭示,述说了美国南方旧式女子的不幸命运。该剧在百老汇公演时大受欢迎,并获得了纽约剧评奖。1953年,海尔曼将法国作家伏尔泰的同名讽刺喜剧改编成音乐剧《康狄德》(*Candide*)。美国文学艺术院在1960年授予她金质奖章,以表彰她在戏剧、电影文学事业所作出的杰出贡献。1963年,海尔曼根据贝尔特·布莱奇曼小说编写的剧作《我和我的母亲,我的父亲》(*My Mother, My Father and Me*)在纽约上演。该剧主要描写都市中产阶级的生活景观,无论情节性还是喜剧效果都很强。海尔曼晚年的重要作品还有回忆录《原画再现》(*Pentimento*,1973)等。

综观海尔曼一生的创作可以看出,她的作品中个人生活与社会变革和历史危机密不可分。她那鲜明的反战题材及其正义感的宣泄证明她是一位富有意识形态性的剧作家。意识形态对于她来说是何等的重要,好比福克纳看重种族意识一样。正如威尔斯所说,海尔曼始终陷于一种爱与恨交织的情感中,但爱憎分明。[①] 的确如此,海尔曼塑造的一个个恶魔、英雄形象将给人以深刻的启示。

## 第八节
## 怀尔德的戏剧创作

桑顿·怀尔德(Thornton Wilder,1897—1975)是20世纪上半叶美国著名小说家和剧作家。他出生于威斯康星州麦迪逊一个信奉基督教的家庭,自幼

① Garry Wills, "Introduction" to *Scoundrel Time* by Lillian Hellman (Boston: Little, Brown and Company, 2000), p. 32.

受到宗教思想的熏陶。父亲是公理会教友，在怀尔德九岁那年被任命为美国驻中国香港总领事。于是他随父母来到了香港，后回国上学。十四岁那年他再次来中国。在中国期间，怀尔德先后在香港、上海和烟台等地的教会学校读书。虽然他前后两次踏上中国的土地，但由于年幼，加上当时中国正处于西方列强侵略、国际地位低微的时期，因而他对中国并不了解。

怀尔德第二次返回美国后就被送往伯克利中学和奥柏林学院学习。后来他又转学耶鲁大学。1920 年大学毕业时他正赶上参军。次年退役后他来到了意大利罗马学习考古学。回国后他担任法语教师，并开始小说创作。1926 年，怀尔德从普林斯顿大学硕士毕业后，先后在芝加哥大学、哈佛大学任教和讲演。他不仅是作家也是社会活动家，积极参与传播美国文化。他创作的第一部长篇小说是《卡巴拉》(*The Cabala*，1926)。1928 年，他又创作了小说《圣路易·雷桥》(*The Bridge of San Luis Rey*，1927)。这是一部探讨人生真谛的哲理小说。该作品很快走俏图书市场，并为怀尔德获得了该年度普利策奖。另外几部小说在当时也颇有影响。它们是《我的归宿在天上》(*Heaven's My Destination*，1935)和《安德鲁斯的妇女》(*The Woman of Andros*，1930)、《第八天》(*The Eighth Day*，1967)和《西非勒斯以北》(*Theophilas North*，1973)等。

怀尔德虽然在小说方面已取得了一定的成就，他在美国文坛的影响主要还是他的戏剧作品。事实上，怀尔德试笔戏剧创作比小说的时间更早。在耶鲁大学读书时，他就创作了《喇叭即将吹响》(*The Trumpet Shall Sound*)。[①] 剧本因其浓郁的宗教色彩和陈旧的主题而没有引起关注。1928 年怀尔德推出了他的第一部戏剧集《兴风作浪的天使和其他剧作》(*The Angel That Troubled the Waters and Other Plays*)。两年后，他的另一部戏剧集《漫长的圣诞晚宴及其他独幕剧集》(*The Long Christmas Dinner and Other Plays in One Act*，1931)面世。全集由六部独幕剧组成，其中四部已经由耶鲁大学和瓦莎戏剧俱乐部联合演出过。不过有一定影响的还是那部《漫长的圣诞晚宴》，被称为"最优美的散文独幕剧"。作品描写一个美国家庭几代人先后来吃晚餐的漫长过程，从他们日常生活细节的变化来窥视他们的生死观。

怀尔德同年出版的《海华沙酋长卧车》(*Pullman Car Hiawatha*，1931)又是一部实验剧，主要叙述发生在从纽约至芝加哥的火车卧铺车厢里的事件。这部作品颇具特色，整个故事情节的发展由一位舞台监督掌管。他有时扮演角色，有时又像希腊戏剧中的合唱队，对剧中情节做侧面批评。他向观众传递剧情，并在他的号召下，大家上车，演员各自带上椅子上车。剧中对话丰富，充

---

① 该剧当时在《文学杂志》上分三期连载，并与 1927 年在耶鲁实验剧场上演。

满生活情趣。在阅读、观看时，读者或观众不但可以听到演员的对话，有时舞台监督还直接对观众说："现在我要你们听听他们的思想。"[①]怀尔德的这一艺术革新对其日后创作重要剧作《小城风光》(*Our Town*，1938)无疑作了很好的铺垫。另一部题为《去特伦顿和卡姆登的愉快旅程》(*The Happy Journey to Trenton and Camden*，1931)也是同一年写作的，主要关于柯尔比一家(一夫一妻，一子一女)去看望已婚女儿的故事。作品通过他们旅途中一些琐碎的生活细节描写，展示了普通人家庭生活的欢乐与痛苦。他们在家的情景、向邻居道别以及到达目的地受女儿欢迎的各个场面无不展示得淋漓尽致。剧中的舞台监督在舞台上摆放了四把椅子，代表了汽车的轮子。至于方向盘、汽车等都用手势来表示。在假想的火车行进过程中，每个人做着各色各样的表演，进而展现自己复杂的情感，其中掺杂着对过去的美好回忆和眼前乡村自然旖旎风光的赞叹。剧中母亲看到路上有送葬队伍经过时就触景生情，想起了战争中阵亡的爱子，因而她总是悲叹不息。

怀尔德的代表作要数其《小城风光》。作品成功地运用表现主义手法，描写了新英格兰一个小村庄的生活琐事，生动展示了一个平凡无奇、保留田园生活情调的小镇风貌。全剧共三幕。第一幕的开篇借舞台监督之口道出了剧情的发展。他介绍了小镇的经纬度，说明这一幕主要讲镇上一天内发生的事。随后他继续介绍小镇的商业中心、政府机关和墓地等位置。从他的那几句话"不错的小镇，你懂我的意思吗？就我们所知，从来没有出过什么了不起的人物"可以猜到那的确是一个鸡犬之声相闻的小城镇。这里剧作家独具匠心地将小城镇与浩然的宇宙联系起来。他由小及大、由近及远、由目前预测将来、由瞬间想到永恒。他在第一幕结束时写道：

> 丽贝卡：我从来没有告诉过你简·克罗夫特生病时牧师写给他的那封信。他给简写了一封信，信封上的地址是这样写的：美国新罕布什尔州萨顿县格罗弗斯角克罗夫特农场简·克罗夫特收。
>
> 乔治：那有什么好稀奇的？
>
> 丽贝卡：你听着，还没有完呢：美国、北美大陆、西半球、地球、太阳系、宇宙、上帝的意志——[②]

这里虽然只是简短的对话，却大大扩大了作品的象征意义。全剧并没有跌宕起伏的故事情节，也没有扣人心弦的悬念，但能吸引读者、观众。在这部平淡

① Thorton Wilder, *The Long Christmas Dinner and Other Plays in One Act* (New York: Coward McCann, 1931), p. 58.

② Thornton Wilder, *Three Plays* (New York: Harper & Row, Publishers, 1957), p. 45.

无奇的作品里，怀尔德写出了人生的神秘和宇宙的无限。他笔下的小镇像是由美丽和无限的时空织起来的一片深不可测的蓝色天空和诗情画意的恬淡小世界。怀尔德以甜蜜的朴实探测到生活深处最神秘的地方。生活在这里的人们不受示威、抗议、私刑、抢劫、谋杀、战争、工厂、妓院、罢工、警车汽笛和政治不安的骚扰。这里有的是汽水、月下散步、邻里关怀、儿女温馨的爱、自尊和责任感，与喧嚣、杂乱的都市生活形成鲜明的对照。

《小城风光》的主题十分严肃，其悲剧色彩浓厚，书写了死亡的永恒。剧本的结论并不让人感到轻松，可以自由地倾诉人生的奥秘。剧中埃米莉的理智冲淡了乔治炽热的爱和伤心，使得沉浸在温馨、宁静中的观众与读者的心顿时凉了半截。怀尔德善于在艺术上大胆试验，是美国少数回避社会重大问题的作家中的佼佼者。

在创作严肃剧的同时，怀尔德还写了不少喜剧作品。他的《扬克斯商人》(*The Merchant of Yonkers*,1938)就是这样一部富有时代精神的滑稽喜剧作品。它把纽约写成了一个爱情角逐场，演绎了一出错综复杂、荒唐可笑的生活喜剧。[①] 怀尔德以一贯的喜剧话题取悦观众，但是当时正是战云密布的时代，人们觉得这个世界充满恐惧，根本没有欢笑可言。作品在波士顿和纽约演出时均遭失败。时隔多年，怀尔德将这部作品改编成《媒人》(*Matchmaker*，1954)。他担心作品会在美国受到冷落，就送去英国演出。出乎意料的是，作品的演出大受欢迎。1955 年该剧正式在美国公演，后又走红百老汇。剧作借奚落商人的自私来衬托年轻人追求婚姻自由和幸福生活的愿望。后来在谈到这部作品的创作时，怀尔德明确承认这是根据《扬克斯商人》改编而成，旨在讽刺传统笑剧的浅薄和夸饰的做法。他认为，“摆脱 19 世纪舞台流行的胡闹之风的办法是取消它。这个剧本是对我小时候在加州奥克兰市‘自由剧场’( Ye Liberty Theater)看够了的轮换剧团保留剧目的嘲弄”。[②]

《九死一生》(*The Skin of Our Teeth*,1942)是怀尔德的第二部代表作。这部具有表现主义色彩的寓言剧通过安特罗伯斯一家经历了冰川期、洪水期、地震等自然灾害和现代战争洗礼的故事，揭示了人类历史演变的艰苦历程和人类为了生存而进行的不懈努力。全剧分三幕。作品在艺术形式上明显接受了意大利剧作家皮兰德娄《六个寻找作者的人物》的影响。怀尔德借鉴了皮兰德娄剧中“戏中戏”的创作手法，把真实性与虚假性混合起来。对此著名戏剧

---

① 有关怀尔德的喜剧艺术的评论，可以参见 Travis Bogard, “The Comedy of Thorton Wilder,” *in The Modern American Theater*, ed. Alvin Kernan (Englewood Cliffs, N. J.: Prentice-Hall, 1967)一书，第 55—56 页。

② Thorton Wilder, “Preface” to *Three Plays* by Thorton Wilder (New York: Harper & Row, Publishers, 1957), p. xiii.

评论家比格斯比在其论著《二十世纪美国戏剧评述》(*A Critical Introduction to Twentieth Century American Drama*)中有明确的论述。[①] 就拿剧本的开篇来说,它一方面向读者/观众展示一个典型的美国中产阶级家庭里丈夫外出挣钱养家糊口、妻子在家料理家务的现实情形;另一方面它又描写了家中成员间包括诸如恐龙这样的远古动物。剧作家这么做是有其用心的,旨在营造一种审美情趣,让读者/观众意识到自己不过是在剧场中观看一部戏的同时,创造了一个游离于真实与虚假之间的舞台世界。这就摆脱了写实主义的束缚,把时间进行抽象化。

《九死一生》的第一幕是通过安特罗伯斯家面临着冰川灾难求生的经过,着重探讨人与自然斗争的问题。第二幕主要写人的道德问题,就人的堕落和赎罪展开了讨论。剧中突如其来的洪水场面具有深刻的象征意义,预示着人类只要战胜社会病毒的侵袭,就可获救。作品到了第三幕,笔锋一转把时间推向了拿破仑时代。一场残酷的战争刚刚结束,经受战火洗礼的人类在满怀希望迎接世界和平到来的同时又不得不痛苦地反思战争的劫难:是战争使人类兄弟间反目为仇、自相残杀。人类因为战争而付出了沉重代价,不得不对战争的价值产生怀疑。从整个作品来看,《九死一生》的时间跨度的确很大,但无论对远古时代的描写还是对现时代的张扬都是为了创造一个"永恒的现在"。可见,剧本的主题是严肃的,旨在呼唤一种道德信念和社会秩序。这恰好鼓舞了当时的美国观众。就作品的人物角色而言,《九死一生》里即便是邪恶的角色也只是从表面上加以刻画的。通常情况下他们都是正常人。怀尔德与英国作家本·琼生完全不同。前者并不致力于任意夸张、嘲弄人性中的弱点和缺陷。相反,怀尔德以温和的态度,侧重人性中光明的一面,颇有莎士比亚的喜剧色彩。该剧在翌年获得了普利策戏剧奖。

二战之后,怀尔德并没有固定的职业。他除了继续从事创作外还参与一些社会活动。50 年代初他曾受聘担任哈佛大学客座文学教授。他晚年的剧作影响并不大,如《布利克街戏剧》(*Plays for Bleecker Street*, 1962)等。[②] 但作为剧作家,怀尔德不论在戏剧创作的内容上,还是在戏剧创作的技巧上都融入了新颖的观点和内容,最终使自己成为 20 世纪美国剧坛上一位不拘一格、独具匠心的戏剧艺术家。

---

① C. W. E. Bigsby, *A Critical Introduction to Twentieth Century American Drama*, Vol. 1, p. 272.

② 这是一部系列剧,包括《幼年》(*Infancy*)、《童年》(*Childhood*)和《来自阿西西的人》(*Someone from Assisi*)。它们都在外百老汇上演。

## 第九节
## 艾略特的戏剧理论与实践

T. S. 艾略特是20世纪世界文坛上叱咤风云的人物。由于他在诗歌界的独特威望，我国评论界几乎无一例外地从他的诗歌创作入手探究其创作特征，因而忽视了对其戏剧理论与实践的深入研究。事实上，艾略特的美学贡献远不止于诗学方面。除了写诗，艾略特还潜心于诗剧的创作。从他最早试笔的剧作《斗士斯威尼》(*Sweeney Agonistes*，1926)到最后一部剧作《政界元老》(*The Elder Statesman*，1959)，其间相隔30多年。在这漫长的岁月里，艾略特虽然只推出了六部剧作，但每一部读来都十分耐人寻味。可以说，他的戏剧实践具有深厚的理论基础。早在大学时代艾略特就悉心研读欧洲的古典戏剧，尤其是英国的古典诗剧。无论对古希腊、罗马戏剧，还是对英国文艺复兴时期的戏剧，艾略特均有深入研究，并在此基础上形成了自己的独特的见解。他既继承和发展了英国的诗剧传统，又对它做了大胆的改造。他用无韵诗体创作的剧作节奏自然流畅，不受诗歌形式的拘泥。他匠心独运地将意义和节奏感融为一体，成功地使诗剧走出书斋，重新进入通俗舞台。可见，艾略特在戏剧艺术表现技巧方面所做的大胆探索，有着不容忽视的美学价值。本节拟从分析他的诗剧入手，着重探讨他如何将自己的戏剧理论和主张与创作紧密地结合起来，旨在揭示艾略特不仅是一位举世瞩目的诗人，而且还是一位当之无愧的传统诗剧改革家。

诗剧这一古老的戏剧形式可以追溯到古希腊、罗马时期。无论是埃斯库罗斯、索福克勒斯、欧里庇得斯的悲剧，还是阿里斯托芬的喜剧，都是用诗体写的。在英国，诗剧具有悠久的传统，大致经历了由中世纪的“诗节式对话”到16世纪行世的“诗行对句”，再到“无韵诗与散文并置”的这样一个逐渐发展的过程。到了伊丽莎白时代，剧作家们可以毫不费力地把各种体裁结合起来，其中最为显著的是他们出色地把无韵诗与散文糅合在一起，从中找到了表达人物思想感情的最佳途径。直到18世纪末，诗体语言仍是喜剧体裁公认的最佳选择。只是在19世纪中叶，这种情形才发生了根本性的变化。由于写实主义戏剧的诞生，诗剧受到了极大的冲击。剧作家纷纷要求改革传统的诗体形式，改用散文体写作，以便使戏剧台词更接近现实生活。时至20世纪初，专业性的诗剧演出在英国已十分罕见，即使偶尔有诗剧表演也只限在一些教堂举行。

更多的诗剧作品都是作为案头欣赏的文学作品。

在这种情况下,一些诗剧作者开始探索新的出路,以求挽救困境中的诗剧。其代表人物有叶芝、克里斯托弗·弗赖伊(Christopher Fry)和艾略特等。尽管他们各自探索的道路不同,但他们的目标还是一致的,即反对19世纪的现实主义戏剧。他们力求使观众超越现代都市狭隘的鬼精明,从更宽阔的古远的角度悟解人类生活。于是他们拓宽了戏剧观念,或恢复古典,或间接地使用神话、民间传说、马戏、字谜表演等。正是这股不无古典风味的潮流惊动了整个戏剧界。30年代末英国出现的诗剧回潮趋势显然与艾略特及其同仁对诗剧的疯狂呐喊分不开的。他们推波助澜,并为之欢呼。弗莱伊把20世纪诗剧的复兴称作"浪子回头"。艾略特则更是喜出望外,说什么"一个民族所发生的一切事件中很少有比这种新诗体的改革更显重要"。[①] 对于艾略特来说,诗歌无疑代表了"意识的巅峰"。[②]

由此可以推知,艾略特是把诗歌看作所有语言的常规使用中最最重要的一种表现形式。在他看来,散文在表达人类的思想情感方面具有明显的局限性。它因过分强调"短暂的、虚浮的东西"而缺乏语言应有的深沉与含蓄。"若想求得普遍和永恒,就得用无韵诗来表达。"显而易见,艾略特一开始就注重语言的诗化这一特征。难怪他的诗写得如此"震惊"和"迷惑"。应该说,艾略特不是空手涉足剧坛的,他的诗歌实践其实为他日后从事诗剧创作奠定了基础。他不仅以散文入诗,而且还要求诗要有戏剧性,并撰写了无数戏剧独白的诗句(类似《荒原》里始终能听到不同的人物在喁喁私语)。一部表现现代生活的诗剧自然离不开这样的独白。严格地说,艾略特最早的戏剧尝试就是一种诗化的独白,没有戏剧连贯性可言。曾有论者这样评论他的《斗士斯威尼》:"以客厅为背景的日常生活是承受不了的,无韵诗会变为文雅的谈话;即使最精确、最戏剧性的语言——比喻,也要被扔出窗外。"[③]

不容置疑,艾略特并没有首战告捷,但他仍在不断努力并对自己充满信心。当有人问他将用多长时间撇开诗歌专事戏剧写作,他毫不犹豫地回答"直到我能使人认识到我可以写出一本流行剧本为止"。[④] 正是这种坚定的信念和自觉的意识促使他不断奋进。他并不因为缺乏天生的戏剧才能而却步,而是能够通过艰苦的创作来努力学习必要的技巧。他对"大众戏剧"的大胆构想十分重要,因为他对杂耍剧场的憧憬以及他的关于诗人只有在剧院中才会有社

---

① T. S. Eliot, *Elizabethan Dramatists* (London: Faber & Faber, 1962), p. 53.

② T. S. Eliot, *The Use of Poetry and the Use of Criticism* (London: Faber & Faber, 1964), p. 15.

③ 罗诺德·盖斯凯尔:《戏剧和现实:易卜生以来的欧洲戏剧》,伦敦,1972年,第108页。

④ 彼得·阿克罗伊德:《艾略特传》(中译本),北京:国际文化出版公司,1989年,第285页。

会效益的信念,激励他去开拓对他来说并不容易的诗剧疆域。他觉得,诗剧的观众应该是一批愿意承受大量诗句的观众。这正是他与叶芝、弗莱伊等人的分歧所在。艾略特认为他们的剧作虽结构完整但却单调乏味,缺少一种现代生活的气息。因此,他认为只有从内容和形式两个方面对当下诗剧进行改革,才能使这一艺术形式适应新的时代的需要。他要把"诗带回观众生活于其间、看完戏就要回到其中的世界"。其目的"不是将观众置于某种想象的世界",而是要使肮脏、阴郁、平庸的现实世界得以净化,从而使每个人都感到"自己对诗歌有一种独到之见"。[①] 为此,艾略特苦心经营了数载,终于发现诗剧创作不能在无韵诗与散文之间游移,这会导致观众仅仅把诗当作诗来听而省悟不到它的深层意蕴。艾略特巧妙地将意义和节奏感融为一体,逐步实现了全部诗体变革。正是由于这种变革,诗剧创作在 20 世纪 40 年代再次获得辉煌。结果在英国戏剧史上出现了"诗剧派""现代派"和"历史派"三足鼎立的局面。[②]

诗剧的复兴确为其在舞台上赢得一席之地,但前景并不乐观。不少倡导者仅仅用无韵诗创作;有的专写些浪漫的主题;有的只是吟诵几首动听的乐曲罢了,而真正能够写出"永恒"与"普遍"的剧作家真可谓寥若晨星。艾略特则是少数耕耘者中的佼佼者。与众不同的是,艾略特能够及时地归纳和总结自己的创作实践。可以说,他在创作过程中始终受到一种理论的支配。如上所述,艾略特对英国传统戏剧颇有研究。他对伊丽莎白时代的剧作仰慕备至,曾撰文《论伊丽莎白时期的剧作家》专门论述其驾驭诗文的成就:

> 他们伊丽莎白时代的剧作家后来所取得的进展实际是分离了原始的修辞艺术。其结果产生了一种深奥的诗和玄妙莫测的语调,最终又把演说的、会话的、复杂的、简单的、直接的和间接的等糅合在一起,所以写出来的剧本即使今天观之仍值得称道。[③]

不过,艾略特并没有专门论述戏剧理论的著作问世。他对诗剧及其创作本质和目的的独特见解大量散见于他的论文及对自己作品的阐述中。《论诗的用途与批评的效用》《诗歌与戏剧》《论诗歌的修辞》《诗的三种声音》《诗剧的宗旨》《诗剧的可能性》和《关于戏剧诗的对话》等都是他精心结构的理论思想,其中都从不同侧面论述了诗剧的构造及其本质特征。为了更好地阐释艾略特对戏剧理论的贡献,有必要对其主要观点做些分析。首先,他说:

---

① T. S. Eliot, *On Poetry and Poets* (London: Faber & Faber, 1957), p. 82.
② Allardyce Nicoll, *British Drama* (New York: T. Y. Crowell Co., 1953), p. 72.
③ T. S. Eliot, *Elizabethan Dramatists* (London: Faber & Faber, 1962), p. 161.

作为一部伟大的诗剧,它的诗不仅是用来装饰对白的……其目的是为了使剧本与众不同并更富于戏剧化。[①]

显而易见,艾略特把诗剧和散文剧看作两类不同的戏剧体裁,认为只有前者才能真正传达人类思想的最深底蕴。对于他来说,情节的这种双重角色使得诗剧与散文剧大相异趣,这种双重性似乎可以在两个不同的层面上同时起作用。诗剧里某种看似毫不相关的东西也许就是这种双重性在起作用,换句话说,诗剧本身就有一种潜模式,不如舞台演出那么明显。[②] 接着他又说:

人的心灵在充满激情的时候总是力求用诗句表现自己的……而任何散文体的剧作都要强调短暂和表面的东西,倘若我们想达到永恒与普遍,我们就得用诗句来表达我们的思想。[③]

他又认为,诗不仅是一种严肃的艺术,而且也是一种娱乐。[④] 他把无韵诗与诗歌作了区分,认为两者之间存在着很大的差异。戏剧中的诗歌要远远胜过简单的词汇操作,它比无韵诗不仅结构上趋于复杂化,而且意蕴的揭示也是多层次的。难怪他说,一部剧本之所以称作诗剧,是由于它具有散文剧所不具备的种种因素,譬如剧作家的视界开阔程度、作品的象征意义、剧中人物的强烈情感等。这一切都是一部诗剧不可或缺的有机成分。

如果用艾略特的这些观点来观照他的诗剧,就不难发现《大教堂凶杀案》(*Murder in the Cathedral*, 1935)是一部宗教意识很强的作品。整个剧情是在一种神秘的历史氛围中展开的,足以显示其历史性。此外,在处理历史题材方面,作者完全采用了传统的韵文写作方法。因此,剧中人物的台词明显与现实生活中的话语不同。但是作为一部专为庆祝某种宗教节日活动而写的诗剧,《大教堂凶杀案》无疑表现出一种深厚的历史意识。无论从选材的角度还是从语言的角度来看,它都不失为一部成功之作,符合作者一贯的创作美学思想。记得艾略特曾经这样说过:"一般的看法是,诗剧应当从神话中取材,或写远古历史时期的事物,愈是古老,戏中的人物便愈不似今人,便愈有特权用诗说话。"[⑤]

但不可以否认,该剧不是发生在一个戏剧性的背景中,再说,它本身又是

---

① T. S. Eliot, *The Aims of Poetic Drama* (Adam No. 20, 1941).
② T. S. Eliot, *Elizabethan Dramatists* (London: Faber & Faber, 1962), p. 14.
③ T. S. Eliot, *Selected Essays* (London, 1932), p. 46.
④ T. S. Eliot, *Elizabethan Dramatists* (London: Faber & Faber, 1962), p. 14.
⑤ 《中国现代剧作家论剧作》,北京:中国社会科学出版社,1982年,第268页。

个历史题材，有着十分严肃的宗教仪式背景，尽管作者也采用了无韵诗与散文并置的办法，但仍无补于事。身穿 12 世纪制服的骑士如何面对 20 世纪 30 年代的观众？遥远的历史题材，典雅的语言又如何让现代人听得懂？这些都是艾略特在变革诗剧的实践中必须首先面对并刻意解决的问题。如此看来，要完全实现全部诗体的变革，艾略特还需要长时间的不倦探索。不过有一点他是十分清楚的：若想把诗的乐趣传给"更多的观众，更多的观众群体"，他只有"转向剧院"①。

如果说艾略特的《大教堂凶杀案》是一部借古喻今的作品，那么他的第二部剧作《合家团圆》(*Family Reunion*，1939)则可称作一部现代戏了。作品把一个古老的神话现代化了。剧中的哈利实际上就是一个被复仇女神追逐的现代的俄瑞斯忒斯。他回到阔别已久的威什伍德参加母亲的生日宴会，但内心一直负疚万分，他要为弑妻赎罪。正是主人公的这种满怀负疚的忏悔和矢志赎罪的壮举，谱写了一曲动人的乐章。剧中合唱队的声音更加增强了作品的节奏感。由于作品刻意揭示的是人类的精神复苏这样一个 20 世纪具有普遍意义的主题，因此它的上演必然引起观众的共鸣。著名评论家 E・M・布朗曾为之欢呼并做出如下评论：

> 《合家团圆》是一部英国王政复辟时期以来英国舞台上不常见的诗剧，剧本将抒情与戏剧的因素糅合在一块形成一种严密的结构。这种糅合对于剧院来说更像是用希腊文写的而不是用英文创作的。然而不容置喙，这是一部无论内容和形式都具有现代生活特征的剧作，因为 20 世纪的演员表演起来可以得心应手，艾略特为改革诗剧所作的努力远不止创作了一两部剧作。他最大的成就是复活了英国的戏剧诗。②

《鸡尾酒会》(*The Cocktail Party*，1949)是艾略特继《阖家团圆》之后创作的又一部颇具影响的力作。该剧提出了一个发人深省的问题：人性的善与恶。这与"精神复苏"一样，也具有普遍的现实意义。作品通过对人物隐蔽的内心世界的剖析，通过剧中人物对自己性格与情感上弱点的自我认识，来展示人性中的善与恶。因此该剧又被看作是一部道德剧，表现出作者对人性的深切关怀。这里没有前几部剧作所涉及的任何超自然的东西，在人物和剧情的构造上，丝毫不见神秘，倒很像自然主义作家笔下的戏剧模式。对于该剧的上

---

① 引自阿诺德・P. 欣克利夫：《现代诗体剧》(中译本)，北京：昆仑出版社，1993 年，第 54 页。

② E. M. Browne, *The Dramaitc Verse of T. S. Eliot* (Cambridge: Cambridge University Press, 1948), p. 207.

演,评论界反响很大,有人称其为"当代戏剧风格的一个样板";[①]也有人说"它是艾略特戏剧创作中最超前、最具独创精神的一部作品"。[②] 那么它又何以成为一部诗剧呢?

首先,艾略特摒弃了以往诗剧中重诗意轻戏剧效果的不良倾向。他觉得有必要把诗和戏剧这两大文学体裁区分开来。因为即便是好诗,一旦上了舞台就很难保证它永远贴切。正如艾略特自己所言,"一个作家可以写了多年其他类型的诗歌,并已斐然有所成就,一旦来写诗剧就不得不换一种思维方式"。[③] 为了写好这部诗剧,艾略特可谓殚精竭虑,力求使之产生戏剧效果。

其次,艾略特还慎重选择诗体形式和语汇,以适应各种需要,但他发现用无韵诗是写不好塞丽娅这个角色的。只有采用与现代口语十分相似的节奏形式,才能写出剧情,写出诗意。主人公欲爱无能,有情无爱,最后只好向精神病医生求助的救赎历程,无疑是一种苦难的经历。像艾略特所有作品中描写的一样,这里的原罪就是隔绝:

这时有一扇门
可我打不开,连门把都摸不到。
干吗我要囚禁自己呢?
什么是地狱? 自己就是。
地狱冷冷清清,别人的影响
只是投影。无须逃避,
也无处可逃,人总是形单影只。[④]

由此可见,《鸡尾酒会》是一部较好体现作者创作意图的作品,堪称艾略特诗剧改革的一个里程碑。此后,他又对诗剧的创作方法进行较长时间的研究。到他写作《机要秘书》(*The Confidential Clerk*, 1953)时,艾略特基本上完成了诗剧的诗体化的改革。

《机要秘书》是一部寻求自我认识、自我和解、自我解释的剧作。其诗意在于剧中人纷纷发现自我的弱点,而这种追寻与醒悟总不可避免地伴随着痛苦。像上述作品一样,剧中人物不仅要忙于痛苦的自我倾诉,而且需要在普通家庭生活和献身宗教之间做出选择。结果是在欲望与能力之间总有一条不可逾越的鸿沟。不难看出,艾略特这么做的目的不外乎是要人们忘记他们在听诗。

---

① Graham Clarke ed. *T. S. Eliot: Critical Assessments*, Vol. 3, p. 359.
② Graham Clarke ed. *T. S. Eliot: Critical Assessments*, Vol. 3, p. 362.
③ 《中国现代剧作家论剧作》,第 267 页。
④ T. S. Eliot, *The Cocktail Party*.

在此，艺术代替了“福音”。如果说艾略特在《鸡尾酒会》中还没有完全摆脱无韵诗与散文并用的创作模式，那么，《机要秘书》可以看作一部诗体化的作品。

《政界元老》是艾略特最后一部诗剧，也是其诗剧改革的压卷之作。剧情与《合家团圆》颇似，但更富有诗意。老勋爵克莱弗顿是个由自私和野蛮造就的“知名人”，在病入膏肓、生命将尽的时候，他正沉思着自己毫无结果的一生。他的反省被代表他过去的两个人打断了，他们使他想起了悔过和残酷两种截然不同的行为：在这两种记忆的斗争中，他那个矫揉造作的、知名的自我趋于崩溃，而那个真正的、普通人的形象出现了。女儿重新向他表示了爱，他向女儿承认了过去的错误，并表示愿意为之悔过，重新做人，最后在痛苦的忏悔中死去。这无疑表明忏悔是凄凉的，意识到自己对别人曾有过伤害更是让人觉得痛苦不已。在艾略特的笔下，痛苦就是诗。那些忏悔的话语，哪怕是最最普通的字眼都可以成为优秀的诗句。老克莱弗顿对女儿莫尼卡说的那番话最具典型性：

我说过我吃一堑长一智。我是否懂得
我教育你的意思？听我说，我要从头学起
我要和迈克尔一起上学。
我们会一起坐在小桌旁，
聆听同一个先生的教诲，但我还会
有机会吗？①

这里，老人的忏悔是凄苦的。他真能返老还童吗？那不过是一种愿望，一种人类共有的悔过意识：洗心革面，寄希望于未来。正是这种愿望和意识赋予作品最强烈的诗意。艾略特就是这样一心想抛弃虚假的东西，还人类以精神生活。该剧的戏剧性也许正在于此：老勋爵总是在扮演着一个角色，只是到了生命的尽头，他才真正暴露出他天性的一面，因为

我们伪装的时间越长
就越难于抛弃伪装，
走下舞台，穿上我们自由的衣裳，
说我们自己的话。②

---

① T. S. Eliot, *The Elder Statesman*.
② T. S. Eliot, *The Elder Statesman*.

综上所述,艾略特的诗剧创作意蕴深邃,结构复杂。他在艺术表现技巧方面的探索是有成就的。他用独特的语言表述了一个看似陈旧、遥远而实际上紧扣时代脉搏的主题思想,顺利地使英国传统诗剧这一古老的文学样式再度步入辉煌。当然我们也不否认,艾略特在诗剧创作实践中也会有失误的一面,但他毕竟促使了20世纪40年代英国诗剧的复兴。作为一名卓有成效的诗剧改革家,艾略特的戏剧理论与实践有着不容忽视的美学价值。

# 第四章

# 黑人文艺复兴与黑人文学的兴起

进入 20 世纪后，曾经参与美利坚合众国创建的美国黑人仍然处境恶劣。在这个自称“自由”与“平等”的国度里，种族歧视的阴影依然笼罩在广大黑人的头上。他们为了寻求“融合”与“认同”而苦苦挣扎。从美国种族史来看，只有少数黑人贵族在长期的斗争中获得了相应的政治权利，如选举权等，但广大黑人群众仍是种族隔离政策的受害者和牺牲品。从 1900 年到 1914 年种族主义恶性事件时有发生。其间，南方仍有许多种族主义组织，制造种族暴力事件，肆意迫害黑人。他们采用私刑手段对黑人进行人身攻击，其中许多黑人被活活烧死。1915 年秋天，美国种族史上又出现了黑暗的一幕。以威廉·西蒙斯为首的三 K 党人聚集在亚特兰大附近的石山上宣布重建“三 K 党骑士团”，并叫嚣要恢复昔日南方盛行的蒙面恐怖活动。由于时处第一次世界大战时期，参加这一组织的人并不多，但在 20 世纪 20 年代，这一组织却得到了长足的发展，逐步成为种族主义的一个极端组织。他们不仅反对和迫害黑人，而且还敌视犹太移民，甚至天主教徒。他们宣扬“白人至上”的观念，在南方制造恐怖气氛的同时还企图将其势力向北方扩张。①

由于黑人所处时代是一个黑暗的种族歧视时代，他们既没有政治权利又因经济条件的限制不能接受与白人同等的教育。这种二等公民的生活境遇促使黑人知识分子去思考社会，从而改变他们的人生态度。他们用历史的眼光审视他们的遭遇，同时也激发了他们的民族热情和斗志。他们大都在平等与自由的呼喊声中走上了文学创作的道路，并以创作为武器宣扬种族平等思想，揭露美国社会的黑暗和残忍的种族政策。时至 20 年代，美国黑人文学得到前所未有的发展，涌现了一批黑人作家。他们继承与发扬以杜波伊斯为代表的具有激进思想的黑人解放斗士的奋斗精神，高举反种族歧视的旗帜。1925 年，阿兰·洛克(Alain Locke)率先提出“新黑人”一说。他在其编辑的《新黑人：一种解释》(*The New Negro: An Interpretation*)一书中明确指出，“较年轻一代的黑人有新的心理状态，一种新的精神在黑人群众中觉醒”，并满怀喜悦地称颂这种新精神：

---

① 有关黑人遭迫害的历史，可以参阅 Joanne Grant, *Black Protest: History, Documents, and Analyses, 1619 to the Present* (1968)一书。

年轻一代带着他们的礼物来了。他们是黑人文艺复兴的首批果实。年轻一代说话了,新黑人的声音已经听见。群众中想说又未曾表达的话语已在少数天才们口上回响,尽管现在可以捂住耳朵,但未来却在倾听。我们现在拥有黑人青年,他们有引人入胜的远见和振奋人心的预言;艺术的镜子中预示着我们一定要在现实明天的大街上看见和认识到的东西,用新的声律和音调预示着整个种族发出的成熟的声音。①

20世纪20年代兴起的"哈莱姆文艺复兴运动"(Harlem Renaissance)是美国黑人文学艺术崛起的标志。在这之前,许多黑人作家如舒拉(George Schuyler)、布朗(Sterling Brown)、切斯纳特(Charles Chestnutt)、邓巴(Paul L. Dunbar)、杜波伊斯、格兰特(F. W. Grant)、吉尔摩(F. Grant Gilmore)和唐宁(Henry Downing)等早已用黑人独特的视角进行创作,展现黑人如何摆脱肤色、种族歧视和争取自由的斗争经历,显示了黑人文学的独特性,即在揭示黑人与白人种族主义者的冲突中表达黑人双重的社会文化和社会心理。他们是"哈莱姆文艺复兴"的铺路者。第一次世界大战之后,美国黑人的生活发生了很大的变化。战争刺激了美国的工业,北方大城市迫切需要劳动力,但是时处战争时期外国移民不易进入美国,于是很多黑人向北"迁徙",成为城市工业劳动力的主要补充来源。随着更多的黑人不断涌向北方各大城市,黑人聚居区便逐步形成,其中最著名的是纽约的曼哈顿和哈莱姆两区。

从1900年到1925年之间,原是白人郊区的曼哈顿中心和哈莱姆河区变成了黑人的中心地。黑人从世界各地群集于这个城中之城,寻求庇护,寻求成为明星或玩乐的机会。他们有的来自非洲,有的来自西印度群岛,但更多的是来自美国南方的移民。全国各地有天赋的年轻黑人艺术家奔向这里。除了黑人外,这里还云集了来自欧洲的白种蓝领工人和贵族以及来自曼哈顿闹市区的白人出版家、艺术爱好者和波希米亚人等。正如贝尔(Bernard W. Bell)所言,"哈莱姆一时成了美国的国际黑人橱窗,一些人的'希望之乡'和另一些人的'游乐场'"。② 这样可以让一些黑人青年知识分子接触到美国的主流文化。此外,这些黑人聚居区为他们在进行文学艺术创作、表达民族意识时有了一定的群众基础。

第一次世界大战虽然结束了,但曾经为正义而战的美国黑人的生活处境并没有得到根本的改变。黑人仍然是受歧视的公民。私刑猖獗,甚至出现黑人士兵被杀的现象。为了抗议白人种族主义者的压迫,许多黑人起来反抗。

---

① 引自 Bernard W. Bell, *The Afro-American Novel and Its Tradition* (Amherst, University of Massachusetts Press, 1987)一书,第95页。

② Bernard W. Bell, *The Afro-American Novel and Its Tradition*, p. 129.

种族矛盾日趋尖锐化，种族骚乱时有发生。从战场归来的美国黑人士兵立刻发现，他们的斗争并没有结束。于是他们加入了大规模的黑人反抗运动，出现了种族矛盾日益激化的趋势。黑人的反抗斗争不仅教育了广大黑人群众，而且大大唤醒了他们的民族意识。随着黑人民族运动的高涨，美国黑人普遍的社会觉悟和阶级觉悟也有了很大的提高。在这场轰轰烈烈的黑人民族运动中涌现了一大批黑人艺术家。他们大力推崇黑人本民族的优秀文化，并在民间音乐的基础上发展了爵士乐，风靡全美。这时，许多有思想的黑人艺术家如杜波伊斯、琼·图默(Jean Toomer，1894—1967)、克劳德·麦凯(Claude McKay，1889—1948)、康梯·卡伦(Countee Cullen，1903—1946)、赫斯顿和休斯等开始重新审视黑人自己的艺术创作才能。与此同时，以黑人生活为题材的作品愈来愈受到读者的喜欢。黑人的土语、民俗、民情不再是调笑的对象而是被视作文学的艺术源泉。当时纽约的哈莱姆区是全国最大的黑人聚居区，几乎集中了全国最优秀的黑人艺术家和文学家。因此，以哈莱姆为中心发展起来的黑人文艺运动常常被称作"哈莱姆文艺复兴"或"新黑人运动"(The New Negro Movement)。①

可见，哈莱姆文艺复兴，其实质就是一场"新黑人运动"。发起和参与这场文学/文化运动的是麦凯、图默、卡伦、兰斯顿·休斯、比尔·鲁宾逊(Bill Robinson，)、弗洛伦斯·米尔斯(Florence Mills)、约瑟芬·贝克(Josephine Baker)、埃赛尔·沃特斯(Ethel Waters)、保罗·罗伯逊(Paul Robeson)、罗兰·海斯(Roland Hayes)、阿伦·道格拉斯(Aaron Douglass)、路易斯·阿姆斯特朗(Louis Armstrong)、贝西·史密斯(Bessie Smith)和杜克·埃林顿(Duke Ellington)等一批富有才华的作家。正是这批有着非裔传统的黑人作家使非裔美国黑人文化得以再生。他们不仅高度赞扬本民族文化，而且大大推广了黑人音乐、舞蹈和文学。新黑人为了寻找创作灵感而纷纷转向非洲和非裔美国黑人民间传说，并在寻求与种族一致的过程中开始探索自己种族遗产的根源。兰斯顿·休斯和卡伦都是新黑人艺术家的先驱。无论前者的《黑人诉说河流》(*The Negro Speaks of Rivers*)，还是后者的《遗产》(*Heritage*)都称得上20世纪20年代美国黑人文学艺术非洲转向的典范之作。两位艺术家都"把自己的关心转向普通黑人民众的日常生活，转向代表非裔美国黑人传统精髓的以宗教为中心的文化"。② 在活跃的文化氛围里，这批才华横溢的青年以各自独特的杰作和艺术魅力给20年代黑人文坛增添了无限的妩媚。那时黑人不但有了自己的发表园地如《机遇：黑人生活杂志》

---

① Arna Bontemps, "Introduction" to Toomer, *Cane* (1923; rpt. New York: Perennial Classic, 1969), p. x.

② Bernard W. Bell, *The Afro-American Novel and Its Tradition*, p. 95.

(*Opportunity: A Journal of Negro Life*)、《危机》和《南方工人》等,而且白人的杂志如《诗刊》、《新群众》和《日晷》等也为黑人的创作敞开了方便之门。

20世纪20年代末30年代初,随着经济大萧条时期的到来,黑人文艺同其他文艺事业一样受到了巨大的冲击。一些黑人艺术家开始迫于生计只好放弃艺术生涯;也有一些加入"左翼"文学行列,积极呼唤社会正义。后者大都受到了社会主义的影响。理查德·赖特就是其中之一。他还加入了美国共产党。赖特和三四十年代的其他黑人小说家把大萧条看作是美国社会已濒临经济崩溃的有力证据。他们在大萧条阴影的影响下,逐步转向社会抗议。由此产生的社会抗议小说构成了三四十年代美国黑人文学的一道风景线。正当大量艺术家被迫失业,美国文坛濒于崩溃之际,罗斯福总统推出了"新政"以改良美国社会。为了避免美国文艺的全面崩溃,美国政府以资助的形式实施了"联邦作家计划"(The Federal Writers' Project)。赫斯顿和赖特等都是这一计划的受益者。

## 第一节
## 赫斯顿的小说创作

佐拉·尼尔·赫斯顿(Zora Neale Hurston, 1891—1960)是"哈莱姆文艺复兴"时期升起的一颗明星。遗憾的是,历史曾经无情地将她遗忘。直到她去世很久以后美国人才发现他们不慎埋没了一位文学天才。当代美国著名黑人女作家艾丽斯·沃克(Alice Walker)为"发掘"这位文化巨人四处奔波。她怀着十分崇敬而又不无惋惜的心情探访赫斯顿的足迹,并为她树碑立传:"佐拉·尼尔·赫斯顿(1901—1960)——南方天才、小说家、民俗学家和人类学家。"[①]而今,赫斯顿正是以这样的面目出现在读者的心目中,不仅受到广大黑人百姓的普遍欢迎,而且还是黑人文学研究的一个热点。作为一种超越时代的文化意识,赫斯顿的文学实践无论其文化个性还是艺术独创性都不失为美国文学传统的一部分。

赫斯顿生于佛罗里达州的伊顿维尔(Eatonville)镇。这里没有白人,是一个完全由黑人自治的黑人社区。因此,赫斯顿的童年是在没有种族歧视的环

---

① 沃克当时从图默(Jean Toomer)创作的一首诗里抄录了这句话,结果把赫斯顿的生卒年代弄错了。据考证,赫斯顿是1891年出生的。有关她的生平的具体内容可以参阅 Robert E. Hemenway, *Zora Neale Hurston: A Literary Biography* (Chicago: University of Illinois Press, 1977)一书。

境里度过的。她的家境还相当殷实，父亲是当地牧师，后来还当上了市长；母亲是个小学教师。在父母的眼里，小赫斯顿是一只百灵鸟，天真、欢快。但是在她九岁那年母亲不幸去世，随即结束了她那无忧无虑的童年生活。从此，赫斯顿被迫离开家乡，寄宿在各家亲戚之间，用她自己的话来说，她“从伊顿维尔的佐拉”一下子变成了“一个黑人小姑娘”，开始感受到种族区别和种族歧视的存在。为了谋生，赫斯顿学会了如何去取悦白人，以获得他们的经济资助。

14 岁时，赫斯顿就开始过一种独立生活，并随一个流动乐队四处流浪。断断续续读完中学后，她半工半读上了霍华德大学（Howard University）。几年的大学正规教育使她广泛涉猎许多世界文学名著，并受到了良好的艺术熏陶。就在大学期间赫斯顿试笔写作，并为校园文学杂志写稿，其处女作《明亮》(*Drenched in Light*)当时就发表在一家黑人文学杂志《机遇》上。不久，赫斯顿又创作了小说《胆量》(*Spunk*)[①]和剧作《肤色冲击》(*Color Struck*)。初次尝到了创作甜头的赫斯顿觉得自己是块当作家的料子，于是大胆地创作。正当她踌躇满志时，她的散文和一些短篇小说引起了“哈莱姆文艺复兴”主将们的关注。《铁笔文学俱乐部》(*Stylus Club*)发起人、著名黑人作家兼评论家阿兰·洛克(Alain Locke)十分看重赫斯顿的才华，并称她为“新一代作家中最好也是最聪明的作家”。[②] 1925 年冬天，既没钱也没有朋友的赫斯顿只身来到了纽约。从此，她与黑、白两大文化圈子建立了广泛的联系。没有职业的赫斯顿却有着惊人的艺术才华和渴望成功的强烈信念。她不仅性格外向、活泼，而且十分幽默、诙谐，既深入了解黑人民间文化，又能讲许多黑人民间故事，是个出色的故事家。但是在同时代有些作家的眼里，赫斯顿只是个“白人的宠儿，专门讲一些庸俗、下流和调侃的故事”。华莱斯·瑟曼(Wallace Thurman)就是其中之一。他用第一人称，并以讽刺的口吻描述这位自己并不喜欢的同时代女性：“我对艺术一窍不通。我也不关心艺术。我最终的目的，你也知道，就是要成为一名妇科专家。”[③]不管同行们如何指责、贬抑她，赫斯顿还是很快脱颖而出，成为哈莱姆文化界的一位知名人物，并获得了去巴纳德学院(Barnard College)深造的奖学金。当时她还是学院唯一的黑人女学生。她努力与白人学生打成一片，为自己赢得一席之地。让她感到欣慰的是，人们很喜欢她。赫斯顿曾一度还是“哈莱姆文艺复兴的女皇”。她在 1926 年与兰斯顿·休斯[④]等

---

① 该小说在 1925 年入选阿兰·洛克编辑出版的文集《新黑人》(*The New Negro*)一书。

② Mary E. Lyons, *Sorrow's Kitchen: The Life and Folklore of Zora Neale Hurston* (New York: Collier Books, 1993), p. 35.

③ Wallace Thurman, *Infant of the Spring* (New York: Macaulay, 1932), p. 300.

④ 兰斯顿·休斯(Langston Hughes)是“哈莱姆文艺复兴”运动的主将之一，也是赫斯顿的朋友。后来两人因在作品《骡子骨》(*Mule Bone*)的创作上意见不一致而发生争执，最后分道扬镳。有关休斯的文学成就，本书另有专节讨论。

同行一起创办文学杂志《火》(*Fire*),并刊出了自己的作品《汗水》(Sweat)。[1] 除了学习英语外,赫斯顿还师从著名文化人类学家博厄斯(Franz Boas,1858—1942)教授攻读文化人类学课题。赫斯顿对不同文化形态的深入研究直接影响了她的文学生涯,成了其创作的主题之一。1928 年毕业后,赫斯顿留在美国南方专门从事黑人民俗研究,一干就是四年。根据这一经历创作的不少诗歌、小说及其他各种随笔后一并收入其民间故事集《骡子与人》(*Mules and Men*,1935)。

创作初期,赫斯顿一方面觉得自己没有固定的经济收入无法全身心地投入写作,另一方面又十分渴望成名成家。因此,她在研究、整理黑人民俗的同时创作了一些作品,并希望有人出版它们。其中《猫如何获得九条命》(How the Cat Got 9 Lives)、《我们为何要有勤杂工》(Why We Have Gophers)和《镀金七十五美分》(The Gilded Six-Bits)等都是这个时期的作品。后者影响还很大,被认为是赫斯顿写得最好的短篇小说之一。[2] 作品以作者的故乡伊顿维尔为背景,叙述了一个叫密西·梅(Missie May)的年轻妻子因见到另一个男人身上挂着一块金币而爱上了他。颇有讽刺意味的是,这位女士向往的金币原来只不过是一块价值 50 美分的镀金硬币。于是女主人公感到自己愚蠢至极。好在自己的丈夫没有责怪她而且还原谅了她。为了表示自己已经原谅妻子,他买了一些带有镀金六分币字样的糖果包。

赫斯顿把文学创作与自己所从事的黑人民俗研究结合起来,一方面继续在小说创作方面努力开拓,另一方面又做着博士梦。她向基金会申请奖学金,准备去哥伦比亚大学攻读人类学或民俗学博士学位。后来她如愿以偿获得了资助,但她又不愿意为基金会宣传,也不想完成基金项目。这就惹怒了基金会。她刚进校不久资助就被取消,随即只好终止学业。之后,赫斯顿开始把主要精力放在文学创作上。为了获取创作灵感,赫斯顿四处游历。在构思第二部小说《他们眼望上苍》(*Their Eyes Were Watching God*,1937)时,她专门赴牙买加、海地考察,悉心研究那里的黑人文化。她对本民族文化的推崇赢得了赖特的赞赏。他认为"赫斯顿开掘了一个古雅的黑人时代"。[3]

---

① 据说《火》当时只出一期,后因杂志载有很多性和暴力的话题以及经济问题而被迫停刊。

② 《镀金七十五美分》首先在《小说》杂志上面世。据说,当时这篇小说还引起了出版商伯特伦·利平科特(Bertram Lippincott)的关注。他专门问赫斯顿手头是否有手稿要出版,赫斯顿觉得机会来了,于是谎称自己正在创作一本书。事实上,她那时只是有一些想法,只字未写。有关详情可以参见 Zora Neale Hurston, *Dust Tracks on a Road* (1942, New York: HarperCollins Publishing, 1991)一书,第 153 页。

③ 理查德·赖特(Richard Wright)是"哈莱姆文艺复兴"的又一主将。他对赫斯顿的评论可以参见 Henry Louis Gates, Jr., and K. A. Appiah, eds., *Zora Neale Hurston: Critical Perspectives Past and Present* (New York: Amistad Press, 1993)一书的有关章节。有关他的文学成就,本书另有专节讨论。

1934年赫斯顿出版了她的第一部小说《约拿的葫芦藤》(*Jonah's Gourd Vine*)。故事的背景是赫斯顿的家乡伊顿维尔,主要描写约翰·皮尔逊牧师和他的妻子露西的生活经历。皮尔逊虽然是个浸礼会牧师,但他很有诗意,布道起来就像一个诗人。他用优美的语言装扮这个充满歧视与种族冲突的世界,渴望使之典雅,但苦于找不到合适的话语来捍卫自己个人的尊严。从整个故事的情节来看,作品的叙述口吻不免有些罗曼蒂克,生动展示了20世纪30年代美国黑人的感受:他们是一群来自一个遥远的国度和不同部落成员的后裔,正被一个无论习惯还是信仰都不同的外族所包围。他们的周围都有白人,或其他人种,而白人最具权威性,根本无意要同化这个有色的人种。更有甚者,这些白人不让他们接受平等教育和平等的求生方式。评论界对这部作品的看法基本上毁誉参半。1934年5月《纽约时报》载文专门评论这部小说,认为它"一点也没有引人注目的地方,不过作品的语言倒是相当丰富,很有表现力,丝毫不显做作"。[①] 同年8月的《机遇》杂志还刊出这样的评语:"赫斯顿小姐凭着其对当代作家很少使用的黑人方言和风俗习惯的熟谙知识进行创作……虽说她有能力描写黑人生活的生动画面,但她的写作风格真是平淡无奇。"[②]

赫斯顿推出的第二部小说是《他们眼望上苍》。这是美国黑人文学史上最早描写黑人女子女性意识觉醒的作品之一,创造了一个鲜活的黑人女性形象。小说生动地展示了女主人公珍妮反抗传统习俗、争取自己做人权利的一生。珍妮向往幸福的爱情,但外祖母为了让她过上有保障的生活,在她16岁时强迫她嫁给了一个拥有一定田产的中年黑人男子洛根。令她失望的是,洛根是一个庸俗的男人。他对妻子的要求是与他一起耕作,并在他需要时满足他的性要求。正当她对这种没有爱情的生活开始厌倦时,黑人青年乔闯入了她的生活。这个富有理想的青年向珍妮勾画了一幅未来生活的图景。经受不住乔理想生活的诱惑,珍妮抛弃了洛根与他私奔。乔很快发迹,当上了小城的市长,并成为当地首富。有钱有势的乔开始要求珍妮俯首听命于他,对她的言谈举止都作了规定,并限制她与一般黑人的交往。作为洛根的妻子,珍妮只是干活的牛马,作为乔的妻子,她不过是供乔玩赏的宠物。珍妮对这两种婚姻生活都不满意。于是她渴望寻找一种真正自由的爱情生活。乔死后,她结识了一个无忧无虑、充满幻想、既无钱又无地位的黑人青年点心。兴奋之余,她抛弃了市长遗孀的身份和漂亮的家宅,与点心一起去佛罗里达做季节工,白天一起干活,晚上和其他黑人一起尽情玩乐。她终于实现了自己孩提时代就向往的心愿,从一个受物质主义和男人支配的女人发展成为自尊自立的新女性。

---

① Henry Louis Gates, Jr., and K. A. Appiah, eds., *Zora Neale Hurston: Critical Perspectives Past and Present* (New York: Amistad Press, 1993), p. 9.

② *Zora Neale Hurston: Critical Perspectives Past and Present*, p. 4.

小说一开始并没有直接交代女主人公的身世，而是直接写道："……一个女人，她埋葬了死者后回来。"①读到这里，读者会自然地发问：这个女人是谁？死者是谁？她与死者又是什么关系？这其实就是作品的叙述特色，首先用抒情的笔触营造一种氛围，进而吸引读者：

这正是听消息聊天的时候。姐妹们一整天都是些没有舌头、没有耳朵、没有眼睛、任人摆布的牲畜。骡子和别的畜生已霸占了她们的皮肉。但现在，太阳和工头都不在了，她们的皮又感到有力了，是人皮。她们成了语言和弱小事物的主宰。她们说三道四，参与评是断非。

随着事态的衍进，这位女人的面目逐步变得清晰。原来她叫珍妮，是个私生女，在外祖母的抚养下长大。她生活在白种孩子中间，一直到六岁才知道自己是个黑人。与其他少女一样，珍妮对未来充满希望：

她仰面朝天躺在梨树下，沉醉于来访的蜜蜂低音的吟唱、金色的阳光和阵阵和风之中……她看见一只带着花粉的蜜蜂飞进一朵花的圣堂，成千的姊妹花躬身迎接这爱的拥抱，梨树从根到最细小的枝丫狂喜地颤抖，凝聚在每一个花朵，绽放出喜悦之花。原来这就是婚姻。

珍妮对婚姻家庭的理解与感受是通过她与三个不同男性的结合得以体现的。作品以珍妮自述的方式展开，书写了她一生的奋斗经历和对自我价值的独立追求，开启了黑人女性文学的先河。难怪有人撰文称赞赫斯顿的这部小说，认为她不仅写出了自己的民族特色，而且写得很美。"整个故事都在写黑人，而且书的大部分都是用方言写的。细细读来会觉得这本书是在写每个人，或至少在写还没有接受文明洗礼，又没有忘却荣誉感的每一个人。"②

1938年赫斯顿推出了她的第四部作品《告诉我的马》(*Tell My Horse*)。这是一本旅游札记，记录了作者在海地的见闻以及当地的一些民俗和风土人情。该书出版后不仅卖不出去，而且还严重影响了作者的声誉。③ 与之相比，

---

① Zora Neale Hurston, *Their Eyes Were Watching God* (1937; rpt., Urbana: University of Illinois Press, 1978), p. 9. 以下出自同一作品的引文不再另注。

② Lucille Tompkins语，引自 Henry Louis Gates, Jr., and K. A. Appiah, eds., *Zora Neale Hurston: Critical Perspectives Past and Present* (New York: Amistad Press, 1993)一书，第18页。

③ 这是赫斯顿加入了"佛罗里达联邦作家计划"之后写作的作品。该计划是1935年政府发起的专门用以资助经济萧条时期作家的创作。1938年赫斯顿有幸获得资助开始创作《佛罗里达的黑人》(*The Negro of Florida*)。她同时创作的一些观感录后来收进1981年纽约马洛公司出版的《神圣的教堂》(*The Sanctified Church*)一书。作品显示了作者人类学家的睿智。她对黑人文化所作的生动描写是同时代其他任何作家都无法比拟的。1939年，赫斯顿离开了这个作家机构。

翌年11月问世的《山人摩西》(*Moses, Man of the Mountain*, 1939)倒是一部别开生面之作。作品以《圣经》中的《出埃及记》为原型塑造了一个摩西的形象。赫斯顿把《圣经·旧约》中的摩西与黑人民间传说中的摩西混成一体。因此,小说中的摩西是权力的寓言,救赎与信仰的象征。全书以《圣经》语言、黑人方言和英语口语相结合的一种文本机制,追溯摩西如何从有一天被卷入尼罗河,大难不死,成为一名魔术师,并逐步成为一个英雄叛逆者领袖、伟大的解放者形象的艰难历程。从他与法老(Pharaoh)的戏剧性正面交锋一直到他与希伯来人进行谈判无不生动感人。整篇小说像是在讲述一个神话故事,幽默而且富有热情,堪称黑人文学的天才之作。作者在小说的《导言》中写道:摩西是个长胡子的老头。他是法律的赐予者,因为瘟疫的缘故与法老发生矛盾,于是带领以色列的孩子们出走埃及,奔向福地。① 显然,赫斯顿心目中的摩西是传统基督教世界广为流传的摩西。他力量无比强大:

> 谁能与上帝面对面地交谈?谁有这么大的权力指使上帝登上山巅并向他索取治国的法律?又有哪个人能亲眼目睹上帝荣耀背后的阴谋?……这么做需要多大的力量,而这正是非洲人在摩西身上看到的。他们崇拜他,将他尊为上帝。②

此外,小说还使用了大量的黑人民间口语表达方式和形象化的语言,深得阿兰·洛克和理查德·赖特等人的喜欢。他们都把这部小说看作"民俗题材小说的典范之作"。

继《山人摩西》之后,赫斯顿又创作了自传《风尘仆仆》(*Dust Tracks on a Road*, 1942)。作品首先展示了一个作家的生活,而不是黑人问题。文本中涉及许多历史事件,而且都用作者自己观察的眼光加以描绘出来,足以显示其渊博的知识和精湛的语言艺术。她在自己的创作中不仅抓住黑人群体的语言,而且融进了整个西方语言文化传统,显示了极大的语言空间。这正是赫斯顿区别于其他只讲斗争、反抗,具有狭隘民族主义意识的黑人作家之所在。该书出版后受到普遍欢迎,并因其为促进与改善种族关系作出的贡献,获得了《星期六评论》(*Saturday Review*)颁发的"阿尼斯菲尔德—伍尔夫奖"(Anisfield-Wolf Award)。遗憾的是,当时部分黑人评论家严厉批评这部作品。理由是该书忽视了种族问题,而且写得不够真实。他们把它斥之为"一部专门迎合白人

---

① "Author's Introduction" to *Moses, Man of the Mountain* by Zora Neale Hurston (New York: Harper Perennial, 1991), p. xxiii.

② "Author's Introduction" to *Moses, Man of the Mountain* by Zora Neale Hurston, p. xxiv.

读者、专讲白人爱听的话的书”。[①] 然而在笔者看来,这的确是一部意蕴深刻的传记作品,其中蕴涵了赫斯顿深邃的人生哲理和对生与死的辩证看法:“在我看来,世上没有可以摧毁的事物。任何事物的变化都只是变形而已……何以害怕?我的存在本身就是一种事物,要么改变形状,要么在不断运动,但决不会消失。”[②]

40年代,赫斯顿除了继续创作鸿篇巨制外,还写下了许多文章,其中大部分发表在《黑人文摘》(*Negro Digest*)、《星期六评论》、《星期六晚报》(*Saturday Evening Post*)和《美国民俗学刊》(*Journal of American Folklore*)等刊物。这些作品可以看作是她对那些指责她无视民族问题的反驳,也从一个侧面体现了她对非裔美国人的深切关怀和深刻思考。主要文章有《白人出版商不想出版的书》(What White Publishers Won't Print)、《我亲眼目睹兜售黑人选票》(I Saw Negro Votes Peddled)、《移民黑人》(The Transplanted Negro)和《我最羞愧的歧视经历》(My Most Humiliating Jim Crow Experience)等。赫斯顿一生共创作了50多篇有关种族问题的文章。这个时期,赫斯顿身体极其虚弱。为此,她经常荡舟游玩,排遣胸中的纳闷和孤独情感。她渴望在大自然中享受温馨,陶冶性情。她的《女士医生》(*Mrs. Doctor*)一书就在那时构思的。1943年,赫斯顿去霍华德大学接受一年一度的杰出校友奖。1944年,她再次来到纽约准备与人合作写剧本。

1947年,赫斯顿旅居洪都拉斯,并在那里创作了小说《萨沃尼的六翼天使》(*Seraph on the Suwanee*, 1948)。这是一则讲述美国南方一对深深热恋但又不甚默契的白人夫妇的故事,也是赫斯顿首次尝试白人形象的作品。女主人公阿维·亨森觉得自己永远找不到真正的爱情与幸福,于是歇斯底里地将一个个求爱者打发走。后来她迷上了英俊的吉姆·梅泽夫,把他看作自己爱的希望和心中的白马王子。吉姆似乎看出了她的心机,有意不让她过于自信,从而揭示了一个女人欲望世界的心路历程。这是一部充满激情但又令人感到怜悯的作品,生动再现了这对白人夫妇的曲折婚姻故事。评论界对这部小说看法不一,但基本上还是看好的。当时《纽约先驱论坛报》就载文高度评价她的观察力,并声称“赫斯顿小姐对佛罗里达白人的了解程度绝不亚于她对本民族黑人的了解,她对笔下人物的细腻刻画充分显示其敏锐的观察力”。[③]

小说刻画了一个温柔、善良的女性阿维。她出身贫寒,年轻时觉得自己对

---

① Della A. Yannuzzi, *Zora Neale Hurston: Southern Storyteller* (Springfield, N. J.: Enslow Publishers, 1996), p. 74.

② Zora Neale Hurston, *Dust Tracks on a Road* (New York: Harper Collins Publishing, 1991), pp. 202 - 203.

③ 引自 *Zora Neale Hurston: Critical Perspectives Past and Present* (New York: Amistad Press, 1993)一书。

人无足轻重,有一种自卑感,但潜意识里常梦见自己与姐夫通奸。21 岁时,阿维的性格发生了巨大的变化。她用虔诚的宗教信仰作掩护用以抗击人世间的罪孽。她虽然顺利地打发掉一个个前来向她求爱的人,但没能摆脱吉姆的纠缠。他牢牢地控制了她,其手段是暴力。在一次野外玩要时吉姆在一棵桑树下强暴了她。从此,失去贞操的阿维对吉姆产生了一种依恋。小说并没有揭示这种强暴给受害者带来的不幸,而是书写两人结合后的"恬静优美的生活"。阿维对吉姆百依百顺,俨然像个奴隶,而吉姆也格外"关心"她。在赫斯顿笔下,吉姆是个轻视女性的大男子主义者。在他看来,所有妇女做事都没有头脑,缺乏一种照顾自己的能力,因而需要男人保护她们。凡是读过赫斯顿另一部小说《他们眼望上苍》的人都不会忘记主人公珍妮的第二个丈夫乔迪·斯塔克斯。他是个虚荣心十足的人,总是认为"要有人为妇女、孩子和奶牛操心"。《萨沃尼的六翼天使》中阿维的性期待和欲望成了激活和满足丈夫生理需要的东西。在谈到阿维的人物性格时,作者承认有些恶心:

> 你曾经因结交一个有着强烈自卑感的人而烦恼吗?我就是这样。这简直可怕极了……有一天晚上,我把我关心的这个人带到卡尔家,让他结识我的一些文学朋友,因为他经常抱怨我总不让他与他们在一起,说这是有意在回避他……结果呢,天知道。他坐在一个角落里,闷闷不乐。我们还没有走到街上他就朝我发火,指责我把他拽到这里是因为我要出风头,有意出他的洋相,还说我高高在上根本无视他的存在。①

小说还涉及性政治问题。吉姆与阿维之间的性角色是模糊的,表达了一种男人对成功女性的惧内性格。

1948 年 9 月 13 日,赫斯顿被指控犯有对一个 10 岁男孩实施性虐待而引发丑闻。当时的《巴尔的摩非裔美国人报》(*Baltimore Afro-American*)赫然印上了小说家因被指控犯有道德错误而遭逮捕字样,严重损坏了赫斯顿的声誉。这个案子一直到 1949 年 3 月才得以了结。然而辛勤的创作使她渡过难关。所幸的是,这场官司并没有影响她书的销售。58 岁的赫斯顿还因为健康原因不能保持旺盛的创作势头而生活拮据。出于自尊她又不愿向朋友和家人伸手,于是做起了佣人。《迈阿密先驱报》(*Miami Herald*)一发现这个秘密就推出了"知名作家当佣人"的醒目报道。② 20 世纪 50 年代后赫斯顿逐渐退出文

① "Zora Neale Hurston to Burroughs Mitchell" (October 2, 1947), in Hazel V. Carby, "Foreword" to *Seraph on the Suwanee* by Zora Neale Hurston (New York: Harper Perennial, 1991), p. xiv.

② 参见 Robert E. Hemenway 一书。

坛,不再抛头露面,思想也日趋保守。这都可在其为《美国军团杂志》(*American Legion Magazine*)和《美国信使报》(*American Mercury*)等报刊写的文章中略见一斑。可以说,这个时期她写作的最好作品是一些政论性散文,如《与塔夫特媲美的黑人选民》(A Negro Voter Sizes Up Taft)等。[①] 1951 年赫斯顿迁回家乡佛罗里达,重新租用那间她曾在其中创作《骡子与人》的房子。晚年赫斯顿又迁往皮尔斯堡。但迫于生计,她又不得不去帕特里克空军基地的图书馆打工,同时创作她的最后一部小说《伟人赫罗德》(*Herod the Great*, 1956)。这是一个关于犹太人争取民族解放的悲壮故事。临终前她被安排到一个慈善机构组织的福利之家。翌年 1 月 28 日,时年 68 岁的赫斯顿因心脏病发作离开了人世。生前好友捐钱为她举行了的葬礼,把她埋在当地一个隔离的、称作"天堂安息园"的公墓。

赫斯顿的一生虽然创作辉煌,一共创作了四部长篇小说、两本黑人民间故事集、一部自传,以及 50 多篇短篇故事,但命途多舛。直到 20 世纪 70 年代初,有关赫斯顿的生平还很少见。除了她在 1942 年出版的自传提供了一些信息外,人们对她几乎一无所知。更遗憾的是,她生前出版的大部分著作已经绝版。1975 年,沃克发表了《千里追寻佐拉》(Looking for Zora)一文后才使这位埋没已久的黑人艺术家重新引起人们的注意。[②] 为了追寻这位被遗忘的时代佼佼者,罗伯特·海明威(Robert Hemenway)花了整整八年时间,经过多方查证,四处收集、整理有关资料终于在 1977 年写出了赫斯顿研究的里程碑之作《赫斯顿文学传记》(*Zora Neale Hurston: A Literary Biography*)。海明威对这位曾经为非裔美国文学,乃至整个 20 世纪美国文学作出非凡贡献的无名作家重新加以评价、肯定。自 20 世纪 70 年代末以来,有关赫斯顿研究的论述不断问世,已出现十分可观的研究局面。[③] 当代美国著名文学评论家、非裔美国文学专家、哈佛大学知名教授亨利·路易斯·盖茨(Henry Louis Gates)也充分肯定赫斯顿的创作成就。他不无赞美地写道:

> 我总是被她小说里那种包容在丰富意象中的熟悉经历所打动。正是这一

---

① 据说,当时赫斯顿以 1 000 美元将这篇文章卖给了《星期六晚报》。

② 这篇文章当时发表在《女士》(*Ms.*)杂志上。

③ 除了海明威的这部传记外,具有代表性的研究成果还有 Lililie Pearl Howard, *Zora Neale Hurston* (Boston: Twayne, 1980), Harold Bloom, ed., *Zora Neale Hurston* (New York: Chelsea House, 1986), Karla Holloway, *The Character of the Word: The Texts of Zora Neale Hurston* (Westport, Conn.: Greenwood Press, 1987), Mary E. Lyons, *Sorrow's Kitchen: The Life and Folklore of Zora Neale Hurston* (New York: Collier Books, 1993), Paul Witcover, *Zora Neale Hurston: Author* (Los Angeles: Melrose Square Publishing Co., 1991)和 Henry Louis Gates, Jr., and K. A. Appiah, eds., *Zora Neale Hurston: Critical Perspectives Past and Present* (New York: Amistad Press, 1993)等。

对黑人语言比喻能力的关切，即小说《骡子与人》中一位人物所说的“一种潜隐的意义”……使赫斯顿将人类学研究与小说创作紧密联系起来。[①]

盖茨进而认为，赫斯顿从文坛突然消隐恰好证明了她独特的政治立场，而不是因为任何艺术或创作视野上的问题。[②]

如今，赫斯顿已成为美国大学课堂必读的非裔美国妇女作家之一。她的著作不断得以整理、重新出版。1981 年，摩根州立大学（Morgan State University）教授鲁思·谢菲（Ruth Sheffey）联合一些同好创办了“赫斯顿研究社”（Zora Neale Hurston Society）。赫斯顿的家乡政府也举行了各种仪式纪念她。1991 年 1 月，每年一度的“赫斯顿艺术节”开幕。节日期间印有“佐拉”的彩旗迎风招展，热闹非凡，充分展示家乡人民对儿女的怀念之情。

## 第二节 休斯的文学创作

兰斯顿·休斯（Langston Hughes，1902—1967）是现代美国杰出的黑人诗人、小说家和剧作家，“哈莱姆文艺复兴”的中坚人物。他怀着极大的同情描写美国黑人的苦难生活和悲惨命运，抨击白人种族歧视现象，唤起黑人群众的觉悟和自豪感。休斯在文学上的卓越成就使其早在 20 世纪 20 年代就享有了“哈莱姆桂冠诗人”的美誉。

休斯生于美国密苏里州的乔普林，自幼受尽生活的折磨。当他还是婴儿的时候，父母就已分居。母亲是堪萨斯州的一名演员，父亲在墨西哥做律师。他和住在堪萨斯州劳伦斯县的祖母一起生活。祖母去世后，休斯随母亲在伊利诺伊州短暂居住，后又迁至俄亥俄州的克利弗兰。母亲的微薄工资难以维持家庭生活。中学毕业后，他去墨西哥与父亲一起生活了一年。之后，休斯入哥伦比亚大学学习，由于经济原因，一年后被迫辍学，从此独立谋生，过着漂泊流浪的生活。他先后在货轮上当过水手，在巴黎夜总会做过厨师，在华盛顿一家旅馆做过勤杂工。在华盛顿，他有幸结识了诗人林赛。林赛非常赏识他的诗才，鼓励他献身文学事业。1926 年，在小说家卡尔·万·维奇顿（Carl Van

① Henry Louis Gates, Jr., “Afterword” to *Moses, Man of the Mountain* by Zora Neale Hurston (New York: Harper Perennial, 1991), p. 294.

② Henry Louis Gates, Jr., pp. 289 - 290.

Vechten，1880—1964)的帮助下，休斯出版了第一部诗集《疲惫的布鲁斯》(*The Weary Blues*)。同年休斯入宾州林肯大学就读，并于 1929 年获学士学位。学习期间，他的第二部诗集《抵押给犹太人的好衣裳》(*Fine Clothes to the Jew*，1927)面世并获得好评。1930 年他的第一部小说《并非没有笑声》(*Not Without Laughter*)荣获由基督教联合会颁发的哈蒙(Harmon)金质文学奖。休斯就此开始了自己职业作家的生涯。

在长达 40 多年的笔耕生涯中，休斯一直把自己看作是诗人。事实上，他的创作体裁十分广泛，囊括了小说、戏剧、短篇故事、散文、自传、历史、童话等各种文学样式。休斯一生创作甚丰，其作品包括 17 部诗集、2 部长篇小说、10 多卷剧本，还有短篇小说集《白人的行径》(*The Ways of White Folks*，1934)，讽刺小品集"辛普尔三部曲"《辛普尔倾吐衷情》(*Simple Speaks of His Mind*，1950)、《辛普尔的高明》(*The Best of Simple*，1961)和《辛普尔的汤姆叔叔》(*Simple's Uncle Tom*，1965)。此外，他还著有自传《大海》(*The Big Sea*，1940)、《我徘徊，我彷徨》(*I Wonder as I Wander*，1956)，以及一些儿童文学作品。晚年他编辑了大量黑人作家的作品。

休斯中学时即开始诗歌创作，并初步显示出潜在的创作才华。1919 年 1 月，他在克利弗兰中学月刊上发表了一首自由体长诗《心灵之歌》(A Song of the Soul of Central)。诗中发出了"所有民族和所有信仰的孩子们/向你走来，你欢迎他们"的呼声。该诗深受惠特曼诗风的影响，表明了休斯与当时时髦押韵诗的决裂。在 19 岁之前，休斯至少已经创作了 3 首比较有影响的诗歌，并赢得了黑人读者的喜爱。《黑人谈河》(The Negro Speaks of Rivers)是休斯去墨西哥会见父亲时在火车上的即兴之作。当火车在夕阳中缓缓驶过密西西比河大桥时，休斯望着窗外波光粼粼的河水，思索着密西西比河对于黑人意味着什么，同时又想到了哺育人类文明和黑人文化的其他河流——幼发拉底河、刚果河、尼罗河等。他诗兴大发，从衣袋里顺手掏出一个信封，只花了几分钟便草成了这首名诗：

我懂得河流：
我懂得那些和世界一样古老，比人类血管中的血
　　流更古老的河流。

我的心像河流一样深沉。①

---

① 译自 Arnold Rampersad，ed. *The Collected Poems of Langston Hughes* (New York: Random House，Inc.，1994)，第 23 页。

《当苏穿红色衣裳的时候》(When Sue Wears Red)也是一首描写黑人主题的诗篇。作品以黑人教堂里欣喜若狂的叫喊为背景来表达对黑人妇女的尊敬。这在黑人文学史上尚属首例。诗中写道：

当苏姗娜穿着红色衣裳的时候
她的脸就像古老的刻有浮雕的小宝石
年久日长成为褐色。

伴随着喇叭声一起来吧，
　　主啊！

《母亲对儿子说》(Mother to Son)是另外一首重要诗作，它采用戏剧性独白手法，标志着休斯在创作上进一步成熟。诗中借一位母亲之口，诉说了黑人生活的艰辛：

唉，儿子，我要告诉你：
生活对我来说绝不是水晶制的楼梯。
其中有大头钉，
和裂缝。

20世纪20年代，美国文学界涌现出一批觉醒的年轻黑人作家。他们热情讴歌充满活力的黑人文化，掀起了一场具有重要意义的“哈莱姆文艺复兴”运动，又称“新黑人运动”。休斯就是其中最主要的代表作家之一。诗篇《黑人谈河》当时首先登载在杜波伊斯主办的《危机》杂志上。这是休斯首次在有影响的刊物上发表诗歌，并被评论界所关注。之后，其诗作相继问世，休斯一时成为黑人诗坛的主将。他觉得自己找到了诗歌的声音。休斯早期的两部诗集《疲惫的布鲁斯》和《抵押给犹太人的好衣裳》基本上奠定了他在美国诗坛的地位，使他成为美国诗歌史上的一位改革者。他的诗再现了普通黑人的日常生活，发出了黑人要求自由、平等和民主的呼声，显示了他对种族冲突的关注，对漂泊街头的人们和工人阶级的同情。强烈的黑人民族自豪感驱使他寻求真正的美国黑人的诗歌形式，以表达自己对黑人的赞美和热爱。在诗集《疲惫的布鲁斯》的序篇诗《黑人》(Negro)中，他这样写道：

我是黑人：
　　黑得如黑夜，

黑的像我的非洲那样深。

休斯在自传《大海》中说道:"我只熟悉与我一同长大的那些人,他们并不是那些整天把皮鞋擦得锃亮、上过哈佛大学或爱听巴赫乐曲的人。可我认为,他们也是很好的人。"①在他的诗歌意识中心也永远站立着黑人劳苦大众:

所有梦想着唱歌的,
讲故事的,
跳舞的,
在命运的魔掌中大笑的——
　我的人民,

洗碗工,
电梯男童,
贵妇女佣,
掷双骰子的赌徒。

(《大笑者》)②

在《我的人民》(My People)中,休斯更加平静,然而更加热情地表达了他对黑人民众的赞美:

夜色是美丽的,
我的人民的脸也是一样。

星星是美丽的,
我的人民的眼睛也是一样。

太阳也是美丽的,
我的人民的心灵也是一样美丽的。

哈莱姆是"新黑人运动"的文化首都,也是休斯诗歌创作的重要主题。其诗歌的语言与音乐均表现出地道的哈莱姆风格:响亮、有节奏、直接和充满活力。

---

① Langston Hughes, *The Big Sea* (New York: Hill and Wang, 1940), p. 268.

② 译自 Arnold Rampersad, ed. *The Collected Poems of Langston Hughes* (New York: Random House, Inc., 1994), 第 27 页。

休斯从黑人的音乐和民歌中吸取营养，并在诗中融入布鲁斯和爵士乐的节奏，创造出一种新的诗体。这种新诗体用广大黑人群众的语言道出他们的真爱、孤独和失望，富有强烈的表现力。布鲁斯音乐起源于美国黑奴劳动时的田间抱怨和诉说衷肠的歌曲，广泛流行于 20 世纪 20 年代。其形式是三行为一节：第一行陈述一个问题或情景，第二行重述第一行，但常略加变化，第三行是对第一、第二行的反应，或解答或阐释或评论。布鲁斯引起了许多文学家和评论家的关注。拉尔夫·艾里森和萨缪尔·洽特斯就是其中最典型的。前者认为"布鲁斯提供了人类生存状况中悲剧和喜剧的两个方面，他们首先应被看成是诗和仪式"；而后者则认为："布鲁斯是一种语言，一种丰富的、表现力强的语言。它纠正了一种错误观念：在美国，黑人社会只能由白人来进行贫穷与沮丧的叙述。通过布鲁斯，我们听到了别一样的声音，认识到了黑白两个美国的存在。"[①]休斯成功地把布鲁斯音乐的短句划分、节拍和形式运用到他的诗作中。《年轻女子的布鲁斯》(Young Gal's Blues)的一节是典型的布鲁斯形式：

我将走向坟墓，在我的朋友考拉·丽小姐之后。
走向坟墓，在我亲爱的朋友考拉·丽之后。
因为当我死了，一定有人走在我后面。[②]

在诗集《疲惫的布鲁斯》中，休斯主要采用了布鲁斯的形式。《抵押给犹太人的好衣裳》中也有 17 首诗歌运用了布鲁斯的形式，但同时也自由加入了歌谣和舞蹈的节奏，使其有了新的变化和发展。这些创新的诗歌不仅为广大黑人读者所喜爱，而且也获得了评论家的赞誉。杰米认为："休斯的布鲁斯诗歌与流行的布鲁斯是相通的，他掌握了这一类型的精华，即含着眼泪的笑声。"[③]

1942 年，休斯发表了诗集《莎士比亚在哈莱姆》(*Shakespeare in Harlem*)，提出自己要做一名贫困黑人生活的行吟诗人。这些诗歌创作于休斯一生中政治上最积极的时期，是他亲自参加工人阶级斗争和在理论上对美国资本主义潜在矛盾清醒认识的结果。和《抵押给犹太人的好衣裳》一样，《莎士比亚在哈莱姆》中许多诗歌在结构上也是以布鲁斯歌词的形式为主，但其中有一些重要的变化，后者叙述成分增多并给人以强烈的整体感。例如，在《南方的妈妈唱着》(Southern Mammy Sings)这首诗中，休斯改变了布鲁斯诗歌

---

① Arnold Rampersad, "Langston Hughes and Approaches to Modernism in the Harlem Renaissance," *Contemporary Literary Criticism*, Vol. 108, 1998, p. 310.

② 译自 Arnold Rampersad, ed. *The Collected Poems of Langston Hughes* (New York: Random House, Inc., 1994)，第 123 页。

③ Daniel G. Marowski, ed. *Contemporary Literary Criticism*, Vol. 35 (Detroit: Gale Research Company, 1985), p. 211.

的形式，重复的不是第一行，而是最后一行，传统的布鲁斯音乐中 a-a-a 韵脚被更复杂的韵脚 a-b-c-b-b 所代替：

伽德娜小姐在她的花园里。
雅德曼小姐在她的庭院中。
迈克尔摩斯小姐在看弥撒
我累了！
主啊！
我累了！

休斯通过改变韵脚格式和转移重复行的位置，创造了新的句法格式，更充分地表达黑人工人阶级对战争、种族主义和白人的邪恶等问题的看法。《失业的布鲁斯》(Out of Work Blues)描写了一位失业黑人沿着哈莱姆街道，苦苦地寻找工作，而最终一无所获的悲惨境遇。诗的最后两节中，无望的失业歌手思考着他的生存状况的荒诞，把一个悲剧性的事件改变成了表面上幽默风趣的滑稽小品，富于强烈的哲理和讽刺意味。《夜幕下的布鲁斯》(Evenin' Air Blues)的主题是表现北上黑人移民的期望，这也是休斯最喜欢的主题之一。早在其20年代创作的诗集《抵押给犹太人的好衣裳》中，就有表现同一主题的诗作。但前后表现的重心不同。例如，《波男孩的布鲁斯》(Po' Boy Blues)中的人物发现北方不尽如人意是因为不诚实的女人，而在《夜幕下的布鲁斯》中主人公发现自己来到北方不久就面临着贫穷和饥饿：

朋友，我来到了北方
因为他们告诉我北方好。
我来到了北方
因为他们告诉我北方好。
来到这已经六个月了，
我也快失去理智了。

今晨的早餐
我咀嚼着早晨的空气。
今晨的早餐
咀嚼着早晨的空气
但今天的晚餐，
只剩下晚上的空气。

这样,早期的情感问题就让位于经济问题了。

诗集《耽搁了的梦想蒙太奇》(*Montage of a Dream Deferred*,1951)的出版,标志着休斯的诗歌创作进入了一个新阶段。该作品也是休斯对二战以后美国黑人世界的动荡不安及其焦虑情绪的诗意注解。在《序言》中,休斯解释了这些诗是采用比巴波音乐的风格和节拍来反映40年代美国哈莱姆黑人的万花筒般的生活。比巴波是一种节拍强劲有力的爵士乐,产生于爵士音乐家的即兴表演。在《蒙太奇》(Montage)中,休斯采用了比巴波音乐的结构特征,戏剧性地打破了传统上对于诗歌的限制,通过打破一首诗的开头与上一首结尾的界限,创造了新的诗歌技巧。《蒙太奇》由一系列短诗组成一首长诗,每一首都有自己作为独立单位的特征,但又含有整个长诗的信息。节与节之间的过渡是通过主题一致或心灵对话来完成。《蒙太奇》的中心主题是争取黑人大众的人身自由和追求幸福的权利。换句话说,这些要求包括拥有足够的住房、洁净的生活条件以及公平的就业机会等基本权利。早在1926年的诗歌《一个耽搁了的梦》(A Dream Deferred)中,休斯的创作就已经涉及这样的主题,但那只是在一般意义上提及,而在《蒙太奇》中,主题的范围有所扩大并且加进了社会和政治的内涵。根据主题的范围,《蒙太奇》可分为六个部分:《从布吉·赛格到巴卜》(Boogie Segue to Bop)、《剥削与被剥削》(Dig and Be Dug)、《早期黑人》(Early Bright)、《反过来对巴赫也一样》(Vice Versa to Bach)、《耽搁了的梦》(Dream Deferred)、《莱诺克斯大街的壁画》(Lenox Avenue Mural)。每一部分强调哈莱姆黑人生活的不同方面——社会的、政治的、文化的、经济的等,表现了休斯对美国社会不公平现象的抨击与对美好生活的向往。

《从布吉·赛格到巴卜》通过对社会和政治令人信服的分析,赞美了黑人文化,特别是黑人音乐的丰富性。《梦想布吉》是这部分的第一首诗:

细细听,
你会听见他们的脚
踏着节拍——

　你可认为
　这是快乐的节拍吗?

诗的结尾"嗨,啪啪!/哩——啵啪!/噗啪!/呀——!",恐怖的隆隆声与巴卜和布吉音乐的节奏融为一体,是城市黑人居住区不安和焦虑状态的象征。第一部分的诗篇也包括对男女情爱关系的洞察,这也是黑人流行音乐的中心主题。《剥削与被剥削》这部分在暴露了剥削者的同时也嘲笑了被剥削的受害者。它使我们看到了一个内省的哈莱姆,表现了对既有人生价值的怀疑及初步的自我觉醒意识。在一首题为《电影》(Movies)的诗里,焦点集中在哈莱姆影迷们对歪曲黑人形象的电影发出的笑声上:

好莱坞
嘲笑我,
黑——
因此我以大笑
回敬。

《反过来对巴赫也一样》则体现了休斯对黑人阶级差别悬殊的敏感。一些在社会上流浪的黑人,来到了城市的边缘地区,试图逃离市中心居民区及其所代表的一切。还有另外一群黑人,发现自己无望地陷入贫困之中。这些诗歌对二战之后城市生活的细微差异都有深刻的洞察。战争引起了第二次移民热潮,大量黑人涌入北方城市,房东与房客的冲突成了城市黑人生活中反复出现的现象,也成为休斯诗歌创作中的重要主题之一。在《房东小调》(Ballad of the Landlord)中,受害的黑人房客拒绝交房租,直到裂了缝的房顶和坏了的楼梯修好。但房东威胁要掐断暖气,还要把家具搬走,统统扔到街上去,结果是:

警哨鸣!
警钟响!
房客被擒。

带到警察局,
关进铁窗。

二战以后,失业成为北方城市中的黑人所不得不面临的问题。在题为《救济》(Relief)的诗中就反映了这样令人痛苦的现象:黑人通常是最后一个被雇佣的,也是第一个被解雇的。诗中,一位哈莱姆居民希望出现第三次世界大战以使他脱离赤贫状况。恶劣的生活条件使一些黑人特别是年轻人把吸毒作为逃避现实的方式。20 世纪 40 年代,北方城市中的黑人是毒品市场的主要顾客。休斯发现一些比巴波音乐家试图通过吸毒来表达他们摆脱城市生活压力的愿望。《单调的第五》(Flatted Fifth)通过显示毒品是怎样戏剧性地改变了吸毒者对周围事物的感觉,为读者提供了一个审视比巴波音乐家的内部视角。

休斯是一位多才多艺的作家。他的创作成就不仅体现在诗歌上,他的小说和戏剧成就也为世人所瞩目。30年代，休斯把更多的精力投入到小说和戏剧的创作上。《并非没有笑声》是休斯的第一部小说，讲述了一个名叫桑迪的黑人孩子在堪萨斯州斯坦顿镇成长的故事。小说通过主人公桑迪的视角对他的家庭生活进行了简单的叙述，透视了下层黑人生活的状况。桑迪的父亲吉姆博艾是一个不负责任的游手好闲者，喜欢吉他弹唱。母亲安吉是一个深肤色的持家妇女，对自己浅肤色的丈夫袒爱有加。外祖母黑格是种植园的黑人保姆，靠帮当地白人洗衣服来维持家人的生活。她勤劳虔诚，宁愿作奴隶而不愿当自由人。姨妈泰裴是一个白人生活方式的仿效者，为了钱财嫁给了塞尔斯先生，跻身成为中产阶级的家庭主妇。为了维护中产阶级的地位，她尽可能避免与家人接触。小阿姨哈里雅特在一家餐馆工作，她因打碎一只水壶而被解雇。她看不起泰裴，为了反抗黑人妇女尊敬的传统职业，她把自己投掷到旋转的舞台之上，成了一名舞蹈演员、布鲁斯歌手、妓女。当哈里雅特从家里搬出、来到妓院时，桑迪就成了黑格和信仰宗教的阿姨哈里雅特之间的联络员。有一次外祖母病重，桑迪去妓院告知阿姨哈里雅特，“不久，哈里雅特穿着粉红色的衣服出现了，像小孩穿的一样，裙子只能遮住膝盖以上部分，身上带着一股肥皂香味，脸上还没有扑上粉，头发还没梳完，但她笑着，很高兴见到她的侄儿，双臂紧紧搂着他的脖子”。[①] 这种问候不同于其他家庭成员之间的问候，意味着哈里雅特所经历的全部误解和屈辱。这使桑迪意识到自己的阿姨仍然和从前一样令人亲近。当桑迪在到处是空瓶子和烟灰缸的会客室等她一起回家时，听到楼上女人们的谈话声音：“要帮忙吗？我能借你什么？你要面纱吗？”这些对话是对哈里雅特和她的同事们的种族、阶级和性别的认同。书中人物之间有着鲜明的对照。泰裴和塞尔斯先生与哈里雅特和吉姆博艾是书中的两对主人公，他们之间的冲突，更多地表现在对物质与精神的取舍上。泰裴和塞尔斯先生憎恨布鲁斯和黑人圣歌，因为“它们黑得太典型了”。他们轻视那些唱它们的人，“因为他们表演得像黑鬼一样”。哈里雅特和吉姆博艾则不仅喜爱布鲁斯和黑人圣歌，而且把其视为他们生命中的一部分。小说的前三分之一情节发展很慢，此后节奏突然加快。书中没有大场面的描写，没有高潮，风格上也没有什么特别之处。而恰恰是这种简单的叙述方式，取得了最强烈的艺术效果。例如，对种族歧视引起的小事情——所有的黑人小孩被拒于娱乐场所的门外，或是所有的黑人孩子都被排在教室的后排等，作品中没有控诉的痕迹，也没有着重强调，而只是简单的、平静的陈述，但效果却更加感人。

短篇小说集《白人的行径》暴露了白人统治者的种种丑恶行径，抨击了种

---

① Langston Hughes, *Not Without Laughter* (New York: Alfred A. Knopf, Inc., 1930), p. 234. 以下出自同一作品的引文不再另注。

族歧视现象,表达了黑人要求自由、平等和民主的强烈要求。《父与子》是其中的最后一个故事,它以20世纪30年代南方佐治亚州的诺顿种植园为背景,描述了由种族优越论而引发的一场家庭悲剧,讽刺了表面上田园诗般的南方生活。白人陆军上校汤姆·瑙伍德是一家之长,他以自己的肤色、财产为傲,对30年来一直忠于他的黑人情人所生的五个孩子持一种蔑视态度。乐园中的麻烦来自他最小的儿子波特·路易斯。他的长相酷似上校,波特从亚特兰大一所黑人大学回家后,向父亲要求他所应有的权利,包括瑙伍德的姓、财产继承权等,被父亲无情拒绝。母亲试图在固执的父亲与同样固执的儿子之间调和,但毫无结果。儿子由此憎恨父亲,在书房昏暗的灯光下徒手杀死了带着手枪的父亲,酿成一出家庭悲剧。小说在父与子之间生活斗争的背后,更大程度上再现了美国的悲剧。上校和波特的母亲30年的情人关系越过了种族之间的界限,已经被社会承认,却不被经济、政治、宗教等官方体制所认可。瑙伍德上校之所以不承认他与黑人情人所生的五个孩子的身份,是由于他把种族而不是家庭作为首要考虑条件的。例如,他无情地鞭打14岁的波特,只是因为孩子在他的白人朋友面前叫了他一声"爸爸"。

讽刺小品"辛普尔三部曲"成功地塑造了美国文学史上一个令人难忘的黑人形象。休斯称他"Simple"(简单)却赋予他复杂的性格。他是哈莱姆的一位工人,未受过教育但很聪明,好战却不是宗教狂热者,富有幽默感而又不失于滑稽。辛普尔对赛马、战争、妇女、时事等事情态度诚实,与受过教育的"坦率之人"的老于世故形成鲜明对照。两种观点相互抵触,相互影响,使作品妙趣横生。例如辛普尔诅咒发生在他身上倒霉的事情时,说道:"我被卷进了某种急流之中,只是因为我是黑人。"当"坦率之人"希望他提一些种族问题,辛普尔回答说:"黑人不必提出这个问题,它总是存在着。早晨我看着镜子刮胡子——我看到了什么?我。"①在肤色意识很强的美国,一张黑脸本身就是个问题,辛普尔和每一个敏感的黑人都知道这一点。小品集中贯穿着一个连贯的情节。一开始辛普尔为了和卑鄙的妻子离婚,努力攒钱来付他的份子钱。这样就可以和美丽可爱的乔伊丝结婚。后来终于如愿以偿。尽管小品集的情节不是很具吸引力,但它是一个支架,上面悬挂着辛普尔对哈莱姆、战争、女人等各种事情的看法,通过辛普尔一双诚实和天真的眼睛看穿了白人以及黑人的浅薄、虚伪和欺骗。

休斯对戏剧事业所作的贡献也有着重要的实际意义。他强调观众的参与,提出建立观众围绕舞台四周观赏的剧院,为戏剧活动注入了新鲜的血液,对先锋派剧作家阿米里·巴拉卡(Amiri Baraka)和索尼亚·赛齐兹(Sonia

---

① Arthur P. Davis, "First Fruits," *Contemporary Literary Criticism*, Vol. 35, 1985, p. 219.

Sanchez)影响很大。为了提供黑人讨论戏剧的场所,他先后建立了哈莱姆手提箱剧场、洛杉矶黑人艺术剧场和芝加哥丽劳夫特剧场。《混血儿》(*Mulatto*, 1935)是他的第一部戏剧作品,这是依据《白人的行径》中《父与子》的故事改编而成的剧作。在舞台上再现了波特和克拉以及所有南方农村黑人的悲惨境遇,给观众留下了深刻的印象。《小汉姆》(*Little Ham*, 1936)是一部关于喧嚣的 20 年代的城市民间喜剧,它以"黑人文艺复兴"时期的哈莱姆为场景,表现了主人公哈姆雷特·琼斯的生活世界。琼斯是一个口齿伶俐、个子矮小的黑人,以擦皮鞋为生。他的世界是拥挤的,充满了各种类型的哈莱姆人。这是一个有生气的世界,却为白人世界所冷漠。《天堂而已》(*Simply Heavenly*, 1957)是另外一部剧作,主角杰西·辛普尔总是处在灾难的边缘,遭遇到许多挫折,最终却成功地和自己心爱的女人结婚。辛普尔与他在派地酒吧的大多数朋友一样,没有多少钱,但他们用精神上的幽默来作弥补。剧中没有反面角色,该剧的价值不是建立在冲突和悬念上,而是隐藏在对城市居民温馨生活的平淡演进之中。《通向辉煌的手鼓》(*Tambourines to Glory*, 1963)中的艾茜和萝拉与汉姆和辛普尔一样天真、坦率,但艾茜和萝拉各有自己的性格特点。艾茜善良,萝拉偏爱诡辩。她们代表着所有信仰复兴论者的两个真实方面。圣人与骗子总是结伴而行,有时也存在于同一个人身上。该剧巧妙地把流行音乐、歌曲、传统黑人圣歌、约伯·亨特里的福音音乐糅合于情节的进程之中,有利于人物性格的刻画,音乐成为剧中人物生活的核心。休斯的戏剧语言巧妙地结合了城市方言、民间俗语,强调了美国黑人的尊严和力量。他的戏剧世界有别于其他剧作家,对他这一独特世界的发现是很具启发意义的。

在美国黑人斗争历史上,休斯的影响是巨大的。从 20 世纪 20 年代起,休斯通过自己的创作,讴歌丰富的黑人文化,启蒙黑人的觉悟,对五六十年代"民权运动"的兴起产生了直接的影响。他的创作题材广泛,意境开阔,闪耀着智慧和幽默的光芒,反映了 20 世纪中叶美国黑人为争取自身的权利所经历的奋斗、挫折以及其价值取向,为以后美国黑人现实主义文学的发展开辟了道路。

## 第三节 赖特的小说创作

理查德·赖特(Richard Wright, 1908—1960)是 20 世纪美国杰出的黑人

作家。他不仅写小说、短篇故事,还写杂文、戏剧和诗歌等。他以深刻的笔触和充满激情的描述再现了挣扎在贫困、恐惧、耻辱和仇恨之中的黑人生活情景,愤怒声讨了种族歧视现象和种族隔离政策。

赖特生于密西西比州纳齐兹镇附近一个生活极度贫困的黑人佃农家庭。他五岁时,父亲弃家出走,后来母亲又罹患瘫痪性中风,这样他家的生活举步维艰,难以为继。他和弟弟随着母亲四处流浪,一度被送进孤儿院,后又辗转寄养在好几个亲戚家里。赖特在家里备受亲属的虐待,在外面又遭白人的凌辱,在恐惧和愤怒中度过了苦难的童年。孩提时代赖特没有受过系统的正规教育。① 赖特深深体会到南方黑人的存在是没有尊严的,对自己的种族怀有一种厌恶感,但他绝不相信黑人就比白人低下。这种受压迫、受损害的种族意识驱使他大量地读书。他读过德莱塞、菲茨杰拉德、刘易斯和门肯等人的许多作品,并疯狂地喜欢上了门肯的作品。门肯强有力的语言和率直的批评观唤醒了赖特,使他意识到他可以通过写作来抗议社会。

1927 年,19 岁的赖特为了摆脱南方白人的统治,寻求个人发展的机会,来到了芝加哥。那时黑人大量涌入这座城市。早在第一次世界大战初期,20 世纪头十年,大约有五万人流入芝加哥,其中大多数是在 1914 年之后北迁的。这股黑人移民潮一直延续到二三十年代。② 赖特像许多黑人一样,曾长期对芝加哥抱有幻想,以为那是"平等"、"独立"的乐园,但很快他就失望地发现,那里黑人的处境并不比在南方好多少。在芝加哥,他开始接触马克思主义学说,渐渐认识到资本主义和种族主义是黑人的敌人。1932 年,他加入左派组织"约翰·里德俱乐部"(John Reed Club),开始在《工人日报》(*Daily Worker*)、《左派前哨》(*Left Front*)、《国际》(*International*)等刊物上发表文章和诗歌。不久他又加入了美国共产党。1937 年,赖特去纽约担任《工人日报》哈莱姆区编辑。后因种族问题他与党内领导人产生意见分歧,遂于 1944 年退党。

赖特的文学创作可分为两个阶段。1938 年至 1945 年为第一阶段,他先后发表了短篇小说集《汤姆叔叔的孩子们》(*Uncle Tom's Children*, 1938)、长篇小说《土生子》(*Native Son*, 1940)和自传《黑孩子》(*Black Boy*, 1945)。这些作品以赖特在南方贫困的童年生活和在芝加哥隔离区的早期青年生活为基础,深刻揭示了不合理的社会现象,对种族歧视和种族压迫提出了强烈的抗议。它们的面世曾轰动了美国的文坛,受到了文学批评界的广泛关注。第二

---

① 根据赖特接受教育最后一年的一些统计资料表明,在密西西比州,每一个黑人孩子的年平均教育投入为 5.62 美元,白人孩子为 25.95 美元。直到 1925 年,该州最大的城市——州府杰克逊——才有黑人高中学校。

② Keneth Kinnamon, *The Emergence of Richard Wright* (Urbana: University of Illinois Press, 1972), p. 12.

阶段从1947年赖特离美赴法定居开始，直至1960年去世。在这期间，他频繁接触了不少法国作家、哲学家，尤其与萨特过从甚密。通过与他们的交流，赖特理清了自己类似存在主义的思想，使自己超越了美国经历的界限，纠正了关于种族、社会结构以及对马克思主义的狭隘看法。同时，他继续不懈创作，相继推出了《局外人》(*The Outsider*, 1953)和《野蛮的假日》(*Savage Holiday*, 1954)等小说。50年代，赖特游历了西班牙、印度尼西亚、非洲的金海湾(现在的加纳)等国家。旅游开拓了赖特的视野，使他感到有必要对自己的所见所闻发表评论。于是他创作了《黑色权力》(*Black Power*, 1954)和《无宗教信仰的西班牙》(*Pagan Spain*, 1957)等作品。

《汤姆叔叔的孩子们》是赖特的第一部作品，其中收录了《大男孩离家》(Big Boy Leaves Home)、《沿河而下》(Down By The Riverside)、《长长的黑人歌曲》(Long Black Song)和《火与云》(Fire and Cloud)等四篇故事。在这些故事里，赖特运用自然主义的手法描写了美国南方农村白人与黑人残酷的冲突，并以故事的形式再现了美国黑人精神上受压迫、身体上受奴役和遭受暴力的生存状况。该书一经出版，立刻赢得了美国批评界的好评。美国激进派中最有影响的马克思主义批评家格兰维尔·希克斯(Granvill Hicks, 1901—1982)充满喜悦地声称："革命运动孕育了又一位一流作家。"① 另一位作家兼批评家法雷尔称赖特为文坛新秀并称赞他精湛的小说艺术。② 连传统的批评家马尔科姆·考利对这部作品也持肯定的态度。他认为："虽然赖特对种族仇恨的表达是骇人听闻的，但这些故事证明了文坛上又出现了一位天才作家，这是令人振奋的事情。"③从创作题材和主题上看，这四篇故事依次排列，构成一个有机整体，它们的组合超越了单篇故事的意义，也充分体现了赖特创作风格的基调，即试图再现黑人在种族歧视的南方所经历的恐惧、屈辱和愤怒。

《大男孩离家》叙写了黑人少年大男孩莫里森出于自卫，谋杀白人后被迫逃离家乡的故事。莫里森和三个朋友逃学，出去尽兴游玩，游泳后在岸边裸露着身子，沐浴着阳光。这时白人地主哈维儿子的未婚妻，一位白人小姐，突然出现在小溪的岸旁。小姐的尖叫引来了她的男友，并最终导致了悲剧的发生。他当场开枪打死了两个黑人孩子。莫里森为了自卫，扑上去抢了枪，打死了白人青年。大男孩和另一个名叫波波的幸存者为了躲避白人暴民的私刑，家人计划将他们藏在山中的窑洞里，等待时机逃往相对"自由"的芝加哥。波波不幸被白人发现，白人对他施行了极其残忍的酷刑，将其肢解后又进行焚烧。莫

① Granvill Hicks, "Richard Wright's Prize Novellas," *New Masses*, XXVII (29 March 1938), p. 23.

② James T. Farrell, "Lynch Patterns," *Partisan Review*, IV (May 1938), p. 58.

③ Malcolm Cowley, "Long Black Song," *New Republic*, XCIV (6 April 1938), p. 280.

里森在逃亡过程中也历经险难,棒打毒蛇,与发现他的猎狗展开了一场殊死搏斗。在雨水浸湿的窑洞里,他与洞内猎狗的尸体和洞外朋友烧焦的尸体为伴度过了漫长的夜晚。第二天清晨,他登上了父亲朋友的儿子驾驶的卡车,逃往芝加哥。这里,赖特通过对自然景象的描写,烘托故事的主题。故事一开始写道:

> 四个黑孩子笑着走出森林,来到一片空旷的草地上。①
>
> ……
>
> 他们平躺在草地上,脸向着阳光。
>
> ……
>
> 他们一面唱着歌,一面用赤裸的脚跟躁着草地。

这里,孩子们与自然环境的和谐关系跃然纸上。当他们开始游泳时,河水的寒冷取代了阳光的温暖,预示着灾难的降临。在白人对波波行私刑时,"天空低沉,乌云密布,狂风骤起"。在猎狗发现莫里森的那一刻,"冰凉的雨水浸着脚踝,使他寒意顿生,他听见了洞外嘶嘶的雨滴声"。自然环境的变化伴随着故事情节的发展,增强了作品的感染力。

对大男孩莫里森来说,危机来自日常生活中的偶发事件。但对黑人农民曼——《沿河而下》的主人公来说,情形就很不一样。故事一开始,密西西比河泛滥成灾,曼一家被洪水包围,食物告罄。更糟糕的是,妻子璐璐快要临产,需要急救。他为了把怀孕的妻子送到医院,偷用了一位白人的木筏,结果遭到这位白人的暴力袭击。在自卫的情况下,他无意中杀死了木筏的主人。在逃离现场时他也被白人杀死了。他是在洪水不断上涨的时候,为了帮助家人逃生而不幸落入种族仇恨的魔掌。曼肩负着压倒一切的家庭责任,他直接面对困难。但是这只是一种个人行为,其结果只能是死亡。在这篇故事里,赖特通过频繁变换叙述视角来吸引读者:

> 曼侧脸看着,有两处闪着微弱的黄色亮光。犹豫了一会儿,使劲划着船桨,稳住小船。那些亮光似乎太高了,无法想象它们,但它们是在皮克斯公路上,看上去大约有一百码远。那到底是什么呢?也许他能从那里得到帮助。他又接着划船,背对着亮光,但那柔和的黄色亮光一直在他的脑海闪现。它们在帮助他,那些亮光。一会儿,他不再用力划桨了。有亮光的地方就会有人,

---

① 译自 Richard Wright, *Uncle Tom's Children: Four Novellas* (New York: Harper & Brothers, 1938),第3页。以下出自本书的选文不再另注。

有人就会有帮助。那是谁的房子呢？他们是白人吗？他有点害怕这些微弱的亮光了。过了一会儿，他又继续划桨。它们又亮了一些，柔和的光泽指引着他继续向前划船。

这种主客观视角的快速变化，吁请读者一起理解和体验故事的行动，同时也参与到曼激烈的思想斗争之中。

《长长的黑人歌曲》是一则关于名叫萨拉的黑人农妇被一位白人旅行推销员诱奸的故事。这位妇女的丈夫回来后杀死了白人，但自己也被一群白人所杀。这个故事反映的不仅是黑人遭受的暴力和遭遇的悲惨命运，也体现了植根于南方种族仇恨和性引起的斗争。赖特把黑人妇女而不是白种男人作为他憎恨的对象。他关注女性的弱点，把她们描写成容易征服和易于控制的对象，并使其典型化。他认为萨拉只是由于对现实无知才被诱骗失身。萨拉对人类怀着美好的憧憬，认为种族之间应该遵循一种自然法则和谐相处：

不知怎么地，人，黑人和白人、土地和房子、绿色的高粱地和灰白的天空、欢娱和梦想，都是构成美好生活的一部分。是的，不知为什么，他们连接在一起，就像旋转车轮的辐条，她感到他们是这样的。

她想象的这种伊甸园式的图景讽刺地对应着种族暴力的现实。这种肯定的情感、充满希望的注解是和赖特当时的共产主义世界观不相协调的。萨拉的丈夫西拉斯表达了他的愿望："所有的白人都该死！该死！我告诉你，我祈祷上帝将他们全部杀光！"

《火与云》讲述了黑人牧师泰勒为了他的饥民的生存，成功领导了大规模的示威游行并取得了胜利的故事。他数次与白人政府交锋，要求发放赈灾粮，都遭拒绝，白人劫持并毒打他，要挟他阻止既定的游行。泰勒誓死不从，鼓足力量回到他的教堂，及时赶上了游行。由于游行队伍的强大，警察害怕，市长受惊，答应了饥民的请求。通过这一事件，泰勒认识到"自由属于强者"。泰勒和前面故事中的主人公不一样，他不是为了自己或自己的家庭，而是为了作为一个整体的民众。他对白人的抵抗是社会的，而非个人的。他的受难实现了汤姆叔叔自我超验的艰难过程。他虽然没有完全放弃上帝，成为马克思主义革命者，但他确实改变了他的宗教观，认为宗教应该成为可行的改造社会的方式和目标。在这里，赖特谨慎地运用了一些宗教语言和暗示来揭示故事的主题。这在"示威游行队伍的歌声中达到了高潮"。"火"是赖特特别喜欢的意象，在故事中多次提及。"我知道你的生命是什么！我确实感觉到了！它是火！"接受了"火"的这一象征意义，泰勒能够把自己融于人民的集体意志之中，并认识到自由属于集体。

1940年,《汤姆叔叔的孩子们》再版时,赖特又添加了《明亮的晨星》(Bright and Morning Star)①和《现存种族隔离的道德规范》(The Ethics of Living Jim Crow)。一些评论者反对赖特在这些故事中对白人的严酷的、毫无同情心的描述。然而大多数评论者却赞扬他的创作才华,如爱德华·马格丽斯充分肯定了赖特在这方面的成就并认为:"这些故事体现了作者对人的尊严充满热情的赞颂,和对低下的、贫困的、被压迫的、随时面临暴行却仍固守着人性的人们予以极大的同情。"②

赖特创作的第一篇小说《今天的上帝》(*Lawd Today*, 1963)完成于30年代,但直到死后才被发表。这部小说运用自然主义的传统笔法,详细描述了一位邮政雇员杰克·杰克逊一天枯燥无味的生活。他是一位凶暴无知的芝加哥黑人。他那薪水微薄的单调工作、荒唐的生活条件再加上爱唠叨的妻子,耗尽了他所有作为人的感受力。荒谬的生存环境几乎没有为他提供任何发展的机会。《今天的上帝》作为文学作品在艺术技巧上存在着许多不足:其中有许多纯粹的对话;所用的词汇常常是浅陋的、描述性差的单音节词;过分强调细枝末节,甚至对桥牌游戏中牌的分布都进行细致的描述,所有这些是令人生厌的。赖特没有把这部小说拿出来发表的事实足以说明他自己对这部作品的看法。尽管如此,《今天的上帝》是《土生子》有趣的前奏。通过它,我们可以想象赖特试图使自己在芝加哥的经历变成艺术。这部小说具有两大特点:一是赖特在把单个黑人作为中心人物的同时,也审视了发生在他生活中的事件和人物。另一特点是没有对黑人中心人物生存产生威胁的白人人物进行具体描写。因为赖特所关注的是北方城市环境下的黑人及其生活。

1940年,长篇小说《土生子》的发表,不仅轰动了美国文坛,也震撼了美国社会。小说以30年代的芝加哥为背景,描写了一个家境贫寒的黑人青年别格·托马斯,因无意中杀死了富有的白人小姐玛丽·道尔顿,被判处死刑的故事。《土生子》被广泛认为是一部抗议小说,是对种族歧视和种族压迫强烈的控诉,它暴露了美国黑人被压抑的仇恨和被压迫的痛苦。别格·托马斯无意中杀死白人小姐这一行为可以说是一个隐喻。通过这一行为,托马斯获得了自我意识,认识到了自己生命的意义,认识到尽管他是黑人,但他已经变成了自己的主人,不再是白人的奴隶。在审判时,他的共产党员律师麦克斯特别强

---

① 本篇首次刊登在《新群众》(*New Masses*)杂志上。该作品叙写了一曲英雄黑人母亲的赞歌。为了共产主义事业,不惜牺牲自己和儿子的生命与党内告密者和敌人进行了顽强斗争。

② Daniel G. Marowski and Roger Matuz eds., *Contemporary Literary Criticism*, Vol. 48 (Detroit: Gale Research Inc., 1988), p. 415.

调："他本人的存在就是对本州犯下的罪行。"[①]全书共分三部分："恐惧""逃跑"和"命运"。在第一部"恐惧"中，托马斯一家四口住在黑人区一间老鼠成灾的小屋里，因托马斯失业而生活毫无着落。由于白人的种族歧视，托马斯又被排除在社会生活之外。他也曾拥有自己的理想，幻想成为一名飞行员，但遭到家庭和社会的双重排斥。这使其无法知道自己是谁，自己可能会成为什么。他经常与无业黑人青年在街上厮混，结伙抢劫。他整天生活在频频出现的仇恨、耻辱和恐惧之中，成了连母亲都不喜欢的孩子。对于他来说，现实世界可怕至极。恐惧使他在精神上与家人产生了隔膜。他虽然与家人生活在一起，但总觉得与他们之间横亘着一堵墙、一幅帷幕。因为"他知道，一旦让自己充分体会他们在如何生活，以及他们的生活有多么可耻和悲惨，他就会恐惧和绝望得失去自持"。种族歧视又迫使托马斯退却到自我保护的屏障之后。

对托马斯来讲，白人就是总统、将军和高级官员。他和朋友格斯玩"白人游戏"时，他们就像演戏似地模仿这些掌权白人的行为举止。白人女性，就像托马斯看的电影《荡妇》中的女主角那样，成天参加鸡尾酒会、跳舞、打高尔夫球、游泳和玩轮盘赌博等，而且还欺骗丈夫，和情人秘密约会等。赖特把托马斯安排在道尔顿家中做司机兼锅炉工，也就巧妙地戏剧性地把他安插在白人世界的心脏。托马斯能够和格斯玩"白人游戏"，能够被电影中白人女性形象所吸引，是因为他把白人世界限制在已经定型的人物所在的舒适环境之中。这些白人形象是他自己创造出来的，他能够控制他们。而他真正体验到的白人世界，却更多地表现在他看到双目失明的道尔顿太太和她那无处不在的猫时所产生的模糊的、怪异的幻想。后来他感觉到她是"一个白色的雾团"，总是令其恐惧。对托马斯来说，白人世界是他内心仇恨的一座大山。在审判时，麦克斯是这样描述这种架设在种族和阶级之间的扭曲变形的障碍的。他说："人们并不觉得自己是在面对另外一些人，而是觉得自己是在面对高山、洪水和大海。"玛丽和她的男朋友、共产党员简·厄尔隆试图改善种族之间的关系。他们坚持要求托马斯陪同他们一起去一家黑人饭店吃饭。只是他们喝醉之后又恢复了对黑人的成见。玛丽和简滑稽地学唱黑人圣歌。简离开后，玛丽又向托马斯调情，把头搭在他的肩上。她的谈吐举止使托马斯觉得自己像条狗。托马斯发现自己完全处在传统的佣人地位。他们白人寻欢作乐，他去保护他们和收拾烂摊子。他把玛丽抱回房间，心想："呃，他们至多不过把我解雇，她喝醉酒，又不是我的过错。"当双目失明的道尔顿太太像一个"白色的雾团"幽灵般地出现在玛丽小姐的房间门口时，他惊恐万分，为了防止玛丽出声，用枕

---

① Richard Wright, *Native Son* (New York: Harper & Brothers, 1940), p. 434. 以下译自本书的引文不再另注。

头堵住她的嘴。不料因用力过猛,玛丽被憋死。托马斯没想到要杀死玛丽,他的意图只是想让她别出声,这样道尔顿太太就不会到床边来发现他。

第二部"逃跑"中,托马斯一改以前对万事漠不关心的态度,第一次直面白人和黑人世界。杀死玛丽的第二天早晨,他待在家里,开始注视他以前从未留心过的事物。黑人生活的简陋以及他们对此所持的消极抵抗态度使托马斯渐渐意识到他自己的存在。托马斯畏罪潜逃,但未能逃过全城大追捕。在一幢楼顶上,警察将他抓获。第三部"命运"是对托马斯的审判过程的描述。虽然共产党员律师麦克斯竭尽全力为他辩护,但托马斯终未能逃脱被处以电刑的命运,因为他和其他黑人的命运一样,注定要被种族歧视的社会所吞噬。

《土生子》一出版很快就获得了广泛好评和极大的成功。欧文·豪认为:"《土生子》是对白人的迎头一击。它迫使每位白人认识到自己就是压迫者。它也是对黑人的迎头一击,使每位黑人认识到顺从的代价。"[①]《土生子》在奥申·威尔斯的执导下被搬上了舞台,两次改编成电影,其中第一次由赖特亲自饰演主人公托马斯。

1943年赖特开始创作《黑孩子》。这是一部在许多方面和小说相似的自传。最初的题目是《美国的饥饿》,作品包括了赖特在南方的早期生活和在北方的成年生活。由于篇幅较长,赖特的编辑决定分两部分出版:《黑孩子》描述了赖特在密西西比河流域的童年和青年的成长历程。而直到1977年才出版的《美国的饥饿》(*American Hunger*)则描述了赖特北上和在芝加哥作为作家的早期生活,是赖特试图解释种族主义产生原因、表达内心失望的一部政治性自传。它深刻地揭示了美国黑人在北上过程中,理想逐渐破灭的现实。

《黑孩子》描述了二三十年代美国南方种族隔离制度严格执行期间,赖特和其他黑人在身体上、精神上所遭受的苦难。赖特成长在美国南方,经历了居无定所、孤独无依的童年。年幼时父亲离家出走,母亲多病,他和弟弟先是被送进孤儿院,后又被送至亲戚处,由于抵制改信宗教,经常遭到痛打。《黑孩子》用生动的、粗暴的语言叙述了失去尊严的南方黑人的生活。赖特曾遇到这样一件事,当时他在孟菲斯一家眼镜公司上班,看见一位名叫肖蒂的黑人勤杂工为了两毛五分钱而乞求白人踢他的屁股。赖特问他为什么这样贬低自己,那人回答道:"听着,黑鬼,我的屁股是结实的,可两毛五分钱却很难得呀。"[②]尽管从这种情景或诸如此类的事情中赖特产生了对自己、对自己种族的厌恶感,但他拒绝承认他比白人低下。赖特开始如饥似渴地读书。有一次,他在一家杂志上看到了一篇抨击评论家门肯的文章。在好奇心的驱使下,他设法从图

---

① 引自 *Contemporary Literary Criticism*, Vol. 48, 第415页。

② Richard Wright, *Black Boy* (New York: Harper & Row, 1966), p. 250.

书馆借来了门肯的著作。门肯在暴露美国社会丑恶现象时所表现出的勇气，使赖特深受鼓舞。从此，他决定要以文学为武器，向不合理的社会宣战。他渐渐意识到种族的不平等和人类受苦受难的普遍性。19 岁时，赖特离开了南方：

怀着戒备的目光，带着明显的与无形的创伤，我向北方行进，脑中充满了对人生的模糊看法：认为人活着应该有尊严，他人的人格不应亵渎，人应该能够毫无畏惧和羞愧地面对他人，而且如果人们活在世上是幸运的话，那是由于他们曾经在星空下奋斗过、受难过，这样他们的生活就得到了补偿，便拥有了意义。

《黑孩子》作为对压迫、反抗、解放的审视，是奴隶故事的现代叙说，是“民权运动”到来之前揭示美国种族关系的无价的社会文献资料。在书中，赖特既攻击了白人对黑人的歧视和压迫，也严厉斥责了黑人对种族征服逆来顺受的盲从心理。在这部自传里，赖特融虚构与事实于一体，运用 20 世纪现代小说的技巧，如戏剧性的视角、对话、事件、场景、通过悬念增强情感以及他自称的“诗意现实主义”的风格。《黑孩子》出版后立刻成为畅销书，大多数批评家赞扬作品的现实主义风格和情感的确实性。但也有一些批评家如杜波伊斯，反对作品所用的语言、对暴力的渲染和对南方生活消极的描写。反对意见中也包括赖特的一些朋友，他们认为《黑孩子》更像是小说而不是自传，其中有明显的矛盾的和虚构的事件。支持者们立即为《黑孩子》的真实性进行辩护。克劳狄阿·泰特写道：“尽管《黑孩子》可能包括了许多夸张的甚至是虚构的事件，但那确实忠实于赖特的情感。赖特主观上的确是超越了事实性的描写和理性阐释的限制。”①《黑孩子》在美国乃至世界的影响大大超过了《汤姆叔叔的孩子们》和《土生子》，不同地区的黑人通过阅读《黑孩子》感到他们终于有了一位能够理解他们的勇士和代言人。无论是南方还是北方，印度还是非洲，《黑孩子》唤醒了受到种族隔离和种族歧视虐待的黑人，掀起了抗议的风暴。

1952 年，赖特在伦敦花了大半年的时间写作《局外人》。这是赖特离美后创作的第一部小说。赖特花了大约七年时间，广泛阅读了存在主义哲学书籍并对克尔凯郭尔、海德格尔、萨特、加缪等存在主义哲学家做出自己的价值判断。可以说，他是在深刻理解这一哲学思想的基础上着手创作的，因此称《局外人》是赖特的一部精神自传并不过分。

《局外人》叙述了一位名叫克罗斯·达蒙的黑人为了确认自己的身份和生

① Thomas Votteler, ed. *Contemporary Literary Criticism*, Vol. 74 (Detroit: Gale Research Inc., 1993), p. 355.

命意义,加入了共产党,后又杀死了几位成员的故事。与以前一样,赖特对受压迫的,特别是在充满敌意和欺压的社会里孤独、异化了的个体的心理甚感兴趣。他在研究主人公心理的同时也融进了存在主义哲学的观点。他运用意识流手法来描述主人公克罗斯的思想活动,这也是赖特有意识在他所有小说中运用的写作技巧。《局外人》的主题是异化、人反抗世界、在无序世界里的荒诞存在、机遇与偶然、人对宿命的恐惧。小说的开篇是克尔凯郭尔的一段引文:"恐惧是强加于个体的外在力量,是一个人无法摆脱的,也是无意摆脱的力量,因为一个人对自己的欲望感到害怕。"[①]克罗斯过着噩梦似的生活,自己要在有身孕的情人和泼妇似的妻子之间周旋,但他侥幸把握了自己的命运——一次地铁事件使他"死亡"——使他有机会开始新的生活。如果异化是存在主义的信条,那么赖特是一个真正的存在主义者,一个局外人。在密西西比的童年时代,他感到自己被排除在可爱的、安全的家庭生活之外;长大后又感到自己被排除在有特权、受教育的、白人主流文化和资产阶级之外。他和那些盲从的、宗教徒般狂热的、麻木不仁的人们生活在悲惨和贫困之中。这些人只相信种族优越、金钱和特权,蔑视所有异己的、与自己想法不一样的人。在他的同伴中,甚至在自己的种族里都不能寻找到温柔、同情和理解。他感到自己生活在荒诞的时空中,独自在反抗这个世界,甚至感到上帝(如果存在的话)也在嘲笑和愚弄所有人。他不相信世间有天堂,但确信有地狱。他一生都生活在地狱之中。他是美国人、黑人,他表达了这样的思想:由于所有美国白人的偏见和歧视,他被迫离开美国,过着流亡生活。书中大量运用象征主义手法。主人公人名 Cross Damon 明显的喻义是钉在十字架上的恶魔。他的母亲说给他起名克罗斯就是因为基督的十字架。书中第一次有关真实存在的谈话是克罗斯和镇上一位名叫艾里·休斯顿的驼背律师之间关于人性的讨论。赖特运用驼背这一象征,显然是他的怪诞想象和魔鬼般形象的又一例证。小说在叙述的过程中穿插着许多人物的对话,但由于作者过分注重哲学思想的说教而损害了作品的艺术魅力。整体上讲,与《土生子》相比,《局外人》这部小说在艺术手法上略显逊色。不过,作品在揭示人物的心理活动方面有其不可忽视的特色,标志着赖特在人物虚构方面已开始由外省转向内省。关心人物的心理是他日后小说的创作特色。

《野蛮的假日》(*Savage Holiday*, 1954)是一部心理惊险小说,描写了一位白人保险商厄斯金·福勒为了生存而苦苦挣扎的故事。这篇小说与赖特以往所有作品有很大不同:第一次以白人作为小说的主人公。赖特对妇女的否定性态度在这本书中可以说是最尖锐的。梅布尔·布莱克是死去男孩托尼的

---

① Richard Wright, *The Outsider* (New York: Harper & Brothers, 1953), p. 1.

母亲，被描述成一位堕落的妓女、婊子。她不是真正的人，而是傻里傻气的、歇斯底里的、邪恶的、低下的女人。赖特对她的同情只是表现在福勒谋杀她的时候。

当她张开嘴尖叫时，他拿出了刀向她赤裸的腹部狠狠刺去，她的尖叫变成了长长的呻吟。福勒重复着机械性的动作，提起屠刀，一次又一次地刺进她的腹部。每次长长的刀锋进入她的身体，她的膝盖不由自主地弯起，他继续刺向她的上腹部。①

这里福勒成了现代异化人的象征。福勒想和她以温柔的方式做爱，但他做不到，因为他不知道该怎么做。他想诱奸她，但他也做不到，因为他不知道怎么做。他想强奸她，但他还是不知道该怎么做。"该死的婊子，"他说道。他用最残忍的方式杀死了她。他杀死她只是因为他不能够爱。人类的罪过和邪恶折磨着、撕裂着受伤人的心。

继《野蛮的假日》之后赖特又回到了抗议小说题材的创作。1958 年推出的《长梦》(*Long Dream*)又是一部抗议小说。故事以美国南方农村为背景，描写了一位中产阶级黑人青年菲西利的心路历程。他必须和父亲从事的不道德的商业活动和蹂躏着南方的种族冲突达成妥协。他并未犯罪却在监狱服刑。之后，他去了法国，从此逃离了过去遭受的暴力和压迫。赖特在反复强调着同一主题：在美国黑人和白人之间有一道隔膜，这不仅是白人偏见的直接衍生物，也是种族之间对话交流、消除偏见的障碍。这部小说反映的黑人白人之间的关系与他在《黑孩子》中和在巴黎体验到的种族关系没有太大区别。书中体瑞·塔克是黑人资产阶级的一员，他为了履行家族责任，依靠剥削无助黑人的劳动以及与奸猾的白人勾结来维持其权力。但后者背叛了他，最终使他毫无尊严地死去。这部小说有两点与其他小说不同：一是该小说描绘的是一位中产阶级黑人的存在；二是描写了中心人物一段时期内心理上和情感上的成长历程。艺术上最值得一提的是在对话、情节和所反映的事件中大量运用反讽手法。

《八个人》(*Eight Men*, 1961)是赖特死后才出版的短篇故事集。其中收集的《地下人》通常被认为是赖特 50 年代最重要的作品之一。故事讲述的是一位无辜的黑人为了逃避罪行的惩罚，藏在了城市的下水道里。"地下人"的概念是从陀思妥耶夫斯基《地下室手记》中衍生而来的。其中的"地下人"是一个象征，意为迷失方向、到处游荡的被抛弃的人。赖特的"地下人"是一位黑

① Richard Wright, *Savage Holiday* (New Jersey: The Chatham Bookseller, 1954), p. 215.

人,一位边缘人。他被社会认为是一个无、一个零、一个可有可无的小人物,在心理上酷似陀氏的"地下人",有犯罪的心理倾向。他从警察局逃走,无意间发现了地下世界。作品的描写语调是超现实的,当他掉进下水道,立即就进入了超现实世界。故事中暗含的主题是边缘人的生存困境。通过意识流手法,主人公想竭力证实自己是一个人,"不管我是否处于高尔基或陀氏笔下表达的低下生活的那种程度,我仍然是一个人,我确认我的黑人人性。我存在着,不管反对我的力量有多么强大"。[1] 无论是在心理上还是在哲学意义上,"地下人"喻指着现代人特别是黑人在白人社会里的边缘地位。

除了小说和短篇故事外,赖特还写了几部非小说类作品。1941 年出版的民间历史作品《一千二百万黑人的声音》(*12 Million Black Voices*)是反映美国黑人受到种族歧视的历史文本,也是赖特出色的散文作品。它充分显示出作家的想象力。在风格上,该书不仅具有诗意,充满深情,而且也体现了对无产者的无限同情。

> 我们南方的春天充满了各种声音和生长的气息,苹果的花蕾笑开了脸,金银花爬上了房子的四周,葵花在炙热的田野上点头。夏天,木莲树甜美的香气传遍了乡间数英里。天气令人昏昏欲睡,天空飞速掠过云彩。[2]

1954 年,赖特在《黑色权力》中记录了他参观非洲的英属殖民地塔克拉地的见闻。文中揭示了基督教对非洲黑人和美国黑人的破坏性影响。赖特认为英帝国主义者和美国奴隶主们利用教堂来驯服这些"野人",传教士们宣传白人优越、黑人不幸。非洲人被认为是无宗教、无信仰的小孩,不能独立支配自己。他们的传统被贴上了野蛮的标签,他们的牧师和医学人员被剥夺了权利,土著人被迫依靠白人,严重的心理问题产生了。像美国黑人一样,非洲人生活在焦虑的、沮丧的黑白两个世界,而不相信其中的任何一个。1956 年,赖特反思了在印尼召开的第三世界独立国家大会,发表了题为《肤色的帷幕:在万隆会议上的报告》(The Color Curtain: A Report on the Bandung Conference)一文。《无宗教信仰的西班牙》叙述了赖特在西班牙旅行期间观察到的贫穷和腐败现象,表达了他对人类遭受痛苦的反思。对此 J. G. 哈里森有过这样的评论:"《无宗教信仰的西班牙》明显来自考察,着重强调生活阴暗面而忽视了好的方面。绝大多数中立观察者会承认作者所说的大部分既是真实的,也是迫

---

① Margaret Walker, *Richard Wright: Daemonic Genius* (New York: Warner Books, Inc., 1988), p. 174.

② Ellen Wright and Michel Fabre, eds., *Richard Wright Reader* (New York: Harper and Row, 1978), p. 162.

切需要说出来的。"[①]《白人,听着!》(*White Man, Listen*, 1957)是一部讲演录,收集了赖特有关种族关系问题的四次演讲。

赖特在写小说、故事和政论性散文的同时,也喜欢写诗。他的《在世界和我之间》可能是一生中最好的诗作了。诗中写道:

> 一天清晨我在树林里偶然发现了它,
> 在周围长满橡树和榆树的一片草地上发现了它,
> 那被烟炱覆盖的场面的细节渐渐升起在世界和我之间……[②]

这首诗想象宏伟,再现了叙述者对私刑事件的看法:它是如此令人厌恶,以至于自然界的事物似乎都在抗议。

综观赖特的全部文学创作可以看出,他不愧为美国"抗议"文学的开拓者,是继兰斯顿·休斯之后又一个获得广泛赞誉的黑人作家。《土生子》不仅是赖特最优秀的著作,而且被认为是黑人文学中的里程碑。他的创作继承了美国文学中现实主义的优秀传统,为后来黑人文学中现实主义的发展开辟了先河。他的文学创作影响了包括拉尔夫·艾里森和詹姆斯·鲍德温在内的一代黑人作家。

---

① 引自 *Contemporary Literary Criticism*, Vol. 48, 第416页。

② Roger Whitlow, *Black American Literature* (New Jersey: Littlefield, Adams & Co., 1974), pp. 113 - 114.

# 第五章

# 左翼文学的主要作家及其创作成就

早在第一次世界大战之前，美国文坛上出现一批杰出的现实主义作家，如杰克·伦敦和德莱塞等。他们以饱蘸同情的笔触描写了美国工人阶级的处境与悲哀，并对整个资本主义制度进行了一定程度的抨击。20年代初，马克思主义理论已经在美国知识分子中间广泛传播。以戈尔德和里德(John Reed, 1887—1920)为代表的一批有良知和强烈社会责任感的知识分子作家，开始积极倡导在美国建立无产阶级文艺以反抗资本主义庸俗颓废的文艺思想。他们的作品真实而深刻地反映了当时美国工人的罢工斗争和社会抗议。随着1929年爆发的资本主义经济危机，曾经风靡一时的"爵士时代"也就结束了。到30年代初，美国大量的银行和工厂倒闭，出现了前所未有的经济大萧条。美国资本主义制度固有的种种弊端也不可避免地暴露出来。

美国左翼文学的发展与30年代初政治腐败、经济衰退、人民大众生活日益贫困现状紧密相关。经济大萧条不仅冲击了美国的政治舞台，而且还直接影响了广大民众的生计。据不完全统计，当时美国失业人数达2 000万之多。在这场经济危机冲击下，美国的农村也遭受了严重的打击，整个南方农村经济陷于破产。随之厄运降临到广大贫苦白人和黑人头上。他们的悲惨生活激起了有良知的知识分子作家的同情。这些作家积极投身到社会斗争中去，用批判的态度重新审视美国的社会和政治制度。

当时左翼文学的领导人物和骨干分子都去过莫斯科，领略过苏联无产阶级文学的风采。他们学习与借鉴了苏联革命艺术家以文学为武器、充分发挥政治鼓动作用，以及采用批判现实主义方法揭露资本主义制度黑暗的经验。他们借助小说、诗歌、剧本、新闻报道等多种文学样式来揭露社会的罪恶和不公正现象。一部分进步作家站在广大的劳动大众一边，同情受压迫民众和无产阶级革命，书写了社会正义的篇章。

30年代罗斯福总统积极推行"新政"，敦促一部分技术型知识分子投身政界。与此同时，从事社会科学研究的知识分子也抛弃了旧有的传统观念。《群众》和《新群众》是美国左翼文学运动的两面旗子。前者创刊于1911年，主要宣传社会主义思想。主要人物有约翰·里德等。1918年，该刊遭到政府查禁。三个月后，又一本杂志《解放者》面世。该刊比原来的《群众》更激进，自1922年起成为美国共产党的喉舌。两年后该刊被迫停刊。1926年杂志复刊后改名为《新群众》，兼有原来《解放者》和《群众》的办刊方向和美学特色。这三本杂志成为培养 30 年代美国无产阶级左翼作家的园地,也是左翼评论家宣传自己文艺观点的主要阵地。

在这场轰轰烈烈的激进文艺思想运动中涌现了一批杰出的"左翼"作家,如帕索斯、斯坦贝克、法雷尔、考德威尔、斯诺和史沫特莱等。他们为捍卫社会公正和人的尊严而呼喊。

## 第一节 多斯·帕索斯的小说创作

约翰·多斯·帕索斯(John Dos Passos, 1896—1970)是 20 世纪 20 年代美国崛起的又一知名作家。与其他"迷惘的一代"作家一样,帕索斯也致力于反战题材的创作,表达了一种厌战情绪和毁灭烦恼。他以个人的坎坷命运和复杂经历作为创作的焦点,注重对美国社会现实的宏观描述。在他的小说中,可怜的"我"已经属于痛苦的"我们",完全陷入了资本主义机械文明的泥沼。多斯·帕索斯描绘的是政治和技术领域,向人展示的是一种精神危机和"令人不安、无可奈何的失败主义"。[①] 他的小说不仅是"迷惘的一代"文学的杰出代表,而且还开启了 30 年代美国社会小说的先河。他一生著述颇丰,所写作品包括了小说、诗歌、戏剧、散文、传记和游记等多种文学体裁。他的创作成就为美国现代主义文学在 30 年代的持续发展作出了重要的贡献。

多斯·帕索斯于 1896 年 1 月 14 日出生在芝加哥的一个旅馆里,是个私生子。当时父亲并没有离婚,母亲只是他的情人。因此,童年的多斯·帕索斯没有被多斯·帕索斯家族接受。他只好与母亲生活在一起,过着近乎流浪的生活。母子俩频频迁徙,往返于布鲁塞尔、伦敦和美国。好在他父亲还多少念及他们母子,周济他们的生活。他也能偶尔与父亲在纽约新泽西海岸上相见。后来多斯·帕索斯将父亲的举止和可怕的童年旅馆生活一并写进了自己那本题为《最好的岁月》(*The Best Times*, 1966)一书。五岁那年,父亲的妻子因病去世。从此,小多斯·帕索斯和母亲才有了名分入住多斯·帕索斯家,结束那可怕的旅馆生活。多斯·帕索斯先在伦敦郊外的彼得伯勒寄宿学校(Peterborough Lodge)上学,回到美国后在乔特中学(Choate School)就读。父

---

① Alfred Kazin, *On Native Grounds* (New York: Harcourt Brace Jovanovioh, Inc., 1970), p. 341.

母正式结婚后，多斯·帕索斯也开始了新的生活。他可以公开随父母四处旅行，走访了欧洲、近东和中东等地的国家，不仅领略了世界风光而且对历史、建筑和艺术产生了浓厚的兴趣。

1912年，多斯·帕索斯提前一年从中学毕业，并入哈佛大学深造。其间，他广泛阅读有关政治、社会和文化艺术的各种书籍。他崇尚现代派艺术，追求文学的改革与创新。他对同时代人写的书也感兴趣，如他悉心阅读了约翰·里德的著作《反抗的墨西哥》(*Insurgent Mexico*, 1914)。[①] 多斯·帕索斯还经常与朋友一起出入波士顿剧院和芭蕾舞场以及各类现代派绘画艺术展。他担任过《哈佛月刊》(*Harvard Monthly*)的编辑和干事，并不时地在上面发表自己的作品。1916年，他又在一家全国性的刊物上发表了题为《反对美国文学》("Against American Literature")一文，对当时美国文学既脱离本国现实又无重大建树的现象提出了尖锐的批评。

哈佛毕业后，多斯·帕索斯自愿报名去欧洲参加战争救护工作，后因父亲极力反对而改去西班牙学习建筑。1917年父亲去世后，多斯·帕索斯正式加入美国"诺顿·哈杰斯救护队"(Norton-Harjes Ambulance Unit)，并赴法国参加战争救护工作。根据这一经历创作的小说《一个人的创始》(*One Man's Initiation*, 1917)是其第一部小说。作品以马丁·豪对战争的回忆书写了美学与战争之间的冲突。豪有着美好的艺术前程，他一心向往法国的古建筑，渴望在那里找到寺院，能像阿高纳森林中的僧侣们那样过一种宁静的生活。但战争粉碎了他的梦想，他只好待在一个被战火摧毁的别墅里，"用手指着那些小生物、蜗牛背上的硬壳、昆虫翅膀上的光晕，那些色彩、那些芬芳……"。是枪炮声破坏了他的宁静，也毁坏了他的艺术生涯。他因此对战争产生了愤恨，抗议怂恿人参加战争的虚伪口号。

战争结束后，多斯·帕索斯担任新闻记者，到过西班牙、墨西哥和近东等地。他是一个敏感的记者兼作家，对所处时代的政治动乱十分关切，密切注意事态的演变。他以一个新闻记者特有的敏锐观察力和细致入微的社会分析能力开始走上文学创作的道路。1921年，帕索斯根据自己一战时在救护队的经历又创作了小说《三个士兵》(*Three Soldiers*)。作品围绕一个叫安德鲁斯的士兵因厌恶战争想去巴黎学习音乐而多次逃跑被抓的故事来表达一种战争如何毁灭个人爱好与理想的思想。故事中的美国士兵都是因受政客所谓"为民主自由和个人尊严而战"的宣传蛊惑来到了异国他乡参加这场战争的。然而

---

① 约翰·里德(1887—1920)是20世纪初具有一定影响的左翼作家。他是哈佛大学毕业生，曾就职于《美国杂志》和《世界杂志》，报道过墨西哥革命，后由记者转变为革命家，宣传俄苏革命和马克思主义。1920年里德不幸病逝于苏联莫斯科。其主要代表作有《反抗的墨西哥》、《红色的俄国》和《震撼世界的十日》等。

他们发现自己完全上当受骗,以生命作儿戏。作品在基调上与《一个人的创始》一致,整个情调是毁灭和愤怒。主人公安德鲁斯来自纽约,一心想成为音乐家。来到前线后他无法抒发自己的艺术情感。为了创作伟大的乐章,他挣扎着逃出兵营。他与《一个人的创始》中的豪一样,深感战争的残酷。他认为战争毁灭了自己的人性和对艺术的追求。他是被政治舆论推向战争来拯救文明与民主。遗憾的是,他在战争中所体验的完全是贪婪、仇恨与残酷。

这里,多斯·帕索斯已经开始由战场写到美国社会本身。他能紧紧把握住美国都市生活的脉搏,并将其全貌表现出来。他把群体作为描写的中心,而把个人写成这个群体中的一员。在他的笔下,整个军队就像波涛汹涌的大海一样淹没了无数"个人"的欲望,显示出极大的权威。对于每一个士兵来说,无论是逃避还是抗拒都难免失败。这些 20 出头的小伙子在战斗的间隙里不是喝酒就是与妓女翻云覆雨地厮混在一起。这种百无聊赖的低糜生活究竟给了这些年轻人多少精神鼓励,他们在战场的污水池里又学到了什么?多斯·帕索斯并没有像海明威那样,让他的"个人"出逃去追求快乐的浪漫。这就是《三个士兵》的启示。他在 1923 年创作的《夜晚的街道》(*Streets of Night*)仍是一部战争题材小说。

虽然多斯·帕索斯在短短的时间内接连推出了几部战争题材小说,但他的成名作还是那部《曼哈顿中转站》(*Manhattan Transfer*, 1925)。作品以 20 世纪初美国大城市为背景,生动地描画了 20 世纪初美国大都市纽约的生活气息和美国人所面临的包括工业化、商品化、城市化和非人化在内的现代经验的巨大压力。用多斯·帕索斯本人的话来说,就是要"记录一个城市的生活,描写许多不同的人"。[①] 全书由三个部分组成,共 18 章。小说以一种片断性纪实的方式描绘了自 1890 年左右到"爵士时代"的纽约约 50 个不同人物的生活细节及其复杂心态。有的只出现一两次,如银行家、新闻记者、律师、女演员、女招待、政客、流氓、水手、女管家、私酒贩和送牛奶人等。他们基本上过着一种挣扎、迷离和失败的生活。在这群失魂落魄的人群中,多斯·帕索斯着意刻画了一位新闻记者吉米·赫弗尔。他刚来到纽约时还是个向妈妈要国旗的小孩。后来因母亲去世而寄宿姨妈家。姨父劝他学习工商业,好成为一个有钱人。但他并没有听从姨父的劝告而是做了一名新闻记者。一战期间,赫尔弗去了欧洲,后又在法国的一家红十字会工作。在那里,他结识了爱伦·撒切尔,并很快与她结婚。但婚后的生活并不让他满意。他回到纽约后参与工人罢工活动,因忍受不了空虚毁灭的都市生活向妻子提出离婚。最后他辞去了

① Linda W. Wagner, *Dos Passos: Artist as American* (Austin: University of Texas Press, 1979), p. 49.

记者工作，搭上一辆开往南方的车子。整部小说留给读者的是赫尔弗令人失望的疑惑："浪费一生，在这毁灭人性的都市里流浪究竟有何意义？"

多斯·帕索斯笔下的曼哈顿其实就是20世纪初动荡不安的美国社会的一个缩影。"这是一个突然而又危险的历史转折时期，工业生活正在拐弯，或以曲线前进，随后掉进沟里撞得粉碎。"[①]这里，多斯·帕索斯试图通过地铁这一现代大都市的重要交通工具，来影射市井百姓的孤独感和异化感。作品交叉运用了印象主义、表现主义、蒙太奇和新闻报道等多种艺术手段，因而赢得了同行的赞赏。B. H. 盖尔芬德认为"没有哪一部描写城市的小说在处理城市意象和象征主义表现手法时，能像《曼哈顿中转站》那样显示出精湛的艺术技巧"。[②] 该小说在写到第一次世界大战时用了一首散文诗作引子，发出了"在火中死亡/在水中死亡"的悲悼声。[③] 这种写法有着深刻的象征含义，是多斯·帕索斯继 T. S. 艾略特以来再次用火与水的隐喻来表达战后西方世界的荒原意识。这是一部由各种社会镜头和生活画面拼凑而成的实验性作品，充分体现了多斯·帕索斯的实验精神。辛克莱·刘易斯把这部作品与斯泰因和乔伊斯的名作相比。[④] 英国作家 D. H. 劳伦斯也称之为他"所读过的有关纽约的最优秀的现代小说"。[⑤]《曼哈顿中转站》是一部主题深刻、结构独特、技巧新颖的现代派小说，体现了美国小说发展过程中的实验精神和革新程度，也为其日后建构鸿篇巨制《美国三部曲》(*U.S.A.*, *Trilogy*, 1938)奠定了创作基础。

《曼哈顿中转站》出版之后，多斯·帕索斯不仅在创作上有了新的突破，而且在思想意识方面也产生了巨大的变化。1926年，他参与创办左翼杂志《新群众》(*New Masses*)，宣传工人的罢工斗争。1927年至1928年，多斯·帕索斯又协助创建了"新剧作家剧团"(New Playwright's Theater Group)。1928年，多斯·帕索斯访问苏联，受到了马克思主义学说的影响。回国后，他在公开场合支持美国共产党。这个时期他的重要作品是反映劳资冲突的剧作《清洁工》(*The Garbage Man*, 1926)、《航空公司》(*Airways, Inc.*, 1928)和《幸运》(*Fortune Heights*, 1933)。不过，代表他30年代主要创作成就的还是《美国三部曲》，即《北纬四十二度》(*The 42nd Parallel*, 1930)、《一九一九年》(*1919*, 1932)和《赚大钱》(*The Big Money*, 1936)。在这部小说中，多斯·帕

① John Dos Passos, "Introduction" to *Three Plays* by John Dos Passos (New York: Harcourt, Brace and Company 1934), p. xx.

② Andrew Hook, *Dos Passos: A Collection of Critical Essays* (Englewood Cliffs, N. J.: Prentice-Hall, 1974), p. 36.

③ John Dos Passos, *Manhattan Transfer* (Boston: Houton Millfin, 1953), p. 271.

④ 参阅 Barry Maine, ed. *Dos Passos: The Critical Heritage* (London: Routledge, 1988)一书，第68页。

⑤ Barry Maine, ed. *Dos Passos: The Critical Heritage* (London: Routledge, 1988), p. 75.

索斯巧妙地采用了“新闻短片”(Newsreel)、“照相机镜头”(The Camera Eye)、“人物传记”(Biographies)和第三人称叙述等手法揭示了20世纪前30年美国社会的动荡与变迁。该书的规模之宏大为美国文学史所罕见。因之,多斯·帕索斯也成为20世纪美国文学史上一位具有一定影响力的不拘一格的作家。[①]

小说的一个显著特点是形形色色的人物描写,先后有12个主要人物出场。小说以这些人物为主体,刻画了一幅由不同阶级和阶层组成的世相。正如董衡巽所说,三部曲“以这些人物的浮沉起伏为经纬,织成一部30年来美国社会生活变化的史诗。这些众多的人物中没有一个为主的,这说明《美国三部曲》的真正主人公不是12个人中的任何一个,而是美国——一个由不同阶层的人物组成的、包括了各个方面的美国。”[②]《北纬四十二度》描写了前五个人物:麦克、珍妮、摩尔豪斯、埃利诺和安德森。麦克是个工人的儿子,在贫民窟里长大。移居芝加哥后,麦克在伯父的一家印刷厂工作。由于伯父思想激进,支持工人罢工因而不断失去客户,致使工厂倒闭。离开印刷厂后,麦克为一个骗子宾汉姆卖书,获取佣金。后来两人一起来到了密歇根州,继续卖书,但时间不长。分手后,麦克又与一个游民交上了朋友,于是两人非法搭乘货车旅行全国,靠做临时工谋生。麦克把挣来的血汗钱统统花在女人身上。没隔多久,麦克只身来到了旧金山,重新做起了印刷工。这时,他爱上了一个叫梅西的姑娘,但从小受到伯父激进思想影响的麦克从来不守安分。很快,他又卷入工人的罢工斗争。他迫于梅西已经怀有身孕便与之结婚。家庭的责任束缚了他,也使他逐步远离政治斗争,但他终究觉得自己不能放弃政治,因而乘与妻子发生口角之际逃出家庭,参加了墨西哥的革命。

小说中的珍妮形象有些特别。她从小恨父亲,喜欢与哥哥在一起。长大后,她爱上了哥哥的一个朋友。后来,这位朋友不幸发生了车祸而身亡。珍妮为之悲痛欲绝。离开学校后,珍妮当上了速记员,并成为放荡不羁的勃汉姆的女友。她断然拒绝了勃汉姆想占有她的非礼要求。她对兄长的粗野深感不安。随着阅历的不断丰富,她变得坚强起来。一战时,她去了巴黎,一心想过一种宁静的生活。

摩尔豪斯是车站站长的儿子。他在学校不仅学习成绩出色,而且还能说会道。但苦于家里没钱供他上大学,他只好早早出门谋生。他英俊潇洒,因而博得了富家小姐的喜欢。他匆匆与之结婚,但发现这位有身份的富家小姐并

① 有关这方面的论述,可以参阅 Donald Pizer, *Dos Passos' U. S. A.* (Charlottesville: University of Virginia Press, 1988)一书。

② 董衡巽:《约翰·多斯·帕索斯和〈美国三部曲〉·代序》,载《北纬四十二度》(董衡巽等译),上海:上海译文出版社,1988年,第10—11页。

不贞洁。一气之下,他弃家出走只身来到了匹兹堡。与这位出身富家的小姐相比,埃利诺的地位显得低下,但她凭着自己的努力从污秽、散发恶臭的粗俗生活中走出来。她进艺术学校学习,钻研设计,后嫁给了一个普鲁士王子。

与摩尔豪斯一样,安德森的命运也不佳。他是个有理想的青年,不满足于现状,尤其讨厌令人窒息的小镇生活。他向往大城市,过一种无忧无虑的生活。遗憾的是,他深深爱慕的女子却与别人有奸情。为了报复她,安德森先答应与这位女子结婚,但事后抛弃了她。他后来去了芝加哥,参与工会工作。第一次世界大战爆发后志愿报名参加了救护队。

如果说《北纬四十二度》的结尾预示了战争即将到来,那么《一九一九年》则着重描写了正处于战争时期的欧洲。作品仍然将事件与人物联系在一起,塑造了一些新的人物形象,如乔·威廉斯、理查德·萨维奇、伊芙琳·哈钦斯和本·康普顿等。他们性格各异,扮演了不同的社会角色。小说的结尾不仅表现技巧新颖独特,而且具有丰富的内涵。多斯·帕索斯灵活地运用了“新闻短片”“照相机镜头”和“人物传记”等手法刻画了无名战士的生动形象。作者紧紧围绕这一形象写出了广大士兵无情的、非人道的经历和每个人身上体现的独立个性。在这部小说里,人物活动的背景是处于战争状态的欧洲。这些人物大都参加了这场举世震惊的人类相互杀戮之战。在这些人物的描写上,作者着墨较多的是水手乔·威廉斯。故事里的士兵渴望爱情,但残酷的战争剥夺了他们追求爱情与个人自由的权利。在多斯·帕索斯的笔下,战争成了败坏年轻人道德的污水潭。作品写道:“这不是战争,这简直是他妈的妓院。”在酒、色弥漫的战争时期,这些热血青年的理想开始腐烂,生活开始堕落。全书笼罩在一片死亡之中。

不过,战后美国出现了狂欢的景象。人们似乎觉得战争已经远离人类,沉浸在一片欢乐之中。这便是《赚大钱》描写的主题。作品在《北纬四十二度》和《一九一九年》的基础上又将主题向纵深推进。这里,多斯·帕索斯描写了美国从第一次世界大战结束至1929年出现经济大萧条为止的历史演变过程,深刻揭示了战后10年间“迷惘的一代”所面临的严重的精神危机。作品中的一个重要角色是安德森。他虽然在飞机制造业中发迹,但生活并不幸福。他在佛罗里达州结识了女演员玛戈·道林后一见钟情。不料,她不是他想象的那么纯洁。她曾遭继父强奸,后来还与一名擅长弹吉他的男青年在古巴同居过。安德森因酒后驾车发生车祸而不幸身亡。他在临死前送给玛戈一笔钱。随后,玛戈又与一名电影制片商打得火热。

多斯·帕索斯在展示“迷惘的一代”人的灵魂时与海明威不同。他并没有刻意营造一种传奇的爱情悲剧色彩或斗牛场的狂喜气氛。他认为全社会已经腐烂,只有彻底改造个人才能改造社会。他是站在个人的神圣与完整上抗议社会的压迫,呼唤改良社会。

30年代末,多斯·帕索斯还推出了小说《一个年轻人的历险记》(*Adventures of a Young Man*, 1939)。作品描写了一位激进理想主义者的悲惨命运,标志着多斯·帕索斯创作思想的转变。从此,他基本上脱离了左翼文学圈,追求其自由知识分子的个人主义义举。他在1943年创作的小说《头号人物》(*Number One*)主要抨击权力的腐蚀作用。五年后他推出《伟大的设想》(*The Grand Design*, 1949)也涉及权力这个主题。作品把华盛顿比做凯撒大帝统治下的罗马。进入50年代后,多斯·帕索斯在创作上已经完全放弃了马克思主义的观点。这个时期的主要创作有《选择的国度》(*Chosen Country*, 1951)等,但无论从作品的思想性还是艺术性来看,它都是一部平庸之作。作者在1954年出版的那部题为《很可能成功》(*Most Likely to Succeed*)的小说则以一种调侃的口吻讥笑30年代左翼艺术家。多斯·帕索斯的后期作品并没有产生轰动效应。

尽管多斯·帕索斯在创作的后期走了下坡路,但他的早期作品毕竟取得了相当大的艺术成就,尤其值得肯定的是他的《美国三部曲》。在这部辉煌的著作中他成功地谱写了从20世纪初至大萧条期间美国社会的变迁史。小说集中展示了美国的现代经验和现代意识,并在谋篇布局和创作技巧上体现了一定的革新精神,成为美国现代主义文学的重要组成部分。当然在揭示社会矛盾、表现精神危机方面,多斯·帕索斯也不可避免地流露出自己矛盾的世界观。虽然文学评论家马尔科姆·考利说他是由两个小说家组成的,即"一个是晚期浪漫主义者、个人主义者、在袖珍象牙塔里漫游世界的唯美主义者;另一个是集体主义者、一个信奉激进的阶级斗争学说的历史学家",①但是不能否认,多斯·帕索斯的小说毕竟有其糟粕的一面,需要我们在阅读和介绍时引起注意。

## 第二节
## 斯坦贝克的小说创作

约翰·斯坦贝克(John Steinbeck,1902—1968)是20世纪美国文坛最重

① 马尔科姆·考利语,引自朱世达:《文学实验主义者多斯·帕索斯》一文,载《外国文学评论》1993年第3期,第63页。

要的作家之一。他不仅是一位卓有成就的小说家，而且是一位剧作家和随笔作家；其作品涉及文化、政治、战争和社会等诸多方面，深受有着不同文化背景的读者的广泛欢迎。斯坦贝克一生有多项荣誉，曾经被选为“全国文艺学院院士”和“美国文艺研究院院士”，荣获过普利策奖和诺贝尔文学奖。今天，他主要是作为一位现实主义流派的作家和 20 世纪二三十年代美国社会生活的编年史家而享誉文坛的。

斯坦贝克出生于加利福尼亚萨利纳斯的一个中产阶级家庭，父亲是德国移民后裔，曾作过蒙特雷县的司库，母亲的娘家是来自北爱尔兰的汉密尔顿家族。斯坦贝克是父母唯一的儿子，前面还有两个姐姐。小时候，他就成了一位废寝忘食的读者，经常喜欢读的书包括圣经、马洛礼的《亚瑟王之死》、弥尔顿的《失乐园》，以及陀思妥耶夫斯基、福楼拜、乔治・艾略特和托马斯・哈代等人的作品，其中《亚瑟王之死》是他最喜爱的书，几乎影响了他一生的创作。早在 1919 年入斯坦福大学英文系学习以前，斯坦贝克就决心成为一名作家。他在这所著名的学府时断时续学习了七年，终于在 1925 年带着未能获得学位的遗憾离开了那里前往纽约。

当斯坦贝克怀着成就一番文学事业的梦想来到纽约时，“大繁荣”的景象正鼓舞着千百万来到这里寻找机会的人们。他先在正兴建的麦迪逊广场公园干了一段时间的体力活儿，后在一位亲戚引荐下在《纽约人报》谋了一份当记者的工作。因难以在纽约实现自己的作家梦，他不久便返回加利福尼亚，在塔霍湖附近定居下来开始了小说创作。在坚持不懈地从事写作几乎 10 年之后，斯坦贝克终于使《金杯》在 1929 年得以问世，这时离纽约证券市场的崩溃仅有两个月的时间。次年，他娶了卡洛尔・亨宁，并与埃德・里基茨相识。这两个人极大地影响了他以后相当长一段时间的生活与创作。整个大萧条年代他都待在加利福尼亚从事文学活动，创作了著名的以加州流动农业工人生活为题材的《工人三部曲》，成为众人瞩目的作家。第二次世界大战期间，斯坦贝克为战争进行宣传，写了一部有争议的小说《月亮下去了》。1945 年，他在纽约购置了一幢房产，永久地移居那里，直到 1968 年 12 月去世。

斯坦贝克的文学生涯大致可以分为四个时期。从 1929 年到 1935 年是他的见习期，出版的小说作品有《金杯》(*Cup of Gold*)、《天国牧场》(*Pastures of Heaven*, 1932)、《致一位不知名的神》(*To a God Unknown*, 1933)和《煎饼坪》(*Tortilla Flat*, 1935)。评论界对于这些早期作品的反应不一。在这些书中，他似乎是一位“冒险传奇作家、象征主义的现实主义作家、神秘主义的寓言家和无忧无虑的幽默作家”。斯坦贝克文学生涯的第二个时期开始于 1936 年，结束于 1939 年；这是他取得辉煌成就的时期。《胜负未决》(*In Dubious Battle*, 1936)、《人鼠之间》(*Of Mice and Men*, 1937)和《愤怒的葡萄》(*The

*Grapes of Wrath*, 1939)是三部与大萧条年代美国的社会政治环境密切相关的小说;这使他成为全美国几乎家喻户晓的人物,被认为是“前途最未可限量的美国青年作家”。斯坦贝克在文学生涯的第三个时期(1940—1952)共出版了11本书,包括非虚构作品《投弹完毕:一个轰炸机队的故事》(*Bombs Away: The Story of a Bomber Team*, 1942)和《俄国日志》(*A Russian Journal*, 1948)以及六部小说——《月亮下去了》(*The Moon Is Down*, 1942)、《罐头厂街》(*Cannery Row*, 1945)、《不如意的巴士》(*The Wayward Bus*, 1947)、《珍珠》(*The Pearl*, 1947)、《亮堂堂》(*Burning Bright*, 1950)和《伊甸园之东》(*East of Eden*, 1952)。最后一个时期(1953—1968)斯坦贝克出产作品较少,《甜蜜的星期四》(*Sweet Thursday*, 1954)和《烦躁的冬天》(*Our Discontent Winter*, 1961)是两部重要小说,后者对他荣获诺贝尔文学奖起到了很大作用。他的最后一本书是《美国与美国人》(*America and Americans*, 1966),是一部从社会学角度研究美国种族危机的著作。

从许多方面考虑,斯坦贝克都可以说是弗雷德里克·杰克逊·特纳[①]在文学方面的继承者。和这位史学家一样,斯坦贝克也认为边疆对美国性格的形成具有至关重要的作用。作为一个西部作家,他一次又一次地在自己的作品中将加利福尼亚描写为边疆关闭之后的微观的美国。虽然常常有人指责他的作品仅仅是地域性的,他从开始文学创作之初就对神话与现实之间的关系非常关注。亚瑟王传奇以及各种各样的美国民族神话——尤其是那些关于西部边疆的神话与斯坦贝克文学创作之间的关系,已经成为斯坦贝克研究中的一个焦点,受到论者的普遍关注。

如果不是因为是斯坦贝克出版的第一部著作,《金杯》也许早已经被人遗忘。不过这部有很多缺陷的作品倒不失为对其野心勃勃的年轻作者文学偏爱的一个索引。小说的标题“金杯”是海盗中流行的对巴拿马城的称呼,但斯坦贝克还用它来作为亚瑟王传奇中圣杯的引喻。小说讲述的是17世纪的著名海盗亨利·摩根的一生:从他的童年生活开始到做了一名海盗劫掠巴拿马城,直到死在牙买加岛上,读者可以感受到在摩根的本性中追求理想的迫切要求与安于现状的心态之间的矛盾冲突。斯坦贝克对亚瑟王传奇毕生的迷恋在这部小说中得到了初步的展示。在动身前往西印度群岛历险之前,亨利·摩根找到威尔士先知默林求教,后者说:

我想我看得出,你是个不谙世事的小男孩。你以为从月亮上喝水就像是

① Fredrick Jackson Turner(1861—1932),美国历史学家,边疆学说的倡导者,以《美国历史上的边疆》而著名。

> 从一只金杯中喝水一样，所以你极可能成为一个了不起的人——只要你永远保持一颗童心。整个世界都属于想要月亮的小男孩，因为他奔跑、攀爬，有时也许会捉到一只萤火虫。但是，如果他心智长大成人，就一定能够明白，他无法得到月亮——那么，他再也捉不到萤火虫了。

当摩根模糊不清的憧憬最终引导他追求自己心目中的圣杯时，小说的亚瑟王主题得以凸显，所采取的形式是攻占寓言般的巴拿马城，拥有传说中的美人拉·桑塔·罗嘉。可是一旦达到了他的目标，摩根的梦想便不可避免地破灭了。拉·桑塔·罗嘉冷淡地拒绝并羞辱他，嘲笑他“根本不是一位现实主义者，只不过是个蹩脚的空想家”。虽然摩根后来被国王授予爵位，担任了牙买加的总督，他的晚年却是在伤心与失望中度过的。在这里，可以明显地看出许多在斯坦贝克后来更成熟的小说中所表现的主题。

虽然继《金杯》之后斯坦贝克又出版了两本书，但直到《煎饼坪》问世后他才真正受到读者大众的关注。几经周折才得以出版的《煎饼坪》是以加利福尼亚蒙特雷的派沙诺人(Paisanos)生活为题材的小说。这部看似结构松散的作品由一个个的故事片断组成；它们以丹尼及其朋友们的生活为主线，故事情节清晰地呈现出从开始向高潮发展，而后又走向低潮的轨迹。故事的主人公丹尼从第一次世界大战的战场上归来后，在毫无思想准备的情况下，继承了祖父在煎饼坪的两处房产，从而成了一个“有产者”。他将其中的一处租给了流浪汉皮龙和他的两个朋友，但却从未想过收取分毫租金。“租”出去的房子不久便葬身火海，皮龙和朋友们又搬进丹尼独住的房子，一群人过着无忧无虑的日子。岂料好景不长：丹尼抛弃了朋友们，独自跑进森林，回来时全然变了个人，整天无精打采、心情忧郁。为了让他振作起来，朋友们搞了个大聚会，全煎饼坪的人都来了。丹尼最后一次放纵自己，喝得酩酊大醉，结果坠谷身亡。他的房子也在他葬礼的次日被一把火化为灰烬。

亚瑟王的传奇为小说提供了中心结构，故事的叙述者在一开始就对此作过明确的陈述。可是，丹尼及其朋友的故事与亚瑟王传奇之间联系的重要性不在于两者的对应之处，而在于丹尼和他朋友之间的关系与亚瑟王和他的圆桌骑士之间关系的一致性。《煎饼坪》绝不是亚瑟王传奇的一个现代版本。丹尼和朋友们追求的生活方式可以说是对亚瑟王和他的骑士们的民主、自由精神的一种刻意模仿，表现了他们对束缚人们精神与自由的私有财产的唾弃。透过生活在社会底层的一群派沙诺人粗俗的幽默，读者可以感受到其中尖锐的社会批评。丹尼和朋友们的生活方式是他们对中产阶级统治下的美国社会主流文化的反抗。他们完全生活在一种异文化的氛围中，没有理想、追求，自由自在，宁静、散漫、惬意地活着。对当时正在经济危机中挣扎的美国人来说，斯坦贝克就好像是提供了一帖精神良药,让人们看到了另外一种活法。这使得小说出版后备受欢迎,为作者带来了不菲的经济收入。

如果说斯坦贝克前三部作品的故事背景远离社会现实,那么《胜负未决》的出版则标志着他走向与当代世界越来越特殊的痛苦的对抗,第一次涉及大萧条年代的社会、经济和政治问题。因为斯坦贝克不想因《煎饼坪》的成功而被冠以喜剧作家的头衔,他希望《胜负未决》能够成为一本"残忍的书"(brutal book)。开始时,他打算写一部关于罢工组织者的非虚构性作品,后来在朋友的建议下又将采访得来的材料进行加工而成了小说。这就决定了作品的现实性。《胜负未决》是以工人反抗农场主的罢工斗争为背景展开的。所谓"胜负未决的战斗"指的是在天堂般的加利福尼亚山谷的工人与资本家之间的斗争。故事的主人公吉姆·诺兰告别过去的生活加入了共产党。在经验丰富的麦克的带领下,吉姆前往托加斯山谷组织工人罢工,并迅速成长。劳资双方经历了几个回合的激烈交锋,罢工最终到了胜负难分的关口,吉姆献出了自己的生命。麦克用他的尸体激励愤怒的工人继续斗争,故事这时戛然而止。与《煎饼坪》中派沙诺人与世无争的生活态度完全不同,《胜负未决》中的主人公执着地献身于一项事业。诺兰之所以要加入共产党是因为他的"整个家庭"都被资本主义制度"给毁掉了",指望以此摆脱过去生活的阴影。但是,斯坦贝克的用意似乎不在于塑造一个共产主义者的形象;他所真正关心的是劳资双方的冲突所导致的暴力行为及其灾难性的后果。正如小说的标题所暗示的那样,作者旨在"不带感情色彩"地对工人罢工进行研究。为此,他专门引入了"集群"(phalanx)①的概念,以说明群体本身是一个有机体,能够整合个体的意志形成群体的意志。在斯坦贝克看来,无论罢工工人一方还是资本家一方,都是整合了个体意志的"集群",为了群体的目标控制着其成员的自由意志。

作为产生于20世纪30年代美国社会历史语境中的作品,《胜负未决》验证了斯坦贝克的政治立场以及它与那个时代特殊历史之间的密切联系。在当时的左翼文化影响下,斯坦贝克对美国资本主义的各种矛盾深感嫌恶。他自己不是"共产主义者",却"深深同情工人们的境况,在理论上赞美共产主义背后的理想主义"。但斯坦贝克主要是站在中产阶级的立场上,从人道主义的角度对资本主义制度的不平等现象进行批判的。他对当时以颠覆主导意识形态为目的的社会运动持否定态度,认为它只能够带来暴力与混乱,而不利于解决存在于现代美国社会的矛盾和冲突。小说中的"战斗"是"难分胜负的",这不仅仅因为哪一方获胜难以定夺,就连双方的是非曲直也无法确定。正如斯坦

① 英语中的phalanx一词原来是指古希腊军团中的战斗队形——方阵。在政治话语中,这个词最先是由法国乌托邦社会主义者查理·傅立叶(Charles Fourier,1772—1837)用来指任何性质的集体行为。斯坦贝克使用这个词意在描述个体与群体之间的关系。

贝克所言，他在《胜负未决》中“将发生在一个果园山谷的小罢工用作人类与其自身永久的、痛苦的斗争的一个象征”。这一思想为斯坦贝克的“工人三部曲”定下了基调。

《胜负未决》的成功没有给斯坦贝克带来多少经济利益，倒是篇幅较短的剧本小说《人鼠之间》让他名利双收。自从出版之后，《人鼠之间》先后以戏剧、电影和电视剧的形式广为传播，成为斯坦贝克最受欢迎的作品之一。斯坦贝克曾经说，《人鼠之间》是对“人世间每个人的梦想与快乐的研究”，故事主人公所追求的土地梦代表“所有的人那难以言喻的、强有力的向往”及拥有自己“土地的渴望”。考虑到故事的悲剧性结局，这种对土地以及快乐生活的憧憬传达了一种令人醒悟的信息：梦想可能是危险的、毁灭性的。这一信息的重要性在于，它既揭示了小说的寓意，有助于从普遍意义上去理解人的条件，又包含着斯坦贝克对美国资本主义社会固有矛盾深层次的文化思考和批判。

《人鼠之间》的篇幅不长，故事的时间跨度只有三天，背景是加利福尼亚的萨利纳斯山谷，大部分人物为非熟练的农业工人，叙述的焦点是乔治和莱尼。在故事发生的萨利纳斯河谷的那个农场，大部分农场工人都将自己的劳动所得花在附近一个镇子的妓院和酒店里。镇子的名称索里达德(Soledada)源于一个西班牙语的单词，意思是孤独与寂寞。与其他工人不同的是，乔治和莱尼梦想着拥有“一小块儿土地”建立自己的农场，以便在那里养兔子，“以土地为生”。就在他们似乎有可能买到一处小农场的时候，莱尼意外地杀死了农场主儿子的妻子。乔治发现出了意外事故时，意识到他们的梦想结束了，就抢在别人前面找到了莱尼，最后一次让他想象他们的小农场，然后从背后用枪打死了他。这样乔治既避免了莱尼遭受残酷的私刑，又毁灭了那个“给他与莱尼的生命带来方向和意义的梦想”。

乔治和莱尼的土地梦虽然显得荒诞不经，但却象征着建立在人人都可以在边疆获得成功这一信念之上的典型的美国梦。这样的美国梦是经济大萧条年代美国人心理的真实写照。但是，它只不过是一个可望而不可即的梦想，因为“谁也去不了天国，谁也得不到土地”。在早已经被垄断资本占有大部分土地的加利福尼亚，拥有土地的梦想只能是明日黄花。加利福尼亚不是人们想象中的“特许之地”，但它却依然以“又一个伊甸园”的理想形象存在于美国人的民族心理中，吸引着人们不断地来到这里。故事的主人公乔治和莱尼便是怀有这种梦想的流动农业工人。在一个资本主义权威主宰的世界里，他们是以“他者”的身份出现的，居于社会等级制度的低处，无权决定自己的命运。他们的死亡对于他们所生活的世界简直就是“某件事发生了”(斯坦贝克曾经打算以此作为小说的标题)。揭露现代资本主义社会对人身基本权利的践踏，这是《人鼠之间》的社会意义所在；它使得这部表面上缺少政治色彩的小说文本具有负载现代社会权力关系的效用,用传统文化象征喻示了《胜负未决》中劳资双方的矛盾冲突。这标志着斯坦贝克小说艺术的进步,为他后来创作出《愤怒的葡萄》做了有力的铺垫。

“工人三部曲”的最后一部《愤怒的葡萄》代表着斯坦贝克艺术创作的最高成就,在美国社会产生的反响可以和当年的《汤姆叔叔的小屋》相比肩。小说以俄克拉荷马州的“乔德一家”的痛苦经历为主线,讲述了“沙尘暴”移民在加利福尼亚州所遭遇的不公与屈辱。故事开始时,汤姆·乔德从俄克拉荷马州监狱获得假释,路上和吉姆·凯西巧遇。两人一起来到汤姆的叔叔家时,刚好赶上家人正在准备向西迁移,因为他们听说加利福尼亚有摘葡萄的工作可做。农业的工业化使得乔德一家丧失了赖以生存的土地和家园,他们不得不以极低的价格卖掉了牲畜、工具以及家具;在接纳了凯西之后,乔德一家挤上一辆改装的汽车动身了。他们沿着66号国家公路向西部艰难地行进,历经种种磨难。到达加利福尼亚后,结果却令他们大为失望。他们不但找不到工作、没有栖身之地,还被州警察和当地的居民当敌人对待。凯西组织工人罢工被暴徒杀害,汤姆打死凶手为他报仇,自己却受了伤。东躲西藏一段时间之后,汤姆离开家庭继续凯西未竟的事业。小说结尾时,一无所有的乔德一家从洪水里逃身到一处高地,刚生过孩子的罗撒香慷慨地用自己的乳汁救活了一个气息奄奄的陌生人。

在《愤怒的葡萄》中,斯坦贝克艺术性地交替使用叙事章和插入章,在大萧条年代的历史背景中展开乔德一家的故事,不仅改变了单一平面的叙述结构,而且使作品获得了一种史诗般的气势。有论者认为,《愤怒的葡萄》“好像总结了整整一个年代悲惨而又丰富的经验”。这就是说,小说包含一种向读者昭示其意义的历史性的视角。乔德一家是在一场席卷全国的灾难中落入困境的,他们被“套进了某种比他们自己大的事物”。通过采取这种视角,斯坦贝克展示了权力作用于个体生命所产生的结果,对美国历史上由农业社会向工业社会转型这一社会历史进程做出描述与阐释。其意义就在于,它既用虚构的形式表现了这一进程,同时又将它和普通人的命运联系在一起。小说的标题出自南北战争期间流行的《共和国战歌》的歌词,斯坦贝克说这在小说中具有特殊的意义,象征着将受压迫者的愤怒封装了起来,喻示推翻压迫和对未来美好的憧憬。但是,推翻压迫并不意味着非得进行颠覆性的革命。在《愤怒的葡萄》中,斯坦贝克建构了一个将所有的人都团结起来的人类大家庭,它可以消弭、化解人类的各种仇恨。对人类美好未来的这种构想暗示了作者的一个信条,正如小说中所写的那样:

你可以这样来谈论人,当各种理论发生变化、支离破碎时,当各种学派、哲学以及狭隘而黑暗的民族、宗教和经济思想由发展转而分解时，人总还是前进着，他痛苦地，有时是错误地蹒跚着前进。人向前迈出了步子，也许还会后退，但只会后退半步，决不会后退一整步。

这一信条不仅成了斯坦贝克余生小说创作的基础，而且在他的诺贝尔文学奖获奖演说中得到了最后的表达："我认为，一个作家如果不能充满激情地相信人的可完善性，就不配献身于文学，也不配跻身于文学。"

还在创作《愤怒的葡萄》之时，斯坦贝克说："这本书完成后，我生命中的一个重要部分也将随之完结。这是我永远不会重温的一部分。"《科特兹海：航行与研究散记》(*Sea of Cortez: A Leisurely Journal of Travel and Research*，1941)是一本阐释非目的论哲学的著作，标志着斯坦贝克从加利福尼亚激烈的劳资冲突中退却。《月亮下去了》和《投弹完毕》是第二次世界大战的产物。与《人鼠之间》一样，《月亮下去了》是斯坦贝克的又一部剧本小说，描写的是敌占区人民反抗侵略者的斗争；与之不同的是，后者在百老汇上演时却为作者引来一片恶意的攻击，说他对侵略者太温柔了。在某种意义上，《月亮下去了》既不是战争小说，也不是反战小说；它所传达的信息是：团结一致的、追求民主的人们一定能够战胜独裁的占领军。这种冷静的乐观主义使得作品在欧洲受到普遍赞誉。《投弹完毕》是非虚构叙事作品，先分别记录了组成一个轰炸机队的成员受训的经过，然后讲述了他们是如何组成一个机队的。这部作品也许有助于在美国国内征兵和鼓舞士气，但它也起到了美化战争的作用。

第二次世界大战后，斯坦贝克试图以富于创新精神的艺术家形象重新开拓自己的事业。用了不到两个月时间完成的《罐头厂街》是他战后的第一部小说，写作的方式是"把一页页纸打开并让故事自己爬进去"，以便捕捉到罐头厂街的"诗意"，捕捉到"它那扑鼻的臭气、刺耳的声音和光怪陆离的色彩"。这也许是斯坦贝克第一部可以称作后现代的虚构作品，但如果说它是一部田园牧歌式的作品也不为错。有论者认为，《罐头厂街》是对随着世界大战而消失的生活方式的怀念，是斯坦贝克对在经济大萧条之后走向战争的世界做出的反应。这种反应就是躲进一个与《煎饼坪》相仿的世界中去。但是，《罐头厂街》要更进一步，因为它从哲学的高度热情赞颂了与资本主义相对抗的价值观。小说在为好心人多克做点什么的主旋律中展开，表现了罐头厂街群体的生活。这个以老子学说作为是非善恶标准的虚构世界包含作者过去小说中人物的模仿和故事片断，其结构的特点是开放性和自由性。这恰当地表现了罐头厂街社群的相同品质，因为这个没有任何强加的传统或权力的社群所拥有的，只是一个生命有机体的自然秩序，表现出自己内在的原动力。《罐头厂街》可以说是斯坦贝克在《愤怒的葡萄》之后的又一重要作品，表明作者终于在艺术的沉思中找到了个人精神上的宁静；但是，其价值并没有在出版之后马上得到认可，著名批评家马尔科姆·考利就称它为“一只有毒的奶油泡芙”。

斯坦贝克可以说是一位终身探索的艺术家。从40年代末到50年代初连续出版的三部风格各异小说标志着作者寻找新方向的努力，虽然它们并不成功。《珍珠》以道听途说的故事为依据加工而成，是一篇可以当作寓言来读的小说。主人公基诺是位年轻的采珠人，他发现了一粒举世无双的又美又大的珍珠，梦想着拿它卖个大价钱，让妻儿过上好日子。当他发现别人宁愿杀了他也不愿付给大价钱，就将珍珠又扔回了海里。《不如意的巴士》是关于一群原本毫不相干的人面临共同危机的故事。一群乘客搭载一辆叫“心上人”的长途客车旅行，因途中的一座桥被水冲毁，司机胡安·奇科伊就将车开上一条废弃的公路，结果车陷在了淤泥中。在这群人借宿的地方，各种各样的事情发生了，透过它们可以发现乘客们不同的爱情观。等到客车重新上路时，一切重又如初。《亮堂堂》是斯坦贝克最后一部也是最不成功的一部剧本小说。乔·索尔不知道自己失去生育能力，娶了年轻的姑娘莫迪恩为妻。为了能生个孩子，莫迪恩找到年轻力壮的维克多，并怀上孩子。维克多得知受人利用而心烦意乱，要求莫迪恩和他一起私奔，结果被乔·索尔杀死。乔·索尔最终知道了自己没有生育能力，但仍然接纳了妻子生下的孩子。可以看出，这三部作品的构思还是比较巧妙的，但由于写作风格矫揉造作，难以与作者30年代的作品相比。批评界对它们的冷淡促使斯坦贝克下决心创作出他最雄心勃勃的作品，这就是《伊甸之东》。

虽然斯坦贝克认为其第二个“大部头书”是自己的代表作，但是《伊甸之东》在艺术上的优劣一直是论者争论的话题。这部小说的特色是将两个故事交织在一起，一个是虚构的关于特拉斯克家族的传说，另一个是斯坦贝克外祖父汉密尔顿家族的历史。不同的情节围绕着一个单一的主题展开：道德抉择是人的各种可能性之根本。小说所讲述的家史可以看作是圣经中该隐和亚伯故事的现代版本，其主要人物分为两类，即：该隐式的人物和亚伯式的人物。斯坦贝克的外祖父萨姆·汉密尔顿在书中以亚当的劝告者的身份出现。亚当·特拉斯克是康涅狄格州一位农场主的儿子，娶了凯西之后将她带到了在萨利纳斯山谷购买的农场。凯西生下一对孪生子阿伦和卡勒，可他们的父亲也许实际上是亚当同父异母的弟弟查尔斯。凯西用枪打伤丈夫，跑到萨利纳斯做了妓女。后来，她谋杀了妓院的老鸨取而代之，妓院在她的经营下因为其邪恶远近闻名。亚当遭到遗弃后得了忧郁症，两个儿子是在管家李的照料下长大的。后来，卡勒发现妓院的老鸨是自己的母亲，认为这就是自己邪恶本性的根源而心安理得。但他后来表现出了英雄气概，因为他终于明白自己身上并没有母亲的邪恶。可是，另外一个儿子阿伦见到母亲后却再也无法相信自己的清白，绝望地离家参军，丧身在第一次世界大战的战场上。故事结尾时，李恳求弥留之际的亚当原谅卡勒，亚当奋力举起手，说出希伯来语中的“*timshel*”(意为“你可以”)这个词。

很显然，斯坦贝克在《伊甸之东》中所关切的是美国梦的后果，试图展示人们的行为应该如何。但是，特拉斯克一家的故事表明，作者并不满足于描述生活，而是想借人物的预言故事进行道德说教。正如斯坦贝克所言，在人的心灵中“存在一种产生欲望的能力，就连天地那么大的蛋糕也难以使之满足”。书中的男女人物来到西部，意欲改造北加利福尼亚的荒凉世界，在那里建立起新的伊甸园。结果他们并没有发现伊甸园，却学会了生活在伊甸之东，一个充满邪恶的堕落的世界。这和斯坦贝克以往的作品一脉相承。在某种意义上，这部小说更值得注意的是作者在叙述手法上的试验。故事的叙述者不是一成不变的，而是随着故事的进展而发展。开始时，叙述者称凯西·特拉斯克是一个恶魔，蔑视当地的印第安人，结果发现先前的结论过于简单化。因此，有论者认为《伊甸之东》是一部通过叙述创造意义的书。

创作《伊甸之东》所付出的巨大努力将斯坦贝克搞得精疲力竭，所以当他在《甜蜜的星期四》中重返《罐头厂街》曾描写的幽默滑稽的场景时仍然显得力不从心。许多论者认为，《甜蜜的星期四》“近乎孩子气的讽刺风格”在艺术上是失败的，反映了作者自信心和能力的丧失。也许这部充满戏剧色彩的小说的真正价值还有待人们进一步发掘。这之后，斯坦贝克携伊莱恩·科斯特前往欧洲游历，并根据他在巴黎的经历创作了长篇小说《皮蓬四世的短暂执政期》(*The Short Reign of Pippin Ⅳ*，1957)，但没有产生什么影响。《烦躁的冬天》是斯坦贝克的最后一部，也是唯一一部以美国东部为背景的小说作品。主人公伊桑·艾伦·霍利是个生意失利的商人。故事开始时，他在一家原本属于自己的杂货店做店员。因为妻子和孩子经常向他抱怨日子过得不如别人，霍利决心重整旗鼓并获得成功。然而，在生意成功的同时，他也经历了道德的沦丧，这不仅危及他的家人，而且杀死了他最好的朋友。小说出版后，许多论者为斯坦贝克对美国价值观的批判叫好，但也有人指责小说的有些情节荒唐得令人难以置信。在某种意义上，语言与道德之间的关系也许是《烦躁的冬天》的主题之一。霍利本质上是一个体面的人，他力图找到一个共享语汇能让他重新确立自己在家庭和社群中的地位，结果却没有能够找到那种语言，倒是对女儿的爱与希望才给了他继续活下去的力量。

斯坦贝克晚年主要致力于完成一件早在 1958 年就开始的工作，将马洛礼的《亚瑟王和他的圆桌骑士的行为》翻译成现代英语，令人遗憾的是，他直到去世也没有完成。当然，这并不是斯坦贝克最后的作品，在《美国与美国人》中，他有机会从社会学的角度描述他对美国的幻想。尽管斯坦贝克对美国的种族主义感到悲哀,担心物质的繁荣会有损于这个国家的道德,但是他仍然表达了对美国未来的乐观主义态度。这与他的一贯思想是一致的。

## 第三节
## 法雷尔与考德威尔

詹姆斯·法雷尔(James T. Farrell, 1904—1979)生于芝加哥一个爱尔兰裔工人家庭,从小由穷苦的祖母和叔叔抚养。教会中学毕业后,法雷尔没有能够上大学。他只上了六个月的夜校,后来进芝加哥大学学习。在大学里,法雷尔阅读了大量的文学书籍,并由此产生当作家的念头。1927 年他逃学搭车来到纽约,想从此开始自己的作家生活。在纽约逗留一段时间后法雷尔发现时机并不成熟,于是又回到了芝加哥大学。从此他勤奋练笔,起先为当地和纽约的一些报刊写稿。同时他也积极为小说创作收集素材。1929 年,法雷尔在一家小杂志发表了第一个短篇故事《粗鲁的人》(Slob),开始了其漫长的创作生涯。那时,法雷尔还产生了一个创作构想。这便是他后来写成的《斯塔兹·朗尼根》三部曲:《少年朗尼根》(*Young Lonigan*, 1932)、《朗尼根的青年时代》(*The Young Manhood of Studs Lonigan*, 1934)和《审判日》(*Judgment Day*, 1935)。这部鸿篇巨制塑造了一个在他那一代和那一阶级中生长的美国青年。法雷尔不只是把他当作一个虚构的人物来写,而是用他来表现社会。他注重作品的环境描写,强调人物与环境的密切关系。这也充分体现了他推崇的"客观"创作原则。

1931 年,法雷尔与多莱西秘密结婚。[①] 婚后两人来到了法国巴黎。在那里,法雷尔结识了不少美国旅居青年。法雷尔非常崇拜庞德,并在后者的支持下出版了《少年朗尼根》和《麦金蒂油库》(*Gas-House McGinty*)。[②] 随即,法雷尔趁热打铁,连续发表了一些作品。时至 1932 年他回国定居纽约时,法雷尔已基本上确立了《朗尼根》三部曲和《达尼·奥尼尔》系列小说第一部《我从未建造的世界》(*A World I Never Made*, 1936)的全部创作构想。在纽约,法雷尔与马克思主义理论家和左翼作家交往甚密。为了进一步表达他的文学思

① 法雷尔与多莱西结婚后不久就离婚。之后,他与演员霍登斯结婚,但很快又分手。1955 年,法雷尔与多莱西复婚。

② 当时,这两个作品都由先锋出版社(Vanguard Press)出版,为法雷尔快速成名奠定了基础。

想，法雷尔还专门写论文阐述自己的艺术观，成为三四十年代一位活跃的左翼文艺理论家。

在成为职业作家之前，法雷尔从事过多种职业，如包装小工、加油站帮工、运输文书、推销员和新闻记者等。家庭背景和困苦的生活条件使他更加倾向于社会主义。他站在无产阶级一边描写资本主义社会的腐烂。他以自己青年时代的生活经历为背景，书写了一个时代的道德崩溃与痛苦。第一次世界大战结束后，美国突然崛起、进入了一个繁荣与昌盛的时期。然而，美国经济的持续发展和普遍盛行的享乐主义很快把美国引向堕落。就在一些知识分子痛苦地体验着第一次世界大战带给他们的精神毁灭时，不少美国人却开始切实地感受到一战为他们带来的物质上的好处。随后的经济繁荣又使美国陷入重商主义的泥沼。在一片歌舞升平之中，美国人开始狂妄地追逐财富与享乐。他们觉得自己正置身于人类历史上一个最辉煌的时代。但好景不长，随之而来的是漫长的几乎令人难以忍受的十年经济大萧条。

从这个时代走出来的法雷尔对它的感受自然是最深切的。他觉得在那个年代里芝加哥街头并没有文化气息，孩子们非但没有能够受到正当的教育，反而在挨饿、绝望中滑向堕落。他的小说《少年朗尼根》描写的就是一个正常少年如何走上歧途的经历。“斯塔兹·朗尼根即将 15 岁了。他穿着第一条长裤子，站在浴室里，嘴里叼着一支甜味的小五长牌子香烟，两手插在裤袋里，还冷笑着。他喷了口烟，从嘴里把香烟取出，吸了一口，自己说：好！从今晚起我要向那肮脏的地方吻别了。”这个时候正是他要与妹妹和父母去参加毕业典礼之际。他躲进浴室偷着抽烟，而妹妹在外面急得团团转。她要洗个澡，漂漂亮亮地打扮一下准备在典礼上演戏。因为朗尼根上的是一所天主教办的学校，有着严厉的校规。孩子们在这样的学校里除了接受必要的文化知识教育外，还要忍受严格的宗教训练。正如神父在毕业典礼上所宣扬的，“在人生大海的航行中，你们的孩子已经被引导着度过了早期的暗礁、暗流与沙岸”。神父的话着实鼓舞人心，但孩子们的感受完全不同。他们把学校看作监狱，认为天主教的教育是一种扼杀人性的教育。为此，他们讨厌学校，憎恨教士和修女，称后者为嫁不出去的老处女。朗尼根因忍受不了这种校规而愤然离去。他穿上了长裤子，便觉得自己长大了，可以不受父母的约束。尽管父母一直教导他要爱神父，不许他抽烟，夜间不准他外出迟归等，但他对这种规范性的教育十分反感。他要过一种独立的生活，可以不再受父母命令的支配。就这样，朗尼根一天天颓废，朝着歧途迈进。他加入了流氓团伙。为了逞强，他打败了对手成了胜利的英雄，并受到无数女孩子的尊敬。朗尼根以此为荣，觉得自己的虚荣心得到了巨大的满足。从此，天真无邪的少年朗尼根消失了。他成了一个放荡的游子：在弹子房吸烟，用恶作剧算计别人，让人在烟斗里吸干马粪，在街上教唆孩子打架等。

续篇《朗尼根的青年时代》主要写朗尼根青年时代的种种经历，以及他对自己的梦想与梦想被环境击碎的情形。朗尼根离开了学校和父母，开始踏上社会。从此，他在社会这个大学堂里堕落成一个意志消沉、精神颓废的浪荡儿，因为美国社会并没有教育好它的孩子们。正如小说写道，“美国，这个伟大的国家。这里只有廉价的报纸业，只有出售。每一件东西都可以出卖的。人们又得到了什么？他们不能用的东西。汽车、收音机、廉价衣物……”在金钱和色情的诱惑下，很多青年丧失了理智。朗尼根也不例外。“他们宿娼患病、酗酒成性、戕害自己。”小说的开头写17岁的朗尼根梦想参军，希望成为一名光荣的英雄，可以博取心爱的露西的欢心。但这毕竟是梦想。当梦想被打碎后，朗尼根一蹶不振，浪迹街头。他经常出入公园、妓院，找女人玩乐。小说的结尾凄惨悯人，写朗尼根这样一群青年在除夕狂欢夜的发泄：他们纵情地喝酒，暴力地强奸。朗尼根举着酒杯高喊，醉眼朦胧地望着一个一丝不挂的女郎从一间卧室里冲出来吻每个男人。

《朗尼根》三部曲的最后一部是《审判日》。这里的朗尼根已经是30岁的人了。他刚参加完一个朋友的葬礼正与几个朋友一起返回芝加哥。在返回途中，朗尼根觉得有一阵哀伤向自己袭来。曾经一起嬉戏的童年朋友有的因自杀而过早地离开人世。就连青年时代的一些朋友也都死了。眼下自己患有心脏病。青年时代的纵欲无度，酗酒成性已严重损坏了健康。于是死亡的阴影正笼罩在他的心头。他因之陷入了无比痛苦和孤独之中，“正向一个危险而不知的目的地驶去”。不过，死亡的恐怖并没有扼杀朗尼根的求生欲望。他渴望成功。他要回到芝加哥去重新开始生活。他要重新做人，恢复健康，勇敢地战斗下去，让世界知道朗尼根是好样的，不是孬种。在凯瑟琳的感化下，朗尼根最后果真浪子回头，只可惜他已心力交瘁，将不久于人世。

发表《审判日》的同年，法雷尔还写了8个短篇故事和15篇批评文章。到1935年末，他基本上奠定了在文坛的影响。他的《斯塔兹·朗尼根》是人们讨论的话题。《纽约时报》称其为“最有力的美国小说之一”。同时代的作品还有迈克尔·戈尔德的《没有钱的犹太人》、达尔堡的《底层人》、休斯的《并非没有笑声》、布鲁迪(Catherine Brody)的《没有人挨饿》(*Nobody Starves*, 1932)、肯洛伊(Jack Conroy)的《剥夺了继承的人》(*The Disinherited*, 1933)、海尔泼(Albert Halper)的《在岸上》(*On the Shore*, 1934)、罗斯的《叫它睡眠》和奥尔森(Tillie Olsen)的《铁嗓子》(*The Iron Throat*, 1934)等。

继《朗尼根》三部曲后，法雷尔又推出了《达尼·奥尼尔》(*Danny O'Neill*)四部曲。这是以达尼·奥尼尔为主人公创作的自传体系列小说，包括《我从未建造的世界》、《没有星辰陨落》(*No Star Is Lost*, 1938)、《父与子》

(*Father and Son*,1940)、《在我愤怒的日子里》(*My Days of Anger*,1943)和《面对时间》(*The Face of Time*,1953)。这里的主人公与朗尼根其实属于同一类型的人。

法雷尔的创作目的很明确,他要揭示一个少数族爱尔兰裔美国人的精神世界。正如他在信中所说的那样,“在谈到爱尔兰的属性问题时,我觉得我是爱尔兰人而不是美国人。我的《少年朗尼根》就是一部爱尔兰小说”。① 在他的《文学批评札记》(*A Note on Literary Criticism*,1936)里,法雷尔对所谓艺术的目的是为了强化或高扬生活现实提出了质疑。他认为:“我们在接触艺术作品时通常不会像我们直接感受生活那样激活我们的感官。”在他看来,艺术直接来自人感兴趣的生活,是对它的感受的再生产或再创造。② 法雷尔在1929年创作的关于斯塔兹·朗尼根葬礼的短篇小说体现了这一创作思想。他后来推出的《朗尼根三部曲》就是以这个故事为雏形的。

在法雷尔看来,“小说本身就是人类生活的经历,一部分是新奇,还有一部分是其他形式。展示这种生活经历的方式是由许多因素决定的”。③ 早在1932年,法雷尔就写道:“现在我虽然住在法国,但不属于任何所谓旅居国外的文化组织。我不是那种移居国外的人。眼下,我几乎把所有的时间用在写小说上。我同情左翼。我认为我写的大多数东西,如果是隐含的话,具有积极的社会批评观点。”④在谈到自己的创作属性时法雷尔曾经这样写道:“我被认为是自然主义作家。对此,我从来不否认。……关于自然主义,我指的是世界上所发生的任何事情最终只能根据发生的事件来解释。” ⑤法雷尔还是一位出色的社会批评家。他的社会批评涉及家庭、教会与学校等广阔的社会领域。他清楚地意识到,社会中存在着一股强大的摧毁力量,无助的青年常常受其左右而不能自拔,最终在无望中断送了前程。

第二次世界大战后,法雷尔还出版了《伯纳德·加尔三部曲》:《伯纳德·克莱尔》(*Bernard Clare*,1946)、《中间道》(*The Road Between*,1949)和《还有其他江河》(*Yet Other Waters*,1952)。进入60年代后,法雷尔转向对神秘自然界的探索。他接连推出了《历史的沉寂》(*The Silence of History*, 1963)、

---

① Charles Fanning, “Introduction” to James T. Farrell, *Studs Lonigan: A Trilogy* (Urbana & Chicago: University of Illinois Press, 1993), p. ix.

② Robert Morss Lovett, “Introduction” to *The Short Stories of James T. Farrell* (New York: Halcyon House, 1941), p. xvii - xviii.

③ James T. Farrell, “Preface” to *The Short Stories of James T. Farrell* (New York: Halcyon House, 1941), p. xlix.

④ Alan M. Wald, *James T. Farrell: The Revolutionary Socialist Years* (New York: New York University, 1978), p. 25.

⑤ James T. Farrell, *Reflections at Fifty & Other Essays* (New York: Vanguard Press, 1954), p. 150.

《时间集》(*What Time Collects*, 1964)、《时间诞生之际》(*When Time Was Born*, 1967)、《寂寞的未来》(*Lonely Future*, 1966)、《崭新的生活》(*A Brand New Life*, 1968)、《朱迪思》(*Judith*, 1974)和《看不见的剑》(*Invisible Swords*,1971)。

作为一位名副其实的艺术家,法雷尔全身心地投入创作,写出了一个时代的声音。如果说法雷尔在萧条的30年代专门"创造"野蛮的城市,那么另一位小说家考德威尔则以其精湛而生动的笔触"绘制"了一幅凄凉野蛮的美国30年代乡村图。

厄斯金·考德威尔(Erskine Caldwell,1903—1987)生于美国佐治亚州库维塔县的一个小村落,父亲是牧师,母亲是教会学校的教师。早年,考德威尔生活艰苦,白天上学,晚上在一家棉籽油工厂做小工。在那里他经常看到家庭间的争吵。私生子、神秘死亡、潜逃、背信、殴打和通奸等时有发生。工厂里并没有明显的种族界限,因而工人们可以自由地抒发自己的观点。孩提时代起,考德威尔便开始观察这些人的生活了。他并没有受过多少正规教育,只是半工半读地在弗吉尼亚大学和宾夕法尼亚大学学过三年。不过,他所从事的职业很丰富,有小工、农民、司机、舞台助理、厨师、足球队员、旅馆服务员和新闻记者等。考德威尔从事的众多职业使他获得了广博的生活阅历。1926年他定居缅因州,从此决定做个职业作家。

来到乡村后,考德威尔一边劳动,一边勤奋创作,很快就在一家小杂志《转折》上发表第一篇短篇小说。1929年,他推出了第一个中篇,题为《私生子》(*The Bastard*)。第二年,他的另一个中篇《可怜的傻瓜》(*Poor Fool*)问世。紧接着,他又出版了短篇小说集《美国大地》(*American Earth*, 1931)。之后,考德威尔几乎每年都有一两部作品面世,成为20世纪美国文学史上创作最多的作家之一。他在1932年出版的小说《烟草路》(*Tobacco Road*)使他名声大振。[①] 这部小说描写了佐治亚州农民吉特·莱斯特一家穷困潦倒的悲惨情形。全家三代六人合住在一个破屋子:"前廊与住房隔开,现在比原来低了一寸多。屋顶从中央开始有些塌落,大半的木瓦都已腐烂,每次一有大风,便一片片从各个方向飘落到院子。"小说的开篇就是洛夫·本森背着一筐萝卜回家。这是他用五毛钱买来的。他在白花花的沙地上走着,想绕过岳父家,以免遭劫。但仔细一想,他还必须去见一下老岳父,顺便问问他妻子究竟为何老不开口说话。作品写道:

---

① 考德威尔善于虚构滑稽可笑的人物。他在20世纪40年代创作的《佐治亚男孩》(*Georgia Boy*,1943)在主题上与《烟草路》颇相似,写一个终日无所事事而总想挣钱的妄想之徒。所不同的是,《烟草路》中的沃尔登是个鳏夫,而《佐治亚男孩》中的斯特鲁则频频给辛勤劳动、维持一家人生活的妻子带来不必要的麻烦。

洛夫来到莱斯特家门口就停下，放下麻袋，这时他们家四五个人都站在院子里瞧着他。一小时前他们看见洛夫出现在近两英里外的沙丘上，就一直眼巴巴地注视着他。现在他既然到了他们伸手可及的地方，就不再让他把萝卜带走。

洛夫在放下麻袋时也是格外小心的，因为他还得给自己和妻子留下一点。“当他站在路中央时，莱斯特家人凝望着他。他从肩上把麻袋卸下来，但两手却紧紧抓住口袋的上端。足足十分钟时间里，院子里站着的人谁也没有改变过站立的姿势。”这里，他们的举止显然有些失态。但为了生存他们又不得不这样去挣扎。贫穷让这些人变得野兽一般。他们常常在饥饿中忍受痛苦的煎熬。困苦的生活使他们丧失了生活的希望，也顾不得什么廉耻和道德。虽然这些人可笑之极，但是他们并不奢望过上好日子。他们早已被贫瘠的土地毁掉了。

主人公吉特虽然贫穷，连买种子种田的本钱都没有，但妻子却为他生了一大堆孩子。饥饿和疾病夺走了几个孩子的生命。能活下来已经长大的孩子有的外出不归，有的已经嫁人。留下的孩子只好靠吉特来抚养。全家苦苦过日子。出于无奈，吉特曾向儿子求助，不料遭到拒绝。最后在绝望中，他与妻子一起用自焚了却一生。吉特的悲剧在当时美国南方具有典型性。古老的南方这片贫瘠的土地带给农民的是痛苦。生活在这片荒芜的土地上的人们，陷于极度的物质贫乏之中。孩子们没有衣服穿，没有时间读书，整个村子没有一所学校，连教堂都没有。在迷信和传统的阴影下，人们变成了残酷无情的动物。不过，考德威尔在这部小说中并不仅仅宣扬一种贫乏的生活，而是主要展现这种贫乏所造成的道德堕落——贪婪、自私、迷信和变态的性欲等。在展示他们丑恶的灵魂时，考德威尔用的是一种幽默诙谐的语言，让读者觉得可笑的同时对他们不免产生怜悯。该小说在 1933 年由杰克 · 柯克兰(Jack Kirkland)改编成剧本在百老汇上演，成为纽约观光旅游者必看剧目之一。

翌年，考德威尔又推出了小说《上帝的小田亩》(*God's Little Acre*，1933)。作品围绕主人公泰伊 · 沃尔登幻想自己田里埋有金子并与两个儿子肖和巴克成年挖地的故事展开：“我爸爸告诉我这块地里有金子，佐治亚州每个人都告诉我这里有黄金。去年圣诞节，孩子们就挖出了像鹅蛋那么大的金块。这不就证明地下有金子吗？我打定主意在进棺材之前把它挖出来……”尽管他们整天挖地，但总是什么也得不到。肖对这种徒劳无益的做法感到厌倦。可是沃尔登责备他没有耐心。最后肖决定去城里找几个女孩子玩玩。巴克对他放弃挖地也有看法，说他“每次换个女孩子，只要是穿裙子的，他都感兴趣”。对于沃尔登来说，挖地找金子是他生活的理想。他整整挖了 15 年还不罢休。他的执着在女婿汤普森看来简直是一种愚行。后者告诉他如果在这块地里种上棉花要比挖一辈子金子的收入多得多。但沃尔登始终听不进这样的话,坚持己见认为一定能挖出金子。汤普森失业后开始寻找刺激,变得放荡起来。他同姨子吉尔和妻子的嫂子葛里赛尔达都发生性关系。连沃尔登也觊觎媳妇的美色。整部小说描写了一群性饥渴的男女。他们在生活上都遭受不同程度的虐待,是一群被侮辱和被损坏的人。他们伺机反抗,只是这种抗议常常在压服别人的过程中找到满足。小说在展示他们的灵魂时又突出描写了人与人之间的冷酷无情。

描写怪人是考德威尔的拿手戏。他在这方面的成就可以与安德森相比。两年后问世的《雇工》(*Journeyman*,1935)又是一部关于"怪物""野兽"的故事。主人公戴伊是个旅行牧师。他来到罗克康福特小镇后打着上帝使者的旗号到处招摇撞骗。其实他是个心灵丑恶的骗子,就在他暂住克莱·霍雷家期间还诱奸了厨娘。后来他又骗取了霍雷的信任致使后者上当受骗。戴伊色胆包天,竟打女房东的主意。他用赌博的方法骗取了霍雷的现钱、妻子的金表和新买的汽车。最后他还让霍雷把妻子抵押给他。为了赎回妻子,霍雷不得不去城里借钱。这时,戴伊乘人之危,占有了霍雷的妻子。他以拯救她的灵魂为名,要她袒露自己的罪孽。一旦她说出自己曾与别人私通的事实后,戴伊便"把脸贴在她的乳房上,疯狂地吻着她。她已经不能克制自己,不能等待了,紧紧抱住他的头,狂吼着我爱上帝"。小说的结尾是让这位江湖牧师偷偷离开了罗克康福镇。全书不仅对牧师戴伊虚伪、奸诈的骗术做了细致的描写,而且也嘲笑了罗克康福镇人的种种愚行。

与之相比,《七月风波》(*Trouble in July*,1940)的主题更为严肃。这是一部关于黑人私刑问题的作品。故事围绕追捕一个被指控强奸白人女孩的黑人而展开,并将美国南方政客的虚伪、玩弄权术,农民的残暴自私和普遍的种族偏见描绘得惟妙惟肖。作品对一群白人闯入黑人住宅并对一对黑人夫妇施以极刑的经过作了详细的描写,揭示了白人种族主义者的凶残、冷酷。考德威尔稍后创作的《悲惨的境地》(*Tragic Ground*,1944)也是一部主题比较鲜明的作品,主要写一群填不饱肚子的穷白人在老鼠洞里生活的悲惨景象。

尽管考德威尔在40年代创作了许多作品,但真正有影响的是那部题为《高原世家》(*A House in the Upland*,1946)的小说。作品以贵族世家格雷迪·邓巴尔一家的衰落为线索描写了美国南方贵族的残酷不仁、黑人遭受压迫的社会不公正现象。这里的南方贵族虽然已经没落,但他们仍然苟延残喘,维持着他们腐朽没落的生活。他们除了喝酒、赌博、虐待黑人与穷白人外,什么事都不做。他们往往过一种荒淫的生活,挥霍完财产后就悲惨地死去。小说的主人公格莱迪·邓巴尔是没落贵族的代表。他的祖父和父亲都是行为不轨的人。老祖父常常与黑人姑娘鬼混;父亲还带着儿子去黑人区厮混,后来死于妓女之手。邓巴尔继承了这种腐败堕落的性格。全家原来有数千亩肥沃的土地，大面积的森林，但因一代又一代的挥霍无度，最后全家竟负债累累，只剩下一座年久失修的高原老屋。这座飘摇寂寞的老宅成了邓巴尔一家命运的象征。作品对贵族生活和黑人生活的描写在不同程度上揭示了美国不合理的社会秩序。小说运用了丰富的象征手法以增强作品的艺术感染力，如作者一开始就写从低地吹来的湿润的春风掠过高原斜坡上新耕过的土地：

> 一阵从南部低地吹来的微弱而湿润的春风正掠过高原斜坡上的新耕地，吹得老屋周围高大的红橡树叶瑟瑟作响。这是一个早春的傍晚。炎热的白天里一直默默栖息在树中的夜鸟正不停地舞动着翅膀。这些鸟已经从睡梦中醒来，准备清脆地歌唱到黎明。

这里，春风和新耕地是新生的标志，象征着高原即将发生巨大的变化。小说紧紧抓住人们关心的问题，细腻地加以描写，把人物安置在残酷的现实生活环境之中。小说另外刻画了一个受害女人的形象，即邓巴尔的妻子。她既要遭到婆婆的虐待与谩骂，又被丈夫冷落一旁。在她婆婆看来，男人有权去做他想做的事，女人非但不该干预他们，而且还不能抱怨。她既害怕婆婆又不敢与丈夫顶嘴，生怕遭到野兽般的袭击。一旦遇到伤心委屈的事，她总是默默地躺在冷冷的床上，独自流泪，无望地企盼着。

考德威尔一生勤耕不辍，推出了60多部作品，其中包括长篇小说、短篇小说集、游记、自传和儿童读物等。这些作品大都散发着泥土的芬芳。不少作品的字里行间洋溢着淳朴的诗意。他特别善于采用通俗的语言和朴实的文字把一件件普普通通、耳熟能详的小事叙述得生动活泼。他后期创作的主要作品有《劫数难逃》(*The Sure of Hand of God*, 1947)、《叫伊斯威尔的地方》(*Place Called Estherville*, 1949)、《爱情与金钱》(1954)、《最后一个夏夜》(*The Last Night of Summer*, 1963)、《暑天岛》(*Summertime Island*, 1968)、《邻居厄恩肖》(*The Earnshaw Neighborhood*, 1971)和《安尼特》(*Annette*, 1973)等。

可见，考德威尔是一位多产的作家。他的作品既通俗畅销，又有一定的文学价值。虽然主题不够深刻，但不乏社会意义，具有较强的可读性。他注重对社会现实的描写，因而可以称作是一位写实的艺术家。他写的是黑人、穷白人和没落贵族的世界。他笔下的人物大都是自然主义式的，其生活目标几乎仅是满足最原始的欲望。他也是一个有着扎实的生活基础和丰富社会实践的作家。他关注平民百姓的现状，试图用他们的创作去唤醒民众，并为其争取更多的社会公正权益。

## 第四节
## 斯诺和史沫特莱

在中国学者所著的美国文学史,以及美国学者所著的美国文学史著作中,读者很难见到关于埃德加·斯诺(Edgar Snow,1905—1972)和艾格尼丝·史沫特莱(Agnes Smedley,1892—1950)的文字材料。[①] 但是无可否认,在中美文化交流史上,尤其是在近代中美文化交流当中,埃德加·斯诺和艾格尼丝·史沫特莱的贡献丝毫不亚于 1938 年获得诺贝尔文学奖的赛珍珠——后者也主要以向西方读者介绍中国文化,尤其是以介绍中国农民的生活著称。[②] 如果我们考虑到三四十年代那个特殊的历史环境,考虑到中国共产党在国内的遭遇,她的反抗与发展没有得到真实、公正的报道,那么我们应该感谢斯诺和史沫特莱最早为世人提供的一幅幅真实可靠的红色中国的照片与文字材料。[③] 完全可以说,他们是从一个烽火年代走出来的、经受无数艰难的作家、新闻记者和社会文化人士。

埃德加·斯诺1905年7月17日出生于美国密苏里州堪萨斯市,是家中三个孩子中最小的一个,他在当地接受教育,曾经在哥伦比亚的密苏里大学的新闻学院读书,19岁时,他离开学院,没有遵从父亲的愿望留在家里,在父亲的印刷厂里以印刷为业,而是到纽约市从事广告工作。1928年,斯诺在证券市场投资赚了一点钱后,就离开纽约到世界各地游历,撰写旅行报道,并最终成为世界著名的记者。

1928 年斯诺决定周游世界,希望自己能成为一个具有冒险经历的作家,同年 7 月 6 日,斯诺第一次来到中国的上海。他来中国既没有任何政治任务,也没有任何汉学背景。可以说刚开始时,他和其他来上海的外国冒险家没有什么本质的区别,然而时势造人,他的命运竟和中国的政治紧密地联系在一起。本来他只想把上海作为自己短期停留的中转站,可没想到竟然在中国待了 13 年,直到 1941 年才返回美国。斯诺在上海的第一份工作就是为上海的《中

① 以往国内出版的美国文学史著作中只有少数才提到了埃德加·斯诺和艾格尼丝·史沫特莱的名字,如董衡巽等著的《美国文学史》等。

② 如果说赛珍珠的作品唤起了美国读者对中国农民生活的兴趣,那么斯诺的著作则引起人们对中国另一股政治新生力量的重视。见 Jonathan D. Spence, *The Chan's Great Continent: China in Western Minds* (New York and London: W. W. Norton & Company, 1998), p. 200。

③ 根据里奥·胡柏曼和保罗·史威齐的论述,西方论证中国革命史的著述,往往掺杂了很多关于俄国共产党的历史事实,甚至这两方面的材料,几乎占了同等的篇幅。而且他们同样受到欧洲中心主义的局限,见《史沫特莱文集》(*Selected Works of Agnes Smedley*, Vol. 3)第三卷(梅念译),北京:新华出版社,1985 年,第 3 页。

国周报评论》当特约记者，为美国和英国的许多重要报纸和杂志写了许多文章，并协助鲍威尔编辑《密勒氏评论报》。因为这层关系，1928 年底，在鲍威尔的陪同下，斯诺在南京会见了国民政府交通部长孙科，1930 年埃德加·斯诺受交通部委托，用半年多的时间沿铁路线旅行采访，游历了中国的很多地方，对中国当时内忧外患的现状——尤其是西北地区的生活——有了比较真切的了解，对国民党政府鱼肉人民的腐败与堕落有了亲身的体验，并亲眼目睹了许多地区贫困落后，人民民不聊生的现状。

1932 年，斯诺和海伦·福斯特（Helen Foster）结婚，1933 年，这对年轻夫妇到北平定居，结交了许多中国知识分子和作家，在北平期间，斯诺曾受聘担任了两年燕京大学新闻系的讲师。作为美国《星期六晚邮报》的特约记者——后来还担任英国《每日先驱报》和美国纽约《太阳报》在中国的特约记者，斯诺到中国西北饥荒严重的地区进行采访，并根据这次经历，写了他的第一本书《远东前线》（*Far Eastern Front*，1933），对日本在此期间对中国的侵略作了报道。后来斯诺说，这次旅行使他开始关注中国的命运。由于同情中国的左翼运动，1935 年，斯诺参加了北平学生组织的示威游行，而且后来才知道，中国共产党曾利用他的住处举行过多次秘密会议——由此可知他对共产革命的友善态度。1936 年，他收集了中国当时许多重要小说家的作品，编辑了短篇小说集《活的中国》（*Living China*，1936），其中收录了鲁迅的短篇小说《阿 Q 正传》、《孔乙己》等。

由于对中国革命的同情，红军长征结束后，斯诺就接到访问中国共产党西北根据地的邀请。1936 年 6 月，在英、美几家报刊、出版社的资助下，斯诺怀揣宋庆龄的介绍信，在马海德医生的陪同下，从北平出发，乘火车到达西安，先去拜访了杨虎城将军，后在地下党的帮助下，秘密进入陕北苏区的保安（比延安更僻远）采访。此前的苏区从未接受过外国人的访问，斯诺是第一个到访的外国记者。4 个月后的 10 月下旬，斯诺悄悄返回北平。随即，斯诺在夫人海伦·福斯特的帮助下，抓紧写作，很快完成了该书。不久，斯诺在上海《密勒氏评论报》《大美晚报》和北平的《民主》杂志等英文报刊上发表了他对保安等地访问的报道，从而在中国文化知识界引起轩然大波。

1937 年 10 月，斯诺根据自己访问陕西革命根据地——即红色中国——的经历以及对毛泽东和其他中国共产党人的采访所创作的《红星照耀中国》（*Red Star Over China*）一书，由伦敦戈兰茨公司出版，一年内重印了五次，并同时在英国和美国成为畅销书，比以前任何关于中国的非虚构作品都畅销（稍后我们将重点介绍这本使他饮誉世界的作品）①。他的成功也鼓励了许多新闻

① Jonathan D. Spence, *The Chan's Great Continent: China in Western Minds* (New York and London: W. W. Norton & Company, 1998), p. 200.

记者,客观地报道中国——尤其是红色中国的情况。

30年代晚期,埃德加·斯诺会同尼姆·威尔士(Nym Wales)和雷维·艾黎(Rewi Alley)创建了中国工业互助组织"中国工业合作社"(Indusco),旨在基于民主原则,在中国发展一种新的经济基础,寻求为中国工人提供工作、教育、消费者和工业产品,并为中国工人提供管理自己组织的机会。

1941年,埃德加·斯诺出版了第二部主要作品《为亚洲而战》(*Battle for Asia*),介绍了1937年的卢沟桥事变,以及其后日军大举入侵中国的情况。该书对中国共产党坚持对外抗日的政策予以热情报道,而对国民党政府的消极抗战予以揭露,而且作者本人对中国人民的抗战事业充满信心,认为中国虽然输掉一些战役,但是最后胜利的一定是中国。此外,本书还介绍了斯诺重访红色根据地的情况,重申了中国必胜的信心。1942年,他被《星期六晚邮报》任命为巡回战时通讯员,在欧洲、印度、中东和俄国采访,并出版了《人民在我们这边》(*People on Our Side*,1944)、《苏联的权力结构》(*The Pattern of Soviet Power*,1945)和《斯大林需要和平》(*Stalin Must Have Peace*,1947)等书,分析了俄国在第二次世界大战以及世界事务当中扮演的角色。1949年,由于性格不合等原因,斯诺同海伦·福斯特离婚,同年晚些时候,斯诺与百老汇年轻漂亮的女演员洛伊斯·惠勒(Lois Wheeler)结婚。

对大多数美国人来说,斯诺最著名的作品是《红星照耀中国》。斯诺满怀同情与欣赏,甚至有点浪漫地介绍了以毛泽东为首的中国共产党领导的革命战争,向美国读者介绍了中国革命的目的、革命的历史以及领导人的人格魅力。因此,斯诺在美国刚开始是以一个深受读者欢迎和富有洞察力的作家出现的,然而二战结束后,因为和中国共产主义运动的亲密关系,斯诺在美国成为人们怀疑的对象,被污蔑为"失去中国的帮凶",麦卡锡主义猖獗时期,斯诺遭到美国联邦调查局的审问,并被要求揭露他自己在何种程度上参与了共产主义运动。因此,即使在他自己的国家他也感到像个以实玛利(Ishmael),①所以在他生活的后期,他几乎是自我放逐到瑞士去的。50年代晚期,斯诺又发表了两本关于中国的书:《红色中国随记》(*Random Notes on Red China*,1957)和《复始之旅》(*Journey to the Beginning*,1958)。前者集中了以前没有用过的关于中国的材料,是了解中国,进行学术研究的好材料。后者是一本自传,叙述了1949年以前斯诺的个人经历,主要介绍了他结婚以前的游历生涯,定居北京后对中国人民的同情和支持,以及二战期间及其战后对中国、印度和苏联的访问。由于政治高压,再加上斯诺觉得在美国靠写作谋生越来越困难,1959年,他们举家移往瑞士的日内瓦,但他还是保留了美国公民的身份和美国护照。1959年开

① 《圣经》中的人物,意为漂泊者,流浪者。

始，斯诺任美国国际学校教员，曾和学生们一道游览了印度、欧洲和日本。

美国政府限制那些中国共产党欢迎的客人去新中国访问，不给他们签证，违反者将会失去护照，甚至可能被罚款或者坐牢。斯诺 30 年代就成为中国共产党的朋友，他去中国的申请几经周折，直到 1960 年，斯诺才作为“作家”而不是受中华人民共和国政府欢迎的美国记者，成为第一个重新进入中华人民共和国访问的美国记者（而华盛顿却认为斯诺是记者而不是作家），后来他发表了采访的成果《大河彼岸：今日中国》（*The Other Side of the River — Red China Today*，1961）。斯诺创作这本书的目的在于向美国人民真实地介绍“大河彼岸”的新中国的情况，但是由于美国当时的反共气氛，以及斯诺公开对中华人民共和国政府表示同情并倾注高度的政治热情，他的这本书在美国不像《红星照耀中国》当年那么受读者欢迎。1964 年，斯诺再次访问中国，后来发表了许多文章，并拍摄了电视新闻片《占四分之一的人民》。在中国采访期间，中国政府多次邀请斯诺采访毛泽东主席和周恩来总理。

1970 年，斯诺最后一次访问中国，他在这次令人兴奋的访问中得知，中国政府欢迎美国总统尼克松作为旅游者或者是华府官员访问中国。他有两篇文章刊登在《生活》杂志上，使这次访问举世皆知。作为中国人民的老朋友，中国政府和人民不会忘记他当时对“红色中国”的客观报道，曾起到过以正视听的效果；不会忘记在中华人民共和国被封锁的时候，斯诺对新中国的客观报道。斯诺赢得了中国政府和人民的友谊与尊重，所以在他病重时，中国政府曾派出以马海德为首的六人医疗小组，专程飞赴日内瓦为他治疗。斯诺因患癌症医治无效，于 1972 年 2 月 15 日在瑞士去世，去世前他还说，我热爱中国。斯诺去世后，遵照他的遗嘱，他的骨灰被分别埋葬在纽约的哈得逊河畔和中国北京大学两个地方——由他夫人洛伊斯·惠勒·斯诺把他的一半骨灰带到中国，安葬在北京大学未名湖畔的一个小花园中，这个小花园一度是燕京大学校园的一部分。他最后一本书，《漫长的革命》（*The Long Revolution*）在他去世后，由他夫人洛伊斯·惠勒整理出版。

虽然埃德加·斯诺总共发表了 11 部作品，但是他的《红星照耀中国》依然是最受读者喜欢的关于中国的作品。自从 1937 年问世以来——1938 年 2 月 10 日第一个中文全译本在上海出版——在过去的 60 多年中，这本书依然魅力不减，已被翻译成 20 多种语言，拥有许多读者，至今仍然是美国历史学家和新闻研究者比较重视的一本书，“是国外研究中国问题的首要的通俗读物”，[①]那

① 埃德加·斯诺：《西行漫记》，董乐山译，北京：生活·读书·新知三联书店，1979 年，第 5 页。本文引文均出自该书。另外，斯诺夫人洛伊斯·惠勒·斯诺也在《我热爱中国》（*I Love China*）（董乐山译，北京：生活·读书·新知三联书店，1978 年，第 2 页）一书中指出，这本书极为畅销，译成多种文字，使中国人民的争取进步的斗争博得了世人的尊敬和钦佩。

么这本经得起时间检验的书,魅力到底何在?

作为新闻报道性作品,斯诺的《红星照耀中国》"生动而朴实地报道了中国共产党、中国红军和中国工农的英雄的革命业绩"[1],提出并解答了许多关于"红色中国"的问题,如:中国的长征是如何进行的,共产党为什么选择西北作为根据地,他们的领导人怎么样,他们是不是"对于一种理想、一种意识形态、一种学说抱着热烈信仰的受过教育的人?他们是社会先知,还只不过是为了活命而盲目战斗的无知农民?";红军那么能战斗,"是什么使他们那样能战斗?是什么支持着他们?他们的运动的革命基础是什么?是什么样的希望,什么样的目标,什么样的理想,使他们成为顽强到令人难以置信的战士的呢?";中国的苏维埃怎么样,农民支持它吗?"中国共产主义运动的军事和政治前景如何?它的具有历史意义的发展是怎样的?它能成功吗?一旦成功,对我们意味着什么?对日本意味着什么?这种巨大的变化对世界五分之一的人口会产生什么影响?它在世界政治上会引起什么变化?在世界历史上会引起什么变化?"等等。

通过采访,斯诺亲眼目睹了"红色中国"的政府如何维系,红军士兵如何打仗,为什么他们能够在令人难以想象的恶劣的物质条件下,取得一个又一个胜利,使得红色根据地一步步扩大,因为他们首先能够得到占人口大多数的农民的支持,苏维埃政府的政策符合人民的利益;以毛泽东为首的共产党领导人提出的符合民族利益的抗日方针、政策,不仅得到红色根据地人民的支持,而且也得到国统区人民的拥护。此外,斯诺还重点采访了毛泽东、彭德怀等领导人。初见毛泽东,只见他"是个面容瘦削、看上去很像林肯的人物,个子高出一般的中国人,背有些驼,一头浓密的头发留得很长,双眼炯炯有神,鼻梁很高,颧骨突出"。他说:"在我看来,毛泽东是一个令人极感兴趣而复杂的人。他有着中国农民的质朴纯真的性格,颇有幽默感,喜欢憨笑。甚至在说到自己的时候和苏维埃的缺点的时候他也笑得厉害——但是这种孩子气的笑,丝毫也不会动摇他内心对他目标的信念。"应该说,斯诺对毛泽东的采访主要强调了他的优点,他那能为美国人接受的优点或者暗示,如"看上去很像林肯","颇有幽默感"等。虽然作为本书的重点人物来介绍,但是毛泽东是作为一个普通人,一个逐渐具有反叛思想的青年慢慢走上革命道路的,书中不仅介绍了他对父亲的反抗,而且总结出了他那只有反抗才能"保卫自己的权利"的斗争哲学。他把这种哲学大而化之,用来领导人民起来抗争,争取自己的权利,也争来一个红彤彤的世界。

---

① 斯诺:《斯诺文集》(*Selected Works of Edgar Snow*)第一卷《复始之旅》前言,宋久、柯南、克雄译,北京:新华出版社,1984年,第3页。

斯诺对“红色中国”经济情况以及收支情况的介绍，消除了人们的许多误解，苏维埃政府当时每月的开支只有32万元。其中“百分之四十到五十来自没收，百分之十五到二十自愿捐献，包括党在白区支持者中间募得的款项。其余的收入来自贸易、经济建设、红军的土地、银行给政府的贷款”。对共产党的合法存在提供了物质保障方面的宣传与介绍。

中国工农红军这颗耀眼的红星，不仅在中国的西北地区顽强地生存下来，而且不断发展壮大；不仅争得自己的利益，而且通过西安事变的和平解决，[①]迫使中国当时的最高领导人蒋介石停止内战，共同抗日，真正做到联合抗战，一致对外，使中国革命出现转机。

如果说斯诺刚来中国时具有冒险性质，甚至投机色彩的话，那么艾格尼丝·史沫特莱作为《法兰克福日报》(*Frankfurter Allgemeine Zeitung*)的特约记者来中国也带有某种偶然性；但是和斯诺一样，她也在中国待了很长时间，并对中国人民的革命充满同情与敬佩。如果说，斯诺在美国读过新闻系，学习过新闻方面的课程的话，那么史沫特莱则根本没有这种专业方面的训练。但是这丝毫掩盖不了她的成就——她创作了近800万字的作品，主要有《大地的女儿》(*Daughter of Earth*, 1927)、《中国的命运》(*Chinese Destinies*, 1933)、《中国红军在前进》(*China's Red Army Marches*, 1934)、《中国在反击》(*China Fights Back*, 1938)、《中国战歌》(*Battle Hymn of China*, 1943)、《伟大的道路》(*The Great Road — The Life and Times of Chu Teh*, 1943)等，如果我们知道她出生于一个何等贫寒的家庭，她所受的教育如何微不足道，我们更会对她的成就肃然起敬。

1890年，史沫特莱出生在美国西部密苏里州一个穷苦的农业工人家庭，很小的时候，就在父亲的带领下，举家从密苏里州北部搬到科罗拉多州南部。对于做矿工的父亲来说，这个州除了空气，一切都归洛克菲勒家族的燃料钢铁公司所有。父亲做矿工，干粗活，由于前途无望，经常借酒浇愁；她的母亲虽然出身于高贵世家，现在也不得不靠给别人洗衣服、看门、做零活维持生活。在生活无助的情况下，孩子想读书受教育无异于天方夜谭，但是父母还是咬紧牙关，宁肯节衣缩食也要让家里的五个小孩去上当地的平民小学。艾格尼丝没有读完小学，更不用说念中学、大学了，而且她对学校里的诸多清规戒律甚为不满，有点像马克·吐温笔下的汤姆·索亚，不愿意接受富人那种循规蹈矩的文明教育，经常和男孩子打架。15岁以前，她不知道外面的世界什么样，然而

---

① 震惊中外的西安事变发生以前，斯诺就已经到达延安，了解整个过程，而且在《红星照耀中国》中作了及时全面的报道，虽然斯诺不可避免地带有个人的好恶，但是他的整个叙述还是为世人提供了许多珍贵的细节材料。见T. Christopher Jerspersen, *American Images of China: 1931—1949* (Stanford: Stanford University Press, 1996)一书，第200页。

她并不满足于当时大多数妇女的命运,整天围着锅台转,一辈子过着夫唱妇随的生活。这种叛逆性格使她怀疑宗教关于来世的教诲,想通过自己的努力,开始自己的生活。

16岁那年,母亲去世,但是母亲教导她的"妇女应该通过教育自己解放自己"的梦想在她内心深处扎下了根。为维持生计,史沫特莱在姨母的帮助下学过速记,当过速记员,卖过报纸,当过服务员、推销员、卷烟工等,为了能够继续受教育,1911年,她到亚利桑那州坦佩师范学校(如今的亚利桑那州立大学)既当清洁工又做旁听生,干了一年左右的时间,并和美国籍的瑞典工程师欧内斯特·布伦廷结婚。虽然两人的婚姻维持的时间不是很长,但是两人却成了朋友,而且这次婚姻使史沫特莱认识到,"友谊更合于人性",非常憎恨那种所谓"性是男女之间主要的纽带"的说法。①

1917年,史沫特莱离开科罗拉多来到纽约,开始为宣传社会主义思想的报纸《号角》(*The Call*)以及《节育评论》(*Birth Control Review*)撰写文章,她在纽约州立大学听了将近四年的课,认识了许多朋友,可是她与反对英国政府的印度流亡者之间的友谊,以及通信联系,使她在1918年以破坏美国中立法活动的罪名被关进纽约汤姆士监狱——一战结束后,即被宣告无罪释放。然而六个月的牢狱生涯为史沫特莱提供了一个读书写作的机会,因为生平第一次不用再为吃、住发愁,她倒反而能专心致志地埋头读书,并创作了最初的一些短篇小说,如《难友》(Cell Mates)等。

1919年,史沫特莱离开美国,来到德国,参加一个名叫"柏林印度革命委员会"的组织,并与印度流亡领袖维云同居八年,1928年底两人分手。在德国期间,史沫特莱曾在柏林大学研究生院教英语,有时也教几节印度史方面的课。虽然取得了柏林大学攻读哲学博士学位的资格,但是由于要一边读书,一边谋生,没有足够的时间掌握语言工具,遂放弃梦想已久的博士计划。在《中国的战歌》(1943)一书中,史沫特莱比较详细地介绍了当时纳粹党在德国的生成与发展,并分析了德国人民选择纳粹的客观现实:"千百万德国人希望休养生息,谁许诺给他们吃的穿的安定和平,他们就跟谁。"②

1927年,史沫特莱曾到丹麦和捷克斯洛伐克住了九个月,完成了自己的第一本带有虚构色彩的自传体小说《大地的女儿》,1928—1929年,德国《法兰克福日报》在头版连载了这部作品。书中生动地记述了作者幼年和青年时期的苦难遭遇,同时也叙述了父母的悲惨命运,并比较忠实地记录了她自己如何通过发奋努力,刻苦自学,从而成为有一定影响的记者和作家的生活。

---

① 史沫特莱:《史沫特莱文集》(*Selected Works of Agnes Smedley*, Vol. 1)第一卷,《中国的战歌》,袁文、贾树榛、袁岳云译,北京:新华出版社,1985年,第6页。

② 史沫特莱,第22页。

1928年暑假到法国度假时，史沫特莱决定去中国。在度假回德国的途中，她曾在梅因省法兰克福市稍作停留，遇到《法兰克福报》的几位编辑，签订了担任该报驻中国特约记者的合同。在这之前，她花了将近两年的工夫研究中国革命的历史及现状，对中国的国共合作及其之后的统一战线破裂等都比较了解。虽然在新闻采访方面，她属于初出茅庐之辈，丝毫没有经验，但是她并没有被困难所吓倒，从而开始了其后由陌生到熟悉，而且同情中国革命的漫长历程。

1928年12月下旬，史沫特莱坐火车经过苏联到达我国东北，1929年元旦到达哈尔滨，目睹国民党党旗在东北升起——这也意味着日本在东北的计划受挫。通过学生的帮助，她在东北住了将近三个月，通过外国领事人员、中国铁路官员、中外官方人士、大中学生和出版物以及各种渠道了解日本人对铁路系统、政府机关、人民团体、工厂矿山、土地投资等方面的经济控制和政治渗透的程度，"他们的触角如水银泻地、无孔不入地伸到各方面，哪怕中国方面有一点点改良，他们就认为是对日本莫大的威胁"。[①] 虽然她最初所写的一些情况报道，如《日本在满洲的铁拳》直到1931年"九·一八"事变后才由《法兰克福日报》予以发表，但是她对日本政治野心的分析预示了她的远见和新闻才能。

史沫特莱结交了许多中国朋友，1930年仲秋的一个晚上，史沫特莱第一次遇见了对她"影响最深的人物之一"鲁迅先生。"因他不会英语，能说德语，我们就用德语交谈。他的举止，他的谈话，他的每一个手势，无不显示出难以言表的和谐和他那人格完善的动人处。在他的面前，我不禁自惭形秽、粗鲁野蛮、如同土偶。"[②]和许多中国进步青年一样，她对鲁迅非常景仰，之后，她和鲁迅、茅盾成为好朋友，三人一起为欧美新闻界写稿，共同收集出版了德国民间艺人珂勒惠支夫人的版画。1931年2月21日晚，当柔石等进步青年惨遭国民党杀害后，鲁迅先生在悲愤中完成《写于深夜里》，控诉国民党的暴行。由于这篇手稿的内容并不为读者广泛熟悉，在此节选一段，以纪念那些在黑暗中怨死的魂灵："在中国的过去，一个死囚临刑。照例走完一个过场，准他喊冤枉，让他说无罪，由他骂昏官，听他摆业绩，任他表白不怕死的英雄气概。上杀场临刑前，观众会喝彩，他勇敢的死讯会传播开去。在我年轻的时候以为这些做法是既野蛮又残酷的，而今我看过去的统治者们让死囚这样做是他们对自己的权力满有自信和勇气的证据，让死囚开口的做法多少含有一点仁慈、一点恩惠的。"[③]由于同情革命，史沫特莱和哈罗德·艾萨克斯一起在上海创办了激进刊物《中国论坛》。同年，她参加宋庆龄女士任主席的中国第一个民权保障同盟，

---

① 史沫特莱，第36页。
② 史沫特莱，第73页。
③ 史沫特莱，第80—81页。

为中国人民争取民权出力,并设法营救过中国女作家丁玲。

1933 年,美国先锋出版社出版了史沫特莱的第一部关于中国的作品《中国命运》。由于作者广泛接触了当时中国的各个社会阶层,对社会现状有比较清醒的认识,所以当时动荡的社会现实、深刻的阶级矛盾以及革命斗争在书中都有真切的再现,体现了作者对中国人民的同情与支持。她的第二本书《中国红军在前进》1934 年首次在莫斯科出版,是她在苏联疗养期间完成的,主要根据一名在上海养伤的红军司令员提供的第一手材料,描绘了 1927 年至 1932 年间,中国人民寻求统一,中国共产党建立苏维埃政府同国民党进行斗争的历史画卷。

1934 年,史沫特莱的大部分时间是在美国采访,年底,她第二次来到中国,到西北采访。1936 年 12 月 11 日,西安事变爆发,史沫特莱主持英语广播节目,驳斥南京国民党电台宣传的所谓红军占领西安,到处杀人放火、奸淫掳掠等谣言,如实地报道了自己采访西北政界人物、红军代表、救亡领袖的文章。1937 年 1 月 12 日,史沫特莱离开西安,到"红色中国"访问,一到延安,就由已经加入红军的美国医生马海德介绍,见到了工农红军总司令朱德,交谈几次后,打算创作朱德的传记,劝说他应该代替农民说话,后来完成了朱德的传记《伟大的道路》。

由于红色根据地处于国民党的包围、封锁当中,外界根本不知道这儿的确切情况,国外记者只好采用国民党政府的报道。为了打破这种消息封锁,史沫特莱向上海方面最有权威的十多位外国编辑和记者发出了授权邀请信,相信他们如果能够直接采访红军,决不会采用国民党污蔑攻击红军的官方报道。事实证明,访问过中国红军的记者都有一个共同的观感: 延安根据地是一个新的世界,这儿有当代中国的新人,有未来中国的希望。而毛泽东的幽默风趣也赢得许多外国朋友的好感,英国有个爵士,回到汉口后,竟说,他永世不忘毛泽东。

1937 年 10 月中旬,史沫特莱和两个中国记者去山西省省会太原采访,并对两位中国同行说,他们的第一篇报道应该报道伤兵的情况,由于当时缺乏医药,很多伤兵无法得到及时的医治,所以她觉得应该尽最大的努力争取国际援助和志愿援华医疗队前来中国。由于她的辛勤工作,外国许多进步人士和医药界朋友给中国伤兵提供了巨大的援助。她和毛泽东一起向美国人民发出请派遣外科医生到八路军来的呼吁书;和朱德共同写信给印度国大党,邀请他们派合格的医生来华到各抗日军队工作;动员了包括白求恩和柯棣华大夫在内的一批加拿大和印度医生来中国抗日根据地工作。

1938 年史沫特莱是在汉口度过的,10 月汉口沦陷后,她以《曼彻斯特卫报》(*Manchester Guardian*, 1938—1941)特约通讯员的身份,追随八路军、新四军转战华北、华中和华东地区，写了许多战地通讯和报告文学，记录了新四军在叶挺将军的领导下，顽强奋战、配合主力部队作战、牵制敌人的英雄事迹。史沫特莱还特别提到叶挺将军一件富有传奇色彩的故事：新四军内部的堕落分子高敬亭，如今已成为新军阀，为对付叶挺，布置好警卫连威胁等待，然而叶将军竟赤手空拳走进他的防区，宣布逮捕他，就这么把这位"高司令"押到军人大会上公审，通过投票判处他的死刑。

1938 年，她的日记体、书信体作品《中国在反击》由美国先锋出版社出版。该书记述了她从 1936 年西安事变到 1938 年抗战初期在华北地区的生活经历，反映了华北地区的政治和军事形势。

1940 年 9 月，史沫特莱取道香港回美国治病，同时继续宣传中国人民的抗日战争，为争取国际援助与道义上的同情而不懈努力，1943 年完成《中国战歌》和《伟大的道路》。《中国战歌》详细介绍了她在上海与鲁迅、茅盾等人的友谊与革命情谊；记载了西安事变的经过与解决方案——书中还详细记载了张学良将军为了照顾蒋委员长的面子，曾安排群众到机场给他送行的场面；同时该书也记载了台儿庄大捷，极大地鼓舞了中国的抗日热情，以及新四军如何在艰难情况下英勇抗争，并揭露了皖南事变中国民党政府的对日妥协以及对骨肉同胞自相残杀的真相。《中国战歌》一书被公认为第二次世界大战期间报道战地情况的最佳作品之一。①

朱德同志的传记作品《伟大的道路》，比较详尽地记载了朱德前 60 年所走过的丰富多彩，同时也充满坎坷的人生之路。青年时期，朱德致力于推翻清王朝专制的国民革命，1911 年追随蔡锷将军在云南起义；他也是国民党早期成员之一，然而当早期的国民革命蜕变成军阀割据、相互混战后，他在四川、云南过着旧式军人的生活。五四运动爆发后，他在云南也感受到启蒙思想，随即开始阅读进步书刊，参加知识分子读书会。虽然此时朱德已经人到中年，但他毅然与旧生活决裂，寻找中国共产党的领导人，并去欧洲留学。在柏林他找到了中国共产党的第一个小组——周恩来是小组负责人，经过同意，加入该组织。这位曾经叱咤风云的军人现在当起了学徒，帮助排印中文报纸，同时还跟军事专家学习军事知识。

1926 年，朱德取道苏联回国，参加国民革命。1927 年他担任南昌警察局局长，兼任军官教导学校校长。同年 8 月 1 日，在周恩来领导下，和叶挺、贺龙等率领部队发动震惊中外的南昌起义，后转战广州、汕头，带领剩余部队进入湖南，到井冈山和毛泽东领导的队伍会师，成立第一支红军部队，建立第一所

① 史沫特莱：《革命时期的中国人》，麦金农编，王恩光、许邦兴、刘湖译，北京：中国展望出版社，1984 年，第 20 页。

军政训练干校和第一座兵工厂。十年内战期间,这支红军被称为朱毛红军,毛泽东担任政治委员,朱德一直担任总司令。

朱德在总结自己成功的军事经验时说,他每打一仗,都要查勘地形,精密计划一切,而且坚持要从一切角度对敌人的阵地有清楚的了解。但更重要的是,他能与士兵亲密接触,并一直跟民众保持很好的关系。

除了杰出的军事才能,以及与士兵等的良好关系之外,朱德对跳舞也比较大胆。在延安采访期间,史沫特莱和朱德破除迷信,揭开了交际舞的场面,但在延安的妇女中,她也赢得了破坏军风的恶名。由于人言可畏,有一次朱德邀请她跳舞时竟然遭到拒绝。朱德却非常勇敢,指责她怕事,并说:"我同封建主义斗了半生,现在还不想罢休!"于是,史沫特莱说自己只好站起来以民主的名义和他跳了一次。

1949 年 2 月 10 日,史沫特莱在美国比较安定的创作生活结束了。她被自己的同胞污蔑为"俄国间谍""颠覆分子",对她攻击最厉害的是查尔斯·威洛比少将。[①] 因此,当她 10 月份听说中华人民共和国成立的消息后,她决定重新回中国。在等待签证期间,她于 1950 年 5 月 4 日在伦敦做了一个胃溃疡切除手术,但是却于 5 月 6 日去世。她临终前留下遗嘱,要把骨灰埋在中国的土地上。1951 年 5 月 6 日,在她逝世一周年之际,她的骨灰被安葬在北京八宝山烈士公墓,墓前竖立着一块大理石墓碑,朱德亲笔题写"中国人民之友,美国革命作家史沫特莱女士之墓"。

虽然埃德加·斯诺和艾格尼丝·史沫特莱的名字不见于经典的美国文学史,但是他们关于中国的新闻报道以及关于中国共产党领导人的传记文学作品却被翻译成多种文字,吸引了海内外许多读者,成为中美文化交流的宝贵财富。斯诺和史沫特莱对中国人民博大的同情与个性化的文风必将在中美两国的文化交流史上成为后人景仰的两座丰碑。

---

① 史沫特莱:《革命时期的中国人》,见该书第 27 页的第 17 条注释。

# 第六章

# 两次世界大战之间的美国犹太作家

美国犹太裔文学的发展由来已久。最早的意第绪语戏剧创作可以追溯到19世纪末。1882年俄国沙皇宣布禁令,迫害犹太人。[1] 当时一批年轻的犹太戏剧爱好者逃到了国外,其中一部分人来到了美国,继续从事戏剧活动。时至20世纪初,仍有相当一部分作家用意第绪语创作戏剧,如休勒姆·阿希(Sholem Asch)等剧作家。[2] 此外,在新闻报刊方面,犹太文化也有了长足的发展。据不完全统计,自1900年至1920年美国各地约有几百家意第绪语报刊,如比较保守的《晨报》(*Morgn zshurnal* [Morning Journal])、主张犹太复国主义的《犹太斗士报》(*Yidisher kemfer* [Jewish Fighter])和《时代》(*Tsayt* [Time])、共产党进步报刊《自由报》(*Frayhayt* [Freedom])、知识界杂志《新生活》(*Naye lebn* [New Life])与文化杂志《未来》(*Tsukunft* [Future])、《新国家》(*Naye land* [New Country])和《文学世界》(*Literarishe velt* [Literary World])等。20世纪初,美国犹太移民作家用本民族语言意第绪语进行文学创作,如1908年一群青年诗人和作家创办了一家文学杂志《青年》(*Yugnt* [Youth])。另一批从东欧移民美国的犹太人还用希伯来文创作,而且也是在第一次世界大战前后逐步繁荣起来。不过也有不少犹太人选择用英文创作,如斯泰因、[3]卡汉、安婷和叶捷斯卡等。本书的具体讨论只限于用英语创作的作家及其主要作品。

从第一次世界大战结束到第二次世界反法西斯战争胜利之间这个时期,一直被认为是美国人历史上一个激烈变革的时代。作为移民及其后裔的美国犹太人同样切身体验了这一时代的变革。当时,在美国的犹太人愈来愈感到身在国外将受到法西斯主义的威胁,而且这种威胁将会永久地存在下去。同时,他们对国内各种反犹主义倾向深感不安。尽管如此,处于这一历史时

---

① 据说在1882年俄国沙皇亚历山大三世在国内禁止意第绪语戏剧活动。当时大批犹太人被迫移民国外,其中不少来到美国,创立了第一家意第绪语剧社。19世纪80年代美国有两大竞争比较激烈的犹太戏剧社团,即约瑟夫·拉蒂纳(Joseph Lateiner)主管的"东方剧社"(The Oriental Theatre)和莫利斯·霍罗威茨(Morris Horowitz)主持的"罗马尼亚剧院"(The Romania Opera House)。两者都致力于表演使人激动流泪的歌舞节目。这些节目往往是一些悲喜交织的歌舞杂耍和外表华丽但滑稽可笑的表演,旨在让犹太人在艰难的移民生活以外感受一下暂时的轻松、快乐。

② 阿希曾在1907年用意第绪语创作了《复仇的上帝》(*Got fun nekome* [God of Vengeance])。作品于1923年用英文改编后在纽约百老汇上演。1996年该剧被重新译成英语,两年后在康涅狄格州的纽黑文(New Haven, Connecticut)上演,并获得好评。

③ 鉴于斯泰因在英美文坛的特殊影响,本书对她另节讨论。

期的美国犹太人,无论其经济地位还是社会地位都得到了长足的发展。当然 30 年代大萧条时期那段艰苦的岁月使他们和别的民族一样也遭受了重大的打击。

随着犹太人在美国经济和社会等领域里地位的升迁,其文学、文化思想也得以迅速发展,涌现了相当可观的具有影响力的作家和作品。这一可喜的情形使来自东欧的犹太移民及其第一代、第二代犹太裔美国人都觉得他们迎来了一个太平盛世,从而大大激活了他们积郁已久的思想潜能。生活在这样一个时代,美国犹太人及其后裔正乐滋滋地构想他们未来的福佑国。可以说,这是美国犹太人得以进入社会生活各个领域的最佳时期之一,也为战后犹太裔美国文学的蓬勃发展奠定了基础。

20 世纪 20 年代是美国历史上从未有过的辉煌时代,政治安定,社会稳定,经济繁荣,思想活跃。充分享乐和普遍的乐观是这个时代的代名词。所以历史学家要把这个时代叫作"咆哮的 20 年代"或"爵士时代"。与所有其他美国人一样,犹太人也要面对政府的禁令,如"禁酒运动"等,同样可以尽情享受不断繁荣的经济带来的各种好处,不断开拓新的事业和投资经营房地产和股票生意。他们以十分喜悦的心情迎接这个机遇与挑战并存的崭新时代。但是他们又不得不担忧这样一个没有节制、过于放纵的时代很容易使他们的下一代走向堕落。这些年轻人在星期六还经常出入电影院,而不去教堂礼拜。他们迷恋那部题为《爵士歌唱家》(*The Jazz Singer*, 1927)的有声电影。不过,在 1929 年纽约股票跌落和随后发生的 30 年代经济大萧条之前,美国犹太人主要关注的是美国这个社会能否给他们一个安身立命之处。

在宗教领域内,犹太教内部也经历了几次变革。原来由改良教派(Reform)、保守教派(Conservative)和正统犹太教(Orthodox Judaism)三大不同宗教势力组成的社群也开始分化或重组,出现了群众性宗教事务活动锐减的现状。犹太人一向以纯血统来维持的家庭纽带开始崩裂。年轻一代正逐步美国化,且普遍放弃说意第绪语而转向了英语。犹太妇女的角色也随着他们走出家庭参与社会劳动而发生了变化,从一开始的家庭妇女到具有一技之长的社会劳动者。她们中愈来愈多的人不仅受到了良好的教育,而且参与了各种社会、政治团体活动,并日益发挥着她们应有的作用。20 年代的美国虽然繁华,但潜隐着一种焦虑不安的流行病。民族主义和恐外症似乎是并存的。一部分美国人对外来移民和"族裔另类"(ethnic others)采取敌视态度。一些名牌大学的法律和医学专业抛出了所谓配额制,以限制从事这些领域工作的犹太人数目。美国的一些持有偏见的组织机构及其社会守旧分子开始大肆鼓吹和推行种族政策,实行种族和宗教歧视。

犹太人虽然不是遭到这种歧视的唯一美国少数民族,但他们往往是这些种族政策首要攻击的目标之一。1922年美国三K党势力重新抬头，出现了不少新的组织。据说到1924年全国总人数已达400万。[①] 三K党组织主要向天主教发难，尤其是黑人。社会上逐步推行星期日禁止娱乐法规以确保星期天安息日的实施。当时不少犹太人起来抗议这一行动，认为美国这么做等于强调自己本质上只是个基督教国家。1921年的移民限制令和1924年的"约翰生法"(Johnson Act)等移民限制法阻止了南欧和东欧犹太人向美国移民。这也使说意第绪语的犹太人大大减少。与此同时，移民限制法还致使当时滞留在欧洲法西斯集中营的成千上万的犹太人不能摆脱牢狱之苦，更不能进入美国。

20世纪20年代，亨利·福特(Henry Ford)[②]允许他的报纸《自立人》(*Dearborn Independent*)[③]从1922年起发表了一系列具有反犹倾向的文章。该报纸还继续散布1905年出现于沙皇宪兵之手的有害书《犹太长老议事录》(*Protocols of the Meeting of the Learned Elders of Zion*)中的有关内容。这本小册子的内容仍在一些反犹组织中散发传播，为美国的排犹运动推波助澜。事实上，这本小册子是根据一部19世纪法国小说里虚构的内容改写而成的。所谓"议事录"就是指犹太人当时在布拉格一家公墓召开会议商讨主宰世界的密谋计划。据说，1927年福特在犹太人的抗议声中还专门为此向犹太人道过歉。其实，当时为反犹主义鸣锣开道的远非福特一人。像亨利·普拉特·费尔柴尔德(Henry Pratt Fairchild)撰写的《错误的熔炉》(*The Melting-Pot Mistake*, 1926)[④]和B.J.亨德里克(Burton J. Hendrick)创作的《美国的犹太人》(*The Jews in America*, 1924)[⑤]等都举起了反犹主义旗子，参与当时的反犹活动。当时的一个普遍信念就是犹太人不易同化因而是美国的一大危害。就连海明威、菲茨杰拉德这样一些有名望的世界大手笔都不可避免地在他们的作品中涉及犹太民族的"顽固性"，如前者《太阳照样升起》中罗伯特·科恩

---

① 事实上，当时美国并没有这么多三K党徒。到1929年整个组织已经萎缩，全国已剩下10万左右。自从二战结束以来，三K党组织内部由于利益和权限冲突，分化很大，基本上局限于区域性活动。有关该组织具体人数的变化，可参阅"Preface" to Michael & Judy Ann Newton's *The Ku Klux Klan: An Encyclopedia* (New York and London: Garland Publishing, Inc., 1991), p. x。

② 有关福特对犹太人的看法及偏见，可以参阅 Henry Ford, *Ford Ideals: Being a Selection from Mr. Ford's Page in The Dearborn Independent* (Dearborn, Mich.: Dearborn Publishing Co., 1926)一书。

③ 该报纸专门刊登有关犹太人的文章，其中一部分后来收集在 *Aspects of Jewish Power in the United States; Vol. IV of the International Jew, the World's Foremost Problem; Being a Reprint of a Fourth Selection of Articles from the Dearborn Independent* (Dearborn, Mich.: The Dearborn Publishing Co., 1922)一书中。

④ Henry Pratt Fairchild, *The Melting-Pot Mistake* (Boston: Little, Brown and Company), 1926.

⑤ Burton Jesse Hendrick, *The Jews in America*, Garden City (New York: Doubleday, Page & Company), 1923.

(Robert Cohen)和后者《了不起的盖茨比》中迈耶·沃尔夫谢姆(Meyer Wolfsheim)等人的性格肖像描写。① 正是由于犹太裔作家与非犹太裔作家在犹太民族性格上的认识差异才导致彼此间无休止的争执。20年代美国犹太人对文学作品中描写的刻板犹太人形象特别反感。他们最不喜欢那个上演很久的剧本《艾比的爱尔兰玫瑰》(*Abie's Irish Rose*,1922),因为其中对犹太人的描写过于戏剧化,近乎到了丑化的步。

反犹与其他排外政策是一脉相承的,可以追溯到第一次世界大战美国参战时期。那时在美国生长的美国人觉得从欧陆移民过来的各个民族,在这场战争中关注的是他们在欧陆的家园的命运而不是真正的美国利益。1911年的俄国十月革命更加剧了美国人对异族的恐慌,总喜欢把激进、不安、暴动和不道德与外族人联系起来。20年代大多数企业都不愿接受犹太人。所以很显然,那个时候几乎看不到一个犹太工程师。像钢铁、煤炭、汽车、能源和金融等部门很少让犹太人进入其管理层。名牌大学对犹太人实行限制招生。一些俱乐部对参与活动的犹太人数量也进行限制。许多居民区还严格控制犹太人居住的人数。由于主流社会对犹太人的种种限制,为了生存,不少犹太人改名换姓,包括著名作家威斯特和罗尔夫等。前者原名叫内森·韦恩斯坦(Nathan Weinstein),而后者的真名则是所罗门·费希曼(Solomon Fishman)。尽管当时美国排犹倾向十分严重,对犹太人的生活实行种种限制,但是美国犹太人不放过一切机遇,紧紧抓住美国生活的各个层面,凭着自己民族特有的忍耐和机智终于为自己闯开了一条血路。在遭受歧视的各民族中,犹太人更注重教育。可以说,是知识和技术给他们赢回了自尊。在相当短的时间内,他们超越了其他少数民族,一下子占领了服装、商务、娱乐和房地产等许多生活行业,并很快发展成为这些生活行业里的中坚,从而改变了塞缪尔·奥尼茨(Samuel Ornitz)在其《腿、腹和喉》(*Haunch, Paunch and Jowl*,1923)一书中所谓"犹太人没有美国属性"的悲观说法。②

随着更多犹太人参与国家社会事务和经济行业,他们的生活得以改善。然而这并不表明排犹运动已经结束。事实上,30年代大萧条时期美国反犹组

---

① 当时对犹太人作类型描写的美国作家还有露德威格·刘易索恩(Ludwig Lewisohn)、本恩·海契特(Ben Hecht)和马克斯韦尔·波登海姆(Maxwell Bodenheim)等。具体可以参阅 Lewisohn, *An Altar in the Fields* (New York & London: Harper & Brothers, 1934), *Among the Nations: Three Tales and a Play about Jews* (Philadelphia: The Jewish Publication Society of America, 1948), *American Jew Character and Destiny* (New York: Farrar, 1950); Hecht, *Broken Necks* (Chicago: P. Covici, 1926), *Actor's Blood* (New York, 1936)和 Bodenheim, *Sardonic Arm* (Chicago: Covici-McGee, 1923), *Ninth Avenue* (New York, 1926), *Returning to Emotion* (New York: Boni & Liveright, 1927), *A Virtuous Girl* (New York: Mayfair Publishing Co., 1930)。

② 有关这方面的论述,可以参阅 Samuel Ornitz, *Haunch, Paunch and Jowl* (New York: Garden City, 1923)一书。

织的活动愈演愈烈。它们与其他法西斯组织一起参与压制和歧视异族移民的活动。在这场经济危机中犹太人受到了巨大的冲击。他们中很多人被迫加入了庞大的失业队伍。即使已经进入中产阶级的犹太人也只能勉强糊口，要靠过分的节俭来维持生活。较早描写大萧条给中下层人带来生活困苦的作品有犹太剧作家奥德茨的《醒来歌唱》(*Awake and Sing*,1934)、约翰·霍华德·劳森(John Howard Lawson)的《乔尼·约翰逊》(*Johnny Johnson*)和金斯利的《死路一条》(*Dead End*)等。处于经济危机、生活得不到保障的现实中的人们，已没有兴趣去构想他们美好的、梦幻般的人生。他们最关注的是如何度日，因而他们更加关注现实问题。身为作家就应该将此时此刻发生的事件如实地反映出来。30 年代不少作家都把自己看作是现实主义者，并在创作中尽量反映社会现实，尤其是广大劳动群众的生活现状及他们因疾病或失业而造成的极端困苦和垂死挣扎。戈尔德的小说《犹太人没有钱》(*Jews without Money*,1930)为当时左翼"无产阶级文学"(Proletarian Literature)提供了一个范例。当时"无产阶级文学"曾经流行一时，但随着 1935 年美国经济的逐步复苏和人民群众的生活有所改善，它很快就走向低谷。

30 年代美国文坛最突出的是现实主义文学，与 20 年代蓬勃兴起的现代主义文学构成了对垒之势。与 20 年代文学批评家注重文学的复杂性、典故和语言晦涩等完全不同，30 年代的批评家更关注作品的现实意义。他们衡量一个作品的价值主要看其是否直接、真实地描写现实生活，是否具有社会批判性。这是 20 世纪美国文学史上第二次文学观念之争。早在 20 年代初，新兴的美国现代主义文学向传统的"雅文学"(The Genteel Tradition)发难。由于现代主义文学家们能够面对现实，及时地撕开了以"雅文学"为代表的温文尔雅的假面具，公开讨论性、金钱以及如何获取它们这样的社会问题。现代主义作家也为 30 年代的作家继续深入考察社会树立了榜样，其对美国 30 年代文学的影响是有目共睹的。这个时期的美国犹太作家也不例外。他们纷纷从现代主义大师那里吸收创作营养，从而丰富和发展自己的创作实践，如亨利·罗思(Henry Roth)创作的《叫它睡眠》(*Call It Sleep*,1934)等。诗人苔丝·斯莱辛格(Tess Slesinger)也向 T. S. 艾略特取经，以他的《荒原》为蓝本进行创作。斯莱辛格在 1932 年推出的短篇小说《弗林德斯女士》(Missis Flinders)是首次在《米诺拉杂志》(*Menorah Journal*)这样严肃、守伦理的刊物上谈论堕胎的作品。故事中将女人堕胎的心理负担和深切感受描写得细腻生动，颇有时代精神，基本体现了二三十年代美国普遍的性道德问题和妇女的复杂心理。到 40 年代美国文学中的两大分支现代主义与现实主义几乎熔为一炉，难分你我。这在描写第二次世界大战的诗歌中可见一斑。主要诗人有卡尔·夏毕洛

(Karl Shapiro)、戴尔默·施沃茨(Delmore Schwartz)、[①] 斯坦利·库尼茨(Stanley Kunitz)[②]和缪瑞尔·洛克塞(Muriel Rukeyser)等。

如果从30年代美国犹太作家的整个创作实践来看,不难看出他们的创作态度并不一致,而且有时还会出现完全对立的倾向。他们中间也是派别林立,有一般现代主义作家,也有像奥德茨和戈尔德这样的激进左翼作家,甚至还有更左的斯大林主义者和反斯大林主义者。这个犹太作家群体还与同时期其他族群作家如美国意大利作家多纳托(Pietro di Donato)、爱尔兰裔作家詹姆斯·法雷尔、亚美尼亚作家萨罗扬和非裔美国作家赖特等联系起来,交互影响,成为当时美国主流文学以外不可忽视的又一生力军。

第二次世界大战爆发后美国并没有立即参战。除了当时政府没有具体行动外,大多数美国人也不想卷入战争,尽管他们不时听到来自欧洲的关于德国法西斯纳粹的罪恶行经。时任美国总统罗斯福谨慎从事,因为他要把更多的精力放在即将举行的总统大选上。1940年夏天在纽约的一次演讲中他还振振有词地宣称美国决不派军队去美国以外打仗,同时又称美国是个"民主军火库"(an arsenal of democracy)。实际上美国当时就是这样不断向交战中的国家提供武器,并从中获得经济利益的。它先向英国提供了50多艘驱逐舰,后来在苏联遭到德国进攻后又援助苏联以免它在北大西洋的护航舰队受到损失。美国真正参战是在1941年12月日本偷袭珍珠港之后。

美国犹太人对1933年德国以希特勒为首的纳粹党上台执政十分敏感。他们预感到自己将要经历一场浩劫。果然如此,德国先向50多万德国境内的犹太人开刀,接着又把毒手伸向居住奥地利和捷克的犹太人。随着德国侵略势力的进一步扩张,它几乎占领了整个东欧地区,其中包括俄国的大部分欧洲领土。时至1942年,德国已经控制了居住在这些地方的几百万犹太

---

① 戴尔默·施沃茨(1913—1966)是罗马尼亚犹太移民的后裔,生于纽约布鲁克林。施沃茨早年喜欢哲学,并有幸成为世界知名哲学家霍克(Sidney Hook)教授的学生。1935年他毕业于纽约大学,获得哲学学士学位。毕业后他曾去哈佛大学读过一段时间研究生,但由于奖学金问题很快就退学。1937年回到纽约后,他就着手文学创作,并在很短的时间里出版了《责任在梦里诞生》(*In Dreams Begin Responsibilities*,1938)一书,即刻引起广泛的关注。但在三四十年代,施沃茨的诗歌创作还属于起步阶段,而且作品并不多。不过他对"异化"、"种族分离"和"怀疑"等主题的描写还是受到T. S. 艾略特和后起之秀艾伦·泰特(Allen Tate)等诗人的肯定。1960年施沃茨还获得了博林根诗歌奖(Bollingen Prize in Poetry)。他的主要诗作有《与我同行的那头笨熊》(The Heavy Bear Who Goes with Me,1938)等。具体可以参阅Delmore Schwartz, *Summer Knowledge: New and Selected Poems, 1938—1958* (Garden City, N. Y. : Doubleday, 1959)一书。

② 斯坦利·库尼茨(1905—2006)是美国文坛的一棵不老松,生于马萨诸塞州的伍斯特(Worcester),祖籍立陶宛。库尼茨毕业于哈佛大学,20多岁开始创作诗歌,主要发表在《诗刊》、《日晷》和《国家》(*Nation*)等刊物上。1930年他出版了诗集《理智的事物》(*Intellectual Things*)。40年代库尼茨在军队服役,并著有《通向战争》(*Passport to the War*,1944)。虽然库尼茨涉足文坛较早,但他的主要创作成就和影响还是在战后和20世纪末,如1995年他获得了国家图书奖(National Book Award)和2000年荣获美国桂冠诗人称号等。

人。为了消灭这些犹太人，德国法西斯实行其惨无人道的“最后解决方案”(EndlÖsung)。①

对犹太人命运的追忆和反思一直是美国犹太文学最关注的主要话题之一。问题是，这些美国犹太人对欧洲犹太人及遭屠杀的事实究竟知道多少。实际上一直到二战结束后人们才知道这场浩劫。尽管战争期间，有人专门用文艺的形式揭露过这种法西斯罪行，如本恩·海契特在1943年创作了一个反映欧洲几百万犹太人遭杀戮的杂剧，并在纽约麦迪逊广场表演了这出戏。这次演出的目的就是要引起美国社会对欧洲犹太人悲惨命运的重视。不久，许多犹太人组织都起来呼吁，就连当时任美国财政部长的亨利·摩根索(Henry Morgenthau)也出来献计献策，敦促美国政府采取必要的措施制止这种非人道行径。美国政府也认为要拯救犹太人最好的办法是尽快用美国的军事力量摧毁敌人结束这场战争。但由于种种历史原因，这场战争持续了相当的时间。到1945年5月德国战败后，大部分欧洲犹太人已遭到杀戮。反观这段历史不仅让人觉得触目惊心，而且也使人在惋惜之余深感万般无奈。

二战使美国犹太人的美国属性得以进一步巩固。约55万美国犹太人在军队服役。其中有六万多人因作战勇敢表现突出而获得嘉奖，四万多人丧生。许多犹太人还参与国防工业、政府机构、电影、新闻和其他媒体事务的工作。战争结束后，美国迅速发展起来成为世界军事、经济强国和唯一拥有核武器的国家。美国犹太人由于战争时期在各个领域的不懈努力已使自己的社会经济地位得以较大程度的改善。他们中进入美国中产阶级和职业队伍的人愈来愈多。不少犹太人开始从贫民区或种族隔离的犹太聚居区迁往比较富裕的地方或郊外。随着经济生活的不断改善，犹太人受教育程度也大幅度地得到提高。无论年轻年老，美国犹太人都想接受高等教育。犹太人因为重视教育、尊重本民族文化，所以他们不仅能很好地保存自己的民族文化而且对美国文化的发展作出了应有的贡献。战后美国犹太人在人文、社会科学和自然科学等领域里所取得的成就是有目共睹的。

---

① 这是1942年1月20日德国民族社会党和政府机关的一些领导人组织的法西斯团体在柏林万湖召开的会议，俗称“万湖会议”(Wannsee Conference)。会上与会代表讨论了如何从肉体上消灭犹太人的各种方法。此次会议的决议就是铲除犹太人。这个决议可以视为紧接着的大肆屠杀动员令。正是这场残酷的迫害运动致使欧洲前后约五六百万犹太人死于非命。

## 第一节
## 韦斯特的小说创作

纳撒尼尔·韦斯特(Nathanael West, 1903—1940)是20世纪30年代美国著名的犹太作家,堪称"迷惘一代"的一位天才作家。然而在他生前,韦斯特并没有受到应有的重视。学界真正对他感兴趣是在他遇难之后。从四五十年代起,有关他的评论文章不断面世。[①] 综观这些评论可以看出,学界对韦斯特的关注主要因为他所呈现的小说世界并不复杂,而且还相当有限,没有像海明威等人的小说那样波澜壮阔。然而韦斯特创作的这个有限的小说世界却隐含了更为丰富的失望之情。韦斯特的无奈甚至绝望之情要比20年代"迷惘一代"作家所传达的要更加深刻。在他的笔下,人们虽然见到的多半是寻常事,但正是在这些平凡事里体现出一种非凡与崇高,如小说《孤心小姐》(*Miss Lonelyhearts*,1933)中的贝蒂形象。她是天真的代表,但有时也显得麻木不仁。不过在对待孤心小姐上她是相当诚恳的。她真心希望淳朴的乡村风光能够治疗孤心小姐的心病。为此,她建议孤心小姐到乡下去住:

> 她于是把自己在农场上的童年生活讲给他听,讲她怎样热爱牲畜,又讲到乡间的清醇的声音和乡间气息,还有乡下一切都是如何清新、清洁等等。她说他应该到那里去居住,还说假如他去了就会发现他的一切烦恼原来都是喧嚣的城市生活造成的。[②]

书中另一个形象是具有反基督情绪的叛逆性施里克。他是这个世道的主宰,代表了一种超越情感的智力。他总是以冷眼看世界,甚至用一种玩世不恭的态度来逃避痛苦。难怪他要悲愤而失望地疾呼:

> 你在经历一个充满悲哀和痛苦的世界。那里的人们除了疾病和警察以外

---

① 据说,有位叫威廉·怀特(William White)的学者曾经作一次文献调查,收集了有关韦斯特的大量文章及研究资料的不同条目,足足有18页的篇幅。具体内容可以参阅 James F. Light, *Nathanael West: An Interpretative Study* (Evanston, ILL.: Northwestern University Press, 1961)一书。

② Nathanael West, *Miss Lonelyhearts* in *The Complete Works of Nathanael West* (New York: Farrar, Straus and Giroux, 1966), p. 106. 以下引自同一小说不再另注。

对一切事物都感到陌生。他们不是受到疾病的折磨，就是听任警察的任意摆布。……

痛苦，痛苦，痛苦，内心中和头脑里隐隐的、持续的、恶毒的、慢性的痛苦。世上只有一种伟大的精神药膏才能将其解除。……

对于施里克来说，爱情已经死亡。只有圣人才能在自己的水上行走。他嚷道："在人的皮肤底下，是一座奇妙的莽林，在那里血管像茂盛的热带植物似地悬挂在成熟过了头的器官旁，野草似的内脏红黄相间，纠结在一起蠕动。"这里，施里克奉行达尔文主义，把人类世界看作是一个动物的竞技场。

韦斯特生于纽约市，原名内森·韦恩斯坦(Nathan Weinstein)，是来自俄属立陶宛犹太移民的后裔，具有良好的家庭教育背景。父母双方家庭都是富裕的建筑承包商。由于受到俄国排犹政策的影响，两家都觉得有必要移民他乡。当时，他们首先看好美国，认为它是最理想的福地。起先，韦斯特的伯父为了躲避兵役移居美国，随后两家人陆续来到纽约定居。韦斯特的父亲凭着自己在建筑行业的一技之长很快发迹，实现了美国梦。全家住在自己建造的楼房里，让子女接受最好的教育。他们不但没有认同犹太文化，反而急于使自己融入美国文化，努力将自己的孩子培养成为体面的美国人。

韦斯特很小时，父母就给他讲霍雷肖·阿尔杰(Horatio Alger, 1832—1899)的发迹故事，[①]并将其书作为礼物送给他。令他们失望的是，韦斯特并没有遵循父母的教导，极力仿效霍雷肖·阿尔杰。相反，他在自己后来的创作中挖苦和讽刺这样的人物。韦斯特对以金钱为衡量标准的美国梦不感兴趣，他更加热衷于欧洲文化。作为移民的后裔，韦斯特并不了解自己的家族历史。青年时代，他贪玩，从不认真学习。在曼哈顿读书时，他终日没精打采因而成绩较差，最后连中学都没有毕业。

1921年，韦斯特凭伪造成绩进了塔夫茨大学(Tufts University)。入学后，他终日吊儿郎当，不求上进，而且经常喝酒、玩闹。一年后他被迫退学。然后他又用了另一个同名好学生的成绩转学布朗大学(Brown University)。在布朗期间，韦斯特表面上打扮入时，像个花花公子。但这时的他早已有了明确的生活目标。他决定认真学习，准备当一名作家。其间，他善于交际，结识了

① 霍雷肖·阿尔杰是19世纪下半叶美国大名鼎鼎的畅销书作者。他专门给青年人写成功小说。《叫花子狄克》(*Ragged Dick*, 1867)就是其中之一。作品描写了一个叫狄克的擦皮鞋小男孩。他虽然贫穷，却勤奋正派，颇知上进。更重要的是，他心眼好，还长着一张诚实的脸。好有好报，他频频得到好心人的照顾和指点，树立了这样一个最基本的信念，即"在这个自由国度里，贫穷不是一个人前进的阻力"。于是，他一分一分地积累资本，用5美元在银行开了个户头，感觉自己像个资本家。他还积极进行教育自救，认真读书识字。有一天他搭救了一个落水的富人家的孩子。于是，狄克受到知恩必报的富人的提携，很快在公司里找到了一份工作，周薪高达10美元。

很多文学界的头面人物,也结交了不少朋友,其中有《纽约人》杂志的专栏作家彼莱尔曼(S. J. Perelman)等。① 同时,韦斯特还学习了中世纪神学,基本了解了古代圣人的生活方式,并大量阅读了乔伊斯、法国象征派诗人和欧里庇德斯的作品。他负责编辑大学文学杂志,并为之设计了第一版封面,还为创刊号写了一首诗和一篇文章。虽然他是个有名的花花公子,但大学毕业成绩并不差,还让专程赶来参加毕业典礼的父母感到满面风光。

虽然韦斯特对上学漫不经心,甚至弄虚作假,不过这不能证明他没有受到教育。事实上,他对文学名著情有独钟,13 岁就阅读了托尔斯泰、陀思妥耶夫斯基和福楼拜等名家的作品。大学时代,韦斯特迷上了欧洲先锋派艺术,密切注视达达主义和超现实主义。他是在接受欧洲文化艺术的基础上开始文学创作的,因此他能以旁观者的姿态观察美国文学,并以超脱的眼光看待美国梦。韦斯特奉行达达主义,相信玩世不恭,对人生采取了一种悲观的态度。后来,他又阅读了许多超现实主义思想文章,甚至还与迷上了弗洛伊德理论。

大学毕业后,韦斯特改名进了父亲的公司工作。不过,韦斯特没多久就辞职去法国旅行。在旅居巴黎期间,他加入了"流放者"文学家的行列。后来他在纽约格林尼治村附近的一家旅馆谋职,而且主动要求值夜班。就在这个时期,韦斯特结识了许多名作家,如福克纳等。另外,当时一些左翼作家如迈克尔·戈尔德、爱德华·达尔堡、戴希尔·汉密特等也经常光顾这家旅馆,并且得到了韦斯特提供的很多便利。在《新共和》杂志任职期间,韦斯特又认识了多斯·帕索斯和埃德蒙·威尔逊等同时代作家。

韦斯特一生创作了四部长篇小说和《冒险家》(The Adventurer)、《鸟与瓶》(Bird and Bottle)等一些短篇故事。他的第一部小说是《鲍尔索·斯奈尔的梦幻生活》(*The Dream Life of Balso Snell*,1931)。作品写了一个名叫斯奈尔的笨蛋梦见自己从特洛伊木马的屁股钻进去,在它幽暗的肠道旅行并碰见各色人物的奇怪故事。小说一直未能找到出版商,后来经威廉·卡洛斯·威廉斯的推荐才得以出版,②总共只印了 500 册。小说起始于鲍尔索·斯奈尔的一个梦。他梦见自己来到了希腊人那匹著名的特洛伊木马前,随后在导游的指引下开始了梦幻般的旅行。"作为诗人的他想到了荷马史诗,还钻进木马的肚里去。"在那里居住的都是些寻找听众的作家。随着故事事态的衍进,木马的肠道成了斯奈尔遭遇各色人物、讽刺文学艺术的场所。在这部小说里,到

① 彼莱尔曼(1904—1979)也是 20 世纪 30 年代比较活跃的犹太剧作家和电影作家,主要作品有《猴子生意》(*Monkey Business*,1931)、《马鬃》(*Horse Feathers*,1932)、《维纳斯之情》(*One Touch of Venus*,1943)和《哈,向西行》(*Westward Ha! Or Around the World in Eighty Clichés*,1948)等;1956 年因其电影剧本《环球八十天》而获得奥斯卡奖。后来他与韦斯特的妹妹罗兰(Lorraine)结婚。

② 威廉斯是韦斯特的朋友,两人合作编辑《接触》(*Contact*)杂志。

处可以见到韦斯特所受弗洛伊德心理学说的影响，譬如他借斯奈尔之口说出了文学创作的动机：

也是为了艺术，玛丽。你想写作，不是吗，亲爱的？你得承认，如果一个严肃的艺术家不懂什么叫射精就是一种严重的缺陷。假如你从不了解男人，你又怎能将他们描绘呢？不真正了解那神圣的激情，你又如何读懂、看懂它呢？你怎么能指望有把握地去说明偷窃、谋杀、强奸和自杀行为呢？你可曾脱离过主题？在我的床上，亲爱的，你会发现新的主题、新的解释、新的经历。①

在这个充满幻想与自负的世界上，人类的动物性欲望变成一个“穿着难看的现成衣服的司机。由于在城市的大街上到处行走，他的鞋子肮脏不堪，沾满了动物的排泄物和嚼剩下的口香糖”。

《孤心小姐》是韦斯特创作的第二部小说，②也是他的代表作，充分展示了作者的悲观意识。③主人公孤心小姐是一位男士，因主持一家报社“孤心小姐”专栏而得此芳名。他专门撰文用以指导那些因失望而过度悲伤的人。起始，他觉得他们的悲伤挺有趣，但渐渐地改变初衷，并开始沉湎于通信人的痛苦之中。他信誓旦旦，想通过帮助这些失望的人来实施一种拯救计划。随着他对许多社会底层真相的了解，孤心小姐开始怀疑自己原来的价值观念。这使他内心十分苦恼而变得孤僻起来，进而与别人格格不入。他甚至认为自己就是基督的化身，希望以“博爱”来帮助读者。然而，他看破红尘，终日郁郁寡欢，沉湎于酒色之中，醉生梦死。他最后孤苦伶仃地死去，这恰好又回应了那个早已濒临无望的人类精神世界。

小说写出了一个失落人在精神荒原上徘徊、寻求美好人生、最后理想破灭的故事。他是新闻记者，负责一个专栏，专门为那些感到绝望的人谈心，为他们排忧解难。整个叙述是以玩笑的口吻展开，其中引述了一些读者来信，进一步展示30年代美国病态的社会：贫富悬殊及普遍的精神空虚和道德沦丧。这里没有爱、也谈不上美和慈善，有的是纽约到处可见的摩天大楼、光怪陆离的各种酒吧、新闻报社和冷漠的公寓。这正暗示了美国传统家庭伦理生活已遭到了破坏。作品中的许多场景都是拼贴而成，渲染了人类的恐惧、变态的爱和模糊的两性关系。在韦斯特的笔下，变态孤心小姐的形象更是难以忘怀：

① Nathanael West, *The Dream Life of Balso Snell* in *The Complete Works of Nathanael West* (New York: Farrar, Straus and Giroux, 1966), pp. 58—59. 以下引自同一小说不再另注。

② 1957年，该小说经霍华德·泰契曼(Howard Teichmann)改编被搬上了舞台，两年后又被改编成电影，在全美上映。

③ 韦斯特的这部小说在创作意识和写作技巧方面对卡森·麦卡勒斯(Carson McCullers)、詹姆斯·珀迪(James Purdy)、奥康纳(Flannery O'Connor)和霍克斯(John Hawkes)等后起作家影响颇大。

他乞求晚礼服嫁给他，说的都是它爱听的话，有关杨梅汽水……他正是晚礼服心目中的理想人物：单纯而温柔，反复无常而富有诗意，有点大学生气派，且还有男子汉气概。

然而，孤心小姐易受感动，有着替人分忧解难的真诚。他看到了人类的苦难，并想法儿去拯救，只是苦于没有救世良策。但他毕竟为了帮助别人尝试过各种手段，尽管他每每都以失败而告终。颇有讽刺意味的是，当他生病躺在床上时却实现了宗教的转变：他的“眼睛盯着挂在床对面墙上的耶稣像。他正凝神看着，那像突然变作一只光彩夺目的苍蝇，迅速而庄严地旋转着，背影是血一般的天鹅绒，装点着小星星——一个人眩晕时眼里冒出来的小金星。……他把这个黑色的物质世界看作一条鱼……基督是生命和光……他把头转到枕头上较凉快的地方，他前额上的青筋就显得不那么明显。他觉得干净、清爽。他的心是一朵玫瑰，另一朵玫瑰在他的脑海里开放。……房内天恩浩荡。……房内还有欢乐。……他的心成了上帝的心，他的头脑也像上帝的头脑”。作品的结尾是孤心小姐因帮助自己的难友“亲爱的读者”杜依尔而不幸遇难：

他是怀着爱情奔去救他们的。……瘸子转身企图逃跑，但他动作太慢。孤心小姐把他拽住了。他俩扭打在一起。蓓蒂从通向街道的大门口进来了。她一边喝住他们，一边上楼。瘸子看见她切断了他的去路，就想把那个纸包扔掉。他把手从纸包里抽了出来。纸包里的手枪着了火，砰的一声，孤心小姐中弹倒下，拖着瘸子一起滚下了楼梯。

这里孤心小姐的“殉难”深具象征意义，揭示了以成功为基准的美国社会的负面影响。受美国梦的驱使，人们不得不奋力拼搏，渴望实现自己的梦想。但在这无情的角逐中，唯有少数人获得成功，成为人们仰慕的对象。更多的美国人则依然生活在苦难中，因无法解决矛盾而被迫采取逃避以寻求精神寄托。他们只好靠做白日梦生活，用装模作样的表面来掩饰内在的孤独、恐慌、沮丧和窘困。对于韦斯特来说，在缺乏同情心的美国社会里存在着严重的社会意识问题。无论个人自救还是基督显灵都无法拯救这个日趋颓败的道德精神世界。

翌年，韦斯特又推出了小说《难圆发财梦》(*A Cool Million*, 1934)，原名叫《美国，美国》(*America, America*)。作品再次讽刺了阿尔杰神话。主人公匹特金(Lemuel Pitkin)是个农家孩子，纯朴、天真，梦想通过自己的勤劳和善意可以发家致富。但现实是，他四处碰壁，最后不得不失望地收起梦想。小说的副标题是《莱缪尔·匹特金的肢解》(*The Dismantling of Lemuel Pitkin*)。匹特金这位穷人出身的孩子对未来充满幻想。由于他过于天真而容易上当受骗。他的诚实、助人为乐只是为别人提供了利用、惩罚和敲诈他的机会。他十分敬重、信任那位美国前总统、现任拉特河国家银行总裁惠普尔先生。就在他的指引下,匹特金做起了阿尔杰式的发迹梦。惠普尔一开始就教导匹特金:"美国是一片充满机遇的土地,这个国家特别袒护那些诚实、勤奋的人们,是决不会让他们失败的。这不是看法问题,而是信仰问题。如果有一天美国人失去了这种信仰,这个国家也就不存在了。"①匹特金深受鼓舞。天真诚实的他为了帮助寡母挽救自家的房子,听信惠普尔先生的教诲去纽约碰碰运气。遗憾的是,他一生劳累、奔波却落得个伤残,先是丢了全部牙齿,然后是一只眼睛,再是一条腿,最后还死于非命。读来真让人不寒而栗:

……他被敌人迫害致死。他的牙被拔光了;他的眼睛被掏出了眼窝;他的拇指被削掉了;他的头皮被撕了下来;他的腿被切断了。最后,他被敌人的子弹射中了胸膛。

匹特金的这种凄凉的结局完全颠倒了阿尔杰的成功故事。可见,韦斯特想用这个故事来解构美国梦。著名小说评论家马尔科姆·布雷德伯里在其《现代美国小说》(*Modern American Novel*)一书中认为"《难圆发财梦》是韦斯特最具政治性的小说,它深刻地剖析了社会的诸种畸形现象,剖析了梦想变为腐败和亵渎、神话变成谬误传说的这一过程"。② 小说中下面这段描写不无讽刺意义:

"美国还是个年轻的国家。"惠普尔先生摆出他社会活动家的风度说道,"像所有年轻的国家一样,这个国家的一切既不完善,又不稳定。一个人今天是百万富翁,明天他就可能成为乞丐,但人们不会因此而鄙视他。轮子总是不停地转着,因为这是由轮子的性质决定的。不要去相信那些白痴的话,说什么这个国家已经到处都是连锁店了,穷人没有机会发财了。……"

匹特金对惠普尔的鼓吹深信无疑,并且努力行善以自己的言行去实践这位政治家的主张。为此,他能在别人的危险时刻挺身而出:

---

① Nathanael West, *A Cool Million* in *The Complete Works of Nathanael West* (New York: Farrar, Straus and Giroux, 1966), p. 150. 以下出自同一小说不再另注。

② 马尔科姆·布雷德伯里:《现代美国小说》(王晋华译),太原:北岳文艺出版社,1992年,第152页。

莱缪尔没有犹豫,只是用力按了按假牙,便直接冲向马道上受了惊吓的马。他机灵地拽住了缰绳,用力往后拉,马的前蹄高高抬起。马在离两个吓呆了的人几英尺远的地方停了下来。

匹特金这样奋不顾身、全力以赴地抢救别人。然而出乎意料的是,他的英雄壮举被他搭救的人全然误解,真是好心没有好报。小说中对这一场景的描写饶有意味:

"这个小伙子救了你们的命。"一个旁观者对老先生说。……

但不幸的是,安德道恩先生的耳朵有些聋。尽管他做过的许多慈善活动都表明他是位非常和蔼可亲的人,但还是个急性子。他完全错怪了我们主人公此举的动机,还以为这可怜的小伙子是个粗心的马车夫,由于不慎而让马失去了控制。安德道恩先生十分生气。

"年轻人,我要控告你。"银行家用手中的雨伞指着我们的主人公说。

发表了《难圆发财梦》之后,韦斯特辞去了旅馆的工作。这时的他已是雄心勃勃,想试试自己的鸿运。他首先想到了好莱坞,因为早在1933年韦斯特就在那里住过一段时间,专门为好莱坞"哥伦比亚电影公司"(Columbia Pictures)编剧。[①] 遗憾的是,他并未如愿以偿。在很长时间里,他因找不到工作而贫病交加,靠朋友的接济勉强度日。后来他经朋友介绍在一家小制片厂找到了一份工作。不久他凭着自己独特的想象力和艺术天赋在好莱坞崭露头角,成为当时身价最高的少数电影剧本创作者和编导之一。许多大制片公司纷纷邀聘他。与其他艺术家一样,韦斯特也要面对来自商业化社会的种种挑战,在谋生与艺术间作出应有的抉择。在他的眼里,好莱坞是个梦幻世界,它以赢利为目的,浪漫迷人是好莱坞的别名。好莱坞银幕上闪现的令人感慨万千的故事尽是些西部冒险和谈情说爱,缺少经济、政治、宗教和种族的内容。因此,韦斯特在编剧和创作电影剧本的同时,继续坚持小说创作。经过近五年的劳作,他终于在1939年推出了他的最后一部小说《蝗灾的日子》(*The Day of the Locust*)。故事以30年代好莱坞为背景,并以作者本人在好莱坞写电影剧本的经历为素材而创作的,主要写了一群受电影迷惑而走火入魔,又无法施展宏图的失意者。小说一发表即刻受到好评。[②]

《蝗灾的日子》被认为迄今最好的好莱坞小说之一,主要写布景设计师托

---

① 当时韦斯特不仅把《孤心小姐》的版权卖给了二十世纪福克斯电影公司,而且还被一家电影公司以周薪350美元聘任写电影剧本。

② 小说在20世纪50年代再版发行,1974年被拍成电影。

德·哈凯特(Tod Hackett)的见闻，通过他的眼光来观察好莱坞。在这部小说里，韦斯特把视角放在好莱坞演艺圈的阴暗面：暴力、道德败坏、性饥渴、娼妓蔓延、一事无成、蹩脚的寄宿环境等。在好莱坞，小说主人公见到的是这样一个光怪陆离的世界：

> 新的人群，包括全家老少不断到达。他看得出他们一旦成了人群中的一部分，就有点变化。他们还未来到警戒线之前看上去有些缺乏自信心，几乎是鬼鬼祟祟的。但他们一旦成了人群中的一员，就变得傲慢与好斗。如果把他们当作不怀恶意的猎奇者，那就是错误的。他们粗鲁而悲痛，尤其是那些中年人和老头子，他们被无聊和失望逼成了这个模样。
>
> 他们一生都像奴隶一样在某种沉闷和繁重的劳动中度过，有的在办公室和柜台后，有的在田地里，有的在各种单调的机器旁。他们节省每个铜板，梦想劳累之后有自己休闲的时光。
>
> 一旦到了那里，他们发觉阳光并不充足。……他们无聊的情绪愈来愈重。他们终于弄明白自己已经受骗了，他们满腔怒火。在日常生活中，他们天天看报、看电影。这两种东西给他们灌输的大都是私刑、暗杀、性犯罪、爆炸、失事、桃色案件、奇闻怪事、火灾、革命、战争等。这些家常便饭使他们腐化堕落了……没有任何东西可以强烈到收紧他们懒散的身心。[①]

这何尝不是韦斯特自己的亲身感受！他在走向好莱坞的过程中也曾多次碰壁，尝过失败的滋味。事实上，韦斯特在好莱坞周旋了足足三年才完成了《蝗灾的日子》。对于他来说，好莱坞是一个人造的大舞台。这里不仅有人造的背景、人造的场面，而且还有虚拟的演员的喜怒哀乐。他把好莱坞写成了一个专门生产和制造梦幻以满足大众心理和感官需求的梦幻世界。

运用大量预设场景处理小说结构和刻画人物形象是《蝗灾的日子》的又一显著特点。由于作者巧妙地把人物形象与作品的主题结合起来，因而整个叙述错落有致，显得格外生动。无论变态还是病态的描写都不失为一种有效的艺术夸张，显示其超现实主义的艺术特征：

> 希克沃曾太太是个大手大脚、前额宽、肩膀瘦的女人。她有着 18 岁妙龄少女的美貌，却长着一个 35 岁女人的脖子，上面脉纹浮现，青筋突起。她那被阳光晒成了紫红色并稍微发蓝的肤色，使她的脸和脖子的对照不致过于引

---

① Nathanael West, *The Day of the Locust* in *The Complete Works of Nathanael West* (New York: Farrar, Straus and Giroux, 1966), pp. 411—412. 以下出自同一小说不再另注。

人注目。

总体上讲,韦斯特的小说致力于描写那些力图融入美国社会的人物及其奋力拼搏过程中表现的种种焦虑和挫败感。他们往往是一些对自己努力向往的那个社会并不完全信任,甚至根本不了解这个社会的价值原则的人物。这样的人在具体行动中采取的方式不是怀疑就是排斥。殊不知,他们的这种经历在很大程度上表现了30年代美国社会的异化现象。从侧面,韦斯特又写出了犹太人在美国都市化进程中的迁徙过程及其在社会上遭排斥的苦难经历。由此看来,韦斯特的小说不属于那种仅对某一历史事件作艺术虚构的文学作品,而是具有相当深邃的社会底蕴。它们是警世箴言,告诫人们不要沉迷于美国梦而不能自拔。难怪诗人奥登在谈到韦斯特的创作时要作如下评论:

> 在我看来,韦斯特的每一本书写的都是警世故事,也是一则则关于地狱王国的寓言。在这个地狱王国里,统治者与其说是个撒谎的父亲,倒不如说是个只会许愿的父亲。莎士比亚在其《哈姆莱特》剧作中曾经描绘过这种地狱。俄国作家陀思妥耶夫斯基在《地下手记》一书中也有长篇的叙述。……只有韦斯特对地狱的描写才有亲身经历过的感觉:他好像到过那里似的。显然,读者的感觉会有些不适,觉得他的地狱之行绝对不是一次短暂的驻足停留。①

正当韦斯特的生活得以改善,并有望专心创作时,他的生命突然终止。1940年12月22日,韦斯特在与新婚只有八个月的妻子伊莱恩·麦凯纳(Eileen McKenney)狩猎返回好莱坞家的路上不幸发生车祸而双双身亡。

20世纪30年代,韦斯特受美国梦的影响。战争的创伤和举世大萧条使他蒙受了前所未有的打击。失望始终伴随着他。这种失落感铸造了他冷漠的性格。尽管他也曾参加过反法西斯民主运动和左倾作家活动,以及后来因受妻子的影响而同情苦难的大众,接近马克思主义,但韦斯特仍然属于那种致力于探求艺术心理的作家。对超现实主义的迷恋使他对生活又有了不同的看法。他认为生活就是虚幻的,能创造面具,里面装有与现实和期待相抵触的梦幻。他的四部小说不同程度地描写了这种现实与理想冲突所致的怪诞。

由于大萧条经济危机的影响,一向注重艺术的韦斯特也开始同情起社会底层人的悲惨生活,站到了左翼作家的一边。不过从整体上讲,他还算不上一个左翼作家。他既没有关于社会的激进言辞,也没有参加多少他们的政治活

---

① W. H. Auden, *The Dyer's Hand* (London: Faber and Faber, 1962), p. 76.

动。他真正关心的是好莱坞艺术和当时风靡的美国商业文化。令他惊讶的是,美国突然涌现出各种法西斯团体,如反犹和排犹组织。[①] 因此,出于民族的尊严,韦斯特也在自己的作品中针锋相对地对这些右翼反犹势力组织的言辞进行驳斥。在其《难圆发财梦》中,韦斯特讽刺了这些缺乏理智的言语:

……莱缪尔走出了医院,他的右眼被摘除。因为那只眼睛伤得太厉害,医生认为最佳的办法就是摘除它。

他身无分文,……寒风中,不幸的小伙子站在街道的拐角边,不知道该去哪里。……"我离开监狱后本来是打算参加竞选的。但让我感到震惊、使我厌恶的是,我所在的党,民主党根本就不执行其党纲中我所赞同的条款。"……上一回与警察打交道使莱缪尔变得谨慎多了,他一见事情不妙就逃之夭夭。雷文酋长也跟着跑了。但沙格波克起跑慢了些,以至于还没有跳下肥皂箱就被铅管重重地打在了头上。

除了小说创作,韦斯特还写了一部分诗歌、散文、短篇故事和电影脚本等。他最有名的诗要数那首《烧掉这些城市》(Burn the Cities)。诗中激扬而充满暴力的诗句足以让诗人变成一个伦敦的悲悼者:

烧掉这些城市
烧掉伦敦
这个迟钝、冰冷的城市
不要失望
伦敦会燃烧
它会在人厌恶的眼光里
燃烧
……

韦斯特笔下人物与其说是悲剧性的,倒不如说更能激发人的同情心。他们一旦陷入困境,他们与狗、鸟、羊、苍蝇、蜥蜴和公鸡没有什么两样。这也是韦斯特用作比喻的拿手戏。不过,他们不同于《蝗灾的日子》中那头陷入圈套的鹌鹑。它既没有什么可担心,也没有什么可指望,因此照样可以从容地唱着甜美的歌。而身陷困境中的人们总是被推到了精神与肉体激烈冲撞的最前

① 20世纪30年代是美国排犹史上最黑暗的时期,出现了100多个各种反犹组织,其中不少还受到德国纳粹和意大利法西斯政府的支持。

沿,正如《鲍尔索·斯奈尔的梦幻生活》中B.哈姆莱特·达尔文对这类窘境所作的深刻反思:

> 竞争的确异常激烈而又可怕。在竞争中他的听众都消耗了他们的生命。这是一种需要远远超越动物的竞争能力。

可见,竞争造就了人的挫败感,也给人带来暴力,甚至灾难。暴力总是昂首阔步地朝人走来,而且又没有明确的动机。对于韦斯特来说,美国的暴力无处不在,就像家常便饭一般,不用证明,也无须解释。他认为所有的挫败感和暴力都与这种无休止的残酷竞争和暴力有关。这就不难理解为何他笔下到处可以见到那些既不合群又十分古怪的人物,如《鲍尔索·斯奈尔的梦幻生活》中约翰·基尔森(John Gilson)、《孤心小姐》中的孤心小姐、《难圆发财梦》中的匹特金以及《蝗灾的日子》中的格林纳(Faye Greener)和霍默(Homer Simpson)等。如果我们细细追究这些人物的个性特征会发现,他们身上都有韦斯特的身影。他们是韦斯特自我意识的不同显示。理解了这一点更有助于我们对韦斯特小说作深入的艺术透视。可以说,这种自我观照是韦斯特小说的主要艺术特征之一,几乎贯穿了其整个小说创作。这在下列两段叙述文字中可见一斑:

> 孩提时,我总喜欢摆出所有习惯性的姿态:我"发出灵魂深处冰冷的笑声",我悲叹的是一种"普遍的叹息";我吟诵的是"银火般的诗句";我的微笑"神秘不可思议";我探索着"蔚蓝色椭圆形的人生之路"。我是个彻头彻尾的疯诗人,这贯穿于我的一举一动。我是"伟大的鄙视者"中的一个,尼采热爱他们,因为"他们是伟大的崇拜者;他们是渴望到达彼岸的箭"。……你明白我的意思:和兰波一样,我在练习幻觉。
>
> ……
>
> 严肃地思考死亡对我来说是件很困难的事情,因为我发现某些预先形成的判断在等待着我的思考方法,使得死亡变得荒谬可笑。无论我怎样构思我的评论,我都把评论与伤感的、挖苦的、正式的批评联系在一起。这些判断与一系列文学上的联系一起使我更加远离真实的情感。对死亡、爱、美——所有的主题——的认识,从文学和实际操作的角度讲,都变得不可能了。

随着时间的推移,韦斯特在评论界获得了愈来愈高的声誉。早在1957年,诺曼·波德莱滋(Norman Podhoretz)就撰文评价韦斯特的小说,并将他与海明威和菲茨杰拉德作比较。他认为,韦斯特在创作方面的影响远远超过菲茨杰拉德,因为后者没有韦斯特那种聪慧的自责。与韦斯特的人生观相比,就连海明威也显得有些拘谨，甚至狭隘。[①] 同年，韦斯特的四部小说合订本在纽约问世，使得更多的读者赏识这位英年早逝的独特艺术家。如今，学界几乎一致肯定他对后世作家的影响。譬如，莱斯利·菲德勒(Leslie Fiedler)曾经对20世纪60年代风靡一时的激进主义思潮这一文化现象进行研究。他把这种突发性的文化思潮与30年代的激进文学作比较，认为60年代的激进主义可以归因于30年代出现的那种肆无忌惮的波希米亚文化。其实像索尔·贝娄、梅勒和鲍德温等战后美国作家都不同程度地喜欢30年代文学，而韦斯特就是其中最主要的作家之一。许多其他诗人和作家也对韦斯特表示了感激之情。[②]

## 第二节
## 奥德茨的戏剧创作

奥德茨(Clifford Odets, 1906—1963)[③]是20世纪30年代美国著名的犹太剧作家，也是30年代中期美国左翼戏剧运动中涌现出来的最为杰出的剧作家之一。他以工人罢工为题材创作的《等待莱弗蒂》(*Waiting for Lefty*, 1935)和《醒来歌唱》(*Awake and Sing*, 1935)等宣传马克思主义思想的作品曾一度震撼了整个百老汇剧坛。因此，在我国以往的美国文学介绍和研究中，一般都把他置于"左翼文学"或进步作家栏目中。这里笔者仍然肯定该作家的这一创作特色和文学政治立场，稍显不同的是，将其放在犹太作家群体中加以讨论，旨在突出两战时期美国犹太文学这个群体。

1906年7月18日，奥德茨生于美国费城的一个来自罗马尼亚和俄属立陶宛的犹太移民家庭。幼年他随父母迁至纽约，在一个叫布朗克斯的社区长大。当时全家生活十分贫困。1923年奥德茨刚刚上完中学就以演戏谋生，希望能在演艺圈内发展。1929年奥德茨入住百老汇，有幸结识了"戏剧公会"(The Theater Guild)的导演和舞台总监谢里尔·克劳福德，并应邀参加演出。1931年他参加了"同仁剧社"(The Group Theater)，成为其首批演员之一。1934年他加入美国共产党。虽然他入党不久便退出组织，但这一经历使他在

① Norman Podhoretz, "A Particular Kind of Joking," *New Yorker* (May 18, 1957), p. 156.

② 参阅 Leslie Fiedler, *Unfinished Business* (New York: Stein & Day, 1972)一书。

③ 曾译作克利福德·奥德兹，见《美国文学简史》(下册)，董衡巽等著，北京：人民文学出版社，1986年。

战后麦卡锡时代受到了严厉的审讯和政治迫害。

30年代初期奥德茨虽然推出了两部剧本《伊甸街910号》(*910 Eden Street*)和《胜利》(*Victory*),但其主要兴趣在于戏剧表演艺术上。当时他在许多演出中扮演角色,如在《康尼利之家》(*The House of Connelly*,1931)、[1]《穿白色制服的男人》(*Men in White*,1933)[2]和《等待莱弗蒂》等戏剧中的表演。1935年是奥德茨戏剧创作最为旺盛的一年。他接连推出了《等待莱弗蒂》、《醒来歌唱》、《失乐园》(*Paradise Lost*)和《直到我死那一天》(*Till the Day I Die*)等剧作。奥德茨的戏剧才华很快引起了好莱坞的关注。后来他应聘为之改写电影剧本,[3]同时继续为"同仁剧社"创作剧本,如《天之骄子》(*Golden Boy*,1937)和《登月火箭》(*Rocket to the Moon*,1938)等。1939年,兰登书屋的"现代文库"将奥德茨的六部剧作编成《奥德茨剧作六种》(*Six Plays*)出版,[4]从此奠定了他在美国文学史上的地位。奥德茨对美国现代戏剧的贡献主要在于他遵循现实主义创作原则,从现实生活出发如实描写了30年代美国经济大萧条期间的社会现实。他的剧作几乎都在刻意书写贫富悬殊、穷苦大众的悲惨生活,以及他们对美好生活的向往与梦想。他深刻地揭示了人的命运如何受社会条件的制约,人生中的真善美如何遭到每况愈下的世风的破坏的历史现实,从这个角度来抨击资本主义制度。因之,奥德茨被尊为"30年代美国左翼戏剧运动的杰出代表"。

《醒来歌唱》是一部具有相当影响的现实主义剧作。该剧创作于1923—1933年之间,曾作过多次演出。由于一开始同仁剧社并不喜欢这部作品,故直到1935年才得以在纽约上演。作品以剧作家本人十分熟悉的布朗克斯社区为背景,描写犹太人伯格一家在30年代美国经济大萧条时期的悲惨遭遇,生动展示了这个下层中产阶级家庭成员的痛苦生活与精神面貌。母亲贝茜对儿子拉尔夫的那段话足以显示这个家庭艰辛的生活:

> 拉尔夫,我这辈子够辛苦的了,不该受到这样的亏待。咱们偏偏谁也离不了谁,这真是没有天理。夏天穿的皮鞋你没有买过,溜冰鞋你根本没有。……我在家里既当娘又当爹。头两年我在一家袜厂里干活,挣个六块工钱,……我不为这家人操心,谁来操心?

---

① 保罗·格林(Paul Green)的名剧之一。

② 西德尼·金斯利(Sidney Kingsley)的成名作,获得了1933—1934年度普利策奖。

③ 奥德茨在好莱坞编写的电影剧本有《天之骄子》等。后来他又参与导演工作,主要编导的作品有《寂寞芳心》《幽默品味》《最后期限在拂晓》《美好的生活》和《最伟大的礼物》等。

④ 这六部剧作为《醒来歌唱》《失乐园》《直到我死那一天》《等待莱弗蒂》《天之骄子》和《登月火箭》。

母亲贝茜是个热爱生活的女性，但她因循守旧，常在婚姻问题上与儿女发生争执；父亲迈伦只是个温和、怕老婆的男子，根本无法承担养家糊口的责任。女儿亨妮是个漂亮、富有个性的现代女性，后来被迫与自己不爱的男人结了婚。儿子拉尔夫与一个出身贫穷的姑娘相爱却受到母亲的阻挠。剧中人人都有难言的苦衷，但他们并不因此而悲观绝望，而是为实现各自的理想进行了必要的抗争，如亨妮敢于面对现实，与命运抗争，毅然抛弃丈夫和孩子去追求自己的意中人。

剧本的故事背景是大萧条阴影笼罩下的 30 年代美国。从整个剧情来看，故事情节并不复杂，主要通过亨妮的婚姻、拉尔夫的失恋和雅可布的自杀等事件来展示这个濒临贫困边缘的中产阶级家庭成员在危机面前的恐慌感和逃亡意识。剧本撕去了蒙在家庭之上的温情面纱，让观众看到金钱对人的心灵的锈蚀。全剧结束时，亨妮因忍受不了那种无爱无恨、虽生犹死的生活而与人私奔，希望找到幸福。拉尔夫为改变这个昏暗陈腐、到处是压迫和奴役的社会现实而投身革命。难怪著名戏剧评论家比格斯比（C. W. E. Bigsby）在谈到这部作品时也不否认，奥德茨比较真实地反映了经济崩溃给都市中下层民众生活带来的负面影响。在他看来，伯格一家处在中产阶级的边缘，因此属于特别脆弱的阶层。严酷的现实使美国梦破灭。这无疑宣告了他们处于不断被剥削的境地。剧中不断涌现的是逃避景象：通过婚姻，通过白日梦，通过对政治或社会神话的狂热信奉，通过犬儒主义的人生态度，通过自我欺骗，更有甚者——通过自杀。[①] 作为一部社会问题剧，《醒来歌唱》直接针砭冷酷的社会和野蛮的资本主义经济体制。在奥德茨看来，只有像莫迪这样唯利是图的兽性商人才是社会的弄潮儿。他们往往踩在别人的肩上建筑自己成功的殿堂。

取材于 1934 年纽约出租汽车司机罢工斗争的《等待莱弗蒂》是奥德茨创作的又一部颇有政治色彩的剧作。他在结构上采取活报剧形式，大胆吸收电影蒙太奇的转换技巧，因而比较深刻地反映了 30 年代在经济笼罩下美国颓败没落的社会景象。本剧篇幅虽不长，内容却很丰富。它不仅揭露了美国社会的阴暗面，民主自由的虚伪性，根深蒂固的种族歧视和利用科学制造毒瓦斯准备发战争财的罪恶勾当，而且也表现了美国国内阶级矛盾的不可调和，以及劳动人民对罗斯福“新政”的怀疑。剧中虽然没有资本家出场，但前来开会讨论是否进行罢工的工人们的遭遇正展示了日益加剧的劳资矛盾。全剧分作序幕、主体和尾声三大部分。剧中人物主要是六个工会代表。幕启时他们正在讨论罢工问题，随着各人的发言，舞台上出现了一幕幕“插曲”，如妻子说服丈

① C. W. E. Bigsby, *A Critical Introduction to Twentieth-century American Drama*, Volume 1 (Cambridge: Cambridge University Press, 1982), p. 167.

夫参加罢工、实验员与老板的冲突和实习医生遭解雇等。工会头子法特声嘶力竭，鼓动工人支持刚上台的罗斯福总统，站在工人阶级的对立面反对罢工以维护资本主义统治。正如剧作者自己所说的，"法特当然是代表了资本主义制度。观众应当时时刻刻意识到他，意识到他的卑劣的威胁。正是这种威胁给所有那些掌握了自己命运的人们的生活罩上了一层阴影"。[①] 在奥德茨的笔下，资本家剥削工人的事实昭然若揭：

> 你们的老板时时刻刻在愚弄你们，是的，还把你们的妻子和可怜无辜的孩子当傻瓜耍。这些孩子将来长大了，个个都会弯腰曲背，落下软骨病。这不，我在报上看到橘子汁对孩子的营养有益。可咱们家的孩子真要命，伤风感冒的总是一个接一个。他们的脸色就像小病鬼。

面对工会头目的威胁、利诱，前来开会的代表们一边继续等待外号莱弗蒂的罢工委员会主席科斯特洛来商讨大事，一边采用现身说法，抨击美国社会存在的种种弊端，并用亲身经历的生活片段来激励罢工工人的斗志。这种"剧中剧"的表现形式摆脱了以往政治宣传剧惯用的公式化和概念化俗套。这些小故事生活气息很浓，演的都是观众日常生活中所遇到的事，而且每个故事都有头有尾，有一定的中心思想，可以说是一个微型的独幕剧。

为了烘托剧情，作者还运用了聚光灯技术，将表演的人物局限于转动的舞台光圈内，而把其他人物留在光圈外的黑暗里。正是凭借了灯光技术奥德茨才得以把集体与个人、虚幻与现实象征性地交织在一起。据说，每当戏演完后，台上台下响起了高呼罢工的口号。对此，剧作家本人有过回忆："从台上到台下，忽而台上，忽而台下，演员与观众完全融为一体。演员们已完全弄不清自己是否在演戏，观众们也搞不清自己是否在看戏。"一时间，《等待莱弗蒂》成了美国各地工人运动的宣传品。难怪有学者发出这样的感叹：在现代美国戏剧史上还没有哪一部剧本产生过如此巨大的轰动效应和政治感召力。[②]

《直到我死那一天》是一部根据一封德国来信编写的反法西斯题材的七场剧。故事发生在 1935 年的柏林，写德共地下党员恩斯特·陶西格由于叛徒出卖，身陷囹圄遭受严刑拷打的经过。恩斯特虽然受尽折磨，但矢口否认与传单案情有关。纳粹施展离间计的卑劣手段，有意放出他已经叛变的烟幕，并制造种种假象迷惑他的党组织。党内不少同志信以为真，怀疑他的党性并开会通

---

① 引自 Robert Warnock, ed. *Representative Modern Plays, American* (Chicago: Scott Foresman, 1952)，第 549 页。

② William W. Demastes, ed. *American Playwrights 1800—1945: A Research and Production Sourcebook* (New York: Greenwood Press, 1995), p. 312.

过把他打入另册。恩斯特变得心神不定，痛苦万分。为了组织和同志们的安全，害怕自己将来忍受不住酷刑而泄密，他选择自杀来结束自己的生命。在这部作品里，奥德茨塑造了一群忠贞不渝地为反法西斯斗争而英勇奋斗的共产党员形象。

《天之骄子》[①]是奥德茨创作更臻成熟的一个标志，也可以说是他的巅峰作品。有人指责奥德茨在选择典型环境和故事题材等方面受好莱坞影响，颇似那些充满陈词滥调的通俗小说或电影。但有人驳斥这种论调忽视了这部作品的深刻意义。它的初稿曾标明为"现代寓言剧"。寓言也者，当然有其影射社会现实的含义。奥德茨采用美国老百姓喜闻乐见的拳击界的故事，更有利于使这部戏的现实意义深入人心。

这部戏写一个有音乐天才的青年艺术家乔为了发迹而放弃了他心爱的小提琴，参加职业拳击比赛。他凭自己的天赋和努力获得了成功。他虽然声名鹊起，但拳击毁了他的手，再也不能从事艺术活动。更糟糕的是，他在一次拳击比赛中伤了人命，在与女友驾车仓皇出逃时死于车祸。有了钱的乔尽管可以感受一番精神上的满足，但他毕竟是这个只讲金钱的社会里的奴隶。其实他在观众的掌声中成了商品。他赚的钱大部分都落入其他人的腰包。可见，这部剧作同样揭示了资本主义社会老板对雇员剥削的事实，并暗示像乔这样拼命想出人头地、摆脱困境的个人奋斗是注定要失败的。只有像其兄长弗兰克那样，为千百万工人弟兄而斗争才能赢得胜利。这是一部反映美国青年个人奋斗的悲剧。作品在描写乔逐步走向堕落的同时，还揭示了美国职业拳击圈内尔虞我诈、险恶丛生的生存环境和以伤残丧命为代价的商业性娱乐活动。拳击运动场上的乔残酷野蛮，为了登上用鲜血和金钱垒起的拳王宝座，他与对手拼杀，完全置对方的生死于不顾。他说：

> 谦虚有何用？我是个职业拳击手！职业拳击这一行的实质就是不讲谦虚！"我比你强——我就把你打得头破血流来证实这一点！"你指望怎么着？跟对方讲良心，再赔上一副谦卑的笑脸吗？我才不信"谦卑人一定承受地土"这类鬼话！

他夺得冠军后的那种得意劲更是他内心冷酷的张扬：

> 那第二回我差点把地板都撞了个洞。最后给他的那一拳，我把平生的火

① 曾译作《金孩子》，见《美国文学简史》（下册），董衡巽等著，北京：人民文学出版社，1986年，第133页。

气全发在他的头上了!……你们听见他们欢呼了!……快讯!在万众欢腾声中,名副其实的旋风,波那帕特,名副其实的斜眼怪杰,波那帕特——在第八个回合,终于转败为胜,将黑皮鬼一拳击倒,打败冠军,结束全局!得了,哥儿们,你们看我怎么样?

《失乐园》是奥德茨创作的又一社会抗议剧,其主题颇似《醒来歌唱》。该剧沿用了英国著名诗人、政论家约翰·弥尔顿的长诗《失乐园》的题名,描写了经济萧条时期犹太小市民家庭凄惨的日常生活景象。故事的背景是危机丛生的美国20世纪30年代,围绕商人利奥·戈登一家的生活悲剧展开。利奥与山姆合伙开办了一家制造手提包的公司。经济不景气后,山姆开始暗自侵吞公款。为了避免全面破产,两人设计雇佣暴徒纵火焚毁工厂。阴谋败露后,利奥一蹶不振。从此家里发生了一连串的不幸事件。儿子本因找不到工作而铤而走险加入劫匪行列,最后死于非命。女儿珀尔尽管有着良好的艺术素养,能弹一手好钢琴,但最后还是无奈地嫁给了一个丑陋的男人。她的生活也不幸福。利奥一家的悲惨命运其实就是这个时代千家万户悲剧的缩影。该剧还对工人的罢工斗争作了相应的描写,对当时盛行的金钱至上之风也进行了严厉的批判。正如剧中人费利克斯所言,在这个充满铜臭味、金钱万能的世界上,有没有文化并不重要:

听我说——我是个小可怜虫,你也是个小可怜虫。珀尔,我过去总以为自己了不起——是一个满头长发的音乐家。生活愉快——热爱世人。在乐队里演出——参加四重奏——这是文化呀,可是身无分文,谁还顾得上要文化呢?我真不知道还有哪家姑娘弹钢琴可以与你相比。可有什么用呢?——咱们结得了婚吗?

从40年代起,奥德茨主要为好莱坞编写电影剧本,而在戏剧创作上基本上走了下坡路。之后他创作的主要作品有《大刀》(*The Big Knife*,1948)、《乡村姑娘》(*The Country Girl*,1950)和《桃花盛开》(*The Flowering Peach*,1954)等。《大刀》是一部控诉好莱坞罪恶的作品。剧中主人公查利是一位十分敏感的电影演员,然而他并不能够施展自己的艺术才华,反而经常遭到上司的百般刁难和欺负,最后以自杀了却一生。作品《乡村姑娘》则是一出情节剧,主要描写一个酗酒成性的演员试图重振艺坛生涯的故事。《桃花盛开》是奥德茨创作的最后一部剧作。在该剧中作者对自己的一些言行进行不同程度的辩护因而具有自传色彩。晚年的奥德茨思想趋向保守。面对麦卡锡主义的威逼,他胆怯了,并向非美活动调查委员会作了坦白,甚至还出卖了当时的共产党人。正如美国戏剧评论家约翰·盖斯纳对他后期创作所作的评价，奥德茨从40年代末起已开始有负众望了。①

## 第三节
## 罗尔夫与其他犹太作家

埃德温·罗尔夫(Edwin Rolfe，1909—1954)又是一位自己改了姓名的犹太作家。他生于纽约市，是俄国犹太人的后裔，原名叫所罗门·费希曼。他的父母都很激进。父亲是个社会活动家，从事社会主义思想的宣传；母亲是个共产党员。由于出身这样一个家庭背景，罗尔夫自然从小就受到激进思想的洗礼。与当时不少激进分子一样，他也改了自己的名字，以便听起来更“美国化”，也有利于自己与广大美国同行打成一片。

1925年，罗尔夫还是个15岁的孩子时就加入了美国共产党，但不久就退党。1929年，他进威斯康星大学学习。后来他又在纽约重新入党，以便可以进党报《工人日报》(*Daily Worker*)编辑部工作。罗尔夫主要写了三本诗集和其他一些一直未能出版的诗歌。他的一本题为《初恋与其他诗歌》(*First Love and Other Poems*，1951)的诗集是在二战后出版的，其中大部分诗歌都是描写战争及其对人的精神影响。罗尔夫不仅具有强烈的爱国主义思想而且还是个积极的反战分子。据说，他的诗歌当时还很受参加西班牙内战的美国士兵的青睐。②

早在1936年，罗尔夫就推出了诗集《致我的同龄人》(*To My Contemporaries*)，抒发了自己对经济大萧条的深切感受和对广大失业工人流离失所悲惨境遇的同情。罗尔夫1938年创作的悼念诗《追忆——为纪念阿诺尔德·莱德而作》(Epitaph，for Arnold Reid)是一首感人肺腑的诗作。③ 诗人满怀痛失战友的悲愤心情书写了牺牲者的永垂不朽：

---

① John Gassner, *The Theater in Our Times: A Survey of the Men, Materials, and Movements in the Modern Theater* (New York: Crown Publishers, 1963), p. 303.

② 有关当时罗尔夫诗作的影响可以参阅 Cary Nelson, “Introduction” to Edwin Rolfe, *Collected Poems*, edited by Cary Nelson & Jefferson Hendricks (Urbana: University of Illinois Press, 1993), pp. i - xiv。

③ 诗中人阿诺尔德·莱德(Arnold Reid)与罗尔夫是大学时代的同窗好友，志愿参加西班牙卫国战争并为之捐躯。他是犹太人，时任志愿军林肯营队的政训委员。全营有2 900人，其中约900人和他一样是犹太人。该诗译自他的《初恋与其他诗歌》一书。

……
这不是墓地，
决不是，也不是安息之处。
这是一块自我生长、播种的土地，
里面长出新鲜的手指，把泥土推开，
在地上地下不停地生长，
在地上地下永远地生长。

在麦卡锡猖獗的时代，罗尔夫受到过一定的冲击。他因痛恨麦卡锡主义而创作的《允许我避难》(Permit Me Refuge,)写出了自己对政治风云变幻莫测的麦卡锡时代的感受，在当时引起了广泛的关注。不过该作品的出版是在作者去世之后。

亨利·罗思(Henry Roth,1905—1995)生于当时属于奥地利的加利西亚(Galicia)，还不到两岁就随父母来到了美国。一开始，全家先在纽约布鲁克林的布朗斯维尔(Brownsville)住了一段时间，然后迁入下东区。八岁起全家又移居哈莱姆。这次搬家给小罗思留下极其深刻的印象。他觉得自己是从一个犹太人的大家庭来到了这个陌生地，总有一种异乡人的感觉。少年时代的这种焦虑和感受后来成为他小说《叫它睡眠》(*Call It Sleep*,1934)①的主要创作素材。罗思年轻时宣扬同化，一直到晚年他才对自己的看法有所改变，因为他发现了自己身上的犹太民族性。

早年，罗思就读于曼哈顿德威特克林顿中学(De Witt Clinton High School)。中学毕业后，他又入纽约城市学院(City College in New York)深造。大学期间罗思爱好文学，并在大学文学报上发表了自己的第一篇短篇小说《管道工的印象》(Impressions of a Plumber)。经过一个朋友的引见，他与一位来自新墨西哥的女诗人、纽约大学英语教授艾达·露·沃顿(Eda Lou Walton)相识，并得到了后者的巨大鼓励。沃顿教授比罗思大12岁，而且也不是犹太人，但她对年轻的罗思有特别的好感。经过她的推荐，罗思又得以出入当时令人陶醉的格林尼治村文化中心并认识了许多沃顿文化圈里的朋友。1928年两人开始同居，一直到1938年罗思在一个艺术家中心遇见了意中人缪瑞尔·帕克(Muriel Parker)后两人的关系才终止。第二年这位帕克女士便成

---

① 该小说在1934年出版后曾受到评论界的好评，不少学者认为这是一部无论在选题内容还是创作艺术方面都称得上佳作的作品。唯独《新群众》刊出了讥笑作者的评论短文。不知何故，这部作品几乎在文坛沉没了20多年。后来经评论家卡津(Alfred Kazin)、莱德沃特(Walter Rideout)和欧文·豪(Irving Howe)等人的重新发掘与推崇，小说在1960年得以再版，并再度受到读者欢迎。据说当时这部小说一共售出了100万册。

了罗思的妻子。

在20世纪30年代相当长的时间里，罗思创作生活主要靠沃顿的资助。他在创作《叫它睡眠》这部小说时还得到了她的指导。当时席卷全国的经济危机和大萧条使罗思感到资本主义的末日就要来到。遭受经济严重打击后的罗思逐步倾向马克思主义理论，并于1933年加入了美国共产党。[①] 翌年他决定在《叫它睡眠》之后写一部无产阶级文学作品，不过后来并没有成功。他毁掉了所有手稿，并从此保持沉默。罗思的晚年是在平静的生活中度过的。他虽然早在30年代末就放弃了写作，过着一种乡民生活，但重新创作的欲望并未泯灭。1987年犹太出版协会(Jewish Publication Society)编辑出版了他的一个短篇小说集。这大大激发了他的创作灵感。经过多年的苦心耕耘，罗思终于在1994年推出了四卷本长篇小说《激流的恩赐》(*Mercy of a Rude Stream*)，其中最后两卷直到他去世后才得以问世。

苔丝·斯莱辛格(Tess Slesinger，1905—1945)是20世纪30年代著名的犹太女作家，生于纽约市一个具有匈牙利和俄国血统的犹太人家庭。她从小就接受伦理方面的教育，后又就读于斯瓦斯摩尔学院(Swarthmore College)。她一生著述不多，属于那种英年早逝的杰出作家。著名批评家特里林(Lionel Trilling)曾高度评价过她，称她的创作“内蕴一种活力和睿智”，并认为“她天生就是当小说家的料”。

斯莱辛格1932年发表在《小说》杂志上的短篇小说《弗林德斯女士》(Missis Flinders)是她早期创作中的佼佼者。该作品可以说是最早描写公开堕胎的小说之一。据说，后来斯莱辛格还在她的长篇小说中根据这个故事大大发挥了一通。1935年，她又把这则故事收入选集《时间：现在》(*Time: The Present*，1935)中出版。[②] 1934年斯莱辛格出版了她的第一部小说《不可占有的》(*The Unpossessed*)。这部以《米诺拉杂志》(*Menorah Journal*)[③]为背景描写一群艾略特·库恩追随者的作品在当时还受到了评论界的好评，而且销售良好。不久，斯莱辛格就随她的第二任丈夫、电影剧本作家兼影片制作人去了好莱坞。在那里，她创作了一些电影剧本，如《在布鲁克林成长的一棵树》(*A Tree Grows in Brooklyn*)和《大地》(*The Good Earth*)等。此外，她还发表了一些短篇小说，当时主要刊登在《名利场》(*Vanity Fair*)、《纽约人》(*The New Yorker*)和其他一些不太知名的刊物上。

---

① 罗思一直到1956年才宣布退党，当时主要因为赫鲁晓夫上台后向全世界公布了许多关于斯大林的错误行为和做法。

② 这部小说集在1971年以《关于她的第二任丈夫夺走他第一个情人》(*On Being Told That Her Second Husband Has Taken His First Lover*)为题再版。

③ 斯莱辛格的第一个丈夫赫伯特·索娄(Herbert Solow)也是库恩身边的人之一，当时他正在该杂志社做助理编辑。

缪瑞尔·洛克塞(Muriel Rukeyser，1913—1980)是第二次世界大战期间较为出色的美国犹太裔女诗人,出生于纽约一个富裕的家庭。早年她受过良好的教育,曾就读于瓦萨学院(Vassar College)和哥伦比亚大学。在瓦萨期间她就与众不同,不但思想独特而且还表现出一种叛逆性。不久,她与伊丽莎白·毕晓普(Elizabeth Bishop)、玛丽·麦卡锡(Mary McCarthy)等同学一起创办文学刊物,用以对抗已具相当影响的《瓦萨评论》(*Vassar Review*)。20 世纪 30 年代,洛克塞热衷于写社会抗议诗。由于受到艾略特、奥登等现代派名诗人的影响,她也着手修炼自己的写作风格,因此她的诗歌在用词和结构方面与其他政治诗有着明显的不同。她在 1935 年创作的诗歌《剪短发的男孩》(Boy with His Hair Cut Short)就是其中之一。该诗间接地描写了大萧条时期姐弟俩的惊恐而无望的心态。诗中写道:

> 他坐在桌旁,头朝下露出了年轻的脖子,
> 眼梢望着对面杂货店的招牌,
> 文身,霓虹灯光,一直到两眼模糊,而
> 他那担心的大姐,穿着一身简朴的蓝衣
> 在他背后弯着腰,用一把不值钱的剪刀为他剪发。……

洛克塞常常致力于激进的社会活动,同情遭受迫害的人们,如 1933 年她离开瓦萨专门赴阿拉巴马州报道一桩不公正的黑人强奸白人妇女案。1935 年,她出版了第一本诗集《飞行原理》(*Theory of Flight*),其中《丢失童年的诗》(Poem Out of Childhood)一诗还写到了 20 年代关于意大利移民的谋杀案。该诗集后来又被列入耶鲁青年诗人系列丛书。1938 年她又推出了一部比较有影响的诗集《美国之一》(*U. S. 1*)。翌年,她的另一部书《风向》(*A Turning Wind*)问世。1940 年推出的《约翰·布朗的灵魂与肉体》(*The Soul and Body of John Brown*)又是一部诗集。第二次世界大战时期她对法西斯大屠杀感到震惊。她在 1944 年创作的《看得见的畜生》(*Beast in View*)是她对法西斯屠杀政策的愤怒回应,也表达了她作为一个犹太人的心情。其中诗歌《做一个 20 世纪的犹太人》(To be a Jew in the Twentieth Century)就是一篇典型之作。

50 年代后,洛克塞基本上不再从事创作。到了 60 年代,她又重操旧业,发表了一些诗作,其主题大都是关于女人生育的影响。70 年代后她在瓦萨从事教育,宣传妇女理论,是一位颇有影响的女性主义活动家。

卡尔·夏毕洛(Karl Shapiro,1913—2000)是诗人、编辑兼评论家,生于巴尔的摩一个严格遵守教规的犹太人家庭。他基本上在当地上学,包括霍普金

斯大学。在弗吉尼亚大学就读时，他总觉得自己因为是东欧犹太人的后裔而遭到排斥。这种感觉就像阴影一样一直陪伴着他。难怪他后来感慨地说，诗人与犹太人没有多少差别，都是属于一种“局外人”；只要是犹太人，他总是处于“一种有着神秘自豪感和情感的氛围之中”。表现这种族群意识成了夏毕洛日后诗歌创作的一大母题。大学还没有毕业他就执意要做一名诗人。于是在22岁那年，他自己出版了一本书。

第二次世界大战时期，夏毕洛应征入伍，并在太平洋地区服役。其间，他并没有放弃写作。自1941年至1945年，他创作了四本诗集，其中有一本还在澳大利亚出版。战争期间，他的诗歌主要发表在《好持家》(*Good Housekeeping*)、《诗刊》和其他一些杂志上，并且还有诗作入选1940年著名的《美国五位年轻诗人》(*Five Young American Poets*)一书。

1945年夏毕洛与自己的文学代理结婚。两年后他应聘当上了国会图书馆的诗歌顾问。后来他又去约翰·霍普金斯大学任教两年，随后当上了美国影响最大的文学杂志之一《诗歌》的编辑。战后50年代初，夏毕洛仍在负责《诗歌》的编辑，并且成绩卓著。在他的倡导下，该刊发表了一大批英、美诗人的作品、具有争议的评论以及有关其他国家的诗论文章。离开《诗刊》编辑部后，他又去内布拉斯加大学任《草原帆船》(*Prairie Schooner*)杂志的责编，同时兼任大学教员。1969年他因其诗歌创作成就与约翰·贝利曼(John Berryman)①分享了博林根奖。

亚伯拉罕·卡汉(Abraham Cahan，1860—1951)生于被拿破仑叫作“立陶宛的耶路撒冷”(the Jerusalem of Lithuania)的威尔纳(Vilna)附近的一个乡村。父亲是个教师，母亲没有职业，祖父信奉犹太教。卡汉从小喜欢学习，是个具有叛逆性的孩子。他还比较热衷于一些世俗的课题，学习俄语，并阅读各类反对沙皇的激进报纸和文学作品。1881年当沙皇在圣彼得堡遇刺时，卡汉与几个朋友因涉嫌谋杀而遭到追捕。为了脱身，他只好放弃教职，加入了向美国逃亡的队伍。这个时候恰好是大批东欧犹太人出走美国之时。这一出走便与家人失去了联系，一直到19世纪末他去欧洲旅行时才得以见到自己的父母。使他惊讶的是，他与父母的生活方式已经是天壤之别。这种文化上的差异以及犹太移民对文化冲突的深切感受成了他日后文学创作的主题。

一来到美国，卡汉就四处发表演说，他用意第绪语讲述卡尔·马克思的思

---

① 约翰·贝利曼(John Berryman，1914—1972)是夏毕洛同时代诗人，其创作主要受叶芝(W. B. Yeats)、奥登、庞德和克兰等诗人的影响。早期作品除了收入在1940年《美国五位年轻诗人》一书里的部分诗作外还有《诗选》(*Poems*，1942)等。战后贝利曼还写了《被剥夺者》(*The Dispossessed*，1948)、《致布拉德斯特里特情人》(*Homage to Mistress Bradstreet*，1956)、《七十七首梦歌》(*77 Dream Songs*，1964)、《贝利曼十四行诗》(*Berryman's Sonnets*，1967)和《爱情与名义》(*Love and Fame*，1970)等。

想,组织工会,编辑英文和意第绪语报纸等。从1902年到他去世为止,卡汉一直是美国最有影响的意第绪语报纸《犹太前进日报》(*Forverts* [Jewish Daily Forward])的编辑。与此同时,卡汉还主编一家思想偏激的社会民主党报纸,并使之成为美国仅有的最有影响的外语报刊之一。在这些报纸上,他经常创作一些鼓舞人心的故事,紧紧抓住读者的心理和兴趣。使用的语言也已经是美国化的意第绪语,通俗易懂。这在犹太移民在美国的归化过程中起了不可低估的作用。

大约从1892年起,卡汉尝试用英语创作,尽管那时他仍然不时地用意第绪语写新闻报道。后来,他在一个十分偶然的机会里认识了威廉·迪·豪威尔斯,并得到了后者的赏识。在豪威尔斯的鼓励下,卡汉着手创作有关纽约犹太聚居区生活的作品。1896年,卡汉出版了他的第一本书《纽约犹太人的故事》(*Yekl: A Tale of the New York Ghetto*)。[①] 作品描写了一个乳臭未干的移民小子如何抛弃自己的民族文化和生活习惯,乐于接受美国生活方式,最终陷入迷惘的故事。从此,卡汉在文坛有了一定的声誉,也得到了豪威尔斯的高度赞扬。

书写犹太人失落的情怀及其归化进程中的情感和精神变化是卡汉小说的主要特色。继《纽约犹太人的故事》后,他又创作了许多短篇小说,其中有《犹太婚礼》(A Ghetto Wedding)等。[②] 这是一个非常有趣但又不免哀婉的故事,主要讲述服装生意萧条期一对收入很低从事血汗钱劳动的犹太新婚夫妇如何想入非非,希望通过婚礼来获得他们意想不到的丰厚结婚礼物。结果令他们大失所望。他们邀请的客人都和他们一样穷困潦倒,根本买不起结婚礼物。小说的结局写得颇为感人,写出了这对新婚夫妇从漆黑一团的破落街道走向自己简陋的住处的感受和他们彼此的爱和新婚带给他们的欢乐。作品中对犹太正统婚礼的描写,生动再现了纽约下东区犹太移民的悲惨生活。

1917年,卡汉又创作了小说《戴维斯·莱温斯基的发迹史》(*The Rise of Davis Levinsky*)。这是一部关于犹太人服装老板如何发家致富和随之而来的精神失落的故事。小说的主人公白手起家,经过苦心经营终于成为有钱的资本家。然而生活的富裕并没有让他感到自己是个幸福的人。他总觉得自己在精神上有一种缺失,财富与精神不能在他身上取得一致。作品再次表达了作者关于犹太移民精神失落的创作主题。

虽然卡汉创作了不少反映纽约犹太人生活的小说作品,但在美国文学史

---

① 1975年琼·米克琳·希尔弗(Joan Micklin Silver)执导的电影《海斯特街》(Hester Street)就是根据这篇小说改编的。

② 该小说收入在他在1898年出版的小说集《纽约犹太人的进口新郎和其他故事》(*The Imported Bridegroom and Other Stories of the New York Ghetto*)中。

上，他的名字始终与美国少数族新闻学、移民文化和政治等学科联系在一起。

玛丽·安婷(Mary Antin，1881—1949)是早期美国犹太作家。她创作的《福佑国》(*The Promised Land*，1912)一书曾是一本畅销书。在这部作品里，安婷高度赞扬美国移民的归化进程。她把犹太人的美国化看作民族的复兴，并用一种宽泛的概念去界定美国，其中包括了移民和他们的文化。

安婷生于俄国普洛茨克的一个犹太人居住区。父亲是一家商店的老板，经常暗地里教女儿学习希伯来文，直到他有一天突然病倒。破产后，全家来到美国。在1894年全家迁往波士顿之前，安婷一直是女装饰品学徒。一到美国后，父亲就送她上学。安婷聪明好学，很快学会了英语。五年后她用英语出版了她的第一本书《从普洛茨克到波士顿》(*From Polotzk to Boston*)。这本书出版后反响很大，因之安婷得以进波士顿当时最好的中学"女子拉丁文学校"(Girls' Latin School)。中学毕业前她与德国犹太人、哈佛地质学毕业生葛拉布博士结了婚。随即安婷和丈夫一起去哥伦比亚大学。丈夫教书，她自己在哥伦比亚师范学院和巴纳德学院旁听课程，不过一直没有取得任何学位。

1910年，安婷去俄国的故乡旅行。一路上的所见所闻使她感触颇深。对自己的移民经历追忆更驱使她去再现这段不寻常的经历。不久，她便以《福佑国》为题推出了第二部作品。这部自传作品先在1911年的《大西洋月刊》连载，尔后才以书的形式出版。作者以乐观的态度描写了自己的移民经历。她把俄国犹太人的处境与美国犹太人的自由生活作比较，强调只有美国才是犹太人可以幸福生活的福地。书中大多数内容真切感人，鼓舞人心。不过，只要我们把这部著作与她第一本书细细比较一下就会发现，原来作者对这两本书的读者预设是不同的。当安婷写第一本书时，她的确只考虑到自己的读者是美国犹太人。但在写第二本书的时候，她的视野显然开阔得多。她想用一种赞美美国的口吻来唤起更多的读者，而且主要是非犹太人的读者，这样她可以激发他们对犹太移民遭遇的同情心，并让更多的美国人了解犹太人的文化，倾听他们发自内心的呼声。

此外，安婷还写了不少短篇小说，其中著名的有关于犹太人为了孩子能在美国上更多的学而撒谎的《谎言》(The Lie，1913)等。1914年，针对美国要实行移民限制法，安婷写了《他们敲响了我们的门》(They Who Knock at Our Gates)。第一次世界大战前后，安婷四处发表演说，宣扬她作品中的福佑国思想，其中也包括一部分犹太复国主义主张。同时，她还积极从事其他文化社交活动。一战结束后丈夫因发表了同情德国的言论而被免去大学教职。从此全家的生活失去了安定。丈夫到中国北京任教，而安婷自己也只好在马萨诸塞州的波士顿和温彻斯特(Winchester)两地与宗教为伴，寻求精神寄托，默默地走完了自己的人生旅途。

安捷亚·叶捷斯卡(Anzia Yezierska,1885—1970)生于波兰华沙附近的普林斯克(Shtetl Plinsk),是兄妹九人中最小的。1898 年她随父母姐妹一起移民到美国纽约与先来的长兄梅耶(Meyer)团聚。由于美国移民官把梅耶改成了迈耶(Mayer),于是全家都改了姓。据说叶捷斯卡从来不知道自己确切的生日。她是在成名后改了自己的生日,好让自己年轻一点。

与她的兄弟不同,她只上了两年的小学就开始做工。后来因姐姐与父母关系不和被迫离家住进了职业寄宿学校。在那里,她可以继续学习文化。1901 年她通过伪造文凭和说服担保人后终于入学哥伦比亚师范学院(Columbia's Teachers College)。她广泛阅读诗歌和哲学著作,并以此来提高自己的英语水平。从 1908 年至 1913 年她受聘在一所小学任教,一有空就去参加戏剧艺术学院(Academy of Dramatic Arts)的活动。

1910 年叶捷斯卡结婚,但不久便终止婚姻,第二年又与一个编写教材的小学教师结婚,生有一女。1913 年她的婚姻又发生危机,于是把精力投入到小说创作上。同年她创作了第一篇小说《自由假期的房子》(*The Free Vacation House*)。这是一篇愤怒地控诉慈善机构如何对受施者实施监禁的小说。作品于 1915 年正式出版。第二年叶捷斯卡与丈夫离婚,独自领着女儿来到旧金山居住。其间,她还从事过一段时间的社会工作。不久又前往纽约任教,并结识了当时赫赫有名的教育家、哥伦比亚大学教授约翰·杜威(John Dewey)先生。两人曾有过一段不寻常的经历。在杜威的建议与鼓励下,叶捷斯卡不断写作出版自己的著作,而杜威不仅给她写信而且还为她写诗。这段经历后来写进了她的小说《我什么也不是》(*All I Could Never Be*,1932)和《系在白马上的红丝带》(*Red Ribbon on a White Horse: My Story*,1950)。在这两部作品里,叶捷斯卡把她与杜威的感情交往写成了两种文化的理想结合。这种导师兼求爱者的形象几乎贯穿了叶捷斯卡有关犹太移民女性从没有人生经验走向成熟的每一部作品。《系在白马上的红丝带》以第一人称写出了叙述者"我"如何在人生道路上挣扎、进取。"我"从一个波兰犹太移民的聚居区走出,经过自己的努力奋斗终于尝到了成功的滋味。但随之而来的却是无限的孤独和精神迷失。小说中对求助无望的描写,读来颇让人感到世态炎凉:

> 我还祈求那些在我发迹日子里认识的人帮助找一份工作,而我得到的同样是他们因害怕我而疏远我。在我倒霉的时候,我的朋友纷纷弃我而去,正如当初我抛弃我自己民族的穷人一样。①

① Anzia Yezierska, *Red Ribbon on a White Horse: My Story* (New York: Virago, 1987), p. 139.

作品的结尾更是一种近乎绝望的悲叹：

> 他的话如同雪上加霜。我绝望地捡起钱包和手套转身朝门口走去。……“我看到你匆匆忙忙，准备想逃走。逃走！想去哪里？为什么？要想在巴比伦塔登得高一点吗？凭你这样无知也想去赚钱？犹太人就是穷，好比马背上的一根红丝带。但你已不再是犹太人了。……你是你自己民族的敌人。就是基督徒也要恨你。”①

1919 年叶捷斯卡在几次遭到杂志社拒绝后又发表了短篇《肥沃的土地》(The Fat of the Land)。作品还被著名编辑爱德华·奥布莱恩(Edward O'Brien)称为该年度最佳短篇小说。从此，叶捷斯卡声誉鹊起。有名的豪顿·米夫林出版社(Houghton Mifflin)也在 1920 年出版了她的短篇小说集《饥饿的心》(*Hungry Hearts*)。这是一部美国犹太文学的经典之作。收入其中的一个个短小精悍的故事大都以曼哈顿东低区犹太人的血汗工厂和简陋的居住房为背景，描写了这里的贫穷和经济压迫以及犹太女性移民的自强性格和她们面对饥饿、贫穷、剥削所表现的顽强生存意识。作者在这里用生动的事件告诉读者：在这个只有富人才能高唱自由的美国社会里，这些挣血汗钱的犹太女性只能把实现自己甜蜜的梦想寄托在爱情和美丽的装扮上，尽管等待她们的总是失望。1922 年叶捷斯卡还应邀去好莱坞创作同名电影剧本，并被拍成无声电影。

1923 年推出的《孤独的孩子》(*Children of Loneliness*)是叶捷斯卡的又一部短篇小说集。同年她又出版了第一部长篇小说《莎乐美的简陋住房》(*Salome of Tenements*)。该小说在 1925 年经锡德尼·阿尔考特(Sidney Alcott)执导拍成无声电影，深受观众喜欢。不过，她创作的最佳小说还是那部题为《给面包的人》(*Bread Givers*，1925)。另外在当时也颇受欢迎的小说还有《傲慢的乞丐》(*Arrogant Beggar*，1927)和《我什么也不是》等。

叶捷斯卡是个相当勤奋的犹太作家，常被誉为“血汗工厂的灰姑娘”。与广大同龄女性一样，她少年时代就已在工厂从事廉价劳动。那是一段痛苦的经历，不过也使她从小就了解到犹太妇女的困苦生活。她日后创作的小说大都以这段经历为蓝本，生动刻画了一个个犹太妇女的形象以及她们苦难的经历。大萧条时期她虽然生活受到影响，但仍坚持写作小说、报刊文章、散文和书评等。她在 1950 年出版了《系在白马上的红丝带》后基本上不再抛头露面，而且正逐渐被人遗忘。1970 年备受冷落的叶捷斯卡在加利福

---

① Anzia Yezierska, p. 217.

尼亚去世。综观叶捷斯卡一生的文学实践,我们不免觉得她的创作有些幼稚,缺乏她所处时代艺术革新应有的气质,但是作为最早用英文创作的美国犹太作家之一,她的创作铭刻着美国早期犹太移民的辛酸经历。再者,她对美国犹太移民女性所作的细腻描写,可以作为研究美国犹太女性文学不可多得的文本资料。

露德威格·刘易索恩(Ludwig Lewisohn, 1882—1955)生于柏林。1890年他才七岁就随父母移民美国南部南卡罗来纳州。小时候他就读于查尔斯顿学校。中学毕业后上了查尔斯顿学院,19岁以优等生资格毕业,并获得了文学硕士学位。全家来到美国后信奉基督教,唯独母亲依然信仰犹太教。刘易索恩自己虽然也是卫理公会教徒,但因为他是犹太人,教会学校都拒绝接受他。这种因种族遭排斥的事件在他身上时有发生。他在进纽约哥伦比亚大学攻读博士学位时遭到的不公正待遇成了他日后文学创作的一大素材。1922年他创作的自传《向上流》(*Up Stream: An American Chronicle*)用较大的篇幅对这一事件作了详细的描述。作品以回忆、纪实的口吻叙述了作者及家人从远在大西洋彼岸的故乡德国来到美国求生的坎坷经历。书中写道:

> 美国化当然意味着同化,但是这个概念也是十分空泛的,只是一种愤怒的宣泄。问题是向什么同化?朝什么样一种同质文化发展?……而我们什么也没有,又如何使我们凝聚在一起?①

在哥伦比亚大学攻读博士学位期间,刘易索恩积极参与各种文学社团和学术活动。他曾满怀理想毕业后留在大学教文学。不料,他的导师告诉他犹太人是不能在大学里教英国文学的。一气之下,他在学了两年后毅然退学。从此他一心致力于犹太学研究,并于20年代参加了犹太复国主义运动。为了更好地开展活动,刘易索恩决定回到自己的家乡查尔斯顿。但是他的生活并不如意,短短时间里他又是结婚,又是离婚。失落中他变得愈来愈清心寡欲。为了寻求精神寄托,他开始创作小说。写完了几个短篇小说和一部长篇小说后他回到了纽约,并有幸结识了德莱塞。在他的帮助下,刘易索恩于1908年出版了他的第一部长篇小说《破碎的圈套》(*The Broken Snare*)。作品大胆地写出了一个女性的内心隐秘包括她强烈的性欲等。女性性心理的刻画是刘易索恩小说创作的主要特色之一。此外,他还关心犹太人的属性问题。

离开哥伦比亚后,刘易索恩曾受聘于威斯康星大学执教德国文学一年。

① Ludwig Lewison, *Up Stream: An American Chronicle* (New York: Boni and Liveright Publishers, 1922), p. 235.

从1913年起他去俄亥俄州立大学任教近四年。1917年由于他在战时对德国文化的过分好感,再加上其对美国日益高涨的民族主义无动于衷引起校方不满而被迫离开。此后他便以创作为生。从1919年到1924年他出任《国家》(*Nation*)杂志的小说、戏剧责任编辑。其间,他深入研究德国文学、美国文学、法国文学和欧洲戏剧等,写下了许多文学评论文章和批评著作,主要代表作有:《现代戏剧》(*The Modern Drama*,1915)、《戏剧与舞台》(*The Drama and the Stage*,1922)、《创新生活》(*The Creative Life*,1924)和意识形态鲜明的《城市与人》(*Cities and Men*,1927)等。接着,他又推出了传记作品《中途》(*Mid-Channel*,1929)和一组他与妻子的蜜月日记《避难所》(Haven,1940)。

除了写作以外,刘易索恩还积极从事各种文化活动,对文学、社会学和心理学均保持浓厚的兴趣,堪称20年代美国知识界的一大精英。与当时欧洲流行的精神分析学说遥相呼应,他在创作中也特别关注两性问题。他对因性压抑而导致的精神毁灭和婚姻失败问题的独特看法在当时还引起一番争论,但却受到弗洛伊德和托玛斯·曼的高度评价,尤其是他在1926年出版的那部作品《克郎普先生案例》(*The Case of Mr. Crump*)。据说,因为该作品他后来还与托玛斯·曼成为文学志趣相投的好朋友。1932年他发表的《美国表达法》(Expression in America)一文主要研究美国文学中的美国精神。他运用弗洛伊德理论分析文学作品,并对当时流行的清教传统进行批判,曾一度引起学界广泛的关注。

1928年,刘易索恩创作的小说《内陆岛》(*The Island Within*)面世。该作品主要写美国犹太人应如何在美国化进程中加强自己的民族意识,有必要保持本民族属性的问题。他及时地向犹太人提出了警告,指出了他们在进入美国社会进程中丧失自己民族个性的危险。小说主人公亚瑟·莱维(Arthur Levy)属于美国犹太移民的后裔,生活在一个比较富庶的家庭。他的家庭信仰已经改变了,从祖先信奉的传统犹太教变成他的现世主义。作品的开篇用较长的篇幅叙述了一个欧洲家庭四代人的历史变迁,回顾了这个家族如何从正统的宗教信仰蜕变到世俗化,与别民族通婚和经商发家致富以及他们在整个变程中所遭受的各种反犹经历。与这个家庭一样,亚瑟本人的成长过程有着同样的遭遇。还有他的妹妹因为是犹太人被一个学校拒之于门外。他后来在一个斯文的贵族朋友启示下逐步弄明白原来美国要所有犹太人不仅放弃他们自己的历史而且还要承认基督教历史。对此小说作了这样的描写:

道森一家不是要莱维一家对他们忠心耿耿。他们要莱维全家从想象中完全放弃自己的过去而去接受他们的过去。莱维家照办了。他们这么做……难道他们不愿为他们披着长披风的祖先和表兄妹典押自己的衬衫吗?[①]

显然,这里作者在提醒犹太人不要轻易放弃自己的祖宗。

刘易索恩所提倡的犹太人民族意识是个比较复杂的问题,其中良莠并存。他不单单是个犹太民族主义者,而主要还是个犹太复国主义极端分子。早在1920年,刘易索恩就是犹太复国主义组织的骨干,致力于极端宗教活动。他积极宣传犹太复国主义思想。这方面的主要著作有《以色列》(*Israel*,1925)、《答案:犹太人的世界》(*The Answer: The Jew and the World*,1939)和《美国犹太人》(*The American Jews*,1950)等。1944年,他出任美国犹太复国主义组织的喉舌《新巴勒斯坦报》的编辑,大肆宣传犹太复国运动。在这之前,他曾受蔡姆·威兹曼(Chaim Weizmann)的委托秘密出访东欧和巴勒斯坦,旨在了解那里犹太人的生活状况。他的行动后来被美国政府察觉。他们查证与他同往的女子塞尔玛·斯匹尔斯(Thelma Spears)不是他的妻子而是他与之姘居长达15年之久的情妇,于是没收了他的护照。出于无奈,刘易索恩只好一直待在欧洲,直到1954年才获准重返美国。

当然,刘易索恩的犹太复国思想并非一成不变的。他离开塞尔玛·斯匹尔斯后又与另外一个女子同居。这引起了其他犹太复国主义分子对他的不满。对此,刘易索恩也十分恼怒。但由于他极力反对德国纳粹的坚定立场和后来对英国政府不准犹太难民进入巴勒斯坦事件的强烈谴责,刘易索恩又重新获得他们的赏识。刘易索恩是个易动感情的作家。即使后来他在布兰代斯大学(Brandeis University)任教时还经常因犹太人问题与同行或校方发生争执。可见,刘易索恩能通过比较典型的事例生动地将美国犹太人遭受种族歧视和不公正待遇描写出来。他的自传《向上流》就是这样一部作品。书中详细叙述了美国犹太人如何面对主流文化的封锁,加强本民族气节和建构犹太民族主义的艰难情势。

迈克尔·戈尔德(Michael Gold, 1893—1967)生于纽约下东区一个贫穷的犹太人的家庭,原名叫伊佐克·戈兰尼契(Itzok Granich)。迈克尔·戈尔德是他1921年使用的笔名。早年曾给普罗文斯敦剧社(Provincetown Players)写过一些言辞激烈的社会批评剧本,如《霍博肯蓝调》(*Hoboken Blues*,1928)、《菲斯塔》(*Fiesta*,1929)和《战歌》(*Battle Hymn*,1936)等。[②] 20年代他开始负责编辑《解放者》(*Liberator*)杂志,后来又出任一家共产党刊

---

① Ludwig Lewisohn, *The Island Within* (New York: Harper and Brothers, 1928), p. 167.

② 《霍博肯蓝调》主要写爵士乐时代穷人的生活状况,《菲斯塔》描写墨西哥农村贫苦农民和资产阶级贵族之间贫富悬殊的生活。《战歌》是奥德茨与迈克尔·布兰福特(Michael Blankfort)携手创作的剧本,剧情主要依据《约翰·布朗生平》一书中的有关事件。

物《新群众》(*New Masses*)杂志的编辑。与此同时,他还兼任《工人日报》(*Daily Worker*)和《人民世界》(*People's World*)的专栏作家。戈尔德通过《新群众》杂志宣传社会主义文学理论,提倡无产阶级文学。在其《走向无产阶级艺术》(Towards Proletarian Art)一文中,戈尔德这样写道:

我们早已为世界经济革命的到来做好了充分的准备,但是使我们感到震惊甚至害怕的就是必定出现的文化动乱。我们本能地反对这样一种变局。我们是在旧资本主义制度下成长的,其本质的东西早已让我们刻骨铭心。……在我们的心目中,资本主义的艺术、科学、玄学和哲学比意志或逻辑来得更为深刻。它们的深入程度甚至胜过插入我们社会情感的尖刀。我们不能因此采取自戕的手段。尽管我们厮守旧的文化传统,甚至为了捍卫它还不惜违背自己的意愿,但它终究免不了一死。旧观念必须死掉。不过我们无须害怕。让我们把我们自己统统扔进革命的熔炉。①

综观戈尔德的创作可以发现,他的作品基本上真实地描写了20世纪初纽约下东区犹太人的生活景象。主要作品有《犹太人没有钱》(*Jews without Money*, 1930)、②《一亿二千万》(*120 Million*, 1932)③和《空心人》(*The Hollow Men*, 1941)等。不过其中影响最大的还是《犹太人没有钱》。小说描写了一家犹太人如何在父亲失业后母亲坚强地承担起振兴家业及组织邻居奋进的动人故事。作品暗示工人阶级只有团结起来斗争才能争取到他们的权益。因此,这部小说常被看作是一部反映社会底层生活疾苦的无产阶级文学作品。④ 作品不仅如实地描写了20世纪初美国工人阶级遭剥削、压迫的生活情形,而且还有力地抨击了"美国梦"。作品对美国社会奉行的金钱万能论和普遍的道德堕落进行了揭露。正如作品的开篇所揭示的,当时整个下东区到处可以看到混乱的街市和娼妓、拉皮条与游手好闲的赌徒等。戈尔德写道:

人们不断地在街上拥挤着和争吵着。到处是大声呼喊的手推车小贩;妇女在尖叫,狗儿在狂吠、交尾,孩子们在哭泣。

---

① Michael Folsom, ed. *Mike Gold: A Literary Anthology* (New York, 1972), p. 62.

② 早在1930年杨骚将这部作品翻译成中文,并由上海南强书局出版。当时杨先生把Gold译作"果尔特"。

③ 该书先是用俄语写的,出版于1932年。原名为《一亿二千万》(*120 Million*)。

④ 1935年戈尔德与希克斯(Granville Hicks)、诺斯(Joseph North)和彼德斯(Paul Peters)等一起编写了一本《美国无产阶级文学文集》。该书由弗利曼(Joseph Freeman)专门写《导言》,并由纽约国际出版社出版。具体可以参阅 *Proletarian Literature in the United States: An Anthology*, edited by Granville Hicks, Joseph North, Michael Gold, Paul Peters, Isidor Schneider and Alan Calmer; with a Critical Introduction by Joseph Freeman (New York: International Publishers, 1935)一书。

> 鹦鹉在学舌咒骂。衣衫褴褛的孩子在货车马的下面玩耍。肥胖的主妇们在挨户骂街。乞丐在唱歌。……
>
> 拉皮条、赌棍和红鼻子酒鬼,无聊的政治家,还有穿着汗衫的拳斗士……下东区五光十色的生活在杰克·伍尔夫的酒店的柳条门口进进出出。[①]

在小说临近结尾时戈尔特又写道:

> 看我罢,他说:"在美国 20 年,而现在却比我初到时还要穷。好不容易有了一家吊裤带工厂,还被一个恶棍偷走了;做了一个油漆工,又不慎从搭棚上摔了下来;现在我只好卖香蕉,而连这个我都失败了。那都是命中注定。"他一边唉声叹气,一边吹着烟斗。
>
> "啊,天哪!美国真是个富裕的国家啊!好一个容易使人发财的地方哟!看一切有钱的犹太人罢,为什么他们就这么容易,而对于我就这么难呢?我现在只是个没钱的可怜的小犹太人。"

爱德华·达尔堡(Edward Dahlberg,1900—1977)是小说家兼批评家,生于波士顿。母亲是个理发师。他从小就随母亲在中西部四处流浪,一直到1905年母子才在密苏里州的堪萨斯镇定居下来。就是这么一个流浪儿长大后竟然成为一名大作家。难怪人们都说他的成长经历是一大奇迹。更使人惊讶的是,达尔堡小时候并没有受过多少正规教育,而且几乎就是个文盲,但他居然后来可以去许多人想都不敢想的哥伦比亚大学深造。1925年达尔堡大学毕业后就开始创作。他出手不凡,很快就成为30年代初美国自然主义文学的杰出人物之一。与众不同的是,达尔堡在创作的时候能熟练地使用典故和典雅的文字。他那高雅而充满想象的作品让他的同行们刮目相看。

1929年,达尔堡出版了第一本书《底层人》(*Bottom Dogs*),著名现代派作家T. S. 艾略特还专门为之写了"导言"并加以推广。作品以小说的形式叙述了作者本人辛酸的经历,尤其是他小时候在大小胡同里流浪、敞篷车底下玩耍的情形。流浪是他获取知识的学校。可以说,达尔堡的创作知识主要来自流浪时听到的各种污言秽语和他上大学后养成的博览群书习惯。30年代经济大萧条和随后普遍的失业给劳动大众所带来的贫困和流离失所在这部作品中得到了如实的反映。因此,达尔堡一时也成了美国"无产阶级"文学的先驱之一。

《从洪水到大劫》(*From Flushing to Calvary*,1932)是达尔堡创作的第二部作品。从主题上看,这仍然不失为作者的一部亲历记,只是故事的结局更加

---

① Michael Gold, *Jews without Money* (New York: H. Liveright, 1934), p. 1.

感人，因为作者写到了母亲在长岛病故的场面。两年后，达尔堡又创作了《消失的人》(*Those Who Perish*，1934)和《这些骨头活着的吗?》(*Do These Bones Live?*，1941)等。二战结束后，达尔堡曾在密苏里大学和波士顿大学任教一段时间，但很快从文坛退隐。晚年的他潜心研究宗教。向往神秘、追求古典写作风格是他后期作品的主要特色，具体体现在他的后期著作《世俗之谜》(*The Carnal Myth*，1968)、《因为我是凡人》(*Because I Was Flesh*，1964)、《达尔堡忏悔录》(*The Confessions of Edward Dahlberg*，1971)和《密涅瓦的橄榄树》(*The Olive of Minerva*，1976)等。

肯尼斯·费尔林(Kenneth Fearing，1902—1961)是诗人兼小说家，在纽约和芝加哥做过编辑，还专门为通俗刊物写稿。生于伊利诺伊州的橡树园(Oak Park)，早年就读于威斯康星大学。据学校的校友录记载，费尔林是个很有个性、与众不同的年轻作家。大学时代，他也加入了蓄长发组织，并以此标新立异，显示自己的个性。这在当时是大学校园的一大话题。同窗诗人卡尔·拉考锡(Carl Rakosi)当时也是蓄长发组织的代表人物之一。根据他的回忆，费尔林确实是个个性独特的人物。"他很少离开他的房间……换洗的衣服胡乱地堆放在地板上……他那时已经酗酒成瘾，夜里创作……白天逃课。他有很多崇拜者云集在他的周围，一边欣赏他放荡不拘的行为，一边等待他的下一句惊人的妙语。"

1924年费尔林大学毕业后来到了纽约市，并很快加入了当时比较激进的文学团体。30年代他自称无产阶级作家，实际上是个不信任何教条的自由主义者，顶多是个讽刺小说家。后来在奥登和桑德堡等诗人的影响下，费尔林也迷恋长句诗。他的诗歌读起来比较轻松，其中不少都刊登在《纽约人》(*New Yorker*)上。1936年和1939年，他分别两次获得了古根海姆创作基金。为了感谢基金会对他的支持，费尔林刻苦写作，相继推出了《诗歌》(*Poems*，1935)、《当铺老板的下午》(*Afternoon of a Pawnbroker*，1943)和《新诗选》(*New And Selected Poems*，1956)等六部诗集以及《死亡推算》(*Dead Reckoning*，1938)、《克拉克·吉福德的孩子》(*Clark Gifford's Boy*，1942)等八部小说。

40年代后，费尔林除了创作以外还与好莱坞合作写了不少电影剧本，其中相当一部分都是恐怖电影。他在1946年创作的小说《大钟》(*The Big Clock*)第二年就被派拉蒙电影公司拍成了电影。1987年该小说又出新版电影，改名为《没有出路》(*No Way Out*)。从费尔林的创作来看，他并不像刘易索恩、戈尔德等作家那样过分注重犹太人本民族的属性建构，有意突出犹太人的文化习性，而是以一种共有的文学视野从事创作。

# 第七章

# 两次世界大战之间的美国文学批评

早在20世纪初，对学术著作进行评论已是美国学术界的一大景观。只要翻阅一下那个时期的报纸杂志便可领略到当时美国文坛上出现的诸多热点。评论的对象大都是刚出版的书籍；评论的语言不乏尖酸刻薄。评论者对新版书品头论足，就何谓好书，何谓劣书发表高见。结果，许多思想新潮应运而生。像这样旷日持久的书论在现代美国文学史上具有举足轻重的地位。无论批评家之间进行理性的切磋，还是尖刻的相互谩骂，都在客观上推动了美国文学/文化的研究与传播。正因为如此，现代美国文学/文化批评的大师们都乐意从中吸取理论滋养，进一步丰富自己的学术研究。同时，他们又敏锐地注意到社会上存在一个广泛的读者群，致力于读书。为此他们认为这样的阅读活动不仅是一种娱乐，而且主要是一种受教益的活动。于是，杂志、文学俱乐部、诗刊和其他各种学会、组织机构，包括作家协会、读书俱乐部等在当时风靡全国。时至20世纪20年代，读书已成为一种时尚，报纸杂志无疑看好了这股读书潮流。为了扩大其影响，办刊人不断开辟新型栏目，如"周日评论栏"等以吸引更多的读者。对阅读信息捕捉是每个读者所关心的主要问题。他们急于了解哪里有新书，什么是有价值的好书，哪些是低劣书等。这种需求可以说是美国历史上亘古未有的，而在20年代却达到空前广泛的程度。

随着读书热的兴起，美国文坛又涌现出一大批鉴赏家/书评家。原先趣味比较高雅的杂志编辑也摇身一变，充当起批评家。他们像教堂的牧师布道一样试图左右大众的阅读趣味。但这群评论家中有相当一部分是大学教授，受过良好教育的知识分子。他们被称作思想家，经常应邀写有关社会、文学、政治、文化问题方面的文章，提出一孔之见。这类文章又大都刊登在一些纯文学杂志上。刊物为批评家们提供发表园地，使得他们的思想得以迅速而广泛地传播。这也客观上推动了一个国家文化事业的发展。虽然不能说这些品头论足者个个都是专家，但他们的见解至少也是他们每个人的学识反映。他们可以为读者当参谋，向公众指点迷津。在他们的导引下读者多少可以了解一些市场上流行的书刊，知道什么样的作品是有价值的、重要的，什么样的作品是文化快餐、庸品，只是迎合一时的时尚而已。另外，这种大鸣大放、百家争鸣的交流方式，也是健康学术交流的重要表现。当时有一些知名的杂志，如《国家》(*The Nation*)、《新共和》(*The New Republic*)等至今仍扮演着阅读导师的角色，经常为广大读者提供有关最近社会科学和政治学等领域内的学术信息和新书籍。还有一些杂志在当时也是风靡一时，如《日晷》(*The Dial*, 1880—1929)、《七种艺术》(*The Seven Arts*, 1916—1917)等，只是它们早早停刊。前者曾由英美现代派诗宗之一——艾略特执掌大权，威震文坛。所有这些出版物虽然都有各自的办刊宗旨和喜好，但汇成了一股强大的学术潮流，足以影响几代人的思想。这种影响效果远非任何一家刊物所能办到的。它们是传播思想、开展学术争鸣的摇篮，向人们提供一系列有关社会、政治的不同论述，留下极其宝贵的精神财富。

在介绍现代主义文学思潮方面，这些杂志的批评家虽然声称自己是为所谓的先锋艺术而写作，即为启蒙了的中产阶级撰稿，但从总体上看，他们仍然沿着豪威尔斯开创的批评传统。这方面成就最大的可以说是埃德蒙·威尔逊(Edmund Wilson, 1895—1972)的第一本书《阿克塞尔的城堡》(*Axel's Castle*, 1931)。这是一本由一组系列论文组成的、全面介绍评论现代派大师的作品。书中详细论述了斯泰恩、普罗斯特、艾略特和叶芝等名家及其名作。后来，他又写了一些很重要的文化分析论文。这些闪烁着批评家眼光的著作，涵盖了作者作为新闻记者兼评论家的天赋。虽然随着时光的流逝，这位批评界的先驱会渐渐地存留在人们的记忆中，甚至连他的这些成就也会被遗忘殆尽，但他的英名依然被人记得，不管是学术圈内还是圈外，人们都依然知道威尔逊的大名，把他称作美国具有持久魅力的大众知识分子精英。作为一名批评家，威尔逊的洞察力的确赢得了人们的尊重，也使不少人可以在大学以外获得一份工作——"教书育人"。然而，即便威尔逊和高贵的批评家，如庞德、T. S. 艾略特，都礼赞欧洲文明并大肆加以效仿，仍有不少批评家，如兰多尔夫·勃厄纳(Randolph Bourne, 1886—1918)和范·威克·布鲁克斯(Van Wyck Brooks, 1886—1963)等一直致力于协调这些外来成果，采取一种冷静的文化态度，并想方设法使其能在美国文化氛围中生长发育。他们的这种做法尤其体现在阐释爱默生、赫尔曼·麦尔维尔和亨利·詹姆斯这样一些大手笔时。

对政治的各个领域进行仔细审察的人往往觉得西奥多·德莱塞是一个典型的例子。事实上，美国有许多这样的例子，无须用什么"亨利·詹姆斯新解"或"麦尔维尔的新近复兴"这样耀眼的字眼。赞同德莱塞的批评者，如门肯(H. L. Mencken, 1880—1956)就曾为他的民主精神辩护过，认为他的创作主题表现出一种强烈的民主意识。而对他粗俗的写法持异议或反对意见的学者则认为，德莱塞是新时期文学出现的一种混乱。在这方面斯图亚特·谢尔门(Stuart Sherman, 1881—1926)表现相当出色。在他看来，德莱塞不仅蔑视雅传统，而且对理想主义进行大肆攻讦，其言辞之激烈足以让人觉得进步的梦想已经破灭，何以谈论文化价值，更不用说维多利亚时代的优越性。当然，不能否认德莱塞的现代性是显而易见的。他的写作风格明显具有现代派的痕迹。

作品中的时空倒置现象同样可以在乔伊斯、普罗斯特、弗洛伊德或毕加索的作品中找到。德莱塞所以能引起整个20年代美国文学界的争论，是因为他在作品中过多地强调物质世界的原始场域，包括露骨的性描写和对宗教或法律的亵渎言辞。

稍后兴起的新人文主义派以欧文·白璧德（Irving Babbitt，1865—1933）和保罗·艾尔默·穆尔（Paul Elmer More，1864—1937）为代表。他们是一群斗争的现代派，一心想为"美国世纪"界定所谓"文化可能性"，即类似于19世纪出现的多元思想观念交锋而非仅仅是归纳或肯定某种民族文学的优越性和特征。这种新人文主义民族文学观与今天关于多元文化主义的讨论是一脉相承的，虽然争论早已是陈年旧事，但留下的批判价值却是永恒的，又是启迪心智的。

20世纪头25年各种各样的标签出奇的多。这不仅使美国在新的想象世界中的面貌发生了变化，产生了一种新型的消费经济心理，而且也使整个西方文明在战时受到严重挑战情况下更显得无比脆弱，需要加以维护与保养。文学批评首当其冲，戴上了一副民族命运的哈哈镜，因而也就成了人们可以用来判断、测定一种民族精神活力的方式。即使是一般的读者，也能从中了解到其中的奥妙，用庞德的话来说，"使之发新"。久而久之，书评家们——不管是知识分子还是业余爱好者，不再"叫卖"了，并逐渐在国民生活中失去其应有的地位。因为这时传媒已经开始介入。与媒体如电影、收音机及后来的电视相比，小说和诗歌不再是像当年那样红火可以主宰人们的消遣方式。

电视的普及，早已超过所有其他娱乐手段。不过，报纸和少量的杂志是例外。到了20世纪50年代，专业批评家越来越少，他们不得不改行转向学术研究以获得谋生手段。事实上，作为职业性的美国文学研究可以追溯到第一次世界大战前。而它的繁荣景象的出现则是大战时期。一战爆发不久，美国就有文学史著作问世，从《剑桥美国文学史》（*The Cambridge History of American Literature*）的出版到后来"美国文学会"（The American Literature Group）的形成，①其宗旨是为了弘扬和评估学术成果。这个学术机构刚形成时就作出规定，出版计划应由美国文学会进行审查核准，并对学位论文的体例做出明确规定，最后还创办了学术刊物《美国文学》（*American Literature*）。时至今日，对美国文学研究已被一种历史视野所限定，这一研究方法主要起源于以新英格兰学派为基础的对民族历史的叙述。泰勒（Moses Coit Tyler，1835—1900）是开创这一研究方向的先驱。至于说哈佛学者温德尔（Barrett

① 现称作"现代语言协会"（The Modern Language Association）的"美国文学分会"（American Literature Section），是由诺曼·福斯特（Norman Foerster）、克莱恩斯·哥笛斯（Clarence Gohdes）和厄尼斯特·莱锡（Ernest Leisy）这样一批知名教授发起组建的。

Wendell,1855—1921)撰写了一套有影响的文学教材,则是以后的事。据说,他的这套教科书比较全面地记录了美国文学创作的发展历史。在此基础上,他又创立了所谓文学经典之说,规定了一批经典作家。[①]

的确,这些教授花了相当多的精力用以裁决谁可以登上美国一流作家的圣殿,谁又可以称作二流作家。这些判断有时随着时间的推移会发生变化。但是至今不少评论家仍对谁是经典作家,谁又不是这样一些问题津津乐道。他们的争论仍相当激烈,足以看出这股批评势力的影响之深。事实上,20 世纪前半个世纪文学批评视野的主要依据或曰那个时期批评家主要关注的对象首先在于营造所谓可靠的作家自传,其次才是可靠的文本研究。这种执着的历史批评远比"新批评"(New Criticism)和"意识形态批评"(Ideological Critique)要早。

20 世纪 20 年代和 30 年代,美国学界存在着两种关于美国文学的论争。其一,有这样一些批评家,他们继承了布鲁克斯的批评传统,仍然沿用他们的一些批评术语,旨在探讨一个"可利用的过去",或遵循刘易索恩的批评方法,运用一些心理分析的概念来解读美国文学史。这一类批评家中也包括了一些新闻记者兼文学评论家,如卡尔弗顿(V. F. Calverton,1900—1940)、格兰维尔·希克斯和盖斯默(Maxwell Geismar,1909—1979)等。他们还用马克思主义的理论分析美国文学。无论他们从什么角度,采用何种方法,这样的文学研究都可以在杂志上或一些报刊的增刊上进行自由讨论,好像他们天生知道有一个潜在的读者群会关注他们的言语。其中影响最大的一群文学评论家要数纽约派或称《党派评论》(*Partisan Review*)的知识精英。另一种学术批评,主要通过文笔和书来开展,是纯学术性的,主要包括历史学、民间文学、方言研究和传记批评等。这样一种深奥的文学批评自然令普通读者望洋兴叹,因而他们的讨论基本上局限于学术期刊和学术研讨会。这一方面的研究很大程度上体现了学有专长的专家的热情和学术嗜好,反映现代大学对培养新一代研究贵族的需要。一般来说,教授和批评家是互不关心的,尽管通常情况下,两类学者批评价值的取向会不谋而合。譬如,两者都提出过是否要为惠特曼平反而还其真面目,以及对亨利·詹姆斯需要重新评价等议题。

可见,学术界对美国文学研究的影响甚大,经历了一种由"新批评"迂回发展的批评途径。这一批评方式是在诗人兼批评家兰色姆(John Crowe Ransom,1888—1974)的倡导下逐渐发展起来的。他先是用自己编写的一篇宣言《我的批评立场》(I'll Take My Stand, 1930)来影响当时整个美国文学批

---

① 主要著作有《莎士比亚》(*William Shakespeare*)、《美国文学史》(*A Literary History of America*)和《欧洲文学传统》(*The Traditions of European Literature*)等。

评。他的主要学术思想都包括在这篇宣言里。稍稍翻阅这本册子就可以领略到20世纪30年代美国批评史大致发展的脉络,也可以从中了解到当时南方撰稿人的文学修养和学术思想。这本小册子在当时引起轰动,由此还爆发了一场革命,具有鲜明的政治倾向。为此,有的人干脆称之为反动学说。但不管怎么说,这场长达20多年的文学批评运动在20世纪五六十年代几乎主宰了美国大学英语系的讲台。

难怪当代不少评论家认为,30年代的文学批评具有反工业、赞同地方区域主义的政治倾向。从当时南方学派的学理来看,他们的确有这样一种政治倾向,流露出拥护南方农业经济结构和种植园生活的情绪。新批评派内部的观点也不完全一致。应该说这不是一个严密的组织,只是有着比较相同的学术批评意图,即反对社会问题、过于注重形式罢了。"新批评派"是兰色姆首先提出来的一个术语,主要用以赞赏他的同辈批评家,如语言学家燕卜荪(William Empson,1906—1984)、学者批评家温特斯(Yvor Winters,1900—1968)和诗人兼批评家艾略特等。所有这些批评家几乎一致强调文本,而不考虑任何文本以外的东西。他们对文学作品的反应,基本上沿着康德的传统,主要探讨其审美价值。与美国大学的文学教授不同,"新批评派"对作家的生平、作品的来源和背景材料是不予关注的。他们更多地注重文学作品的语言分析。根据他们的批评,历史似乎是多余的。这就导致了"新批评"后来逐步走上了文学批评的歧途。

"新批评派"的学养是由兰色姆的得意门生、学者兼教授克利恩斯·布鲁克斯(Cleanth Brooks,1906—1994)①和小说家、诗人、历史学家兼批评家沃伦(Robert Penn Warren,1905—1989)继承下来并发展成一整套理论的。而且他们还把这些理论写进了大学教科书,如《理解诗歌》(*Understanding Poetry*)和《理解小说》(*Understanding Fiction*)等。这两本书后来都成了文学批评效法的标准。它们的成功之处主要在于它们的作者做了前所未有的事。他们能够拆解一种批评方法,并使之系统化,然后将其在全国范围内使用、推广。他们首先在路易斯安那州的高校、耶鲁大学和肯庸学院试讲他们的学说,然后逐步推向各地。随着学生对"文学语言"(Literary Language)的日益重视,"意象群"(image clusters)、"悖论"(paradoxes)、"张力"(tensions)等字眼开始引人注目。大学教师也就卸掉了沉重的历史负担,可以开设一致的教程,侧重阅读技巧、阐释策略,而不是前人所做的那种文学印象主义批评。"新批评"在文学研究方面的确有过成就,但其片面性又不可避免地把自己引向绝

---

① 著有《现代诗歌与传统》(*Modern Poetry and the Tradition*, 1939)和《文学批评简史》(*Literary Criticism: A Short History*, 1957)等。

路。因为原先开放式的具有民主意识的批评技巧逐渐变成封闭式的大一统。

起始,"新批评"比较注重对文学作品艺术成就及其深刻性的探讨,使得整个文学研究呈开放型,而不仅仅是一种文学欣赏手段。那么,究竟何以使得这一批评流派如此招摇过市,成为文学批评史上的一个辉煌时代?追究起来,恐怕仍与当时社会的发展有着必然的联系。任何一个社会都热切关注其作家和作品,譬如这些作家和批评家在说什么。在 20 世纪前半叶,尤其是在"新批评"兴盛起来那个时期,美国文学蓬勃发展,而且还受到应有的重视。应运而生的是一个庞大的批评群体。像牧师布道一样,这个批评群体承担了对公众进行阅读指导的说教工作。当然他们的这一工作主要是通过大学来进行的,因为大学生是他们主要的也是最容易接受的阅读群体。他们在学校学习文学批评课程,也最愿意在老师的指导下对文学艺术的魅力及深奥性进行欣赏。

遗憾的是,普通观众日益减少。出身中产阶级阶层的学者很快转向了娱乐性活动。他们对大众文化产生浓厚的兴趣,其主要观点之一就是要抵御所谓的批评精神。在争取决定美国文化特征的权利斗争中,种族又成了争论的焦点。对于主流批评家,如知识分子、新闻记者和学术研究工作者来说,讨论美国文化不可避免地涉及美国文学与欧洲文学尤其是英国文学之间的关联。争论的焦点便成了美国文学就是欧裔美国人的文学,而且主要是北欧和西欧的传统变种。这也并不耸人听闻,因为大多数美国文化的批评家都拥有这一不同的文化背景。很长时间内非洲裔美国人的作品是不予重视的。真正对其有所关注是一战之后的事。当时由阿兰·洛克(Alain Locke,1886—1954)和斯特林·布朗(Sterling Brown,1901—1989)编辑的文集也被出版发行,并且还受到了应有的重视。不少学者开始留意黑人文学,并看到了美国文化中的种族属性问题。此外,他们还注意到这种美国属性正受到最近移民过来的东南欧后裔们的挑战。美国文学研究学术圈的形成也许可以说是出于一种整理传统文化遗产的需要和把这一传统向这些新落户美国人传播的目的。20 世纪初一直到 20 年代,情形就是如此。

美国文学批评发展过程中的这一种族插曲,也扮演过一定的角色,是美国批评史上更为持久的一幕。黑人批评家杜波伊斯(E. B. Du Bois, 1868—1963)为全体美国黑人树立了榜样。在他的推动下,非裔美国艺术家开始致力于建设自己不仅有连贯性而且还有民族特色的黑人文化。这一黑人文化中也包括了黑人的民间艺术,于是出现了"新黑人"(New Negro)形象。这些呼唤"文化平等"的非裔作家、艺术家们不仅对黑人也对白人发出内心的呼声,主要著作有洛克的《新黑人》(*The New Negro*)、图默的《甘蔗》(*Cane*)、休斯的诗、拉森(Nella Larsen)的长篇小说和赫斯顿的小说和民间传说等。到赖特写作《土生子》和《黑孩子》并获得赞誉时,种族属性已成为美国文化批评的主要话题之一。这是半个多世纪以前像查尔斯·契斯特那特(Charles Chestnut, 1830—1867)、波林·霍普金斯(Pauline Hopkins, 1859—1930)和詹姆斯·约翰逊(James Weldon Johnson, 1871—1938)这些学者所不能想象的。即便在后来轰轰烈烈的文化批评热潮中,仍可以看到这一基因所起的作用。

## 第一节
## 早期的心理分析批评

从心理学角度探讨文学理论问题,应该说是古已有之。自柏拉图的《伊安篇》和亚里士多德的"净化"说,至浪漫主义时代雪莱的《诗辩》,大凡涉及文学创作动机的讨论,文论家们都会有意无意地从心理学的角度去寻求解释。然而,在过去漫长的2 000多年中,研究人的直觉和感情的心理学基本上停滞不前,因此,文艺心理学也始终局限于文学创作动机的一般探讨。随着19世纪科学技术的长足进步,现代心理学成为一门独立的学科,文学批评家一旦接受了它的研究成果,就开始把自己的注意力投向具体作家和具体作品中文学形象的心理活动天地。这样,心理学角度的文学批评就从泛泛论述阶段进入规范阶段。这一关键性的突破,在很大程度上是由于弗洛伊德精神分析学渗入文学批评以后引起的。接着,心理学又渗入语义学的研究,这就使文学批评家有可能去探索作家在作品中表现的心理状态如何传递给读者的过程。在这方面,英国文论家瑞恰兹(I. A. Richards, 1893—1979)立下筚路蓝缕之功。

弗洛伊德精神分析学在美国的传播,大致可以分为三个阶段。从1909年弗洛伊德本人到美国讲学至20年代初,这是第一阶段。弗洛伊德的影响开始主要在纽约地区。1910年,布里尔(A. A. Brill)把弗洛伊德的《关于性理论的三点见解》(*Three Contributions to the Theory of Sex*)译成了英语,两年后又译出了《释梦》(*The Interpretations of Dreams*)。也是在1910年,琼斯医生(Dr. Ernest Jones)①在《美国心理学学刊》上发表了《用俄狄浦斯情结解释哈姆雷特之谜》(The Oedipus Complex as an Explanation of Hamlet's Mystery),此文后经修改成书《哈姆雷特与俄狄浦斯》(*Hamlet and Oedipus*),于1949年出版。这是运用精神分析法分析文学形象的最早论文实

① 琼斯医生一般被认为是最早将弗洛伊德的精神分析理论介绍到英语国家的英国心理学家。他是《弗洛伊德传》定版本的作者,他创立了英国心理分析学会,并出任该学会的理事长达25年之久。

例之一,在文学批评界引起广泛的兴趣。此外,波尔内的论文《清教徒的权力意志》(The Puritan's Will to Power),也曾试图运用精神分析法为武器去摧毁"新人文主义"运动所维护的传统观念。不过,美国文学批评中比较自觉地运用弗洛伊德精神分析说的观点,还是在诗人康拉德·艾肯(Conrad Aiken, 1889—1973)的《怀疑主义:关于当代诗歌的札记》(*Skepticisms: Notes on Contemporary Poetry*, 1919)之后。

这里,我们似乎应该对弗洛伊德的精神分析学为什么会进入文学批评再说几句。众所周知,弗洛伊德的精神分析学说并不是一种可以通过实验予以证明的科学,而是一种由临床经验推导出的假说。它运用于文学批评的"可行性"按说只能是一种神话。然而,它为什么会在20世纪这个所谓"科学的"时代中,被美国乃至整个西方世界所接受,并产生了不可思议的影响呢?今天,由于科学技术的发展,由于西方近几十年来对于弗洛伊德精神分析学的认识不断地深化,对这个问题已经有了与过去不同的新的回答。譬如,法国的人类文明史学者米歇尔·福柯(Michel Foucault, 1926—1984)认为,科学本身就是一种高度阐释性的活动,精神分析学不是许多科学门类中的一种,而是跨越所有学科层面,与其他诸学科的关系使之成为一种"反科学",这并不是说它与其他科学相比就缺少一些理性和客观性,而是说它的发展方向相反,它将其他学科引向反问自身的认识基础。[1] 但从当时的具体情况看,至少也有以下两方面的原因。一是历史的原因。20世纪前的西方文学传统中就存在着这样一种看法:"不失去平常的理智而陷入迷狂,就没有能力创造"文学。[2] 而弗洛伊德关于"疏导精神压抑"的原理,为上述认识披上了一层"科学"外衣。二是现实的需要。世纪之交兴起的自然主义文学,塑造出作为环境和生物遗传的牺牲品的人的形象,弗洛伊德精神分析学所提供的一套"科学"术语,恰好为自然主义者所谓的人对生命力冲动的依附、对乖张异常的追求等等,提供了一种比较能被人接受的解释。在信奉弗洛伊德学说的批评家看来,它俨然成了一把能开启所有的文学迷宫之门的万能钥匙。从20年代开始到第二次世界大战结束,更多的美国心理学家和文学批评家对弗洛伊德精神分析学发生兴趣,这就是弗洛伊德学说在美国传播的第二阶段。在心理学界,讨论的热点转为所谓的"本性与教养"之争(nature-nurture controversy),使一些人类学家,诸如弗朗兹·博厄斯、鲁丝·班尼迪克特(Ruth Benedict, 1887—1948)以及玛格丽特·米德(Margaret Mead, 1901—1978)纷纷卷入。

在文学批评方面,继布鲁克斯对马克·吐温和亨利·詹姆斯作心理分析

---

① See Michel Foucault, *The Order of Things: An Archaeology of the Human Sciences* (New York: Vintage Books, 1973), p. 379.

② 参见柏拉图:《文艺对话录》,北京:人民文学出版社,1980年,第8页。

之后，约瑟夫·伍德·克鲁奇(Joseph Wood Krutch)发表了《埃德加·爱伦·坡：天才的研究》(*Edgar Allan Poe: A Study in Genius*，1926)。作者认为，坡之所以成为美国文坛上的怪杰，耽于畸形病态的想象，这不仅是由于他幼年不幸所造成的"心理创伤"，而且在于他的性心理的缺陷。刘易斯·芒福德(Lewis Mumford，1895—1990)的《赫尔曼·麦尔维尔》(*Herman Melville*，1929)也属于同样类型的心理批评传记。

但是，上述批评家的心理分析传记也引起了一些争议，因为他们的分析中都表现出某种简单化、绝对化的倾向。这里有必要指出，由于弗洛伊德学说传入英语国家的时间还很短，当时的文学批评界还不可能对学说本身进行深入的研究和鉴别，批评家们几乎都是抓住弗洛伊德的几条最容易理解而又最容易误解的原则和一套术语，便迫不及待地匆忙上阵，所以难免捉襟见肘，漏洞百出。例如，按照弗洛伊德的观点，艺术家都是某种程度的神经官能症患者，艺术作品往往是孩提时代被压抑的愿望的宣泄。上述受弗洛伊德影响的批评家，因急于证明这个论点，则有意无意地忽略去促使作家从事文学创作的其他重要因素，一味强调作家过去的精神创伤对创作的影响，这就难免失之偏颇。在这方面，埃德蒙·威尔逊的《创伤与神弓》(*The Wound and the Bow*，1941)则明显高出一筹。威尔逊也运用精神分析的方法，但是，他的方法是心理学和社会学的结合。他借用"创伤与神弓"的比喻，旨在说明艺术家的精神创伤的确能够激发艺术想象。然而，他还有更进一层的意思：艺术家在社会中处于矛盾的境地，一方面，社会要排斥他；另一方面，由于他的艺术有医治社会创伤的作用，社会又需要他。威尔逊在论及狄更斯时，就不仅充分注意到社会环境对狄更斯性格的影响，而且令人信服地追溯了狄更斯的精神创伤在他作品中的表现。威尔逊认为，文学批评家的作用就是扩大读者的视野，使批评不仅包括一篇或数篇作品文本，而且包括以作品为中心的各种心理的、社会的力量的作用与反作用、相互影响和因果关系的总的模式。这种视野的扩大不仅有助于了解作者的历史，而且有助于加深对作品的审美理解。

弗洛伊德的精神分析法使不少批评家兴奋不已、跃跃欲试，但是，也有一些批评家持比较谨慎的态度。他们主张应该对弗洛伊德所谓艺术与神经官能症的关系作进一步的研究，以弄清精神分析在整个文学批评中的地位和作用。应该说，这后一派的意见对遏制简单化地比附和滥用精神分析，使文学批评平衡而健康地发展，发挥了比较积极的作用。

肯尼斯·勃克(Kenneth Burke，1897—1993)和莱昂奈尔·特里林(Lionel Trilling，1905—1975)分别是20世纪30年代和40年代以后美国文坛上倜傥不群且影响卓著的批评家。按他们的基本倾向，勃克和特里林当然都不能简单地划入精神分析式批评家的行列。但是，他俩关于弗洛伊德与文学的一系列论述,不仅当时对美国文学批评起过建设性的作用,而且至今仍是帮助人们认识精神分析批评的重要文本。

勃克的文论代表作是《动机规范论》(*A Grammar of Motives*, 1945)和《动机修辞论》(*A Rhetoric of Motives*, 1950)。勃克认为,人是一种能够运用象征的动物,因而通过象征分析,可以获得对人的基本现实的了解,而文学就是一种应付各种情况的"象征行为"。在他提出的所谓"戏剧化"的批评体系中,"不和谐视角"(perspective of incongruity)是基本的批评方法——从一种现实中提取出某种概念,以此作为看待另一种现实的比喻。这似乎可看作T. S. 艾略特"客观对应物"(objective correlative)一说的回响。由此出发,他认为弗洛伊德所论艺术和神经官能症之间却有相通之处。但是,它们又毕竟是两个不同的领域,因而精神分析法充其量只适合于两个领域的重合部分。倘若要作为一种文学批评,那就必须兼顾其他各种因素。勃克还论证了一部文学作品总是若干种动机综合作用的结果。他不同意精神分析批评家将某一种动机(如性本能需要)视为基本动机、而其他动机均为这种动机的派生物的看法。他还进一步指出,从文学批评的目的考虑,批评活动的基本范畴应该是交流,而不是愿望。如果把文学与梦等量齐观,这无疑是抹杀了文学的交流作用——反映和衡量人类现况的作用。

特里林是美国20世纪文坛上一位德高望重的大学者。他和埃德蒙·威尔逊一样,也被誉为美国"知识分子的良知",他的经历和思想演变,在一定程度上是他同代美国知识分子的缩影:20年代末投身于激进的左翼社会运动;40年代转向消沉、内向,以至于最后完全蛰居纯学术研究,求得精神上的超脱。从他的成名作《马修·阿诺德》(*Matthew Arnold*, 1939)起,特里林就宣称自己从事的是一种自由主义的批评。所谓"自由主义",用他自己的话说,是一种"总的倾向,而非具体的教义",但"自由"这个字眼是一个"基本上带有政治内涵的字眼"。[①] 在他长达近50年的学术生涯中,特里林正是按照这样一个基调,对美国思想文化潮流中出现的各种敏感问题一一发表自己的见解。作为美国"知识分子的代言人",他生前曾荣获美国学术界颁发的各种头衔和桂冠。但在他去世后不久,由于文学批评价值观念的变化,他的声誉陡降,居然被划入了"没有奋斗目标的批评家"(the critic without a cause)的行列。[②]

特里林的《弗洛伊德与文学》(*Freud and Literature*, 1940)和《艺术与神经官能症》(*Art and Neurosis*, 1945),集中反映了当年反对弗洛伊德精神分

---

① Lionel Trilling, "Preface" to *The Liberal Imagination* (New York and London: Harcourt Brace Jovanovich), 1978.

② Grant Webster, *The Republic of Letters: A History of Postwar American Literary Opinion* (Baltimore: The Johns Hopkins University Press, 1979), p. 252.

析批评一派的意见。特里林的主要观点大致可以归纳如下：1. 讨论弗洛伊德精神分析学说对文学的影响，不能忽视文学对弗洛伊德的影响；2. 弗洛伊德是实证理性主义者，精神分析的目的是控制生活的黑暗面；3. 弗洛伊德将艺术视为“补偿”(substitute gratification)是不足取的；4. 诗人与神经官能症患者的区别在于：前者能控制自己的奇想，而后者被奇想所控制；5. 精神分析充其量只能显示文学作品的“潜在的”意义，而不能发现所谓“隐藏的”意义，因为作者声言的自觉意图尚且不能最后决定作品的意义，那还谈什么潜意识呢？6. 将神经官能紊乱视为艺术创作之源的神话古已有之，其实这是艺术家用以掩盖自己和作品的真相的障眼法，它对艺术家和庸人，以及介乎两者之间的“敏感型”的人都有用处；7. 艺术家之所以成为精神分析的对象，乃是因为他们的作品把他们的精神世界向众人显示的缘故，既然每一个人的行为都受潜意识力量的驱使，那么，为何不对科学家、银行家、律师、医生等都进行一番精神分析？8. 艺术创作动机是多元的，即使一些艺术家患有神经官能症，促使他们思考、计划、工作和完成作品的动因仍是健康的。

特里·伊格尔顿在他的《文艺理论入门》中表示过这样一种看法，精神分析文学批评按其侧重大致可以分为四类：作者，作品内容，形式结构，以及读者。绝大部分的精神分析批评属于前两类，而这正是局限性最大、最有疑义的两类。[①] 总的说来，20 世纪 50 年代末以前美国流行的精神分析批评也都属于这两类。进入 60 年代以后，随着结构主义理论的盛行，尤其是在法国的雅各·拉康(Jacques Lacan，1901—1981)用结构主义的理论对弗洛伊德精神分析学重新阐释以后，精神分析批评进入后两个领域，这也许应该算是弗洛伊德精神分析学在美国传播的第三阶段。

## 第二节
## 帕灵顿和威尔逊的文化历史批评

毋庸讳言，在美国开社会学批评风气之先的是“文学激进派”。不过，他们在重新评价美国文化传统的时候，还没有来得及对自己批评的角度、范围和方法进行理论方面的总结，换句话说，他们所进行的社会学批评还缺乏高度的自

① Terry Eagleton, *Literary Theory: An Introduction* (Minneapolis: University of Minnesota Press, 1983), p. 179.

觉性和系统性。这后一步是在下一代的文学历史批评家手上才逐渐完成的。其中成就斐然、并对以后的美国文学批评产生了一定影响的人物是帕灵顿和威尔逊。

弗农·帕灵顿(Vernon Parrington, 1871—1929)出生于伊利诺伊州的奥若拉,1893年毕业于哈佛大学,后又在堪萨斯学院获硕士学位,并赴英国伦敦大学博物馆图书馆和法国巴黎国立图书馆进修,1908年起在华盛顿大学任教,直至去世。他毕生从事美国文化研究,曾为《大英百科全书》《剑桥美国文学史》等撰写条目和章节,著有《康涅狄克才子》(*Connecticut Wits*, 1926)、《辛克莱·刘易斯:我们自己的狄俄基尼斯》(*Sinclair Lewis*, *Our Own Diogenes*, 1927)等。然而,使他在美国文学史上占据一席之地的最重要的论著,是他的三卷本的《美国思想史主流》(*Main Currents in American Thought*, 1927)。其中第一卷《殖民时期的思想》(*Colonial Mind*, 1927)和第二卷《美国的浪漫主义革命》(*The Romantic Revolution in America*, 1927)获普利策历史奖,第三卷《美国批判现实主义的发源》(*The Beginnings of Critical Realism in America*, 1930)由于他突然去世而中辍。

帕灵顿的这部卷帙浩繁的巨著一经问世,立即在30年代初的美国文坛上引起巨大的反响。他身后的整整一代人将这部专著视为美国文学研究的入门之径,然而注重文学的审美价值的形式主义批评家们则又将它嗤为历史学的专著而搁置一边。不过,帕灵顿对此早有预见。他在首卷的"导言"中即开宗明义地指出,这部著作无意从事狭隘的纯文学的研究,而是以政治、经济和社会的发展作为一条主线,全书的篇目和章节均由那些先于文学流派和文学运动的力量所决定,正是这些力量的作用才最终产生了形成文学的种种思想。

按照帕灵顿的看法,欧洲各种思想一代一代传入美国,特别是英国公理会教义和法国浪漫主义,在美国扎根同化,形成了所谓美国的理想。沿着这条思路,帕灵顿逐一叙述了殖民地与宗主国、保皇党与革命党、法国共和主义和英国民权主义、重农主义与"金融势力",乃至革命的无产阶级与金融资本主义之间的斗争。这些对立势力有其各自的意识形态传统,每一派又有自己的思想家,有自己思想、经济、精神和文学方面的特质。而美国历代的文学家与历代的思想家一样,同属于镶嵌在这幅天幕上的星斗,他们各自的位置和亮度都必须服从使整个画面协调匀称的原则。正是出于这样的考虑,帕灵顿认为爱伦·坡这个作家尽管颇具有吸引力,却远离美国思想史的主流,应该放到心理学和纯文学的范围中去研究;霍桑和亨利·詹姆斯也被划入另册,前者被认为"忽略了许多更为深刻的真理……走上了一条通向不毛之地的道路",而后者则"游离于新旧世界之间找不到精神归宿,从来就不是一个现实主义者"。

帕灵顿曾标榜自己是马克思主义者,但又毫不掩饰他对马克思主义基本原理的怀疑。实际上,他的世界观中更多接受的是杰弗逊和爱伦·史密斯的民粹主义的影响;而在批评方法方面,他忠实继承了19世纪以来历史学批评派的观点,尤其是法国的文学批评家丹纳的影响。《美国思想史主流》正是这两股影响的结晶。

如果说帕灵顿的《美国思想史主流》确有某种程度忽视非写实主义文学的倾向,那么,埃德蒙·威尔逊的文学批评活动,则大大弥补了这方面的缺陷。他不仅是职业批评家,而且撰写了大量的报告文学、编年史,出版过不少诗集、剧本、长短篇小说。无怪有人说,在他的同代人中,几乎很少有人像他那样,在长达半个世纪的文学生涯中,始终保持着卓然超群的文学洞察力,很少有像他这样的批评家,能够名副其实地被称为作家。也许正是这个缘故,威尔逊于1955年赢得了美国文学艺术研究院很少颁发的金质奖章的荣誉。

威尔逊出生于新泽西州的红岸镇,1916年毕业于普林斯顿大学。学习期间,他的法国、意大利文学导师克利斯蒂安·高斯教授对他文学观的形成,产生了决定性的影响。是高斯使他懂得了"文学批评是一种概括人的思想和想象以及形成这些思想和想象的种种条件的历史"。大学毕业以后,威尔逊先后担任纽约《太阳晚报》记者、《新共和》杂志的副主编以及《纽约人》杂志的书评专栏作家。他在回顾自己的批评生涯时说过:"我采取的办法是,先找来需要评论的书籍……对我恰巧有兴趣的内容进行评点;然后,再运用这些零散的文章写出这些内容的总论;最后再将这一组一组的论文修改合并成为专著。"

按照这种办法,威尔逊发表了大约十部文学批评的专著,占他全部著作总量的三分之一。其中最主要的有《阿克塞尔的城堡》、《三个思想家》(*The Triple Thinkers*, 1938)、《创伤与神弓》(*The Wound and the Bow*, 1941)、《驶往芬兰站》(*To the Finland Station*, 1940)、《经典著作与畅销书》(*Classics and Commercials*, 1950)、《光明之岸》(*The Shores of Light*, 1952),以及《爱国主义血污:美国内战文学研究》(*Patriotic Gore: Studies in the Literature of American Civil War*, 1966)等。不过,他的有影响的文学批评的代表作主要产生于三四十年代。

从威尔逊的基本倾向看,也许把他列入文化历史批评家的行列比较适当,尽管他并不拘泥于这一个批评角度。他对20世纪20年代的象征主义文学思潮充满同情;他从弗洛伊德精神分析哲学中得到启发,对一系列作家的艺术创作作过颇有见地的分析,这一点我们在前面已经提到;他甚至对马克思主义的文学理论也作过比较深入的研究,但终究因为无法摆脱他的阶级局限而半途而废。

《阿克塞尔的城堡》是威尔逊的成名作。其中对叶芝、瓦莱里、普鲁斯特、乔伊斯等现代派诗人和作家的评论,至今仍被认为是对象征主义文学运动的最重要的评论之一。难能可贵的是,威尔逊在对这些诗人和作家的艺术个性作了充分肯定的同时,对他们的艺术脱离实际的倾向也提出了尖锐的批评。例如,尽管他承认艾略特作为诗人是无懈可击的,艾略特对于英语诗歌的影响是不容忽视的,然而,他认为艾略特的批评实践与他本人有着根本的区别;他说艾略特和瓦莱里行文的腔调听上去"仿佛整个文学存在于真空中似的"。威尔逊在后来撰写的《从历史角度理解文学》(The Historical Interpretation of Literature, 1940)的论文中,又进一步明确提出,尽管艾略特试图用一种历史的眼光去看待文学,引出文学究竟应该是什么的总的结论,然而,他的批评却是"非历史性的",他远远离开了真正的从历史角度对文学的批评,后者必须"从社会、经济和政治等方面去阐释文学"。

就在同一篇论文中,威尔逊指出,从历史角度对文学进行批评的传统可以追溯到18世纪初维科的《新科学》(*La Scienza Nuova*, 1725),而这个传统中的第一朵完整的鲜花则是由法国批评家丹纳培植的,他的同胞米歇莱(Jules Michelet, 1798—1874)、李南(Joseph Ernest Renan, 1823—1892)、圣勃夫(Charles-Augustin Sainte-Beuve, 1804—1869)等继承和发扬了这一传统。威尔逊接着又指出,马克思和恩格斯的唯物史观,他们关于经济基础和上层建筑的理论为这一批评传统注入了新的活力。由于马克思和恩格斯主张的是辩证唯物主义,承认上层建筑对经济基础的反作用,所以马克思主义的历史批评反而采取一种探索性的、谦虚的姿态,而不是像丹纳那样自以为是。批评文坛上所看到的那种非让文学家去发挥政治作用、重政治而轻艺术的做法,追根溯源并不是出自马克思主义,而是在俄国革命以后搞起来的。

在《创伤与神弓》中,威尔逊着重对一些作家作具体的赏析,试图发掘出他们之所以感人的秘密,同时也指出他们的文学声望后来又衰落下去的原因。他从索福克勒斯的《菲洛克忒蒂斯》一剧得到启发,从作家早年的精神创伤与他们的文学创作的关系进行分析。这样,威尔逊在自己的批评中根据实际的需要而加进了精神分析的成分。这部论集中对狄更斯和吉卜林的分析被认为是最有说服力的两篇,对这两位作家的研究产生了一定的影响。

《驶往芬兰站》也许可以看作是对威尔逊本人世界观和文学观的最好的总结。在这部批评传记中,威尔逊试图从历史学和心理学的结合上对人类历史上的革命思想家进行评述。他们包括法国的米歇莱,德国的拉萨尔,俄国的巴枯宁、托洛茨基,而且也包括无产阶级的革命家马克思、恩格斯和列宁。威尔逊声称,此书的第一部分"展示了资产阶级革命传统已经濒于死亡,这就成为马克思主义兴起的前奏"。他接下去对李南、丹纳和法朗士等人的分析,则旨在"通过对各种自由主义态度的分析,消除资产阶级自由主义读者对马克思主义的抵触"。可是,我们发现,当威尔逊对马克思、恩格斯和列宁这些无产阶级革命家作具体分析时，资产阶级人道主义则成了他褒贬取舍的唯一准绳。他强调他们对整个人类文化传统（其实是资产阶级的文化传统）的继承，而处处有意回避他们与资产阶级思想体系的根本决裂。这样，威尔逊笔下的马克思、恩格斯和列宁，便成了西方资产阶级也可以接受的“凡人”。在这方面，威尔逊表现出了当今西方马克思主义者的通病。

## 第三节
## 30年代的左翼文学批评

左翼文学批评的活跃，是20世纪30年代美国文学批评最显著的特点之一。这首先是由美国当时的社会状况所决定的。

美国的左翼运动的发端可以追溯到19世纪末。1887年，美国社会主义劳动党成立。后又出现了社会主义民主党（1897）、美国社会主义党（1901）、世界产业工人同盟（1905）等左翼进步政党和团体。其中更为激进的成员于20年代初又重新组合，成立了共产主义劳动党，即美国共产党，并于1923年获得合法地位。30年代的经济大萧条，阶级矛盾的空前激化，使得美国的左翼运动进入了一个蓬勃发展的新阶段。10年当中，美国共产党党员登记人数增加了10倍，从1930年的7 000人发展到1939年的75 000人。俄国十月社会主义革命胜利以后，数量相当可观的一批美国左翼知识分子访问了苏联，他们回国后极大地促进了马列主义在美国的传播；一些原先就对美国文化传统持比较激进的批判态度的批评家，纷纷向左翼运动靠拢。1932年7月，包括纽顿·阿尔文、马尔科姆·考利、格兰维尔·希克斯、悉尼·霍克和埃德蒙·威尔逊在内的53名著名作家和学者联名写信，支持革命的美国共产党，支持威廉·福斯特竞选美国总统。1935年成立的美国作家联盟是一个进步的社团，参加者包括范·威克·布鲁克斯、厄斯金·考德威尔、约翰·多斯·帕索斯、德莱塞、法雷尔、海尔曼、海明威、休斯、刘易斯·芒福德、威廉·萨洛扬（William Saroyan，1908—1981）、[①]约翰·斯坦贝克、纳撒尼尔·韦斯特、威廉·卡洛斯·威廉斯和赖特等。这一时期还出现了许多左翼或左倾的刊物和杂志。《工人日报》、《新群众》、《群众》、《解放者》等这些从刊名到内容都明显向左倾

① 威廉·萨洛扬的主要作品有《我的心在高原》（*My Heart's in the Highlands*，1939）、《千载难逢》（*The Time of Your Life*，1939）和《人间喜剧》（*The Human Comedy*，1943）等。

的自不待言,即使是《科学与社会》(*Science* & Society)这样的学术刊物,《党派评论》(Partisan Review)这样的文学批评刊物,也都表现出明显向左转的倾向。

但是,美国左翼文学批评的理论队伍又有一些比较复杂的情况。尽管当时的美国共产党在领导和组织左翼文学队伍方面开展了一定的工作,发挥了一定的影响,然而却并没有成为这支队伍的核心。左翼文学运动在很大程度上是自发的,许多"马克思主义的文艺理论家"都是自封的,他们对于马克思主义文艺理论的理解当然是比较粗线条的。他们所接受的主要观点有:唯物主义的观点,经济基础决定上层建筑的观点,阶级斗争的观点,劳动创造世界的观点,社会的资本化和资本主义社会中人的异化的观点,人类社会最终实现共产主义的观点。可是,当需要他们把这些观点具体应用于美国革命斗争的实际时,左翼批评家们的理解就大相径庭、千差万别了。他们的思想文化背景各不相同,对于无产阶级文学与无产阶级革命的关系缺乏统一的认识;他们所接受的外部影响也不相同,有的按照列宁的解释,有的则按照普列汉诺夫,或托洛斯基,或日丹诺夫的解释去作进一步的发挥。结果,我们看到左翼文学队伍的内部始终论战不已,不能团结一致对敌。到了第二次世界大战前夕,面对错综复杂的国际政治形势,几乎所有的左翼批评家都相继改变了立场。战后,美国政府出于"冷战"政策的需要,推行麦卡锡主义,加紧对所有左倾活动分子的迫害,作为左翼文学运动一部分的左翼文学批评也就不存在了。

在早期的左翼文学批评家中,最有影响的是迈克斯·伊斯曼(*Max Eastman*,1883—1969)。他自1912年起接触马克思主义,担任《群众》周刊的主编,在副主编弗劳埃德·戴尔(*Floyd Dell*, 1887—1969)和著名左翼作家约翰·里德(*John Reed*,1887—1920)的协助下,宣传社会主义思想。这份周刊于1918年底被查禁,他们又创办了《解放》周刊,宣传倾向更加激进。伊斯曼的主要文论有《诗歌欣赏》(Enjoyment of Poetry,1913)、《马克思、列宁和革命的科学》(Marx, Lenin, and the Science of Revolution,1926),以及《文学思想:它在科学时代的地位》(The Literary Mind: Its Place in an Age of Science, 1931)。但是,1922年以后,他被宣布为托派分子而逐渐脱离了左翼文学运动。他改变立场以后的文学观点集中表现在《穿制服的艺术家们》(Artists in Uniform, 1934)和《社会主义的终结》(The End of Socialism, 1937)中。

20世纪20年代以后影响日增的左翼批评家是迈克尔·戈尔德和维克多·弗朗西斯·卡尔弗顿。戈尔德原名欧文·格兰尼契,他出身贫困,幼年辍学做工,后投身于左翼激进运动。从1921年开始,他为《解放者》撰写诗文、鼓吹革命,宣告"在鲜血和泪水中,在混乱和令人胆寒的风雨霹雳中,旧的经济制度正在待毙……”后来，他成了这个刊物的编辑。他发表的批评文章汇集为《改造世界》(Change the World, 1937)。

在当时的文坛上，左翼青年作家，尤其本人就是工人或在工人阶级的环境中长大的青年作家，是很难有机会发表他们的创作的。然而，戈尔德主编的《新群众》则总是满腔热情地为他们提供施展才华的园地。杰克·康罗伊(*Jack Conroy*，1899—1990)的处女作《被剥夺遗产的人》(The Disinherited, 1933)出版后，戈尔德在《新群众》上发表致作者的信说：“像你这样的第一部作品，出自一位年轻的工人阶级作家之手，不应该仅仅当作文学看待。我觉得，它是一个意义重大的阶级意识觉醒的先兆。它是反对资本主义斗争的一个胜利。正是在无产阶级生活的绝望、浑浑噩噩和激烈的动荡之中，思想家们、领袖们脱颖而出，每出现一个都是革命的奇迹。”正是在戈尔德的鼓励和扶掖下，许多左翼青年作家，如法雷尔、考德威尔、坎特威尔等，才得到文坛和社会的承认。

卡尔弗顿是乔治·戈茨(*George Goetz*)的笔名。他在巴尔的摩公立学校毕业后，在一家钢铁厂当敲钟人，边自学边攒钱，进了霍普金斯大学。但他对教授们的高头讲章毫无兴趣，终日自学，持续了多年。1923 年，他与几位朋友将一份大学刊物改办成了《现代季刊》(一度为月刊)。卡尔弗顿曾周游欧美，到处撰文演说，致力于各激进组织的联合，宣传社会主义，反对资本主义和法西斯主义。他的《更新的精神》(The Newer Spirit, 1925)出版后，戈尔德给予高度评价，认为美国共产党内有一些很好的战士和宣传鼓动家，然而还没有像卡尔弗顿这样的“真正的学者兼批评家”。但是后来，由于卡尔弗顿拒绝福斯特的劝告，执意为托洛斯基撰写评传，他从 1929 年起便渐渐脱离美共，仅与戈尔德等左翼文学运动的代表保持个人联系。1932 年，他发表了《美国文学的解放》(The Liberation of American Literature)，试图运用马克思关于阶级意识形态的观点分析美国文学。不过，他的这部著作实际上更侧重于分析美国各社会力量的结构和发展，因为他一向认为：“马克思主义的全部作用在于启发批评家去认识历史发展的本质，而丝毫不能帮助批评家去判断埃斯库罗斯是否是比索福克勒斯更伟大的艺术家，或托马斯·曼是否是比西格里德·乌恩德赛特更伟大的小说家。”[①]需要指出的是，尽管此书被西方文论界认为是一部马克思主义批评的重要著作，但由于作者当时已受到包括福斯特在内的美共领导的批判，这部著作在当时的左翼文学运动内部并没有产生重大的影响。

在美国左翼文学运动内部，如何理解马克思主义文艺理论的论战一直在

---

① Charles I. Glicksberg, “Calverton and Marxist Literary Criticism,” *The Modern Quarterley*, XI (Fall, 1940), p. 58.

继续。进入 30 年代以后,由于美共和左翼运动内部派别纷争的加剧,论战更有愈演愈烈之势。在这场论战中,比较有影响的左翼文学批评家是格兰维尔·希克斯和詹姆斯·法雷尔。

希克斯出身于中产阶级家庭,毕业于哈佛大学,获硕士学位,长期在大学任教。在约翰·里德、戈尔德、卡弗尔顿等人的影响下,他的思想逐渐左倾,1931 年起开始为《新群众》及其他左翼刊物撰稿,后担任该刊物的文学编辑,并于 1935 年加入美共。可是,慕尼黑协定签字以后,他又宣布退党,同时辞去了《新群众》编辑的职务。希克斯的文论代表作《伟大的传统》(The Great Tradition, 1933),是继卡尔弗顿《美国文学的解放》之后左翼批评推出的最主要的论著。这部著作也试图以马克思主义观点总结美国的文学传统。他发现,美国经典作家们所反复肯定的价值观在资本主义的条件下始终得不到实现,而且,只要私有制存在,这些价值观就永远得不到实现。他希望美国文学反映正在蓬勃发展的革命斗争,形成新的美国文学的伟大传统。但是,与《美国文学的解放》一样,希克斯的著作也有它的片面性,它也只是机械地强调文学必须从属于政治斗争的需要,基本上忽略了文学有其自身的规律。例如,在评论美国 19 世纪的文学时,希克斯问道,霍桑、梭罗、麦尔维尔和爱默生,“他们之中谁能对新的一代人说点什么呢?”对于正在纽约的血汗工厂中挣命的年轻姑娘们来说,爱默生关于“自力更生”的说法能意味着什么呢? 对于被束缚在机器大生产的疯狂增值之中的一代人来说,梭罗在瓦尔登的生活实录能作为一部生活指南吗? 对于两眼盯着铁轨、两耳听着机车的轰鸣的年轻人来说,在麦尔维尔所描述的不知工业化为何物的地方,那里的一切又能有什么启示呢? 而人们又能从霍桑关于罪恶的精妙分析中找出一个国家的道德沉沦的解释吗?① 希克斯的发问也许有他的道理,但这样来评说 19 世纪的这几位作家,显然过于粗疏,缺乏应有的说服力。阿·卡津评论希克斯时说过,他“痛苦地陷入了局限性——他的局限性就在于他非常真诚严肃地去对别人进行评价,而他的评价对象的感受力却不知比他深刻精妙多少倍”。② 卡津的批评是发人深省的。

希克斯的这部著作不仅在一定程度上代表了 30 年代左翼批评的主要观点,同时也反映了它的主要弱点。左翼批评家们对于马克思主义并不缺乏热忱,然而他们既不能完整、准确地理解马克思主义,自己又缺乏文学实践的经验,他们抓住马克思、恩格斯、列宁的片言只语,就要着手制定“无产阶级文学的宏伟纲领”,这也实在太勉为其难了。

---

① Granville Hicks, *The Great Tradition* (Chicago: Quadrangle Books, 1969), pp. 4 - 5.

② Alfred Kazin, *On Native Grounds*, p. 325.

这里还有必要指出,《伟大的传统》于1969年再版发行,作者本人为再版本增补了“前言”和“后记”。希克斯在“前言”中对自己当年的政治立场作了全面的否定,声称当年乃至过去约30年中,“从来就没有同意书中表达的百分之五十的文学批评的论断”(第vii页);说此书是“一个可怖的实例”,“在某种意义上又是一个重要的典型,……可以使今天的读者自己去发现它是多么的可怖和为什么如此可怖”(第vii—viii页)。在“后记”中,希克斯浮光掠影地一一清点了过去对具体作家评论时的失当之处。当然,文学批评的失当并不是不可以纠正,追悔少作也可以理解,但希克斯却硬要自打耳光,从一个极端跳到另一个极端,这才真正令人感到“可怖”。

希克斯的《伟大的传统》一度成为左翼文学队伍内部论战的焦点。法雷尔在他的批评著作《关于文学批评的一个注释》(A Note on Literary Criticism, 1936)中,对希克斯及其他一些左翼批评家的观点作了系统的批评。法雷尔反对把马克思主义的原理机械地搬用到文学上。他认为,文学同整个科学文化一样,存在一个无法摆脱的连续性的影响。文化不能先于社会的变化。这里没有捷径可走,文化发展的每一个阶段都是不可超越的。这就是说,无产阶级的文学也必须从历史文化中吸取营养,必须随着社会变革的发展而成长。若不因人废言,法雷尔所阐述的文学观显然比希克斯更有说服力。然而问题的复杂性在于,在当时左翼文学队伍内部的派别斗争中,法雷尔一直与以《新群众》为代表的左派成员们若即若离,因此他的见解始终没有受到足够的重视。1937年底,与《新群众》对立的《党派评论》季刊改组,法雷尔加入了对立派,脱离了左翼文学队伍。

法雷尔与其他所有的左翼批评家都不同,他本人就是一个既高产又有特色的小说家。他在三四十年代创作的反映芝加哥工人阶级和中下层社会的多卷小说中,把自然主义和意识流熔于一炉,把一种城市语言引进了美国文学,用词简洁,泼辣生动,充满阳刚之气,所有这些,使他至今仍在美国文学史上占据着重要的地位。二战结束后,法雷尔在从事文学创作的同时,又撰写了《庸人们的结盟》(The League of Frightened Philistines, 1945)、《美国文学的命运》(The Fate of Writing in America, 1946)以及《文学与道德》(Literature and Morality, 1947)等批评专著,依然坚持他30年代的那些文学主张,而且,他的观察角度更加确定,语言表述更加自信。在《庸人们的结盟》中,他猛烈抨击了约翰·张伯伦、阿契伯尔德·麦克利许(*Archibald MacLeish*, 1892—1982)、[①]范·威克·布鲁克斯等批评家,认为他们的甜言蜜语般的道德说教根

---

① 麦克利许著有《幸福的婚姻》(*The Happy Marriage*, 1924)、《缺乏责任感的人们》(*The Irresponsibles*, 1940)等。

本不能改变滋生贫困和战争的社会现实。这样的社会必须首先从根基上进行变革。

法雷尔的文论当然在很大程度上也是为他自己的创作进行辩护。在《文学与道德》一书中,他讨论了文学的道德寓意的问题。他认为,现代社会中一切主要的罪恶的根源就在于这个社会结构本身。马克思主义谴责这个社会中的人剥削人的现象,在这个根本问题上,马克思主义是正确的。他因此而得出结论说,我们不论是讨论文学,还是讨论生活,道德判断是不可避免的。现实主义的文学不仅能揭示生活的真谛,而且能为文学创作开拓新的生活体验。在他看来,文学虽然不是一种行为方式,也不是一种直接引发社会变革的媒介,然而现实主义的文学却可以帮助人民去认识自己和他们的生活环境。[①]

我们今天论述美国三四十年代的左翼批评,还应该提一笔曾在哥伦比亚大学和加利福尼亚的伯克莱大学校园内活跃异常的"法兰克福学派"。这倒不是因为法兰克福学派与上述左翼文学运动有什么关系(应该说它们之间几乎毫无关系),而是因为从60年代以后蓬勃兴起的西方马克思主义这股思潮必须追溯到法兰克福学派当年活动所留下的影响。

1923年创建于德国法兰克福的"社会研究所",聚集了包括西奥多·阿多诺(*Theodor Adorno*, 1903—1969)、瓦尔特·本雅明(*Walter Benjamin*, 1892—1940)、赫伯特·马尔库塞(*Herbert Marcuse*, 1898—1979)、埃利希·弗洛姆(*Erich Fromm*,1900—1980)等著名学者,是一个专门从事"社会批判理论"研究的学术机构。为了躲避法西斯的迫害,这个研究所在所长霍克海默(*Max Horkheimer*, 1895—1973)的带领下,于1934年迁到了纽约的哥伦比亚大学,二战期间又迁到加州,二战结束后才陆续迁回德国。这些学者在致力于分析、研究和批判法西斯主义的同时,也对马克思主义的资本主义理论,存在主义哲学,康德、黑格尔、海德格尔、弗洛伊德的哲学和美学进行探讨和研究。由这些人形成的法兰克福学派自20年代以来的研究成果,已成为注入当代西方马克思主义的重要一脉。

法兰克福社会研究所自成立之日起,就标榜其"独立性"。它既同莫斯科的苏联马克思恩格斯研究院保持正式的关系,也同第二国际、第三国际传统的代言人互通声息,同时又发表与上述观点对立的卢卡契(*George Lukacs*, 1885—1971)等人的文章。但是,由于霍克海默坚持德国传统的办所方针,研究文章均以德语刊登,这在美国就很难引起反响。1940年以后,社会研究所才

---

① See C. I. Glicksberg, *American Literary Criticism*, *1900—1950* (New York: Hendricks House, 1952), p. 429.

开始出版英文的刊物，其成员也才开始将注意力转向美国社会和文化，研究的方法也开始将美国的经验主义和德国的思辨哲学结合起来。另一方面，“法兰克福学派”所奉行的“批判理论”，说到底，就是对所有积极思想体系的深刻怀疑。尽管他们相信真理是存在的，社会的变革和进步是应该的，但是他们为了不被意识形态同化而不停顿地进行“批判”的立场，反而使他们陷入了无法自拔的悲观主义和相对主义。他们的理论研究确有一定的建树，但这种研究与当时的现实斗争却始终保持着相当的距离。霍克海默在他的著名论文《传统理论和批判理论》(*Traditional and Critical Theory*, 1937)中，便断然否定激进理论与无产阶级斗争相结合的必要性。

“法兰克福学派”所奉行的美学原则中确有一定的马克思主义成分，例如他们坚持唯物主义的反映论，认为文艺都是一定社会现实的反映，古典的和现代的，资产阶级的和无产阶级的，都不例外，因为他们相信，社会的经济基础决定其文化上层建筑。但是他们进而又强调，所有的文艺作品又都具有政治性，因为它内含了人类某种乌托邦式的理想和追求。他们强调社会经济基础的决定作用，然而他们更强调文艺作品的反作用。对于文学作品的研究，他们绝不仅仅满足于了解作品所反映的社会现实，而更希望揭示那社会文明现象背后的非理性力量，于是，他们又引入了弗洛伊德的精神分析学说，作为对马克思主义经济基础决定上层建筑理论的补充。当然，“法兰克福学派”的这些主张在三四十年代时，也只是未成体系的理论原则，它们真正汇入理论形态完备的西方马克思主义，那还是60年代以后的事情。①

## 第四节
## “新批评”的崛起

早在1910年，J. E. 斯宾加恩就在“文学激进派”与“新人文主义”之争的夹缝中，发出过一声“新批评”的呐喊。他把克罗齐的美学概括为“艺术即表现”，“一切表现皆为艺术”，并据此而朦胧地提出了一个将艺术作品作为认识客体的主张。但表现主义的艺术论在美国未能形成气候，何况斯宾加恩对克罗齐美学的了解仅囿于一般概念，他既没有提出一套批评的原则，更缺乏具体的文

① V. B. Leitch, *American Literary Criticism* (New York: Columbia University Press, 1988), pp. 18–21.

学批评的实践,因此他这种先天不足的“新批评”的呼吁,很快也就淹没在当时文坛论战的喧嚣声中了。但尽管如此,斯宾加恩的呼吁却清楚地表明,在美国当时的批评论坛上,一种要求以文学自身规律作为批评的出发点和归宿点的倾向已经初露端倪。

就在历史批评、道德批评、社会学批评占据着美国文学批评论坛的主流地位的二三十年代,一种从立论到方法均与上述批评迥然有别的“新”的批评倾向,确实正在酝酿和崛起。这种批评倾向主要存在于一批诗人和大学的教师当中,尤其在美国的南方。早先由《逃逸者》诗刊聚集起的一批诗人,如兰色姆、他的学生泰特(Allen Tate, 1889—1979)以及沃伦和布鲁克斯等,先后转向文学批评,形成所谓“南方集团”的文论派别。他们把新古典主义和唯美主义糅合在一起,结合自己的诗歌创作实践,提出了一系列从文学作品的“本体”和语言结构角度进行分析批评的主张。1941 年,也就是在斯宾加恩的《新批评》发表 30 年之后,兰色姆也出版了一部同名的批评专著。他的这部《新批评》,本意在于对 20 年代以来以瑞恰兹、艾略特为代表的“新”的批评思潮进行一番理论的总结,但从另一个角度说,也是对他本人所提出的一套批评理论的界定。于是,“新批评”这个名称也就成了对他所代表的一种批评倾向的概括。

名曰“新批评”,其实也无“新”可言。作为一种具有唯心、唯美主义倾向的形式主义的批评,其思想渊源至少可以追溯到康德、柯尔律治,而从理论和实践的结合上提供了完备的楷模的,则是艾略特和瑞恰兹。这一点,“新批评”自己也并不掠美。为对“新批评”的起由有一个基本的了解,我们首先对艾略特和瑞恰兹的主要观点作一个大致的介绍。

艾略特不仅是开一代诗风的大诗人,而且也是 20 世纪英美形式主义批评的鼻祖。他出身于一个具有新英格兰唯一神教派牧师背景的家庭,祖父是华盛顿大学的创始人。他就读于弥尔顿学院和哈佛大学,是著名教授乔治·桑塔亚那和欧文·白璧德的学生,本科时开始在《哈佛校刊》上发表诗作,并一度成为该刊物的主编。1910 年,他赴法国巴黎大学进修一年后又在哈佛攻读哲学研究生课程。1914 年,他获得赴德奖学金,结果因第一次世界大战的爆发而滞留在英国。这年 9 月,他结识了庞德,后者将他的诗作推荐给《诗刊》发表,两人开始了多年的合作。大约从 1917 年到 1927 年的 10 年中,艾略特出于实用的目的,撰写了一系列的文论,阐发他对于诗歌创作和鉴赏所涉及的美学问题的见解。这些见解由于他的诗名而被人反复引用、论证、演绎,一发而不可收,一场审美价值观和批评方法论方面的“革命”竟不期而至。

艾略特早在 1917 年撰写的《传统与个人才能》中就基本上确定了自己的文学批评的原则。他认为,诗人不能超越传统,而只能在意识到整个文学传统的“同时存在”的前提下进行创新,这就是诗人创作时必须具有的“历史感”。

按照艾略特的看法，诗歌创作不应该如浪漫主义者所主张的那样，是个人感情的自发流露，而应该是一种智性活动。他明确提出："诗不是放纵情感，而是逃避情感；不是表现个性，而是逃避个性"；"诗人的任务……是用普普通通的情感加工制作成诗，以表现实际情感中并不存在的感受。"在后来撰写的《哈姆雷特与他的问题》(Hamlet and His Problems，1919)这篇论文中，他又进一步用所谓"客观对应物"(objective correlative)这一崭新的提法，概括他所认为的"表现情感的唯一途径"。他解释说，这就是要找到"一套客观物体，一个场景，一连串事件，它们将成为构成某种特殊情感的配方(formula)；这样，一旦这些最终将落实到感觉经验上的外在事实给定，那种情感便会立即被召唤出来"。艾略特这些关于诗歌创作的见解首先得到了英国剑桥大学英语学院的瑞恰兹等学者们的肯定，进而被归纳为"诗歌的非个性论"(impersonal theory of poetry)："与情感分离论"(dissociation of sensiblity)、"传统观念"(conception of tradition)以及"客观对应物"等新古典主义的诗论。

艾略特的诗论不啻是对长期以来统治西方诗坛的浪漫主义表现论的彻底反叛。基于上述认识，艾略特反复强调："诚实的批评和敏感的鉴赏不应着眼于诗人，而应该着眼于诗。"他说，"如果我们只注意报刊批评家们乱作一团的叫喊，以及随之而来的大众化的重复，那我们能听到的诗人的名字就太多了；如果我们所需要的不是名人录上的知识，而真正是对诗歌的欣赏，真要得到一首诗，那就很难了。"若要纠正这样一个偏向，一定要把注意力移到诗的本身。他还提出一个非常有名的比喻，即诗人只是形成诗歌的"催化剂"，作为对他的"诗歌的非个性论"的解释，认为诗人在做诗过程中，也应该像化学反应中的催化剂一样保持中性。艾略特的这个把注意力从诗人移向诗歌本身的基本观点，为"新批评"提供了直接的理论依据。

在批评实践方面，艾略特也是率先将批评的重点从浏览欣赏转向对作品文本进行具体分析的批评家。他在20年代初就写下了关于马娄、本·琼生以及玄学派诗人的一系列论文。在这些批评论文中，他一改过去人们常见的那种天马行空式地抒发个人的文学情趣、把待批评作品搁置一边的做法，专心致志地对作品的具体章节、警句妙语加以批阅，与此同时，他又把他自己的观点不留痕迹地传达给读者。而这种独辟蹊径的"新"的批评方法，为"新批评"的"文本阐释"(explication of the text)树立了仿效的榜样。

对"新批评"的理论原则的确立有过重大影响的另一位批评家是英国剑桥大学的瑞恰兹(I. A. Richards，1893—1979)。他把语义学和心理学引入文学研究，对现代批评的发展作出了开拓性的贡献。他关于诗的价值取决于读者正确的反应的观点，已经汇入当代读者反应批评，但这一点基本上被"新批评"否定，认为是"感受谬误"。瑞恰兹还有一个重要观点，他认为语言可以有两种用法,一种是"科学性"的,科学语言有其实在的指涉对象(reference),它将实在的指涉对象组织起来,只为传达真实;另一种用法是"情感性"的,情感性的陈述不同于科学陈述,它是一种"非指涉性"的(non-referential),是一种"伪陈述"(pseudo-statement)。瑞恰兹说,正如无数的人类活动需要毫不歪曲的表述一样,也有无数同样重要的人类活动却需要不真实的,或干脆说,虚构的表述。而文学就是后一种"伪陈述",它所表现的真实只是一种艺术的"真实",一种不同于科学真实的"真实"。对瑞恰兹的语义二分说,"新批评"欣然接受。也正是基于瑞恰兹的这一假说,"新批评"才提出了文学作品是独立的认识客体的主张。

我们对"新批评"的前驱影响有了一个初步的了解以后,现在再回到这一批评派别本身。严格地说,把"新批评"说成是一个批评流派并不妥当,因为通常被划入该流派的批评家们,几乎没有一个人承认自己是什么"新批评"派的成员。"新批评"实际上是文学批评史家提出的一个分类术语,将一批具有大体相同的形式主义倾向的批评家划归一类而给予的命名。之所以如此命名,正如我们前面已经提到的,主要是因为兰色姆的那本《新批评》专著。从这个意义上说,恐怕只有兰色姆才是名副其实的新批评家。

兰色姆出生于田纳西州的普拉斯基镇,1909 年毕业于范德比尔特大学后,又以罗德学者的身份赴英国牛津大学深造了三年。回国后,他长期在范德比尔特大学执教(1914—1937)。第一次世界大战期间,他曾担任地面炮兵部队的中尉。1937 年,他担任肯庸学院的英语教授,并在那里创办了美国著名的文学批评刊物《肯庸评论》,担任该刊物的主编长达 20 年之久(1939—1959)。和艾略特一样,兰色姆本人就是一个著名诗人,1951 年和 1963 年,他的诗集分别获得博林根诗歌奖和全国图书奖。兰色姆之所以热衷于诗论,与他本人是诗人是分不开的。

纵观兰色姆的诗歌批评,人们不难看出,他最基本的目标就是要制定一套系统的诗论,以纠正他所认为的由浪漫主义造成的过于感伤的偏向。虽说这是一个审美价值观的问题,但对于这个审美价值观的变迁,我们却不得不从他所处时代的社会、政治、文化等各个方面去寻找原因。我们知道,第一次世界大战以后,美国的知识分子当中普遍存在着一种失落感和危机感,人们心目中的传统价值轰然崩塌。对于有过南北战争失败经历的美国南方来说,打击更加惨重。同样是出于对现状的不满,一部分知识分子采取了向左转的立场,而一向比较保守的南方知识分子,却愈加趋于保守,他们试图从更加深远的传统中去挖掘出某种济世良策。继艾略特宣布自己"在政治上是保皇主义者,宗教上是安立甘宗天主教徒,文学上是古典主义者"之后,兰色姆也步其后尘,声称自己"在风格上是贵族化,宗教上信奉仪式典礼,在艺术上主张返回传统”。[①] 正是在这个意义上，兰色姆和泰特都强调他们从事的批评是一种“逆动的”(reactionary)批评。由此我们也可以看出，“新批评”是一种政治倾向保守的批评流派。人们讨论“新批评”时，一般都只强调其“纯文学”批评的一面，往往忽略了它的政治倾向上保守的一面，这是我们首先需要着重指出的一点。

兰色姆的诗论主要包括在他两部文论集中。一部是《世界的形体》(*The World's Body*, 1938)，另一部是《新批评》(*The New Criticism*, 1941)。在《世界的形体》中，兰色姆双路出击，在对浪漫主义诗歌进行猛烈抨击的同时，又力图规定出一套他推崇的“真正的诗歌”的标准，并实现他所谓的“真正的批评”的使命。在兰色姆看来，浪漫主义诗歌旨在表现人的内心欲望，是病态的头脑将现实世界理想化的举动。而“真正的诗歌”与改造世界或将世界理想化的宏旨毫无干系，它的唯一的目的就是恢复世界的新鲜感和完整性。更具体一点说，诗歌与科学无缘：诗歌是一种有机的、直觉的感受；而科学则是理性认识方面的建设。诗歌是人人实现创造性的再生和精神上的更新的一种形式。为了“了解”世界之美、世界的多样性，诗歌必须克服技巧方面的阻力，成为一种艺术。

在这部论文集中，兰色姆反复阐发一种他所谓的“本体论”的批评主张。而这一“本体论”的观点，抑或可视为“新批评”的理论核心。他在收入该文集的《诗：本体论札记》(Poetry: A Note in Ontology)一文中，首次提出了批评应着眼于诗的“本体”，即“诗的存在的实际”的主张。在另一篇论文《批评公司》(Criticism, Inc., 1936)中，他进一步明确指出，文学批评不是作家的生平实录，不是复述作品的内容梗概，不是研究作品的历史背景，不是对作品的语义求证，不是评价作品的道德内容，更不是一般的书评，而是研究诗之所以为诗的“艺术技巧”。兰色姆之所以对批评作如此苛刻的界定，他的理由很简单，就因为诗是一种具有“存在秩序”的“本体”或“认识”的活动。

兰色姆的诗歌本体论还包括另一个思想：这就是“诗歌”(亦即文学的总称)自成一个虚构的世界。他在《诗：本体论札记》一文中说过，“在每一首看上去像诗的诗歌上面都有一个标记，上面写着：此路不通向行动；它是虚构的。艺术总是要在主客体之间创造一个‘审美距离’，艺术将不遗余力地申明它不同于历史”。[②] 很明显，兰色姆的这一观点是与康德的审美判断一脉相承的。这个观点也是“新批评”理论的一个重要观点，可以说，是“新批评”理论的立论前提。

---

① John Crowe Ransom, *The World's Body* (New York: Scribner's, 1938), p. 42.

② John Crowe Ransom, "Poetry: A Note in Ontology," in H. Adams ed. *Critical Theory Since Plato* (New York: Harcourt Brace Jovanovich, 1971), p. 877.

《新批评》由四篇长篇论文组成,前三篇分别是对瑞恰兹、艾略特和温特斯三位批评家的评论,末篇《呼唤本体论批评家》(Wanted: An Ontological Critic)是兰色姆批评思想的总结。兰色姆认为,艾略特是历史批评家,瑞恰兹是心理学批评家,温特斯是逻辑学批评家,言下之意,他本人就是应运而生的本体论批评家。在兰色姆看来,瑞恰兹用心理学的语汇去判断诗歌所包含的情感,犯了忽视诗歌本体的错误;而温特斯的诗论着眼于道德内容,也属于隔靴搔痒。这些批评都未能解决诗歌的结构和形式——控制、限制、把握诗歌素材的艺术技巧问题。

那么,究竟如何才能把握诗歌艺术之真谛呢?兰色姆在他的一篇非常著名的文论《作为纯思辨的批评》(Criticism as Pure Speculation, 1941)中提出了这样一种看法:"一首诗是一种具有局部肌质的逻辑结构",所谓"逻辑结构",指的是诗的表层内容,即能用散文语言转述的论点或逻辑核心;但决定逻辑核心的价值的,是诗的"局部肌质"(local texture),它犹如圣诞布丁上的"果料"和"甜馅",兰色姆将它对内容的增色称之为X,认为这个X才是"我们所需要寻求的"本体。①

从以上我们对兰色姆的"新批评"诗论所作的归纳,我们不难得出这样两个初步的结论。一方面我们看到,"新批评"的确是一种不同于以往各种批评的批评,批评的对象和重点已经从作品以外的历史背景、作家生平、作品的故事梗概等,移到了作品本身;但是另一方面,也恰恰由于这一转移,我们有理由认为,"新批评"从一开始就是一种相当狭隘的批评思潮,因为它把文学中许许多多同样值得读者关心的因素排斥殆尽。这里,我们还要顺便指出,兰色姆虽然已经将文学批评的重点大大移向诗的语言结构,但他对诗的总的看法仍然没有从根本上摆脱二元论的定式,他的主张中似乎还残留着传统批评将文学作品的内容和形式分割考虑的痕迹。这一点,则正是他与他的学生们的主要分歧之所在。

泰特是肯塔基人,1923年毕业于范德比尔特大学,与兰色姆一起创办了《逃逸者》,并在该刊物上发表诗作。1924年,他来到纽约,结识了一批当时活跃在文坛上的诗人和作家,他本人则断断续续为《国民周刊》《新共和》等刊物做些编辑工作谋生。1928年,他获得古根海姆奖学金,赴法国巴黎进修。他是1930年发表的《我的批评立场》一文的执笔者之一。在这篇重农主义者的宣言里,包括泰特在内的一批南方文人高举地方主义的旗帜,呼吁返回泥土,返回乡村文明,抗议所谓将工业化等同于文明进步,将工业化视为祛除南方社会弊病之良药的错误。泰特认为,拯救南方的出路在于恢复传统的价值观,特别是

① John Crowe Ransom, p. 886.

南方自己的文化传统和宗教正统的价值。他在《南方评论》(*Southern Review*)、《肯庸评论》以及《西瑛尼评论》(*Sewanee Review*)上发表了一系列论文，鼓吹这种观点。当他后来把这些论文选编成集时，他故意题名为《逆动文集》(*Reactionary Essays on Poetry and Ideas*, 1936)。1942 年，他被任命为美国国会图书馆诗歌部主任，1944 年至 1946 年期间，他担任了颇有影响的《西瑛尼评论》的主编。也许是他保守立场的又一标志，他于 1950 年皈依了天主教。除了《逆动文集》以外，泰特还有《失常中的理智》(*Reason in Madness*, 1941)、《论诗的极限》(*On the Limits of Poetry*, 1948)等论文集。

泰特是"新批评"的主将之一。这在很大程度上是由他的南方文化背景所决定的。早在 1929 年发表的《诗与绝对》(Poetry and the Absolute)一文中，他就阐述了自己的批评的基础，那就是思想对于绝对经验的一种不可阻遏的追求。他所谓的这种对绝对经验的追求包括三个方面：南方传统、诗歌和天主教。但他发现，他所向往的古老的南方传统，他所追求的人世间的天国，都只能存在于自己深深的信念里。他把追求绝对经验的需要投向社会，然而这种追求却又只能局限于诗歌方面。从 30 年代起，他就撰写了大量论文，竭力反对从社会经济角度去阐释文学。在《逆动文集》中，他又着重抨击人文主义的道德批评，抨击那种遵循"激因—反应"模式的心理学批评。他认为，诗歌并不是由非理性独占的领地，它是一个自足的世界，一种特殊的、与众不同的、自我包容的知识形式。诗人可以以自己的方式对杂乱无章的经验进行归纳，使之成为井然有序的、具有意义的有机统一体。由于这个缘故，诗高于科学，它能向我们提供最完整且最负责的人类经验。也正是因为这一缘故，把任何与其无关的学科(如：社会学、政治学、自然科学、伦理学、心理学等)的标准输入诗歌领域，都是对诗的亵渎。诗的评价和研究必须按照诗的内在标准进行。①

那么，泰特所谓的诗的"绝对经验"应该到哪里去寻找呢？他并不满意兰色姆关于诗的"本体论"的解释，他觉得兰色姆的诗论中内容和形式没有统一，他希望找到一种理论，将诗的内容和诗的语言合二为一，使诗不仅传递知识，而且要使它本身就是一种知识。他对瑞恰兹也有微词，认为他不能算一个伟大的批评家，只是一个语言实验室主任，但他从瑞恰兹的《修辞哲学》(1936)中得到了启发，认识到诗的语言是一种"对实际经验的补充"。1938 年，泰特在他著名的《诗的张力》(Tension in Poetry)一文中，终于把兰色姆的"本体论"的观点又向前推进了一步。他借用形式逻辑中的一对术语"外延"(extension)和"内涵"(intension)，表示诗歌语汇的"本意"和"引申意"。诗必须有明确的概念(外延)，又必须有丰富的联想意义(内涵)，而且两者必须珠联璧合，才能相

---

① Allen Tate, *Collected Essays* (Denver: Swallow Press, 1959), pp. 15, 48, 83, 222, 252.

得益彰。他把“外延”和“内涵”两词的前缀“ex”和“in”摘去,创造了一个专门术语:“tension”(张力)。他指出,“诗的意义就是它的‘张力’,即我们从诗的内涵与外延这两极之间所能找到的全部意义的统一体”。①

泰特进而指出:“严肃的诗歌所涉及的那些根本性的冲突都无法按照逻辑去解决:我们可以有条理地陈述这些冲突,但理智却无法使我们得以解脱。”例如,诗人叶芝有他自己关于对立冲突的说法,但是它根本不能揭示现实生活的本质。它充其量只是一种戏剧性的认知框架,使我们从中可以看出人在行为世界上从反省的一极到自我失却的另一极永远来回摇摆的境况而已。约翰·邓恩的肉体与灵魂对立,也是一种把握他个人情感的戏剧性认知框架。

“张力”说的提出,为“新批评”解决了一大理论难题,所以“新批评”派把“张力”说视为对诗的辩证结构的最佳解释。承认“张力”,即承认了诗是一个独立存在的有机体。这样,“张力”说就把诗歌批评的注意力彻底移向了诗的内部结构。

克利恩斯·布鲁克斯(Cleanth Brooks, 1906—1994)也是肯塔基人,1925年进入范德比尔特大学,是兰色姆的学生,毕业后又在新奥尔良的杜兰大学获硕士学位。1929年至1932年,他赴英国牛津大学深造,再获学士和文学士的学位。回国后长期在路易斯安州立大学任教,并与沃伦共同主编《南方评论》。1947年起,迁到耶鲁大学担任英语教授。从50年代起,他就是美国国家文学艺术研究院院士。

30年代末至40年代末的10年时间是“新批评”全面体制化的阶段。“新批评”派一手抓住大学英语专业的教学阵地,一手抓住文学批评刊物的出版阵地,普及和提高同时并举,使美国的文学批评从价值取向到批评方法,都发生全面而深刻的变化。在这一过程中,布鲁克斯起了举足轻重的作用。

“张力”说提出以后,新的问题又接踵而至。譬如,所谓的“张力”究竟以什么形态存在呢?“新批评”派发现,尽管“张力”说认定诗就是诗歌语汇的外延和内涵之间全部意义的统一,然而真正需要分析的,只是诗歌语言的内涵。瑞恰兹有言在先,文学以“伪陈述”表现艺术的真实,与科学真实无缘。显然,“张力”不存在于科学陈述中,因为明晰的科学语言没有内涵;“张力”存在于“伪陈述”中,因为是文学语言才有丰富的内涵。因此可以得出这样的结论:研究诗的“张力”就是研究诗歌语言的内涵。布鲁克斯正是沿着这样的思路,使“新批评”的诗论落实到了对具体诗歌的批评之中。

与艾略特、兰色姆和泰特不同,布鲁克斯不是诗人,他是一个专业的批评家。作为批评家,他又很谦虚地承认,他只是借鉴了艾略特、泰特、燕卜荪、叶

① Allen Tate, “Tension in Poetry,” in *Reason in Madness: Critical Essays* (New York: Putnam's), 1941.

芝、兰色姆以及瑞恰兹的观点，成功地把它们综合在一起，而自己并没有提出什么独创的见解。是的，独创恐怕的确称不上，然而，把“新批评”的原则具体化，使之付诸实践，布鲁克斯应是第一人。在布鲁克斯手上，“新批评”的操作原则化为四个要点：在处理诗的结构方面，应把握“反讽”(irony)和“诗的戏剧化结构”(poem as drama)；在处理诗的语言方面，应把握“含混”(ambiguity)和“悖论”(paradox)。

所谓“反讽”，布鲁克斯解释说，这是一切诗歌中普遍存在的现象。诗并不是一组本身充满诗意的意象杂乱的组合，这些意象必须相互观照，形成一种“情境”(context)，在这样的“情境”中，每一个单个意象的“含义”都将受到上下文的牵制和影响，这种字面陈述因为上下文而发生的明显扭曲和变形，就是我们所说的“反讽”。“反讽”又可以同“诗的戏剧化结构”联系起来理解。一首诗，犹如一出戏。“戏的全部效果来自戏的所有的构成部分，一首好诗，就像一出好戏一样，它没有一个无效的动作，没有任何多余的成分……诗歌从来没有抽象的陈述。这就是说，诗中的任何一个‘陈述’都受到上下文的压力，它的意义都要被上下文调整。换句话说，诗中的陈述——包括那些看上去像哲学性的总结似的陈述——都应该当作剧中的对话那样去读。”①

为了对布鲁克斯如何把这些概念付诸实践有一个感性的认识，我们不妨举一个实例。托马斯·格雷的《墓畔哀歌》是18世纪英国诗坛开一代风气的名篇。诗人叙述了在乡间穷人墓地的所见所想之后，又想起了另一类殡葬场所，那里有的是铭刻着丰功伟绩的瓮碑，形同真人的雕塑，所有这一切，都是一种“荣誉”的象征。然而诗人写道：

栩栩的半身像，铭刻了事略的瓮碑，
难道能恢复断气，促使还魂？
荣誉的声音能激发沉默的死灰？

布鲁克斯说，这里的“荣誉”当然是一种拟人用法，无论这“荣誉”指什么，雕塑也好，夸大其词的墓志铭也好，甚至诗人由于眼前的华丽装饰而联想到的种种虚夸的场景——这些统统具有反讽的意思。因为它们是与乡间墓地相对照的，目的就是为了反衬出它们的空虚、乏味、死气沉沉。② 很明显，布鲁克斯这里所指出的反讽意义不同于通常所说的言此而意彼，它是由诗歌的上下文决定的，这一意义存在于这首诗歌特定的内在结构之中，这就是泰特所谓“张力”

---

① Cleanth Brooks, “Irony as a Principle of Structure,” *Critical Theory Since Plato*, 1942.

② Cleanth Brooks, *The Well Wrought Urn* (New York: Harcourt, Brace & World Inc., 1947), pp. 110–111.

的具体体现。

说到诗歌语言的"含混",我们也许立刻会回想起英国批评家燕卜荪的诗论名著《含混七型》(*Seven Types of Ambiguity*, 1930),所谓"含混"乃是指语言的意义总是多层面的。但布鲁克斯所强调的"含混",恐怕在更大程度上是指诗歌语言的意义与意义之间的"张力",尤指对立意义在同一个诗歌语境中的相互妥协、容纳和共存,一种意义对另一种意义压迫的结果产生了第三种更加确切的意义。不过,对布鲁克斯来说,他最得心应手的批评语汇还是"悖论"或"矛盾语"。他在1942年发表的《悖论语言》(The Language of Paradox)一文中明确指出,"诗的语言就是悖论式的语言"。理由很简单,因为他认为诗的结构始终存在着戏剧性的冲突,存在着相互矛盾的情态——诗人和诗中人的矛盾。而各种意象和隐喻会在"矛盾情态"中增辉生色,屡见不鲜的寻常事物在"矛盾情态"中会显得突兀奇特。正是从这一观点出发,布鲁克斯认为华兹华斯的《写于西敏寺桥上》的感人之力,在于该诗起笔于一个悖论式的情景。①

布鲁克斯曾说过,"反讽"一类术语很可能被滥用,但仍不失为诗歌阐释中最基本、最重要的术语。当然,反讽说古已有之,只不过到了"新批评"派手中成了一把开启诗歌之门的万能钥匙。泰特的"张力"说和布鲁克斯的"反讽"、"悖论"说,对兰色姆的本体说而言,的确是一大进步。它们大大提高了"新批评"的实用价值,从诗的结构和语言中发掘出了以往的批评家未曾注意到的意义。但也不可否认,泰特和布鲁克斯等所寻觅的意义,也只限于诗的语言和结构。布丁上的果料固然使布丁更加可口,然而只食果料也并不等于领教了布丁的美味,这也是尽人皆知的道理。

"新批评"之所以在40年代以后的美国批评论坛上广为普及,在很大程度上可能还应该归功于一本书的影响,这就是布鲁克斯和沃伦合作编注的一部诗选——《理解诗歌》(*Understanding Poetry*, 1938)。编者在该诗选的引言"致教师"中明确指出:"如果诗值得讲授,那么它必须作为诗来讲授。"这就是说,那种把诗当作逻辑内容的复述、作者历史生平的研究资料,或当作训诲内容来阐释的传统教授法,都必须摒弃。自40年代至60年代,这部诗选一直是美国大学的文学课教材。整整两代人,在这部教材的哺育熏陶下,埋头于文学作品的文本分析,揣摩玩味诗歌的精微细妙,诗选的编注宗旨不仅使"新批评"主张的"细读"(close reading)和"文本阐释"(explication de texte)具体化,而且几乎将它们固定为文学批评的唯一程式。"新批评"所强调的"细读"就是要对作品本身作详尽的分析和诠释,这种分析和诠释并不太注重作品说了些什么,它注重的是作品如何去说的,它就是通过对作品的词语的选择,比喻和意

---

① Cleanth Brooks, *The Well Wrought Urn*, pp. 5-6.

象的组织和观照，以及对于词句语气的分析，一句话，就是从作品的形式入手，最终见出作品的各个部分构成了一个复杂而统一的有机整体，而在这样一番分析和阐释过程中，文本所蕴含的内在意义将自然呈现出来。

也许是受了《理解诗歌》巨大成功的鼓舞，布鲁克斯和沃伦又编注了《理解小说》(*Understanding Fiction*，1943)，希望把"新批评"的批评原则和方法扩大运用到小说批评领域。可是，小说情节结构和人物性格发展这样一些更为复杂的问题，大大超出了反讽、巧智、矛盾语、象征等概念的应用范畴。结果，《理解小说》远没有取得预期的成功。这一事实从反面说明了"新批评"的局限性。不过，这一局限得到更新的批评理论的补充纠正，还得等到第二次世界大战以后。

# 附　录

# 第[illegible]编

# 一、大事年表

(1914—1950)

| 年　代 | 作家与作品 | 历史与文学相关事件 |
|---|---|---|
| 1914 | 门罗：《你和我》；<br>斯泰因：《软纽扣》；<br>德莱塞：《巨人》；<br>桑德堡：《芝加哥》；<br>林赛：《刚果河》；<br>H. D.：《山林仙女》；<br>弗罗斯特：《波士顿之北》；<br>刘易斯：《我们的雷恩先生》；<br>奥尼尔：《东航卡迪夫》；<br>莱斯：《审讯》；<br>安婷：《他们敲响了我们的门》；<br>庞德编：《意象派诗选》。 | 第一次世界大战爆发，威尔逊总统发表中立宣言；<br>《新共和，1914—　》《小评论，1914—1929》等创刊；<br>田纳西·威廉斯诞生；<br>艾略特定居英国，出任《标准》杂志主编；<br>经济危机；<br>通过反托拉斯法；<br>巴拿马运河开通；<br>鲁德雷煤矿工人罢工；<br>“潜艇之父”霍兰去世；<br>通过“联邦贸易委员会法”。 |
| 1915 | 庞德：《华夏集》；<br>弗莱彻：《辐射——沙与枝》；<br>巴尼斯：《厌女之书》；<br>刘易斯：《鹰之踪迹》；<br>霍华德：《克兰布鲁克假面舞会》；<br>布鲁克斯：《美国的成年》；<br>马斯特斯：《匙河集》；<br>德莱塞：《天才》。 | “华盛顿广场剧社”成立；<br>“普罗文斯敦剧社”成立；<br>“邻里剧场”创办；<br>工人歌谣作家乔·希尔被处死；<br>德国击沉英国客轮“卢西塔尼亚”号，上有128名美国人。为此，威尔逊总统宣布有必要备战；<br>首次横贯大陆的无线电电话通话；<br>佐治亚州授予“新”三K党特许证；<br>索尔·贝娄诞生。 |
| 1916 | 桑德堡：《芝加哥诗抄》；<br>弗莱彻：《妖与塔》；<br>弗罗斯特：《山间洼地》；<br>斯泰因：《女士们的嗓音》；<br>格拉斯佩尔：《琐事》；<br>罗宾逊：《独立望天涯》； | 克利夫兰剧场变成专业化；<br>布朗创办了“帕萨迪纳社区剧场”；<br>亨利·詹姆斯、杰克·伦敦去世；<br>《戏剧艺术》创刊；<br>民主党控制国会两院；<br>军事占领多米尼加共和国，直到1922年； |

| | | |
|---|---|---|
| | 马克·吐温遗作:《神秘的陌生人》。 | 美国通过国防法。 |
| 1917 | 门罗:《新诗选》;<br>林赛:《中国夜莺及其他》;<br>艾略特:《普鲁弗洛克情歌及其他》;<br>刘易斯:《幼稚的人》;<br>格拉斯佩尔:《外界》;<br>奥尼尔:《归途迢迢》;<br>多斯·帕索斯:《一个人的创始》;<br>卡汉:《戴维斯·莱温斯基的发迹史》;<br>庞德发表《诗章》。 | 《剑桥美国文学史》(1917—1920)出版;<br>普利策奖基金设立;<br>罗伯特·洛厄尔诞生;<br>"豪桑图尼克号"被德国潜艇击沉;<br>威尔逊当选连任,通过对德宣战决议;<br>《国会通过选征兵役法》,近300万人应征入伍;<br>国会通过禁酒议案;<br>通过"惩治间谍法";<br>签署"战时税收法";<br>俄国十月社会主义革命胜利。 |
| 1918 | 凯瑟:《我的安东尼亚》;<br>弗莱彻:《日本版画》;<br>桑德堡:《剥玉米苞壳的人》;<br>奥尼尔:《天边外》;<br>莱斯:《雪的皇冠》。 | 《解放者》创刊;<br>《群众》周刊被禁;<br>威廉斯获普利策戏剧奖;<br>美国铁路捷运公司成立;<br>欧洲流行性感冒侵袭美国,约50万人死亡;<br>签署对德停战协定;<br>约11.6万人在服役中死亡。 |
| 1919 | S. 安德森:《小城畸人》;<br>里德:《震撼世界的十日》;<br>门肯:《美国语言》。 | 《凡尔赛条约》签字,但未获美国参议院批准;<br>赛珍珠与丈夫赴南京金陵大学任教;<br>钢铁工人大罢工;<br>美国禁酒运动;<br>美国军团成立;<br>美国共产党成立。 |
| 1920 | 艾略特:《圣林》;<br>S. 安德森:《穷白人》;<br>桑德堡:《烟与钢》;<br>刘易斯:《大街》;<br>菲茨杰拉德:《天堂的这一边》;<br>奥尼尔:《黄金》,《琼斯皇》,《安娜·克里斯蒂》;<br>沃顿:《天真时代》;<br>布鲁克斯批评专著:《马克·吐温的严峻考验》。 | 奥尼尔获普利策戏剧奖;<br>里德去世;<br>纽约与旧金山之间开始航空邮递业务;<br>第14次人口普查。 |

| | | |
|---|---|---|
| 1921 | 多斯·帕索斯:《三个士兵》;<br>穆尔:《诗集》;<br>格拉斯佩尔:《界限》;<br>埃默里:《英雄》;<br>戴维斯:《弯路》;<br>罗宾逊:《诗集》;<br>S. 安德森短篇小说集:《鸡蛋的胜利》;<br>奥尼尔:《毛猿》;<br>多伦:《论美国小说》。 | 华伦·哈定就任总统;<br>国会通过《移民紧急限额法》;<br>《两面派》《评论员》和《抒情诗》等创刊;<br>盖尔获普利策戏剧奖;<br>劳工部公布失业人数达 500 万;<br>华盛顿限制军备会议召开,重申所谓对华"门户开放原则"。 |
| 1922 | 艾略特:《荒原》;<br>桑德堡:《大峡谷石壁夕照》;<br>肯明斯:《巨室》;<br>凯瑟:《我们中的一个》;<br>刘易斯:《巴比特》;<br>刘易索恩:《向上流》;<br>菲茨杰拉德:《美丽与毁灭》。 | 《逃逸者》(1922—1925)创刊;<br>罗宾逊获普利策奖;<br>奥尼尔获普利策戏剧奖;<br>煤矿和铁路工人罢工;<br>林肯纪念堂落成;<br>库特·冯尼格特诞生;<br>电话发明者贝尔去世。 |
| 1923 | 肯明斯:《郁金香与烟囱》;<br>莱斯:《加算器》;<br>海明威:《三篇故事和十首诗》;<br>埃默里:《污点》;<br>戴维斯:《冰封》;<br>多斯·帕索斯:《夜晚的街道》;<br>凯瑟:《一个迷途的女人》;<br>奎因:《美国戏剧史》;<br>史蒂文斯:《风琴》。 | 戴维斯获普利策戏剧奖;<br>《复仇的上帝》在百老汇演出;<br>美国共产党取得合法地位;<br>卡尔弗顿创办《现代季刊》杂志;<br>米莱获普利策奖;<br>哈定总统病逝,卡尔文·柯立芝就任总统;<br>诺曼·梅勒诞生。 |
| 1924 | 奥尼尔:《上帝的儿女都有翅膀》;《榆树下的欲望》;<br>霍华德:《他们知道需要什么》;<br>凯利:《炫耀》;<br>亨德里克:《美国的犹太人》;<br>马克·吐温:《自传》;<br>迪金森:《诗全集》;<br>M. 安德森:《荣誉值几个钱》;<br>莱斯:《街景》;<br>海明威:《在我们的时代》。 | 弗罗斯特获普利策奖;<br>H. 休斯获普利策戏剧奖;<br>柯立芝当选总统;<br>国会制订《农业信贷法》;<br>黑人作家鲍德温诞生;<br>南方作家卡波特诞生;<br>米高梅影片公司成立;<br>新移民法案通过;<br>拉福莱特进步党运动。 |
| 1925 | 格拉斯哥:《荒芜的土地》;<br>凯瑟:《教授的住宅》; | 《逃逸者》停刊;<br>贝克教授创办了耶鲁戏剧学院; |

弗莱彻:《寓言》;
威廉斯:《美国的谷粮》;
刘易斯:《马丁·阿罗史密斯》;
菲茨杰拉德:《了不起的盖茨比》;
奥尼尔:《马可百万》和《布朗大神》;
埃默里:《插曲》;
凯利:《克雷格的妻子》;
多斯·帕索斯:《曼哈顿中转站》;
福克纳:《军饷》;
德莱塞:《美国的悲剧》;
艾略特:《空心人》。

霍华德获普利策奖;
洛克提出“新黑人”一说;
罗宾逊获普利策诗歌奖;
霍华德获普利策戏剧奖;
《纽约人》杂志创刊;
欧洲金融萧条;
田纳西州发生了反进化论的斯科普斯事件;
斯泰隆诞生。

1926
格拉斯哥:《浪漫主义喜剧演员》;
霍华德:《银索》;
克兰:《白色建筑群》;
弗莱彻:《亚当的枝脉》;
艾略特:《斗士斯威尼》;
H. D.:《羊皮纸》;
怀尔德:《卡巴拉》;
S. 安德森:《塔尔的童年》;
海明威:《太阳照常升起》;
凯利:《戴西·梅姆》;
休斯:《疲惫的布鲁斯》;
费尔柴尔德:《错误的熔炉》;
福克纳:《父亲亚伯拉罕》和《坟墓里的旗帜》;
桑德堡:《林肯传》(1926—1942)。

赫斯顿与休斯合作创办《火》;
《解放者》复刊,更名为《新群众》;
艾米·洛厄尔获普利策诗歌奖;
凯利获普利策戏剧奖;
“每月书评俱乐部”创建;
美国实行“禁酒法”;
伦敦与纽约之间实现无线电通话;
R. E. 伯德和 F. 贝内特驾驶的飞机首次在北极上空飞行;
通过法律禁止铁路运输业举行罢工。

1927
凯瑟:《死神迎接大主教》;
斯泰因:《四个圣人三幕戏》;
刘易斯:《埃尔默·甘特利》;
海明威:《没有女人的男人》;
贝尔曼:《第二个男人》;
巴里:《奔赴巴黎》;
凯利:《瞧这新郎》;
奥尼尔:《奇异的插曲》;
斯沫特莱:《大地的女儿》;
叶捷斯卡:《傲慢的乞丐》;
帕灵顿:《美国思想史主流》(第一、二卷);

多斯·帕索斯协助创建“新剧作家剧团”;
第一部有声电影《爵士歌唱家》上映;
格林获普利策戏剧奖;
首次电视公开表演;
密西西比河下游发生水灾;
C. A. 林德伯格首次飞越大西洋;
斯佩耶获普利策诗歌奖。

| | | |
|---|---|---|
| | 辛克莱:《石油》;<br>舍伍德:《通向罗马之路》;<br>怀尔德:《圣路易·雷桥》。 | |
| 1928 | H. D.:《海迪勒斯》;<br>弗莱彻:《黑岩》;<br>弗罗斯特:《西流溪》;<br>桑德堡:《早上好,美国》;<br>巴尼斯:《赖德》和《女士年鉴》;<br>刘易索恩:《内陆岛》。 | 《逃逸者诗选》出版;<br>莱斯与巴里合作创作《科克·罗宾》;<br>剧作家阿尔比诞生;<br>多斯·帕索斯访问苏联;<br>7月6日斯诺来中国上海;<br>罗宾逊获普利策诗歌奖;<br>奥尼尔获普利策戏剧奖;<br>《美国文学》创刊;<br>第一批彩色电影在纽约州献映。 |
| 1929 | 巴尼斯:《马夜》;<br>刘易斯:《多兹沃思》;<br>海明威:《永别了,武器》;<br>福克纳:《沙多里斯》和《喧哗与骚动》;<br>莱斯:《街景》和《地铁》;<br>凯利:《玛吉,好样的》;<br>斯坦贝克:《金杯》;<br>刘易索恩:《中途》;<br>达尔堡:《底层人》;<br>沃尔夫:《天使,望家乡》;<br>艾肯:《诗集》。 | 纽约股票市场崩溃,出现经济大恐慌;<br>莱斯获普利策戏剧奖;<br>S. V. 贝内特获普利策诗歌奖;<br>胡佛当选总统;<br>曾虚白出版《美国文学 ABC》。 |
| 1930 | 克兰:《桥》;<br>奥登:《两面清账》;<br>波特:《盛开的犹大花及其他故事》;<br>福克纳:《我弥留之际》;<br>考夫曼:《千载难逢》;<br>戈尔德:《犹太人没有钱》;<br>莱斯:《布里利亚之行》;<br>怀尔德:《安德鲁斯的妇女》;<br>休斯:《并非没有笑声》;<br>燕卜荪:《含混七型》;<br>多斯·帕索斯:《北纬四十二度》。 | 《意象派诗集》出版;<br>刘易斯获诺贝尔文学奖;<br>美国共产党员人数达 7 000 人;<br>艾肯获普利策诗歌奖;<br>康乃利获普利策戏剧奖;<br>杨骚翻译出版《犹太人没有钱》;<br>失业人数达 400 万,年底达 700 万;<br>首次运行电气火车;<br>第 15 次人口普查;<br>美国失业工人举行大规模示威游行;<br>钱歌川翻译出版了辛克莱的《地狱》;<br>曾虚白译《圣路易·雷桥》(译名《断桥》);<br>曾鸿译《震撼世界的十日》(译名《震动世界之十日》); |

| | | |
|---|---|---|
| | | 古有成翻译奥尼尔的《加勒比斯之月》。 |
| 1931 | H. D.:《装饰青铜的红玫瑰》;<br>赛珍珠:《大地》;<br>福克纳:《圣殿》;<br>莱斯:《左岸》和《法律顾问》;<br>舍伍德:《道德骑士》;<br>韦斯特:《鲍尔索·斯奈尔的梦幻生活》;<br>威尔逊:《阿克塞尔的城堡》;<br>奥尼尔:《悲悼》三部曲;<br>凯瑟:《岩石上的阴影》。 | “同仁剧社”组建;<br>弗罗斯特获普利策诗歌奖;<br>格拉斯佩尔获普利策戏剧奖;<br>经济状况继续恶化,900万人失业;<br>哈德逊河大桥通车;<br>全国失业工人向华盛顿进军;<br>古有成翻译奥尼尔的《天边外》;<br>《星条旗》被定为美国国歌;<br>帝国大厦落成;<br>“胡佛计划”发表;<br>爱迪生去世;<br>杨昌溪译《没有钱的犹太人》(译名《无钱的犹太人》)。 |
| 1932 | 赛珍珠:《儿子们》;<br>福克纳:《八月之光》;<br>多斯·帕索斯:《一九一九年》;<br>斯坦贝克:《天国牧场》;<br>法雷尔:《少年朗尼根》;<br>布鲁迪:《没有人挨饿》;<br>考德威尔:《烟草路》;<br>戈尔德:《一亿二千万》;<br>达尔堡:《从洪水到大劫》;<br>叶捷斯卡:《我什么也不是》;<br>卡尔弗顿:《美国文学的解放》;<br>波特:《中午酒》;<br>C. 德沃托:《马克·吐温的美国》。 | 狄伦获普利策诗歌奖;<br>考夫曼获普利策戏剧奖;<br>第十届奥林匹克运动会在洛杉矶开幕;<br>约翰·厄普代克诞生;<br>全国农民罢工协会成立;<br>镇压退伍军人的“华盛顿战役”;<br>罗斯福当选总统;<br>白华译《大街》;<br>林宜生译《大地的女儿》;<br>伍蠡甫译《儿子们》。 |
| 1933 | 斯泰因:《艾丽斯自传》;<br>M. 安德森:《参众两院》;<br>莱斯:《我们,人民》;<br>金斯利:《穿白大褂的男人》;<br>肯洛伊:《剥夺了继承的人》;<br>考德威尔:《上帝的小田亩》;<br>斯诺:《远东前线》;<br>韦斯特:《孤心小姐》;<br>希克斯:《伟大的传统》。 | 德国希特勒上台,纳粹党执政;<br>斯诺夫妇定居北京(北平);<br>韦斯特为好莱坞“哥伦比亚电影公司”编剧;<br>M. 安德森获普利策戏剧奖;<br>麦克利许获普利策诗歌奖;<br>罗斯福就任总统,并推行“新政”;<br>银行重新开业,经济开始复苏;<br>美国承认苏联,建立外交关系; |

| | | |
|---|---|---|
| | | 爱因斯坦等一批德国科学家流亡美国；<br>签订《泛美公约》，并宣布睦邻政策；<br>国家复兴署设立；<br>张万里、张铁笙译《大地》；<br>胡仲持译《大地》；<br>郭冰岩译《东风西风》；<br>张越瑞著有《美利坚文学》。 |
| 1934 | 菲茨杰拉德：《夜色温柔》；<br>海尔曼：《儿童时代》；<br>赛珍珠：《母亲》；<br>达尔堡：《消失的人》；<br>莱斯：《审判日》；<br>法雷尔：《朗尼根的青年时代》；<br>赫斯顿：《约拿的葫芦藤》；<br>奥尔森：《铁嗓子》；<br>海尔泼：《在岸上》；<br>韦斯特：《难圆发财梦》；<br>斯沫特莱：《中国红军在前进》；<br>奥德茨：《醒来歌唱》；<br>罗思：《叫它睡眠》；<br>伊斯曼：《穿制服的艺术家们》；<br>斯莱辛格：《不可占有的》；<br>米勒：《北回归线》。 | 《同路人评论》创刊；<br>纺织工人总罢工；<br>全国经济状况有所好转，股票行情开始看涨；<br>颁布《黄金储备法》；<br>美国证券交易委员会成立；<br>美国自由同盟成立；<br>金斯利获普利策戏剧奖；<br>邵宗汉译《母亲》。 |
| 1935 | 史蒂文斯：《秩序的观念》；<br>斯泰因：《美国讲演集》；<br>赛珍珠：《分家》；<br>舍伍德：《化石林》；<br>金斯利：《死胡同》；<br>洛克塞：《飞行原理》；<br>怀尔德：《我的归宿在天上》；<br>艾略特：《大教堂凶杀案》；<br>赫斯顿：《骡子与人》；<br>休斯：《混血儿》；<br>考德威尔：《雇工》；<br>法雷尔：《审判日》；<br>奥德茨：《等待莱弗蒂》；<br>沃尔夫：《时间与河流》。 | 穆尔获里文顿诗歌奖；<br>艾金斯获普利策戏剧奖；<br>第一次作家代表大会召开；<br>罗斯福总统提出《社会保险法》、《国家产业复兴法》、《全国劳工关系法》等法案；<br>通过《全国劳工关系法》；<br>通过中立法；<br>福特基金会正式成立；<br>全国黑人大会成立。 |

| | | |
|---|---|---|
| 1936 | 史蒂文斯:《夜枭的苜蓿》;<br>桑德堡:《人民,行》;<br>弗罗斯特:《又一重山脉》;<br>穆尔:《穿山甲及其他》;<br>海尔曼:《未来的日子》;<br>巴尼斯:《奈特伍德》;<br>赛珍珠:《异乡客》和《战斗的天使》;<br>福克纳:《押沙龙,押沙龙!》;<br>布思:《女人们》;<br>多斯·帕索斯:《赚大钱》;<br>金斯利:《千万个幽灵》;<br>凯利:《大显荣耀》;<br>法雷尔:《我从未建造的世界》;<br>休斯:《小汉姆》;<br>斯坦贝克:《胜负未决》;<br>罗尔夫:《致我的同龄人》;<br>米切尔:《飘》;<br>欧文·肖:《埋葬死者》;<br>布鲁克斯:《新英格兰的繁荣》。 | 奥尼尔获诺贝尔文学奖;<br>科芬获普利策诗歌奖;<br>格拉斯佩尔出任联邦戏剧计划中西部导演;<br>舍伍德获普利策戏剧奖;<br>6月,斯诺经西安去陕北苏区采访;<br>500万失业工人恢复工作;<br>“劳联”与“产联”发生矛盾冲突;<br>赵家璧出版论著《新传统》;<br>王实味翻译《奇异的插曲》;<br>由稚吾译《大地》;<br>常吟秋译《分家》(译名《分裂了的家庭》);<br>夏征农等译《并非没有笑声》(译名《不是没有笑的》)。 |
| 1937 | 史蒂文斯:《弹蓝吉他的人及其他》;<br>海明威:《有钱人和没钱人》;<br>巴里:《美好时光》;<br>斯坦贝克:《人鼠之间》;<br>M.安德森:《国王的面具》;<br>赫斯顿:《他们眼望上苍》;<br>斯诺:《红星照耀中国》;<br>斯沫特莱:《伟大的道路》;<br>奥德茨:《天之骄子》;<br>麦克利许:《城市的陷落》。 | 赵萝蕤翻译的《荒原》出版;<br>赖特任《工人日报》哈莱姆区编辑;<br>《党派评论》季刊改组;<br>弗罗斯特获普利策诗歌奖;<br>考夫曼获普利策戏剧奖;<br>芝加哥钢铁工人罢工;<br>“产联”被“美国劳工联合会”取缔;<br>失业人数仍有700多万。 |
| 1938 | 门罗:《一个诗人的一生》;<br>海明威:《第五纵队》;<br>怀尔德:《小城风光》;<br>赫斯顿:《告诉我的马》;<br>赖特:《汤姆叔叔的孩子们》;<br>法雷尔:《没有星辰陨落》;<br>费尔林:《死亡推算》; | 赛珍珠获诺贝尔文学奖;<br>弗莱彻的《诗选》获普利策奖;<br>奥登来中国作为期四个月的访问,并写下了十四行组诗《战时》;<br>格拉斯佩尔继任联邦戏剧计划中西部导演;<br>刘易斯当选为美国文学艺术院院士; |

威尔逊:《三个思想家》;
莱斯自编自导《美国风景》;
布鲁克斯与沃伦:《理解诗歌》。
扎妥莱恩斯卡获普利策诗歌奖;
怀尔德获普利策戏剧奖;
“慕尼黑协定”;
卡尔森发明静电复印术;
产业工会联合会成立;
托马斯·沃尔夫去世;
非美活动调查委员会成立。

1939 昂特迈耶:《从另一个世界来》;
波特:《灰白马,灰白骑士》;
钱德勒:《大眠》;
巴里:《费城的故事》;
金斯利:《我们创造的世界》;
海尔曼:《小狐狸》;
洛克塞:《风向》;
艾略特:《合家团圆》;
赫斯顿:《山人摩西》;
斯坦贝克:《愤怒的葡萄》;
考德威尔:《七月风波》;
韦斯特:《蝗灾的日子》;
米勒:《南回归线》;
奥尼尔:《卖冰人来了》;
沃伦:《黑色骑者》;
沃尔夫:《罗网与磐石》;
萨罗扬:《我的心在高原》。
贝尔曼脱离“戏剧公会”,参与组建“剧作家剧团”;
于伶、包可华翻译了莱斯的《法律顾问》,并更名为《上海一律师》;
奥德茨的《奥德茨剧作六种》出版;
美国共产党人数发展至 75 000 人;
弗莱彻获普利策诗歌奖;
舍伍德获普利策戏剧奖;
苏德签订互不侵犯条约;
德国侵占捷克、波兰;
英、法对德宣战;
罗斯福宣布美国中立;
纽约世界博览会召开;
原子能武器研究委员会成立,并开始研制原子弹;
电影《飘》引起轰动;
顾仲彝翻译奥尼尔的《天边外》;
戴平万译赛珍珠的《爱国者》。

1940 海明威:《丧钟为谁而鸣》;
钱德勒:《别了,我的爱人》;
舍伍德:《将没有夜晚》;
休斯:《大海》;
斯诺:《为亚洲而战》;
赖特:《土生子》;
法雷尔:《父与子》;
特里林:《弗洛伊德与文学》;
威尔逊:《驶往芬兰站》;
沃尔夫:《你不能再回家》;
凯瑟:《索菲拉的女奴》;
萨罗扬:《我的名字叫阿拉姆》。
萨罗扬获普利策戏剧奖;
多林获普利策诗歌奖;
通过“外侨登记条例”的史密斯法;
通过《两洋海军扩充法案》;
选征兵役制实施;
菲茨杰拉德去世;
唐长孺译《东风西风》;
林疑今译《永别了,武器》(译名《战地春梦》)。

| | | |
|---|---|---|
| 1941 | 穆尔:《什么是岁月》;<br>菲茨杰拉德:《最后一位大亨》;<br>巴里:《自由的琼斯》;<br>海尔曼:《守望莱茵河》;<br>戈尔德:《空心人》;<br>威尔逊:《创伤与神弓》;<br>法斯特:《最后的边疆》;<br>兰色姆:《新批评》。 | 海明威夫妇赴中国访问;<br>斯诺返回美国;<br>12月,日本偷袭美国珍珠港;<br>培根获普利策诗歌奖;<br>舍伍德获普利策戏剧奖;<br>英美签署"大西洋宪章";<br>罗斯福第三次连任总统,发表了"四大自由"演说;<br>美国占领格陵兰;<br>《公民凯恩》上映;<br>罗斯福总统发表"炉边谈话";<br>美国对日宣战;<br>小说家安德森去世;<br>谢庆尧译《丧钟为谁而鸣》(译名《战地钟声》);<br>唐允魁译《分家》、《儿子们》。 |
| 1942 | 弗罗斯特:《标志树》;<br>史蒂文斯:《世界各地》;<br>怀尔德:《九死一生》;<br>赛珍珠:《龙种》;<br>休斯:《莎士比亚在哈莱姆》;<br>福克纳:《下去,摩西》;<br>费尔林:《克拉克·吉福德的孩子》;<br>斯坦贝克:《月亮下去了》。 | 德国法西斯对犹太人执行"最后解决方案";<br>德国民族社会党在柏林举行"万湖会议";<br>W. R. 贝内特获普利策诗歌奖;<br>英美联军在北非登陆;<br>冯亦代翻译《第五纵队》。 |
| 1943 | 钱德勒:《湖中女子》;<br>莱斯:《新生》;<br>金斯利:《爱国者》;<br>斯沫特莱:《中国的战歌》;<br>多斯·帕索斯:《头号人物》;<br>希克斯与沃伦:《理解小说》;<br>法斯特:《公民潘恩》;<br>萨罗扬:《人间喜剧》。 | 弗罗斯特获普利策诗歌奖;<br>怀尔德获普利策戏剧奖;<br>苏、美、英德黑兰首脑会议;<br>中、美、英三国开罗会议;<br>时年,因遭德国法西斯迫害而流入美国的人数达60万;<br>底特律种族骚乱;<br>匹兹堡煤矿工人罢工;<br>楼风翻译《人鼠之间》;<br>《龙种》中文版出版;<br>冯亦代译海明威《蝴蝶与坦克》;<br>赵家璧译《月亮下去了》;<br>秦戈船译《月亮下去了》(译名《月落乌 |

啼霜满天》》；
傅东华译《飘》；
袁俊译《审判日》。

1944 肯明斯：《1×1》；
波特：《斜塔和其他小说》；
海尔曼：《彻骨寒风》；
考德威尔：《悲惨的境地》；
斯诺：《人民在我们这边》；
洛克塞：《看得见的畜生》；
布鲁克斯：《华盛顿·欧文的世界》。

刘易索恩出任《新巴勒斯坦报》编辑；
S. V. 贝内特获普利策诗歌奖；
罗斯福第四次就任总统；
英美联军在法国登陆；
胡曦翻译出版多伦的《现代美国小说》；
艾肯发明"马克Ⅰ型"计算机；
白劳德解散共产党；
签署《军人重新安置法》；
柳无忌译《人间喜剧》（译名《人类的喜剧》）；
赫尔国务卿辞职；
《千金之子》（《天之骄子》）中译本出版。

1945 弗罗斯特：《理智假面具》；
史蒂文斯：《恶之美学》；
菲茨杰拉德：《崩溃》；
莱斯：《梦幻姑娘》；
舍伍德：《崎岖的路》；
赖特：《黑孩子》；
斯坦贝克：《罐头厂街》；
斯诺：《苏联的权力结构》；
勃克：《动机规范论》；
法雷尔：《庸人们的结盟》；
威廉斯：《玻璃动物园》。

杜鲁门出任总统，"公平施政"；
原子弹问世；
四星上将巴顿死于车祸；
5月，德国战败；
8月，日本宣布投降；
夏毕洛获普利策诗歌奖；
玛丽·蔡斯获普利策戏剧奖；
冯亦代翻译《守望莱茵河》。

1946 赛珍珠：《闺阁》；
凯利：《致命的弱点》；
海尔曼：《丛林深处》；
考德威尔：《高原世家》；
费尔林：《大钟》；
法雷尔：《美国文学的命运》。

克劳斯和林赛获普利策戏剧奖；
侯鸣皋译金斯利《爱国者》（译名《民主元勋》）；
董秋斯译《烟草路》。

1947 M. 安德森：《外百老汇》；
赫斯顿：《萨沃尼的六翼天使》；
斯坦贝克：《不如意的巴士》和《珍珠》；

赖特离开美国赴法国定居；
罗伯特·洛厄尔获普利策诗歌奖；
原子能委员会成立；

| | | |
|---|---|---|
| | 斯诺:《斯大林需要和平》;<br>法雷尔:《文学与道德》。 | 马歇尔出任国务卿;<br>杜鲁门主义出台;<br>正式通过《劳资关系法》;<br>好莱坞10名电影工作者因不与非美活动调查委员会合作而遭逮捕,史称“好莱坞十人团案件”;<br>黄朱绮译《黑孩子》;<br>重禾译《月亮下去了》(译名《月落乌啼霜满天》)。 |
| 1948 | 赛珍珠:《牡丹》;<br>M. 安德森:《安妮的岁月》;<br>舍伍德:《罗斯福和霍普金斯》;<br>奥德茨:《大刀》。 | 威廉斯获普利策戏剧奖;<br>奥登获普利策诗歌奖;<br>晶体管发明;<br>聂淼翻译《安娜·克里斯蒂》;<br>董秋斯翻译《杰克·伦敦传》;<br>陈澄之译《闺阁》(译名《深闺里》);<br>傅又信翻译金斯利的《爱国者》。 |
| 1949 | 赛珍珠:《同胞》;<br>金斯利:《侦探故事》;<br>多斯·帕索斯:《伟大的设想》。 | P. 维尔莱克获普利策诗歌奖;<br>庞德获博林根诗歌奖;<br>杜鲁门总统提出对外扩张的“第四点计划”,即“以技术援助落后地区的原则”;<br>“幸运小姐”2号环球飞行成功;<br>29州钢铁工人大罢工;<br>冯亦代翻译出版卡津的《现代美国文艺思潮》;<br>荒芜翻译《悲悼》;<br>马彦祥译海明威的《在我们的时代里》;<br>马彦祥译《没有女人的男人》;<br>洪深翻译《千载难逢》(译名《人生一世》)。 |
| 1950 | 海明威:《过河入林》;<br>斯坦贝克:《亮堂堂》;<br>叶捷斯卡:《系在白马上的红丝带》;<br>奥德茨:《乡村姑娘》;<br>勃克:《动机修辞论》;<br>刘易索恩:《美国犹太人》;<br>威尔逊:《经典著作与畅销书》。 | 福克纳获诺贝尔文学奖;<br>布鲁克斯获普利策诗歌奖;<br>麦卡锡主义盛行;<br>国家安全委员会颁布第68号文件,大力发展美国防务力量,对敌国奉行遏止政策;<br>关岛实行自治;<br>美国宣布紧急状态。 |

# 二、主要参考书目


Abbott, Craig S. *Marianne Moore: A Reference Guide*. Boston: G. K. Hall, 1978.

Adams, Hazard. *Critical Theory Since Plato*. New York: Harcourt Brace Jovanovich, 1971.

Alexander Doris. *Eugene O'Neill's Creative Struggle: The Decisive Decade, 1924 - 1933*. University Park: The Pennsylvania State University Press, 1992.

Anderson, Paul Russel. *Philosophy in America*. New York: Octagon Books, 1939.

Anderson, Sherwood. *A Story Teller's Story*. New York: Grove Press, 1958.

—. *Poor White*. New York: Modern Library, 1925.

—. *Tar: A Midwest Childhood*. New York: Boni and Liverright, 1926.

—. *Winesburg, Ohio*. New York: Viking, 1976.

Auden, W. H. *The Dyer's Hand*. London: Faber and Faber, 1962.

Baechler, Lea et al., ed. *Modern American Women Writers*. New York: Charles Scribner's Son, 1991.

Baldwin, Nell. *To All Gentleness: William Carlos Williams, the Doctor Poet*. New York, 1984.

Barnes, Djuna. *Collected Stories*. Los Angeles: Sun & Moon Press, 1996.

—. *Nightwood*. London & Boston: Faber and Faber, 1963.

—. *Nightwood*. New York: New Directions, 1946.

Bayley, Isabel, ed. *Letters of Katherine Anne Porter*. New York: Atlantic Monthly Press, 1990.

Beach, Joseph Warren. *American Fiction, 1920 - 1940*. New York: Atheneum, 1972.

Beckett, Lucy. *Wallace Stevens*. London: Cambridge University Press, 1974.

Behr, Caroline. *T. S. Eliot: A Chronology of His Life and Works*. London and Basingstoke: The MacMillan Press Ltd., 1983.

Bell, Bernard W. *The Afro-American Novel and Its Tradition*. Amherst: The University of Massachusetts, 1987.

Bercovitch, Sacvan. *Reconstructing American Literary History*. Cambridge, Mass.: Harvard University Press, 1986.

Bigsby, C. W. E. *A Critical Introduction to Twentieth Century American Drama*. Vol. 1. Cambridge: Cambridge University Press, 1982.

Billington, Monre. *The American South: A Brief History*. New York: Scribner's Sons,

1971.

Blair, Walter. *American Literature: A Brief History*. Chicago: Scott, Foresman, 1964.

Bloom, Harold, ed. *Wallace Stevens*. New York: Chelsea House Publishers, 1985.

—, ed. *Zora Neale Hurston*. New York: Chelsea House, 1986.

Blotner, Joseph. *Faulkner: A Biography*. New York: Random House, 1984.

Bodenheim, Maxwell. *A Virtuous Girl*. New York: Mayfair Publishing Co., 1930.

—. *Ninth Avenue*. New York, 1926.

—. *Returning to Emotion*. New York: Boni & Liveright, 1927.

—. *Sardonic Arm*. Chicago: Covici-McGee, 1923.

Bradbury, John M. *Renaissance in the South: A Critical History of the Literature, 1920–1960*. Chapel Hill: The University of North Carolina Press, 1963.

Bradbury, Malcolm. *The Modern American Novel*. New York: Viking, 1992.

Bressler, Charles E. *Literary Theory: An Introduction to Theory and Practice*. Upper Saddle River, New Jersey: Prentice Hall, Inc., 1999.

Brooks, Cleanth. *The Well Wrought Urn*. New York: Harcourt, Brace & World Inc., 1947.

—. *Toward Yoknapatawpha and Beyond*. New Haven: Yale University Press, 1978.

Browne, E. M. *The Dramatic Verse of T. S. Eliot*. New York: Cambridge University Press, 1948.

Bruccoli, Matthew J., ed. *Chandler Before Marlowe: Raymond Chandler's Early Prose and Poetry, 1908–1912*. Columbia: University of South Carolina Press, 1973.

Brustein, Robert. *The Theater of Revolt*. Boston, 1964.

Buck, Pearl S. *My Several Worlds: A Personal Record*. New York: John Day, 1954.

Buttel, Robert. *The Making of "Harmonium."* Princeton: Princeton University Press, 1967.

Cahan, Abraham. *The Imported Bridegroom and Other Stories of the New York Ghetto*. New York: Garrett Press, 1968.

Carpenter, Frederick. *Eugene O'Neill*. Boston: Twayne, 1979.

Cather, Willa. *Not Under Forty*. New York: Alfred A. Knopf, 1936.

—. *One of Ours*. New York: Alfred A. Knopf, 1922.

—. *Willa Cather's Collected Short Fiction*. Lincoln: University of Nebraska Press, 1965.

Chambers, John B. *The Novels of F. Scott Fitzgerald*. London: The Macmillan Press, 1989.

Chametzky, Jules, et al., eds. *Jewish American Literature: A Norton Anthology*. New York and London: W. W. Norton, 2001.

Chandler, Raymond, and Robert B. Parker. *Poodle Springs*. Leicester: Charnwood, 1991.

Chandler, Raymond. *Killer in the Rain*. London: Hamish Hamilton, 1970.

—. *Pearls Are a Nuisance*. London: Hamish Hamilton, 1958.

—. *Playback*. London: Hamish Hamilton, 1958.

—. *Raymond Chandler: Stories and Early Novels*. New York: The Library of America, 1995.

—. *Smart-Aleck Kill*. London: Penguin Books Ltd. 1964.

—. *The Big Sleep*. London: Hamish Hamilton, 1967.

—. *The High Window*. London: Hamish Hamilton, 1967.

—. *The Lady in the Lake*. New York: Alfred A. Knopf, 1943.

—. *The Simple Art of Murder*. New York: Vintage Books, 1950; rpt., 1988.

—. *Trouble Is My Business*. New York: Vintage Books, 1950; rpt., 1992.

Claridge, Henry, ed. *F. Scott Fitzgerald: Critical Assessments*. Vol. Ⅱ. Mountfield: Helm Information Ltd., 1991.

Clarke, Graham, ed. *T. S. Eliot: Critical Assessments*. 4 Vols. London: Christopher Helm, 1990.

Comerchero, Victor. *Nathanael West: The Ironic Prophet*. New York: Syracuse University Press, 1964.

Conarroe, Joel. *William Carlos Williams' Paterson: Language and Landscape*. Philadelphia: University of Pennsylvania Press, 1970.

Conn, Peter. *Literature in America: an Illustrated History*. Cambridge [England]: Cambridge University Press, 1989.

—. *Pearl S. Buck: A Cultural Biography*. New York: Cambridge University Press, 1996.

Cowan, Louise. *The Fugitive Group: A Literary History*. Louisiana: State University Press, 1959.

Cowley, Malcom. *And I Worked at the Writer's Trade*. New York: The Viking Press, 1978.

Cox, James M., ed. *Robert Frost: A Collection of Critical Essays*. Englewood Cliffs: Prentice-Hall, Inc., 1962.

Croll, Elizabeth. *Wise Daughters from Foreign Lands — European Women Writers in China*. London: Pandora, 1989.

Crowley, Alice Lewisohn. *The Neighborhood Playhouse: Leaves from a Theater Scrapbook*. New York: Theater Arts, 1959.

Cummings, E. E. *Selected Letters of E. E. Cummings*. Ed. F. W. Dupee and George Stade. New York: Harcourt, Brace and World, 1969.

Dearborn Independent. *Aspects of Jewish Power in the United States: Vol. IV of the International Jew, the World's Foremost Problem; Being a Reprint of a Fourth Selection of Articles from the Dearborn Independent*. Dearborn, Mich., The Dearborn Publishing Co., 1922.

Demastes, William W., ed. *American Playwrights 1880 – 1945: A Research and Production Sourcebook*. Westport, Conn.: Greenwood Press, 1995.

Donaldson, Scott, ed. *The Cambridge Companion to Hemingway*. Cambridge and New York: Cambridge University Press, 1996.

Dos Passos, John. *Manhattan Transfer*. Boston: Houton Millfin, 1953.

—. *Three Plays*. New York: Harcourt, Brace and Company 1934.

Downer, Alan S. *Fifty Years of American Drama, 1900 –1950*. Chicago: First Gateway Edition, 1966.

Doyle, Charles. *William Carlos Williams and the American Poem*. London: The Macmillan Press Ltd., 1982.

Dukore, Bernard Frank. *American Dramatists 1918 – 1945*. London: Macmillan Publishers, 1984.

Durham, Frank. *Elmer Rice*. New York: Twayne Publishers, Inc., 1970.

Downer, Alan S. *Fifty Years of American Drama, 1900 –1950*. Chicago: First Gateway Edition, 1966.

Eagleton, Terry. *Literary Theory: An Introduction*. Minneapolis: University of Minnesota Press, 1983.

Eliot, T. S. *Elizabethan Dramatists*. London: Faber & Faber, 1962.

—. *Elizabethan Dramatists*. London: Faber & Faber, 1962.

—. *On Poetry & Poets*. London: Faber & Faber, 1957.

—. *Selected Essays*. London, 1932.

—. *Selected Essays*. New York: Harcourt, Brace & World, Inc., 1960.

—. *The Cocktail Party*. Buenos Aires, Emece, 1950.

—. *The Complete Poems and Plays of T. S. Eliot*. London and Boston: Faber and Faber, 1969.

—. *The Complete Poems and Plays, 1909 –1950*. New York: Harcourt, Brace & World, 1952.

—. *The Elder Statesman*. New York: Farrar, Straus and Cudahy, 1959.

—. *The Use of Poetry and the Use of Criticism*. London: Faber & Faber, 1964.

—. *To Criticize the Critic and Other Writings*. New York: Octagon Books, 1980.

Elliott, Emory et al., eds. *Columbia Literary History of the United States*. New York: Columbia University Press, 1987.

—. *The Columbia History of the American Novel*. New York: Columbia University Press, 1991.

Ellmann, Richard, and Robert O'Clair, eds. *The Norton Anthology of Modern Poetry*. New York & London: W. W. Norton & Company, 1988.

Faggen, Robert, ed. *The Cambridge Companion to Robert Frost*. Cambridge: Cambridge University Press, 2001.

Falk, Doris V. *Lillian Hellman*. New York: Ungar, 1978.

—. *Eugene O'Neill and the Tragic Tension*. New Jersey: Rutgers University Press, 1958.

Farrell, James T. *Reflections at Fifty & Other Essays*. New York: Vanguard Press, 1954.

—. *Studs Lonigan: A Trilogy*. Urbana & Chicago: University of Illinois Press, 1993.

Faulkner, William. *Selected Letters*. Ed. Joseph Blotner. New York: Random House, 1977.

Field, Andrew. *Djuna, The Life and Times of Djuna Barnes*. New York: Putnam, 1983.

Fitzgerald, F. Scott. *The Crack-Up*. Ed. Edmund Wilson. New York: New Directions, 1962.

—. *The Portable F. Scott Fitzgerald*. New York: Scriber's, 1945.

Fletcher, John Gould. *Life Is My Song*. New York & Toronto: Farrar & Rinehart, 1937.

Flint, F. Cudworth. *Amy Lowell*. 1969.

Floyd, Virginia. *The Plays of Eugene O'Neill: A New Assessment*. New York: F. Ungar Pub., Co., 1985.

Friedman, Norman. *E. E. Cummings: The Growth of a Writer*. Carbondale: Southern Illinois University Press, 1964.

Frye, Northrop. *Spiritus Mundi: Essays on Literature, Myth, and Society*, Bloomington: Indiana University Press, 1976.

Frye, Steven. "Fitzgerald's Catholicism Revisited: The Euchatistc Element in *The Beautiful and Damned*." Eds. Jackson R. Bryer, Alan Margolies and Ruth Prigozy. *F. Scott Fitzgerald: New Perspectives*. Athens, Georgia: University of Georgia Press, 2000. 63–77.

Gassner, John. *The Theater in Our Times: A Survey of the Men, Materials, and Movements in the Modern Theater*. New York: Crown Publishers, 1963.

Gates, Henry Louis Jr., and K. A. Appiah, eds. *Zora Neale Hurston: Critical Perspectives Past and Present*. New York: Amistad Press, 1993.

Geertz, Clifford. *The Interpretation of Cultures*. New York: Basic Books, Inc., 1973.

Gelb, Arthur, and Barbara Gelb. *O'Neill: Life with Monte Cristo*.

Glaspell, Susan. *Lifted Masks and Other Works*. Ann Arbor: The University of Michigan Press, 1993.

Glicksberg, C. I. *American Literary Criticism, 1900–1950*. New York: Hendricks House, 1952.

Gold, Michael. *Jews without Money*. New York: H. Liveright, 1934.

Grant, Joanne. *Black Protest: History, Documents, and Analyses, 1619 to the*

*Present*. New York: Fawcett World Library, 1968.

Gray, Richard, ed. *American Poetry of the Twentieth Century*. Cambridge and New York: Cambridge University Press, 1976.

Greene, A. C. *The Fifty Best Books on Texas*. Dallas: Press Works Publishing, 1982.

Gross, Miriam, ed. *The World of Raymond Chandler*. London: Weidenfeld and Nicolson, 1977.

Gwyin, Frederick L. and Joseph Blotner, eds. *Faulkner in the University*. Charlottesville: University Of Virginia Press, 1959.

Hartley, Lodwick and George Core, eds. *Katherine Anne Porter: A Critical Symposium*. Athens: University of Georgia Press, 1969.

Helbling, Mark. *The Harlem Renaissance: The One and the Many*. Westport, CT.: Greenwood Press, 1999.

Helburn, Theresa. *A Wayward Quest*. Boston, 1960.

Hellman, Lillian. *Scoundrel Time*. Boston: Little, Brown and Company, 2000.

—. *Six Plays by Lillian Hellman*. New York: Random House, 1942.

Hemenway, Robert E. *Zora Neale Hurston: A Literary Biography*. Chicago: University of Illinois Press, 1977.

Hemingway, Ernest. *88 Poems*. Ed. Nicholas Gerogiannis. New York: Harcourt Brace Jovanovich, 1979.

Hecht, Ben. *Broken Necks*. Chicago: P. Covici, 1926.

Hendrick, Burton Jesse. *The Jews in America*. Garden City, New York: Doubleday, Page & Company, 1923.

Hicks, Granville et al., eds. *Proletarian Literature in the United States: An Anthology*. New York: International Publishers, 1935.

Hicks, Granville. *The Great Tradition*. Chicago: Quadrangle Books, 1969.

Hiney, Tom. *Raymond Chandler: A Biography*. London: Chatto & Windus, 1997.

Holloway, Karla. *The Character of the Word: The Texts of Zora Neale Hurston*. Westport, Conn.: Greenwood Press, 1987.

Hook, Andrew. *Dos Passos: A Collection of Critical Essays*. Englewood Cliffs, N. J.: Prentice-Hall, 1974.

Horton, Rod William, and Herbert W. Edwards. *Backgrounds of American Literary Thought*. Englewood Cliffs, N. J.: Prentice-Hall, Inc., 1974.

Howard, Lililie Pearl. *Zora Neale Hurston*. Boston: Twayne, 1980.

Hughes, Glenn. *A History of the American Theater: 1700 – 1950*. New York: Samuel French, 1951.

Hughes, Langston. *Not Without Laughter*. New York: Alfred. A. Knopf, Inc., 1930.

—. *The Big Sea*. New York: Hill and Wang, 1940.

Hurston, Zora Neale. *Dust Tracks on a Road*. New York: HarperCollins Publishing,

1991.

—. *Moses, Man of the Mountain*. New York: Harper Perennial, 1991.

—. *Seraph on the Suwanee*. New York: Harper Perennial, 1991.

—. *Their Eyes Were Watching God*. Urbana: University of Illinois Press, 1978.

Jelliffe, Robert. *Faulkner at Nagano*. 4th ed. Kenkyusha, 1966.

Jerspersen, T. Christopher. *American Images of China — 1931 - 1949*. Stanford: Stanford University Press, 1996.

Kazin, Alfred. *On Native Grounds*. New York: Harcourt Brace Jovanovich, Inc., 1970.

—. *Starting Out in the Thirties*. Boston: Little Brown, 1965.

Kernan, Alvin, ed. *The Modern American Theater*. Englewood Cliffs, N. J.: Prentice-Hall, 1967.

Kinnamon, Keneth. *The Emergence of Richard Wright*. Urbana: University of Illinois Press, 1972.

Koch, Vivienne. *William Carlos Williams*. Norfolk, Conn.: New Directions, 1950.

Krutch, Joseph Wood. *The American Drama Since 1918*. New York: Braziller, 1939.

Langner, Lawrence. *The Magic Curtain*. New York: E. P. Dutton, 1951.

Lathbury, Roger. *The Great Gatsby*. Farmington Hills: Gale, 2000.

Leitch, V. B. *American Literary Criticism from the Thirties to the Eighties*. New York: Columbia University Press, 1988.

Levenson, Michael, ed. *The Cambridge Companion to Modernism*. Cambridge: Cambridge University Press, 1999.

Lewis, Sinclair. *Babbitt*. New York: Harcourt Brace Jovanovich Inc., 1922.

—. *Main Street*. New York: Harcourt Brace Jovanovich Inc., 1920.

Lewisohn, Ludwig. *American Jew Character and Destiny*. New York: Farrar, 1950.

—. *Among the Nations: Three Tales and a Play About Jews*. Philadelphia: The Jewish Publication Society of America, 1948.

—. *An Altar in the Fields*. New York & London: Harper & Brothers, 1934.

—. *The Island Within*. New York: Harper and Brothers, 1928.

—. *Up Stream: An American Chronicle*. New York: Boni and Liveright Publishers, 1922.

Light, James F. *Nathanael West: An Interpretative Study*. Evanston, ILL.: Northwestern University Press, 1961.

Locke, Alain. *The New Negro*. New York: Atheneum, 1968.

Lovett, Robert Morss. "Introduction" to *The Short Stories of James T. Farrell*. New York: Halcyon House, 1941. xvii - xviii.

Lyons, Mary E. *Sorrow's Kitchen: The Life and Folklore of Zora Neale Hurston*. New York: Collier Books, 1993.

MacLeish, Archibald. *The Happy Marriage, and Other Poems*. New York: Houghton

Mifflin Company, 1924.
—. *The Irresponsibles; a Declaration*. New York: Duell, Sloan and Pearce, 1940.
MacShane, Frank. *The Life of Raymond Chandler*. Boston: G. K. Hall, 1986.
Magill, Frank N., ed. *Magill's Survey of American Literature*. New York: Salem Press, Inc., 1991.
Maine, Barry, ed. *Dos Passos: The Critical Heritage*. London: Routledge, 1988.
Manheim, Michael, ed. *The Cambridge Companion to Eugene O'Neill*. Cambridge and New York: Cambridge University Press, 1998.
Mantle, Burns, and Garrison D. Sherwood, eds. *The Best Plays of 1909 – 1919 and the Year Book of the Drama in America*. New York, 1933.
Mariani, Paul. *William Carlos Williams: A New World Naked*. New York: Mcgraw-Hill Book Company, 1981.
Marowski, Daniel G., and Roger Matuz, eds. *Contemporary Literary Criticism*. Vol. 35. Detroit: Gale Research Inc., 1988.
—. eds. *Contemporary Literary Criticism*. Vol. 48. Detroit: Gale Research Company, 1998.
—. eds. *Contemporary Literary Criticism*. Vol. 108. Detroit: Gale Research Company, 1985.
Maule Harry E. & Melville H. Cane. *A Sinclair Lewis Reader: The Man from Main Street*. New York: Random House, 1953.
Maxwell, D. E. S. *American Fiction: The Intellectual Background*. New York: Columbia University Press, 1963.
Mendelson, Edward, ed. *W. H. Auden: Collected Poems*. New York: Random House, 1976.
Meriwether, James and Michael Millgate, eds. *Lion in the Garden*. New York: Random House, 1968.
Miller, J. Hillis, and Roy Harvey Pearce, eds. *The Act of the Mind: Essays on the Poetry of Wallace Stevens*. Baltimore: Johns Hopkins University Press, 1965.
Miller, Jordan Y. & Winifred L. Frazer. *American Drama between the Wars: A Critical History*. Boston: G. K. Hall & Co., 1991.
Moody, A. David, ed. *The Cambridge Companion to T. S. Eliot*. Cambridge: Cambridge University Press, 1994.
Moore, Marianne. *The Complete Poems of Marianne Moore*. New York: Macmillan, 1967.
—. *The Selected Letters of Marianne Moore*. New York: Knopf, 1997.
Moy, James. *Marginal Sights — Staging the Chinese in America*. Iowa City: University of Iowa Press, 1993.
Nadel, Ira B., ed. *The Cambridge Companion to Ezra Pound*. Cambridge and New York:

Cambridge University Press, 1999.

Nelson, Cary. "The Diversity of American Poetry." Eds. Emory Elliot et al. *Columbia Literary History of the United States*. New York: Columbia University Press, 1988.

Newton, Michael, and Judy Ann. *The Ku Klux Klan: An Encyclopedia*. New York and London: Garland Publishing, Inc., 1991.

Nicoll, Allardyce. *British Drama*. New York: T. Y. Crowell Co., 1953.

Norman, Charles. *E. E. Cummings: The Magic-Maker*. Rev. ed. Indianapolis and New York: Bobbs-Merrill, 1972.

O'Neill, Eugene. *Long Day's Journey Into Night*. New Haven: Yale University Press, 1956.

Ornitz, Samuel. *Haunch, Paunch and Jowl*. New York: Garden City, 1923.

Osborne, Charles. *W. H. Auden: The Life of a Poet*. New York: Harcourt Brace Jovanovich, 1979.

Oster, Judith. *Toward Robert Frost: The Reader and the Poet*. Athens, Georgia: The University of Georgia Press, 1991.

Parker, Dorothy, and Elmer Rice. *Close Harmony, or The Lady Next Door, a Play in Three Acts*. New York, 1929.

Pearce, Roy Harvey. *The Continuity of American Poetry*. Princeton, NJ: Princeton University Press, 1961.

Pearson, B. W. *Economic History of the United States*. New York, 1981.

Perkins, David. *A History of Modern Poetry*. Cambridge and London: Harvard University Press, 1976.

Perkins , David. *A History of Modern Poetry: from the 1890s to the High Modernist Mode*. Cambridge & London: The Belknap Press, 1976.

Perkins, George et al., eds. *The American Tradition in Literature*. 6th Edition. New York: Random House, 1985.

Pfister, Joel. *Staging Depth: Eugene O'Neill and the Politics of Psychological Discourse*. Chapel Hill: University of North Carolina Press, 1995.

Pizer, Donald. *Dos Passos' U.S.A.* Charlottesville: University Press of Virginia, 1988.

Plumb, Cheryl J. *Fancy's Craft: Art and Identity in the Early Works of Djuna Barnes*. Selinsgrove: Susquehanna University Press, 1986.

Porter, Katherine Anne. *The Collected Stories of Katherine Anne Porter*. New York: Harcourt, Brace & World, Inc., 1965.

—. *Pale Horse, Pale Rider: Three Short Novels*. San Diego: Harcourt Brace & Company, 1967.

—. *The Collected Essays and Occasional Writings of Katherine Anne Porter*. New York: Delacorte Press, 1970.

—. *The Collected Stories*. Virago, 1985.

Pound, Ezra. *Selected Poems*. London: Faber & Gwer, 1928.

Prasad, Veena Rani. *Wallace Stevens: The Symbolic Dimensions of His Poetry*. Liverpool: Lucas, 1987.

Prigozy, Ruth, ed. *The Cambridge Companion to F. Scott Fitzgerald*. Cambridge: Cambridge University Press, 2002.

Quartermain, Peter, ed. *Dictionary of Literary Biography*. Vol. 45. Detroit: Gale Research Company, 1986.

Quennell, Peter & Hamish Johnson. *A History of English Literature*. London: Brent House, 1981.

Quinn, Arthur Hobson. *A History of American Drama from the Civil War to the Present Day*. New York: F. S. Crofts & Co., Publishers, 1937.

Rampersad, Arnold, ed. *The Collected Poems of Langston Hughes*. New York: Random House, Inc., 1994.

Ransom, John Crowe. *The World's Body*. New York: Scribner's, 1938.

Rathbun, John Wilbert. *American Literary Criticism*. Boston: Twayne, 1979.

Rexroth, Kenneth. *American Poetry in the Twentieth Century*. New York: The Seabury Press, 1971.

Rice, Elmer and Philip Barry. *Cock Robin, A Play in Three Acts*. New York, 1929.

Rice, Elmer. *Minority Report: An Autobiography*. New York: Simon & Schuster, 1963.

—. *The Adding Machine: A Play in Seven Scenes*. New York: Samuel French, 1929.

Riggle, Bob. "Paper Tigress: Pearl S. Buck's Critical Encounters with Revolutionary China." Ph. D. diss. Oxford University, 1994.

Rolfe, Edwin. *Collected Poems*. Ed. Cary Nelson & Jefferson Hendricks. Urbana: University of Illinois Press, 1993.

Roses, Lorraine Elena, and Ruth Elizabeth Randolph, eds. *Harlem's Glory: Black Women Writing, 1900 -1950*. Cambridge, Mass.: Harvard. University Press, 1996.

Salzman, Jack et al, eds. *Sherwood Anderson: The Writer at His Craft*. Mamaroneck, NY: Paul P. Appel, 1979.

Sandburg, Carl. *The Complete Poems of Carl Sandburg*. New York: Harcourt Brace Jovanovich, 1950.

Schorer, Mark. *Sinclair Lewis: A Collection of Critical Essays*. Englewood Cliffs: Prentice-Hall, Inc., 1962.

—. *Sinclair Lewis: An American Life*. New York: McGraw-Hill Book Company Inc., 1961.

Schwartz, Delmore. *Summer Knowledge: New and Selected Poems, 1938 -1958*. Garden City, New York: Doubleday, 1959.

Scott, Wilbur S. *Five Approaches of Literary Criticism*. New York: Macmillan

Publishing Co. , Inc. , 1962.

Sena, Vinod, and Rajiva Verma. *The Fire and the Rose: New Essays on T. S. Eliot*. Delhi: Oxford University Press, 1992.

Sergeant, Elizabeth Shepley. *Willa Cather: A Memoir*. Lincoln: University of Nebraska Press, 1963.

Singh, Amritjit. *The Novels of the Harlem Renaissance: Twelve Black Writers 1923 - 1933*. University Park: The Pennsylvania State University Press, 1976.

Snow, Helen Foster. *My China Years*. New York: William Morrow, 1984.

Spears, Monroe. *Auden: A Collection of Critical Essays*. Englewood Cliffs, N. J.: Prentice-Hall, Inc. , 1964.

Speir, Jerry. *Raymond Chandler*. New York: Frederick Ungar Publishing Co. , 1981.

Spence, Jonathan D. *The Chan's Great Continent: China in Western Minds*. New York and London: W. W. Norton & Company, 1998.

Spiller, Robert E. *The Cycle of American Literature: An Essay in Historical Criticism*. New York: Macmillan, 1967.

Stein, Gertrude. *Three Lives*. New York: New Directions, 1933.

Stevens, Holly. *Letters of Wallace Stevens*. New York: Knopf, 1966.

Stevens, Wallace. *The Collected Poems of Wallace Stevens*. New York: Alfred Knopf, 1982.

—. *The Necessary Angel: Essays on Reality and the Imagination*. New York: Knopf, 1957.

Stewart, John L. *The Burden of Time: The Fugitives and Agrarians*. Princeton: Princeton University Press, 1965.

Straumann, Heinrich. *American Literature in the Twentieth Century*. London, 1951.

Susman, Warren, and John Chambers, eds. *American History*. New York: M. Wiener Pub. , 1990.

Tate, Allen. *Collected Essays*. Denver: Swallow Press, 1959.

—. *Essays of Four Decades*. Chicago: Swallow Press, 1968.

—. *Reason in Madness: Critical Essays*. New York: Putnam's, 1941.

Thomas, Susie. *Willa Cather*. Savage, MD: Barnes & Noble, 1990.

Thurman, Wallace. *Infant of the Spring*. New York: Macaulay, 1932.

Toomer, Jean. *Cane*. New York: Perennial Classic, 1969.

Townley, Rod. *The Early Poetry of William Carlos Williams*. Ithaca: Cornell University Press, 1975.

Townsend, Kim. *Sherwood Anderson*. Boston: Houghton Mifflin, 1987.

Trikha, Manorama, ed. *Robert Frost: An Anthology of Recent Criticism*. Delhi: Ace Publications, 1990.

Trilling, Lionel. *The Liberal Imagination*. New York and London: Harcourt Brace

Jovanovich, 1978.

Tyson, Lois. *Critical Theory Today*. New York: Garland Publishing, Inc. , 1999.

Untermeyer, Louis, ed. *Modern American Poetry*. New York: Harcourt, Brace & World Inc, 1958.

Vendler, Helen. *Voices and Visions*. New York: Random House, 1987.

—. *Wallace Stevens: Words Chosen Out of Desire*. Knoxville: University of Tennessee Press, 1984.

Votteler, Thomas, ed. *Contemporary Literary Criticism*. Vol. 74. Detroit: Gale Research Inc. , 1993.

Wagner, Linda W. *Dos Passos: Artist as American*. Austin: University of Texas Press, 1979.

Wald, Alan M. *James T. Farrell: The Revolutionary Socialist Years*. New York: New York University, 1978.

Walker, Margaret. *Richard Wright: Daemonic Genius*. New York: Warner Books, Inc. , 1988.

Warren, Robert Penn, ed. *Katherine Anne Porter: A Collection of Critical Essays*. Englewood Cliffs: Prentice, 1979.

Webster, Grant. *The Republic of Letters: A History of Postwar American Literary Opinion*. Baltimore: The Johns Hopkins University Press, 1979.

Wells, Henry W. *Introduction to Wallace Stevens*. Bloomington: Indiana University Press, 1964.

Wendell, Barrett. *A Literary History of America*. New York: Charles Scribner's Sons, 1928.

—. *The Traditions of European Literature*. New York, 1921.

West, Nathanael. *The Complete Works of Nathanael West*. New York: Farrar, Straus and Giroux, 1966.

Whitlow, Roger. *Black American Literature*. New Jersey: Littlefield, Adams & Co. , 1974.

Wilder, Thornton. *Three Plays*. New York: Harper & Row, Publishers, 1957.

—. *The Long Christmas Dinner and Other Plays in One Act*. New York: Coward McCann, 1931.

Willard, Abbie F. *Wallace Stevens: The Poet and His Critics*. Chicago: American Library Association, 1978.

Williams, W. C. *The Autobiography of William Carlos Williams*. New York: New Direction Publishing Corporation, 1951.

—. *Paterson*. New York: New Directions, 1963.

Williamson, Joe. *William Faulkner and Southern History*. New York: Oxford University Press, 1993.

Willis, Patricia C., ed. *The Complete Prose of Marianne Moore*. London: Faber & Faber, 1987.
Wilmeth, Don B., and Tice L. Miller, eds. *Cambridge Guide to American Theater*. Cambridge: Cambridge University Press, 1993.
Witcover, Paul. *Zora Neale Hurston: Author*. Los Angeles: Melrose Square Publishing Co., 1991.
Woolf, Virginia. *Mr. Bennett and Mrs. Brown*. London: L. and Virginia Woolf, 1924.
Wright, Ellen, and Michel Fabre, eds. *Richard Wright Reader*. New York: Harper and Row, 1978.
Wright, Richard. *Black Boy*. New York: Harper & Row, 1966.
—. *Native Son*. New York: Harper & Brothers, 1940.
—. *Savage Holiday*. New Jersey: The Chatham Bookseller, 1954.
—. *The Outsider*. New York: Harper & Brothers, 1953.
—. *Uncle Tom's Children: Four Novellas*. New York: Harper & Brothers, 1938.
Yannuzzi, Della A. *Zora Neale Hurston: Southern Storyteller*. Springfield, N. J.: Enslow Publishers, 1996.

彼得·阿克罗伊德:《艾略特传》(中译本),北京:国际文化出版公司,1989年。
柏拉图:《文艺对话录》(中译本),北京:人民文学出版社,1980年。
马尔科姆·布雷德伯里:《现代美国小说》(王晋华译),太原:北岳文艺出版社,1922年。
马·布莱德伯里等编:《现代主义》(胡家峦等译),上海:上海外语教育出版社,1992年。
R. H. 布朗:《美国历史地理》(中译本),北京:商务印书馆,1973年。
陈映真主编:《诺贝尔文学奖全集》,台北:远东出版公司,1981年。
董衡巽等:《美国文学简史》,北京:人民文学出版社,1986年。
——:《美国现代小说家论》,北京:中国社会科学出版社,1987年。
罗诺德·盖斯凯尔:《戏剧和现实:易卜生以来的欧洲戏剧》,伦敦,1972年。
蒋孔阳、朱立元主编:《西方美学通史》,上海:上海文艺出版社,1999年。
阿瑟·林克等著:《一九〇〇年以来的美国史》(刘绪贻等译),北京:中国社会科学出版社,1983年。
刘海平、徐锡祥编:《奥尼尔论戏剧》,北京:大众文艺出版社,1999年。
刘海平、朱栋霖著:《中美文化在戏剧中交流——奥尼尔与中国》,南京:南京大学出版社,1988年。
刘岩:《中国文化对美国文学的影响》,石家庄:河北人民出版社,1999年。
邱平壤编著:《海明威研究在中国》,哈尔滨:黑龙江教育出版社,1990年。
史沫特莱:《史沫特莱文集·第一卷》(袁文、贾树榛、袁岳云译),北京:新华出版社,1985年。
——:《史沫特莱文集·第三卷》(梅念译),北京:新华出版社,1985年。
史志康主编:《美国文学背景概观》,上海:上海外语教育出版社,1998年。

埃德加·斯诺:《西行漫记》(董乐山译),北京:生活·读书·新知三联书店,1979年。
——:《斯诺文集·第1卷》(宋久、柯南、克雄译),北京:新华出版社,1984年。
洛伊斯·惠勒·斯诺:《我热爱中国》(董乐山译),北京:生活·读书·新知三联书店,1978年。
《外国当代剧作选Ⅰ》,北京:中国戏剧出版社,1988年。
A. P. 欣克利夫:《现代诗体剧》(中译本),北京:昆仑出版社,1993年。
张子清:《二十世纪美国诗歌史》,长春:吉林教育出版社,1995年。
赵毅衡:《远游的诗神——中国古典诗歌对美国新诗运动的影响》,成都:四川人民出版社,1985年。
赵毅衡编译:《美国现代诗选》(上册),北京:外国文学出版社,1985年。
《中国现代剧作家论剧作》,北京:中国社会科学出版社,1982年。

# 三、中文索引

## A

## B

## C

## D

## G

## H

## J

## K

## M

## Q

**R**



**S**

## T

## W

## X

## Y

## Z

# 四、英文索引

**A**

Abbott, Craig S.(阿博特) 85,143
Abbott, George(乔治·阿博特) 291,292
*Abe Lincoln in Illinois*(《阿贝·林肯在伊利诺伊州》) 334
*Abide with Me*(《容忍我》) 337
*Abie's Irish Rose*(《艾比的爱尔兰玫瑰》) 275,436
*Abortion*(《流产》) 296
*Abraham Lincoln: The Prairie Years; Abraham Lincoln: The War Years*(《林肯传》) 27
*Absalom, Absalom!*(《押沙龙,押沙龙!》) 248,250,252—254,256,259
Academy of Dramatic Arts(戏剧艺术学院) 464
*Academy*(《学园》) 262,264
*According to the Evidence*(《根据证据》) 322
*Across the River and into the Trees*(《过河入林》) 207
*Adding Machine, The*(《加算器》) 321,324—326
Adorno, Theodor(西奥多·阿多诺) 494
*Adventures of Huckleberry Finn, The*(《哈克贝里·费恩历险记》295 214
*Adventurer, The*(《冒险家》) 442
Aeschylus(埃斯库罗斯) 305,308,347,491
aesthete(唯美主义者) 246,402
Affective Fallacy(感受谬误) 497
*Afternoon of a Pawnbroker*(《当铺老板的下午》) 471
*Against American Literature*(《反对美国文学》) 397
Agamemnon(阿伽门农) 69,305
*Age of Anxiety, The*(《忧虑时代》) 153,154
*Ah Sin!*(《阿辛!》) 218
*Ah, Wilderness!*(《啊,荒原!》) 298,306
Aiken, Conrad(康拉德·艾肯) 77,142,482
*Aims of Poetic Drama, The*(《诗剧的宗旨》) 349
*Airways, Inc.*(《航空公司》) 399
Alcott, Sidney(锡德尼·阿尔考特) 465
Aldington, Richard(阿尔丁顿) 46—49,67,70
Alger, Horatio(霍雷肖·阿尔杰) 441,444,445
*Alien Corn*(《他乡玉米》) 333
*Alison's House*(《艾里森的房子》) 284
*All God's Chillun Got Wings*(《上帝的儿女都有翅膀》) 277,278,297,301
*All I Could Never Be*(《我什么也不是》) 464,465
Alley, Rewi(雷维·艾黎) 422
Alvarez, A.(阿尔瓦雷斯) 33
ambiguity(含混) 198,212,503,504

## C

## D

## E

## F

## H

## I

## N

## O

## P

## Q



## R

## S

**X**



**Y**

# 后　记

《新编美国文学史》共四卷，我负责第三卷的主撰工作。该卷全面论述了两次世界大战之间的美国文学。在把握历史发展脉络的同时，本卷注重文本分析与研究，力图在具体文本的解读过程中透视两战时期美国文学的主要文化现象与艺术特征。撰写者紧密结合现、当代批评理论，尽量用现时代的眼光去考察、分析和重新审视大半个世纪之前的美国文学文化现象，尤其体现在对现代美国诗歌、小说和戏剧的形成、发展与走向世界进程的不同关注方面。第三卷对这个时期主要作家及其作品的具体讨论也有一定的创新，能在吸纳与借鉴前人研究成果的基础上进行独立的思考，并作出自己的价值判断。与此同时，撰写者还对这个时期重要作家如庞德、海明威、艾略特、奥登、奥尼尔和赛珍珠等与中国文学文化的互动关系深入考察，以期引起国内学术界对20世纪中美文化文学交流史的进一步关注。对这一时期出现的“左翼文学”“犹太作家群”和“黑人文艺复兴”等文学运动的深入考察也是本卷的重点，突出国内很少研究介绍或重视不够的作家及其作品，力图给以重新阐释。以上可以说是这一卷美国文学史的一些特色。由于时间和能力有限，在作品的理解、相关资料的把握和取舍方面可能会出现偏差，敬请各位专家同仁批评指正。

本书部分章节由下列人员撰写，编辑、修改过程中出现的疏忽一概由本人负责。对他们的支持和学术贡献深表谢意。

张子清：第一章第二、三、四、五、九节；

王育平：第一章第一（与张子清合写）、八节；

方　成：第一章第六、七节；

季晓丹：第一章第十一节；

沈黎霞：第一章第十四节；

赵文书：第一章第十六节；

金　明：第二章第三节；

董衡巽：第二章第四节；

刘海平：第二章第六节、第三章第三节；

何　宁：第二章第五节；

肖明翰：第二章第八节；

孙勇彬：第四章第二、三节；

方 杰：第五章第二节；

王玉括：第五章第四节；

盛 宁：第七章第一、二、三、四节。

本书在撰写过程中得到《新编美国文学史》编委会其他成员的通力合作，尤其是主编刘海平和王守仁两位教授自始至终给予关心和帮助。他们在繁忙的教学、行政和科研工作中拨冗审读书稿，并提出建设性建议和意见。南京大学外国语学院英语系在科研条件、经费使用和工作安排方面为作者提供了充分的支持。

“亚联董美国研究基金”为本卷美国文学史的写作提供了宝贵的资助，为作者两次前往香港大学美国研究中心，并使用其图书资料提供了机会和方便。尤其是该项目的负责人普莱西勒·罗伯茨(Priscilla Roberts)女士一直热情鼓励、支持该书的写作。上海外语教育出版社编辑同仁为本书的出版付出了辛勤的劳动。

本书作者谨在此向以上单位和个人表示由衷的感谢。

我还要感谢我的妻子陈爱华。她一直支持着我的研究，不仅在精神上给以莫大的鼓励，而且在生活上给以精心照料。没有她的支持，要完成这样一件工作，几乎是不可能的。

杨金才

2002 年 1 月

于南京大学外国语学院